모리스 르블랑

Maurice Marie Émile Leblanc, 1864.11.11~1941.11.6

1864년 프랑스 루앙에서 태어나 양털가공 민ㅇㄹ ... 유복한 어린 시절을 보냈다. 모파상과 플로베르ㅇ ... 를 우수한 성적으로 졸업한 후 노르망디 전역을 ... 절벽이라든가 쥐미에주 수도원, 센 강, 생방드리 ... 장한다. 가업을 이으라는 권유를 뿌리치고 ... 을 시작한다. 1889년부터 콩트집『커플들』, 장편소설『어ㄴ 여자』등 심리주의 소설들을 발표하여 문단의 주목을 받았으나, 대중적 인기는 누리지 못한다.

1905년『주세투』의 편집장 피에르 라피트와 의기투합하여, 영국에서 돌풍을 일으키고 있는 셜록 홈스에 필적할 걸작을 발표하는데, 그 작품이 바로「아르센 뤼팽 체포되다」이다. 기존 질서와 상식을 조롱하는 매혹적인 괴도 아르센 뤼팽의 등장에 독자들은 열광했고, 라피트는 부랴부랴 후속작을 채근한다. 결국 단발로 끝날 예정이었던 괴도신사 이야기는 35년여에 걸친 역사상 유례없는 추리활극으로 이어진다.

아르센 뤼팽 시리즈가 전 세계적으로 성공하면서, 르블랑은 쏟아지는 재출간, 번역, 영화 각색 등등의 저작권 계약 요청에 시달리는 한편으로 매번 기상천외한 상상력을 선보여야 한다는 심리적 중압감에 짓눌리게 된다. 하지만 대중의 흥미를 끌 줄거리에만 치중하기보다는 원고의 몇 배 분량 파지를 쌓고서야 한 편을 완성하고, 완성된 후에야 연재를 허락하는 작가로서의 완벽주의를 끝까지 견지하며 단편 38편, 중편 1편, 장편 17편, 희곡 5편으로 구성된 방대한 작품 세계를 구축해낸다.

1912년 아르센 뤼팽 시리즈로 프랑스인의 애국심과 자존심을 크게 고취시킨 공로를 인정받아 레지웅 도뇌르 훈장을 받는다. 1941년 폐울혈로 사망했다.

Book Design & Illust 김형균

결정판
아르센 뤼팽
전집

7

Arsène Lupin gentleman-cambrioleur
reviendra quand les meubles seront
authentique.

괴도신사 아르센 뤼팽,
"진품이 제대로 갖춰지면
다시 방문하겠음."

결정판
아르센 뤼팽 전집

모리스 르블랑 지음 | 성귀수 옮김

7

칼리오스트로 백작부인
아르센 뤼팽의 외투
초록 눈동자의 아가씨

arte

ARSÈNE LUPIN

Contents

【 일러두기 】

1. 번역에 사용한 저본은 다음과 같다.
   - 『모리스 르블랑(Maurice Leblanc)』 I-IV, 르 마스크(Le Mask) 출판사, 1998~1999년
   - 「이 여자는 내꺼야(Cette femme est à moi)」, 1930년 타자원고
   - 「아르센 뤼팽, 4막극(Arsène Lupin, 4 actes)」, 피에르 라피트(Pierre Lafitte) 출판사, 1931년
   - 「아르센 뤼팽과 함께한 15분(Un quart d'heure avec Arsène Lupin)」, 1932년 타자원고
   - 『아르센 뤼팽의 마지막 사랑(Le Dernier Amour d'Arsène Lupin)』, 1937년 타자원고
   - 『아르센 뤼팽의 수십억 달러(Les Milliards d'Arsène Lupin)』, 아세트(Hachette) 출판사 1941년 판본과 거기서 누락된 에피소드의 1939년 『로토』 연재원고 편집본
   - 「아르센 뤼팽의 귀환(Le Retour d'Arsène Lupin)」, 로베르 라퐁(Robert Laffont) 출판사의 1986년 판본 '아르센 뤼팽 전집' 제1권 수록
   - 「아르센 뤼팽의 외투(Le Paredessus d'Arsène Lupin)」, 마누치우스(MANUCIUS) 출판사, 2016년
   - 「부서진 다리(The Bridge that Broke)」, 인디펜던틀리 퍼블리쉬드(Independently published) 출판사, 2017년
2. 고유명사의 한글 표기는 국립국어원 외래어표기법을 따르는 것을 원칙으로 하되, 몇몇 예외를 두었다.
3. 모든 주석은 옮긴이의 것이다.

ARSÈNE LUPIN

칼리오스트로 백작부인

La Comtesse de Cagliostro

1923년

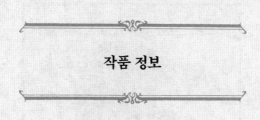

작품 정보

『칼리오스트로 백작부인(La Comtesse de Cagliostro)』(1923. 12. 10.~1924. 1. 30)은 모리스 르블랑 스스로 생전에 뤼팽 시리즈 중 가장 좋아하는 작품으로 꼽은 걸작이다. 『르 주르날』지에 연재가 끝나고 같은 해 7월 피에르 라피트 사에서 단행본으로 출간했다. 1929년에는 오늘날 보는 바와 같은 로제 브로데르스의 삽화를 곁들여 재출간되었는데, 당시 유명한 샹송가수이자 인기절정의 배우였던 모리스 슈발리에 (Maurice Chevalier. 1888~1972)를 모델로 한 삽화 속 젊은 아르센 뤼팽의 모습은 장안에 화제가 되기도 했다.

유구한 역사 속 미스터리를 추적해 들어가는 구도가 『기암성』에 필적하는 심각한 분위기다. 또한 약관의 나이에 이른 아르센 뤼팽이 최초로 겪는 '진지한' 모험담인 만큼, 괴도로서의 형성과정을 자세하게 들여다볼 수 있는 작품이다. 이 모험을 계기로 뤼팽은 부하를 거느릴 필요성이랄지, 싸움에 임해 적을 판단하고 자신을 통제하는 방법, 행동

『칼리오스트로 백작부인』 1929년 단행본

에 뛰어드는 과단성과 냉철한 정신력의 중요성에 눈을 뜬다. 한마디로, 풋내기 청년 라울이 괴도신사 아르센 뤼팽으로 거듭나는, 입문의례(initiation)의 의미를 갖는 작품이라 할 수 있다. 무엇보다 시리즈가 무르익어가는 시기임에도 '괴도신사 뤼팽'의 형성기를 다루었다는 사실은, 시리즈 전체에서 그 이야기가 차지하는 묵직한 비중을 단적으로 말해준다. 아르센 뤼팽 탄생 100주기(2005년)를 맞아 2004년 프랑스에서 개봉한 장폴 살로메(Jean-Paul Salomé) 감독의 야심작「아르센 뤼팽(Arsène Lupin)」이『칼리오스트로 백작부인』을 줄거리 뼈대로 삼은 이유도 바로 거기에 있다. 다음은 그 영화의 공식 시놉시스다.

"주의를 따돌려라. 그것이 바로 열쇠다. 그것만 명심하면, 세상 누구도 결코 너를 붙잡지 못할 것이다(Détourner l'attention, voilà la clé. Si tu t'en rappelles, personne ne t'arretera jamais)." 위의 대사는 살해당하기 직전 아르센 뤼팽의 아버지가 아들에게 마지막으로 남긴 말이다. 이후 어린 고아소년은, 막강한 자신의 매력을 무기로 파리의 귀족들 호주머니를 보기 좋게 터는 배짱 두둑한 도둑으로 성장한다. 그러던 중, 수수께끼 같은 베일의 여주인공 칼리오스트로 백작부인과 운명적 만남에 이르고, 그 경험을 통해 단순한 도둑에서 희대의 괴도로 변모해간다. 음흉한 왕당파 조직까지 가세한 프랑스 제왕(諸王)의 보물찾기 대열에 과감히 몸을 던진 이 젊은 절도의 달인은, 그 험난한 도정(道程)에서 절로 감탄이 솟구칠 현란한 활약을 무차별적으로 선보인다. 전속력으로 질주하는 열차를 습격하는가 하면, 파리의 광대한 지하미로에서 쫓고 쫓기는 추격전을 벌이고, 루앙 대성당에서의 기상천외한 절도행각을 연출하기도 한다. 그러나 이 같은 행로의 요소마다 신비의 여인 백작부인에 대한 지독한 열정이 그 자신의 발목을 잡아채면서 매번 극도의 곤경에 봉착하고 마는데……

이것은 아르센 뤼팽이 최초로 경험한 모험담으로, 그 자신이 수차례에 걸쳐 단호하게 반대만 하지 않았다면 아마 다른 무엇보다 먼저 독자 여러분에게 소개되었을 이야기이다.

그는 늘 이렇게 말하곤 했다.

"아직은 아닐세. 칼리오스트로 백작부인과 나 사이에는 미처 해결되지 않은 문제가 남아 있어. 그러니 좀 더 두고 보자고."

사실 이 모험담은 세상에 드러나기까지 생각보다 훨씬 더 오랜 세월을 대기하고 있어야만 했다. 이를테면 **결판**이 나기까지 무려 사반세기라는 시간이 흘러가버린 것이다. 그리고 오늘에 와서야 스무 살 난 풋내기 청년과 저 **칼리오스트로 가문의 여식**을 휘어잡았던 끔찍한 사랑의 결투를 이렇게 이야기할 수가 있게 되었다.

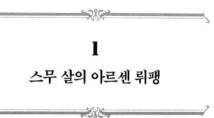

1
스무 살의 아르센 뤼팽

라울 당드레지는 전조등을 끈 뒤, 덤불이 돋아난 둔덕 뒤쪽에 자전거를 내동댕이쳤다. 순간 베누빌(에트르타 북쪽, 페이드코(Pays de Caux)의 마을—옮긴이)의 종루로부터 3시를 알리는 종소리가 들려왔다.

캄캄한 어둠을 헤치면서 그는 데티그 영지로 통하는 시골길을 타고 들었고, 곧이어 성벽 발치에 도달했다. 거기서 잠시 숨을 돌리려 했을 때, 안뜰로부터 뒷발로 껑충 일어서는 말울음 소리와 덜커덕거리며 포장도로 위를 구르는 마차 바퀴 소리, 그리고 방울 소리가 요란하게 울리는가 싶더니, 느닷없이 문짝 두 개가 한꺼번에 활짝 열리면서 대형 사륜마차 한 대가 후닥닥 뛰쳐나왔다. 라울은 사내들 목소리와 함께 엽총의 시커먼 총신을 언뜻 알아보았다. 마차는 어느새 대로로 접어들어 에트르타 방향으로 쏜살같이 내빼고 있었다.

'바다까마귀 사냥에 정신들이 없으시군. 암벽까지는 꽤 멀 텐데 난데없이 사냥을 나가는 것도 그렇고, 갑작스레 부산을 떠는 것도 좀 그래.

아무래도 뭐가 뭔지 알아봐야겠는걸.'

라울은 그런 생각을 굴리면서 영지를 에워싼 담벼락을 따라 좌측으로 돌아들기 시작했고, 두 번째 모퉁이를 지나 정확히 40보 만에 걸음을 멈추었다. 손에는 두 개의 열쇠를 들고 있었다. 첫째 열쇠로 쪽문을 따고 들어간 그는 반쯤 허물어진 낡은 요새의 움푹한 계단을 따라 성의 익랑채들 중 한 곳의 측면을 타고 올라갔다. 둘째 열쇠는 그 2층에 있는 비밀 출입구를 개방하는 데 필요했다.

라울은 다짜고짜 손전등을 켰다. 문 너머에는 아무도 살지 않고, 남작의 외동딸인 클라리스 데티그 역시 3층에 기거하고 있다는 걸 잘 알기에, 별다른 조심도 하지 않고 널찍한 서재에 이르는 복도를 따라 걸어갔다. 바로 그 서재에서 몇 주 전 라울은 남작에게 딸을 달라고 청했고, 즉각 벽력같은 불호령에 직면한 쓰디쓴 기억이 아직도 생생했다.

거울이 하나 있었는데, 평소보다 훨씬 창백한 청년의 몰골이 그 안에 덩그러니 떠올라 있었다. 비록 그렇게 만감이 교차하는 마당이었지만 라울은 스스로를 침착하게 추스르면서 곧장 작업에 착수했다.

그리 오래 걸리지는 않았다. 남작과 면담할 당시 상대가 이야기를 하면서도 뚜껑이 미처 닫히지 않은 개폐식 마호가니 책상 쪽을 자꾸만 힐끔거리는 것을 눈여겨봤던 터였다. 그렇게 라울은 은닉처로 삼을 만한 장소들과 이럴 경우 동원될 만한 이런저런 장치들을 사전에 미리 꿰차고 있었던 것이다. 아니나 다를까, 불과 1분 만에 그는 비좁은 목조 틈새에서 마치 궐련처럼 돌돌 만 얇은 종이에 쓴 편지 한 장을 빼내는 데 성공했다. 서명도 주소도 적혀 있지 않은 편지였다.

그처럼 정성껏 숨겨놓기에는 너무도 평범해 보일 뿐인 편지 내용을 그는 면밀하게 뜯어 살폈다. 보다 중요해 보이는 단어들만 따로 모아 치중하고, 대신 공간을 채우기 위해 끌어다 쓴 듯한 일부 군더더기들은

칼리오스트로 백작부인

알아서 제쳐가는 식으로 정리한 끝에, 그는 다음과 같은 편지의 요지를 밝혀내기에 이르렀다.

나는 루앙에서 우리의 원수년이 남긴 흔적을 찾아냈소. 아울러 지역 신문에다 에트르타 근방의 촌부 한 명이 자기 경작지에서 가지가 일곱 개인 낡은 구리 촛대를 발굴해냈다는 기사를 게재하도록 조치해놨소. 그 여자는 에트르타의 운송업자에게 12일 오후 3시경까지 페캉 역으로 2인승 사륜마차 한 대를 급파해달라는 전보를 띄웠더군. 물론 바로 당일 아침에는 내가 수를 써서 먼저의 주문을 철회한다는 또 다른 전보가 그 운송업자에게 배달되겠지만 말이오. 결국 그렇게 해서 정작 페캉 역에 당도할 마차는 다름 아닌 당신 마차일 테고, 회합이 열릴 때쯤 해서는 그 여자가 안전하게 우리 있는 데로 모셔지게 되겠지요.

그러면 우리는 재판부를 자처해 그녀에게 엄중한 판결을 내릴 수 있을 것입니다. 목적만 중요하면 수단이랑 얼마든지 정당화되던 시절에는 이따위 절차 없이도 즉각 징벌을 가할 수 있었을 것이오. 짐승 같은 계집, 사형! 독사 같은 년, 사형! 이렇게 말이오. 아무튼 당신이 좋을 대로 해결책을 정해보시되, 다만 우리가 지난번 나눈 애기를 명심하고, 우리가 벌인 일의 성공과 심지어 우리의 목숨까지도 바로 이 끔찍한 계집에게 달려 있다는 사실을 항상 상기하도록 하시오. 신중해야 될 겁니다. 일단 주변의 의심을 따돌리기 위해 사냥패를 조직해보도록 하세요. 나는 정각 4시에 르아브르를 경유해서 친구 두 명과 함께 도착할 겁니다. 이 편지는 폐기하지 마십시오. 다시 돌려받아야 하니까.

라울은 즉시 생각에 잠겼다.
'조심성이 지나치면 오히려 해가 되는 법이지. 만약 남작과 교신을

결정판 아르센 뤼팽 전집

한 이자가 일말의 의혹을 품지만 않았어도 남작은 이 편지를 즉각 소각했을 테고, 그러면 나는 납치 계획은 물론 불법적인 재판이라든가, 하느님 맙소사! 살인 계획이 있다는 것도 까마득히 모르고 말았겠지. 나 참, 이거야 원! 그토록 경건해 보이던 미래의 장인어른께서 어쩐지 그리 가톨릭적이지 못한 일에 연루되신 것 같아. 과연 살인행위까지 저지르려는 걸까? 어쨌든 이건 보통 문제가 아니야. 그 양반, 두고만 보고 있으면 안 되겠는걸.'

그러면서 라울은 어느새 두 손바닥을 은근히 문질러댔다. 잔뜩 구미가 당기는 일이었고, 실은 며칠 전부터 약간 수상한 낌새에 주목하고 있던 터라 그리 기겁을 할 심정도 아니었다. 일단 그는 여인숙에 돌아가 잠을 청한 뒤, 제때에 맞춰 돌아와 남작 일행이 무슨 음모를 꾸미고 있는지, 또 제거하려는 그 '끔찍한 계집'이 과연 누구인지 알아보기로 마음을 먹었다.

부랴부랴 모든 것을 정리하던 그는 웬일인지 곧장 자리를 뜨지 않고 외발원탁 앞에 앉았다. 탁자 위엔 클라리스의 사진이 세워져 있었는데, 그는 사진을 들어 얼굴에 바짝 들이대고는 다정다감하기 그지없는 표정으로 한참을 바라보았다. 클라리스 데티그는 그보다 약간 손아래의 처녀였다. 방년 18세! 육감적인 입술에다 꿈을 꾸는 듯한 눈망울, 장밋빛과 황금빛으로 아스라이 빛나는 화사하고도 상큼한 안색, 그리고 이곳 페이드코의 시골길을 마음껏 뛰어다니는 소녀들처럼 파리하게 느껴질 정도로 밝은 머리 빛깔과 우아한 분위기, 매력 넘치는 저 자태!

라울의 시선은 점점 완강해졌다. 도저히 주체할 수 없을 것 같은 알궂은 생각 하나가 젊은이의 머릿속을 격렬히 파고들었다. 클라리스는 지금 저 위 호젓한 공간에 홀로 남아 있을 터. 차 마실 시간을 기해 그녀가 직접 건네준 열쇠로 두 번이나 그 규방을 찾아든 바도 있었다. 그러니 오늘이라고 못할 이유가 무엇이겠는가? 하인들이 있는 곳까지는 아무 소음도 새어나가지 않을 것이다. 남작은 물론 오후께나 되어서야 돌아올 것이고. 그러니 지금 당장 서둘러 자리를 피할 이유가 없지 않 겠는가?

사실 라울은 여자를 밝히는 사내라곤 할 수 없었다. 본능과 욕망의 과도한 에너지에 대해 모르는 바는 아니나, 거기에 탐닉하기에는 절제 와 우아함을 지향하는 심성이 워낙에 단단했다. 물론 그렇다고 항상 유 혹에 저항하기가 쉬운 일은 아닌 법. 배짱과 정욕, 애정과 정복하려는 욕망이 이내 펄펄 피가 끓는 젊은이를 행동으로 몰아가고 말았다. 라울 은 더 이상 공연한 망설임으로 지체하지 않고 후닥닥 계단을 달려 올라 갔다.

그래도 닫힌 문 앞에서는 잠시 주춤거렸다. 이전에 그 문을 넘어섰을 때는 밝은 대낮이라 점잖은 친구로서 하나도 거리낄 것이 없었다. 하지 만 이런 야밤에 이와 같은 행동이라면 과연 상대에게 어떻게 받아들여 지겠는가?

그러나 내면의 갈등은 그리 오래가지 않았다. 그는 나지막이 중얼거 리면서 가볍게 노크했다.

"클라리스, 클라리스…… 나요."

한 1분가량 아무 대답도 들리지 않자 그는 좀 더 세게 문을 두드렸고, 마침내 빼꼼히 문이 열리면서 젊은 처녀가 램프를 손에 들고 모습을 드 러냈다.

그런데 어찌나 그 얼굴이 창백하게 질리고 기겁을 한 표정인지, 황망 한 마음에 당장이라도 내뺄 듯 멈칫 뒷걸음질을 치지 않을 수 없었다.

"언짢게 생각진 마시오, 클라리스. 나도 모르게 이렇게 온 거야. 그냥 한마디만 해주면 곧 가겠소."

사내가 다급히 던진 그 말을 클라리스가 제대로 알아들었다면 아마 한숨 돌렸을 터였다. 그러면 누가 되었든, 그렇게 알아서 굽히고 나오는 상대를 여자의 몸으로도 어렵지 않게 제압해버릴 수 있었을 것이다. 하지만 솔직히 아무것도 들을 수도, 볼 수도 없는 상황이었다. 무작정 역정을 내고 싶어도 그저 두서없이 나무라는 말만 더듬대며 새어나올 뿐. 여자는 사내를 내치려 했지만 팔에는 조금도 움직일 힘조차 없었다. 심지어 후들거리는 손은 램프마저 내려놓아야 했고, 급기야는 제자리에서 한 바퀴 핑그르르 돌더니 그대로 기절해버렸다.

두 남녀는, 석 달 전 클라리스가 남프랑스 지방의 기숙사 친구집에 잠시 머무는 동안 처음 만났고, 그때부터 줄곧 서로를 사랑해왔다.

두 사람은 즉각적으로 서로 맺어져 있음을 느꼈는데, 남자에게는 그것이 세상 더없는 감미로운 기분이었고, 여자에게는 상대에게 구속을 당하면서도 갈수록 그것이 점점 더 소중해지기만 하는 느낌이었다. 처음부터 라울은 그녀에게 도무지 이해할 수 없는 수수께끼투성이의 신비스러운 남자였다. 더군다나 다소 경박스러운 태도와 짓궂은 장난기, 그리고 이따금 어두워 보이는 성질을 불쑥불쑥 드러내서 여자를 곤혹스럽게 만들기도 일쑤였다. 하지만 그 모든 것과 더불어 얼마나 매력이 넘치는지! 얼마나 호쾌한지! 약동하는 젊음의 열정과 활기가 얼마나 대단한지! 다른 모든 단점들은 그만 어떤 성향이 도가 지나쳐 불거져 나온 결과에 지나지 않으며, 심지어 악덕마저도 그가 가지고 있는 미덕이 아직은 설익어서 그렇게 보이는 것처럼만 느껴지는 것이었다.

노르망디로 돌아오자마자 여자는 어느 날 아침, 담벼락 위에 걸터앉아 창문을 들여다보는 젊은이의 날렵한 모습에 그만 소스라치듯 놀랐다. 나중에 알고 보니 사내는 이곳에서 불과 몇 킬로미터 떨어지지 않

은 한 여인숙을 아예 숙소로 정한 다음, 매일같이 자전거를 타고 데티
그 영지 근방까지 와서 여자를 힐끗거린 것이었다.

어려서 어머니를 잃은 뒤, 성격이 음울하고 맹신적이며, 돈과 명성에
지나치게 집착해서 소작인들한테도 경원의 대상인 편부 슬하에서 자라
느라, 클라리스는 그리 행복한 편이 아니었다. 그런 상황에서 미처 소
개도 되지 않은 라울이 덥석 딸을 달라고 나서자, 남작은 이 배경도 없
고 이렇다 할 일도 갖지 않은 풋내기 청년에게 어찌나 화를 버럭 내던
지, 젊은이가 야수를 길들이는 사람처럼 의연한 눈빛으로 똑바로 쏘아
보지만 않았다면, 수염 하나 안 난 말끔한 얼굴에다 채찍질까지 가할
기세였다.

클라리스가 라울에게 두 번씩이나 숙녀가 머무는 규방 문을 열어준
것은 바로 그런 과격한 면담이 있은 직후, 젊은이의 마음의 상처를 덜

결정판 아르센 뤼팽 전집

어줄 요량으로 그랬던 것인데, 결과적으로는 단단히 실수를 한 셈이 되어버렸다. 참으로 위험천만하게 경솔한 대접을 하는 바람에, 라울은 그걸 빌미로 연인으로서의 당당한 논리를 아주 대범하게 주장하기 시작했던 것이다.

그날 오전 내내 클라리스는 라울이 옆방에 숨어 있는 동안, 몸이 불편하다는 핑계로 점심을 방에 가져다달라고 했고 식사를 함께 끝냈다. 둘은 활짝 열린 창문 앞에서 서로 부둥켜안은 채 비록 몇몇 실수를 범하기는 했지만, 그래도 다정하고 순박했던 추억과 달콤한 키스의 느낌을 더듬으며 오랜 시간 함께 붙어 있었다.

그때 클라리스가 문득 눈물을 보이기 시작했다.

시간은 정처 없이 흘러가고 있었다. 바다로부터 올라오는 상큼한 바람이 평야지대를 스치고 다가들어 두 사람의 얼굴을 쓰다듬었다. 정면의 담으로 에워싸인 광대한 과수원 너머, 햇살을 받아 눈부신 유채(油菜)의 평야를 휘 둘러보던 눈길은 우측 방향으로 페캉까지 이어진 백색의 깎아지른 절벽지대에 가 닿았고, 좌측으로는 거대한 기암괴석과 포르트 다발을 아우르는(『기암성』 294쪽 참조―옮긴이) 에트르타 만과 마주쳤다.

사내는 부드럽게 입을 열었다.

"나의 사랑, 그리 슬퍼하지 말아요. 인생이란 우리 나이에는 아름다운 법이라오. 이제 모든 장애를 함께 극복해나가다 보면 더더욱 아름다워질 겁니다. 그러니 울지 말아요."

여자는 눈물을 훔치면서 화사한 미소를 머금고 남자를 쳐다보았다. 여자와 마찬가지로 야윈 모습이었지만, 어깨만은 떡 벌어진 게 우아하면서도 강인한 인상을 주는 청년이었다. 어딘지 활력이 넘치는 얼굴은 장난기 물씬 풍기는 입술과 쾌활함으로 들뜬 눈빛을 반짝이고 있었다.

거기다 흰색 속옷 위로 가슴팍을 활짝 풀어헤친 듯 입은 웃옷과 짧은 반바지가 말할 수 없을 만큼 유연한 분위기를 풍기는 차림새였다.

여자는 문득 인상을 찌푸리며 말했다.

"라울, 오, 라울. 이렇게 나를 바라보고 있는 순간조차 당신은 나를 생각하고 있지 않아요! 우리 사이에서 일어났던 일 이후에 당신은 내 생각을 하지 않고 있다고요! 어떻게 그럴 수가 있죠? 대체 무슨 마음인 거예요, 라울?"

남자는 빙그레 웃으며 대답했다.

"실은 당신 아버지 생각을 하고 있었소."

"우리 아버지요?"

"그래요. 데티그 남작과 그 손님들 말입니다. 어떻게 그 정도 연배씩이나 되는 양반들이 죄 없는 새들을 학살하는 데 시간을 낭비할 수가 있는 거죠?"

"그나마 그게 재미이니까 그렇죠."

"정말 그럴까요? 내가 보기에는 뭔가 심상치가 않아 보입니다. 아무래도 지금이 서기 1894년이라기보다는 차라리…… 혹시 내 얘기 듣고 기분 상하지 않을까 모르겠군요?"

"걱정 말고 어서 말해봐요."

"글쎄 뭐랄까, 지금 저들이 뭔가 음모꾼 노릇을 하고 있는 것 같습니다. 그래요, 방금 말한 그대로입니다, 클라리스. 롤빌 후작, 마티외 드 라 보팔리에르, 오스카르 드 베네토 백작, 루 데스티에 등 페이드코의 내로라하는 귀족 나리들께서 모조리 역모에 가담해 있단 말입니다."

그 말에 여자는 입이 뽀로통한 채로 대꾸했다.

"그것참 엉뚱한 얘기로군요."

"하하, 골똘한 표정으로 들은 사람은 누군데요!"

결정판 아르센 뤼팽 전집

라울은 여자가 아무것도 모르고 있는 걸로 확신하고는 얼른 얼버무렸다.

"어리석게도 내가 뭐든 심각한 얘기라도 할 줄 알고 잔뜩 기다렸나 보군요."

"사랑의 밀어라도 속삭여줄 줄 알았죠."

여자의 말에 라울은 두 손으로 상대의 얼굴을 덥석 감싸며 말했다.

"내 인생은 온통 그대를 향한 사랑으로 충만해 있소! 내게 그 밖의 욕심이나 근심이 있다면 모두 당신을 차지하기 위한 것들뿐이야. 오, 클라리스, 이런 걸 한번 상상해봐요. 당신 아버지가 무슨 음모를 꾸미다가 발각돼 체포당하고 결국 사형선고까지 갔는데, 이 몸이 짠하고 나타나 구해주는 거야! 그런 다음이라면 애지중지하던 딸이라 해도 끝내 이 손에 넘기지 않고는 못 배기겠지."

"조만간 아버지도 마음을 여실 거예요, 내 사랑."

"하지만 실상은 전혀 그렇지 않아요. 워낙에 재산도 없고, 배경도 없는 처지라……."

"하지만 라울 당드레지(Raoul d'Andrésy)라는 당신 이름은(d'Andrésy의 d'는 귀족 가문의 성에 붙이는 전치사 de이다—옮긴이)……."

"꼭 그렇지만도 않아요."

"그게 무슨 말이에요?"

"당드레지는 내 어머니 쪽 성인데, 미망인이 된 후 결혼 때문에 거의 의절하다시피 해왔던 가문의 강권으로 뒤늦게 되찾은 성이라서요."

"그건 또 왜죠?"

뜻밖의 고백에 어리둥절한 표정을 지으며 클라리스가 다그쳐 물었다.

"왜냐하면 내 아버지는 욥처럼 가난한 하층민 출신이었기 때문에 그렇죠. 일개 교사로 살았소. 뭘 가르쳤냐고? 체조하고 펜싱, 복싱도 좀 가르쳤지!"

"그럼 당신의 진짜 이름은 뭐죠?"

"오! 좀 천박한 이름입니다. 클라리스."

"어떤 이름인데요?"

"아르센 뤼팽."

"아르센 뤼팽요?"

"그렇소, 별 멋대가리도 없죠. 차라리 확 바꿔버리는 게 낫지 않을까요?"

클라리스는 적잖이 난처한 기색이었다. 사실 이 남자가 무어라 불리든 그건 별로 중요치 않았다. 다만 남작의 눈에는 귀족의 성 앞에 붙는 그 얄궂은 단어 하나가 사윗감의 첫째 조건이나 마찬가지라는 점이 문제였다.

여자는 더듬더듬 중얼거렸다.

"그래도 당신 아버지를 부정해서는 안 돼요. 교사라는 건 전혀 부끄러워할 만한 직업이 아닌걸요."

그러자 남자는 클라리스가 불안해할 만큼 대차게 웃어젖히며 이렇게 대꾸했다.

"와하하하, 부끄러울 거야 없겠지! 더군다나 난 어렸을 적부터 아버지가 가르쳐주는 체조와 복싱 덕을 톡톡히 보고 다녔거든! 하지만 누가 압니까? 어머니한테는 아버지를 부정할 만한 또 다른 이유가 있을지. 본인 자신은 그럴듯한 사내대장부라 해도 남이 알아주지 않으면 그뿐인 것을."

그는 갑작스럽게 여자에게 격렬한 키스를 퍼붓고는, 저 혼자 빙글빙글 돌면서 춤을 추기 시작하더니 다시금 돌아와 외쳤다.

"그냥 웃어버립시다, 아가씨! 이 모든 게 마냥 웃기는 일 아니겠소!

그러니 웃고 넘어갈 수밖에! 아르센 뤼팽이든 라울 당드레지이든, 아무려면 어떻소! 중요한 건 성공한다는 거지. 물론 나는 성공할 겁니다. 알겠어요? 틀림없이 성공한단 말이오. 비록 지금까지 단 한 명의 점쟁이 여자도 내게 대단한 명성이나 장대한 미래가 펼쳐질 거라 말해준 적은 없지만, 라울 당드레지는 아마 장군이나, 장관, 혹은 대사(大使)가 될 수도 있을 겁니다. 아르센 뤼팽만 아니라면 말이죠. 이건 이미 각각의 운명을 두고 충분히 저울질을 하고 납득을 한 거나 마찬가지요. 난 준비가 된 몸이에요. 강철 같은 근육과 탁월한 두뇌로 중무장 끝! 어때요, 내가 물구나무선 채 걷는 것 좀 보겠소? 아니면 당신을 번쩍 안아 보이기라도 할까? 당신이 전혀 눈치 못 채게 당신 시계를 슬쩍 훔쳐보는 게 더 낫겠어? 그것도 아니면 호메로스를 그리스어로, 밀턴을 영어로 음송해 들려드릴까? 아, 인생이란 얼마나 아름다운 건지! 라울 당드레지라…… 아르센 뤼팽이라…… 하나의 조각상에 두 개의 얼굴이 있는 거나 다름없어요! 과연 이 세상의 태양이, 그 영광의 광채가 그 둘 중 어느 쪽을 비춰줄까?"

그쯤에서 사내는 말을 뚝 끊었다. 실컷 까불다 보니 언뜻 머쓱한 기분이 든 모양이었다. 그는 자신이 방금 전까지 마치 젊은 아가씨의 마음속 평화를 교란시키듯, 신나게 흐트러뜨려 놓은 이 작은 방의 정적을 조용히 응시했다. 그러고는 자기 특유의 천성적 매력인 돌발적인 태도를 그대로 드러내며, 느닷없이 클라리스 앞에 무릎을 털썩 꿇고 제법 심각한 어조로 말했다.

"오, 나를 용서해주시오. 여기까지 이렇게 살아오며 참 잘못한 일도 많았소. 하지만 나도 어쩔 수 없어요. 균형을 유지하기가 도무지 어렵답니다. 선, 악 모두가 나를 잡아끈단 말이오. 그러니 내가 제대로 된 길을 걸어갈 수 있도록 도와줘야 합니다, 클라리스. 내가 무슨 잘못을 범하더라도 용서해줘야 한단 말입니다."

여자는 당장 남자의 얼굴을 두 손으로 받쳐 들고 열정 어린 말투로 대꾸했다.

"내가 용서할 일이 뭐 있겠어요, 내 사랑. 그냥 이대로 행복한걸요. 아마도 내 짐작으로는 당신 때문에 내가 많은 고초를 겪긴 할 거예요. 하지만 당신으로 인해 겪을 고통이라면 기꺼이 받아들일 각오가 이미 되어 있답니다. 자, 여기 내 사진을 받아요. 이 사진을 보면서 부끄러울 일만 하지 마세요. 나는 언제까지나 지금과 다름없이 당신의 연인이고 배필로 남아 있을 거예요. 사랑해요, 라울."

그러면서 살그머니 이마에 입을 맞춰주었다. 어느새 만면에 희색이 가득한 라울은 벌떡 일어서며 말했다.

"그대의 도움으로 인해 나는 용맹한 기사로 다시 일어섭니다! 이제 부터는 무적의 용사로서 모든 적들에게 철퇴를 내릴 준비가 되어 있어요! 덤벼라, 나바르인이여('덤벼라, 나바르인이여!'라는 말은 코르네이유 (1606~1684)의 희곡 「르 시드」 5막 1장의 한 구절로, 주인공 로드리그가 연인의 배웅을 받으며 극 중 적대관계인 나바르인과의 전선에 나갈 때 외치는 명대사이다. 젊은 시절부터 기사도적인 호연지기가 충만한 뤼팽의 성품과 소양을 느낄 수 있다—옮긴이)! 이 몸이 나가신다!"

라울의—아르센 뤼팽이라는 이름은 일단 접어두자. 그 당시 자신의 운명에 대한 자각이 별로 없었던 젊은이는 그 이름을 다소 경멸했으니까—계획은 무척 간단했다. 성곽 좌측의 과수원 나무들 가운데 그 옛날 당당하던 능보(稜堡)의 일부였던 성벽에 기대어, 지금은 송악으로 잔뜩 뒤덮여 정체마저 불분명한 뭉뚝한 망루 하나가 세워져 있었다. 라울이 보기에 문제의 4시 회합은 평소 남작이 소작인들과 만남을 갖던 그 안의 넓은 방에서 벌어질 게 틀림없었다. 아울러 그곳의 창문인지 환기 구인지 모를 오래된 구멍이 바깥 들판 쪽으로 나 있다는 사실을 라울은 사전에 눈여겨보아둔 상태였다.

당연히 펄펄 뛰는 젊은이로서 그 정도 기어오르는 건 일도 아니었다. 성에서 나오자마자 라울은 송악 사이를 비집고 기어들었고, 거대한 뿌리를 부여잡고 기어올라 두꺼운 벽체에 난 구멍까지 도달했다. 한 사람이 너끈히 엎드려 자리 잡을 만큼 깊숙이 난 구멍이었다. 바닥에서 5미터나 높이 떨어져 있는 데다, 사방을 뒤덮은 송악 잎사귀에 살짝 얼굴도 가릴 수 있어서 들키지 않고도 내부를 환히 들여다볼 수가 있었다. 성당용 거대한 벤치와 큼직한 테이블, 그리고 스무 개 가량의 걸상이 구비된 널찍한 방이었다.

40분가량 흐르자, 남작이 친구 한 명과 모습을 드러냈다.

고드프루아 데티그 남작은 저잣거리 싸움패 같은 당당한 근육질에 벽돌 빛깔의 안색, 붉은 턱수염이 빙 둘러가며 감싼 얼굴 그리고 힘과 예리함이 동시에 번득이는 눈빛을 가졌다. 함께한 사내는 라울도 안면이 있었는데, 남작과는 사촌지간인 오스카르 드 베네토였다. 역시 노르망디 시골귀족 티가 역력하면서 좀 더 투박해 보이는 인상이었다. 둘은 왠지 모르게 적잖이 흥분한 기색이었다.

먼저 입을 연 건 남작이었다.

"어서, 어서! 라 보팔리에르와 롤빌, 그리고 도프가르도 곧 올 거야. 4시 정각에는 보마냥께서 아르콜 공작과 브리 공작을 대동하고 과수원을 통해 납실 거고. 그쪽 대문을 내가 활짝 열어놓았거든. 그리고……그 여자가 오겠지. 이제 운만 따라준다면 함정에 빠지는 건 시간문제라고."

그러자 베네토가 중얼거렸다.

"글쎄……."

"글쎄라니? 그녀는 마차를 분명 주문했고, 어김없이 나타난 마차에 올라타지 않을 이유가 없어. 그러면 운전을 하는 도르몽이 곧장 이쪽으로 데려오기로 되어 있지. 그리고 나서 루 데스티에가 카트르-슈맹 언덕에서 진을 치고 있다가 냅다 발판으로 뛰어올라 문짝을 열어젖히고, 우리의 마나님을 꼼짝 못하게 옭아매도록 되어 있다고. 모든 게 숙명적으로 정해져 있단 말이야."

두 사람은 라울이 엎드려 있는 구멍 바로 아래까지 다가왔고, 이어서 베네토의 속삭임이 들려왔다.

"그런 다음엔 어쩔 건데?"

"그야 물론 친구들을 앞에 놓고 내가 그년이 어떤 역할을 해왔는지, 지금의 상황이 어떤지 장황하게 설명하는 거지."

"그럼 결국 친구들에게서 그 여자의 유죄판결을 이끌어내겠다는 건가?"

"사실 판결을 끌어내든 그렇지 않든, 결과는 마찬가지야. 애당초 보마냥이 요구하는 게 있으니까. 그걸 과연 누가 거부할 수 있겠는가."

"아뿔싸, 이러다가 그 사람 때문에 우리 모두가 요절나겠어!"

그 말에 데티그 남작은 어깨를 으쓱하며 대꾸했다.

"그 여자만 한 상대와 대결을 벌이려면 남자가 그 정도는 되어야 해. 자, 자네도 준비는 다 되었겠지?"

"음. '사제의 계단'(『기암성』에서는 '악마의 계단'이라는 별칭으로 등장. 270쪽 참조—옮긴이)이 끝나는 해변에 배 두 척을 마련해두었지. 그중 보다 작은 놈은 바닥에 구멍이 뚫려 있어. 물에 띄운 뒤 한 10여 분 있으면 가라앉게 되어 있지."

"안에다 돌도 실었겠지?"

"큼직한 돌에 구멍을 내놓았으니 나중에 밧줄로 매듭만 지으면 돼."

둘의 밀담은 그걸로 끝났다.

지금까지 내뱉어진 얘기들 중 단 한 마디도 라울 당드레지의 주의를 벗어나지 않았고, 그의 호기심을 극도로 자극하지 않는 얘기 또한 단 한 마디도 없었다.

그는 속으로 중얼거렸다.

'오호라! 이 자리야말로 명당 중의 명당일세! 정말 대단한 골통들이 아닌가! 마치 셔츠 칼라 바꿔 달듯 살인을 논하는군!'

특히 고드프루아 데티그는 사람을 적잖이 놀라게 했다. 어떻게 저 다 정다감한 클라리스가 이런 우중충한 인간의 딸일 수 있단 말인가! 대체 무슨 꿍꿍이속으로 저러고 있는 걸까? 무슨 음침한 동기가 있어서…… 증오, 탐욕, 복수심, 아니면 글자 그대로 잔혹한 본능? 마치 혹독한 무언가를 치르려고 벼르는 그 옛날의 사형집행인을 연상시키는 몰골이 아닌가! 불그스레한 턱수염과 울긋불긋 상기된 얼굴에 심상치 않은 불길이 어른거리는 듯했다.

초대받은 손님 세 명이 연이어 당도했다. 모두가 데티그 영지의 한가족처럼 라울의 시야에 자주 포착되던 인물들이었다. 그들은 한결같이 창문을 등지고 앉아 얼굴을 그늘에 담고 있었다.

급기야 4시가 되자 두 명이 새로 입장했다. 그중 나이가 지긋한 한 명은 프록코트 허리춤을 질끈 동여매 군인 티가 물씬 풍기는 차림새에다, 소위 나폴레옹 3세 스타일이라 칭하는 염소수염을 한 채 문턱에서 척 걸음을 멈추었다.

모두가 일제히 자리에서 일어나 그에게 다가갔다. 라울은 그자야말로 서명이 안 된 수수께끼 같은 편지의 주인공이며, 남작이 보마냥이라는 이름으로 칭한 인물이라는 사실을 즉각 깨달았다.

비록 그 이름에는 성도 없었고, 귀족을 나타내는 단어도 첨가되지 않았지만, 전원이 그를 열광적으로 맞이했다. 그만큼 그자의 태도와 눈빛에는 압도적이고 권위적인 무언가가 묻어 나왔다. 깔끔히 면도한 얼굴에 푹 꺼진 양 볼, 열정으로 이글대며 위엄을 가득 머금은 검은 눈동자 등 복장이나 풍채에서 왠지 준엄하고 금욕적이기까지 한 분위기를 풍기는 것이, 흡사 성직에 종사하는 사람 같기도 했다.

그는 모두 다시 자리에 앉을 것을 권한 다음, 미처 데려오지 못한 친구 브리 백작을 대신해 양해의 말을 한 뒤, 어떤 한 사람을 내세우며 이렇게 소개했다.

"아르콜 공작입니다. 다들 아시겠죠? 아르콜 공작은 우리 편 인사지만, 우연찮게 우리 회합에 참석은 못하고 멀리 다른 곳에서 활발한 활동을 벌이셨지요. 그러나 오늘만큼은 이분의 증언이 반드시 필요해 이렇게 자리를 함께했습니다. 다른 게 아니라 1870년, 아르콜 공작은 이미 두 차례에 걸쳐 저 극악무도한 계집과 직접 마주친 적이 있답니다."

후닥닥 셈을 해보던 라울은 이내 허탈한 기분이 들었다. '극악무도한 계집'이라는 존재는 모르긴 몰라도 쉰 줄을 훌쩍 넘긴 여인일 것이 뻔했다. 아르콜 공작과 마주쳤다는 게 벌써 24년 전이라는 얘기이니…….

어쨌든 공작은 손님들 가운데 자리를 잡았고, 보마냥은 이번엔 고드프루아 데티그를 따로 한쪽으로 데리고 갔다. 아니나 다를까, 남작은 분명 공모를 제의한 바로 그 편지가 들었을 봉투를 돌려주었다. 그리고 둘이서 나지막한 목소리로 잠시 대화를 나누는가 싶었는데, 갑자기 보마냥 쪽에서 단호하고 위압적인 태도로 뚝딱 말을 잘랐다.

그 광경을 보며 라울은 생각했다.

'역시 쉽진 않은 친구인가 보군. 판결은 요지부동이다 이거겠지. 짐승 같은 계집, 사형! 독사 같은 년, 사형! 이러다간 아무래도 옛날 유행

한 익사형(溺死刑. 대혁명 이후 공포정치 시절 많이 행해졌음—옮긴이)이라도 거행되겠는걸!'

보마냥은 어느새 마지막 열로 건너가 앉으려다가 또다시 일장연설을 늘어놓았다.

"동지들, 지금이 우리에게 얼마나 중대한 순간인지 다들 아실 것이오! 모두 장대한 목표에 도달하려는 일념을 품고 단결한 지금, 우리는 너무나도 중차대한 공동의 작업을 진행하고 있습니다. 여러모로 보건대, 나라의 이익을 위시해서 우리 당의 이익과 우리 종교의 이익이— 나는 이 모두를 별개로 보진 않지만—바로 현재 추진 중인 계획의 성공 여부에 달려 있다고 해도 과언이 아니오. 다만 언제부터인가 그 계획이 한 여자의 대담무쌍하고 적극적인 도발에 부닥치고 있는 형편이오. 그녀는 일부 정보를 손에 쥐고, 이제 막 우리가 해결을 목전에 둔 비밀을 파고들기 시작했소. 만약 그 여자가 우리보다 먼저 비밀을 손에 넣을 경우, 지금까지 각고의 노력을 해온 모든 게 하루아침에 무너져버리고 말 것입니다. 그 여자 아니면 우리입니다. 결코 둘 다 승자가 될 수는 없어요. 그러니 일단 시작된 이 전쟁이 부디 우리 쪽에 유리하게 정리되기를 빌어봅시다."

자리에 털썩 주저앉은 보마냥은 앞 의자의 등받이에 두 팔을 걸치고는, 사람들의 시선을 원치 않는 듯 상체를 잔뜩 수그렸다.

몇 분의 시간이 흘러갔다.

여러 사내들이 한 자리에 모여든 걸 보면 뭔가 활발한 대화를 나눌 이유라도 있는 게 당연했으나, 왠지 모두들 입을 굳게 다물고만 있었다. 그저 멀리 들판 쪽에서 엄습해올 법한 소음에만 잔뜩 귀를 기울인 채 긴장하는 분위기였다. 즉, 문제의 그 계집을 사로잡는 일에만 다들 온 정신이 팔려 있는 것이었다. 한시라도 빨리 상대를 손아귀에 그러쥐고 그 면상을 바라보는 일, 그것만이 관심사였다.

문득 데티그 남작이 손가락을 치켜들었고, 어디선가 말발굽 소리가 들려왔다.

"바로 내 마차요."

그가 조용히 중얼거렸다.

과연 그 안에 적이 타고 있을까?

남작은 얼른 문 쪽으로 다가갔다. 평상시와 다름없이 과수원은 텅 비어 있었다. 인부들이 할 일은 건물 앞뜰에 몽땅 몰려 있었던 것이다.

말발굽 소리가 계속해서 다가왔다. 이제 마차는 도로를 벗어나 맨땅을 달리고 있는 게 분명했다. 그러더니 불현듯 두 개의 입구 기둥 사이로 불쑥 마차가 모습을 드러내면서, 마부의 어떤 신호가 남작의 시야에 포착되었다.

"이겼다! 여자를 붙잡았어!"

남작의 환호성과 더불어 사륜마차의 바퀴가 멈췄다. 도르몽은 운전석에서 훌쩍 뛰어내렸고, 루 데스티에 역시 마차 밖으로 뛰쳐나왔다. 두 사람은 남작과 힘을 합해 수족이 꽁꽁 묶이고 거즈 스카프로 얼굴마저 가린 여자를 마차 밖으로 끌어내, 방 안의 정 가운데를 차지하고 있는 거대한 벤치로 운반해왔다.

"조금도 어렵지 않았습니다. 여자가 기차에서 내리자마자 곧장 마차에다 처박아버렸지요. 정말이지 신음 한 번 내지를 틈 없이 카르트슈맹에서 냉큼 낚아챘습니다."

도르몽이 호기 있게 주절대자, 남작이 짤막하게 지시했다.

"스카프를 치우시오. 아울러 운신을 자유롭게 해주어도 상관없소."

그러면서 손수 묶인 결박을 풀어주는 것이었다.

스카프는 도르몽이 걷었고, 마침내 포로의 얼굴이 드러났다.

순간 좌중이 적잖이 술렁이기 시작했고, 라울 역시 밝은 빛 가운데 포로의 면면이 적나라하게 내려다보이는 장소에서 마찬가지로 놀라움에 사로잡혔다. 모습을 드러낸 존재는 그야말로 눈부신 젊음과 아름다움을 간직한 여인이었던 것이다!

하지만 누군가 버럭 외친 고함에 웅성거림이 잦아들었다. 다름 아닌 아르콜 공작이 잔뜩 인상을 찌푸리고 눈을 부라리면서 맨 앞으로 성큼성큼 나선 것이었다.

"이 여자야! 바로 이 여자라고! 알아보겠어. 아, 이런 기막힌 일이 있나!"

남작은 얼른 되물었다.

"무슨 뜻이오? 뭐가 그렇게 기가 막히다는 겁니까? 제대로 설명을 해보시오!"

다음 순간 아르콜 공작의 입에서 튀어나온 말은 도저히 납득할 수 없을 만한 내용이었다.

"나이가 24년 전하고 똑같아 보여!"

여자는 허리를 똑바로 곧추세우고 야무지게 그러쥔 양 주먹을 무릎 위에 올려놓은 채 가만히 앉아 있었다. 아마도 모자는 소동 중에 어디선가 떨어뜨린 듯했는데, 반쯤 헝클어진 머리채는 뒤로 늘어져 금빛으로 얼마간 고정되어 있었고, 엷은 황갈색이 감도는 앞머리는 양 갈래로 정확히 이마를 나누어 양쪽 관자놀이께로 근사한 웨이브를 이루고 있었다.

정말이지 찬탄이 절로 나올 만한 미모였다! 저리도 묵묵한, 아니 심지어는 두려움에 떨고 있을 법한 가운데에도, 지극히 순수한 얼굴 윤곽은 오히려 신선한 미소로 보일 만한 표정을 담고 있었다. 갸름한 턱과 살짝 솟은 듯한 광대뼈 그리고 시원스레 찢어진 눈매와 그윽한 눈꺼풀! 흡사 다빈치나 베르나르디노 루이니(1475~1532. 이탈리아의 화가―옮긴이)가 그린 그림 속 여인을 연상시키는 그 얼굴은 막상 눈에 보이지는 않으면서 어렴풋이 느껴지기만 하는, 그러면서도 사람의 마음을 불안과 감동으로 동시에 후려놓는 매력을 아스라이 풍겼다. 반면 복장은 비교적 단순하고 소박했다. 길게 늘어뜨린 여행용 외투 속으로, 어깨와 허리선이 그대로 살아나는 회색빛 모직 드레스를 받쳐 입은 차림새였다.

라울은 여자에게서 시선을 떼지 않고 생각했다.

'맙소사! 아주 다소곳한 데다, 엄청나게 근사한 여성이로군! 그런데도 저렇게 많이들 모여들어 대적하겠다는 건가?'

여자는 자신을 둘러싼 남자들을 주의 깊게 두리번거렸다. 데티그와 그 친구들, 어스름한 어둠 속에 가려진 다른 얼굴들까지 세세히 더듬으며 얼굴들을 분간하려는 모양이었다.

마침내 그녀의 입이 벌어졌다.

"대체 뭘 원하는 겁니까? 여기 있는 사람들 중에 아는 사람이 하나도 없군요. 도대체 왜 나를 이리로 데려온 겁니까?"

"당신은 우리의 적이오!"

단박에 고드프루아 데티그의 일갈이 튀어나오자, 여자는 천천히 고개를 가로저었다.

"당신들의 적이라고요? 아무래도 혼동이 생긴 모양입니다. 정말 확신하고 이러는 건가요? 나는 마담 펠레그리니라는 사람입니다."

"당신은 마담 펠레그리니가 아니오."

"분명히 말하지만……."

"아니라니까!"

고드프루아 남작은 더욱 강해진 어조로 윽박질렀다.

그러고는 조금 전 아르콜 공작의 입에서 나온 말 못지않게 황당하기만 한 얘기를 불쑥 쏟아내는 것이었다.

"펠레그리니는 18세기 때, 지금 당신이 아버지라고 우기는 어떤 남자가 사용했던 가짜 성 중 하나일 뿐이오!"

이번에는 여자가 당장 대꾸를 못했는데, 마치 방금 튀어나온 엉뚱한 말을 얼른 파악하지 못하는 듯했다. 그러나 여자는 이내 되물었다.

"그렇다면 당신들은 내가 누구라고 생각하는 겁니까?"

"조제핀 발자모, 즉 칼리오스트로 백작부인이오!"

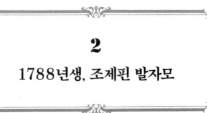

2
1788년생, 조제핀 발자모

칼리오스트로! 루이 16세 치하의 프랑스 궁정과 전 유럽을 일대 흥분과 혼란의 소용돌이로 몰아넣었던 저 기상천외한 인물! 왕비의 목걸이라든가 드 로앙 추기경, 마리 앙투아네트 등 더없이 비밀스러운 삶의 온갖 황당무계한 일화들이 얼마나 대단했던가!

타고난 모사꾼의 재주를 갖추고 실질적인 권력을 제멋대로 휘두르며 전횡을 일삼았던 수수께끼 같은 기인이자, 아직까지도 그에 관해서 충분한 조명이 비춰졌다고는 볼 수 없는 위인……

사기꾼 아니었냐고? 글쎄…… 누가 알겠는가! 보통 인간보다 섬세한 감각을 가진 일부 존재들이 산 자와 죽은 자의 세계 너머로, 우리에게는 금지된 특별한 시선을 종종 던지기도 한다는 걸 과연 대놓고 부정할 수 있겠는가? 이미 사장되어버린 삶의 기억들을 새롭게 되살리고, 때로는 유실된 비밀과 잊혀진 신념, 전생의 지식들을 활용하면서 흔히 초자연적이라 부르는 능력을 탐구하고 행사하는 자를, 과연 일개 협잡

꾼이나 미친 사람으로 치부해도 되는 걸까? 비록 그가 선보이는 재주들이 우리에게는 이제 겨우 통제 가능해진 힘들을 더듬더듬 서툴게 발휘하는 것에 불과할지라도 말이다.

자신의 '관측소'에 숨죽이고 틀어박힌 채, 라울 당드레지는 눈앞의 사정 돌아가는 형국을 한편으론 회의적으로, 또 한편으론 속으로 웃으면서―물론 약간의 께름칙한 느낌도 없진 않았지만―지켜보고 있는데 반해, 그 밖의 참석자들은 이 난데없는 주장을 이론의 여지없는 진실 그 자체로 받아들이는 분위기였다. 그렇다면 모두들 이 문제에 관해 나름대로 특별한 견해와 증거라도 확보해놓고 있다는 뜻일까? 칼리오스트로의 딸 행세를 하고 다닌다는 저 여자에게서, 그 옛날 사악한 마법사 취급을 당하던 저명한 신비주의자의 투시력과 예언능력이라도 봤다는 것일까?

사람들 가운데 유일하게 일어서 있던 고드프루아 데티그는 마침내 젊은 여자에게 잔뜩 몸을 기울이며 넌지시 물었다.

"당신 성이 칼리오스트로 맞지요?"

여자는 잠시 생각에 잠겼다. 필시 가장 효과적인 반박의 수단을 찾는 듯했고, 본격적인 결전에 돌입하기 전에 상대가 준비한 공격 수단들을 가늠해보는 눈치였다. 결국 여자는 차분하게 대꾸했다.

"당신들은 내게 따지고 물을 권리가 없을뿐더러, 그런 질문에 나 또한 굳이 대답할 의무는 없을 겁니다. 다만 내 출생증명서에 조제핀 펠레그리니라는 이름이 올라 있는 터라, 그동안 장난 삼아 나 스스로를 조제핀 발자모, 즉 칼리오스트로 백작부인으로 소개해왔다는 사실을 부인할 필요까진 없겠지요. 칼리오스트로와 펠레그리니라는 두 개의 성으로 내가 늘 흥미로워하던 조제프 발자모라는 인물을 보완해왔다고나 할까요."

"그렇다면 당신이 몇 번 한 얘기와는 상반되게, 그의 직계자손이 아니란 말이오?"

남작이 짚고 넘어가자 여자는 그저 어깨만 으쓱할 뿐 말이 없었다. 신중해서 저러는 걸까? 아니면 경멸의 표시일까? 그따위 엉뚱한 의견에 무언의 항의라도 하겠다는 뜻일까?

고드프루아 데티그는 좌중을 향해 획 돌아서며 말을 이었다.

"나는 지금 이 침묵을 자백으로도, 부정으로도 받아들이고 싶지 않습니다. 이 여자의 말은 하등의 중요성도 없으며, 일일이 논박한다는 것 자체가 시간 낭비라는 생각입니다. 우리는 지금 모두가 두루뭉술하게 알고는 있지만 그 세세한 부분까지는 대부분 모르는 어떤 사안에 관해 중대한 결정을 내리기 위해 이 자리에 모였습니다. 따라서 부득이 정확한 사실관계부터 되짚어보는 게 순서라 생각합니다. 이제 가능한 한 간략하게 간추린 이야기를 읽어드릴 예정이니 모두 주목해주시기 바랍니다."

남작은 라울이 보기에 보마냥이 작성해준 게 분명한 자료를 침착하게 읽기 시작했다.

때는 1870년 3월 초, 그러니까 프랑스와 프로이센 간의 전쟁이 있기 넉 달 전이었다. 파리로 몰려든 외국인들 가운데 단연 화제의 돌풍을 불러일으켰던 인물은 칼리오스트로 백작부인이었다. 아름다운 미모에 우아한 기품, 게다가 화려하기 그지없는 씀씀이까지 겸비한 그녀는 거의 대부분 혼자 아니면 남매지간이라는 한 젊은이를 대동하고서, 사교계이든 어디든 가는 곳마다 열화와 같은 환영과 호기심의 대상이 되었다. 일단 그녀가 내세운 이름부터가 그럴듯하거니와, 자신의 과거나 미래에 관해 의논을 구해오는 주변 사람들에게 묘한 대답들을 흘리거나 기발한 요법을 슬쩍 베풀어주는 등, 신비스럽기 그지없는 행동거지를 통해 저 유명한 칼리오스트로를 연상케 하는 방식이 대단한 호응을 얻었던 것이다. 소위 칼리오스트로 백작이라 불리는 조제프 발자모(원래는 주세페 발자모(Giuseppe Balsamo. 1743~1795)—옮긴이)라는 인물은 알렉상드르 뒤마의 소설을 통해 대중적으로 유명해진 존재이다(『주세페 발자모: 어느 의사의 회고록』—옮긴이). 바로 그가 써먹었다는 것과 똑같은 방법들을 그녀는 보다 대범하게 휘두르고 다니면서 자기가 정녕 칼리오스트로의 여식이며, 영원한 젊음을 유지하는 비결에 정통했다고 떠벌리는가 하면, 나폴레옹 1세 치하에서 겪었던 사건이나 마주쳤던 인물들에 대한 일화를 싱글벙글 웃으며 늘어놓곤 했다.

그런 그녀의 위세가 얼마나 대단했던지 튈르리 궁마저 순순히 그녀 앞에 개방되었고, 마침내는 나폴레옹 3세의 궁전에 모습을 드러내기까지 했다. 그중에서도 외제니 황후께서 최측근들만을 모아 아름다운 백작부인을 중심으로 개최했다는 비공식 연회 얘기가 많이 회자되고 있다. 당시 어디서나 흔히 눈에 띄던 지하 풍자신문 『르 샤리바리』의 한 호는 편집자 중 한 명이 우연히 참석하게 된 그 연회의 광경을 소개하고 있는데, 그중 일부를 다음과 같이 발췌해본다.

어딘가 「라조콘다」를 연상시키는 용모. 별로 변화가 없는 표정 가운데 다소 심술궂고 냉혹한 느낌이면서도 약간은 아양을 떠는 듯, 약간은 어수룩한 듯 보이는 얼굴이다. 눈빛 속에 연륜이 배어 있고 한결같은 미소 속에는 인생의 쓰디쓴 맛이 묻어나는 것만 본다면 심지어 여든 나이라 할 수도 있는 분위기를 갖추고 있다. 그러다 어느 한순간 주머니에서 앙증맞은 황금 거울을 불쑥 꺼내 눈에 띄지 않는 플라스크를 기울여 그 위에 물을 두 방울 떨군 뒤, 쓱싹 문지른 다음 그 안에 스스로를 비춰본다. 그러면 다시금 경탄할 만큼 젊어진 여인의 얼굴이 오롯이 떠오르는 것이다.

우리가 깜짝 놀라 비결을 물으면 그녀는 이렇게 대답한다.

"이 거울은 칼리오스트로의 소유물이랍니다. 누구든 신념을 갖고 그 안의 자신을 들여다보면 시간이 정지해버리고 말지요. 보세요, 손잡이에 1783년이라고 연도가 새겨져 있습니다. 그 아래에는 네 개의 위대한 수수께끼를 뜻하는 네 줄의 문구가 따라나오지요. 그 수수께끼들은 칼리오스트로 자신이 마리 앙투아네트 왕비의 입을 통해 직접 전해 들었다며 반드시 해결하리라 다짐을 했다는데, 전해지는 얘기로는 그것을 해결하는 자가 곧 왕 중의 왕이 될 거라고 합니다."

"대체 무슨 내용들인지 알 수 있겠습니까?"

누군가 또 그렇게 묻자 대답이 돌아왔다.

"안 될 것 없죠. 그걸 안다고 해서 비밀이 풀리는 것도 아니거니와, 칼리오스트로 자신도 미처 그럴 여유가 없었답니다. 따라서 나도 여러분에게 그 표제, 즉 제목들밖에는 전해드릴 수가 없습니다. 보시다시피 다음과 같지요(이 중 첫 번째 수수께끼는 모리스 르블랑의 비(非)뤼팽 추리소설『줄타기 무희 도로테아』(1923년 작)에서, 두 번째는『서른 개의 관』, 세 번째는『기암성』에서 각각 해결된 바 있다—옮긴이).

보물은 참나무 속에 있다.
보헤미아 왕가의 판석(板石).
프랑스 제왕의 보물.
칠지(七枝) 촛대.

그녀는 곧이어 우리 모두를 상대로 상담을 해주면서 기겁을 할 만한 사실들을 적나라하게 털어놓았다. 하지만 그것은 아직 서곡에 불과했고, 황후께서 개인적인 문제는 되도록 제쳐놓은 채 미래의 일에 관해 얼마간 해명을 해달라고 주문하자, 백작부인은 거울을 내밀며 말했다.

"황후마마, 외람되오나 여기다 대고 가볍게 입김을 한 번만 불어주시면 감사하겠습니다."

그러고는 거울 면에 부옇게 서린 입김을 가만히 들여다보더니 이렇게 중얼거리는 것이었다.

"정말이지 대단한 것들이 보입니다. 올 여름에 엄청난 전쟁이 터집니다. 승리가 있고…… 개선문으로 군대가 귀환하며…… 모두들 황제 폐하를 연호합니다. 황태자를 부르기도 하는군요."

이상이 문서상으로 우리 손에 전해진 내용이다. 그 신문 자체가 실제로 전쟁 발발 불과 몇 주 전에 발간한 것인 만큼 놀랍기 그지없다. 대체 이런 놀라운 말을 했던 여자는 누구일까? 위험천만한 예언을 들먹거리면서 불운한 황후의 연약한 심기를 어지럽히고, 결국 1870년의 재앙을 유발한 측면마저 없지 않은 이 대담한 여걸의 정체가 과연 무엇이겠느냐! 하긴 그 당시 『르 샤리바리』를 보면 누군가 그녀에게 이렇게 물었다는 얘기도 있다.

"좋습니다. 칼리오스트로의 따님이라고 해두죠. 그럼 당신 모친은 누구신지요?"

여자는 이렇게 대답했다.

"내 어머니 역시 칼리오스트로와 동시대 사람들 중에서도 지체 높은 분을 찾아야 할 겁니다. 아뇨, 눈을 좀 더 높이 올려봐요. 그렇죠, 바로 그겁니다! 조제핀 드 보아르네, 보나파르트의 미래의 배우자, 미래의 황후 말입니다."

  사태가 이쯤 되자, 결국 나폴레옹 3세의 경찰로서도 더는 두고만 볼수가 없었다. 그해 6월 말, 최정예 경찰관 중 한 명이 심혈을 기울인 조사 끝에 한 편의 간결한 보고서를 올리기에 이르렀다. 그것을 여기에 다시 소개한다.

  그 여인의 이탈리아 국적 신분증명서에는 출생 날짜가 심히 의심스럽긴 하지만, 일단 1788년 7월 29일생, 팔레르모 출신, 칼리오스트로 백작부인, 조제핀 펠레그리니발자모라고 기입되어 있습니다. 그래서 즉각 팔레르모를 방문해 조사해본 결과, 모르타라나 교구의 오래된 교적(敎籍) 속에서 1788년 7월 29일, 조제프 발자모라는 남자와 조제핀 드 라 P. 모모라는 프랑스 왕의 시녀 사이에 한 아이의 출생신고가 기재되어 있음을 발견했습니다.

  과연 그 시녀라는 여자의 이름이, 드 보아르네 자작의 전처가 처녀 때 가졌던 이름인 조제핀 타셰 드 라 파주리였을까요? 정녕 보나파르트 장군의 미래의 배필이었겠느냐는 말입니다! 결국 그 방향으로 힘겨운 조사를 꾸준히 밀고 나가던 중, 파리 헌병대 소속 어떤 중위의 편지를 통해 일련의 사실에 접하게 되었습니다. 즉, 1788년 저 유명한 '목걸이 사건' 이후 국외 추방당했던 칼리오스트로 경이 펠레그리니라는 성으로 퐁텐블로의 어느 호텔에 거주하고 있는 것을 거의 체포할 뻔한 적이 있다는 내용이었습니다. 당시 그는 매일 키 크고 날씬한 귀부인의 내방을 받고 있는 것으로 알려졌는데, 공교롭게도 같은 시기에 조제핀 드 보아르네 역시 퐁텐블로에 거주하고 있었다는 겁니다. 물론 그녀 역시 훤칠하고 마른 몸매의 소유자였죠. 아무튼 체포작전을 개시하기로 정한 바로 전날, 칼리오스트로는 감쪽같이 자취를 감추었답니다. 그리고 다음 날에는 조제핀 드 보아르네마저 온데간데없이 그 지역을 떠나버렸습니다. 문제는 그 후 한 달이 지나고서 팔레르모에 한 아이가 태어났다는 사실입니다.

사실 이 정도 우연의 일치는 특별히 주목할 만하다고는 볼 수 없을지 모릅니다. 하지만 그것을 다음 두 가지 사실과 비교해본다면 갑자기 심상치 않은 의미로 다가옴을 느낄 수 있을 겁니다! 그러니까 18년이 지난 어느 날, 말메종에 은거한 조제핀 황후는(『뤼팽 대 홈스의 대결』 418쪽 참조—옮긴이) 어느 소녀 한 명을 자신의 대녀 삼아 들였는데, 그 아이가 조만간 황제의 귀여움도 독차지해 나폴레옹이 마치 사내아이처럼 아끼며 함께 놀아주었다는 얘기입니다. 그 아이의 이름이 과연 무엇일까요? 바로 조제핀이거나 아예 조진으로 불렸다고 합니다.

얼마 후 제국이 몰락하자, 러시아 황제 알렉상드르 1세는 조진을 데려다가 러시아로 보냅니다. 이때부터 그녀에게 따라붙은 호칭이 바로 칼리오스트로 백작부인이었다고 하는군요.

데티그 남작은 맨 마지막 말의 여운을 되도록 오래 끌기 위해 입을 다물었다. 다들 그의 이야기에 완전히 몰입되어 있었다. 이 믿을 수 없는 이야기에 라울 역시 황당해하면서 백작부인의 얼굴 속, 일말의 감정 변화라도 포착하기 위해 눈을 부라렸다. 하지만 여자는 그 웃음기 머금은 눈망울을 여전히 아름답게 반짝이면서 미동도 하지 않았다.

남작은 계속 몰아붙였다.

"이 보고서는 물론이고, 평소 튈르리 궁에 미친 백작부인의 위험천만한 영향력은 결국 그녀 자신의 운을 재촉하는 결과를 낳고 말았습니다. 그녀뿐만 아니라 그녀의 남동생에 대한 국외추방령이 발효된 것이죠.

즉각적으로 남동생은 독일로, 누이는 이탈리아로 건너가게 됩니다. 그녀는 한 젊은 장교의 호위하에 어느 날 아침 모단(이탈리아 북쪽 사보아 지방의 지명―옮긴이)에 도착했고, 장교는 여인에게 깍듯한 예를 갖춰 인사했습니다. 그자의 이름은 아르콜 공작. 사실 앞서 언급된『르 샤리바리』라는 신문과, 우표와 서명까지 고스란히 남겨진 비밀 보고서 원본 모두 바로 그 젊은 장교가 확보하고 있었기에 세상에 나올 수 있었죠. 아울러 그는 방금 전에 여러분들이 보는 앞에서 그 당시 아침에 보았던 여인과 오늘 이 자리에서 본 이 여자가 동일인물임을 확실히 증언했습니다.”

아르콜 백작은 자리에서 벌떡 일어나 진지한 어조로 말했다.

“나는 기적을 믿지 않습니다만, 내가 증언한 내용은 그 자체로 기적이나 다름없습니다. 그럼에도 불구하고 나는 군인으로서의 명예를 걸고 지금 이 여자가 24년 전 모단 역에서 인사를 나눴던 바로 그 여자가 틀림없다고 단언하지 않을 수가 없습니다.”

“그럼 예의를 갖춘 말 한마디 없이 그저 고개만 꾸뻑한 건가요?”

갑자기 조제핀 발자모가 은근히 떠보듯 내뱉었다.

그녀는 이제 완전히 공작 쪽을 돌아본 채 약간 빈정대는 투까지 섞어가며 묻고 있었다.

“무슨 뜻이오?”

“무슨 뜻이냐 하면, 무릇 프랑스 장교란 어여쁜 여성을 단순히 판에 박은 인사만으로 배웅하기에는 너무도 우아한 예법을 터득하고 있다는 말씀입니다.”

“그래서요?”

“그래서 당신이 그때 분명 무슨 말이든 했을 거라는 얘기지요.”

“글쎄올시다. 잘 기억은 나지 않는군요.”

아르콜 공작은 이미 당황한 기색이었고, 여자는 계속했다.

결정판 아르센 뤼팽 전집

"당신은 그때 유배당한 여자 쪽으로 잔뜩 몸을 기울여 손등에다가 필요 이상으로 길게 입맞춤을 했습니다. 그리고 이렇게 말했지요. '마담, 이렇게 함께했던 짧고도 행복했던 시간이 결코 그것만으로 끝나는 게 아니기를 바랍니다. 저로선 결코 잊지 못할 시간이었으니까요.' 그러더니 집적대려는 뜻을 노골적으로 보이면서 특유의 어조로 거듭 뇌까렸답니다. '결코 말이오, 마담. 알겠습니까? 결코 말입니다.'"

사실 아르콜 공작은 누가 봐도 흠잡을 데 없이 살아온 점잖은 인사였다. 하지만 무려 사반세기가 흐른 과거의 한순간을 이처럼 정확히 지적해내자, 그 앞에서 갈피를 못 잡고 더듬거렸다.

"마, 맙소사!"

하지만 이내 정신을 추스르고는 또박또박 끊어지는 말투로 다시금 공세를 취하려 들었다.

"내가 잊은 모양이로군요, 마담. 그때의 만남이 그 정도로 즐거웠던 거라면, 두 번째 만남의 기억 때문에 아마 흔적도 없이 지워진 모양입니다."

"두 번째라뇨, 므슈?"

"바로 그 이듬해 초였지요. 패전 후 강화조약 체결 협상차 프랑스 전권사절을 수행하고 베르사유에 들렀을 때입니다. 비스마르크의 전속 부관도 섞여 있는 일군의 독일 장교 무리와 더불어 어느 카페 테이블에 앉아 웃고 마시던 당신을 목격했지요. 바로 그날 나는 튈르리 궁에서의 당신 역할이 무엇이었으며, 누구의 첩자 노릇을 해왔었는지 비로소 깨닫게 되었습니다."

이처럼 황당무계하게 보이는 인생 역정과 그와 관련한 충격적인 폭로전은 기껏해야 10분도 채 안 되는 시간에 무차별적으로 쏟아져 나왔다. 그동안 누구도 따로 나서서 논쟁을 벌이지 않았고, 누구 하나 근사한 웅변이라도 시도해 기발한 주장 하나 제시하려 들지 않았다. 그저 더도 덜도 아닌 사실들만이 차근차근 공개되고 있었던 것이다. 하지만 그 하나하나는 제각각 가공할 파괴력을 갖춘 증거들이었으며, 저토록 젊디젊은 여자에게서 100년도 넘는 과거의 기억을 환기한다는 점에서 기절초풍할 만한 진술들이었다.

라울 당드레지는 뭐가 뭔지 도저히 정신을 차릴 수가 없었다. 그에게 지금 눈앞에서 펼쳐지는 광경은 무슨 소설이나 기상천외한 연극에서 따온 것처럼 보였고, 이 모든 얘기들을 더없는 현실로 받아들이는 참가 자들 역시 바로 그 현실에서 한참 벗어나 있는 허깨비들처럼 느껴졌다. 물론 라울도 지난 시대의 마지막 잔재인 시골 귀족들의 보잘것없는 지 성에 대해 모르는 바는 아니었다. 하지만 저 여인에게 부과된 나이만으 로도 이건 도저히 얘기가 되지 못한다는 사실을 어떻게 저리도 외면할 수 있단 말인가! 설사 뭐든 쉽게 혹할 만큼 우매할지라도, 눈앞의 사물 을 바로 볼 수 있는 눈조차 가지지 못했다는 말인가?

그러고 보면 그들 앞에 대령한 칼리오스트로가(家) 여인의 태도 또한 기이하기는 마찬가지였다. 도대체 왜 침묵하고 있는 걸까? 저렇게 멀뚱 하니 있다는 것은 저들의 주장을 자인하는 꼴이거나, 적어도 마지못해 받아들인다는 뜻이 아닌가? 뭔가 꿍꿍이속을 채우기 위해 정녕 불사불 로의 전설을 포기하지 않겠다는 말인가? 그것도 아니라면, 자신의 목숨 이 경각에 달려 있다는 것을 전혀 의식하지 못한 채 지금 이 사태를 그 저 엉뚱한 장난처럼 여기고 있기라도 한 걸까?

마침내 데티그 남작이 결론을 내렸다.

"어쨌든 과거의 사정은 그렇습니다. 과거와 오늘날의 상황을 연결시 키는 몇 가지 중간 단계의 에피소드들에 관해선 장황한 얘기는 하지 않 겠습니다. 그저 칼리오스트로 백작부인인 조제핀 발자모가 철저하게 무대 뒤에 머물면서, 불랑제 장군 지지운동(불랑제 장군(1837~1891)을 중심으로 한 제정복구 움직임. 모리스 르블랑이 파리에 정착했던 1888년 말 세간의 화제가 되었다—옮긴이) 같은 희비극이나 파나마 사건 등 국내에서 벌어진 크고 작은 불상사들 속에 항상 자신의 자취를 남겨왔다는 정도로 짚고 넘어가지요. 애석하게도 그런 것들에 관해 우리에게는 그녀의 비밀스러운 역할을 시사하는 듯한 어렴풋한 단서들뿐, 확실한 물증은 없는 실정입니다. 아무튼 그쯤 해두고, 이제 현재의 시기로 넘어와서 얘기를 진행시켜보기로 합시다. 아차, 한마디만 하고 넘어가죠. 이보시오, 마담. 지금까지 언급된 점들에 대해 무슨 할 얘기라도 있소?"

"네."

여자의 대답이었다.

"어서 해보시오."

"보아하니 마치 중세 때의 마녀재판식으로 나를 탄핵하려는 것 같은데, 지금까지 이 한 몸을 겨냥해 집적해온 혐의점들을 진정으로 심각하게 생각하고 있는 건지 묻고 싶습니다. 만약 그런 것이라면, 마녀에다 간첩에다 타락한 여자에다, 저 준엄한 종교재판소가 절대 용서하지 않을 모든 죄목이 총동원된 셈이니 지금 당장 화형이라도 시켜야 하는 게 아닐까 합니다만."

젊은 여자가 여전히 다소간 비틀린 어조로 말하자, 고드프루아 데티그는 즉각 대꾸했다.

"아니요. 이상의 잡다한 짓거리들은 당신이라는 존재의 정체를 되도록 정확히 규명하기 위해 열거해본 것에 불과하오."

"그래서 나에 대한 명확한 이미지를 방금 규명했다고 믿으시나요?"

"우리에게 지금 문제가 되는 관점으로 보자면, 그렇다고 할 수 있소."

"별로 욕심이 없으시군요, 다들. 그래, 그 '잡다한 짓거리들' 사이에 무슨 공통점이 있다고 보시는지요?"

"세 가지로 요약해보리다. 우선 한결같이 당신을 알아보는 증인들의 진술이 존재하고, 그것을 통해 가장 아득한 과거로까지 차츰차츰 거슬러 올라갈 수 있다는 것이오. 그다음은 당신이 드러내놓고 자백을 한다는 점이오."

"자백이라니?"

"당신은 아까 아르콜 공작에게, 지난날 모단 역에서 그와 주고받았던 말을 그대로 상기시켜주었소."

"그렇군요. 마지막 세 번째는 뭐죠?"

"여기 당신을 묘사한 초상이 세 장 있는데, 한번 잘 살펴보시오. 이만하면 닮지 않았소?"

여자는 상대가 내민 그림과 사진을 가만히 바라보더니 소리쳤다.

"어쩜 세 장 다 나로군요!"

"첫 번째 것은 1816년 모스크바에서 칼리오스트로 백작부인인 조진을 담은 세밀화입니다. 두 번째 것은 1870년에 찍은 사진이지요. 그리고 마지막은 최근 파리에서 찍은 거요. 셋 모두 당신 서명이 들어가 있습니다. 같은 서명에 같은 필체, 끄트머리에서 멋을 부린 흔적까지 똑같은 게 보일 거요."

"그래서 뭐가 어떻다는 건가요?"

"결국 같은 여자가……."

여자가 불쑥 가로막았다.

"같은 여자가 1816년과 1870년에 가졌던 얼굴을 1894년에도 똑같이 간직하고 있다는 거로군요. 그러니 화형을 당해 마땅하다!"

"웃지 마시오, 마담! 이곳에 모인 사람들에게 웃음만큼 지독한 모독도 없다는 걸 잘 알텐데."

여자는 더 이상 못 참겠다는 동작을 취하더니 벤치의 팔걸이를 탁 치며 소리쳤다.

"이것 보십시오, 므슈! 이제 이런 장난은 그만두시지요! 대체 왜 이러는 겁니까? 내가 무얼 잘못했다고 이러세요? 도대체 내가 왜 여기 있어야 하는 겁니까?"

"마담, 당신이 이곳에 와 있는 이유는 그간 저지른 살인죄에 대해 우리에게 해명하기 위해서요."

"살인죄라니요?"

"원래 우리는 전부해서 열두 명이었소. 열두 명이 하나의 목표에만 매진해왔지요. 그런데 지금은 아홉 명뿐이오. 두 명이 당신 손에 살해되었기 때문이오."

적어도 라울이 내려다보기에는 일종의 그림자, 아니 한 점 떠도는 구름처럼 「라조콘다」의 미소가 여자의 얼굴을 순간적으로 스치는 게 느껴졌다. 그러고는 금세 그 아름다운 얼굴이 평상시의 덤덤한 표정으로 잽싸게 돌아가는 것이었다. 마치 이 세상 그 어느 것도, 심지어 이처럼 노골적으로 던져진 끔찍한 비난조차 여인의 평온함을 건드리지는 못할 것 같았다. 그녀는 일상적인 감정 상태와는 전혀 무관한 듯, 아니 설사 그런 감정 상태에 있다 해도 인간이라면 누구나 지지고 볶고 할 공포와 분노, 울분의 표정으로는 결코 심중을 드러내지 않을 존재처럼 보였다. 정말이지 기이한 일이 아닌가! 죄가 있든 없든 이런 상황이라면 누구나 발끈이라도 할 것을, 그녀는 그저 침묵만 고수할 뿐이었다. 그 어떤 징표로도 여인의 태도가 과연 결백의 표시인지 무시의 표현인지 가늠할 수 있게 해주지 못했다.

남작의 동료들도 독하게 일그러진 표정으로 꼼짝 않고 여자의 동태만 지키고 있었다. 한편 그들의 등 뒤에 가려 조제핀 발자모의 시선으

칼리오스트로 백작부인

49

로부터 안전하게 차단된 보마냥을 라울은 숨죽여 지켜보았다. 여전히 그는 앞 의자 등받이에 팔꿈치를 괸 채 얼굴을 두 손에 파묻은 상태였다. 그런데 자세히 보니 약간 벌어진 손가락 사이로 이글거리는 시선이 새어나와 적의 얼굴에 정확히 꽂히는 것이었다.

마침내 쥐 죽은 듯한 적막 속에서 고드프루아 데티그는 기소장을, 아니 신랄한 고발 내용이 담긴 세 건의 탄핵문을 낭독하기 시작했다. 지금까지 그래온 것처럼 공연한 세부사항들을 주워섬기거나 목소리에 일부러 힘을 주지도 않고, 마치 무슨 보고서를 읽어 내려가듯 메마른 목소리였다.

"지금으로부터 18개월 전, 우리 가운데 가장 젊은 친구인 드니 생테 베르는 르아브르 근방 자신의 소유지에서 사냥을 하고 있었습니다. 그러다 오후가 저물 무렵, 함께하던 소작인과 경호원마저 모두 뿌리치고

결정판 아르센 뤼팽 전집

엽총을 어깨에 한가로이 걸친 뒤, 자기 말로는 바다로 지는 태양을 구경하러 절벽 꼭대기까지 올라갔습니다. 그날 밤 그는 집에 돌아오지 않았습니다. 다음 날 바닷물이 철썩이는 바위 위에 널브러져 있는 그의 시체가 발견되었습니다. 과연 자살이었을까요? 드니 생테베르는 활달한 성격에 몸도 건강했고, 부자였습니다. 뭐하러 스스로 목숨을 끊겠습니까? 그럼 살인이었을까요? 당시로선 그런 생각은 꿈에도 할 수 없었죠. 결국 사고로 결론지어졌습니다. 뒤이은 6월, 우리 가운데 또 한 번의 흉사가 비슷한 상황에서 찾아오게 됩니다. 아주 이른 아침, 갈매기 사냥을 즐기던 조르주 디노발은 디에프의 절벽 발치에서 어처구니없게도 해초에 발이 미끄러지는 바람에 머리를 바위에 찧고 그만 정신을 잃었답니다. 몇 시간 뒤 두 명의 지나던 낚시꾼이 그를 발견했을 때는 이미 싸늘한 시체가 되어 있었습니다. 미망인과 딸 둘만 달랑 남겨놓고 그렇게 세상을 뜬 거죠. 그것 역시 사고였을까요? 네, 미망인과 고아 소녀 둘에게는 사고로 정리가 된 상태입니다. 하지만 우리에겐 어떨까요? 이처럼 소소한 모임에서 두 명씩이나 연달아 그 같은 불상사를 입는다는 게 과연 우연의 소치일 수 있을까요? 우리 열두 명의 동지들은 위대한 비밀을 파헤치기 위해 이렇게 모였고, 엄청난 목표를 내다보며 결연히 뭉쳤습니다. 바로 그중 두 명이 불의의 습격을 당한 것이죠. 이러니 그들을 해침으로써 우리 모두가 추구하는 과업에 타격을 가하겠다는 모종의 음모가 있다고 어찌 가정하지 않을 수 있겠습니까? 다행히 아르콜 공작이 앞장서서 우리의 어두운 눈을 밝게 열어주었고, 올바른 방향으로 이 일을 해결할 수 있도록 도와주었습니다. 아르콜 공작은 우리 말고도 저 위대한 비밀에 관해 알고 있는 존재가 더 있다는 것을 간파했지요. 그는 칼리오스트로의 자손 대대로 전수되었다는 네 개의 기발한 수수께끼가 외제니 황후의 연회 자리에서 심심찮게 회자되었다는 사실을 알고 있었고, 그중 하나가 바로 우리의 관심 대상과 똑같은, 일곱 개 가지가 달린 칠지(七枝) 촛대의 수수께끼임에 주목하게 되었습니다. 그러니 그 비밀에 관한 전설을 전수받은 사람들을 대상으로 조사하는 게 당연했죠. 동원 가능한 강력한 조사 수단들을 적극 활용한 끝에 보름 만에 수확이 있었습니다. 파리의 어느 외딴 거리에 위치한 개인 호텔에 펠레그리니라고 불리는 한 부인이 살고 있는데, 무척이나 호젓한 생활을 하는 그녀의 동태가 몇 달 동안 감쪽같이 어디론가 잠적하는 등 여간 수상쩍은 게 아니었던 겁니다. 놀랄 만한 미모의 소유자임에도 불구하고 행실이 지극히 준수한 것도 유별나지만, 특히 남의 시선을 되도록 피해가면서 칼리오스트로 백작부인이라는 이름으로 마술이라든가 신비주의, 흑(黑)미사 등에 몰두하는 모임을 전전한다는 사실이 우리의 주목을 끌었지요. 우리는 즉시 그 여자의 바로 이 사진을 입수해서 당시 스페인을 여행 중이던 아르콜 공작에게 보냈습니다. 사진을 본 그는 예전에 본 적이 있던 바로 그 여자를 알아보고는 기겁을 했습니다! 마침내 우리는 그녀가 어디어디로 그토록 돌아다녔는지 샅샅이 쑤셨습니다. 그랬더니 아나나 다를까, 생테베르가 르아브르 근처에서 죽었던 그날 여자 역시 르아브르를 지나던 중이었고, 조르주 디노발이 디에프의 절벽 발치에 누워 단말마의 신음을 흘리던 그때도 여자는 디에프를 지나가던 중이지 않겠습니까! 나는 죽은 동지들의 유가족들을 따로 신문해보았습니다. 역시나 조르주 디노발의 미망인 얘기가, 최근 남편이 어떤 여인과 교류하고 있었는데, 그 때문에 몹시도 괴로워하더라는 것이었습니다. 그런가 하면 생테베르가 끄적여놓은 일종의 비망록이 그 친구 모친에 의해 보관되어오다 다른 서류들 틈에서 발견되었는데, 그 내용은 칠칠치 못하게도 우리 열두 명의 동지들 이름과 칠지 촛대 얘기를 적어놓은 수첩이 웬 여자의 손에 도난당했다는 것이었습니다. 그로써 이미 모든 사정이 훤하게 밝혀진 셈이었죠. 생테베르가 잔뜩 열을 올렸던 바로 그 여자가 우리의 비밀 일부를 냄새 맡았고, 더 많은 것을 원하게 되면서 조르주 디노발에게도 고의적으로 접근해 마음을 호렸던 거였습니다. 그렇게 해서 결국 두 남자의 비밀을 몽땅 빼내 들은 여자는, 나중에 자신의 정체가 다른 동지들에게도 알려질까 걱정한 나머지 그 두 애인을 아예 없애버린 것이죠. 여기 우리 눈앞에 있는 이 여자가 말입니다!"

고드프루아 데티그는 다시금 말을 멈추었다. 이번 침묵도 보통 답답하고 무거운 게 아니어서, 그곳에 모인 모든 판관들은 엄청난 고뇌가 짓누르는 분위기 속에 그만 밀랍인형들처럼 굳어버린 듯했다. 단 한 명, 칼리오스트로 백작부인만이 마치 그동안의 단 한 마디 말도 자기에겐 와 닿지 않는다는 듯, 되는대로 방심한 태도를 보이고 있었다.

여전히 길게 엎드려서 사태를 주시하던 라울 당드레지는 젊은 여자의 육감적이고 매력적인 미모에 감탄을 연발하면서도, 그녀를 겨냥한 불리한 증거들이 계속해서 쌓여가는 것에 적잖은 불안을 느꼈다. 매섭고 혹독한 탄핵의 움직임이 여자를 점점 옥죄어가고 있었다. 사방으로부터 온갖 사실진술들이 그녀를 공격했고, 조만간 보다 직접적인 공세가 쇄도해올 것이라는 점엔 의심의 여지가 없었다.

"자, 이제 세 번째 살인죄목에 대해서도 말해드릴까?"

불쑥 침묵을 깬 남작에게 여자는 나른하게 대꾸했다.

"좋으실 대로 하시죠. 당신이 내뱉은 모든 얘기들은 한마디로 어불성설입니다. 이름조차 모르는 사람들을 나와 결부시켜 얘기하고 있어요. 그러니 거기에 죄목이 한두 개 더 늘건 줄 건……."

"그럼 생테베르와 디노발을 전혀 모른다 이거요?"

여자는 대답 대신 어깨를 한 번 으쓱했을 뿐이다.

고드프루아 데티그는 여자 쪽으로 몸을 바짝 기울이고는 한껏 낮은 음성으로 중얼거렸다.

"정 그렇다면 보마냥은 어떻소?"

여자는 순박한 눈빛을 쳐들어 고드프루아 남작을 바라보았다.

"보마냥이라뇨?"

"그렇소. 당신이 세 번째로 살해한 우리 동지 말이오. 그리 오래되진 않았지. 불과 몇 주전이었으니까…… 독살당했소. 그 역시 모른다고 할 셈이오?"

결정판 아르센 뤼팽 전집

3
마녀재판

　대체 이건 또 무슨 소리인가? 라울은 보마냥을 뚫어지게 쏘아보았다. 그는 서두르는 기색 없이 슬그머니 일어나, 동지들 틈새로 몸을 숨겨가며 차츰차츰 다가오더니 조제핀 발자모의 곁에 조용히 앉았다. 하지만 남작에게 고개를 돌리고 있던 여자는 전혀 눈치를 못 챘다.

　그제야 라울은 보마냥이 왜 지금껏 숨듯이 앉아 있었는지, 저 젊은 여인을 향해 얼마나 가공할 함정이 입을 벌리고 있는 건지 감을 잡았다. 만약 진실로 그녀가 보마냥을 독살하려 했다면, 그래서 그가 죽은 줄로만 알고 있다면, 막상 버젓이 두 눈을 뜬 채 자신을 고발하려고 앞에 나와 있는 장본인을 대하는 순간 기겁을 할 게 분명하다! 반대로 전혀 미동도 하지 않고 다른 사람들과 마찬가지로 낯선 사람 대하듯 한다면, 이는 그녀 자신에게 더없이 유리한 증거로 작용하는 셈이다.

　가슴이 조마조마한 가운데 여자가 저들의 음모를 좌절시키기를 얼마나 바랐는지, 라울은 자기라도 어떻게든 나서서 그 내막을 알려줄 참이었다. 하지만 결코 다 잡은 먹이를 놔주지 않으려는 듯 데티그 남작은 이렇게 다그쳤다.

"독살 기도를 전혀 기억하지 못한다는 거죠?"

여자는 눈썹을 한껏 찌푸리며 거듭 짜증스러운 기분을 드러냈을 뿐, 아무 대꾸도 하지 않았다.

마치 증인의 말실수를 꼬치꼬치 캐고 드는 수사판사처럼, 남작은 여자에게 잔뜩 몸을 기울이고 쉴 틈을 주지 않았다.

"보마냥이라는 사람 역시 전혀 모르는 사람이다? 자, 어서 말해보시오! 그를 모른다 이겁니까?"

여자는 여전히 묵묵부답. 아니 정확히 말해 이처럼 끈질기게 강조하는 상대의 태도에 오히려 의혹이 드는 모양이었다. 그래서 그런지 예의 그 야릇한 미소 속에도 약간의 불안감이 서려 있었다. 마치 추적에 몰리고 있는 짐승처럼 여자는 뭔가 숨어 있지나 않는지 킁킁거리면서, 어둠침침한 구석구석을 예리한 시선으로 파헤쳤다.

우선 고드프루아 데티그를 주시하더니 라 보팔리에르와 베네토 쪽을 더듬었고, 그다음으로 보마냥이 똬리를 틀고 있는 방향으로 눈길을 돌리는데……

바로 그 순간, 마치 유령이라도 본 사람처럼 갑작스럽게 움찔하는 동작과 더불어 여자가 눈을 질끈 감았다. 그러고는 끔찍한 영상을 밀쳐내려는 듯 두 팔을 어색하게 내뻗으며 중얼거렸다.

"보마냥…… 보마냥이……"

자백하는 것일까? 마침내 허물어지면서 죄를 고백하려는 것일까? 보마냥은 기다리고 있었다. 잔뜩 그러쥔 두 주먹과 실핏줄이 튀어나온 이마, 초인적인 의지로 한껏 일그러진 얼굴을 한 채, 그는 모든 저항을 궤멸시켜버릴 만한 위기가 상대의 심중을 차지하길 요구했다.

실제로 어느 한순간 자신의 그런 기도가 성공했다고 믿었다. 여자의 기세가 한풀 꺾이면서 정복자의 처단에 모든 걸 맡기는 듯한 기색을 읽은 것이다. 격렬한 쾌감에 보마냥의 얼굴 전체가 환해지는 듯했다. 하지만 부질없는 희망이었나! 잠깐의 멍한 상태에서 벗어난 여자가 벌떡 일어섰다. 그녀의 마음은 시시각각으로 평정을 되찾아갔고, 미소가 돌아왔으며, 누구도 감히 반박하기 어려운 진실 그 자체에 어울리는 논리 정연함으로 이렇게 입을 열었다.

"정말이지 깜짝 놀랐어요, 보마냥. 신문에서 당신의 사망기사를 읽었거든요. 그런데 왜 당신 동료들이 이런 식으로 나를 속이려 한 것일까요?"

라울은 지금까지 벌어진 사태는 기껏해야 맛보기에 불과하다는 사실을 문득 깨달았다. 이제부터 비로소 두 진정한 맞수가 정면대결을 벌일 태세였던 것이다. 아무리 전광석화처럼 후딱 치르고 끝날 싸움일지라도, 무기를 든 보마냥을 젊은 여자 혼자서 완전히 막아내야 하는 싸움은 이제 막 시작된 것과 다름없었다.

아울러 지금까지 고드프루아 데티그 남작이 가해온 것처럼 우회적인 공세가 더는 아니었다. 증오와 울분으로 걷잡을 수 없이 난리법석을 떠는 육탄공격이 감행되기 시작한 것이다.

"거짓말, 거짓말이야! 그대 안의 모든 것이 거짓이지! 위선적인 데다, 천박스럽고, 사악하면서, 지극히 기만적인 게 바로 그대야! 이 세상, 가장 가증스럽고 혐오스러운 악덕이 그대의 바로 그 미소 뒤에 숨겨져 있다! 아, 저 미소를 좀 봐. 얼마나 가증스러운 얼굴인지! 불에 시뻘겋게 달군 집게로 저 얼굴 가죽을 벗겨버리고 싶구나! 그대의 미소는 그 자체로 죽음일 뿐, 그에 현혹되는 이에게 저주가 있으리. 아, 이 얼마나 저열하고 끔찍스러운 여자이더냐!"

라울은 처음 이 마녀재판의 광경을 내려다보면서 느꼈던 기분을, 이제 중세 수도사처럼 맹렬하게 저주를 퍼부어대는 사내의 모습을 보자 더더욱 적나라하게 느꼈다. 그럴 만큼 사내의 목소리는 분노로 후들거렸고, 위협적인 자세는 사람의 정신을 호리다가 결국에는 지옥불 속에 떨어져야 마땅한 저 신비스러운 미소의 주인공을 당장 목이라도 분질러놓을 참이었다.

하지만 여자 쪽에서는 사내의 약을 한층 달아오르게 할 부드러운 태도로 타이르듯 말하는 것이었다.

"진정하세요, 보마냥."

사내는 혼신의 노력을 다해 스스로를 통제하려 했고, 안에서 들끓는 말들을 애써 다독였다. 하지만 그중 일부는 때로는 중얼중얼, 때로는 떠들썩하게, 다급한 사내의 입술을 통해 마구잡이로 튀어나왔고, 그 바람에 얘기를 듣는 다른 동지들은 이따금 무슨 소리를 하는 건지 제대로 알아듣기조차 어려울 정도였다. 사내는 마치 옛날 독실한 신도들이 만인 앞에서 자신의 죄를 고백할 때 그러했듯, 제 가슴을 치면서 이렇게 토해냈다.

"디노발이 죽고 나서 곧바로 싸움에 뛰어든 건 바로 나입니다! 그래요, 나는 앞으로 마녀의 준동이 우리를 끊임없이 괴롭힐 거라고 생각했었습니다. 그렇다면 다른 이들보다 더욱 강하게 대처하리라, 어느 유혹에도 쉽게 무너지지 않으리라 결심했습니다. 여러분도 그 당시 내 결의가 어느 정도였는지 다들 아실 겁니다! 이미 한 번 교회의 직(職)에 몸담았던 처지로써, 나는 다시금 성직의 의상을 걸치고자 했지요. 그렇게 해서 결국 공식적인 서약과 열정적인 신앙의 힘으로 악의 세력으로부터 보호를 받는 입장에 이르렀습니다. 그런 다음 저 여자가 참석한다는 어느 강신술 회합을 찾아간 겁니다. 아니나 다를까, 그곳에 버젓이

결정판 아르센 뤼팽 전집

자리를 차지하고 있더군요. 그녀가 어디 앉아 있는지는 함께 간 동지의 귀띔이 없어도 충분히 알 수 있었습니다. 마지막 문턱을 넘어서기 직전, 어딘지 께름칙한 기분에 잠시 망설여지더군요. 나는 그녀를 찬찬히 관찰해보았습니다. 그녀는 극히 일부 사람들과만 얘기를 하고, 항상 적당히 뒤로 빠진 채 궐련을 태우며 비교적 남의 얘기를 경청만 하고 있었습니다. 내 지시에 따라 함께 간 동지는 여자 가까이 자리를 잡고 앉아 그쪽에 모인 사람들과 대화를 나누기 시작했지요. 동지는 얼마 있지 않아 멀찌감치 있는 내 이름을 불렀습니다. 그때 나는 여자의 깜짝 놀란 듯한 눈빛을 목격했고, 그녀가 내 이름을 이미 알고 있다는 사실을 깨달았습니다. 물론 드니 생테베르의 잃어버린 수첩 덕분이었겠죠. '보마냥이라면 열두 명의 명단 가운데 하나로군. 열 명의 생존자 중 하나야.' 아마 이렇게 생각했겠죠. 항상 꿈속을 헤매며 살아가는 듯한 이 여자가 난데없이 정신이 번쩍 들었던 겁니다. 잠시 후, 그녀가 내게 말을 걸어오더군요. 그 후 무려 두 시간 동안을 정신적, 육체적 매력을 내리쏟아내는지라, 결국에는 다음 날 내가 다시 보러오겠다는 약속을 하지 않을 수 없는 지경이 되고 말았답니다. 사실 바로 그 순간, 그러니까 그녀의 거처 문밖으로 나서던 밤을 기해서, 나는 이 세상 끝까지라도 줄행랑을 쳤어야 하는 거였습니다. 하지만 때를 놓치고 말았지요. 내 안에는 더 이상 용기도, 의지도, 이렇다 할 지혜도 찾아볼 수 없고, 오로지 그녀를 다시 만나고 싶다는 욕망만 새록새록 샘솟았습니다. 물론 겉으로는 그럴싸한 명분을 내세워 이 같은 욕망을 눈가림했지요. 어디까지나 지금 나는 임무 수행 중이며, 적의 농간을 간파해야만 하고, 결국에 가서는 적의 죄목을 확인시켜 응분의 값을 치르도록 한다는 것 말입니다. 핑계거리야 부지기수였죠. 실상은 여자의 결백을 단번에 철석같이 믿어버렸으면서 말입니다. 저 정도 미소라면 당연히 가장 순수한 영혼의 징표일 거라고 생각했죠. 생테베르의 숭고한 추억과 가엾은 디노 발에 대한 기억도 더 이상 내 눈을 밝게 해주지 못했습니다. 아니, 나 스스로 아무것도 보려 하지 않았습니다. 그렇게 몇 달간 사악한 희열에 맛들이는 가운데, 수치와 추문의 노리개가 되어 신앙도 맹세도 헌신짝 처럼 내던진 데 대해, 나는 얼굴 하나 붉힐 줄 모르게 되어갔답니다. 동 지 여러분, 나 같은 사내로서 그건 정말이지 생각조차 할 수 없는 과오 였습니다. 그중에서도 으뜸으로 잘못한 것이 있다면, 내가 우리의 대의 를 저버렸다는 것입니다. 공동의 과업을 앞에 두고 우리 모두가 뭉쳐서 맹세했던 침묵의 서약을 내가 깨뜨려버렸습니다. 우리가 알고 있는 위대 한 비밀에 대해 이 여자 역시 알아버렸답니다!"

그 말에 좌중이 들썩였고, 보마냥은 고개를 깊숙이 떨구었다.

라울은 이제 눈앞에 펼쳐지고 있는 일대 드라마를 좀 더 잘 이해할 수 있을 것 같았다. 아울러 그 속에서 한데 뭉뚱그려 웅성대던 배우들 역시 비로소 진짜 정체를 드러냈다. 모두들 촌티가 물씬 풍기는 투박한 시골 귀족들인 것만은 틀림없으나, 보마냥이 그 안에 섞여 들었다. 보 마냥이라는 인물이 자신의 숨결로 이들에게 생기를 부여했고, 자신의 열정을 고스란히 쏟아붓고 있는 것이다. 천박한 행색과 우스꽝스러운 몰골들 속에서 보마냥, 그자가 우뚝 선 채 깨달음을 얻은 예언자인 양 행세하고 있는 셈이었다. 그 한 사람이, 마치 저 옛날 신에게 자신을 바 친다는 명목을 내세워 각자의 아성을 떠나 대장정에 오르는 십자군 원 정을 이끌어냈듯이, 스스로 일련의 일거리에 솔선수범하고 신명을 다 바치는 모습을 과장해 보임으로써, 모두에게 제법 신성한 의무를 부과 한 것이다.

자고로 이런 수수께끼 같은 열정은 그에 감염되는 사람들을 일종의 영웅 아니면 인간백정으로 만드는 법이다. 보마냥의 모습에선 그야말로 마녀재판관다운 기운이 느껴졌다. 아마도 지금이 15세기라면 이단자의 입에서 신앙 고백을 끌어내기 위해 고문은 물론 목숨마저 능히 빼앗을 위인이었다.

그에게선 남을 밟고 군림하려는 본능이 엿보였고, 어떤 장애도 용인하지 않는 인간형이 느껴졌다. 그런 그에게 목표를 가로막는 여자가 있다? 당연히 죽어야 할 여자이리라! 설사 그 여자를 한때 사랑했다 해도, 공개적으로 고백만 하면 모두 용서가 될 일이다. 그 같은 솔직한 고백을 듣는 사람들은, 자기 자신조차 비난하고 나서는 고지식한 대인의 그 고지식함에 오히려 경도되기 마련인 것이다.

그건 그렇다 쳐도, 일단 자기가 저지른 파행을 털어놓아 다소 부끄러운 입장이 된 사내는 더 이상 길길이 분노만을 표출할 수는 없었다. 결국 쑥 들어간 목소리로 나머지 말을 마무리했다.

"도대체 내가 왜 그랬을까요? 그건 나도 모릅니다. 적어도 나 같은 사람은 그런 잘못을 저지를 리가 없는데 말입니다. 저 여자가 귀찮게 질문을 해댔다는 핑계조차 대지 못하겠습니다. 그건 아니에요. 물론 칼리오스트로가 전수했다는 네 개의 수수께끼에 대해 여자가 종종 얘기를 내비치긴 했지만, 어느 날 갑자기 자기도 모르게 해선 안 될 말이 튀어나온 건 전적으로 내 잘못이었습니다. 비굴하게도 그렇게 함으로써 여자의 기분을 맞춰주려고…… 좀 더 근사한 남자처럼 보이려고…… 그 기막힌 미소가 좀 더 화사하게 피어나는 걸 보려고 말입니다. 난 그때 속으로 중얼거렸어요. '이 여자도 우리의 동지가 되는 거야. 점 보는 실력으로 갈고 닦은 혜안과 풍부한 조언이라면 우리의 일을 충분히 도울 수 있을 거라고.' 한마디로 돌았던 거죠! 죄악에 도취해서 그만 이성이 흔들렸던 겁니다. 그러다가 더없이 끔찍한 일로 인해 모든 꿈이 산산이 깨어지고 말았습니다. 불과 3주 전이었지요. 스페인으로 선교활동을 떠날 일이 생겨서 아침에 여자에게 작별을 고했습니다. 그리고 오후 3시경, 파리 중심가에 약속이 있어서 뤽상부르에 위치한 내 보잘것없는 숙소를 나섰지요. 그러다 문득 하인한테 지시할 걸 빼먹었다는 생각이 들어 다시 마당과 뒷계단을 통해 귀가하고 있었습니다. 마침 하인은 부엌문을 반쯤 열어둔 채로 밖에 나가고 없더군요. 그런데 멀찌감치부터 뭔가 이상한 소리가 들리더란 말입니다. 나는 천천히 접근했지요. 소리가 나는 곳은 바로 내 침실이었습니다. 놀랍게도 이 여자가 거기 있다는 게 조금 떨어진 위치에서도 거울을 통해 보이더군요. '대체 내 여행 가방 위에서 뭘 하는 거지?' 나는 가만히 지켜보기로 했습니다. 여행 중 불면증을 달래기 위해 항상 휴대하는 정제약이 있는데, 그걸 놓아둔 상자를 여자가 뒤지고 있었습니다. 그녀는 분명 약 하나를 집어내더니, 대신 지갑 속에서 꺼낸 다른 알약을 그 자리에 메워놓는 것이었어요! 너무도 흥분해서 차마 들이닥칠 생각조차 안 들었습니다. 그러다가 급기야 방 안에 들어섰을 땐, 이미 여자가 자리를 피한 뒤였고 나는 굳이 따라잡을 엄두도 내지 못했습니다. 대신 그 길로 약국까지 달려가 캡슐약을 검사해달라고 했죠. 아니나 다를까, 그중 하나에 이 한 목숨을 요절낼 만큼의 독약이 들어 있었습니다. 이렇게 해서 결정적인 증거를 갖게 된 것이죠. 입을 경솔하게 놀려서 내가 아는 비밀을 떠벌리고 다닌 죗값을 톡톡히 치른 셈이었습니다. 왜 아니겠습니까? 이젠 공연히 방해만 될 뿐인 증인이면서, 어쩌면 조만간 전리품을 챙기려 할 테고, 최소한 진상을 깨닫고는 자기를 적으로 몰아붙여 공격하려 들지 모르는 나 같은 훼방꾼을 제거하는 건 당연한 처사였겠죠. 결국 죽음만이 기다리고 있었던 겁니다. 드니 생테베르나 조르주 디노발이 죽었던 것과 마찬가지로 말입니다. 참으로 어처구니없는 개죽음을 당할 뻔했습니다. 나는 스페인에 거주하는 내 통신원 중 한 명에게 전갈을 보냈습니다. 며

결정판 아르센 뤼팽 전집

칠 후, 대다수 신문에 마드리드에서 보마냥이라는 이름의 사내가 비명 횡사했다는 기사가 실렸지요. 그때 이후로 나는 그녀의 그림자만을 은밀하게 따라다녔습니다. 역시 루앙에서부터 시작해, 르아브르, 디에프로 이어지는 우리의 탐사지역과 일치하는 행적을 보이더군요. 내가 흘린 말을 토대로 그녀는 우리가 이제 막 디에프 근방의 옛 수도원 터를 파헤칠 거라는 사실을 알고 있던 겁니다. 마침 임자도 없는 영지인지라 아예 하루 날을 잡아서 찾아 헤매더군요. 거기서 그만 놓치고 말았습니다. 다시 발견한 곳은 루앙에서였죠. 그다음부터는 여러분도 우리데티그 동지의 설명을 통해 다들 알고 있을 겁니다. 어떻게 함정이 마련되었으며, 웬 농부가 자기 경작지에서 발견했다는 칠지 촛대에 혹해 어떻게 그녀가 걸려들었는지 말입니다. 이상이 바로 이 여자의 실체입니다. 그녀를 사법당국에 넘기지 못하는 이유는 여러분도 다들 이해하실 겁니다. 사회의 이목이 우리에게 쏠릴 것이고, 그러다 보면 도저히 제대로 진행할 수 없을 만큼 우리가 하는 일도 적나라하게 공개될 것입니다. 따라서 우리의 의무는, 아무리 그 자체가 끔찍한 일이라 해도, 이여자를 우리 스스로 심판하는 것입니다. 단 증오심에 휘둘릴 것이 아니라, 그저 필요한 만큼 엄정한 시각으로 말입니다."

거기서 보마냥의 얘기는 일단락되었다. 오히려 길길이 화를 내는 것보다 피고에게는 더욱 위협적으로 느껴질 진지한 의지를 내보이면서 그는 논고를 마무리했다. 이제 여자는 진짜 죄가 있는 것처럼 보였고, 일련의 허무한 살인행각으로 인해 끔찍한 인상을 덮어썼다. 한편 라울 당드레지는 뭘 어떻게 생각해야 할지 어리둥절했고, 여자를 사랑했다가 이제는 몸서리를 치면서 그 저주받은 애정을 되새기는 사내에게 증오감만을 느꼈다.

칼리오스트로 백작부인은 자리에서 일어나 여전히 약간 비웃는 듯한 눈빛으로 상대를 바라보았다.

"역시 내 생각이 틀리지 않군요. 이제 화형대로 가나요?"

여자가 던진 말에 사내가 자르듯 대꾸했다.

"앞으로 어떻게 되느냐는 전적으로 우리가 결정하기에 달렸소. 정당한 판결을 빠져나갈 가능성은 전혀 없을 것이오."

"판결이라고 했나요? 무슨 권리로? 이런 일에는 어디까지나 법관이 따로 있는 법이에요. 당신들은 법관이 아니야. 사회의 이목이 걱정된다고 했나요? 당신들 계획에 대해 쉬쉬할 필요가 있다는 게 대체 나와 무슨 상관이죠? 이봐요, 날 좀 자유롭게 놔두세요!"

남자는 대뜸 윽박질렀다.

"자유라! 당신의 그 살인행각을 계속할 자유 말인가? 당신은 지금 우리 손바닥 위에 있소. 우리가 내리는 판결을 순순히 따라야 할 것이오."

"무엇에 대한 판결이란 말입니까? 당신들 중에 단 한 명이라도 진정한 판관이 있다면, 진짜로 이성적 사고가 무엇이고 상식이 무엇인지 아는 사람이 있다면, 아마 지금까지 당신이 주절댄 얘기들, 그 허무맹랑한 증거들에 실소를 금치 못할 것입니다."

"말발 하나는 대단하구먼! 뻔뻔한 주둥아리야!"

사내는 기세등등하게 소리쳤다.

"그러나 정말 필요한 건 반증할 만한 증거라고. 내가 이 두 눈으로 똑똑히 본 것을 뒤집을 만한 새로운 증거 말이야."

"이 마당에 뭐하러 그런 걸 들이대서 나를 변호하겠어요? 이미 당신네들 결정은 내려졌을 텐데."

"그야 죄가 있으니 결정을 내릴 수밖에."

"당신네들과 똑같은 목표를 추구한 죄라면, 네! 달게 받겠습니다. 바로 그 이유 때문에 당신은 파렴치하게도 몰래 내게 접근해 염탐을 하고, 사랑을 빌미로 어이없는 촌극을 벌인 거겠죠. 그런 당신이 오히려 내 함정에 빠졌다면, 하는 수 없는 겁니다! 이미 칼리오스트로의 문서로 나 역시 알고 있었던 수수께끼에 관해 당신이 뭔가를 경솔하게 흘렸다면, 그 역시 하는 수 없는 일이지요! 이제 나는 그것에서 더 이상 발을 뺄 수가 없는 입장이에요. 반드시 목표를 거머쥐리라고 맹세를 한 몸입니다. 당신들이 아무리 막아선다 해도 말입니다. 당신들 눈에 내가 죄가 있다면 다른 게 아니라 바로 그 점이겠죠."

"그대의 죄는 사람을 죽인 것이다!"

보마냥이 목에 잔뜩 힘을 주고 다시금 발끈하자, 여자 역시 완강한 말투로 되받았다.

"나는 죽이지 않았습니다!"

"생테베르를 절벽에서 밀어 떨어뜨렸고, 디노발의 머리를 가격했다니까!"

"생테베르? 디노발? 알지도 못하는 사람입니다. 오늘에서야 그런 이름을 처음 듣는다고요!"

이제 사내는 아주 노발대발 길길이 날뛰며 고함을 쳐댔다.

"그럼 나는! 나도 모른다고 할 거요? 나를 독살하려고 시도하지 않았단 말이오?"

"전혀 그런 적 없습니다."

너무도 울화가 치미는지 사내의 말투는 갑자기 반말로 바뀌었다.

"하지만 조제핀 발자모, 난 너를 분명히 보았다. 지금 이렇게 보듯이 그때도 똑똑히 보았어! 네가 독약을 슬그머니 밀어 넣는 동안, 그 미소는 점점 잔혹한 웃음으로 변해갔고, 입술 양 끄트머리가 갈수록 치켜 올라가더란 말이다. 망할 년, 입을 비죽거리는 표정이라니……."

여자가 고개를 가로저으며 말했다.

"그건 내가 아니었어요."

사내는 숨이 턱 막히는 모양이었다. 어쩌면 저리도 뻔뻔할 수 있을까? 그뿐만 아니라 그녀는 한쪽 팔을 뻗어 조용히 상대의 어깨에 얹으며 한술 더 뜨는 것이었다.

"아무래도 증오심 때문에 머리가 어떻게 된 것 같군요, 보마냥. 광란에 들뜬 당신의 영혼이 사랑해선 안 될 사람을 사랑한 죄 때문에 날뛰며 괴로워하고 있어요. 하지만 그럼에도 불구하고 내게 변론할 기회는 주시겠죠?"

"그건 당신 권리요. 하지만 서두르는 게 좋을 거요."

"오, 길진 않을 거예요. 당신 동료들이 보고 있는 그림들 중에 1816년 모스크바에서 칼리오스트로 백작부인을 그린 세밀화를 이리 달라고 하세요. (보마냥은 곧장 이행했고, 남작에게서 그림을 건네받았다.) 자, 어디 봅시다. 이걸 잘 들여다보세요. 분명 내 초상화죠?"

"무슨 말을 하고 싶은 거요?"

사내는 퉁명스레 말을 받았다.

"어서 대답이나 하세요. 내 초상화 맞나요?"

"그렇소."

"이게 내 초상화라면 내가 그 시대에 살았다는 얘기이겠죠? 무려 80년 전인데, 나이가 대략 스물다섯이나 서른 정도 되어 보이지 않나요? 아, 제발 대답하기 전에 깊이 생각을 해주세요. 거봐요, 이런 기적을 두고 당신도 확실한 대답을 망설이고 있잖아요! 감히 그렇다고 딱 잘라 대답하기 곤란하죠? 게다가 더 좋은 게 있어요. 여기 이 액자 틀 뒷편을 젖혀보세요. 자기(磁器) 뒷면에 또 다른 초상화가 있을 겁니다. 살며시 웃는 얼굴에 눈썹까지 내려오는 엷은 베일을 썼는데, 그 속으로 곱슬한 앞가르마가 이마를 반듯하게 드러낸 여인의 모습이죠. 그것 역시 나 아닙니까?"

보마냥이 주문대로 이리저리 들춰보고 들여다보는 동안, 여자는 끄트머리가 눈썹에 찰랑거릴 정도의 얇은 명주 망사 베일을 머리에 뒤집어쓰고, 눈꺼풀을 지그시 내리깔며 아주 매력적인 표정을 지어 보였다. 그 모습을 바라보던 보마냥의 입가에선 더듬더듬 중얼거림이 새어나왔다.

"다, 당신이오! 당신이야!"

"의심의 여지가 없죠?"

"전혀! 이건 영락없는 당신이야!"

"좋아요! 이제 오른쪽 귀퉁이에 적힌 날짜를 읽어보세요."

보마냥은 또박또박 글자를 읽기 시작했다.

"1498년…… 밀라노에서……."

"1498년이라! 지금으로부터 400년 전이네!"

그렇게 소리치며 여자는 낭랑하게 웃어젖혔다.

"오호호호. 그렇게 멍청한 표정 짓지 말아요. 일단 나는 이 이중으로 된 초상화의 존재를 알고 있었답니다. 오래전부터 나 역시 찾던 물건이지요. 하지만 분명한 건 여기에는 그 어떤 기적도 작용하지 않았다는 사실입니다. 결코 당신한테 내가 화가 앞에서 직접 모델이 되어주었고, 지금 나이가 400살이라고 설득하려 들지는 않을 거예요. 오, 천만에요. 이건 단지 성모마리아의 얼굴일 뿐이니까요. 레오나르도 다빈치의 제자였기도 한 밀라노 출신 화가, 베르나르디노 루이니의 「성(聖)가족」이라는 그림 일부를 복제한 것에 지나지 않는단 말입니다."

당차게 떠벌리던 그녀는 갑자기 진지한 태도로 돌변하면서 상대에게 숨 돌릴 틈을 주지 않고 내처 이야기했다.

"이제 내가 무슨 얘기를 하려는 건지 아시겠지요, 보마냥? 루이니의 성모화와 모스크바의 처녀, 그리고 나, 이 셋 사이에는 뭔가 꼭 집어 지적할 수는 없지만, 흡사 기적 같으면서도 도저히 부인할 수 없는 유사점이 존재한다는 겁니다. 세 사람의 얼굴이 단 하나란 말이죠. 얼굴은 셋이지만 그 각각이 서로 다른 여자 셋의 얼굴이 아니라, 단 한 명의 여성 얼굴입니다. 그러니 이와 똑같으면서도 지극히 자연스러운 현상이 좀 다른 상황 속에서 일어난다 한들 순순히 받아들이지 못할 이유가 뭐란 말입니까? 당신 침실에서 봤다는 그 여자가 나는 아니지만, 나하고 깜빡 혼동할 정도로 닮은 다른 여자일 수도 얼마든지 있지 않을까요? 당신 동료인 생테베르와 디노발과 잘 아는 사이면서, 그 둘을 살해했을 다른 여자 말입니다."

하지만 보마냥은 분노로 온몸을 부들부들 떨면서 온통 창백하게 질린 얼굴을 여자에게 바짝 들이대며 여전히 고집을 부렸다.

"난 봤어! 분명히 봤다고!"

"그런 당신 눈은 25년 전 사진과 80년 전 세밀화, 그리고 무려 400년이나 묵은 그림 역시 똑똑히 보고 있습니다. 그런데 그게 모두 나이던가요?"

여자는 빈정대면서 보마냥의 눈앞에 보란 듯이 얼굴을 내밀었다. 과실처럼 보드랍고 탐스러운 양 볼과 눈부신 치아, 그 상큼하고 아름다운 얼굴. 한풀 기가 꺾인 듯 사내는 목이 멘 채 악을 써댔다.

"아, 이 마녀! 하마터면 깜빡 넘어갈 뻔했지 뭐야! 네 그 시커먼 속을 어찌 다 알겠나! 자, 이걸 보라고! 여기 이 세밀화 속의 여자 어깨 아래, 새하얀 가슴 피부에 검은 반점이 보이지? 네 어깨 아래쪽에도 같은 반점이 있어. 내 눈으로 분명히 봤다고. 자, 어서 다른 사람들한테도 보여줘봐! 다들 알게 하란 말이야!"

보마냥의 얼굴은 납빛으로 질렸고, 이마는 진땀으로 흥건히 젖었다.

그러면서 막무가내로 여자의 꼭 조인 블라우스에 손을 뻗는 것이었다. 물론 여자는 매섭게 뿌리친 뒤 한껏 위엄이 묻어나는 목소리로 말했다.

"그만하세요, 보마냥! 당신은 자기가 무슨 짓을 하는지도 모르고 있어요. 이미 몇 달 전부터 그래왔다고요. 방금 전까지도 가만히 당신 하는 얘기를 들어보니 정말 가관이더군요. 마치 내가 당신의 정부였던 것처럼 말을 하던데, 난 전혀 그런 적이 없어요. 여러 사람 앞에서 가슴을 치며 솔직하게 무언가를 털어놓는 척하는 것도 그럴싸한 일이지만, 무엇보다 그 고백이 성실해야 한다는 게 우선 아닐까요? 한데 당신은 그럴 만한 용기가 없어요. 자만심에 사로잡혀 당신은 결코 자신의 좌절을 겸허하게 고백할 수가 없는 거예요. 그 대신 비열하게 있지도 않은 일을 사실처럼 그럴듯하게 포장이나 하는 거죠. 지난 여러 달 내내 당신은 내 꽁무니만 쫄랑거리며 따라다녔어요. 때로는 애원하고 때로는 협박을 하면서 쫓아다녔지만, 단 한 번도 당신의 그 입술이 내 손등에 스치는 일은 일어나지 않았지요. 바로 이것이 당신의 그 증오심과 태도의 진짜 이유예요. 나를 굴복시킬 수가 없게 되자 아예 없애기로 작정하고는, 나에게 살인마이자 간첩이자 마녀라는 무시무시한 이미지를 덧씌우고 만 겁니다. 그래요, 마녀…… 당신 표현대로 당신 같은 사람은 결코 실패할 수가 없는 거고, 만에 하나 실패를 했다면 그건 악마의 주술이 작용한 때문일 수밖에 없다 이거죠. 하지만 아니에요, 보마냥. 당신은 스스로 무슨 말을 하고 행동을 하는지조차 모르고 있어요. 내가 당신 방에서 독약을 꼼지락거리는 걸 보았다고요? 어디 잘 해보시지요! 도대체 무슨 권리로 자신의 두 눈을 증인으로 끌어다 대는 거죠? 눈으로 봤다? 그깟 당신 눈동자야 나의 이미지에 완전히 사로잡혀서, 전혀 엉뚱하게 다른 여자조차 내 얼굴을 한 것처럼 보는 것뿐이에요. 한마디로 어디서 무얼 보든 항상 내 얼굴을 벗어날 수가 없는 거죠. 그래요,

보마냥, 내 다시 얘기하죠. 우리 모두가 나아가고 있는 이 길에 분명 누군가 또 다른 여자가 있습니다. 칼리오스트로에게서 나온 일부 문서를 이어받고, 마찬가지의 성으로 치장한 또 다른 여자가 있단 말입니다. 벨몬테 후작부인이라든가, 페닉스 백작부인 등등…… 어디 한번 찾아보세요, 보마냥. 당신이 진짜로 목격한 건 바로 그 여자일 테니까요. 반면 나를 겨냥해 차곡차곡 쌓아올린 그 어처구니없는 혐의점들은 어딘가 약간 이상해진 머릿속에서 꾸며낸 투박한 망상일 뿐이란 말입니다. 자자, 이 모든 게 유치한 희극일 뿐이에요. 애당초 당신들이 뭐라고 난리를 피우든 내가 잠자코 상대를 안 한 게 정말 잘한 일이지 뭡니까. 일단은 죄가 없으니 그럴 만하고, 결국 하나 두려울 것이 없으니 당연한 태도 아니겠냐고요! 공동으로 일을 도모해서 거두어들일 각자의 이득이 얼마나 되는지 모르지만, 이런 말도 안 되는 재판이나 하고 고문기술자 같은 위세를 부리면서도 여전히 당신들은 죄 없는 나를 죽음으로 몰아가기에는 너무도 정직하고 선량한 사람들이에요. 글쎄, 보마냥 당신이라면 혹 몰라. 일단 정신이 거의 광적인 데다, 나를 근본적으로 경원시하고 있으니까. 하지만 정작 일을 성사시키려면 당신 지시에 절대 복종할 사형집행인이 있어야만 하는데, 그것도 여의치가 않거든. 자, 그럼 어쩐다, 이 몸을 가두어버려? 어두컴컴한 구석방에라도 처넣어버려? 그래야 직성이 풀리겠거든 마음대로 하세요! 하지만 한 가지 명심해야 할 것은 이 세상 어느 감방이든, 당신이 이 방을 벗어나는 것만큼 쉽사리 내가 빠져나가지 못할 장소는 없다는 사실입니다. 그러니 마음대로 판결 내리고, 선고하세요. 나는 더 이상 아무 말도 하지 않을 테니까요."

여자는 다시 자리에 앉아 베일을 후딱 걷어치우고는 팔꿈치를 의자 팔걸이에 괴었다. 자신의 역할은 그걸로 끝이라는 투였다. 열에 들떠 떠들어댄 건 아니지만, 대신 깊은 신념과 단단한 논리를 따라 자신에게 가해진 온갖 비난과 고발들을, 이번 사건을 지배하고 있는 불가사의한 장수(長壽)의 전설에 교묘하게 접목시켜 흥미진진하게 얘기를 풀어낸 터였다.

잠시 후, 그녀는 또 이렇게 덧붙였다.

"모든 게 아무 문제가 없어요. 당신은 지금까지의 논고를 내 지난 행적에 근거해서 세웠을 게 틀림없습니다. 오늘날의 범죄행각에 도달하기 위해 100년 전 사건으로 거슬러 올라가 논고의 시발점을 삼았을 거예요. 그러니 내가 현재의 살인사건에 연루된 것이라면 그 옛날 사건들의 주인공이기도 하다는 말일 테고, 당신이 침실에서 목격했다던 그 여자가 나라면 당신이 가지고 있는 그 세 개 초상화의 주인공 역시 바로 나라는 얘기일 겁니다."

무슨 대답을 할 수 있겠는가! 보마냥은 마냥 다문 입이 떨어지지 않았다. 대결은 그의 패배로 끝났고, 굳이 그 점을 감추려 들지도 않았다. 게다가 나머지 동료들 역시 좀 전처럼 사형판결 이외에는 대안이 없다 하던 그 완강하게 일그러진 얼굴들이 더는 아니었다. 이미 상당 부분 회의적인 분위기가 떠돌기 시작했다는 게 라울 당드레지의 가슴에도 선명하게 와 닿았다. 다만 아까 사람들이 모이기 전에 고드프루아 데티그와 베네토가 서로 쑥닥이던 모종의 '준비' 얘기만 아니었다면 훨씬 밝은 전망을 기대할 만도 했다.

보마냥과 데티그 남작은 따로 떨어져 나지막한 목소리로 뭔가 수군대더니, 그중 보마냥이 얘기가 끝났다는 표정으로 나서며 말했다.

"동지들, 여러분은 모든 소송서류들을 소지하고 계십니다. 이제 기소와 변론 모두 마침표를 찍은 상태입니다. 고드프루아 데티그와 내가 얼마나 확신을 가지고 이 여자를 기소했는지, 또 얼마나 능수능란하게 이 여자가 자신을 변호했는지, 다들 확인하셨을 겁니다. 특히 그녀는 마지막으로 도저히 납득하기 어려운 생김새의 유사성이라는 문제를 방패 삼아 들고 나옴으로써, 그 지독한 수완과 교활함의 극치를 충격적으로 과시한 바 있습니다. 따라서 이제 상황은 지극히 간단명료하게 정리된 셈입니다. 이 정도의 능력과 수완을 제 마음대로 휘두르는 상대는 결코 우리를 가만히 내버려두지 않을 것입니다. 이미 우리의 과업은 심대한 위협을 받고 있습니다. 이제 하나둘, 차례대로 우리 모두가 이 여자의 농간에 희생될 지경입니다. 그녀의 존재 자체가 숙명적으로 우리의 파멸과 죽음을 불러오게 될 것입니다. 하지만 그렇다고 해서 오로지 죽음 이외의 다른 해결책은 없는 걸까요? 정녕 우리가 선고해야 할 징벌이 단지 그 하나이겠습니까? 그건 아니지요. 여자가 어딘가로 사라져준다거나 더 이상 어떤 불미스러운 시도도 할 수 없게만 된다면, 그 이상마저 바랄 권리까지 우리에게 있다고는 생각지 않습니다. 비록 그 정도 관대한 해결책에 만족하기에는 우리 양심상 거부감이 느껴지는 면도 없지 않으나, 이곳에 모인 진짜 이유가 징벌을 내리는 것 이전에 우리 스스로를 방어하자는 뜻이 깊으므로 그 정도 선에서 참아야 하리라고 봅니다. 요컨대 이제 우리가 취해야 할 조치는, 물론 여러분의 동의가 수반되어야 하겠지만 바로 이런 것입니다. 오늘 밤, 영국 국적의 선박 하나가 해안에서 약간 떨어진 지점을 통과하게 되어 있습니다. 거기서 보트 한 대가 떨어져 나올 텐데, 우리는 밤 10시를 기해 벨발 기암 (Aiguille de Belval. 『기암성』의 모델이 된 '에귀유 데트르타(Aiguille d'Etretat)' 와는 또 다른 '바늘 바위'. '기암성'보다는 덜 유명하지만 장관은 그에 못지않다. 참고로 『황금삼각형』의 파트리스 벨발 대위의 이름은 바로 이 바위에서 유래되었다—옮긴이) 발치에서 그 보트를 마중할 예정입니다. 여자는 바로 그 보트로 인도될 것이며, 곧장 런던으로 가서 한밤중에 하선시켜 우리의 과업을 모두 마무리 지을 때까지 그곳 정신병원에 수용될 것입니다. 지극히 인간적이면서도 관대한 이 같은 조치가 결국 우리의 과업을 안전하게 보호하고, 치명적인 위험으로부터 우리 모두를 지켜준다는 데에 반대할 분들은 없으리라고 봅니다만?"

그제야 보마냥의 음험한 계략을 눈치챈 라울은 생각했다.

'결국 죽이겠다는 거야. 영국 선박이라는 건 있지도 않아. 그냥 두 개의 보트만 있을 뿐이지. 그중 하나에는 구멍이 나 있을 테고, 결국 바다 한가운데로 나가 가라앉게 되어 있는 거야. 칼리오스트로 백작부인은 감쪽같이 이 세상에서 사라지는 거라고.'

엉큼한 분위기를 두르고 제안된 이 이중의 계략은 과연 오금을 찔끔 저리게 할 만한 것이었다. 굳이 긍정적인 반응을 강요한 건 아니었지만, 보마냥의 동지들로서 감히 지지하지 않을 수 있을까? 모두들 침묵하는 것만으로도 충분했다. 그들 중 누구 하나 이의를 제기하는 사람만 없으면, 보마냥은 고드프루아 데티그의 중개에 힘입어 모든 재량권을 마음놓고 행사할 수 있었다.

역시 아무도 나서는 사람이 없었다. 그들은 자신들도 의식하지 못하는 사이 한 사람의 사형을 언도한 것이나 다름없게 된 것이다.

모두들 자리에서 일어났고, 비교적 수월하게 일을 처리한 것에 분명 흐뭇해하는 분위기였다. 뭐 하나 꼬치꼬치 따지고 드는 사람이 없었다. 사소한 일들이나 서로 의논하던 소규모 친목모임을 파하고 나서는 태도들이었다. 게다가 그들 중 일부는 인근 역에서 부랴부랴 저녁 열차를 잡아타야 할 처지이기도 했다. 모두가 순식간에 빠져나간 뒤 남은 사람은 보마냥과 두 사촌뿐이었다.

라울이 보기에 결국 상황은 무척 황당한 양상으로 귀결된 셈이었다. 한 여인의 목숨이 그토록 임의적으로 저울질당한 데다, 기어이 끔찍한 계략에 의해 접수되고 만 이 극적인 회동은 마치 제시간도 안 돼 끝이 난 연극 한 편이나, 한창 심리가 진행 중에 덥석 판결이 떨어진 엉터리 소송처럼 갑작스럽고 싱겁게 끝이 나버린 것이다.

이처럼 얼버무리기 식의 속임수 한 마당을 통해서 라울 당드레지는 배배 꼬이고 엉큼하기 그지없는 보마냥이라는 자의 성격을 선명하게 읽었다. 광적인 데다 요지부동의 고집, 빗나간 애증과 병든 자만심에 삭을 대로 삭은 사내는 처음부터 죽음을 마음에 둔 상태였다. 하지만 내면에는 또한 비굴함과 위선, 소심함과 불안이 꿈틀대고 있어, 어쩔 수 없이 양심과 정의 앞에 꼬리를 내릴 수밖에 없는 위인이었다. 그래서 마련한 고육지책이 바로 가증스러운 속임수를 동원해 백지위임장이나 다름없는 음험한 해결을 모색한다는 안이었다.

이제 그는 문턱에 선 채 곧 죽어야 할 운명의 여인을 물끄러미 바라보았다. 창백한 낯빛에 잔뜩 찌푸린 눈썹, 신경경련증에 시달리는 얼굴 근육과 턱주가리, 거기다 평상시처럼 보란 듯이 팔짱을 낀 그의 자태는, 으레 신파조의 연극배우한테서나 볼 수 있는 과장된 분위기를 한껏 두르고 있었다. 머릿속에서는 노도와 같은 혼란스러운 상념들이 들끓고 있을 게 뻔했다. 과연 마지막 순간에 다소 주저라도 하고 있단 말인가?

하지만 숙고의 시간은 그리 오래가지 않았다. 고드프루아 데티그의 어깨를 잡아끌고 밖으로 훌쩍 나서면서 보마냥은 짤막한 지시만 툭 던졌다.

"지키고 있으시오. 어리석은 짓은 말고."

한편 사람들이 부산을 떨며 죄다 빠져나가는 가운데에도 칼리오스트로 백작부인은 미동도 하지 않았다. 그녀의 얼굴에는 현재 상황과 전혀 어울리지 않게 침착하고 생각 깊은 표정이 머물 뿐이었다.

라울은 속으로 중얼거렸다.

'틀림없이 위험을 감지하지 못하고 있는 거야. 정신병원에 수용되는 것만을 내다보고 있겠지. 그거라면 전혀 걱정할 게 없다는 표정이군.'

어느덧 한 시간이 흘러갔다. 저녁 어스름이 슬금슬금 방 안까지 스미기 시작했다. 두 차례에 걸쳐 여자는 블라우스에 달고 있는 시계를 힐끔거렸다.

그러더니 문득 베네토와 대화를 트려고 했는데, 그 표정에 이루 형언할 수 없이 강력한 유혹의 기미가 감도는가 하면, 마치 애무하듯 마음을 누그러뜨리는 억양이 음성에 실려나왔다.

하지만 베네토는 퉁명스레 그르렁댈 뿐 별다른 반응을 보이지는 않았다.

또다시 30분이 흐르고…… 좌우로 두리번거리던 여자의 시야에 어중간하게 닫혀 있는 문이 포착되었다. 순간적으로 도주가 가능하리라는 생각이 스쳤을 게 분명했고, 아니나 다를까 마치 도약을 준비하듯 온몸을 긴장시키며 움츠리는 것 같았다.

라울 역시 어떻게든 여자의 계획을 도울 방도가 없나 머리를 굴리기 시작했다. 만약 권총이라도 가지고 있다면 두말할 것 없이 베네토를 쓰러뜨렸을 것이다. 심지어 이대로 방 안에 뛰어들까도 생각했지만 그러기엔 구멍 크기가 흡족하지 못했다.

더군다나 왠지 모르게 기분이 께름칙했는지, 베네토가 지니고 있던 권총을 빼서 탁자에 올려놓으며 이렇게 투덜대는 것이었다.

"꼼짝만 해봐라, 그대로 갈길 테니까. 맹세코 그렇게 할 거야."

보아하니 적어도 자기가 한 말은 지키는 타입 같았다. 여자는 옴짝달싹하지 않았다. 라울은 초조함으로 바짝바짝 목이 조여오는 걸 느끼며 뚫어져라 여자를 주시했다.

저녁 7시경, 고드프루아 데티그가 돌아왔다.

램프에 불부터 붙인 뒤 그는 오스카르 드 베네토를 바라보며 말했다.

"자 슬슬 준비해야지. 헛간에 가서 들것을 가져오게. 그런 다음 어디 가서 저녁이나 먹고 오라고."

그렇게 여자와 단둘이 남자, 남작은 어딘지 안절부절못하는 기색이었다. 라울이 보기에도 두 눈을 황망하게 두리번거리는 게 뭔가 얘기를 하거나 행동을 취하려는 투가 역력했다. 그러나 언행 한 번 잘못하면 다 잡은 먹이를 놓치기 십상이다. 그만큼 타격은 급작스럽게 가해야 하는 법.

"하느님께 기도나 하시오, 마담."

남자가 툭 내뱉자, 여자는 여전히 아무것도 모르는 투로 더듬댔다.

"기도를 하라니요? 왜 그런 말을 하는 거죠?"

그러자 남자는 한층 목소리를 낮춰 대답했다.

"뭐 당신 좋을 대로 하시오. 나는 단지 귀띔해주는 것뿐이니까."

"뭘 귀띔해준다는 거죠?"

여자의 목소리에는 점점 불안한 기색이 배어갔다.

"사람에게는 언제 죽을지 모른다는 심정으로 하느님께 기도를 해야 할 때가 있는 법이오."

은근한 투로 계속해서 중얼거리는 남작 앞에서, 여자는 가슴이 철렁하는 것을 느꼈다. 단박에 상황을 꿰뚫어 본 것이다. 여자의 두 팔이 경련이 일 듯 파리하게 떨고 있었다.

"죽다니, 죽는다니? 그런 게 아니었지 않습니까? 보마냥 얘기는 그게 아니던데. 정신병원에 수용되는 거라고 하고선……."

남자는 묵묵부답이었다. 이윽고 가엾은 여자 입에서 더듬대는 소리가 새어나왔다.

결정판 아르센 뤼팽 전집

"아, 세상에! 나를 속인 거야. 정신병원 얘기는 가짜였어. 다른 뭔가가 있는 거야. 나를 물에 던져 넣으려는 거라고. 이 한밤중에 말이야. 오, 무서워라! 이럴 수는 없어! 내가 죽다니! 아, 살려줘!"

고드프루아 데티그는 어디서 가져왔는지 격자무늬 담요 한 장을 꼬깃꼬깃 접어 겨드랑이에 끼고 있었다. 남작은 눈 깜짝할 사이에 여자의 머리부터 담요로 휘감고는 우악스러운 손으로 입마저 틀어막았다.

그런 와중에 베네토가 돌아왔다. 둘은 힘을 합쳐 여자를 들것에 누인 뒤 단단히 결박하는가 하면, 얼기설기 배치된 판자들 사이로 나중에 묵직한 돌이 매달릴 쇠고리를 빡빡하게 끼워 넣었다.

4
보트가 가라앉다

어둠이 더욱 짙어지자, 사촌지간은 죽음의 밤샘을 위해 음산한 등불 앞에 각자 자리를 잡았다. 살인을 저지를 생각에 둘 다 섬뜩한 표정들이었다.

"럼주를 좀 가지고 가야 할 거야. 무슨 짓을 저지르는지 의식하지 못하고 일을 치러야 할 때가 있는 법이거든."

오스카르 드 베네토의 구시렁에 남작이 퉁명스레 대꾸했다.

"우린 지금 그럴 때가 아니야! 오히려 그 반대지! 정신 바짝 차리고 있어야 한다고!"

"거 죽을 맛이로군."

"아무래도 안 되겠어. 보마냥에게 얘기를 해야지. 널 이 일에서 빼달라고 해야겠어."

"그럴 순 없어!"

"그럼 잠자코 따라!"

결정판 아르센 뤼팽 전집

그러고 또 얼마간 시간이 흘렀다. 성곽 쪽이나, 곤히 잠든 들판 쪽이나 아무 소리도 들리지 않았다.

베네토는 포로 곁으로 다가가 귀를 기울이고는 돌아와 말했다.

"신음 하나 없어. 정말 드센 여자야."

그러더니 약간 겁먹은 티가 나는 목소리로 덧붙였다.

"저 여자에 관한 소문 믿어?"

"뭘 말이야?"

"나이랄지, 옛날에 뭘 어쨌다는 둥 뭐 그런 얘기들 있잖아?"

"쓸데없는 소리!"

"보마냥도 믿는 눈치던데."

"보마냥이 무슨 생각을 어떻게 하는지 누가 안다고 그래!"

"이것 봐, 고드프루아. 그래도 솔직히 흥미롭긴 하잖아. 어쨌건 간에 웬만한 여자가 아닌 것만은 인정해야잖겠어?"

고드프루아 데티그는 입안에서 웅얼거리며 마지못해 대답했다.

"그건 그렇지. 나도 아까 그 글을 읽으면서 실제로 저 여자가 그 당시에 살고 있기라도 하듯 말을 거는 기분이었다니까."

"그럼 역시 믿긴 믿는 거지?"

"아, 그쯤 해두게, 이 사람아! 그만하면 충분히 엮여 들어갔어! 정말이지 신께 맹세코(이 대목에서 억양을 한껏 높였다), 만약 거부할 수만 있었어도 가차 없이 그냥! 아이고⋯⋯."

고드프루아는 주절주절 떠벌릴 기분이 아니었는지, 몹시 탐탁지 않은 뭔가를 얘기하려다가 그만 입을 다물었다.

하지만 베네토가 대신 말을 받았다.

"나 역시 신께 맹세코 덮어놓고 꽁무니를 뺐을 거야. 아무래도 내 생각에는 말이야. 우리가 철두철미하게 속은 것 같거든. 맞아. 일전에도 얘기했지만, 보마냥은 우리보다 더 많은 걸 꿰뚫고 있어. 우린 그저 그의 손에 놀아나는 어릿광대나 마찬가지라고. 더 이상 우리가 필요 없게 되면, 그땐 나 몰라라 해버릴 게 분명해. 그때 가서야 우린 그자가 자기 좋을 대로만 일을 얼버무렸다는 걸 깨닫게 되겠지."

"말도 안 되는 소리!"

"하지만……."

또 나불대려는 베네토의 입에 손을 갖다 대며 고드프루아가 속삭였다.

"입 닥쳐! 여자가 듣잖아."

"그래봤자지 뭘 그래. 어차피 조금 있으면……."

그러면서도 둘 다 더 이상 떠들어댈 엄두는 나지 않는 모양이었다. 이따금 성당의 시계 종소리가 울리는 것을 두 사람은 마주 보며 입술 끝으로 하나둘 세었다.

그렇게 열까지 세는 순간, 고드프루아는 느닷없이 탁자를 주먹으로 쾅 내리쳤고 그 바람에 램프가 들썩했다.

"빌어먹을! 이젠 움직여야겠어!"

"거참, 정말 더럽게 됐네! 그나저나 우리만 가나?"

"그렇지 않아도 다들 함께 가고 싶어 하더군. 하지만 전부 영국 선박을 철석같이 믿고 있어서 절벽 위에까지만 가게 할 거야."

"다들 함께 가면 더 좋을 텐데."

"시끄러워! 지시는 어디까지나 우리한테만 내려진 거라고. 머릿수가 많아지면 입을 가볍게 놀릴 수가 있는 법이야. 그러면 볼 장 다 본 거지. 마침 다들 오는군."

아닌 게 아니라, 기차를 타지 않은 나머지 사람들, 즉 도르몽과 루 데스티에, 롤빌이 마부가 쓰는 각등(角燈)을 들고 나타났고, 남작은 그 불부터 끄라고 일렀다.

"불은 안 됩니다. 절벽 꼭대기에서 불빛이 어른거리는 걸 사람들이 보면 여기저기서 말들이 많을 거예요. 하인들은 모두 재운 거죠?"

"그렇소."

"클라리스는?"

"방에 틀어박혀 있죠."

"그렇군요. 오늘 왠지 몸이 안 좋아 보이더니만…… 자자, 출발합시다!"

들것은 도르몽과 롤빌이 책임졌다. 일행은 과수원을 건너 농토로 접어들었다. 그곳을 가로질러야 마을에서 '사제의 계단'으로 통하는 들판 길로 접어들 수가 있었다. 별빛 하나 없는 새까만 하늘 아래, 음산한 행렬은 수레 바큇자국과 불규칙한 비탈을 더듬더듬 나아갔다. 여기저기서 심심찮게 욕지거리가 튀어나오다가도 고드프루아가 버럭 화를 내면 금세 잦아들곤 했다.

"빌어먹을! 좀 조용히 해요! 이러다가 우리 목소리가 탄로 나겠소!"

베네토는 영 찝찝한지 자꾸 구시렁댔다.

"아무도 없는데, 누구한테 탄로가 난다는 거야? 혹시 입시세관원들한테는 미리 조치를 취해놓았겠지?"

"물론이지. 지금쯤 전부 카바레에 몰려가 있을 것이네. 믿을 만한 사람에게 부탁해 죄다 불러 모아 한턱내라고 했거든. 하지만 그래도 만에 하나 순찰을 돌 수도 있으니까."

어느 지점부터 약간 침하된 지역이 나타났고, 그리로 곧장 길이 뻗어 있었다. 그렇게 이럭저럭 걷다 보니 어느새 계단의 도입부가 나타났다. 옛날 베누빌 교구사제의 주도하에 절벽의 암벽을 따라 파 들어간 계단이었는데, 그 지역 주민들이 해변까지 곧바로 드나들 수 있게끔 하기 위한 것이었다. 낮이면 백악의 암벽 여기저기에 뚫어놓은 구멍을 통해

빛이 들이쳤고, 그 너머로 노도가 바위에 와 부딪치는 시퍼런 바다의 장관이 빨려 들어갈 듯 내다보이는 계단이었다.

"고생 좀 하겠는걸요. 우리가 불이라도 비춰주면 좀 도움이 될 텐데."

롤빌이 안타까워하자 남작이 의연하게 말했다.

"아닙니다. 이쯤에서 갈라지는 게 좋겠습니다."

결국 일행에서 벗어난 사촌지간은 지체 없이 하강작업에 들어갔다.

제법 시간이 오래 걸렸다. 계단 하나하나가 몹시 가파른 편이었고, 이따금 급작스럽게 통로가 꺾이는 바람에 그 비좁은 공간을 통과하기 위해 들것을 거의 수직으로 세워야 할 때도 있었다. 영 시원찮은 손전등은 단속적으로 앞길을 비춰줄 뿐이었다. 오스카르 드 베네토는 시골 귀족 특유의 투박한 본성을 마구잡이로 드러내면서, 차라리 이럴 바엔 구멍 너머로 '이 모든 걸' 훌쩍 던져버리자며 연신 투덜거렸다.

이윽고 두 사람은 자갈이 깔린 해변에 당도하고서야 한시름을 놓았다. 과연 저만치 떨어진 곳에 보트 두 척이 나란히 놓여 있는 게 눈에 들어왔다. 파도가 거의 없이 잔잔한 바닷물이 배의 용골을 찰랑찰랑 적시고 있었다. 베네토는 둘 중 작은 배에 자신이 손수 뚫어놓고 짚단 마개로 일단 막아놓은 구멍을 손가락으로 가리켰다. 그러고는 세 줄로 가로놓인 판자 위에 들것을 위치시켰다.

"한데 묶어버려야지!"

고드프루아 데티그가 다그치자, 베네토가 문득 난색을 표했다.

"자칫 나중에 조사가 이루어져 바닷속에서라도 발견되면 이놈의 들것이 우리한테 불리한 증거 노릇을 할 텐데."

"그러니 절대 발견될 염려가 없을 만큼 멀리 나아가야겠지. 더구나 이건 사용 안 한 지 20년이나 되는 낡은 거야. 그것도 거의 버려진 헛간에서 주워온 거지. 그러니 걱정할 것 없어."

결정판 아르센 뤼팽 전집

하지만 그렇게 말하는 남작의 목소리는 베네토조차 처음 들었을 만큼 형편없이 떨리고 있었다.

"대체 왜 그러는 거야, 고드프루아?"

"내가 뭘? 뭐가 어쨌다고?"

"내 참, 그래 이제 어쩔 거야?"

"어쩌긴, 배를 밀어야지. 아참, 그 전에…… 보마냥이 지시한 게 하나 남았네. 재갈을 빼고 나서 뭐 할 말이 없는지 물어보라고 했거든. 어때, 자네가 할 텐가?"

베네토는 당황해하며 더듬댔다.

"나, 나더러 이 여잘 만지라고? 나더러 똑바로 보고 말하란 말인가? 아예 뒈지는 게 낫지. 차라리 자네가 하면 어때?"

"실은 나도 못할 것 같아. 도저히 못할 것 같다고."

"하지만 이 여자는 죄인이야. 사람을 죽인 년이지."

"맞아. 그건 그래. 적어도 그랬을 가능성은 농후하니까. 단지 너무 다소곳하단 말이야."

마지막으로 베네토가 맞장구를 쳤다.

"그렇지. 너무 예쁘기도 하고. 꼭 성모님 같거든."

아울러 둘이 동시에 무릎을 털썩 꿇더니 이제 곧 죽음을 맞이할 여인을 위해 성모마리아를 불러대며 소리 높여 기도를 올리는 것이었다.

고드프루아가 "간구하나이다, 간구하나이다" 하며 기도문을 읊으면, 베네토는 되는대로 "아멘, 아멘" 하며 허겁지겁 박자를 맞췄다. 그러다 보니 두 사람 다 어느 정도 용기를 되찾았는지, 이내 벌떡 일어나는 게 당장이라도 일을 마무리 지을 태세였다. 베네토는 미리 준비해둔 돌덩이를 가져와 배의 쇠고리에 단단히 동여맨 뒤, 잔잔한 수면 위로 선체를 밀어갔다. 둘은 힘을 합해 나머지 보트도 밀어낸 다음 그 안에 냉큼 올라탔다. 고드프루아가 노를 집어 들었고 베네토는 밧줄을 부여잡아 여자가 실린 배를 이끌었다.

두 사람은 노 젓는 소리를 찰싹거리며 점점 더 난바다로 나아갔다. 밤보다 더 짙은 음영들을 안내 삼아 위험스러운 암초들 사이를 빠져나간 배 두 척은 이제 광활한 밤바다를 거침없이 헤쳐가기 시작했다. 한 20여 분이 지났을까, 속도가 차츰 느려지면서 보트가 멈추었다.

"아무래도 더는 못하겠어. 팔이 말을 듣지 않아. 이제 자네가 좀 해 보지."

남작이 기진맥진한 목소리로 중얼대자, 베네토도 울상을 지었다.

"나도 힘이 부쳐서 안 돼."

고드프루아는 다시 힘을 써보다가 이내 안 되겠다 싶은지 이렇게 말했다.

"이럴 필요까진 없잖아? 이미 나올 만큼 나온 거 아니야? 그렇게 생각 안 해?"

베네토라고 마다할 리 없었다.

"아무렴. 이젠 바람이 알아서 멀리 내보내줄 거야."

"자, 그럼 이쯤에서 슬슬 마개를 빼보지 그래."

"그건 자네가 할 몫이야!"

베네토는 그만 발끈했는데, 마치 그런 행위 자체가 곧 살인이라고 느끼는 듯했다.

"바보 같은 소리 그만하게! 자, 어서 마무리 짓자."

하는 수 없이 베네토는 밧줄을 바짝 끌어당겼고, 보트는 용골이 기우뚱거리며 흔들흔들 다가왔다. 이젠 몸을 기울여 손만 뻗으면 끝이었다.

순간 베네토가 또다시 더듬거렸다.

"나, 난 말이야. 몹시 두려워, 고드프루아…… 죽어서 좋은 곳 가려

결정판 아르센 뤼팽 전집

면, 난 이런 짓 해선 안 돼. 대신 자넨 괜찮을 거야, 안 그래?"

참다 못한 고드프루아는 베네토가 앉은 쪽으로 냅다 옮겨오더니, 사촌을 확 밀쳐내고는 뱃전 너머로 몸을 쑥 내밀어 마개를 단번에 뽑아버렸다. 그런데 졸지에 꾸르륵 꾸르륵 물이 스미는 소리가 들려오자, 급변하는 상황에 갑자기 넋이 나간 것처럼 남작은 구멍을 다시 막으려고 안달을 부리는 게 아닌가! 하지만 때는 이미 늦은 뒤였다. 노를 대신 집어 든 베네토는 마찬가지로 끔찍한 물소리에 충격을 받았는지, 없던 힘까지 발휘하여 배 두 척의 간격을 이미 훌쩍 벌려놓기 시작했던 것이다.

"멈춰!"

고드프루아가 길길이 악을 썼다.

"멈추란 말이야! 아무래도 여자를 구해야겠어! 이런, 우라질! 이러면 네가 여자를 죽인 거야! 살인자, 살인자라고! 내가 살릴 수도 있었어!"

하지만 이미 공포심으로 제정신이 아닌 베네토는 영문도 모른 채 요란스러운 소리가 날 정도로 노를 젓고 또 저었다.

이제 '시체'는 망망대해에 혼자 남겨진 셈이었다. 망가진 보트에 실려 죽음만 기다릴 뿐인 무기력한 몸뚱어리라면 이미 시체와 다를 게 무엇이겠는가. 몇 분 후면 바닷물이 내부를 가득 채울 테고, 그러면 가냘픈 보트로선 별로 오래 버티지 못하고 삼켜질 수밖에 없었다.

고드프루아 데티그는 그 점을 잘 알았다. 그는 베네토가 쥔 노 중 하나를 덥석 빼앗아 붙들고는, 요란한 소리에도 아랑곳하지 않고 둘이 죽어라 힘을 합해 되도록 범행 장소로부터 멀리 달아났다. 혹시라도 단말마의 고통 속에서 부르짖을 여자의 비명이라든가, 영원히 물속으로 잠들 배 가라앉는 소리가 귓전을 때릴까 봐 두려웠던 것이다.

잔잔한 수면 위를 보트는 허우적대며 내달렸고, 낮게 깔린 구름들로 잔뜩 무거워진 대기가 그 위를 무겁게 내리눌렀다.

데티그와 오스카르 드 베네토는 거의 절반 정도의 거리를 돌아온 상태였다. 모든 요란스러운 소리들이 잠잠해졌다. 지금 이 순간, 저 멀리 죽음의 보트는 우현 쪽으로 약간 기울었고, 그 안에 누워 있는 여자는 일종의 공황 상태에서 최후의 시간이 다가오고 있음을 감지했다. 그런데도 조금의 몸부림이나 들썩이는 기색이 없었다. 죽음을 받아들임으로써 이미 생의 저편으로 건너간 듯한 마음 자세가 갖춰지는 느낌이었다.

그러면서도 여자는 정작 자신의 피부에 가장 소스라치며 기겁을 할 차가운 물의 느낌이 들지 않는 게 이상했다. 실은 보트가 가라앉고 있지 않았던 것이다. 대신 누군가 뱃전을 넘어 뛰어든 것처럼 심하게 흔들리면서 자칫 뒤집힐 뻔했다.

누구일까? 남작인가? 아니면 그 하수인? 하지만 어떤 목소리 하나가 귀에 익지 않은 억양으로 속닥이는 것을 듣자마자, 그 누구도 아니라는 사실을 깨달았다.

"안심하세요. 당신을 구하러 온 친구입니다."

그 친구라는 존재는 여자에게 잔뜩 몸을 기울인 뒤, 상대가 듣는지 못 듣는지는 상관하지 않고 자초지종을 설명했다.

"당신은 나를 한 번도 본 적이 없습니다. 내 이름은 라울…… 라울 당드레지라고 합니다. 모든 게 다 잘될 거요. 헝겊으로 싼 나무토막으로 구멍은 막은 상태입니다. 다행히 이 정도면 일단 숨은 돌린 셈이죠. 이제 이 묵직한 돌덩이만 치워버리면 됩니다."

그는 단도를 사용해 여자를 묶고 있던 밧줄부터 끊어버렸고, 그다음으로 돌을 들어 뱃전 너머로 내던졌다. 아울러 그는 여자를 덮고 있던 담요를 후닥닥 걷어치우고 나서 허리를 숙이며 말했다.

"이제 안심이 되는군요. 생각했던 것보다 일이 잘 풀렸습니다. 이제 당신은 살았습니다. 물이 당신 몸까지 차오를 틈조차 없었나 보죠? 정말 운이 좋았습니다! 어디 고통스러운 데는 없죠?"

여자의 목소리는 겨우 들릴락 말락 했다.

"네. 그저 발목이 약간…… 저들이 묶은 노끈 때문에."

"음, 별것 아닙니다. 지금 중요한 것은 해안에 배를 대는 겁니다. 당신을 이 지경으로 만든 두 명의 인간백정 놈들은 지금쯤이면 분명 뭍에 도착해, 부랴부랴 계단을 기어오르고 있을 거예요. 그러니 걱정할 필요는 없습니다."

미리 바닥에 숨겨둔 노를 집어 들고 배의 뒤쪽에 자리를 잡은 그는 시원스레 후방 노질을 하면서 동시에 흥겨운 어조로 이것저것 얘기를 늘어놓았는데, 마치 재미있는 놀이 이상의 심각한 그 무엇도 벌어지지 않았다는 투였다.

"먼저 좀 더 반듯하게 내 소개를 해야겠군요. 하긴 그럴듯하게 소개할 입장은 지금 좀 못 되지만 말입니다. 이거야 원 행색이, 엉겁결에 급조한 수영 바지 같은 차림새에다 단도 하나 비집어 꽂은 몰골이라니! 아무튼 이 사람, 라울 당드레지가 우연을 타고 당신을 구하러 달려왔나이다! 오, 그야말로 더도 덜도 아닌 우연이었죠. 놀랄 만한 대화를 엿들었거든요. 사람들이 어떤 귀부인을 두고 못된 음모를 꾸미고 있더라 이겁니다. 그래서 당장에 선수를 쳤죠. 일단 해변으로 내려가 있다가, 두 사촌지간이 계단을 빠져나올 때쯤 바닷속에 입수한 겁니다. 당신이 탄 배에 단단히 매달려서 밧줄에 끌려가는 대로 가만히 붙어 있기만 하면 되었죠. 그게 다였습니다. 물론 놈들은 자기들의 희생제물과 더불어 그것을 무사히 구하려고 뛰어든 수영 챔피언까지 끌어가고 있는 줄은 꿈에도 몰랐겠죠. 자, 이상입니다. 이 얘기는 나중에 당신이 귀를 기울일

만한 여유가 되거든 그때 가서 다시 상세히 말씀드리도록 하지요. 지금은 왠지 허공에다 대고 나 혼자 떠드는 기분이라서……."

그는 잠시 말을 멈추었다.

"아, 괴로워요. 지쳤어요."

문득 여자가 신음을 내뱉었고, 남자는 침착하게 대꾸했다.

"충고를 하나 해드리죠. 그냥 정신을 가만히 놓으세요. 정신을 잃는 것보다 더한 휴식은 없는 법입니다."

하라는 대로 따를 수밖에 없었다. 몇 차례 더 신음을 흘리던 여자는 이내 차분히 가라앉은 숨을 내쉬었다. 라울은 여자의 얼굴을 가려주며 중얼거렸다.

"그래, 이게 훨씬 낫지. 신경 쓰지 않고 재량껏 행동할 수 있으니까."

그런 다음, 아주 사소한 공적을 갖고도 스스로 얼마든지 흥겹게 도취할 수 있는 사람 특유의 뿌듯한 기분 속에서 마음껏 독백을 늘어놓는 것이었다. 그런 패기 넘치는 기세 덕택에 보트는 제법 쏜살같이 물살을 가르고 나아갔고, 저만치 해안의 암벽들이 아스라이 드러나기 시작했다.

마침내 용골의 강철 부분이 해변의 자갈층을 스치자, 남자는 훌쩍 배에서 뛰어내려 여자를 든든한 근력으로 선뜻 안아 들었고, 절벽의 발치에 조심스레 내려놓았다.

"그뿐만 아니라, 복싱 챔피언에다 그레코로만형 레슬링도 수준급이죠. 당신 귀에는 들리지 않을 테니 하는 말인데, 이 모든 장점은 우리 아버지로부터 물려받은 거랍니다. 그 밖에도 부지기수예요! 아무튼 허튼소린 그만하고…… 여기 이 바위 아래에서 좀 쉬십시오. 최소한 변덕쟁이 파도로부터는 안전할 테니까 말입니다. 나는 또 움직일 일이 있습니다. 아마도 당신은 두 사촌지간에 대해 앙갚음을 할 생각이겠죠? 그러기 위해선 문제의 저 보트가 발견되지 말아야 할 테고, 당신이 영락

없이 수장된 걸로 사람들이 믿어야 할 겁니다. 그러니 잠깐만 참고 있어요."

그렇게 내뱉자마자 그는 지체 없이 일에 착수했다. 즉, 보트를 다시금 바다로 저어나가 충분히 멀어졌을 때 마개를 뽑은 것이다. 그리고 완전히 가라앉을 거라는 확신에 이르고서야 곧장 물속으로 뛰어들었다. 해변으로 돌아온 그는 움푹 들어간 암벽 어느 곳에 숨겨둔 옷가지를 찾아내 엉터리 수영 바지 대신 말끔하게 갈아입었다.

다시금 여자 곁으로 다가온 그가 말했다.

"자, 이제 저 위로 올라갈 차례입니다. 그리 쉬워 보이지는 않는데요."

때마침 여자는 서서히 정신이 돌아오고 있었다. 램프의 불빛 아래서 아슬아슬하게 눈꺼풀을 들어 올리는 여자의 눈을 라울은 숨죽이며 바라보았다.

남자의 부축을 받으며 가까스로 몸을 일으킨 여자는 이내 고통에 찬 비명과 함께 맥없이 쓰러지고 말았다. 얼른 구두를 벗겨보니 발이 온통 피투성이었다. 그리 심각한 상처는 아니었지만, 통증은 제법 신랄할 만했다. 일단 라울은 손수건을 꺼내 발목을 동여매주었고, 즉시 움직일 채비를 했다.

어깨 위에 여자를 들쳐 업고, 그는 가파른 계단을 오르기 시작했다. 무려 350개나 되는 계단이었다! 고드프루아 데티그와 베네토가 내려오면서도 그토록 힘들었던 계단이라면, 반대로 기어오르는 노력은 얼마나 혹독할 것인가! 네 번이나 중간에서 쉬어야 했고, 온몸이 땀으로 뒤덮인 채 더는 한 발짝도 나아가지 못할 것 같은 기분에 시달려야 했다.

그러나 여전히 마음만은 활달함을 잃지 않고 계속해서 걸어 올라갔다. 세 번째로 쉬었을 때는 그 자리에 털썩 주저앉아 무릎 위에 여자를 누였는데, 언뜻 내려다보니 지금까지 대차게 내지른 농담과 지칠 줄 모르는 활기에 여자의 얼굴이 빙그레 미소를 짓는 느낌이었다. 그때부터는 아예 그 매력적인 몸을 가슴에 꼭 품은 채, 유연한 몸매를 손길에 느껴가면서 남은 등반을 마무리했다.

마침내 정상에 도달했지만, 들판을 휩쓰는 차가운 바람 때문에 잠시 숨 돌릴 여유도 없었다. 서둘러 여자를 아늑한 곳에 모셔야 했기에 그는 내처 들판을 가로질러 달렸고, 애당초 목적지로 점찍었던 어느 한적한 헛간에 다다랐다. 벌써부터 이런 사태를 예견해 그곳에 깨끗한 식수와 코냑 두 병, 약간의 음식물을 마련해둔 상태였다.

그는 사다리를 건물 박공벽에 기대 세우고 여자를 옮긴 다음, 판자가 닫히도록 밀면서 동시에 사다리를 떨구어버렸다.

"앞으로 열두 시간 동안은 마음껏 눈을 붙여도 될 만큼 안전합니다. 아무도 우릴 방해하지 않을 거예요. 그러고 나서 내일 정오께에 내가 나가 마차를 한 대 구해와 어디든 당신 원하는 곳으로 모시겠습니다."

이렇게 해서 꿈에서나 그려봄직한 기발하고도 혹독하기 그지없는 모험을 거친 끝에 두 남녀는 호젓한 장소에 안착하게 되었다. 낮 시간 동안에 벌어졌던 끔찍한 장면들로부터 이 얼마나 동떨어진 분위기인가! 난데없는 마녀재판과 완강한 판관 나리들, 음험하기 짝이 없는 사형집행인들, 보마냥과 고드프루아 데티그, 유죄판결과 바다로의 구불구불한 내리막길, 그리고 심연 속으로 가라앉는 구멍 난 배 등 말도 못할 악몽들이 이제는 깨끗이 지워진 채, 언제 그런 일이 있었냐는 듯 희생자와 구원자만의 오붓한 시간으로 귀결되고 만 형국이 아닌가!

들보에 매단 램프 불빛 아래, 남자는 여자를 푹신한 짚단에다 다소곳이 누이고 나서 마실 물로 입을 적셔주고 상처를 붕대로 감아주면서 정성껏 돌봤다. 조제핀 발자모 역시 모처럼 적들로부터의 위협에서 멀리 떨어져 그토록 안전한 보호를 받으면서, 아무 두려워할 것 없는 전적인 신뢰의 마음을 열어 보였다. 나중에는 아예 두 눈을 스르르 감더니 그대로 잠에 빠져드는 것이었다.

램프의 불빛은 숱한 격정의 열기로 한껏 달아올랐던 기운이 아직 남아 있는 아리따운 얼굴을 말갛게 비춰주었다. 그 앞에 라울은 무릎을 꿇고 한참 동안 들여다보았다. 헛간 안이 다소 후텁지근해 여자는 자신도 모르게 블라우스 옷깃을 약간 풀어헤친 상태였는데, 그 바람에 아슬아슬하게 드러난 완벽한 어깨선이 지극히 순수한 목선으로 절묘하게 이어지는 모습을 라울은 넋을 놓고 바라보았다.

그러자 보마냥이 언급했고, 세밀화에도 있다는 검은 반점에 대한 생각이 문득 머릿속에 떠올랐다. 방금 자신의 손으로 목숨을 구해준 이 여인의 가슴 위에 정말 그와 같은 표식이 있는 것인지 직접 두 눈으로 확인하고 싶은 유혹을 과연 떨쳐낼 수 있을까? 남자는 천천히 여자의 옷섶을 벌려보았다. 바로 오른쪽, 옛날 바람둥이 여인네들이 일부러 붙이고 다녔다는 애교점과 흡사한 까만 점 하나가 백옥 같은 피부 위에 앙증맞게 자리를 잡고 앉아 아련한 숨결 따라 춤을 추고 있었다.

"당신은 누구시오? 대체 당신은 누구십니까? 도대체 당신은 어느 세상에서 오신 분이시오?"

남자는 떨리는 목소리로 중얼거렸다.

그 역시 다른 사람들과 마찬가지로 이 묘한 존재의 살아온 행적, 빼어난 외모로부터 파생되는 신비스러운 감흥과 더불어, 뭔지 모를 거북한 느낌에 침윤되지 않을 수가 없었다. 그래서 마치 여자가 그 옛날 세밀화의 모델이 되었던 이의 이름으로 대답이라도 할 것처럼 이것저것 물어대는 것이었다.

여자의 입술 끝이 파르르 떨리면서 뭔가 알아들을 수 없는 말을 흘리는가 하면, 남자는 그 입술에 바짝 다가든 채 부드러이 새어나오는 아련한 숨결을 자신의 그 또한 떨리는 입술 끝으로 살그머니 받아 마셨다.

불현듯 여자의 입에서 긴 한숨이 흘러나오는가 싶더니 조용히 눈을 떴다. 앞에서 무릎을 꿇고 자신을 들여다보는 라울이 시야에 담기자 살짝 얼굴이 붉어지면서 그와 동시에 살포시 미소를 짓는 여인…… 그 미소는 여자의 눈꺼풀이 다시금 스르르 감기면서 더더욱 그윽한 잠 속으로 가라앉는 동안에도 여전히 입가에 머물렀다.

라울은 욕망과 찬탄의 마음에 온몸이 달아올랐고, 마치 어떤 우상 앞에서 더없이 열정적이고 광적인 기도를 바치는 사람처럼 두 손을 아예 모으고 열에 들뜬 말들을 입안에서 속삭이기 시작했다.

"너무나도 아름다운 분이시군요! 살아오면서 이 정도의 아름다움이 존재하리라고는 생각지도 못했습니다! 제발 더는 웃음을 짓지 마십시오! 당신을 울리고 싶어 하는 자들의 마음을 이제 좀 이해할 수 있을 것 같습니다. 당신의 그 미소는 사람을 발칵 뒤집어놓습니다. 누구라도 그 미소를 한번 보면 아무도 더는 그것을 보지 못하도록 영원히 지워버리고 싶을 겁니다. 아, 나 이외에 그 누구에게도 미소를 지어 보이지 말아 주십시오, 제발 부탁입니다."

그러고는 더욱 나지막하면서도 격정에 사무쳐 말하는 것이었다.

"조제핀 발자모…… 너무도 근사한 이름이 아닌가! 그 이름으로 인해 또 얼마나 신비스러운 여인이 되어버린 것인가! 마녀라고? 그래 보마냥이 그렇게 말했지. 어림없는 말씀! 마녀 이상이지! 당신은 어둠 속에서 솟아나 태양처럼 눈부시게 빛나는구려. 조제핀 발자모…… 매혹자여, 마법의 요정이여! 아, 내 앞에 신천지가 열리는구나! 열락으로 가득한 세계가 보여! 내 인생은 이 품에 당신이 안긴 바로 그 순간부터 새롭게 시작된 거나 마찬가지요. 내 기억 속에는 오로지 당신뿐이야. 나의 희망은 오직 당신 안에만 존재하오. 오, 신이시여! 나의 신이시여! 너무도 아름다운 당신! 아, 대책 없는 눈물만 흐르는구나."

뜨거운 밀어들을 그는 여자의 입술에 자신의 입술을 바짝 들이댄 상태에서 열정적으로 쏟아냈다. 하지만 정작 그는 간단한 도둑키스만 살짝 감행하고 그쳤을 뿐이었다. 조제핀 발자모의 미소 속에는 관능만 살아 숨 쉬는 게 아니었던 것이다. 그것 말고도 라울의 폐부 깊숙이 숭고한 존경의 불꽃을 지필 만큼 강렬한 순수함도 간직한지라, 그는 청년다운 헌신의 의지가 단단히 영근 진지한 말들로 자신의 열정을 마무리했다.

"앞으로 내가 당신을 돕겠습니다. 그 누구도 당신을 해치지 못할 것입니다. 온갖 방해 책동에도 불구하고 기어이 당신이 그들과 같은 목표를 지향하겠다면, 내가 그 성공을 보장하고 나서겠습니다. 당신과 가까이 있건 멀리 떨어져 있건, 나는 당신의 수호자요, 구원자가 될 것입니다. 나의 헌신을 믿고 의지하십시오."

급기야 그 역시 잠에 빠져들었다. 그러면서도 입으로는 그다지 큰 의미가 없는 약속들을 연신 중얼대고 있었다. 꿈도 없는 아주 깊고 광활한 잠…… 흡사 지친 신체기관에 싱싱함을 되돌려주기 위해 꼭 필요한 어린아이의 잠처럼 알차고 맛있는 잠이었다.

성당의 시계 종이 열한 번을 울렸다. 잠결에 세면서 라울 당드레지는 화들짝 놀라 일어났다.

"오전 11시라니, 이럴 수가!"

창의 덧문 틈새와 낡은 초가지붕의 갈라 터진 사이로 화사한 빛이 새어 들어오고 있었다. 심지어 측면의 벽체를 통해서도 햇살이 숭숭 드나들었다.

"아니, 어디 있는 겁니까? 당신 모습이 보이지 않습니다."

램프 불은 이미 꺼진 상태였다. 그는 얼른 창가로 달려가 덧문을 활짝 열어젖혀 이 지붕 밑 다락 속으로 빛이 쏟아져 들게 했다. 하지만 어디에도 조제핀 발자모는 보이지 않았다.

여인이 누워 있던 짚단 쪽으로 달려가 마구 헤집으면서, 1층 쪽으로 열려 있는 뚜껑문 밖으로 미친 듯이 내던졌지만 역시 아무도 없었다. 조제핀 발자모는 사라져버린 것이다.

그는 아래로 내려와 과수원과 들판을 닥치는 대로 찾아 헤맸다. 그러나 역시 허사였다. 부상을 당해 똑바로 일어설 수도 없는 몸으로, 안전한 피난처를 벗어나려고 땅바닥에 훌쩍 뛰어내려 과수원과 들판을 가로질러 떠나가버리다니.

라울 당드레지는 좀 더 자세하게 살펴보려고 헛간으로 돌아왔다. 다행히 그리 오랜 시간을 들이지 않아도 되었다. 목재 바닥 위에 웬 장방형의 판지 조각 하나가 떨어져 있었다.

집어 들고 보니 칼리오스트로 백작부인의 사진이었다.

뒤에는 연필로 이렇게 적혀 있었다.

나를 구해준 은인에게 감사합니다.

하지만 다시는 나를 보려고 하지 마세요.

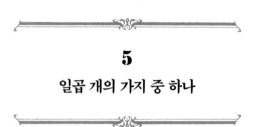

5
일곱 개의 가지 중 하나

세상에는 지극히 파란만장한 모험에 사로잡혀 천신만고 끝에 결말에 도달하는 순간, 자신이 꿈의 노리개에 불과했음을 깨닫는 영웅의 이야기가 제법 많다. 전날 둔덕 뒤에 감춰두었던 자전거를 되찾으면서 라울 역시 재미있고 다채로우면서도 무시무시하고, 결정적으로는 허무하기 이를 데 없는 꿈속에서 자신이 이리저리 유린당했던 게 아닐까 하는 생각을 해보았다.

하지만 그런 가설은 그리 오래 버틸 수가 없었다. 무엇보다도 지금 손에 쥐고 있는 사진이 진실을 말해주었고, 더욱이 조제핀 발자모의 입술에 입맞춤을 했던 달콤한 기억은 꿈이기에는 너무도 생생했다. 그것이야말로 도저히 양보할 수 없는 확실한 사실이었다.

아울러 이제야 처음 클라리스 데티그 생각이 선명하게 솟아올랐는데, ―약간의 가책이 따랐지만 금세 나아졌다―그 아침의 감미로웠던 시간이 새록새록 가슴을 적시는 것이었다. 자고로 라울만 한 나이의 젊

결정판 아르센 뤼팽 전집

은이에게 이 같은 마음의 변덕과 불성실함이란 저절로 손쉽게 소화가 되는 법이다. 심지어는 한 사람이 별개의 두 존재로 분리되어, 하나가 미래를 함께하기로 한 사랑을 덤덤하게 유지해나가면서도, 다른 하나는 전혀 낯선 열정에 온통 달아올라 광적으로 자신을 내던지는 일조차 가능하기 마련이다. 클라리스의 이미지가 이따금 작은 성당의 흔들리는 촛불 사이에서 기도를 올릴 때 어렴풋하고 고통스럽게 떠오르는 신상(神像)과도 같다면, 칼리오스트로 백작부인의 모습은 모든 이의 칭송을 요구하면서 그 누구도 다른 생각, 다른 마음먹는 걸 결코 용서치 않는 혹독하고 질투심 많은 유일신 그 자체였다.

라울 당드레지는—장래 아르센 뤼팽이라는 이름을 영광스럽게 빛내줄 이 친구를 당분간은 이렇게 부르도록 하자—아직까지 사랑이란 걸 해본 적이 없었다. 사실 그 또래의 젊은이에 비해 시간부터가 좀 모자라는 편이었다. 비록 야망에 불타는 젊은이였지만, 아직은 어느 분야, 어떤 수단을 통해 부와 권력과 명예의 꿈이 실현될 수 있을지는 캄캄한 상황이었고, 언제 닥칠지 모를 운명의 부름에 즉각 화답할 수 있기 위해 모든 상황 속에서 끊임없이 노력만 할 뿐이었다. 지성, 기지, 의지력, 육체적 유연성과 근력, 민첩성, 지구력 등 모든 분야에 있어 그는 자신의 재능을 극단까지 추구했고, 노력을 더함에 따라 그 한계가 차츰차츰 커진다는 사실에 자못 놀라워했다.

그와 더불어 또한 문제는 먹고살아야 한다는 것! 하지만 라울에겐 이렇다 할 재산이 없었다. 어느 시점부터는 고아로 자란 데다, 친구도, 친척도, 직업도 없는 형편이었지만 그래도 이렇게 저렇게 연명해왔다. 어떻게? 그 점에 관해서는 스스로도 시원찮은 해명을 할 뿐이며, 굳이 구체적으로 따져보려 하지도 않았다. 그저 누구나 제 능력대로 알아서 사는 법이다. 상황에 따라 그때그때 필요와 취향을 충족시키면 그뿐.

'행운은 나의 편이다! 자, 전진하는 거야! 어차피 일어날 일은 일어나는 법! 왠지 그게 대단할 거라는 느낌인걸!'

이를테면 그러한 생각으로 인생행로를 걸어나아가던 중, 덜컥 조제핀 발자모라는 여인과 맞닥뜨린 것이다. 그 즉시, 여자를 차지하기 위해서는 지금까지 축적해온 모든 에너지를 총동원해야 할 거라는 자각이 들었음은 물론이다.

조제핀 발자모라는 여자…… 불안에 떠는 동료들의 상상 속에다 보마냥이 억지로 심으려 했던 저 '악마 같은 존재'와는 아무래도 상관이 없는 여자였다. 그 모든 피비린내 나는 이미지와 살인과 배신으로 점철된 지저분한 짓거리들, 마녀라는 허울 좋은 별명 등은 지금 사진 속 젊은 여인의 투명한 눈빛과 순수한 입술을 들여다보는 동안, 모두가 마치 악몽처럼 사라져버리고 마는 것이었다.

그는 사진 속의 여자 얼굴을 입맞춤으로 뒤덮으며 으르렁거렸다.

"그대를 반드시 다시 찾아내고야 말 테다. 내 그대를 사랑하는 것처럼 그대 또한 나를 사랑하게 될 것이야. 그리고 더없이 다소곳하고 사랑스러운 정부처럼 그대는 내 여자가 될 것이다. 그대의 비밀에 싸인 인생도 마치 활짝 펼쳐진 책처럼 독파해내고야 말겠어. 그대의 예지력과 기적, 믿을 수 없는 젊음에 다른 사람들은 모두 혼비백산하고 모골이 송연해진다 해도, 그대와 나는 그 모든 기발하고 재치 있는 술수를 함께 즐기며 웃어넘길 것이다. 그대는 나의 여자가 될 것이다, 조제핀 발자모."

물론 당차게 내뱉긴 했지만, 당장 라울 스스로 느끼기에도 무모하기 그지없는 허풍에 불과한 다짐이었다. 그만큼 조제핀 발자모는 어느덧 젊은이의 마음을 주눅 들게 했다. 그 여자에 대해서는 자기보다 센 누군가를 시샘하면서도 수그릴 수밖에 없는 아이의 심정처럼 초조하고

짜증 섞인 감정이 들었다.

그로부터 이틀 연속, 젊은이는 사과나무가 심어진 마당을 향해 창문이 나 있는 어느 여인숙 1층 자기 방에 완전히 틀어박히다시피 지냈다. 아침과 낮에는 명상과 기대 속에서 죽치고 있다가 늦은 오후부터는, 혹시나 조제핀 발자모와 마주칠 가능성이 다분한 지점들을 중심으로 노르망디 평야지대를 정처 없이 쏘다니면서 무작정 시간만 때웠다.

그가 생각하기에 여자는 끔찍한 시련 때문에 몸이 많이 상한 터라, 당장에 파리의 거처로 돌아가지는 못했을 터였다. 버젓이 살아 있으면서도, 자신을 죽이려 했던 사람들의 눈에는 완전히 목숨이 끊긴 것처럼 믿게 해야만 할 것이다. 게다가 복수는 물론, 그들보다 먼저 목표를 달성하기 위해서는 무엇보다 전장에서 멀리 벗어나지 말아야 하는 것이다. 그러던 사흘째 되는 날 저녁, 방 탁자 위에 협죽도, 수선화, 앵초 등이 한데 어우러진 4월의 꽃다발이 난데없이 놓여져 있는 게 아닌가. 그는 얼른 주인장에게 물었다. 하지만 누가 드나드는 건 보지 못했다고 했다.

라울은 이제 갓 피어난 꽃송이에 입을 맞추며 생각했다.

'그 여자야……'

이후 나흘을 줄곧 마당 창고 뒤쪽에서 젊은이는 둥지를 틀었다. 그러다 혹시 근처를 지나는 발소리라도 나면 심장이 난동을 부렸다. 하지만 매번 낙담을 거듭하면서부터는 진짜로 가슴이 아리며 고통스럽기까지 했다.

마침내 나흘째 되던 날 오후 5시, 마당의 경사지를 차지한 덤불숲과 나무들 사이로 뭔가 옷자락 스치는 소리 같은 게 언뜻 들렸다. 분명 드레스 자락이 잎사귀를 스치고 있었다. 라울은 즉각 도약의 자세를 취했으나, 바로 다음 순간 억지로 성질을 죽여야만 했다.

모습을 드러낸 건 클라리스 데티그였던 것이다.

손에는 문제의 꽃다발과 똑같은 꽃다발이 들려 있었다. 그녀는 경쾌한 걸음걸이로 1층 창가로 다가와 손을 쑥 집어넣어 꽃다발을 밀어 넣었다.

발길을 돌리는 그녀의 얼굴을 비교적 정면에서 바라볼 수 있었는데, 라울은 그만 여자의 너무도 창백한 안색에 화들짝 놀라고 말았다. 양볼은 예전의 상큼한 빛깔을 잃은 상태였고, 기미까지 낀 퀭한 눈망울은 슬픔과 불면의 나날을 증거하고 있었다. 그러고 보니 여자는 이렇게 말한 적이 있었다. '당신 때문에 내가 많은 고초를 겪긴 할 거예요'라고. 그때는 설마 이렇게 빨리 그런 일이 닥치리라고는 내다보지 못했으리라. 라울에게 자신을 내어준 바로 그날이 영원한 작별과 영문 모를 배신의 날이었다는 사실을……

남자는 여자가 했던 말을 떠올리면서 그녀에게 몹쓸 짓을 한 데 대해 마음이 불편해지면서도, 정작 기대와는 달리 꽃을 가져다준 사람이 클라리스라는 사실에 울화통이 치밀었다. 그래서 여자가 그대로 가버리게 놔두었다.

결과적으로 클라리스는 이 일을 통해 행복의 기회를 스스로 말살시킨 셈이 되었다. 그렇지 않아도 고대하던 일련의 정보들을 라울의 손에 쥐여줘 당일 밤 즉각적인 행동에 나서도록 했던 것이다. 창문 난간에 편지가 한 장 붙어 있는 걸 한 시간 뒤에야 발견했는데, 그 내용이 이랬던 것이다.

사랑하는 당신, 벌써 다 끝난 건가요? 그렇진 않겠죠? 내가 공연히 울고 있는 거겠죠? 당신이 이 클라리스한테 벌써 싫증을 낼 리는 없는 거겠죠?

결정판 아르센 뤼팽 전집

오늘 밤 모두가 기차를 탈 거고, 내일 아주 늦은 시간이 되어서야 돌아올 예정이에요. 당신, 이리로 와줄 거죠? 더 이상 혼자 울게 내버려두지는 않겠죠? 제발 와줘요, 내 사랑……

가엾은 사연이었다. 하지만 라울의 마음은 조금도 물컹해지지 않았다. 그의 생각은 오로지 편지 내용 속에 예고된 기차여행과 보마냥이 이런 식의 얘기를 한 기억밖에 다른 건 안중에도 없었다. '우리가 조만간 디에프 근방의 일부 터를 샅샅이 훑을 계획이라는 내 말을 듣고, 이 여자는 부랴부랴 그리로 직행했답니다.'

기차로 떠난다는 것은 결국 거기가 목적지 아니겠는가? 그렇다면 라울의 입장에서는 본격적으로 싸움에 끼어들어 일련의 상황들에서 최대한 이득을 끌어낼 기회가 생긴 것과 마찬가지였다.

당일 저녁 7시, 그는 해안지대 어부와 같은 복장으로 갈아입고 얼굴은 불그스레하게 보이도록 황토를 잘 이겨 바른 뒤, 데티그 남작과 오스카르 드 보네토와 같은 기차에 올랐고, 그들과 마찬가지로 두 번 기차를 갈아탔으며, 결국 어느 초라한 역에서 내려 거기서 하룻밤을 때웠다.

다음 날 아침, 도르몽과 롤빌, 루 데스티에가 마차 편으로 두 동료를 데리러 왔고, 라울은 그들의 꽁무니를 날렵하게 쫓아갔다.

한 10여 킬로미터 달렸을까, 괴르 성이라 부르는 길쭉한 장방형의 낡아빠진 저택이 바라보이는 곳에서 마차가 멈췄다. 활짝 열어젖혀진 철책문이 가까워짐에 따라 정원 가득 일꾼들이 우글거리면서 잔디밭과 산책로의 흙을 마구잡이로 파헤치고 있는 모습이 라울의 시야에 들어왔다.

시간은 오전 10시였다. 공사 하청업자들이 현관 계단에서 다섯 명의

괴르 성. 이곳에서 모리스 르블랑은 1900년 여름부터 1910년까지 머물며 아르센 뤼팽의 주옥같은 초기 모험담들을 써 내려간 바 있다. 물론 현재는 뤼피니앵들의 필수 순례지 중 하나이다.

일당을 맞이했다. 라울은 그다지 남의 이목을 끌지 않은 상태에서 일꾼들과 자연스레 섞였고, 이런저런 질문을 퍼부었다. 그 결과 최근에 롤빌 후작이 이 괴르 성을 구입했고, 개축공사는 오늘 아침부터 시작된 것이라는 사실을 알게 되었다.

그뿐만 아니라, 하청업자 중 한 명이 남작에게 이렇게 대꾸하는 소리도 귓전에 다가왔다.

"그렇습니다, 므슈. 지시는 이미 하달된 상태입니다. 흙을 파면서 나오는 동전이라든지, 강철이나 구리 같은 금속 등 뭐 그런 것들은 수거해오는 즉시 합당한 보상을 받을 거라고 말입니다."

요컨대 이 모든 소동의 진짜 원인은 뭔가를 발견하자는 데 있음이 분명했다. 하지만 그것이 뭐란 말인가? 라울은 이리저리 머리를 굴려

결정판 아르센 뤼팽 전집

보았다.

그는 정원을 어슬렁대며 거니는가 하면, 저택 건물을 한 바퀴 휘 도는가 싶더니 곧장 지하저장고로 파고들었다. 그렇게 오전 11시 30분이 되었는데도 이렇다 할 소득이 없자, 뭔가 행동에 나서야만 한다는 절박한 심정이 내면으로부터 점점 더 부글부글 끓어올랐다. 이대로 시간을 지체한다는 것은 그만큼 다른 사람들에게 호기만 베푸는 격이며, 자칫 만사가 종료된 상황에 부닥칠지도 몰랐다.

바로 그때였다. 다섯 명의 동지들이 저택 뒤편, 정원을 굽어보는 장방형의 소규모 광장에 옹기종기 모여 있는 게 눈에 들어왔다. 앙증맞은 난간벽이 주변을 에워싼 그곳에는 여기저기 열두 개에 이르는 벽돌 기둥들이 세워져 있고, 그 위에 거의 부서진 골동품 석조 화병들이 올려져 있었다.

일꾼들 한 개 조가 곡괭이로 무장한 채 난간벽을 일제히 부수기 시작했다. 라울은 주머니에 손을 넣고 담배를 꼬나문 채 일하는 모습들을 깊은 생각에 잠겨 바라보았는데, 이런 장소에서 그러고 우두커니 서 있는 게 남들 보기 이상할 거라는 생각은 아예 없는 눈치였다.

한편 담배 가루를 궐련 종이에 말고 있던 고드프루아 데티그는 마침 성냥이 떨어졌는지 라울에게 다가와 불을 빌렸다.

라울은 피고 있던 담배를 건넸다. 상대가 담뱃불을 붙이는 모습을 잠시 바라보는 사이, 불현듯 그의 머릿속에는 지극히 간단해서 그 세세한 부분들 모두가 철저한 논리에 따라 일사불란하게 펼쳐지는 계획 하나가 떠올랐다. 문제는 좀 서둘러야 효과가 있다는 점이었다.

라울은 얼른 베레모를 벗었는데, 그 바람에 뱃사람과는 전혀 어울리지 않게 정성껏 가꾼 머리 타래가 살짝 흘러내렸다.

그 모습을 주의 깊게 바라보던 데티그 남작은 이내 상황을 파악하고 버럭 화부터 냈다.

"또 당신인가! 그것도 변장까지 하고서! 대체 또 무슨 꿍꿍이속이오? 어떻게 감히 여기까지 나를 따라와서 성가시게 굴 생각을 할 수가 있지? 내가 분명히 딱 잘라서 대답을 해주었을 텐데. 내 딸과 당신 사이의 결혼은 불가능하다고 말이야!"

라울은 느닷없이 상대의 팔뚝을 덥석 붙잡으며 다급한 목소리로 말했다.

"소란 부리지 마세요! 그래봤자 우리 둘 다한테 좋을 거 없어요. 나를 당신 동료들에게 데려다주십시오."

고드프루아는 매몰차게 뿌리치려고만 했다.

하지만 라울은 계속 다그쳤다.

"나를 소개해달란 말입니다. 당신을 도우려고 예까지 왔단 말이에요. 당신이 찾고 있는 게 뭐죠? 촛대 아닙니까?"

"그렇소!"

엉겁결에 남작의 입에서 튀어나온 대답이었다.

"칠지 촛대이겠죠. 어디 숨겨져 있는지 내가 알아요. 좀 더 나중에는, 당신이 추구하는 과업에 무척 이로울 만한 다른 정보들도 술술 풀어놓겠습니다. 마드무아젤 데티그 얘기라면 그때 가서 해도 될 겁니다. 하지만 오늘은 그 얘기가 아니랍니다. 일단 동료들이나 불러요. 어서요!"

고드프루아는 다소 망설였으나, 라울의 확신에 찬 태도와 약속에 마음이 움직이기는 한 모양이었다. 얼른 사람들을 부르자, 네 명 모두 우르르 몰려왔다.

"여기 이 젊은이는 내가 아는 사람입니다. 이 사람 얘기대로라면 아마도 조만간 물건이 찾아질 것……."

"'아마도'가 아닙니다!"

라울이 불쑥 말을 끊었다.

"난 바로 이 지방 출신이지요. 이곳 관리를 맡아 해오던 늙은 정원사의 아이들과 함께 아주 어려서부터 성안에서 뛰어놀았답니다. 정원사 할아버지는 종종 우리에게 여기 지하저장고 방들 중 한 곳 벽체에 고정된 고리를 보여주시며 이런 얘기를 해주셨지요. '여기 금고가 있단다. 고미술품들과 촛대, 추시계 등을 집어넣는 걸 본 적이 있지.'"

이 난데없는 정보에 고드프루아 일당은 흥분을 감추지 못했다.

하지만 베네토는 즉각 이의를 제기했다.

"지하저장고라면 우리도 둘러본 곳이잖소?"

"썩 잘 둘러본 건 아니겠죠. 내가 직접 안내하겠습니다."

그렇게 해서 라울의 인도하에 일행은 외부에서 지하로 직접 통하는 계단을 따라 지하저장고로 향했다. 두 개의 육중한 문이 열리자 계단 몇 개가 나타났고, 그 너머로 아치형 지붕을 받친 일련의 방들이 늘어서 있었다.

"왼쪽으로 세 번째입니다."

아까 샅샅이 훑어보고 다녔을 때 장소를 잘 파악해둔 라울이 자신 있게 내뱉었다.

그는 다섯 명의 사내를 허리를 굽혀야 들어갈 수 있을 정도의 캄캄한 지하방으로 안내했다.

"이거 전혀 보이지가 않네."

루 데스티에가 투덜대자, 라울이 대꾸했다.

"그렇습니다. 하지만 여기 성냥이 있습니다. 그리고 아까 오다 보니 계단 위에 자그마한 양초 토막이 있던데…… 잠깐만, 내가 가서 가져오죠!"

정말이지 순식간에 벌어진 일이었다. 라울은 방을 빠져나오자마자 후다닥 문을 닫고 열쇠를 돌린 다음, 일부러 들으라고 크게 외치며 자리를 떴다.

"칠지 촛대에 성냥불이나 실컷 붙이시오! 아마도 마지막 석재까지 죄다 들어내야 거미줄에 정성껏 싸인 그놈을 발견할 수 있을 거요!"

미처 밖으로 벗어나지 못한 상태에서 벌써 다섯 명의 광분한 사내가 우악스레 문을 두드리는 소리가 뒤통수를 때렸다. 사실 여기저기 벌레가 먹고 위태롭게 흔들리는 문짝이 버텨봐야 몇 분이라는 사실을 라울은 잘 알고 있었다. 다만 그 정도 시간만이라도 충분하다는 계산이었다.

쏜살같이 광장으로 돌아온 그는 일꾼한테서 곡괭이를 빼앗아 들고는, 아홉 번째 벽돌 기둥까지 냅다 달려가 그 위의 화병을 내려놓았다. 이어서 벽돌을 싸고 있는 균열투성이 시멘트 기둥머리를 그대로 가격해 일거에 산산조각 내버렸다. 거기 벽돌이 채워지지 않은 빈 공간이 나타났는데, 자갈과 흙이 뒤엉킨 속에서 라울은 어렵지 않게 녹이 슨 금속 막대 하나를 끄집어내었다. 누가 봐도 일부 제단 위에 흔히 놓아두는 예식용 대형 촛대의 가지들 중 하나라는 걸 알 수 있었다.

일꾼들이 우르르 몰려와 둥글게 에워싸더니, 라울이 흔들어대는 물체를 바라보며 탄성을 내질렀다. 아침부터 지루하게 이어지던 작업 중에 처음 제대로 된 발굴이 이루어진 것이다.

아마 그대로 아무 일이 없었다면 라울은 침착한 태도를 유지하며 금속 막대를 챙겨서 다섯 명의 동지들에게 돌아가는 척했을 것이다. 그러나 바로 그때, 저택 건물 모퉁이에서 고함 소리가 터져나오더니, 롤빌이 나머지 동료들과 함께 와르르 뛰쳐나오며 악을 쓰는 게 아닌가!

"도둑이다! 저놈을 잡아라! 도둑이야!"

라울은 우왕좌왕하는 일꾼들 틈으로 부리나케 파고들어 곧장 줄행랑

결정판 아르센 뤼팽 전집

을 쳤다. 사실 처음부터 그의 행동은 여간 엉뚱한 게 아니었다. 만약 남작과 그 동료들의 신임을 얻을 생각이었다면, 그들을 지하저장고에 가두고 찾던 물건을 가로채는 일을 저질렀을 리 없었다. 하지만 라울의 본심은 오로지 조제핀 발자모를 위해 싸운다는 것이었다. 언젠가는 전리품을 차지해서 그녀의 손에 안겨주리라는 목표 말고는 아무 생각도 없었던 것이다. 그래서 그런지 걸음아, 나 살려라 하며 달리는 두 다리에도 더더욱 힘이 솟구쳤다.

이미 중앙의 철책문에 이르는 길은 차단된 상태였다. 그는 연못을 빙 돌아 달렸고, 붙잡으려던 두 명의 사내를 멋지게 따돌렸다. 하지만 그 20여 미터 뒤로 사람들이 벌떼처럼 악을 쓰며 몰려드는 것이었다. 엎친 데 덮친 격으로 얼떨결에 달려온 곳이라는 게, 엄청나게 깎아지른 담벼락으로 죽 둘러쳐진 채소밭이었다.

'젠장! 이거 진퇴양난이로군. 조만간 사냥개들처럼 몰려들겠지. 완전 망했어!'

그런 생각으로 휘 둘러보니 채소밭 좌측 방향으로 마을 성당 건물이 굽어보고 있었고, 거기서 시작된 성당 묘지가 채소밭 안쪽까지 범람해 들어와 있는 형국이었다. 아담하게 따로 구획된 그곳은 예전부터 괴르성의 역대 성주들 공동묘역 구실을 해오던 터였다. 든든한 철책으로 울타리가 쳐져 있는 그곳엔 주목(朱木)들이 제법 빽빽한 군집을 이루었다. 라울은 그 울타리를 따라 무작정 내달리기 시작했다. 그런데 중간쯤 웬 문짝이 별안간 덜컹 열리면서 팔이 쑥 나와 앞길을 막는가 싶더니, 젊은이의 손을 와락 붙들고 안으로 끌어당기는 게 아닌가. 어리둥절한 채 끌려 들어간 라울은 한 여인이 우거진 주목들 사이로 자신을 감추듯 하면서, 쫓아오는 사람들 면전에 문을 철컥 닫아거는 모습을 보았다.

제대로 알아보았다기보다는 그냥 느낌으로도 조제핀 발자모라는 걸 알 수 있었다.

"이리로 와요."

여자는 주목들 사이를 헤치며 말했다.

그러고 보니 담벼락에 또 다른 출입구가 나 있어, 성당의 묘터로 곧장 빠질 수 있었다.

성당 뒤편에는 이미 시골에서나 볼 수 있게 되어버린 구닥다리 베를린식 대형 사륜마차가 잘 손질도 안 해준 듯 처량한 몰골의 말라깽이 조랑말 두 필이 매인 채 대기 중이었다. 마부석에는 구부정하다 못해 푸른색 작업복이 봉긋이 솟을 정도로 등이 굽은 희끗한 수염의 마부가 앉아 있었다.

라울은 백작부인과 함께 마차 안으로 뛰어들었다. 아무에게도 들킨 것 같지는 않았다.

곧이어 여자의 지시가 마부에게 전달되었다.

"레오나르, 뤼느레와 두드빌 길로 몰아. 빨리!"

성당은 마을 끄트머리에 위치했고, 뤼느레 길로 가면 가옥들이 다닥다닥 붙은 지역을 피할 수 있었다. 대신 고원에 이르는 기나긴 구릉이 펼쳐지는데, 앙상한 두 조랑말은 어쩐 일인지 경마장 비탈을 달리듯 제법 활달한 보조로 비탈을 치고 올라갔다.

겉보기에 형편없기만 한 베를린식 사륜마차의 내부는 의외로 대단히 안락하고 널찍했으며, 성가신 시선을 차단하기에 적당한 목제 창살까지 구비되어 있었다. 덕분에 매우 아늑하고 은밀한 분위기에 빠진 라울은 그대로 무릎을 꿇고 사랑의 열정을 있는 대로 쏟아내기 시작했다.

솔직히 그는 기쁨으로 숨이 막힐 지경이었다. 백작부인이 불쾌해하건 말건 상관없이, 그는 구원의 밤 이후에 또다시 이런 특별한 상황에서 갖게 된 두 번째 만남을, 둘 사이의 관계가 완전히 새 국면으로 접어드는 계기로 이해했고, 이제는 정식으로 사랑을 고백함으로써 본격적인 관계를 시작해나가리라 단단히 벼르고 있었다.

어찌나 경쾌하고도 일사천리로 술술 나불대는지, 세상 제아무리 냉정한 여성이라도 저절로 마음을 열 수밖에 없을 것 같았다.

"당신인가요? 바로 당신 맞아요? 이런 놀랄 일이 있나! 난폭한 폭도의 손에 갈기갈기 찢겨지기 일보 직전, 조제핀 발자모가 어둠 속에서 짜잔 하고 나타나 이번에는 나를 구해주다니! 아, 나는 얼마나 행복한 놈인지! 당신을 얼마나 사랑하는지! 오래전부터, 아니 100년 동안 난 당신을 사랑해왔소! 그렇다니까! 난 정녕 100살이라는 사랑의 나이를 먹은 몸입니다. 아주 오래 묵은 사랑이면서 당신만큼 젊고, 또 당신만큼 아름다운 사랑입니다. 당신은 정말 아름답소! 도저히 마음이 흔들리지 않고는 당신을 똑바로 쳐다볼 수가 없어요. 당신을 가만히 보노라면 그 희열이 말할 수 없지만, 동시에 당신 안의 모든 아름다움을 결코 독차지할 수 없으리라는 절망적인 생각이 들기도 합니다. 그만큼 당신의 눈빛과 그 미소가 보여주는 모든 표정은 영원히 손에 거머쥘 수 없는 무엇으로 남을 것입니다."

남자는 온몸을 부르르 떨면서 중얼거렸다.

"오, 당신의 눈동자가 내게로 향하는군요! 그럼 나를 꺼려 하지 않는 겁니까? 나의 사랑 고백을 용인하시는 거냐고요?"

여자는 조용히 마차문을 반쯤 열면서 말했다.

"내가 내려달라고 청하면 어쩌겠어요?"

"거부할 겁니다."

"마부에게 도움을 요청한다면?"

"마부를 죽여버리지요."

"그럼, 아예 내가 내려버리면요?"

"함께 길을 걸으며 계속 고백을 해댈 겁니다."

그제야 여자는 참았던 웃음을 터뜨렸다.

"호호호호. 보아하니 모든 것에 대한 답을 가지고 계신 듯하군요. 좋아요, 그냥 있으세요. 하지만 과도한 말씀은 이제 그만 삼가주세요. 그리고 대체 방금 무슨 일이 일어났기에 그토록 추격을 당하고 있었는지 나 어서 말해봐요."

남자는 의기양양해하며 얘기를 시작했다.

"알겠습니다. 날 거부하지 않으니 모든 걸 얘기해드리겠습니다. 내 사랑을 받아주셨으니까."

"오, 저런! 난 아무것도 받아들이지 않았어요. 당신은 마음대로 사랑의 고백을 쏟아냈을 뿐, 나라는 사람을 잘 알지도 못해요."

"내가 당신을 모른다니!"

"당신은 캄캄한 밤중에 어둠침침한 램프 불빛 아래서 겨우 나를 봤을 뿐이에요."

"그 밤이 오기 전 낮에 내가 당신을 보지 못했을까요? 저 데티그 영지의 끔찍했던 회합 도중 내가 감탄의 눈빛으로 당신을 바라볼 기회가 과연 없었을까요?"

그 순간, 여자는 갑자기 심각한 눈빛으로 상대를 쏘아보았다.

"아, 거기 있었나요?"

"네, 바로 그곳에 있었답니다!"

라울은 기세가 등등해져서 대답했다.

"현장에 있었고, 지금은 당신이 누구인지 잘 알고 있지요! 칼리오스트로의 여식입니다! 이제 가면을 거두세요! 나폴레옹 1세가 당신과 절친한 사이였고, 나폴레옹 3세를 배신하고 비스마르크를 위해 일했으며, 불랑제 장군과도 관련이 있지요. 당신은 '청춘의 샘'에 몸을 담근 사람이고, 현재 나이는 100살을 넘겼으며…… 에, 또 그리고 나는 당신을 사랑합니다!"

여자는 해맑은 이마에 가벼운 주름을 담은 수심 섞인 표정으로 중얼거렸다.

"아, 당신 거기에 있었군요. 어쩐지 그럴 것 같더라니! 그 비열한 인간들 때문에 어찌나 괴로웠는지! 당연히 당신도 그들이 떠들어댄 억지 주장을 들었겠죠?"

라울은 기다렸다는 듯이 외쳤다.

"정말 어이가 없는 얘기들을 떠들어대더군요. 마치 아름다운 것은 무엇이든 밉다는 식으로, 별 미치광이 같은 족속들이 당신을 공격했어요! 하지만 그 모든 건 한낱 광란과 어리석음의 도가니에 불과해 보였습니다. 오늘은 그런 생각일랑 훌훌 털어버리자고요. 나로서는 당신의 발자취를 따라 꽃처럼 피어나는 매혹적인 기적들만을 반추해보고 싶은 마음이랍니다. 당신의 영원불멸하는 그 젊음을 믿고 싶어요. 심지어 내가 그때 당신을 구하지 않았어도, 결코 당신은 죽지 않았을 거라 믿고 싶습니다. 나의 사랑 또한 영원불멸하리라 믿고 싶고, 조금 아까 당신이 주목 밑둥에서 마법의 힘으로 불쑥 튀어나온 거라고 믿고 싶답니다."

여자는 다시금 얼굴이 밝아지며 고개를 가로저었다.

"그 낡은 문에는 자물쇠에 아예 열쇠가 꽂혀 있어요. 전에도 괴르 성의 정원을 돌아보려고 그리로 드나든 적이 있지요. 마침 오늘 아침에 거길 파헤친다는 걸 알고, 이번엔 매복을 하고 있었을 뿐입니다."

"내가 뭐랬어요! 그런 게 기적이 아니고 뭐란 말입니까? 벌써 몇 날 몇 달에 걸쳐, 아니 그보다 훨씬 오랜 세월 동안 정원 안에서 칠지 촛대를 찾아내기 위해 얼마나 애를 써왔습니까! 그런데 하필 수많은 일꾼들과 적들이 눈총을 주고 있는 가운데, 오로지 당신이 기뻐하리라는 생각과 약간의 욕심만으로 불과 몇 분 만에 그걸 찾아내지 않았습니까!"

여자는 깜짝 놀라는 기색이었다."

"뭐라고요? 방금 뭐라고 했나요? 찾아냈단 말입니까?"

"물건 자체를 발견한 건 아니고요. 그냥 일곱 개 가지들 중 하나만 찾아냈을 뿐입니다."

조제핀 발자모는 라울이 내미는 금속 막대를 얼른 빼앗아 맹렬히 살펴보았다. 전체적으로 둥그스름하고 약간 휘어진 막대였는데, 단단한 금속 표면은 두터운 녹청(綠靑)으로 죄다 덮여 있었다. 자세히 보니 그 한쪽 끄트머리가 약간 납작한 데다, 표면 일부에 둥글게 연마한 큼직한 보랏빛 보석이 박혀 있었다.

여자는 조용히 중얼거렸다.

"음, 그래. 맞아, 의심의 여지가 없어. 이 가지는 받침대로부터 톱으로 잘라낸 거예요. 오, 정말이지 지금 내가 당신께 얼마나 고마워하는지 모르실 거예요!"

라울은 내친김에 몇 마디 흥미진진한 말을 섞어가며 아까 치렀던 북새통을 실컷 떠벌렸고, 여자는 눈을 휘둥그레 뜬 채 입을 다물지 못했다.

"대체 어떻게 그런 생각을 하신 거죠? 다른 것도 아닌 꼭 그 아홉 번째 기둥을 부수려는 생각이 어떻게 일었느냔 말입니다. 우연히 그렇게 한 거예요?"

"천만에요. 당연히 확신이 있었죠. 그곳에 세워진 열두 개의 기둥들 중 열한 개는 17세기가 끝나기 이전에 세워진 겁니다. 아홉 번째 기둥은 그 뒤에 새로 세워진 것이죠."

"아니, 그걸 어떻게 아셨죠?"

"왜냐하면 열한 개의 기둥들 벽돌은 200여 년 전 이래로는 더 이상 사용하지 않는 양식인 데 반해, 아홉 번째 벽돌은 오늘날에도 여전히 사용하는 벽돌이었습니다. 결국 그 아홉 번째 기둥은 한번 허물어졌다가 그 뒤 다시 세워진 것이죠. 그 안에 뭔가 숨기려는 의도가 아니라면 왜 그런 짓을 했겠습니까?"

조제핀 발자모는 오랫동안 입을 다물고 있다가 천천히 말했다.

"정말이지 대단한 일입니다. 그런 식으로 성공하리라고는 전혀 생각지 못했어요. 더군다나 그토록 빠른 시간 안에…… 더욱이 우리 모두가 실패한 바로 그곳에서 말입니다. 그런 걸 보면 정말 기적이 따로 없네요."

"사랑의 기적이랍니다."

라울이 얼른 말을 받았다.

마차는 마을을 관통하는 도로를 피해 주로 외곽으로 우회하는 길을 놀랄 만큼 빠른 속도로 달렸다. 그 어떤 오르막이나 내리막길도 두 마리 신들린 듯한 조랑말의 기세를 꺾지는 못했다. 좌우로는 탁 트인 들판의 경관이 활동사진의 이미지들처럼 빠르게 미끄러져 지나갔다.

문득 백작부인이 물었다.

"보마냥도 거기 있던가요?"

"아뇨. 그로서는 참으로 다행한 일이죠."

"다행이라뇨?"

"만약 있었다면 내가 목을 분질러놓았을 겁니다. 그 음흉한 녀석이 여간 맘에 안 드는 게 아니거든요."

"그래도 나보다는 덜할 거예요."

여자도 제법 단호한 어조였다.

"하지만 당신이 항상 그랬던 건 아니잖습니까?"

질투심을 도저히 감추지 못하겠다는 투로 라울이 툭 내뱉자, 조제핀 발자모는 언성은 높이지 않으면서도 딱 잘라 대꾸했다.

"그건 그자가 중상모략을 늘어놓은 겁니다. 보마냥은 사기꾼에다, 자만심만 병적으로 불거진 정신이상자예요. 그런 그의 구애를 내가 거절하자, 그때부터 내 죽음을 원하는 거라고요. 일전에도 내가 그 점을 꼬집었더니 결국 아무 말도 못했잖습니까? 뭐라고 할 수가 없었던 거죠."

라울은 열광에 사로잡힌 나머지 또다시 무릎을 꿇었다.

"아! 방금 당신이 얼마나 감미로운 말을 해주었는지 아십니까? 그러니까 그를 사랑한 적이 없다고요? 이제야 가슴이 후련해지는군요! 하긴 그런 일을 어찌 상상이나 할 수 있겠어요? 조제핀 발자모가 보마냥 같은 치에게 반하다니."

그는 마구 웃어대면서 박수까지 쳤다.

"아하하하. 이것 봐요, 난 앞으로 당신을 다른 이름으로 부르고 싶습니다. 조제핀은 누가 봐도 별로 예쁜 이름이 아니에요. 그보다는 조진이 어떻습니까? 나폴레옹이나 당신 모친이신 보아르네께서 불렀듯이 조진이라 부르고 싶어요. 어때요, 괜찮죠? 당신은 이제부터 조진입니다. 나의 조진……."

청년이 어린애처럼 보채자, 여자는 빙그레 웃으며 말했다.

"저런, 그래도 최소한 상대를 존중은 해줘야죠. 나는 당신의 조진이 아닙니다."

"존중이라고요? 존중심이 넘쳐서 곤란한 형편이랍니다! 세상에! 전에 당신과 나, 단둘이 붙어 있었던 적이 있죠. 당신은 그때 완전히 무방비 상태였어요. 그런데도 나는 당신 앞에서 마치 우상에 경배를 드리듯 거의 엎드리다시피 하고 있었답니다. 심지어는 두렵기까지 했고, 온몸을 떨고 있었어요! 그때 만약 당신이 입을 맞추라고 손을 내밀어 주었다 해도 난 차마 그럴 엄두도 못 냈을 겁니다!"

6
경찰과 헌병

한참 동안의 여정 자체가 장황한 사랑 고백의 연속이었다. 아마 칼리오스트로 백작부인의 입장에서는 진짜 손을 내밀어 봄으로써 라울을 시험하지 않는 게 당연했을 것이다. 그러나 사실은 젊은 여인을 차지하겠다 다짐하고 또 반드시 그걸 지키려는 의지가 있기는 해도, 라울 자신이 여자에게 일정한 수준의 태도를 유지하고, 사랑의 밀어만을 덮어놓고 쏟아붓는 정도로 상대를 존중하는 마음을 고수하는 상황이었다.

그나저나 그녀는 과연 듣고나 있었을까? 가끔은 그랬을 것이다. 마치 어린아이가 좋아하는 마음을 앳되게 떠들어대는 걸 들어주듯이 말이다. 하지만 또 다른 때는 라울을 당혹스럽게 할 정도로 동떨어진 분위기의 침묵 속에 자신을 가둔 채 초연해 있었다.

급기야는 그의 입에서 이런 소리가 튀어나왔다.

"아, 제발 말 좀 해보세요! 나는 지금 너무 심각한 상태에서는 하기 힘든 말들을 당신께 하기 위해 애써 즐거운 분위기를 만들고 있단 말입니다. 하지만 사실은 당신이 약간 두려워요. 내가 무슨 말을 하는지 나조차 때론 잘 모르기도 하고요. 그러니 제발 무슨 대답이라도 좀 하세요. 내게 현실을 일깨워줄 만한 단 몇 마디라도 좋으니 말 좀 해보세요."

"단지 몇 마디도 괜찮단 말이죠?"

"그래요! 더도 필요 없어요."

"좋아요, 그럼. 두드빌 역이 얼마 남지 않았습니다. 거기서 기차를 타도록 하세요."

라울은 샐쭉한 표정으로 팔짱을 끼었다.

"당신은 어떡하고?"

"나요?"

"네. 혼자서 어쩌겠다는 겁니까?"

"맙소사, 그야 지금까지 그래왔던 것처럼 꾸려나가야죠."

"말도 안 됩니다! 이제 당신은 나 없인 아무것도 할 수가 없어요. 지금은 나의 도움이 절실한 싸움판에 들어와 있단 말입니다. 보마냥과 고드프루아 데티그, 아르콜 공작 같은 불한당들이 당신을 못 잡아먹어서 난리 중이란 말이에요!"

"그들은 내가 죽은 줄 알고 있어요."

"그러니 더더욱 안 되지요. 당신이 죽은 걸로 되어 있는 상황에서 혼자 뭘 어쩌겠다는 겁니까?"

"걱정 마세요. 그들 눈에 띄지 않고도 얼마든지 움직일 수 있으니까."

"하지만 내가 중간에서 개입하면 얼마나 더 쉬워지겠습니까! 절대로 안 됩니다. 정말이지 이번만큼은 진지하게 얘기하는 거예요. 내 도움을 멀리하지 마십시오. 세상에 여자 혼자서는 결코 이룰 수 없는 일이 있는 법입니다. 자기들과 똑같은 목표를 가졌고, 대결을 무릅쓴다는 사실

하나만으로도 당신을 겨냥해 더없이 가증스러운 음모를 꾸몄던 저들입니다. 그때도 당신을 얼마나 교묘하고 고집스러운 논리로 공박을 해대던지, 한순간 나조차도 보마냥의 증오와 모욕이 그대로 덧씌워진 범죄자나 마녀의 이미지로 당신을 보게 될 뻔했단 말입니다. 그렇다고 섭섭해하진 마십시오. 당신이 그들 앞에서 의연한 태도를 견지하는 걸 보자마자, 내가 잘못 짚었다는 걸 곧 깨달았으니까요. 보마냥과 그 일당은 당신에 관한 한, 비열하고 끔찍한 인간백정일 따름입니다. 당신은 이미 위엄만으로도 그들을 압도하고 있으며, 내 기억 속에도 그들이 떠벌린 중상모략은 흔적조차 사라지고 없어요. 다만 내 도움만은 받아들여야 합니다. 내가 구애공세를 펴서 마음이 언짢았다면, 이제 더는 개의치 않아도 됩니다. 지금부터는 당신께 헌신하는 그 자체로 만족할 테니까요. 지극히 아름답고 순수한 그 무엇에 헌신하듯이 말입니다."

사실 그녀로서도 받아들이지 않을 수 없는 태도였다. 결국 두드빌 마을은 그냥 지나치게 되었고, 이브토 도로로 좀 더 진행하다가, 너도밤나무와 사과나무가 둘러쳐진 어느 농가 앞마당에 접어들어서야 마차가 멈추었다.

백작부인이 말했다.

"내립시다. 여긴 바쉐르 어멈이라는 정직하기로 소문난 여자 소유지인데, 조금 떨어진 곳에 여관도 하나 운영하고 있지요. 옛날에는 내가 요리사로 데리고 있던 사람이기도 합니다. 가끔 한 2~3일쯤 나는 그곳에 들러 쉬었다 가곤 하지요. 거기서 점심이나 때우도록 해요. 레오나르, 한 시간 후에 출발할 거야."

두 사람은 큰길로 접어들었다. 여자는 마치 쾌활한 소녀마냥 경쾌한 발걸음이었다. 그녀는 몸에 꼭 달라붙는 회색빛 드레스 차림에, 연한 오랑캐꽃 장식이 달리고 벨벳 끈을 갖춘 연보랏빛 모자를 착용했다. 라울 당드레지는 그런 여인의 모습을 시야에서 놓치기 싫어 약간 뒤에 떨어져 걷고 있었다.

첫 번째 모퉁이를 돌아들자, 초가지붕을 인 아담한 흰색 건물 하나가 꽃들이 만발한 정원을 안고 나타났다. 둘은 건물 전면을 몽땅 차지하고 있는 1층 카페로 들어섰다.

라울은 당장 저쪽 벽에 난 문들 중 하나를 가리키며 말했다.

"웬 남자 목소린데."

"내게 줄 점심식사를 준비하는 방이에요. 아마 다른 농부들과 어울려 잡담이라도 하고 있을 겁니다."

백작부인이 말을 마치기가 무섭게 문이 활짝 열리면서, 면으로 된 앞치마에 나막신을 신은 나이 든 여자가 모습을 드러냈다.

여자는 조제핀 발자모를 보자마자, 적잖이 당황한 기색으로 얼른 등 뒤 문을 닫고는 횡설수설 더듬거렸다.

"무슨 일 있어요?"

그렇게 떠보는 조제핀 발자모의 목소리에도 불안한 심정이 배어 있었다.

바쉐르 어멈은 그 자리에 털썩 주저앉더니 계속해서 더듬거렸다.

"어서 떠나요, 어서."

"아니, 왜 그래요? 말 좀 해봐요! 설명 좀 해보라고요!"

곧바로 튀어나온 대답은 이런 것이었다.

"경찰이, 경찰이 당신을 찾고 있어요. 당신 가방들을 보관해둔 방을 죄다 들쑤셔놓았답니다. 지금은 헌병(프랑스 국립경찰조직 중 내무부가 아닌 국방부 소속 경찰이다. 경찰 관할 외, 주로 농촌 마을 단위의 행정, 사법 경찰업무를 담당한다—옮긴이)이 도착하기만을 기다리고 있어요. 빨리 도망쳐요. 그러지 않으면 낭패를 볼 거예요."

이번에는 백작부인이 휘청거렸고, 어쩔 수 없이 찬장을 붙들고 간신히 서 있을 정도였다. 여자의 눈이 라울의 시선과 마주쳤는데, 진짜 실신이라도 할 것처럼 간절히 도움을 바라는 눈치였다.

라울은 어리둥절한 기분이 들었다.

"헌병이 무슨 문제가 됩니까? 설마 당신을 잡으러 오는 것도 아닐 텐데요. 뭐가 문제죠?"

대답은 바쉐르 어멈이 대신했다.

"아니에요. 이분을 잡으러 오는 거예요. 어서 좀 도와주세요!"

난데없이 비장해 보이는 이 상황의 정확한 의미를 미처 깨닫지 못한 채, 라울은 파랗게 질린 얼굴로 부랴부랴 백작부인의 팔을 잡아끌어 밖으로 내보냈다.

그런데 앞서 문턱을 넘자마자, 여자가 멈칫 뒷걸음질치면서 다급하게 중얼거리는 것이었다.

"헌병이에요! 나를 봤어요!"

두 사람은 다시 안으로 후닥닥 들어섰다. 바쉐르 어멈은 온몸을 사시나무 떨듯 하면서 멍청하게 중얼거렸다.

"헌병이…… 아, 경찰이……."

라울은 극히 침착한 태도를 유지한 채 나지막한 목소리로 속삭였다.

"쉿, 조용히! 나한테 맡기세요. 안에 경찰은 모두 몇 명이죠?"

"두 명입니다."

"헌병도 둘이고…… 그렇다면 완전 포위된 셈이니, 힘으로 할 수 있는 일은 없는 거나 같아요. 저들이 뒤졌다는 그 가방들은 어디 있죠?"

"위층에 있어요."

"계단은요?"

"이쪽입니다."

"좋아요. 당신은 여기 머물면서 쓸데없는 기색 내비치지 않도록 단단
히 주의하고 있어요. 다시 말하지만, 내가 다 책임집니다!"

그런 다음, 라울은 백작부인의 손을 붙잡고 안내된 문 쪽으로 내달렸
다. 계단이래봐야 일종의 사닥다리나 마찬가지였는데, 올라가 보니 지
붕 밑 다락방에 가방을 채우고 있었음 직한 잡다한 옷가지와 헝겊 쪼가
리들이 사방에 어질러져 있었다. 한편 아래에서는 경찰관 두 명이 카페
로 나왔고, 라울이 지붕에 난 창으로 발소리를 죽여가며 다가가 밖을
살피자, 저만치 아래에서도 헌병 두 명이 막 말에서 내려 정원 말뚝에
고삐를 매는 중이었다.

조제핀 발자모는 쥐 죽은 듯 꼼짝도 하지 않았다. 라울은 그녀의 얼
굴이 불안감으로 갑자기 초췌해지고 일그러진 걸 눈치챘다.

"서둘러요! 우선 옷부터 갈아입어야 합니다. 여기 다른 옷들 중 아무
거나 입으세요. 되도록 검은 게 좋겠습니다."

그렇게 말해주고 나서 그는 다시 창가로 다가갔다. 저 아래에서 경
찰과 헌병이 한데 모여 뭔가를 논의하고 있는 장면이 내려다보였다. 여
자가 옷을 갈아입자, 그는 벗어놓은 회색빛 드레스를 대신 자기가 걸쳤
다. 워낙에 마르고 날씬한 몸매였던 것이다. 가급적 두 발이 가려지도
록 한껏 내려 입은 드레스는 신기할 정도로 그에게 잘 어울렸고, 스스
로도 이 같은 변장에 아주 만족스러워하고 침착한 태도를 보이는지라
여자 역시 다소 안정된 표정이었다.

"자, 이제 저들이 무슨 얘기를 나누고 있는지 들어봅시다."

라울의 말에 백작부인도 귀를 기울였고, 이내 문턱에서 네 사람이 늘
어놓는 말소리가 선명하게 들려왔다. 그중에서도 아마 헌병 중 한 명일
작자가 축축 늘어지는 굵직한 목소리로 이렇게 말하고 있었다.

"때때로 그 여자가 이곳에 묵곤 하는 게 확실하오?"

"확실하다마다. 그 증거로 여자가 여기에 맡겨둔 가방 두 개가 있는데, 그중 하나엔 마담 펠레그리니라고 이름까지 새겨져 있었소. 그나저나 바쒜르 어멈이라는 여자, 정직한 거 맞죠?"

"바쒜르 어멈보다 더 정직한 여자는 없소. 이 지역에서 모르는 사람이 없을 정도라니까."

"그럼 된 거지. 바쒜르 어멈이 직접 마담 펠레그리니가 가끔 이곳에 와서 며칠씩 머물다 가곤 한다고 했으니까."

"맙소사! 그러니까 도둑질을 하다 말고 잠시 쉬어간다 이거로군?"

"영락없는 그 꼴이지."

"좌우간 마담 펠레그리니라는 그 여자, 괜찮은 대어라고 할 수 있겠군요?"

"그만하면 훌륭한 먹잇감이죠. 가중절도죄와 사기, 장물은닉 등 한마디로 아주 고약한 상대랄까. 공범들 떼거리는 아예 제쳐 두고라도 말입니다."

"인상착의는 어떻소?"

"확연히 다른 두 개의 초상화가 있지요. 하나는 매우 젊은 데 반해, 다른 하나는 꽤 늙었습니다. 나이가 대략 서른에서 예순까지 오리무중이지요."

그 말에 모두들 웃음을 터뜨렸고, 다시 그 굵직하고 축 늘어지는 목소리가 말했다.

"그나저나 추적은 확실히 된 거요?"

"처음엔 잘됐는데, 나중은 좀 아닙니다. 한 보름 전만 해도 루앙과 디에프를 무대로 활동을 하더니 그만 거기서 종적을 감췄거든요. 그러다가 간선철도상에서 다시 포착했는데, 그만 또다시 놓치고 말았소. 과연 그대로 르아브르로 향했는지, 아니면 페캉으로 빠졌는지 종잡을 수가 없게 되어버렸답니다. 완전히 사라진 셈이지요. 현재 이러지도 저러지도 못하는 상황이오."

"아니, 그럼 여긴 어떻게 오게 된 거요?"

"순전히 우연의 소산이지요. 가방을 운반해준 역무원 한 명이 짐표를 뜯어보니 그 자리에 펠레그리니라는 성이 새겨져 있더랍니다."

"이 여관의 다른 여행객들은 조사해보았소?"

"오, 여긴 손님이 거의 없답니다."

"아까 이곳으로 오면서 웬 귀부인이 한 명 눈에 띄던데."

"귀부인요?"

"틀림없었소. 바로 이 문을 열고 밖으로 나서다가 말에 탄 우리와 마주쳤지요. 그러자 부랴부랴 몸을 숨기는 것처럼 다시 안으로 들어갔단 말이오."

"그럴 리가요! 이 여관에 귀부인이라니?"

"회색빛 옷을 입은 여자였소. 다시 본다 해도 얼굴을 알아볼 정도는 못 되지만, 옷 색깔이라면 자신 있어요. 아참, 모자도 있었지. 분명 오랑캐꽃 장식이 있는 모자였소."

네 명은 잠시 침묵에 잠겼다.

이상의 대화 내용을 라울과 여자는 서로의 얼굴을 마주 보면서 잠자코 들었다. 저들의 입에서 새로운 단서가 하나씩 나올 때마다 라울의 얼굴은 점점 굳었다. 여자가 단 한 마디도 부인을 하지 않고 있었던 것이다.

백작부인은 그저 목이 멘 음성으로 이렇게 중얼거리기만 할 뿐이었다.

"저들이 들이닥칠 거예요. 곧 들이닥칠 거라고요."

"그래요, 이제 우리가 움직일 때입니다. 안 그러면 저들이 올라와 이 방에서 당신을 찾아낼 거예요."

라울은 그렇게 내뱉은 뒤, 아직 여자 머리 위에 있는 모자마저 벗겨 자기가 대신 썼다. 그뿐만 아니라 챙을 잔뜩 내려 오랑캐꽃이 한층 돋보이도록 하고는, 끈을 턱 밑으로 감싸듯 매서 되도록 얼굴이 가려지게 연출했다. 그는 마지막으로 이렇게 일렀다.

"내가 당신한테 길을 터주겠습니다. 퇴로가 확보되는 대로 당신은 마차를 정차시켜둔 농장 안뜰까지 침착하게 걸어가십시오. 레오나르한테는 고삐를 단단히 그러쥔 상태로 대기하고 있으라 명하세요."

"당신은요?"

"나도 한 20분쯤 후에 그리로 가겠습니다."

"만약 붙잡히면요?"

"저들 손에는 붙잡히지 않습니다. 당신도 물론이고요. 다만 조금도 덤벙대선 안 됩니다. 절대 달리거나 하지 마세요. 어디까지나 냉정, 침착해야만 합니다."

그는 다시 창가로 다가들었다. 내다보니 사내들이 드디어 안으로 들어서고 있었다. 그는 얼른 창턱을 넘어 정원으로 뛰어내렸는데, 마치 누군가의 출현에 기겁을 한 사람처럼 버럭 비명을 지르고는 쏜살같이 줄행랑을 치는 것이었다.

그와 더불어 마구 떠들어대는 소리가 영락없이 라울의 뒤꽁무니를 따랐다.

"저 여자다! 회색빛 드레스야! 모자에 오랑캐꽃도 달려 있다! 서라, 안 그러면 쏜다!"

단숨에 도로를 건너뛴 라울은 경작지를 파고들었고, 거기를 벗어나서는 농장의 둔덕을 비스듬히 가로질렀다. 그러자 다른 비탈이 나타났고 이어서 너른 들판이 펼쳐졌다. 그다음에는 두 줄로 뻗은 가시덤불 방책 사이에 또 다른 농장 오솔길이 펼쳐지는 대로 내리달리고 또 달렸다.

한참을 달리던 그는 문득 뒤를 돌아보았다. 상당히 뒤에 처진 추적자들의 시야로부터는 어느 정도 벗어난 듯했다. 눈 깜짝할 사이에 그는 드레스와 모자를 벗어서 덤불숲 속으로 쑤셔 넣었다. 그쯤 해두고 나서 그는 선원용 챙 모자를 눌러쓰고 입에 담배를 한 대 피워 물고는, 두 손을 호주머니에 찔러 넣은 채 왔던 길을 되돌아갔다.

농장 귀퉁이를 지나칠 즈음, 두 명의 경찰관이 불쑥 나타나 헐레벌떡 거친 숨을 몰아쉬며 그와 맞닥뜨렸다.

"저기, 여보시오, 선원 양반. 혹시 오다가 여자 한 명 못 봤소? 회색빛 옷을 입었는데……."

경찰관의 말에 그는 선뜻 확인해주었다.

"아, 네. 마구 달려가던 여자 말입니까? 정말 꼭 미친 사람 같더군요."

"맞습니다. 그래, 어디로 갔소?"

"농장으로 들어가던데……."

"아니, 어떻게요?"

"방책이……."

"한참 됐습니까?"

"기껏해야 한 20초나 됐을까."

경찰관들이 허겁지겁 달려간 뒤 계속해서 길을 걷던 라울은, 이번엔 헌병 두 명이 부랴부랴 달려오자 애교 있게 살짝 목례까지 던지고는 천연덕스럽게 제 갈 길을 갔다. 그렇게 여관마저 슬쩍 지나쳐 길모퉁이까지 거의 다 간 지점이었다. 드디어 약 100미터 멀리, 마차가 기다리고 있는 뜨락의 너도밤나무와 사과나무가 보였다.

레오나르는 과연 마부석에 단정히 앉아 말채찍을 손에 쥐었고, 조제핀 발자모는 안에서 문을 열어놓고 있었다.

이번에는 라울이 행선지를 정했다.

"이브토로 갑시다, 레오나르."

백작부인은 금세 발끈했다.

"뭐라고요? 그러면 다시 아까 그 여관 앞을 통과하게 된다고요!"

"우리가 마차 밖으로 모습만 드러내지 않으면 그뿐입니다. 게다가 지금은 길이 한산해요. 그걸 이용합시다. 약간 빠른 보조로 가요, 레오나르. 손님들 내려주고 텅 빈 채 돌아가는 마차처럼 말이오."

실제로 마차는 정확히 여관 앞을 지나치게 되었다. 그즈음 경찰관과 헌병들도 들판을 가로질러 돌아오고 있었다. 그들 중 한 명은 손에 든 회색빛 드레스와 모자를 흔들어대며 뭐라 하고 있었고, 나머지 사내들도 연신 손짓을 해댔다.

"당신 물건들을 발견했군요. 이젠 대충 상황을 파악했겠죠. 저들은 당신이 아니라 나를 찾으려 할 겁니다. 길 도중에서 마주친 뱃사람 말입니다. 이 마차에는 관심조차 두지 않고 있어요. 베를린식 구식마차에 펠레그리니 여사와 그의 공범인 선원이 타고 있다고 누가 말해도, 저들은 아마 웃고 말 겁니다."

라울이 유쾌하게 말하자, 백작부인은 아직 께름칙한 표정으로 대구했다.

"그래도 바쉐르 어멈을 취조할 거예요."

"어떻게든 잘 처리하겠죠!"

마침내 경찰과 헌병들이 시야에서 벗어나자, 라울은 마차의 속도를 재촉하기 시작했다.

"오호, 이런! 가엾은 우리 말들, 이러다간 멀리 못 가지. 벌써 몇 시간째를 달려온 거야?"

채찍 한 방에 냅다 달려나가는 말들에게 라울이 너스레를 떨자, 여자가 대꾸했다.

"간밤에 묵은 디에프에서 오늘 아침 출발해 계속이에요."

"그리고 우리가 가는 곳이?"

"바로 센 강 유역까지죠."

"맙소사! 하루 종일 여기 틀어박혀 60~70킬로미터나 더 가야 한다니! 끔찍하군."

여자는 아무 대답도 하지 않았다.

전방의 창문 두 개 사이에는 가느다란 거울이 설치되어 있었는데, 그리로 여자의 모습이 언뜻언뜻 비쳐 보였다. 아까보다 짙은 색깔의 복장에다, 가볍게 생긴 챙 없는 모자의 꽤 두터운 베일이 얼굴 전체를 가리고 있었다. 여자는 문득 베일을 걷더니 거울 바로 밑의 작은 사물함을 열어 앙증맞은 가죽 자루 하나를 꺼냈다. 거기엔 황금 틀에 끼운 손거울과 붉은 립스틱이며 솔빗 등 자질구레한 화장용품들이 들어 있었다.

여자는 거울을 빼 들고 오랫동안 자신의 지치고 늙은 얼굴을 가만히 들여다보았다.

그러더니 문득 가느다란 호리병에서 액체 몇 방울을 거울 표면에 떨군 다음, 비단 천으로 쓱싹 닦아내고 다시금 들여다보았다.

처음에 라울은 도무지 뭘 하는 건지 영문도 몰랐거니와, 자신의 초췌해진 반영(反影)을 두고 그저 우울한 기분에 사로잡혀서 저런 심각한 표정을 짓겠거니 하는 생각뿐이었다.

답답한 적막 속에 모든 사고와 의지가 총동원된 듯한 여자의 눈빛만이 10분에서 15분가량 강렬하고도 힘겨운 긴장 상태를 유지했다. 그러다가 마침내 처음으로 난데없는 미소가 마치 겨울 햇살처럼 수줍은 듯주저주저 피어났다. 잠시 후, 라울이 놀란 눈으로 줄곧 지켜보는 가운데, 좀 더 대범해진 그 미소는 세세한 변화들을 얼굴 가득 불러일으켰다. 우선 웃고 있는 입술 끄트머리가 훨씬 더 치켜 올라갔다. 피부에 홍조도 아스라이 감돌았고, 살결 자체에 탱탱한 탄력이 붙는 듯했다. 양볼과 턱도 예전만 한 순수한 선을 다시 그리기 시작했다. 한마디로 조제핀 발자모의 아름답고 다정다감한 얼굴 전체가 화사한 매력으로 한결 밝아지는 것이었다.

바야흐로 기적이 완성된 것이다!

그 모든 광경을 지켜보며 라울은 속으로 중얼거렸다.

'기적이라고? 천만에! 정 뭐하면 의지가 불러온 기적이라고나 해야 할 거야. 결코 쇠락을 받아들이지 않는 꾸준하고도 해맑은 생각이 혼란과 무질서를 몰아내고, 그 자리에 단아한 기운을 끌어들인 거라고. 그 밖에 묘약이라든가 무슨 신비의 불로초 같은 건 하찮은 코미디에 불과해!'

그는 여자가 손에서 놓은 거울을 집어 들고 요모조모 뜯어보았다. 틀림없이 데티그의 회합에서 얘기된 바로 그 물건이었다. 외제니 황후 앞에서도 한바탕 재주를 부렸다는 칼리오스트로 백작부인의 그 거울 말이다. 거울 가장자리를 따라 노끈처럼 줄 장식이 둘러쳐져 있고, 뒷면은 온통 부딪친 홈집투성이의 황금판으로 되어 있었다. 손잡이에는 백작의 관(冠) 문양과 1783년이라는 연도, 그리고 네 개의 수수께끼 목록이 새겨져 있었다.

"부친께서 당신에게 참으로 귀중한 거울을 물려주셨군요. 세상 더없이 불쾌한 기분으로부터도 이 부적만 있으면 잘도 회복될 테니까 말입니다."

별안간 심술기가 발동한 라울이 이죽거리자, 여자는 대답했다.

"사실은 내가 잠시 경황을 잃었던 거예요. 자주 일어나는 일은 아니

127

죠. 이번보다 훨씬 심각한 지경에서도 곧잘 버티거든요."

"오호라, 훨씬 심각한 지경이라……."

남자는 잔뜩 회의적인 어투로 중얼거렸다.

둘은 더 이상 단 한 마디도 나누지 않았다. 말들은 단조로울 정도의 똑같은 보조로 달렸고, 항상 고만고만하면서도 제법 다채로운 페이드 코의 대평원은 멀리 옹기종기 늘어선 농가들과 아담한 숲이 뿌려진 광대한 지평선을 향해 끝없이 펼쳐졌다.

칼리오스트로 백작부인은 다시금 베일을 내린 상태였다. 라울은 당장 두 시간 전만 해도 그토록 가깝게 느껴졌고, 흥겹게 토해내던 사랑의 밀어들을 독차지하기에 부족함이 없었던 이 여인이 불현듯 이방인처럼 낯설게만 보였다. 두 사람 사이에 더는 접점이 없었다. 수수께끼로 가득한 여자의 영혼은 금세 두터운 그림자를 둘렀고, 그 속에서 남자가 분간할 수 있는 것은 이전까지 상상해왔던 것과 전혀 딴판이었다.

도벽이 있는 영혼, 믿을 수 없고 불안한 영혼의 소유자, 환한 대낮의 적이라니…… 이럴 수가 있나! 순박한 처녀와도 같이 순수하던 그 얼굴, 샘물과도 같이 투명한 그 눈빛이 정녕 덧없는 허상에 불과했단 말인가!

그는 너무도 낙담해서 이브토라는 작은 고을을 지나는 내내 여기서 벗어날 궁리만 할 정도였다. 하지만 여간해선 결심이 서지 않아 더더욱 울화통만 치밀었다. 하필 그 순간, 또 클라리스가 기억 속에 오롯이 떠올랐다. 라울은 다정다감하고 온화하던 그 젊은 아가씨가 얼마나 품위 있게 자신의 마음을 열어 보였는지를 마음속에서 반추했다.

그러나 조제핀 발자모는 자신의 먹이를 좀처럼 놔줄 기미를 보이지 않았다. 아무리 초췌하고 변질된 우상처럼 버티고 있다 해도, 분명 그녀는 지금 눈앞에 존재하고 있는 것이다. 정신을 아찔하게 만드는 알 수 없는 향기가 그녀로부터 풍겨져 나왔다. 남자는 여자의 옷자락을 살짝 쓰다듬어보았다. 마음만 먹으면 단숨에 여자의 손을 붙잡아 그 향기 어린 손등에 입을 맞출 수도 있었다. 그만큼 현재 이 여자는 온통 욕정과 정열, 관능과 신비로 혼란스럽게 뭉뚱그려진 존재로 다가왔다. 그러자 어느새 클라리스에 대한 추억은 흔적도 없이 사라지는 것이었다.

"조진, 조진!"

남자는 두서없이 중얼거렸는데, 너무 작은 소리여서 여자가 알아들을 정도도 못 되었다.

하긴 이 마당에 사랑을 소리 높여 호소하고 고통을 하소연한들 무슨 쓸모가 있을까? 그런다고 여자를 향한 퇴색한 믿음이 돌아올 것이며, 여자의 눈빛에서 느껴지던 매혹적인 마력에 다시 취할 수가 있을까?

마차는 점점 센 강에 접근하고 있었다. 코드벡으로 내리뻗은 언덕 꼭대기에서 마차는 좌측으로 방향을 바꿔 생방드리유 계곡을 굽어보는, 산림이 우거진 구릉지대 가운데로 나아갔다. 이어서 그곳 일대에 유명한 수도원 폐허를 따라 강줄기와 나란히 전진했고, 마침내 강물이 훤히 바라보이는 지점에 이르러 루앙행 도로로 접어들었다.

잠시 후 마차가 멈춰 섰고, 센 강이 저만치 내려다보이는 작은 숲 언저리에 두 사람을 내려놓은 다음 곧바로 떠났다. 강어귀까지는 갈대들이 우수수 춤을 추는 초원이 시원하게 펼쳐져 있었다.

조제핀 발자모는 남자에게 손을 내밀며 말했다.

"안녕, 라울. 좀 더 가다 보면 라 마이유레 역이 나올 겁니다."

"당신은요?"

"오, 나는 숙소가 바로 코앞이에요."

"어디요? 보이지가 않는데……."

"웬걸요! 저기 저 나뭇가지들 사이로 보이는 바지선이랍니다."

"거기까지 배웅해드리지요."

갈대밭 한가운데를 가르듯 좁다란 둑방길이 나 있었다. 백작부인은 얼른 그리로 들어섰고, 라울은 그 뒤를 좇았다.

그렇게 해서 두 사람은 버드나무가 장막처럼 가리고 있는 바지선 바로 가까운 성토(盛土)지대에 도착했다. 주변 어디로부터도 그 두 사람이 보이거나 말소리가 들리지 않았다. 그들은 광대한 벽공(碧空)의 하늘 아래 그렇게 호젓하게 서 있었다. 두 사람 사이에는 앞으로도 기억 속에 영원히 지워지지 않을, 그러면서 각자의 운명에 전격적인 영향을 미칠 예외적인 시간이 소리 없이 흘러갔다.

"안녕…… 안녕……."

조제핀 발자모의 입에서 같은 말이 새어나오자, 라울은 마지막 작별 인사 삼아 내민 여자의 손 앞에서 적잖이 망설였다.

"내 손을 잡고 싶지 않으세요?"

여자가 은근히 물어오자, 남자는 엉겁결에 중얼거렸다.

"아, 네. 하지만 왜 이렇게 헤어져야 하는 거죠?"

"그야 더 이상 서로 할 얘기가 없으니까 그렇죠."

"그래요. 더 이상은…… 하지만 그렇다고 뭘 서로 얘기한 것도 없습니다."

그는 마침내 여자의 나른하고 미지근한 손을 두 손으로 덥석 붙잡고는 말했다.

"그 사람들 얘기 말인데요. 아까 여관 앞에서 당신의 혐의점들에 대해하던 얘기들…… 모두 사실인가요?"

실은 그런 질문을 하면서 뭔가 그럴듯한 설명을, 비록 거짓이 섞였다 해도 그런 혐의점들에 대한 회의를 간직할 수 있게 해줄 해명을 내심 바랐다. 하지만 여자는 전혀 의외라는 듯이 이렇게 대꾸했다.

"도대체 그건 알아서 무엇하게요?"

"네?"

"누가 보면, 그런 걸 까발리는 게 당신 행동에 어떤 영향이라도 미칠 수 있을 거라 생각하겠어요."

"무슨 뜻이죠?"

"세상에! 너무도 간단한 얘기예요. 내 말은 일전에 보마냥과 데티그 남작이 어처구니없게도 내게 덮어씌웠던 끔찍스러운 범죄행각들에 대해 당신이 다소 흥분을 했다는 것은 이해를 하겠지만, 오늘 일은 전혀 가당치 않다는 말입니다."

"그래도 어쩐지 아까 그네들 얘기가 기억에 남아 있네요."

"그건 기껏 해봐야 내가 이름을 슬쩍 흘려준 여자에 대한 고발 내용이었을 뿐이에요. 이름하여 벨몬테 후작부인 말이죠. 더군다나 살인에 관한 내용은 아니었어요. 그런데 그처럼 우연히 주워들은 말들이 대체 당신한테 왜 중요한 거죠?"

남자는 전혀 예기치 못한 반문에 할 말을 잃었고, 그 앞에서 여자는 제멋대로 웃으며 이번엔 자기 쪽에서 상당히 빈정대는 투로 덧붙였다.

"아마도 우리 라울 당드레지 자작께서 정신적인 충격을 받으신 모양이죠? 라울 당드레지 자작께서는 분명히 신사다운 우아함과 탄탄한 도덕관념을 지니고 계신가 봐."

"그래, 살인은 한 언제쯤 일어날 것 같소? 내가 언제가 돼야 이 미몽에서 처절하게 깨어날 것 같으냔 말이오."

"저런, 멋져라! 드디어 위대한 말씀 한마디가 튀어나왔네! 그러니까 결국 **실망했다**는 말이군요. 아름다운 꿈을 잡으러 동분서주 뛰어다녔는데, 그만 모든 게 사라져버렸다 이거예요. 이제야 한 여인이 있는 그대로의 모습으로 당신 앞에 나타난 셈이로군요. 자, 우리 서로 성실한 해

명을 바라는 입장이니만큼, 어디 솔직하게 대답해보세요. 당신, 실망한
거 맞죠?"

남자는 메마른 음성으로 내뱉듯 대답했다.

"네."

잠시 침묵이 흘렀다. 여자는 남자를 골똘히 들여다보더니 이렇게 속
삭였다.

"내가 도둑이죠? 그게 당신이 묻고 싶은 거죠? 나더러 도둑 아니냐
고 말입니다."

"그렇소."

여자는 빙그레 웃으며 말했다.

"그럼 당신은 뭐죠?"

거칠게 외면하려는 남자의 어깻죽지를 백작부인은 덥석 붙들었고,
위압적인 반말투로 냅다 내질렀다.

"젊은이, 자넨 뭐냐고 물었어! 도대체 자넨 뭐지? 이왕 이렇게 된 것,
자네도 패를 몽땅 펴 보여야 하는 거야. 자네 누구야?"

"내 이름은 라울 당드레지요."

"헛소리! 자넨 아르센 뤼팽이야. 자네 아버지는 테오프라스트 뤼팽
이지. 복싱 및 사바트(19세기 중반 창시된 프랑스 고유의 상류계층 무술. 현란
한 발차기가 주무기이다—옮긴이) 교사직과 더불어 그보다는 좀 더 벌이가
되는 사기꾼이라는 직업도 겸임하다가, 끝내 붙잡혀 유죄판결을 받
고 미국에서 수형생활을 하던 중 저세상으로 떠났지. 자네 어머니는 도
로 처녀 때 이름을 달고, 머나먼 사촌뻘인 드뢰수비즈 공작 댁에서 가
난한 친척으로 얹혀살게 되었지. 그러던 어느 날이었어. 공작부인께서
대단히 중요한 역사적 보물 하나가 분실된 걸 발견했지. 다름 아닌 마
리 앙투아네트 왕비의 저 유명한 목걸이 말이야. 온갖 수사를 시도했지

만, 결국 그 엄청난 대담성과 악마 같은 재주를 발휘해 일궈낸 도둑질의 주인공은 끝끝내 밝혀지지 않았지. 하지만 나는 누구 짓인지 잘 알고 있어. 바로 자네였단 말이거든. 그때 나이 여섯 살이었지."

라울은 노기로 창백해진 얼굴에 턱까지 부들부들 떨면서 듣고만 있다가 마침내 중얼거렸다.

"내 어머니는 모욕받고 불행했었소. 그런 어머니를 난 해방시켜주고 싶었고."

"도둑질을 통해서 말인가?"

"그때 나이 고작 여섯 살이었소."

"오늘날에는 스무 살이지. 자네 어머니도 돌아가시고 말이야. 자넨 이제 건강하고 지적이며 에너지로 충만한 젊은이야. 그런데 어떻게 살아가고 있지?"

"나는 일하고 있습니다."

"오호라, 남의 호주머니 속에서 하는 일?"

그녀는 반박할 여유도 주지 않고 내처 몰아쳤다.

"아무 말 마, 라울. 자네 인생이 어떻다는 건 내가 아주 세세한 부분들까지 죄다 꿰차고 있다고. 심지어 자네 주변에서 일어나는 올해의 일들이라든가, 보다 오래전에 벌어진 일들까지도 죄다 얘기해줄 수 있어. 왜냐하면 난 아주 오래전부터 자네를 눈여겨봐 왔기 때문이지. 내가 자네에 관해 늘어놓을 얘기들은, 아마도 아까 여관에서 자네 귀에 들어갔던 이런저런 내 혐의점들보다 결코 아름다운 내용들은 아닐 거야. 경찰관? 헌병대? 가택수색? 추적? 자네도 그런 건 이미 다 겪은 몸이지? 스물도 채 안 됐는데 말이야! 그런데 과연 그걸로 그리 비난받을 만하던가? 아닐 거야. 그러니 라울, 나도 자네 인생을 속속들이 알고 있고, 자네 또한 우연히 내 삶의 일단을 들여다본 마당에 피차 그런 것들은 그냥 덮어두자. 도둑질이란 분명 예쁜 짓거리는 아니지. 그러니까 아예 고개를 돌리고, 입을 다물자는 거야."

남자는 뭐라 할 말이 없었다. 엄청난 무력감이 물밀듯 밀려왔다. 갑자기 삶 자체가 비탄에 찌들어 부연 안개 속에 휩싸인 듯 보였고, 더 이상의 색채라든가 아름다움, 매력 같은 걸 기대하기 힘들었다. 그저 주저앉아 울고 싶은 심정이었다.

"마지막으로 다시 한번 말하지, 라울. 안녕……."

여자의 싸늘한 작별인사에 남자는 더듬대기만 할 뿐이었다.

"안 돼, 안 된다고……."

"그래야만 해, 젊은 친구. 난 자네한테 아픔만 줄 뿐이야. 자네 인생을 내 인생에 뒤섞을 생각 따위는 안 하는 게 좋아. 자네에겐 야망이 있고, 힘과 기품도 있어. 아직은 자기 미래를 마음먹은 대로 선택할 수가 있는 거야."

여자는 나지막한 목소리로 덧붙였다.

"나 같은 여자가 가는 길은 결코 좋은 길이 아니야, 라울."

"그럼 왜 그 길을 계속 가는 겁니까, 조진? 그 점이 내겐 난감하기 그지없단 말입니다."

"너무 늦었기 때문이야."

"그렇다면 나 역시 마찬가지예요!"

"아니! 자넨 아직 젊어. 스스로를 구하도록 해. 자넬 위협하는 운명으로부터 어서 도망치라고!"

"하지만 당신, 당신은, 조진?"

"나야 이게 내 인생이지."

"그 끔찍한 인생 때문에 당신 스스로도 고초를 겪고 있잖습니까?"

"그렇게 생각한다면서 왜 그 고초에 동참하려 드는 거지?"

"왜냐하면 당신을 사랑하기 때문입니다."

"그거야말로 더더욱 내게서 벗어나야 할 이유야. 우리 사이에는 그 어떤 사랑의 감정도 애당초 저주받을 운명이야. 자넨 나 때문에 창피해할 테고, 나 또한 자넬 믿지 않을 거야."

"당신을 사랑합니다."

"오늘은 그렇겠지. 하지만 내일은? 라울, 우리가 처음 만났던 밤에 사진에다 적어주었던 지시를 따르도록 해. '다시는 나를 보려고 하지 마세요'라고 썼었지. 이제 그만 떠나!"

마침내 라울 당드레지는 느릿느릿한 어조로 말했다.

"알겠어요, 알겠다고요! 당신 말이 옳아요. 하지만 미처 마음의 준비를 갖출 여유도 없이 이렇게 끝나버린다고 생각하니 정말 난감하군요. 이제부터 당신이 날 전혀 생각지도 않을 거라니."

"사람이라면 자신을 두 번씩이나 구해준 상대는 결코 잊지 않는 법이야."

"그야 그렇겠지만, 내가 당신을 사랑한다는 점은 깡그리 잊어버리겠죠."

여자는 고개를 설레설레 저으며 중얼거렸다.

"아니…… 잊지 않을 거야."

그러더니 별안간 반말투를 버리고 이렇게 덧붙였다.

"당신의 열정과 패기, 당신 안에 있는 그 모든 진실되고 자발적인 것들, 아울러 내가 미처 판별해내지 못한 그 밖의 다른 장점들까지! 그 모든 게 나를 얼마나 감동시켰는지 모를 겁니다."

두 사람은 서로의 손을 꼭 맞잡은 채 오랫동안 마주 보았다. 들끓는 애정으로 온몸이 후들거리는 라울에게 마침내 여자가 부드럽게 입을 열었다.

"누구든 영원히 헤어지기로 한 마당에는 서로에게 주었던 것을 돌려받는 게 상식입니다. 그러니 내 사진을 돌려주세요, 라울."

"안 돼요. 절대로 안 됩니다."

남자의 대답에 여자는 또 그 사람 마음을 호리는 미소를 지으며 말했다.

"정 그렇다면 내가 당신보다 더 매너 있는 여자이겠군요. 난 당신이 내게 준 걸 성실하게 되돌려주려고 하니까 말이에요."

"그게 뭡니까, 조진?"

"첫날 밤…… 헛간에서…… 내가 잠든 사이에 말이에요, 라울. 당신은 내게로 몸을 숙였고, 나는 당신의 떨리는 입술이 내 입술 위에 닿는 걸 느꼈죠."

순간 라울의 목 뒤로 깍지 긴 여자의 두 손이 점점 젊은이의 머리를 끌어당기더니, 두 사람의 입술이 포개어졌다.

잠시 후, 잔뜩 흥분해 정신을 차릴 수 없을 지경이 된 라울이 더듬거렸다.

"아, 조진! 나를 당신 원하는 대로 하세요. 당신을 사랑합니다…… 당신을 사랑해요…….."

두 사람은 이제 센 강변을 조용히 걷고 있었다. 둘의 머리 위까지 치솟을 정도의 키 큰 갈대들이 연신 흔들거렸고, 그와 더불어 삭풍이 춤추게 하는 길고 가느다란 잎새들이 옷자락을 스치곤 했다. 두 사람은 서로 손을 맞잡은 연인이라면 누구나 짜릿해할 생각만을 가슴에 품은 채 행복을 향한 길을 걷는 듯했다.

문득 여자가 걸음을 멈추고 말했다.

"한마디만 더 할게요. 이 말을 하면 아마 내가 좀 야박하고 욕심쟁이처럼 느껴질지 모를 거예요. 당신 인생에 혹시 다른 여자는 없겠죠?"

"전혀 없습니다."

그러자 곧바로 여자의 입에서 신랄한 탄식이 새어나왔다.

"아, 벌써 거짓말부터 하시네!"

"거짓말이라뇨?"

"그럼 클라리스 데티그는 뭐죠? 시골에서 만남을 가졌다는 걸 본 사람이 있어요."

남자는 발끈하듯 내뱉었다.

"아, 그건 다 지나간 얘기일 뿐입니다. 그저 하찮은 불장난에 불과했어요."

"맹세할 수 있어요?"

"맹세합니다."

여자는 다소 어두워진 목소리로 중얼거렸다.

"그럼 좀 낫군요. 그 여자로서도 잘된 일이에요. 아무튼 그 여자가 다시는 우리 사이에 끼어드는 일이 벌어져선 안 돼요. 만약 그렇지 않으면……."

남자는 얼른 여자를 잡아끌며 다짐했다.

"나는 오로지 당신만 사랑하오, 조진. 당신밖에 사랑해본 여자가 없어요. 나의 삶은 바로 오늘 시작하는 겁니다."

7
카푸아의 환락

농샬랑트호는 보통 바지선과 별다를 바 없이 낡고 여기저기 칠이 바랜 배였지만, 들라트르 부부라 불리는 사공 가족에 의해 그런대로 관리가 잘 되고 있었다. 사실 밖에서 보기에도 농샬랑트호가 운반할 수 있는 화물이라고 해봐야 몇 가지 궤짝이나 낡은 바구니, 약간 큰 통이나 있을까, 뭐 이렇다 하게 대단한 것은 없을 듯했다. 하지만 정작 갑판 아래로 사다리를 통해 미끄러져 들어가보면, 실제로는 그마저도 전혀 운송하고 있지 않다는 사실을 쉽게 확인할 수 있다.

내부 구조는 세 개의 안락하고 화려한 내실과 응접실로 양분된 두 개의 선실이 전부였다. 바로 그 안에서 라울과 조제핀 발자모는 근 한 달여를 붙어 살았다. 들라트르 부부는 무척이나 과묵하고 퉁명스러운 사람들이었는데, 라울이 몇 번이나 대화를 트려고 시도했지만 번번이 실패했다. 그들은 오로지 배의 관리와 요리에만 전념하는 분위기였다. 가끔 가다 예선(曳船)이 다가와 농샬랑트호를 이끌고 센 강을 거슬러 올라

가 또 다른 만곡지점에 데려다주곤 했다.

　그리하여 매혹적인 풍광 속에서 아기자기한 강변의 사연들이 하루가 다르게 펼쳐졌고, 그 속에서 두 연인은 서로의 허리에 팔을 두른 채 한가로이 거닐었다. 브로톤의 숲과 쥐미에주의 폐허들, 생조르주 사원과 부이유의 구릉지대, 그리고 루앙과 퐁드라르슈(모두가 로마시대와 중세의 유적지로 유명하다—옮긴이).

　그야말로 강렬한 행복으로 가득 찬 나날들이 아닌가! 특히 라울은 열정과 쾌활함의 극치에 항상 휩싸여 있었다. 경이적인 풍경, 멋스러운 고딕식 성당, 장렬한 석양, 휘영청 달빛, 모두가 그에게는 활활 타오르는 찬탄을 토해낼 구실들이었다.

　반면 보다 조용한 성격의 조진은 푸근한 꿈속에 젖은 듯 그저 흐뭇한 미소만 지을 뿐이었다. 매일매일이 그녀로 하여금 이 새로 생긴 애인

쥐미에주의 수도원 잔해

곁으로 점점 더 다가들게 만들어주었다. 처음에는 단순한 장난기로 뛰어들었다면, 지금은 심장을 뛰게 하고 상대를 너무 좋아하다가 느끼는 고통조차 감내하게 만드는, 명실상부한 사랑의 섭리에 따르고 있는 것이었다.

한편 자신의 비밀스러운 과거 삶에 대해서는 철저하게 입을 봉했다. 딱 한 번, 그런 주제로 약간의 대화가 오고 간 적이 있었다. 여자의 젊고 아리따운 외모를 두고 라울이 불멸의 기적이라며 듣기 좋은 말을 했을 때인데, 여자는 냉정하게 이런 대꾸를 했다.

결정판 아르센 뤼팽 전집

"기적이란 우리가 이해하지 못한 것에 붙이는 이름일 뿐이에요. 예를 들어보죠. 우린 하루에 80킬로미터를 주파한 바 있어요. 당신은 그게 무슨 기적이라도 되듯 호들갑을 떨었고요. 하지만 조금만 주의를 기울여 살펴보았다면, 그 엄청난 거리를 달린 건 말 두 필이 아니라 네 필이었다는 걸 단박에 눈치챘을 겁니다. 레오나르가 두드빌의 농가 안마당에서 미리 대기 중인 다른 말 두 필로 원래의 말들을 갈아 치웠거든요."

젊은이는 그제야 눈이 휘둥그레지며 외쳤다.

"아하, 감쪽같이 속았네!"

"또 다른 예도 들어볼까요? 이 세상 아무도 당신 이름이 뤼팽이란 걸 모르고 있습니다. 하지만 당신이 날 죽음에서 구해준 그날 밤, 만약 내가 당신의 진짜 이름을 알고 있었다면 뭐라 하겠어요? 그것도 기적이라고 할 건가요? 천만의 말씀이죠. 당신도 알다시피, 나는 칼리오스트로 백작에 관한 모든 것에 흥미를 갖고 있어요. 그런데 지금으로부터 14년 전, 드뢰수비즈 공작부인 집에서 저 유명한 '왕비의 목걸이'가 도난당했다는 소문이 귀에 들리더군요. 곧바로 면밀한 조사에 들어간 나는 대번에 라울 당드레지라는 꼬마에게까지 거슬러 올라 이 사건의 초점을 들이댈 수가 있었지요. 그러자 테오프라스트 뤼팽의 아드님 되시는 어린 뤼팽의 정체가 불쑥 튀어나오더군요. 아니나 다를까, 조금 시간이 흐르자 당신이라는 사람의 흔적이 여러 사건에서 감지되었죠. 아, 역시 그렇게 된 거로구나 싶었어요."

라울은 잠시 생각에 잠기더니 무척 심각한 어조로 말했다.

"그 당시라면 조진, 당신 나이가 10대쯤이었을 텐데, 모두가 실패했던 사건 조사를 그 나이에 그 정도까지 추진할 수 있었다는 건 정말 경이로운 일이오. 아니면 그때도 지금과 비슷한 나이였던지. 물론 그렇다면 더더욱 놀라운 일이겠지만…… 오, 칼리오스트로가의 마나

님이여!"

여자는 문득 눈살을 찌푸렸다. 그런 농담이 귀에 거슬렸던 모양이다.

"그런 말은 하지 말자고요, 라울."

하지만 아르센 뤼팽의 정체가 그때 이미 발각되었다는 데에 약간 자존심도 상한 데다, 어떻게든 앙갚음을 하고 말겠다는 고집이 생겨 라울은 이렇게 대꾸했다.

"허, 그것참 유감이로군! 지난 1세기 동안 당신이 겪어온 다양한 무용담과 지금 당신 나이에 관한 문제만큼 세상에 재미나는 일이 없는데. 그에 관해서는 나 나름대로 그럴듯한 견해까지 가지고 있단 말이오."

여자는 자기도 모르게 궁금한 눈빛으로 상대를 바라보았다. 라울은 그 틈을 놓치지 않고 약간 빈정대는 투로 덧붙였다.

"나의 논지는 다음 두 가지 공리(公理)에 근거하고 있소. 첫째, 당신 말마따나 세상에 기적이란 없다. 둘째, 당신 역시 어머니 배 속에서 난 딸이다."

여자는 빙그레 웃으며 말을 받았다.

"시작은 그럴듯하군요."

"당신이 당신 어머니 배 속에서 난 딸이라는 얘기는 즉, 먼저 당신 이전에도 칼리오스트로 백작부인이 존재했었다는 얘기가 되지. 부인은 나이 스물다섯이나 서른 살 때쯤, 자신의 미모로 제2제정 말기의 파리 전체를 환하게 밝혀주었으며, 나폴레옹 3세의 궁정을 들썩이게 만들었소. 그녀는 남매지간이라며 한 사나이를 동반하고 다녔는데(남매인지 친구인지, 아니면 애인인지는 별로 중요하지 않지만), 그자의 도움을 받아 칼리오스트로의 혈통에 관한 모든 이야기를 지어냈고, 결국 완전히 가짜 문서를 날조해서 경찰로 하여금 조제핀 드 보아르네와 칼리오스트로 사이의 여식에 관한 그릇된 정보를 나폴레옹 3세에게 제공하도록 유도했었소. 훗날 국외로 추방된 그녀는 이탈리아와 독일 등지를 전전하다가 그 이후론 종적이 묘연해졌지. 그게 알고 보면, 80년이 지난 오늘날 어미와 똑같은 모습을 두른 제2의 칼리오스트로 백작부인, 즉 그녀 자신의 딸이 지금 이렇게 부활하려고 그랬던 것이 아닌가 생각된단 말이오. 어때, 내 말에 동의하죠?"

조진은 그저 덤덤한 표정으로 묵묵부답이었고, 라울은 계속했다.

"정말이지 어미와 자식이 너무도 닮은 거였소. 거의 완벽하게 닮은 터라 옛 모험을 자연스럽게 다시 시작하게 된 셈이지. 하긴 백작부인이 뭐하러 둘씩이나 필요하겠소? 이제 진짜는 단 한 명, 칼리오스트로 백작인 아버지 조제프 발자모로부터 비밀을 전수받은 유일한 백작부인이면 그만인 것이지. 그러던 차에 보마냥이라는 사람이 불쑥 나타나 나름대로 조사를 벌이다 보니, 옛날 나폴레옹 3세의 경찰을 헷갈리게 했던 문서와 더불어 몇 장의 사진과 세밀화를 발견하기에 이른 것이오. 물론 그 사진과 세밀화는 항상 젊은 아가씨의 모습을 한 단일한 여인의 존재를 확인시켜줄 뿐만 아니라, 우연히 비슷한 용모의 여인을 모델로 한 베르나르디노 루이니의 성모화로까지 그 뿌리를 거슬러 올라가게 만든 거요. 게다가 증인까지 가세하는 것이었소. 바로 아르콜 공작! 그는 예전에 이미 칼리오스트로 백작부인과 만난 적이 있는 사람이지요. 백작부인을 모단으로 호송한 장본인이 바로 그였으니까. 그리고 베르사유에서도 다시 그녀를 보게 되었지요. 그러다 보니 최근에 그녀의 얼굴을 알아보고는 소스라치며 이렇게 내뱉었소. '바로 그 여자야! 어라, 나이가 그대로잖아!' 그걸 보면 당신이 증거적 차원에서 이미 그를 압도해버린 셈이었지요. 모단에서 당신 어머니와 그가 나눴다는 몇 마디 대화라든가, 그 밖에도 당신 어머니의 일거수일투족을 추적한 무척 꼼꼼한 신문을 당신은 달달 욀 정도로 읽어두었을 테니 말이오. 어렵쇼, 그러고 보니 사건의 내막이 벌써 속속들이 파헤쳐진 셈이네! 따지고 보면 아주 간단한 거죠. 미모가 루이니의 성모화를 연상시키는 두 모녀의 빼다 박은 듯한 외모! 그걸로 모든 게 설명되는 겁니다. 물론 벨몬테 후작부인이라는 인물도 있긴 하겠죠. 하지만 내 생각에 그 여인과 당신이 서로 닮았다는 건 어딘지 모호한 얘기이고, 두 사람을 혼동한 건 보마녕의 머리가 약간 이상하거나 일부러 그럴 의도가 다분했기 때문이라고 생각할 수밖에 없는 겁니다. 요컨대 별로 극적일 것 없는, 단지 잘 꾸려나간 하나의 재미난 계략이 존재할 뿐이지요. 이상입니다!"

거기까지 일사천리로 풀어낸 다음 라울은 입을 다물었다. 언뜻 보기에 조제핀 발자모의 안색이 파리해지면서 인상도 잔뜩 일그러지는 눈치였다. 이번에는 그녀 쪽에서 약이 오른 게 틀림없었고, 그걸 보자 라울은 절로 웃음이 나왔다.

"어때요, 내가 정곡을 찔렀죠?"

여자는 은근슬쩍 직답을 회피했다.

"내 과거는 나만의 과거일 뿐이고, 내 나이 역시 다른 사람에겐 별로 중요할 것 없어요. 당신도 그 문제에 관해서는 당신 좋을 대로 생각하면 그뿐이지요."

그러자 남자는 와락 여자를 껴안으며 외쳤다.

"조제핀 발자모, 나는 당신이 백네 살이라고 믿고 있소! 100여 살이나 먹은 여인의 키스를 받는다는 것처럼 황홀한 일도 또 없을 거요. 심지어 나는 당신이 로베스피에르도 알고, 루이 16세와도 아는 사이라고 생각해요!"

하지만 그런 대화는 오로지 그때뿐이었다. 약간만 과도한 질문을 하려고 해도 조제핀 발자모의 반응이 너무도 부정적이고 심상치가 않아서, 그는 더 이상 그런 유의 얘기를 비출 엄두도 내지 못했다. 게다가 이만하면 이미 정확한 진실을 알고 있는 셈 쳐도 되는 게 아닐까?

아니, 분명 그는 알고 있었고, 그에 대해 어떤 의심도 들지 않았다. 물론 그럼에도 불구하고 여자에겐 여전히 그를 몸둘 바 모르게 만드는 신비스러운 매력이 감돌았고, 때문에 내심 공연한 오기가 발동하곤 했다.

그렇게 3주째로 접어든 마지막 날, 갑자기 레오나르가 모습을 드러냈다. 어느 날 아침 눈을 떠보니 베를린식 구닥다리 사륜마차와 앙상한 조랑말 두 필이 백작부인을 태우고 어딘가로 향하는 것이었다.

여자는 저녁이 되어서야 배로 돌아왔고, 레오나르가 천에 꽁꽁 싼 봇짐들을 라울이 모르고 있던 뚜껑문을 통해 농샬랑트호에 옮겨 실었다.

라울은 밤중에 조심조심 그 뚜껑문을 열어 봇짐들을 살펴보았다. 안에는 경탄할 만한 레이스 작품들과 값비싼 제의(祭衣) 스타일의 의복들로 가득했다.

이틀 후에도 또 한 차례의 출정이 감행되었고, 이번에는 어마어마한 16세기 태피스트리 작품이 새로 추가되었다.

그러는 동안 라울은 적잖이 무료한 나날을 보내야만 했다. 그러다가 망트에서도 또다시 당분간 혼자가 되자, 자전거를 한 대 빌려 타고 들판을 얼마간 누비고 다녔다. 점심을 간단하게 때운 뒤 도시 어귀를 지나가는데, 한 널찍한 저택의 정원에 사람들이 북새통을 이루고 있는 모습을 보게 되었다. 가만히 다가가 살펴보니, 잡다한 은제품들과 멋진 가구들 경매가 한창 진행 중이었다.

따로 할 일도 없고 해서 그는 집이나 한 바퀴 휘 둘러보았다. 건물의 여러 박공들 중 하나가 잎이 무성한 나무들 위로 불쑥 튀어나와 정원의 인적 드문 곳을 굽어보고 있는 게 눈에 들어왔다. 그곳까지 사다리가 걸쳐 있는 걸 본 라울은 무슨 충동에서인지는 몰라도, 별다른 생각 없이 그리로 기어올라 활짝 열린 창문턱을 넘었다.

그를 맞이한 건 안으로부터 새어나온 가벼운 비명 소리였다. 다름 아닌 조제핀 발자모였는데, 허겁지겁 몸을 추스르더니 지극히 자연스러운 어조로 그를 향해 말했다.

"어머나, 라울 당신이었군요! 여기 이 서가에 앙증맞은 양장 소장본들을 좀 감상하는 중이었어요. 정말 놀라워요! 모두 다 보기 드문 희귀본들이에요!"

그게 다였다. 라울은 이 책, 저 책 자세히 살펴보다가, 엘제비르 판본(16세기 네덜란드 인쇄업자의 이름에서 유래된 판본으로 엘제비르 활자체로 유명하다—옮긴이) 세 권을 호주머니 속에 슬쩍했고, 백작부인 역시 라울 모르게 유리 장식장 속의 메달을 챙겼다.

둘은 함께 계단을 통해 내려왔고, 바깥의 소란스러운 분위기 속에서 그 누구의 눈에도 띄지 않고 그곳을 벗어났다.

그로부터 약 300여 미터 떨어진 곳에 마차가 대기 중이었다.

이런 식으로 퐁투아즈, 생제르맹을 거쳐 파리에서는 심지어 경찰서 바로 코앞의 강가에 버젓이 정박시킨 농샬랑트호를 아지트 삼아, 두 사람은 아예 함께 **작전**에 나서곤 했다.

한편 칼리오스트로 백작부인의 워낙에 수수께끼 같고 속을 알 수 없는 성격은 이 같은 작업을 거치면서도 전혀 변하지 않은 반면, 라울의 충동적인 천성은 갈수록 점점 고개를 들어 이젠 매 **작전**을 성공리에 마칠 때마다 대찬 폭소를 터뜨렸다.

"우하하하! 이왕 미덕과는 담을 쌓기로 작정한 몸, 어차피 할 바에는 우리 즐겁게 합시다! 조진, 당신처럼 침울한 분위기에서 꾸물대지 말고 말이오."

아닌 게 아니라, 매번 고비를 넘길 때마다 그는 자신 안에 전혀 예기치 못한 기발한 재능과 수완을 발견해나갔다. 이따금 상점이나 경마장, 혹은 극장을 함께 가는 경우, 문득 옆에서 흥겹게 혀를 차는 소리가 들려 여자가 돌아보면, 영락없이 애인의 손에는 시계가 쥐어져 있든지, 아니면 넥타이에 새 장식 핀이 꽂혀 있었다. 그러면서도 어떠한 위험이든 아랑곳하지 않을 결백한 사람이나 취할 법한 침착함과 차분함을 결코 잃지 않았다.

하지만 그렇다고 해서 조제핀 발자모가 충고하는 수많은 주의사항을 소홀히 하면서까지 라울이 자기 재량대로만 일을 하는 건 아니었다. 이를테면 두 사람이 바지선을 벗어날 때는 항상 하층민의 복장을 고수했다. 아울러 가까운 거리에 말 한 필이 끄는 베를린식 마차가 늘 대기하고, 두 사람은 그 안에서 옷을 갈아입었다. 칼리오스트로 백작부인은 이때 부인용 모자에 부착하는 넉넉한 자수 레이스 베일을 결코 얼굴에서 걷는 법이 없었다.

이처럼 세부적인 것들을 위시해 그 밖에도 숱한 사항들을 통해 라울은 이 신비스러운 정부의 실제생활에 관해 많은 것을 알게 되었다. 그녀가 몇 명의 부하들을 거느린 범죄조직의 우두머리이며, 그 부하들과는 레오나르를 통해 연락을 주고받는다는 사실, 아울러 지금은 칠지 촛대를 찾아 헤매고 다니면서 보마냑과 그 일당의 동태를 예의 주시하고 있다는 것은 의심의 여지가 없는 사실로 다가왔다.

이 같은 이중의 생활은 그녀 자신이 이미 경고했듯이, 조제핀 발자모라는 여인에 대한 라울의 감정을 자꾸만 거북스럽게 만들었다. 라울은 자기가 하고 있는 행동은 철저히 망각한 채, 상대의 정직하지 못하다고 판단되는 태도를 틈만 나면 나무랐다. 한 남자의 정부일 뿐만 아니라, 절도를 일삼는 집단의 수장으로서 백작부인 역시 시시콜콜한 비난이 달가울 리 없었다. 그 결과, 지극히 사소한 문제에서부터 둘 사이에는 심심찮게 충돌이 잦아졌다. 말하자면 서로의 개성이 너무도 뚜렷한 두 사람 사이에 본격적인 갈등이 빚어지고 있었던 것이다.

그러던 중, 한 가지 사건이 두 사람을 결정적으로 부닥치게 만들었다. 둘 다 공동의 적을 상대로 의기투합했음에도 불구하고, 자신들이 나누는 사랑이라는 것이 급기야는 서로에 대한 원한과 적의, 맹목적인 자존심 대결로 치닫게 되리라는 것을 두 사람 모두 깨닫지 않을 수 없었다.

라울이 '카푸아의 환락'(카푸아는 고대 로마 다음으로 큰 이탈리아 도시. 포에니 전쟁 때 로마를 상대로 승전을 거듭하던 한니발은 최종적인 로마 정벌을 목전에 두고, 바로 이 카푸아에서 환락에 젖어 시간을 허비해 결국 로마의 반격을 받아 패퇴한다. 백작부인과 달콤한 밀월을 즐기던 뤼팽의 자조 섞인 심정을 반영한다—옮긴이)이라고 즐겨 부르던 생활에 종지부를 찍게 만든 그 사건은, 어느 날 저녁 보마냥과 데티그 남작, 베네토와 우연히 마주침으로써 일어났다. 그날 세 명은 바리에테 극장으로 들어가고 있었다.

"한번 따라가봅시다."

라울의 말에 백작부인은 주저하는 기색이었다. 라울은 바짝 다그쳤다.

"아니, 왜 그래요? 이런 기회가 자주 오는 것도 아닌데, 그냥 놓치면 안 되지!"

마침내 두 사람도 극장 안으로 잠입했고, 어둠침침한 1층 칸막이 좌석을 골라 자리를 잡았다. 바로 그때 무대와 가까운 곳의 또 다른 칸막이 좌석에서 여자 안내원이 격자 창을 일으켜 세우기 직전, 보마냥과 그 두 패거리의 윤곽이 다시금 시야에 포착되었다.

단박에 뭔가 문제가 있구나 하는 생각이 들었다. 보마냥처럼 보기에도 근엄한 태도와 성직자다운 분위기가 물씬한 위인이 뭘 잘못 먹었기에 이 같은 통속극장을 찾아와 전혀 흥미로울 것 같지 않은 노골적인 시사희극을 감상하겠는가.

이 점에 대해 라울이 넌지시 질문을 건넸는데도 웬일인지 조제핀 발자모는 아무 반응도 보이지 않았다. 그러고 보니 이런 의도적인 무관심을 통해, 경우에 따라서는 얼마든지 라울과 완전히 별도의 행태를 보일 수가 있으며, 촛대에 얽힌 사안만큼은 더 이상 그와 공조를 하고 싶지 않다는 의사를 표시하려는 게 분명했다.

라울 역시 약간 도발적인 어투로 딱 부러지게 내뱉었다.

"좋소! 각자 알아서 행동하도록 합시다. 누가 큰 몫을 챙길지는 두고 보면 알겠지."

무대 위에서는 일련의 시사만담이 펼쳐지는 가운데, 여자 무희들이 일렬로 늘어서서 박자에 맞춰 다리를 높이 치켜들었다. 아슬아슬하게 옷을 걸친 예쁘장한 여자 진행자는 목에 치렁치렁한 모조보석 목걸이를 늘어뜨리고 나와 장기인 즉흥적인 익살을 선보였다. 그녀는 색색 가지 보석들이 박힌 머리띠를 했고, 머리카락 속에는 여기저기 심어놓은 전깃불이 연신 요란스레 반짝거렸다.

어느새 막 두 개가 끝났다. 무대 바로 앞 칸막이 좌석은 여전히 비밀스레 격자 창을 닫은 상태였고, 심지어 모르는 사람은 그 안에 세 명의 사내가 버티고 있으리라고는 짐작조차 못할 정도였다. 참다 못한 라울은 마지막 막간을 이용해 그 칸막이 좌석 쪽으로 다가가보았고, 문이 살짝 열려 있는 걸 발견했다. 슬그머니 안을 엿보니…… 아뿔싸, 그만 아무도 없는 것이 아닌가! 수소문한 결과, 세 명의 신사가 극이 시작된 지 약 30분 만에 죄다 극장을 빠져나가더라는 것이었다.

라울은 백작부인에게 돌아와 던지듯 말했다.

"여기서 더 할 일은 없는 것 같소. 몽땅 빠져나갔다고."

그때 무대 위에선 다시 막이 올랐고, 여자 진행자가 또 나타났다. 머리 모양이 많이 가지런해져서 그런지 처음부터 이마에 두르고 있는 머리띠가 훨씬 선명하게 보였다. 금실로 촘촘히 짠 밴드에, 각각 색깔이 다른 큼지막한 보석들이 둥그스름하게 다듬어져 군데군데 박혀 있었는데, 전부 일곱 개였다.

라울은 재빠르게 머리를 굴렸다.

'일곱 개로군. 그러고 보니 보마냥이 이곳에 온 이유를 알 것도 같아.'

조제핀 발자모가 나갈 채비를 하는 동안, 라울은 여자 안내원의 입을 통해 진행자의 이름이 브리지트 루슬랭이며, 몽마르트르의 낡은 집에 산다는 사실을 알아냈다. 아울러 그녀는 매일 발랑틴이라는 충직하고 늙은 하녀를 대동하고, 다음에 공연할 작품 리허설에 참석한다는 정보도 얻었다.

다음 날 오전 11시, 라울은 농샬랑트호를 슬그머니 빠져나왔다. 몽마르트르의 어느 레스토랑에서 점심식사를 한 뒤, 정오쯤 되어서 매우 가파르고 구불구불 이어진 길로 파고들었다. 마침내 그는 담으로 둘러쳐진 마당을 갖춘, 어느 임대 아파트를 등지고 붙어 있는 자그마한 가옥 앞을 지나게 되었다. 아파트의 맨 꼭대기 층은 창문에 커튼이 없는 걸로 미루어 아직 세입자가 없는 것 같았다.

라울은 뭐든 재빨리 궁리해내고야 마는 습관 그대로 한 가지 계획을 머릿속에 구축했고, 지체 없이 실천에 돌입했다.

우선 그는 근처에 약속이 있는 사람처럼 이리저리 어슬렁거리기 시작했다. 문득 아파트 관리인이 불쑥 나와 보도를 비질하고 있는 걸 보자마자, 그는 귀신같이 그 뒤쪽으로 미끄러져 들어가 잽싸게 계단을 올라갔다. 결국 라울은 밖에서 보아둔 텅 빈 꼭대기 층에 문을 따고 들어갔다. 이웃한 가옥 지붕이 곧장 내려다보이는 창문을 살그머니 열고, 아무도 보지 않는 걸 확인한 다음 날렵하게 그 위로 뛰어내렸다.

아주 가까운 위치에 천창이 살짝 열린 채 방치되어 있었다. 역시 안으로 미끄러져 들어가자, 쓰지 않는 물건들로 뒤죽박죽인 지붕 밑 다락방이 나왔다. 아래층으로 통하는 유일한 통로인, 잘 말을 듣지 않는 뚜껑문을 간신히 들어 올려 겨우 고개를 내밀자 3층 층계참과 계단 일부가 내려다보였다. 문제는 정작 여기서 내려갈 사다리가 눈에 보이지 않는다는 사실이었다.

저 아래, 그러니까 2층에서 서로 얘기를 나누는 두 명의 여자 목소리가 어렴풋이 들려왔다. 악착같이 상체를 들이밀며 바짝 귀를 기울인 끝에, 라울은 시사희극의 젊은 여자 진행자가 지금 규방 안에서 점심식사를 드는 중이며, 이 집 안의 유일한 하녀인 노파는 식사 시중과 더불어 화장실과 방 청소까지 병행하고 있음을 짐작했다.

"다 먹었어!"

브리지트 루슬랭은 침실로 돌아가며 외쳤다.

"아, 발랑틴! 너무 기분이 좋아! 오늘은 리허설이 없는 날이라고! 이따 외출하기 전까지 다시 잠이나 실컷 자두어야겠어."

난데없이 쉰다는 말에 라울의 계산은 삐끗했다. 브리지트 루슬랭이 집을 비우는 틈을 노려 조용히 가정 방문이나 해볼 심산이었던 것이다. 일단 우연한 기회를 바라며 잠시 동태를 살피기로 했다.

몇 분이 그렇게 흘러갔다. 브리지트가 극 중 삽입된 노래 몇 구절을 흥얼거리고 있는데, 마당에서 초인종 소리가 요란하게 울렸다.

"이상하네. 오늘 보기로 되어 있는 사람이 하나도 없는데. 발랑틴, 어서 한번 가봐요."

하녀가 부랴부랴 달려 내려갔다. 잠시 후, 문 닫히는 소리가 들리더니 하녀가 돌아와 말했다.

"극장에서 오신 분인데요. 지배인의 비서라면서 이 편지를 가지고 왔습니다."

"이리 줘봐요. 응접실로 모셨겠죠?"

"네."

라울은 2층에서 여배우의 치맛자락 스치는 소리를 들었다. 또한 하녀가 내민 편지 봉투를 부욱 찢는 소리와 곧이어 브리지트의 편지 읽는 소리가 나지막하게 들려왔다.

우리 어여쁜 루슬랭 양. 당신이 이마에 두르고 있던 그 보석 머리띠를 내 비서한테 건네주세요. 그걸로 견본을 만들어야 하거든. 조금 급한 일입니다. 오늘 저녁 극장으로 나오면 찾아갈 수 있게 해놓겠습니다.

가만히 귀를 기울이고 있던 라울은 흠칫 몸서리를 치며 생각했다.

'이런, 이런…… 보석 머리띠 얘기 아닌가! 일곱 개의 보석이 박힌 것 말이야. 그럼 극장 지배인도 냄새를 맡았다는 얘기? 브리지트 루슬랭이 과연 시키는 대로 할까?'

하지만 여자의 중얼거리는 소리를 듣고는 곧 마음이 놓였다.

"그건 안 될 말이지. 이 보석들은 이미 예약이 되어 있는 건데."

"하지만 걱정되네요. 지배인이 기분 좋아하지 않을 텐데……."

하녀가 참견하자, 배우는 단호하게 잘라 말했다.

"그럼 어떡해? 약속은 약속이야. 누구든 값을 비싸게 물어야 할걸."

"그럼 뭐라고 대답할까요?"

"내가 직접 답장을 쓸게요."

브리지트 루슬랭은 결심을 한 듯 내뱉었다.

잠시 규방으로 돌아가 있던 여자는 이내 모습을 드러내며 하녀에게 봉투 하나를 건넸다.

"그 비서는 아는 사람이던가요? 극장에서 본 적이 있어요?"

"웬걸요! 처음 보는 사람입디다."

"지배인한테 내가 미안해하더라고 얘기 좀 잘 전해달라 해주세요. 오늘 저녁에 극장에 나가서 자세한 설명은 직접 드리겠다고요."

발랑틴은 봉투를 쥐고 방을 나갔다. 또다시 답답한 시간이 흘렀다. 브리지트는 피아노 앞에 앉아 노래 연습에 들어갔는데, 그 때문인지 대문 소리가 라울의 귀에는 들리지 않았다.

그의 마음속은 그다지 선명하게 정리가 안 되는 이 상황 때문에 께름칙한 기분이 들쑤시고 있었다. 처음 본다는 그 비서라는 작자…… 난데없이 보석 머리띠를 요구해오는 그 전갈…… 아무래도 뭔가 석연치 않은 함정과 음모의 냄새가 물씬 풍겼다.

하지만 일단 한시름을 놓기로 했다. 규방 쪽으로 누군가 다가오는 기척이 늙은 하녀의 것이라 판단했기 때문이었다.

'발랑틴이 돌아오는 걸 보니 내 걱정은 기우였나 보군. 그 비서라는 자가 순순히 돌아간 모양이야.'

속으로 중얼거리는데, 갑자기 소악장을 연주하던 피아노 소리가 뚝 끊기면서 여자가 앉아 있던 둥근 의자가 거칠게 떠밀려 바닥에 쓰러지는 소리, 그리고 불안하게 터져나오는 여자의 다급한 음성이 한꺼번에 쏟아져 들려오는 것이었다.

"누, 누구십니까? 아, 그 비서라는 분, 맞죠? 새로 기용된 비서라는…… 갑자기 무슨 일이죠, 이렇게?"

곧이어 사내의 목소리가 들렸다.

"지배인님께서 제게 보석을 가져오라고 지시하셨습니다. 그래서 부득이……."

"하지만 이미 답장은 드린 걸로 아는데요."

브리지트의 음성은 점점 떨리고 있었다.

"하녀가 좀 전에 편지를 건네주지 않았던가요? 왜 당신과 함께 올라오지 않은 거지? 발랑틴! 발랑틴, 어디 있어요?"

그렇게 소리치는 분위기가 이미 처절한 느낌을 담고 있었다.

"발랑틴! 아, 날 두렵게 하는군요, 므슈. 당신의 그 눈빛은……."

느닷없이 방문이 쾅 하고 닫혔다. 이어서 의자가 심하게 덜그럭거리는 가운데 격렬한 몸싸움을 벌이는 소리, 급기야는 날카롭게 솟구치는 비명이 라울의 귓전을 때렸다.

"살려줘요!"

그게 다였다. 직감적으로 브리지트 루슬랭이 심각한 위험에 처했다는 판단이 들자, 라울은 기를 쓰고 뚜껑문을 조금 더 들어 올려 가까스로 출로(出路)를 확보했다. 물론 그러는 동안 아까운 시간이 제법 낭비된 건 어쩔 수 없었다. 밑으로 정신없이 뛰어내린 그는 곧장 3층으로 구르듯 달려 내려갔고, 세 개의 굳게 닫힌 문 앞에서 멈춰 섰다.

닥치는 대로 우선 그중 하나를 박차고 들어섰는데, 방 전체가 여간 어질러져 있지 않았다. 일단 아무도 눈에 걸리지 않자 그는 내처 방을 가로질러 화장실로 들이닥쳤고, 그다음에는 결정적으로 몸싸움이 일어났으리라 판단되는 방을 향해 돌진했다.

당장 그의 시야에 들어온 것은 커튼이 거의 닫혀 있어서 어둠침침한 가운데, 한 사내가 바닥에 무릎을 꿇고 앉아 양탄자 위에 뻗은 여자의 목을 두 손으로 짓누르는 광경이었다. 고통에 찬 헐떡거림이 지랄 같은 욕지기와 뒤섞여 들려왔다.

"이런, 빌어먹을! 이래도 입을 다물 거야? 아, 지독한 계집! 계속해서 거부하겠다는 거냐? 좋다, 요년!"

물론 득달같이 달려드는 라울의 공격을 불시에 당하자, 사내는 여자를 놓아줄 수밖에 없었다. 이제 사내끼리의 한판 몸싸움이 벌어졌고, 두 남자는 벽난로가 위치한 곳까지 함께 뒹굴었다. 라울은 그만 벽난로에 이마를 부딪쳤고, 그 바람에 잠시 정신이 몽롱했다.

침입자는 라울보다 체중도 더 나가는 듯했고, 도저히 이 날씬한 청년과 건장하고 우락부락해 보이는 사내와의 결투가 그리 오래갈 것 같지는 않았다. 실제로 얼마 안 돼 두 사람 중 한 명이 몸을 떼고 일어섰고, 다른 한 명은 그대로 뻗은 채 희미한 숨을 몰아쉬었다. 놀랍게도 일어난 사람은 라울이었다!

그는 대차게 비아냥거렸다.

"어떠시오, 므슈? 한 방 정통으로 먹은 것 같지? 고 테오프라스트 뤼팽 선생으로부터 전수받은 일본 무술을 약간 선보인 것뿐이야! 아마 당분간 희한한 세상 구경 좀 하시다 돌아올 것이오. 물론 그땐 양 새끼처럼 고분고분해지기 마련이지."

그쯤 해두고 라울은 몸을 기울여 여배우를 살핀 뒤, 번쩍 들어 안아 침대에 바로 뉘었다. 천인공노할 살해 기도가 다행히 우려할 만한 결과까지는 이르지 못한 것을 단박에 알 수 있었다. 브리지트 루슬랭의 호흡은 비교적 평온한 상태였던 것이다. 그뿐만 아니라, 이렇다 할 상처도 눈에 띄지 않았다. 다만 사지를 후들후들 떨면서 휘둥그런 눈으로 이 낯선 남자를 바라보기만 할 뿐이었다.

"어디 불편한 곳은 없지요, 마드무아젤?"

남자는 부드럽게 말을 건넸다.

"이제 곧 괜찮아질 겁니다. 그리고 두려워할 것 없습니다. 아까 그자 걱정은 더 이상 하지 않아도 됩니다. 가만있자, 좀 더 확실히 하기 위해서……."

그는 후닥닥 커튼을 젖힌 다음 거기 부착된 끈을 뜯어내 축 늘어진 사내의 손목을 단단히 결박했다. 그리고 빛이 쏟아져 들어오는 창문 쪽으로 침입자를 뒤집어서 그 얼굴을 자세히 살펴보았다.

으악 하는 비명 소리가 라울의 입에서 튀어나왔다. 이거야말로 황당하기 그지없는 상황이라 라울은 자기도 모르게 더듬더듬 중얼댔다.

"레오나르…… 레오나르……."

실은 아직까지 단 한 번도 정면에서 제대로 이 사내의 얼굴을 바라본 적이 없었다. 으레 마차 마부석에 구부정한 자세로 앉은 데다, 머리는 푹 수그리고 있기 마련이라 라울은 혹시 이자가 꼽추나 지독한 장애를 지닌 사람은 아닐까 생각할 정도였다. 다만 그 울퉁불퉁한 골격이 드러난 얼굴 선과 그를 둘러싼 듯 돋아난 희끗한 턱수염만은 분명히 알아볼 수 있었다. 전혀 의심의 여지가 없었다. 사내는 틀림없이 레오나르, 조제핀 발자모의 오른팔이자 집사나 다름없는 작자였다.

라울은 결박을 마저 마무리하고 입에다 재갈까지 물리고는 얼굴 전체를 수건으로 덮은 뒤, 규방으로 끌고 나가 육중한 디방 다리에 단단히 비끄러맸다. 그런 다음, 여전히 당혹스러워하고 있는 여자에게 돌아가 말했다.

"다 끝났습니다. 더 이상 그자와 마주칠 일은 없을 것이오. 일단 좀 쉬고 있으시오. 나는 하녀가 어떻게 됐는지 보고 오겠습니다."

사실 하녀 일은 크게 걱정되진 않았다. 예상했던 대로 발랑틴은 1층 응접실 한쪽 구석에 방금 레오나르가 처한 상황과 똑같이 꼼짝달싹 못하는 꼴이었다. 알고 보니 발랑틴은 제법 빠릿빠릿한 여자였다. 일단 결박이 풀리고 침입자를 걱정할 필요가 없다는 걸 깨닫자, 더 이상 당황하지 않고 라울의 지시에 착착 호응을 해주는 것이었다.

"나는 경찰에서 나온 비밀요원입니다. 당신 주인은 내가 구했소. 그러니 어서 올라가 돌봐주시오. 나는 즉시 그 침입자를 조사해 또 다른 공범은 없는지 알아보겠소."

라울은 그렇게 말하며 부랴부랴 하녀를 층계 쪽으로 떠다밀었다. 한시라도 빨리 혼자 남아 머리를 들쑤시는 혼란스러운 생각들을 곰곰이 따져볼 요량이었다. 그런데 그 생각들이란 것 자체가 너무 고통스러워서, 본능이 하라는 대로만 따른다면 차라리 이참에 모든 걸 다 때려치우고 다시 옆 건물을 통해 여길 벗어나는 게 상책이라는 기분이 불쑥불쑥 들기조차 했다.

하지만 그와 더불어 반드시 해내야만 할 일들이 너무도 또렷이 떠오르면서 저절로 수족(手足)에 지시를 내리는 것 같아 도저히 그 요구를 무시할 수가 없었다. 가장 처절한 상황 속에서도 냉정을 잃지 않고 결단을 내릴 줄 아는 우두머리로 차근차근 성장해가는 내면의 의지력이 이럴 때일수록 행동을 주저해선 안 된다며 다그치고 있었다. 그는 신속한 동작으로 마당을 가로질러 대문의 자물쇠를 침착하게 조작했고, 결국 문을 살짝 열었다.

과연 빼꼼히 열린 틈새로 길 맞은편에 베를린식 낡은 마차 한 대가 정차해 있는 게 눈에 들어왔다.

마부석에는 레오나르와 함께 있는 걸 몇 차례 본 적 있는 젊은 친구 도미니크가 지키고 앉아 말들을 달래는 중이었다.

하지만 저 안에 또 다른 패거리가 없다고 할 수 있을까? 있다면 대체 누구일까?

라울은 문을 그대로 연 채 놔두었다. 이미 의혹은 확고하게 굳은 상태여서 이제는 세상 그 무엇도 끝을 보고야 말리라는 라울의 결심을 꺾을 수 없었다. 그는 성큼성큼 2층으로 올라와 포로를 찬찬히 들여다보았다.

아까 몸싸움하던 도중 뭔가 심상찮은 구석이 있었다는 게 퍼뜩 뇌리를 스쳤다. 다름이 아니라 짧은 쇠사슬에 매달린 큼직한 목제 호각 하나가 호주머니 밖으로 흘러나왔는데, 절체절명의 격투를 벌이면서도 레오나르는 마치 그걸 잃어버릴까 봐 전전긍긍하듯 얼른 도로 집어넣었던 것이다. 그 점을 떠올리면서 라울의 머릿속에는 이런 의문점이 자리를 잡았다.

'혹시 호각 소리를 신호로 유사시 공범의 도피를 지시하려는 속셈은 아니었을까? 아니면 그 반대로 작업이 그럭저럭 마무리되고 나서 공범을 불러들이기 위해서일까?'

라울은 두 번째 가설을 이성적인 추리보다는 직관에 의해서 선택했다. 그는 호각을 한 번 불 만큼의 잠깐 동안만 창문을 활짝 연 뒤에 닫았다.

그런 다음, 얇은 망사 커튼 뒤에 몸을 숨긴 채 숨죽이고 기다렸다.

심장이 금방이라도 가슴을 찢고 터져나갈 듯 난동을 피웠다. 지금과 같은 혹독하고 기분 나쁜 고통을 느낀 적이 예전엔 없는 것 같았다. 탁 까놓고 말해서 그는 이제 곧 어떤 일이 벌어질지에 대해 조금도 의심치 않았고, 저 문을 통해 누구의 모습이 나타날지 이미 알고 있었다. 그럼에도 불구하고 그 같은 예상과 우려가 보기 좋게 빗나가기를 내심 열심히 빌었다. 이 끔찍한 살인미수 사건에서 사람을 죽이려던 레오나르의 공범이 제발이지……

육중한 대문이 슬그머니 움직였다.

"아뿔싸!"

라울의 입가로 절망의 탄식이 새어나왔다.

조제핀 발자모가 스르륵 모습을 드러낸 것이다.

그 태도가 어찌나 스스럼없고 편한지 마치 친구 집에라도 놀러 오는 것 같았다. 레오나르의 호각 소리가 울린 건 곧 모든 장애가 제거되었다는 뜻일 터, 마음 편히 입장 못할 이유가 없다는 뜻일까? 얼굴을 베일로 가린 여자는 가벼운 발걸음으로 마당을 건너 집 안으로 파고들었다.

라울도 금세 평정을 되찾았다. 이젠 심장박동도 정상으로 가라앉았고, 첫 번째 상대를 물리쳤듯이 이번에는 전혀 다르면서도 여전히 효과적인 무기로 두 번째 상대와의 싸움에 돌입할 각오를 다졌다. 그는 목소리를 잔뜩 낮춰 발랑틴을 부르고 이렇게 일렀다.

"어떤 사태가 벌어져도 아무 말 하지 마시오. 어떤 놈들이 브리지트 루슬랭을 겨냥한 음모를 들이대고 있는데, 내가 그걸 분쇄시킬 참이니까. 이제 곧 그중 한 놈이 나타날 겁니다. 절대로 소리를 내서는 안 됩니다, 알겠죠?"

하녀는 대뜸 말을 받았다.

"나도 뭔가 도울 수 있을 텐데요, 므슈. 경찰서로 달려가 신고를 한다든가……."

"그건 전혀 도움이 안 됩니다! 이번 일은 사방에 알려지고 나면 오히려 당신 주인에게 화가 미칠 수 있습니다. 내가 모든 걸 알아서 합니다. 다만 그쪽 방으로부터 어떤 소리도 새어나오지 않게만 해주십시오."

"알겠습니다, 므슈."

라울은 서둘러 통로문 두 개를 닫았다. 그렇게 해서 브리지트 루슬랭이 있는 방과 이제 곧 조진과 라울이 한판 대결을 벌여야 할 방이 완전히 분리된 셈이었다. 물론 바랐던 것처럼 두 방 사이에는 그 어떤 소리도 전달되기가 어려웠다.

바로 그즈음, 조제핀 발자모는 층계참에 모습을 드러냈고, 동시에 라울과 맞닥뜨렸다.

그뿐만 아니라, 복장을 보고서 꽁꽁 묶인 레오나르도 알아보았다.

그 순간, 일부 절박한 상황 속에서도 결코 자제와 평정을 잃지 않던 위인이 바로 저 조제핀 발자모라는 여인이라는 사실이 퍼뜩 라울의 뇌리를 스치고 지나갔다. 예기치 않은 라울의 존재라든가, 어질러진 방 한구석에 포로가 되어버린 레오나르의 형편없는 몰골 앞에서 펄쩍 뛰고 기겁을 하기보다는, 머리를 차근차근 굴리기 시작하고 여성 특유의 여린 신경과 흥분을 지그시 휘어잡고 있을 터였다. 그러는 가운데 여자의 머릿속에서 이런 의문점이 북새통을 이룰 거라는 건 이해하기 어렵지 않았다.

'대체 이게 어떻게 된 거지? 라울은 여기서 뭐하는 거고? 레오나르는 또 누가 이래놨어?'

하지만 여자는 얼굴을 덮고 있던 베일을 걷으며 툭 던지듯 물었을 뿐이었다.

"라울, 왜 나를 그런 눈으로 보는 거죠?"

하긴 지금 당장 신경 쓰이는 문제가 그것일 테니…….

라울은 적당한 대답을 하기까지 약간의 뜸이 필요했다. 이제 입 밖으로 내놓을 말은 아주 적나라한 내용이 될 것이고, 그 말에 대한 여자 쪽의 반응을 얼굴 근육 하나의 떨림, 눈꺼풀 한 번의 깜빡임도 놓치지 않도록 온 신경을 예리하게 깎아 세워야 했던 것이다. 마침내 라울은 중얼중얼 대답했다.

"브리지트 루슬랭이 살해당했소."

"브리지트 루슬랭이?"

"그래요. 어제저녁에 본 그 보석 머리띠를 한 여배우 말이오. 그 여자가 누구인지 모른다고는 설마 말 못할 거요. 왜냐하면 당신이 지금 그 여자 집에 와 있고, 레오나르로 하여금 일이 끝나고 나면 신호를 보내라고 했으니까."

여자는 대번에 당혹스러운 분위기였다.

"레오나르라고요? 그럼 레오나르가?"

"그렇소. 그자가 브리지트를 죽였소. 여자를 목 조르고 있는 걸 내가 덮쳤지."

여자는 그 자리에서 부들부들 떨더니 털썩 주저앉으며 더듬거렸다.

"아, 못된 인간! 망할 작자 같으니라고. 어떻게 그런 짓을?"

그러고는 한층 목소리를 가라앉혀 중얼거리는데, 스스로 한마디 한마디 내뱉을 때마다 점점 더 황당해하는 눈치였다.

"그가 사람을 죽였어. 살인을 했다고. 어찌 이런 일이! 사람은 죽이지 않겠다고 그토록 약속을 해놓고는! 그렇게 맹세를 했으면서! 오, 도저히 믿어지지가 않아."

과연 진심에서 저러는 것일까, 아니면 교묘한 연기에 불과한 걸까? 레오나르는 정말 어쩌다가 흥분을 이기지 못해 실수를 저지른 걸까, 아니면 기만술이 실패할 경우 제거하라는 지령을 받들기 위해 계획적으로 저지른 것일까? 생각할수록 의문은 불어갔지만 답이 도통 떠오르지 않는, 그야말로 난감한 문제였다.

그뿐이 아니었다. 조제핀 발자모는 문득 고개를 들어 눈물이 그렁그렁한 눈으로 라울을 바라보더니, 갑자기 두 손을 모은 채 와락 달려들었다.

"라울! 오, 라울! 왜 나를 그런 눈으로 보는 겁니까? 아니야. 그렇지는 않을 거야. 설마 나를 의심하는 건 아니죠? 아! 정말 그렇다면 끔찍한 일이야. 설마 이 모든 일을 내가 알고 있다고 믿는 건 아니겠죠? 이런 끔찍한 범죄행위를 내가 지시하거나 허락했다고 말이에요. 오, 그건 안 돼. 그렇게 생각하지 않는다고 말해줘요! 오, 라울! 나의 라울!"

남자는 다소 거칠게 여자를 다시 앉혔고, 레오나르의 몸뚱어리는 좀 더 어두컴컴한 구석으로 밀어붙였다. 그러고 나서 방 안을 잠시 이리저리 서성거리다가 칼리오스트로 백작부인 앞으로 돌아와 어깨를 움켜잡고는 말했다.

"내 말 잘 들으시오, 조진."

매우 천천히 튀어나오는 그의 어투는 분명 한 사람의 애인보다는 싸움 상대, 확실히 짚고 넘어가겠다는 고발자의 그것이었다.

"지금부터 시작해 딱 30분 내로 만약 당신이 이번 사건과 그것에 얽힌 비밀스러운 음모의 전말을 시원하게 이 자리에서 까발리지 않으면, 나는 당신에 대해 마치 치명적인 적을 대하듯이 행동할 것이오. 그리고 좋든 싫든 당신을 이 집에서 되도록 멀리 내쫓은 다음, 일말의 주저함 없이 가장 가까운 경찰서에다가 당신 수하인 레오나르가 브리지트 루슬랭에게 방금 저지른 살인행위를 곧이곧대로 고발할 생각이오. 그다음은 당신 스스로 알아서 헤쳐나가야 할 것이오. 자, 입을 열겠소?"

8
반전(反轉)

이제 전쟁은 선포된 것이나 마찬가지였다. 그것도 라울이 선택한 시간에 맞춰 선전포고가 이루어진 셈이다. 따라서 남자는 여자에 대해 지극히 유리한 입장이었고, 반면 조제핀 발자모는 불시에 당하는 상황인 만큼 설마 이처럼 노골적이고 단호하리라고는 예상 못한 도발에 직면해 움츠러들지 않을 수 없는 입장이었다.

물론 그녀 정도의 강단이 되는 여자가 쉽사리 패배를 받아들일 리는 없었다. 당연히 저항하려 할 터, 세상에 라울 당드레지만큼 부드럽고 다정다감한 애인이 또 어디 있다고! 다짜고짜 주인 행세를 하면서 강압적으로 상대를 넘보려 들 수도 있다는 것 자체를 인정하지 않는 눈치였다. 결국 애교에서 시작해 눈물, 맹세 등 여성으로서 동원할 만한 온갖 기교와 무기가 총동원되기 시작했다. 하지만 라울은 눈 하나 깜짝하지 않았다.

"그래봤자 털어놓고야 말 거요! 이제 애매모호한 수수께끼는 질색이야. 당신은 그걸 즐기는지 몰라도, 난 아니라고. 내겐 더없이 명확한 진실이 필요해요."

"하지만 무엇에 관한 진실 말인가요? 나의 인생에 대해서?"

잔뜩 열을 내며 여자가 외치자, 라울은 이렇게 대꾸했다.

"당신 인생은 당신 인생일 뿐이오. 내 앞에 펼쳐 보이는 게 그토록 두렵다면 당신 과거는 그대로 묻어두시오. 나는 당신이란 존재가 나를 비롯한 이 세상 모든 사람들에게 영원한 수수께끼로 남을 것이며, 당신의 그 순수한 얼굴 역시 영혼 깊숙한 곳의 비밀에 관해 아무것도 가르쳐주지 않으리라는 사실을 잘 알고 있소. 다만 내가 알고 싶은 것은 당신의 삶 중에서도 유독 나와 관련한 부분일 뿐이오. 우리에겐 공동의 목표가 있어요. 그러니 당신이 따르고 있는 방법을 내게도 보여주시오. 그렇지 않으면 나 역시, 어쩌면 극악한 살인범죄로 치달을지 몰라요. 난 그러고 싶지 않소!"

라울은 벽에 주먹을 쿵 하고 부딪치며 외쳤다.

"내 말 알겠소, 조진? 난 사람 죽이고 싶은 마음이 없단 말이오! 도둑질이야 괜찮소. 사기를 치는 것도 봐줄 만해! 하지만 살인은 안 돼! 암, 안 되고말고!"

"나 역시 그건 싫어요."

여자의 말이었다.

"그야 그렇겠지. 하지만 다른 사람을 시켜서는 그렇게 하잖아."

"말도 안 되는 소리!"

"그럼 말을 해보란 말이오! 해명을 직접 해봐."

여자는 초조한 듯 두 손을 배배 꼬며 신음 섞인 호소를 늘어놓았다.

"오, 안 돼요. 그럴 수가 없어."

"도대체 이유가 뭐요? 이 사건에 대해 당신이 알고 있거나, 보마냥이 당신을 상대로 미주알고주알 까발렸던 것에 대해 내게는 아무 말도 못하는 이유가 대체 뭐냔 말이오!"

여자는 기어 들어가는 소리로 중얼거렸다.

"당신을 이 모든 일에 연루시키고 싶지 않아서 그래요. 그자와 맞서게 만들고 싶지 않단 말이에요."

남자는 느닷없이 너털웃음을 터뜨렸다.

"와하하하하. 그럼 내가 걱정돼서 그런다는 거요? 아, 정말이지 그럴듯한 핑계입니다! 이봐요, 조진. 그런 거라면 안심해도 좋아요. 나는 보마냥 따위 하나도 두렵지 않소. 그자보다는 내게 훨씬 더 두려운 적수가 하나 있어요."

"그게 누군데요?"

"바로 당신이오, 조진."

그러면서 라울은 더욱 목소리에 힘을 주어 되풀이해 말했다.

"조진, 바로 당신 말이오. 그렇기 때문에 어둠보다는 밝은 빛을 필요로 하는 거요. 내가 당신의 정체를 정면에서 제대로 살필 수 있게 될 때, 내 마음속 두려움도 깨끗이 가실 것이기 때문이오. 어떻소, 마음은 정했소?"

여자는 완강하게 머리를 저었다.

"안 돼요! 절대로 안 돼!"

라울은 버럭 울화통을 터뜨렸다.

"결국 나를 믿지 못하겠다는 얘기로군! 이번 일이 그만큼 대단한 거겠지. 그래서 당신 혼자 몽땅 독차지하겠다는 거고. 좋아요. 일단 여기서 나갑시다. 바깥공기를 쐬면 상황을 보다 현명하게 판단할 수 있을 거요."

라울은 처음 인연을 맺은 날 저녁, 절벽 발치에서 그랬던 것처럼 번

쩍 여자를 안아 어깨에 털썩 짊어지고는 곧장 문 쪽으로 성큼성큼 다가
갔다.

"멈춰요!"

여자가 냅다 소리쳤다.

이 안하무인 격으로 자행된 행위가 마침내 백 마디 말로도 굴복시킬
수 없었던 여자의 마음을 수그리게 한 모양이었다. 더 이상 이 무지막
지한 사내를 자극해서는 안 되겠다고 느낀 듯했다.

남자가 또다시 얌전하게 자리에 앉히자, 여자는 차분하게 입을 열
었다.

"그래, 무얼 알고 싶은 거죠?"

"모두 다! 일단 당신이 이곳에 나타난 이유하고, 저 빌어먹을 인간이
브리지트 루슬랭을 살해한 이유!"

여자는 자못 엄숙한 어조로 입을 열었다.

"보석 머리띠를……."

"그건 별로 가치도 없는 물건이오! 보석이라고는 하지만, 가짜 석류
석에 가짜 토파즈, 녹주석에다 오팔 따위의 이런저런 돌조각들을 덕지
덕지 붙여놓은 것에 불과해."

"맞아요. 하지만 모두 합해 일곱 개죠."

"그래서? 바로 그 때문에 여자를 죽였어야 했단 말인가? 그보단 가
만히 기다리고 있다가 기회가 닿는 대로 방을 뒤지는 게 훨씬 간단한
일이었을 텐데?"

"물론 그야 그렇죠. 하지만 다른 누군가도 냄새를 맡고 노리는 듯했
다고요."

"'다른 누군가'라니?"

"오늘 아침 동이 트자마자, 어제저녁 머리띠를 보아둔 브리지트 루

슬랭에 관한 조사를 레오나르한테 지시했어요. 그런데 그가 돌아와 내게 한다는 말이, 어떤 사람들이 그녀의 집 주변에서 어슬렁거린다는 거예요."

"사람들이라니 누구 말이오?"

"알고 보니 벨몬테 부인의 첩자들이었어요."

"그럼 그 여자도 이 일에 개입되어 있단 말이오?"

"네. 그 여자 역시 어디든 흔적을 남기고 다니는 중이지요."

라울은 다시 같은 질문으로 돌아갔다.

"그래서요? 그게 살인동기란 말이오?"

"아무래도 레오나르가 잠깐 정신이 돌았던 모양이에요. 내가 '무슨 수를 써서라도 그 머리띠를 확보해야 한다'고 말한 게 잘못이죠."

라울은 기세등등하게 외치기 시작했다.

"거봐요! 그것 보라니까! 여태껏 우린 정신이 들락날락하면서 멍청하게 인명이나 빼앗는 파렴치한을 믿고 일을 추진해왔소. 자자, 이제 이쯤에서 일을 마무리해야 합니다. 내 생각에 오늘 아침 이곳을 어슬렁거렸다는 치들은 보마냥이 보낸 자들인 것 같소. 하지만 당신은 보마냥과 맞설 정도가 되지 못해요. 그러니 이제부터는 내가 일을 주도해나가기로 하겠소. 당신이 이번 일을 꼭 성공으로 이끌고 싶다면, 오로지 나를 통해서, 나만을 의지해서 그렇게 되어야 할 겁니다."

조진은 한없이 다소곳해진 분위기였다. 라울이 어찌나 신념에 가득 찬 어투로 자신의 주도권을 주장하는지, 여자는 이를테면 몸으로 그것을 절감하는 모양이었다. 여자의 눈에 지금 라울은 이전 어느 때보다 더욱 거대하고, 강력하며, 여태껏 마주쳤던 그 어느 남자보다 훨씬 더 유연한 정신과 예리한 시선, 보다 더 다양한 수완으로 든든히 무장된, 유능한 사내로 비쳤다. 아무리 따지고 들어도 꿈쩍도 않을 그 박력과

불굴의 의지력 앞에 여자는 조용히 고개를 숙일 수밖에 없었다.

"좋아요."

마침내 여자 입에서 이런 말이 흘러나왔다.

"모두 다 속 시원히 털어놓을게요. 하지만 꼭 여기서 얘기할 이유는 없겠죠?"

하지만 칼리오스트로 부인이 다시 전열을 정비하면 결코 득 될 게 없다는 걸 잘 아는 라울로선 고집을 부리지 않을 수 없었다.

"여기여야 합니다. 다른 덴 안 돼요."

여자는 다시금 주눅이 든 태도로 말했다.

"알았어요, 그렇게 하죠. 우리 사랑이 걸린 문제인데도 당신은 그다지 개의치 않는 모양이니 내가 져드리죠."

라울은 그야말로 뿌듯한 느낌이었다. 그러고 보니 난생처음으로 타인에게 확실한 영향력을 행사하는 기분이었고, 자신의 결정사항을 남에게 부과하는 데서 묘한 힘의 작동원리를 실감했다.

분명 지금 이 순간, 저 칼리오스트로가의 여인은 자신의 능력을 100퍼센트 다 발휘하지는 못하고 있을 것이다. 브리지트 루슬랭이 살해당했다는 생각만으로도 그처럼 완강히 저항하던 자세가 금세 허물어졌고, 가련하게 결박당해 내동댕이쳐진 레오나르의 몰골 역시 극도로 신경을 교란시킨 셈이었으니! 반면 라울로 말하자면 던져진 기회를 재빨리 휘어잡은 데다, 모든 이로운 상황을 십분 활용해 위협과 완력과 기지를 총동원한 끝에 결정적인 승리를 이룩한 것이다!

이제 그는 명실공히 주인으로 등극한 몸이었다. 바야흐로 조제핀 발자모를 복종하게 만든 것이며, 심지어 자신의 애정마저 적절히 제어할 줄 알게 된 셈이었다. 아울러 이미 결별도 불사하면서 극한까지 자신의 의지를 밀어붙였던 터라, 이제는 여인의 키스든 애무든, 그 밖의 어떤 유혹의 공세든, 또 그로 인한 욕정과 욕망의 참을 수 없는 분출이든, 하나도 두려워하거나 걱정할 게 없었다.

그는 외발원탁을 덮고 있던 양탄자를 거두어 레오나르의 몸뚱어리를 대충 덮은 다음, 여자에게 돌아와 곁에 앉으며 말했다.

"자, 시작할까요?"

여자는 무기력한 분노와 원망이 가득 담긴 눈빛으로 남자를 힐끔 쳐다본 뒤 중얼거렸다.

"당신, 지금 실수하는 거예요. 당신은 조만간 내가 기꺼이 털어놓을 이야기를 그저 일시적인 상대의 약점을 이용해 억지로 끌어내려고 하는 거예요. 결국 아무 소용도 없는 굴복을 강요하고 있는 거라고요, 라울."

하지만 남자는 여전히 뻣뻣한 태도였다.

"어서 얘기나 시작하시지."

마침내 여자의 이야기가 시작되었다.

"어련하시겠어요. 아무튼 이왕 털어놓기로 한 것, 가능한 간단히 끝내도록 하죠. 자잘한 세부사항들은 죄다 건너뛰고 단도직입적으로 들어가겠어요. 따지고 보면 그리 길지도, 복잡하지도 않은 얘기이니까요. 일종의 간단한 보고서 정도? 때는 지금으로부터 24년 전, 그러니까 프랑스와 프로이센 간의 1870년 전쟁을 코앞에 둔 몇 달 동안의 일이었어요. 루앙의 주교이자, 상원의원인 본느쇼즈 추기경은 페이드코 일대를 순회하는 견진성사 의식 중에 난데없는 폭우를 만났습니다(본느쇼즈 추기경(1800~1883)은 실존인물로 모파상과 모리스 르블랑에게 견진성사를 준 바 있다―옮긴이). 추기경은 엉겁결에 데조브 경이 마지막 주인으로 거주하던 괴르 성에 몸을 피하게 되었지요. 모두 저녁식사를 마친 뒤였어요. 미리 준비된 침소로 든 추기경한테, 거의 여든 살에 육박한 나이의 아주 노쇠하면서도 정신만은 여전히 말짱한 데조브 경이 특별 알현을 요청했고, 즉시 이루어진 그 면담은 꽤 장시간 진행되었다고 합니다. 그날 밤 추기경은 자신이 들었던 기이한 이야기를 훗날 간략하게 요약해 적어두었는데, 나는 그 내용을 달달 외우다시피 해서 지금 당장 단 한 마디 가감 없이 풀어낼 수가 있답니다. 늙은 데조브 경의 말을 한번 들어보세요.

추기경 예하, 제가 유년 시절을 대혁명의 엄청난 혼란 속에서 보냈다는 건 아마 잘 아실 것입니다. 공포정치 시절, 나이 열두 살의 고아였던 저는 여러 환자들에 대한 간호 및 여타 봉사활동을 벌이시던 숙모 손을 붙잡고 인근 감옥을 매일같이 방문하곤 했었습니다. 당시 그곳에는 수많은 불쌍한 사람들이 강제로 갇힌 채 제멋대로 심판받고 단죄당하고 있었는데, 그중에서도 저는 이름도 모를 뿐 아니라, 어떤 연유로 그곳에 붙잡혀 들어왔는지도 오리무중인 한 선량한 사내를 우연찮게 자주 만나게 되었답니다. 저의 예의 바른 태도와 경건한 신앙심을 보자, 그는 차츰 마음을 열기 시작하더군요. 그렇게 그의 귀여움을 독차지하고 지내던 중, 급기야 그가 재판을 받고 유죄판결이 떨어지던 날 저녁에 나를 부르더니 이러는 것이었습니다.

'꼬마야, 내일 새벽이면 헌병들이 나를 기요틴으로 끌고 갈 것이다. 그러면 나는 아무도 내가 누구인지 모른 채 죽게 될 거야. 내가 원하던 바가 바로 그거였지. 심지어 너한테조차도 내가 누구인지는 밝히지 않을 작정이다. 다만 사정상 아무래도 너에게 일련의 긴한 얘기를 좀 해야만 하겠어. 부디 어른처럼 잘 귀담아들어야 할 얘기란다. 그리고 나중에 역시 침착한 어른답게 책임 있는 자세로 이 이야기를 곰곰이 생각해주기 바란다. 지금 나는 너에게 대단히 중대한 사명을 맡기려는 거야. 너는 언젠가는 이 일을 능히 해낼 수 있을 만큼 성장할 것이며, 이 엄청난 가치를 품은 비밀을 무슨 일이 있더라도 지켜내리라 난 확신한단다.'

그리고 한다는 얘기가 자신은 원래 성직자이며, 값으로 계산할 수 없을 만큼의 어마어마한 보석들을 보관해오고 있다는 거였습니다. 그 보석의 순도가 얼마나 대단한지, 아무리 미세한 크기의 알갱이 하나로도 상상을 초월하는 값어치에 이를 정도라고 하더군요. 아울러 그 보석들은 수집이 되는 즉시, 세상 누구도 짐작할 수 없을 만큼 기발한 은닉처에 보관되었다고 했습니다. 페이드코를 돌아다니다 보면, 아무나 지나다닐 수 있는 탁 트인 공간에 숲이나 초원, 과수원, 혹은 일부 경작지나 영지의 경계를 표시하는 큼직한 돌멩이들이 땅바닥에 머리를 내밀고 있는 걸 심심찮게 볼 수 있는데, 그중 거의 전체가 흙 속에 파묻히고, 주변이 덤불들로 뒤덮인 채 방치된 게 하나 있다는 것이었습니다. 자세히 보면 그 돌머리에 두세 개의 구멍이 자연적으로 생성되어 있고, 흙으로 채워져서 작은 야생식물들이 뿌리를 내리고 있다는 겁니다.

바로 그 구멍들 중 한 곳에 매번 흙을 걷어내고 마치 저금통에 동전을 넣듯, 기막힌 보석들을 야금야금 집어넣고는 아무 일 없었다는 듯 정성스레 도로 흙을 채워 넣는다고 했습니다. 그런데 어느덧 그 구멍이 꽉 들어찬 데다 또 다른 은닉처가 마땅히 결정된 것도 아니어서, 몇 년 전부터는 새로 입수된 보석들을 서인도제도산 목제 궤짝에 차곡차곡 쟁여놓다가, 체포되기 불과 며칠 전 그 자신이 직접 문제의 경계석 발치에 고이 묻어두었다는 것이었습니다.

사내는 아주 정확하게 그 장소를 가르쳐주었는데, 심지어 그게 어딘지 잊었을 경우, 확실한 방법으로 다시 찾아갈 수 있게 해줄 비밀 주문(呪文)도 하나 전수해주었답니다.

그러면서 저더러 좀 더 평화로운 시기가 도래하면, 즉 그가 추정하기로는 적어도 20년은 지난 다음의 어느 적당한 시기에 만사 제쳐놓고 그곳부터 찾아가 모든 것이 제대로 보존되어 있는지 반드시 확인하겠다고 약속해달라는 것이었습니다. 그뿐만 아니라, 그날부터는 줄곧 매년 부활절 일요일을 맞아 괴르 마을 성당에서 거행되는 축전미사에 꼬박꼬박 참석해달라기도 하더군요.

그러다 보면 어느 부활절 일요일에 성당 성수반 옆에서 검은 옷을 입은 남자와 마주치게 될 거라고 했습니다. 그때 내가 이름을 대면 그 남자가 축일 때만 불을 붙이는 구리로 된 칠지 촛대 가까이 나를 데리고 갈 것인데, 그럼 저는 그런 행동에 대한 화답으로 장소를 암시하는 비밀 주문을 슬쩍 귀뜀해주어야 한다고 말이죠.

이를테면 그 두 가지 절차가 그와 나 사이에 서로 신분을 확인하는 징표가 되는 거라고 했습니다. 일단 거기까지가 이루어지면, 그때 남자를 경계석까지 안내해도 좋다는 것이었습니다.

저는 사내가 지시한 조목조목을 철저하게 준수하겠노라며 영혼을 걸고 맹세하지 않을 수 없었습니다. 그리고 바로 다음 날 그 고결한 성직자는 결국 단두대의 이슬로 사라지고 말았지요.

추기경 예하, 비록 어린 나이였지만 그때부터 저는 거의 종교적인 신앙심으로 일단 침묵의 맹세를 철저히 지켰습니다. 숙모가 돌아가신 다음부터는 국립 유년학교 생도로 들어가 지내면서 이후 집정내각 시대(1795~1799. 프랑스 혁명정부를 말함—옮긴이)와 제1제정시대(1804~1814. 나폴레옹 1세 치하—옮긴이)의 모든 전쟁터를 누비고 다녔답니다. 그러다 나폴레옹이 몰락하고, 나이 어언 서른셋이 되어 대령의 계급으로 퇴역한 저는 무엇보다 먼저 문제의 은닉처를 찾아가 경계석이 무사히 있다는 걸 확인했습니다. 그러고는 1816년 부활절 일요일에 찾은 괴르 마을의 성당에서 구리로 만든 칠지 촛대도 구경했지요. 하지만 그날은 성수반 주위에 검은 옷을 입은 남자는 보이지 않았습니다.

이후 계속해서 저는 그곳 성당에 부활절 때마다 빠짐없이 들르곤 했습니다. 실은 그 와중에 마침 매물로 나온 괴르 성을 사들였는데, 누가 조심성 깊은 군인 아니랄까 봐 내게 지정된 구역에 한해 아예 가까이서 경비를 책임지겠다는 생각이었던 거죠. 아무튼 저는 끈질기게 기다렸습니다.

추기경 예하, 그렇게 기다린 세월이 무려 55년입니다. 그동안 아무도 나타난 사람이 없고, 무엇 하나 이 일과 관련 있다고 사람들 입에 오르내리는 이야기를 들은 적이 없었습니다. 경계석도 원래의 자리에 꿈쩍 않고 버티고 있고 말입니다. 촛대 역시 정해진 날들마다 괴르 성당 성당지기의 손에 의해 어김없이 밝혀지고 있습니다. 하지만 유독 검은 옷의 사나이만은 나타날 기미를 보이지 않는 겁니다.

제가 어떻게 했어야 할까요? 누구한테 이 일을 하소연했어야 되겠습니까? 교회당국에 대신 무슨 조치를 취해달라고 진정이라도 냈어야 할까요? 프랑스 국왕께 알현이라도 요청했어야 하는 걸까요? 아마 그렇지는 않을 겁니다. 저의 사명은 요지부동으로 정해진 것이니까요. 그걸 가지고 제 마음대로 해석할 수는 없는 노릇이었습니다.

전 진득하게 입을 다물고 있었습니다. 하지만 어쩌나 마음 저 깊은 속에서 갈등이 일던지! 그 께름칙한 기분이 얼마나 저를 시달리게 했는지 모릅니다! 그런 엄청난 비밀을 무덤 속으로 가지고 들어가, 영영 사장시켜버릴지도 모른다는 생각에 어쩌나 괴로웠던지요!

그러나 추기경 예하, 오늘 저녁 이후부터는 저의 모든 괴로움과 불안한 마음이 몽땅 흩어져 버렸습니다. 우연찮게 이 성에 추기경 예하께서 들러주신 것은 제가 보기에 주님의 뜻이 명백하게 작용한 것이라 생각합니다. 예하께서는 종교적 권능과 동시에 현세의 권위를 상징하십니다. 대주교이시기에 교회를 대변하시면서, 또한 상원의원이시니 이 나라 프랑스를 책임진다고도 볼 수 있으니까요. 저의 이야기는 교회와 국가 모두에 관련된 일이기에 예하께 그걸 공개한다고 해도, 전혀 물의가 일어나는 건 아니라고 확신합니다. 이제 선택은 추기경 예하께 달려 있습니다! 단행할 건 단행하고, 협상할 건 협상하소서! 그리하여 예하께서 과연 저 신성한 위탁물이 누구의 손에 떨어져야 타당한지 말씀만 해주신다면, 모든 필요한 정보를 완전히 공개해드리겠습니다!

본느쇼즈 추기경은 아무 소리 않고 귀를 기울이고 있었답니다. 그러더니 솔직히 말해서 그 모든 이야기를 왠지 신뢰할 수 없노라며 난색을 표했다고 하는군요. 데조브 경은 곧장 밖으로 나가더니, 잠시 후 서인도제도산 목재로 만든 자그마한 궤짝 하나를 들고 돌아와 이러더라는 겁니다.

이게 바로 그 사내가 말한 궤짝입니다. 문제의 장소에서 발견한 거지요. 차라리 집에 고히 보관해두는 게 현명한 처사라고 판단했습니다. 예하께서 이걸 가지고 가셔서, 안에 든 수백여 개의 보석들을 감정해보십시오. 그럼 아마도 제 이야기가 얼마나 진실된 것인지 믿으실 수 있을 겁니다. 아울러 그 고결했던 사제가 어마어마한 보물 운운한 것도 다 진실이라고 생각하시게 될 겁니다. 그의 말에 의하면 경계석 안에는 이 안에 든 것들 저리 가라 할 정도의 기막힌 보석들이 무려 만여 개나 들어 있다고 하니까요.

데조브 경의 주장이 워낙에 강력한 데다, 부인하기 어려운 증거까지 들이댄 마당인지라 추기경은 마음을 결정하지 않을 수 없었습니다.

그때부터 추기경은 본격적으로 그 일을 떠맡기로 약속을 했고, 해결책이 강구되는 대로 이 늙은 전쟁 영웅을 불러들이겠노라 다짐을 해주었답니다. 면담은 그런 든든한 약속으로 끝을 맺었지만, 정작 문제는 여러 사정상 그 실천이 자꾸만 뒤로 미루어졌다는 사실이었습니다. 당신도 알다시피 그 사정이라는 건 프랑스와 프로이센 간의 전쟁 발발과 그 뒤의 엄청난 재앙이죠. 추기경이자, 한 나라의 상원의원이라는 중책에 있다 보니 도무지 겨를이 없었던 겁니다. 마침내 제국은 붕괴했고 프랑스는 침략당했지요. 그런 상황 속에서 수개월이 흘렀을 때였습니다. 이젠 루앙마저 풍전등화의 처지가 되자, 무척 중요하다 여겨지는 문서들을 영국으로 급파할 생각을 하고 있던 추기경은 그와 더불어 문제의 보물 궤짝도 첨부해 보내기로 마음먹게 됩니다. 결국 12월 4일, 그러니까 독일군이 도시로 진입하기 하루 전날, 추기경의 신뢰하는 하인 조베르 선생은 승선하기로 되어 있는 르아브르까지 손수 이륜마차를 몰아 쏜살같은 여정에 올랐습니다. 하지만 그로부터 이틀 후, 추기경은 루앙에서 10킬로미터 떨어진 루브레 숲 후미진 지점에서 조베르의 시체가 발견되었다는 소식을 접합니다. 그런데 추기경에게 되돌아온 물건은 문서가 든 가방이 전부였습니다. 말과 마차는 물론, 서인도제도산 목재로 만든 궤짝 역시 행방불명되고 만 것입니다. 이런저런 정보를 수집한 결과는 다음과 같았습니다. 하필 그 하인은 르아브르로 빠져 달아나는 돈 많은 부르주아의 마차를 털려고 루앙 인근 지역을 어슬렁거리던 독일군 기마정찰대와 재수 없게도 마주쳤다는 것이었습니다. 불운은 그걸로 끝난 게 아니었습니다. 이듬해 1월 초, 추기경은 데조브 경으로부터 전갈을 하나 받았습니다. 조국의 패배를 딛고 살아남을 수 없었던 노병이 죽기 직전 거의 읽기 힘들 만큼의 악필로 간단한 전언을 휘갈겨 썼던 것입니다.

결정판 아르센 뤼팽 전집

장소를 가리키는 비밀 주문은 궤짝 밑바닥에 새겨져 있습니다.

구리 촛대는 우리 집 정원에 깊숙이 숨겨놓았습니다.

그렇게 해서 더 이상 치러야 할 모험은 남지 않게 된 셈이죠. 궤짝을 도둑맞고 보니, 데조브 경의 이야기에 조금이나마 진실이 섞여 있다라고 강변할 증거가 어디에도 없는 것이었습니다. 보석을 실제로 보았다는 사람이 없는 것이었죠. 과연 그런 게 있었기나 한 걸까요? 차라리 그 모든 게 이 레종도뇌르를 수여받은 노전쟁 영웅의 상상 속에서나 존재했다고 보는 게 더욱 그럴듯한 얘기가 아닐까요? 아울러 그 궤짝이라는 것도 사실은 그저 허울뿐인 보석들이나 색깔이 요란한 돌 조각들을 품고 있었던 데 불과한 건 아니었을까요? 그 같은 회의적인 생각들이 추기경의 머릿속을 집요하게 파고들었고, 결국에는 이 사건에 대해 침묵으로 일관하리라 마음먹게 되었답니다. 이제 데조브 경의 이야기는 한낱 늙은이의 횡설수설로 치부되기에 이른 것이죠. 당연히 그런 부질없는 소리를 쓸데없이 유포하는 것은 위험할 수 있다는 생각이었습니다. 해답은 오로지 함구하는 것! 다만……."

"다만 뭡니까?"

바로 그 '부질없는 소리'야말로 더없이 흥미롭다고 생각한 라울 당드레지가 불쑥 다그쳤고, 조제핀 발자모는 이어서 얘기했다.

"다만 궁극적인 결정을 내리기 전, 그는 괴르 성에서의 면담과 그 이후의 일들을 지금까지 얘기한 대로 기록해놓았답니다. 그러나 나중에 태워 없애려던 이 비망록을 그만 깜빡한 이후 까마득히 잊고 있다가, 추기경이 세상을 뜬 지 몇 년이 지난 시점에, 경매에 부쳐진 그의 서가에서 신학서적 틈에 꽂혀져 있는 게 발견되었지요."

"발견한 사람은 누구랍니까?"

"바로 보마냥이었습니다."

조제핀 발자모는 지금까지의 얘기를 한결같이 고개를 푹 숙이고 지극히 단조로운 어조로, 마치 무슨 과목을 암송하듯 지껄여왔었다. 그러다 이제 처음 고개를 들어 눈을 치켜뜨자, 라울의 심상찮은 표정과 그대로 맞닥뜨리게 되었다.

"당신, 왜 그래요?"

"정말 너무나 흥분돼서 그렇소. 생각해봐요, 조진! 유구한 전통의 횃불을 온몸으로 계승해온 세 노인들의 절절한 고백을 통해, 우리는 지금 무려 1세기 이전의 시점으로 거슬러 올라가고 있단 말이오. 게다가 그를 통해 저 중세에 뿌리를 둔 하나의 전설(중세 때부터 각지의 수도원들에 모여들었다는 어마어마한 보화에 관한 가톨릭의 보편적인 전설—옮긴이), 아니, 그게 아니지. 엄연히 현실 속에 존재하는 어마어마한 비밀에 접근하고 있어요. 사슬은 중간에 끊어지지 않고 건재하오. 모든 연결 고리들이 제자리를 고수하고 있는 거죠. 바로 그 마지막 고리로 나타난 것이 보마냥인 셈이오. 그는 대체 어떻게 한 걸까? 과연 그자가 제 역할에 어울리는 인물이라고 치켜세워야 할까요, 아니면 당장 그 자리에서 강등시켜버려야 할까요? 내가 그와 협력을 해야 할까요, 아니면 그자의 횃불을 강탈해야 할까요?"

열광에 사무친 라울의 표정을 대한 칼리오스트로 부인은 중간에 뭐라고 끼어들 여지가 없다는 것을 직감했다. 하지만 정작 중요한 얘기, 아마 무엇보다도 심각하다 할 수 있는 문제가 아직 튀어나오지 않은 상황이라 그냥 놔두고 보기에는 마음이 께름칙했다. 이 사건에서 진정 보마냥이 담당한 역할이 무엇인지에 관해서는 아직 얘기하기 전이었던 것이다. 다행히 라울은 이렇게 말해주었다.

"계속해보시오, 조진. 우린 지금 위대한 장정에 오른 상황이오. 함께 나아갑시다! 그래서 우리의 사정권 내에 이미 들어온 보상을 거머쥡시다!"

여자는 차분히 얘기를 마저 이어갔다.

"보마냥을 한마디로 표현하자면 야심가라 할 수 있습니다. 그는 처음 성직에 입문했을 때부터 현실 속의 직책을 정신 나간 야심의 도구로 유용했습니다. 그 각각의 상승작용 덕분에 그는 은근슬쩍 예수회의 일원으로 들어갔고, 결국에는 그 안에서 상당한 중책을 맡기에 이르렀답니다. 그러던 중 결정적으로 비망록이 발견되었고, 잔뜩 희열에 도취한 그는 자신 앞에 광대한 지평선이 펼쳐지는 거라 생각했지요. 일련의 술수와 노력 끝에 그는 상급 성직자들 일부를 설득하는 데 성공했고, 보물에 대한 욕심으로 그들을 부추겨서 예수회가 가진 모든 영향력을 총동원해 보물과 관련한 자신의 과업을 지원하도록 종용했습니다. 그는 자기 주위로 눈 깜짝할 새 10여 명의 시골 귀족들을 규합했는데, 점잖으면서도 다소간 빚에 쪼들리는 형편인 그들에게는 정작 과업의 극히 일부만을 공개하고는, 무슨 일에든 헌신할 각오가 되어 있는, 명실상부한 결사집단을 만들었답니다. 그들 각자가 맡은 행동 분야가 정해져 있고, 나름의 조사 영역을 담당하고 있지요. 물론 남아도는 게 돈뿐인 보마냥이 막강한 자금력을 통해 제 마음대로 그들을 조종하면서 말입니다. 그렇게 만반의 준비를 갖추고서 시작된 2여 년의 치밀한 조사활동은 섣불리 보기 어려울 만큼의 성과를 거두었습니다. 제일 먼저 기요틴에서 목이 잘린 그 사제의 이름을 알아냈는데, 니콜라 수사로 페캉의 대수도원 재무 담당이었다고 합니다. 아울러 비밀 문서들과 오래된 기록부들을 들쑤시다가 옛날 프랑스 국내의 모든 수도원들 간에 주고받았던 서신들을 발굴할 수 있었고, 그러다 보니 아주 오래전부터 국내 모든 종교단체들에서 일종의 십일조로 갹출된 재화가 오로지 페이드코에 소재한 수도원들로 유입되어 들어가는 일종의 상납체계가 존재했었다는 사실이 밝혀지게 되었습니다. 이 재화는 아마도 교회와 국가 공동의 재산으로 여겨지는데, 언제 있을지 모르는 외침에 대항하거나, 십자군 원정에 돌입할 경우를 대비한 비축금으로 관리된 걸로 보입니다. 이 막대한 재화의 운용 문제를 다루기 위한 일종의 재무회의가 있어서 일곱 명의 위원이 관리를 했는데, 그중 단 한 명만이 보물이 감춰진 장소를 알고 있었다고 해요. 그런데 그 모든 수도원들은 대혁명과 더불어 깡그리 허물어졌고, 오로지 보물만이 어딘가에 남아 있다는 겁니다. 바로 니콜라 수사가 그 일곱 명의 위원 중 보물의 소재지를 알고 있는 마지막 관리자였던 셈이죠."

조제핀 발자모의 얘기가 끝나자, 기나긴 침묵이 뒤를 이었다. 호기심을 잔뜩 품었던 라울은 전혀 실망하지 않았으며 더더욱 거센 흥분에 사로잡혔다.

급기야는 들뜬 심정을 간신히 다잡으면서 이렇게 중얼거렸다.

"너무도 멋진 얘기가 아닌가! 이 얼마나 기막힌 모험거리야! 그렇지 않아도 나는 항상 과거란 현재에게 어마어마한 보물을 물려주기 마련이며, 그걸 찾아내는 일은 지극히 난해한 수수께끼의 형태를 띠는 법이라 확신해왔었지. 하긴 그러지 않고서야 어찌 대대로 유산을 물려주는 게 가능했겠어? 우리의 선조들은 지금의 우리처럼 쓸 만한 금고가 있는 것도 아니고, 프랑스은행의 번듯한 지하실이 버티고 있는 것도 아닐 테니까. 결국 금은보화를 채워 넣을 자연적 은닉처를 물색할 수밖에 없으며, 대신 그곳 위치와 관련한 기억을 되살리는 비밀주문을, 마치 오늘날의 금고번호처럼 전수해주었겠지. 그러다 대홍수라도 들이닥치는 날엔 비밀 주문이든, 그토록 어렵사리 모아들인 재화든 순식간에 깡그리 사라져버리는 거지."

점점 더 혈기가 끓어오른 그가 호쾌한 목소리로 또박또박 말했다.

"아, 조제핀 발자모! 물론 그런 일은 일어나지 않을 것이오! 한마디로 터무니없는 망상에 불과하지. 만약에 니콜라 수사가 진실을 말했고, 정녕 만여 개에 달하는 보석들을 그 요상한 저금통에 꼬박꼬박 넣어둔 것이라면, 저 중세로부터 꾸준히 유증된 영구재산의 규모는 아마 10억 프랑어치의 값어치는 된다고 봐야 할 것이오. 수백만에 이르는 수도승들의 피땀 어린 노고와 저 위대한 광신(狂信)의 시대 흐름을 타고 기독교 민중들로부터 거둬들인 어마어마한 봉헌물들이, 여기 이 노르망디 지역 일개 과수원 경계석 안에 고스란히 감춰져 있다는 얘기라니! 아, 정말이지 경탄할 일이 아니겠소?"

라울은 마치 스스로 장광설로 번지지 않게끔 말을 끊으려는 듯, 느닷없이 여자 곁에 바싹 다가앉아 제법 위압적인 말투로 캐물었다.

"자, 그나저나 이 모험에서 조제핀 발자모, 당신의 역할은 무엇이오? 뭔가 기여한 점이 있을 것 아니오? 예컨대 칼리오스트로로부터 무슨 특별한 정보를 따로 전수받았다든가……."

"그래봐야 간단한 몇 줄 쪼가리뿐이었어요. 네 개의 수수께끼에 주목한 목록 중에서 촛대와 관련한 항목과 또 하나 '프랑스 제왕의 보물'이라는 항목 앞에 이런 메모를 적어놓으셨지요.

  루앙과 르아브르와 디에프 사이(마리 앙투아네트의 고백)."

라울은 나지막한 목소리로 말을 받았다.

"음, 그렇군. 거긴 페이드코를 말하는 거야(위의 세 지명을 꼭짓점으로 하는 삼각지대. 2권 174쪽 지도 참조—옮긴이). 센이라는 이름의 늙은 강어귀로부터 프랑스의 역대 제왕과 숱한 수도승들이 번창을 했으렸다! 바로 그 지역 안에 지난 1000년에 이르는 종교의 재산이 감춰져 있다 이거지. 한마디로 두 개의 '보물상자'가 서로 그리 멀지 않은 곳에 도사리고 있다는 거야. 그걸 발견할 사람은 물론 나일 테고……."

라울은 노골적으로 조진을 향해 얼굴을 들이밀며 물었다.

"어때요, 당신도 찾아 나서겠지?"

"그래요. 뭐 이렇다 할 조건이 갖춰진 건 아니지만……."

라울은 여자의 눈동자를 똑바로 쏘아보며 내처 물었다.

"또 다른 여자도 당신처럼 보물을 찾아 나서겠죠? 보마냥의 두 동료를 살해했다는 그 여자 말이오."

"네. 벨몬테 후작부인이라고 하는데, 내가 보기에는 그녀 역시 칼리오스트로가의 자손일 거예요."

"그래, 당신은 발견한 게 하나도 없나요?"

"보마냥과 만나기 이전까지는 전혀요."

"그자는 당연히 동료의 죽음을 복수하려고 한 것이고?"

"그렇죠."

"그러다가 서서히 당신에게 긴요한 정보를 흘려주기 시작했던 거죠?"

"그래요."

"자발적으로 말입니까?"

"네, 자발적으로요."

"말은 그렇지만, 실은 그자가 당신과 같은 목표를 추구한다는 걸 알고는 사랑의 감정을 노리개 삼아 자연스럽게 정보를 이끌어낸 거나 다름없죠."

"그런 셈이죠."

여자는 솔직하게 시인했다.

"아주 이판사판으로 내기를 건 것과 다름없었군요."

"내 목숨을 건 셈이었죠. 물론 그는 나를 죽임으로써 보답받지 못해 괴로울 뿐인 사랑을 극복할 심사인 데다, 특히 자기가 내뱉은 말 때문에 걱정이 여간 아니었던 겁니다. 졸지에 내가 자기보다 먼저 목표물을 거머쥘 수 있는 적으로 떠올랐을 테니까요. 그러니까 그가 자신의 실수를 깨달은 바로 그 순간, 이미 나는 그에게 죽어야 할 대상으로 전락한 겁니다."

"그가 지금까지 발견한 것이라고 해봐야 고작 모호하기 그지없는 역사자료에 불과하지 않은가요?"

"단지 그 정도였죠."

"반면 내가 난간 기둥에서 끄집어낸 촛대 가지는 확고한 진실을 입증할 만한 물증으로는 최초인 셈이지요."

"맞아요, 처음이에요."

"어쨌든 그럴 거라고 한번 짚어봤을 뿐이오. 당신과 그자의 사이가 완전 결렬된 다음, 아직까지 그쪽에서도 몇 발짝쯤 진전을 보지 못했다는 증거는 어디에도 없으니까."

"몇 발짝쯤이라뇨?"

"최소한 1보 전진은 했을지 모르지요. 어제저녁 보마냥은 극장에 갔었소. 왜일까요? 브리지트 루슬랭이 이마에 일곱 개의 보석이 박힌 머리띠를 둘렀기 때문이 아니라면 이유가 뭐겠습니까? 그는 그 머리띠가 무엇을 의미하는지 알고 싶었을 겁니다. 아마 오늘 아침에 브리지트의 집 주변을 어슬렁대며 감시하게 한 것도 그의 소행일 거예요."

"설사 그렇다 해도 우리로서는 알 도리가 없겠죠."

"웬걸요. 충분히 알 수가 있죠, 조진……."

"아니, 어떻게요? 누가 말입니까?"

"그야 당연히 브리지트 루슬랭 자신이죠."

여자는 소스라치듯 놀라는 표정이었다.

"브, 브리지트 루슬랭이라니?"

남자는 태연하게 대꾸했다.

"물론이오. 그저 물어보기만 하면 될 겁니다."

"그 여자한테 물어본다고요?"

"그 여자 말고 다른 여자라도 있단 말입니까?"

"하, 하지만…… 그럼, 여자가 살아 있단 말인가요?"

"여부가 있겠소!"

남자는 자리에서 벌떡 일어나 발뒤축으로 두세 바퀴 제자리를 핑그르르 돌더니, 캉캉과 지그에서 따온 춤동작을 별안간 몇 차례 선보였다.

"오, 칼리오스트로 백작부인. 부디 바라건대 내게 그런 골난 시선일랑 던지지 말아주시오. 만약 당신의 내부에 그 정도로 강력한 신경증적 혼란이라도 불러일으키지 않았다면, 당신은 여전히 내 앞에서 완강하게 굴었을 테고, 이 중대한 사건에 대해 일언반구 꺼내지 않았을 겁니다. 그럼 우리가 과연 어떤 꼴이 되어 있을 것 같습니까? 조만간 보마냥이 10억 프랑을 챙기고 있는 사이, 조제핀이라는 여자는 손톱만 물어뜯고 있겠죠. 자자, 그러니 증오심 가득 담긴 눈빛은 옆으로 던져버리고 어여쁜 미소나 지어보시오!"

"세상에 이럴 수가! 어쩜 저리도 뻔뻔한지! 내 입을 열려고 그토록 공갈협박을 퍼부어대더니, 그 모든 게 한낱 연극이었어? 아, 라울, 절대로 용서할 수 없어요."

여자가 잇새로 구시렁거리자, 남자는 익살꾸러기 같은 말투로 답했다.

"허어, 그러면 쓰나. 용서하셔야지! 단순히 자존심에 쬐그만 상처 하나 난 거 가지고 우리의 사랑에 금이 가서야 말이 안 되지, 내 사랑! 우리처럼 서로를 극진히 사랑하는 연인들 사이에선 그런 일은 있을 수 없어. 어떤 날은 서로 못 잡아먹어서 할퀴고 난리를 떤다 해도, 다음 날에는 언제 그랬냐는 듯 얼마든지 또 깨가 쏟아질 수 있어야지. 그러다 보면 모든 면에서 천생연분처럼 잘 들어맞는 날이 오고야 만다는 것 아니겠어?"

"그 전에 한쪽에서 판을 깨지만 않는다면 그렇겠지."

여자는 여전히 잇새로 이죽거렸다.

"판을 깨다니? 내가 당신 마음속에 꿍하고 있는 얘기 몇 마디 털어놓게 했다고 해서, 판을 깨?"

조제핀의 뒤틀린 심사가 태도 속에 너무 노골적으로 드러나는 바람에, 라울은 그만 이런저런 해명 시도를 중단하고는 폭소를 터뜨릴 수밖에 없었다. 그는 이쪽저쪽 발을 번갈아가며 깡충깡충 뛰면서 일부러 요란스레 엄살을 떨었다.

"맙소사! 이거 큰일이 났네! 마담께서 단단히 화가 나셨어! 이제 어쩐다지? 그저 재미난 장난조차도 더는 못 친단 말인가? 아무것도 아닌 일 가지고 골을 내기 시작했잖아! 아, 나의 조제핀, 자꾸 그러면 내가 웃음이 나오잖아!"

하지만 여자는 듣는 척도 하지 않고, 상대는 전혀 아랑곳하지 않은 채 레오나르를 덮고 있던 양탄자를 걷어치운 다음 결박한 끈을 부지런히 끊었다.

몸이 자유로워진 레오나르는 고삐 풀린 짐승처럼 라울을 향해 달려들었다.

"그만하지 못해!"

여자의 앙칼진 외침이 거의 동시에 솟구쳤다.

사내가 불끈 쥔 주먹을 바로 코앞까지 들이민 채 더는 어쩌지도 못하고 부르르 떨었다. 눈에 눈물이 그렁그렁할 정도로 웃어대며 그 모습을 빤히 바라보던 라울이 중얼거렸다.

"얼씨구, 여기 아까 그 양아치께서 또 나타나셨네. 우리 속에서 방금 튀어나왔나 보지."

사내는 분을 삭이지 못해 온몸을 부들부들 떨었다.

"젊은 양반, 언젠가 다시 맞부딪칠 때가 있을 거요. 다시 보게 될 날이 있을 거라고, 젊은 양반. 100년이 지나도 내 잊지 않으리다."

"저런, 그럼 자네도 소위 100년 단위로 노신다 이건가? 자네 여주인처럼?"

라울의 신랄한 조소가 좀처럼 누그러질 기미를 보이지 않자, 칼리오스트로 부인은 차라리 레오나르를 문 쪽으로 밀어대며 내뱉었다.

"자네가 나가 있어. 나가라고. 가서 이따 마차나 가지고 와."

두 사람은 라울이 알아들을 수 없게 빠른 말로 뭐라고 쑥덕거렸다. 젊은이와 단둘이 남자, 백작부인은 천천히 다가와 매서운 어조로 말했다.

"자. 이제 어쩔 셈이죠?"

"이제 어쩌다니?"

"그래요, 당신 의도가 뭐냔 말이에요?"

"그야 더없이 순수하지, 조제핀. 천사처럼 순수하고 고운 의도를 가지고 있다고."

"허풍은 좀 그만 떨고! 대체 어쩌려는 거예요? 뭔가 속셈이 있을 것 아니에요?"

그제야 라울은 진지한 표정으로 돌아와 말했다.

"이봐요, 조진. 나는 늘 의심에 사로잡혀 있는 당신과는 전혀 다르게 행동할 생각이오. 나는 당신이 한 번도 그래본 적이 없는 사람이 될 거예요. 상대를 애먹게 하는 걸 수치로 아는 성실한 친구 말이오."

"다시 말해서?"

결정판 아르센 뤼팽 전집

"다시 말해 브리지트 루슬랭에게 반드시 해야 할 질문들을 간추려서 할 생각이오. 물론 당신도 충분히 그 내용을 알아들을 수 있도록 말이오. 어때, 이 정도면 괜찮겠죠?"

"그래요."

여자는 여전히 불안한 기색으로 대꾸했다.

"자, 이제 당신은 여기서 잠깐 기다려요. 오래 걸리지는 않을 거요. 어차피 시간이 급하니까."

"시간이 급하다뇨?"

"그렇소. 두고 보면 알게 될 거요, 조진. 아무튼 여기서 꼼짝 말고 있어야 하오."

라울은 곧장 통로의 문을 두 개 다 열어, 아무리 작은 소리도 백작부인의 귀까지 들릴 수 있도록 해둔 채, 발랑틴의 보살핌을 받으며 브리지트 루슬랭이 누워 있는 침대로 다가갔다.

젊은 여배우는 라울을 보자 미소를 지었다. 조금 전까지만 해도 혼비백산해서 무슨 일인지 경황도 몰랐지만, 일단 자신의 목숨을 구해준 남자가 눈에 띄자 따스하게 몰려드는 안도와 신뢰의 감정에 온몸의 긴장이 다 풀린 것이다.

라울은 부드럽게 입을 열었다.

"많이 피곤하게 하지는 않겠습니다. 한 1~2분이면 돼요. 어때요, 대답하실 수 있겠습니까?"

"오, 물론이죠!"

"좋습니다! 자, 그럼 시작하죠. 당신을 공격했던 자는 경찰이 줄곧 감시를 해오던 어떤 미치광이였습니다. 물론 즉시 수감될 예정이고요. 그러니 더는 걱정 안 해도 됩니다. 다만 한 가지 명확히 해두어야 할 점이 있네요."

"뭐든 물어보세요."

"그 보석 머리띠의 정체는 대체 무엇입니까? 어디서 난 건가요?"

여자가 금세 주저하는 기색이 느껴졌지만 이내 이렇게 털어놓았다.

"그 머리띠에 붙은 보석들은…… 내가 어느 낡은 궤짝 속에서 찾아낸 거랍니다."

"나무로 만들어진 낡은 궤짝 말인가요?"

"네. 온통 금이 간 데다 잘 닫히지도 않는 상자이지요. 엄마가 사시는 시골의 작은 집 헛간 짚단 속에 감춰지다시피 하고 있던 거였어요."

"시골이라면 어디 말입니까?"

"릴본이라는 곳이죠. 루앙과 르아브르 중간쯤에 있어요."

"알겠습니다. 그 궤짝은 대체 어디서 난 거죠?"

"그건 나도 모르겠어요. 엄마한테 물어보지도 않았으니까요."

"보석을 처음 발견했을 당시 지금과 같은 상태였나요?"

"아뇨. 큼직한 은반지에 물려 있는 상태였어요."

"그럼 반지들은 어떻게 했나요?"

"어제까지만 해도 극장에 있는 내 분장 도구함 속에 가지고 있었어요."

"그럼 지금은 거기에 없다는 얘기입니까?"

"네. 배우 대기실까지 찾아와 찬사를 주신 어느 신사분이 우연히 그걸 보고 흥미를 느끼기에 몽땅 내드렸죠."

"그 신사분, 혼자였나요?"

"두 분이 더 있었어요. 자기가 무슨 수집가라고 하더군요. 반지를 복원하고 싶다기에, 오늘 오후 3시에 일곱 개의 보석들도 몽땅 넘겨주기로 약속을 한 상태랍니다. 아주 후한 가격을 쳐주기로 했거든요."

"혹시 그 반지들 안쪽으로 무슨 글씨 같은 것이 새겨져 있진 않던가요?"

"네, 그랬어요. 고대 철자(綴字) 같았는데, 별 신경 안 썼어요."

라울은 잠시 생각에 잠기더니 한층 엄숙한 목소리로 마무리했다.

"충고 드리건대, 지금 얘기한 모든 일들에 대해 앞으로 절대 비밀을 지켜주셔야 하겠습니다. 그러지 않으면 일이 아주 험악한 상태로 치달을 위험이 있습니다. 당신에게가 아니라 당신 모친 되시는 분한테 말입니다. 아무튼 역사적으로 상당한 흥미가 있을 뿐, 경제적으로는 별 가치가 없는 반지들을 당신 모친께서 어떤 연유로 집에 숨겨두고 있었는지 자못 놀라울 따름입니다."

브리지트 루슬랭은 어머니가 위험할 수 있다는 말에 기겁을 했다.

"그거, 얼마든지 다 내놓을 수 있어요!"

"그럴 필요 없습니다. 보석들을 그대로 간직하고 계세요. 반지는 내가 당신을 대신해서 되찾아놓겠습니다. 그 신사가 사는 곳이 어디라 하던가요?"

"보지라르 가라고 했어요."

"이름은요?"

"보마냥요."

"그렇군요. 자, 이제 마지막 조언을 드립니다, 마드무아젤. 당장 이 집을 떠나십시오. 여긴 너무 외진 곳이에요. 그래서 당분간(대충 한 달쯤으로 하죠) 하녀와 더불어 호텔에 투숙을 하십시오. 아무도 들이지 말고 말입니다. 알겠죠?"

"네, 므슈."

방 밖으로 나오는 라울의 팔에 조제핀 발자모가 다짜고짜 와락 매달렸다. 무척이나 흥분한 상태였고, 좀 전의 복수나 분노는 어디로 갔는지 흔적도 없었다. 마침내 여자가 입을 열었다.

"내가 제대로 이해하고 있는 거죠? 당신 지금 그자한테 갈 거죠?"

"그렇소, 보마냥한테."

"미친 짓이에요."

"왜요?"

"세상에 보마냥의 집이라니! 그것도 집에 그와 더불어 나머지 두 명도 함께 있다는 걸 알면서!"

"그야 2 더하기 1은 3이니까."

"제발 가지 말아요."

"그럼 어떡하라고? 그들이 날 잡아먹기라도 한답니까?"

"보마냥은 무슨 짓이든 가리지 않는 위인입니다."

"그럼 진짜 식인종이라도 된답디까?"

"오, 웃을 일이 아니에요, 라울!"

"그렇다고 울상 지을 일도 아니오, 조진!"

현재 여자의 태도는 진심에서 우러나오는 것이며, 여성 특유의 다정함이 되살아나 지금까지의 모든 불화를 깡그리 잊고 진정 남자의 안위를 걱정하며 떨고 있다는 게 느껴졌다.

여자는 연신 매달렸다.

"가지 말아요, 라울. 보마냥의 숙소는 나도 알아요. 세 명의 악당놈들이 당신을 덮칠 거예요. 일단 그러면 아무도 당신을 도울 수가 없단 말이에요."

"그거 다행이로군! 그렇다면 결국 그들 역시 도울 사람이 안 나타날 테니까."

"아, 라울, 라울! 여전히 농담이로군요 하지만……."

남자는 지그시 여자를 끌어안고 말했다.

"내 말 잘 들어요, 조진. 나는 지금 아주 엄청난 사건의 한복판에 제일 꼴찌로 뛰어든 입장입니다. 이미 당신과 보마냥이 거느리는 두 조직이 떡 버티고 있는 곳에 말이죠. 둘 다 당연히 제3의 도둑으로 참여하게 된 나를 달가워할 리 없겠죠. 따라서 나로서도 뭔가 특단의 조치를 취하지 않고는 그대로 얼뜨기 취급이나 당하고 앉아 있게 될 게 뻔해요. 그러니 내 나름대로 우리 공동의 적인 보마냥을 요리할 수 있게 내버려두시오. 방금 전에 내 연인 조제핀 발자모를 보기 좋게 요리했듯이 말이오. 내 처신이 그리 서툰 편은 아니었다는 걸 당신도 부인하진 못할 것이오. 내게도 어느 정도 수완과 대책이 마련되어 있다는 것을 말이오. 안 그렇소?"

은근히 여자의 상처받은 자존심을 또다시 슬쩍 건드리는 투였다. 여자는 얼른 팔을 놓았고, 두 사람은 입을 꼭 다문 채 나란히 걷기 시작했다.

그러면서 라울의 저 깊은 내면에서는, 자신이 그토록 열정적으로 사랑하고, 또 그 사랑을 정열적으로 되돌려주고 있는 이 우아한 얼굴의 여인을 적어도 가장 냉혹한 적으로는 여기지 말아야 되는 게 아닐까 하는 생각이 곰곰이 드는 것이었다.

9
추락

"므슈 보마냥 계십니까?"

안쪽으로부터 문구멍이 반짝 열리면서 늙은 하인의 얼굴이 창살에 바짝 붙은 채 내다보았다.

"계십니다만, 지금은 손님을 들이지 않으십니다."

"가서 마드무아젤 브리지트 루슬랭이 보내서 왔다고 전해주십시오."

보마냥의 숙소는 건물 1층을 점했고, 2층은 호텔로 전용되었다. 초인종도 관리인도 없었다. 마치 감방 문짝에나 있을 법한 감시용 구멍을 갖춘 육중한 문에 무쇠 노커가 매달려 방문객이 왔음을 알릴 뿐이었다.

라울은 문 앞에서 5분을 기다려야 했다. 기대하던 젊은 여배우 대신 난데없는 젊은이가 들이닥쳤다고 하자, 세 일당의 신경이 꽤나 예민해진 모양이었다.

한참 만에 다시 나타난 하인이 고작 한다는 말은 이랬다.

"먼저 명함을 좀 달라고 하십니다."

라울은 선뜻 명함을 꺼내 건넸다.

그러곤 또다시 지루한 기다림이 이어지다 급기야 빗장 벗겨지는 소리와 사슬 걷히는 소리가 들렸다. 라울은 어렵사리 열린 문을 통해 마치 수도원 면회실처럼 널찍하고, 왁스로 반들반들 닦인 현관을 가로질러 습기가 축축이 밴 벽을 따라 걸어 들어갔다.

여러 개의 문을 그냥 지나친 끝에 마지막으로 당도한 곳은 가죽으로 속을 댄 문짝 앞이었다.

늙은 하인은 문을 열어주었고, 젊은이가 들어서자 등 뒤에서 덜컹 닫아걸었다. 앞에는 세 명의 적이 버티고 있었다. 적이라고밖에는 부를 수 없는 게, 그중 두 명이 아예 권투선수처럼 금방이라도 대들 듯한 분위기로 방문객의 입장을 잔뜩 노려보고 있었던 것이다.

"그자다! 바로 그자야!"

고드프루아 데티그가 발끈하면서 외쳤다.

"보마냥, 바로 괴르 성에서 우리의 촛대 가지를 날치기했던 바로 그 자입니다! 아, 참으로 뻔뻔한 친구일세! 오늘은 또 무슨 짓을 하러 온 걸까? 혹시라도 내 딸을 달라는 얘기라면……."

라울은 히죽 웃으며 대답했다.

"이것 보세요, 므슈. 오로지 그 생각밖에는 못하십니까? 물론 나는 마드무아젤 클라리스에게 여전히 뜻깊은 감정을 품고 있으며, 내심 그에 어울리게 품위 있는 희망을 간직하고 있습니다. 하지만 일전에 괴르 성에서 뵈었을 때와 마찬가지로 오늘도 이렇게 방문한 목적은 결혼 문제 때문이 아닙니다."

"그럼 이번엔 무슨 꿍꿍이속으로?"

남작은 영 못마땅한 듯 말을 씹었다.

"괴르 성에서는 당신을 지하저장고에 가두기 위한 게 목적이었다면,

오늘은……."

순간적으로 상대에게 달려들려는 고드프루아 데티그를 만류하기 위해서라도 보마냥 자신이 직접 나서야만 했다.

"자자, 그쯤 해둡시다, 고드프루아! 일단 자리에 앉고 나서 이분에게 방문 이유를 찬찬히 설명할 기회를 줍시다."

그러고는 자신도 책상 앞에 점잖게 앉는 것이었다. 마침내 라울도 자리를 잡고 앉았다.

입을 열기 전, 먼저 그는 데티그 영지에서의 회동 이후 약간 얼굴이 변한 듯한 세 명의 면면을 잠시 시간을 들여 저울질해보았다. 특히 남작은 폭삭 늙은 듯했다. 푹 꺼진 양 볼과 눈의 표정이 문득문득 지극히 험상궂은 빛을 머금는 게 여간 심상치가 않았다. 어쩔 수 없는 고정관념, 격렬한 회한의 감정만이 이처럼 불안에 찌들고 열에 들뜬 듯한 인상을 심어놓을 수가 있을 텐데, 라울은 보마냥의 일그러진 얼굴에서도 그와 유사한 느낌을 받았다.

다만 보마냥은 남작보다 좀 더 자신을 통제하는 경지에 머물고 있을 뿐이다. 설사 죽은 조진에 대한 기억이 머릿속을 맴돈다 해도, 그건 양심 속의 논쟁을 통해 자신의 행위를 판단하고, 결국에는 그럴 권리가 있었음을 인정하는 방향에서 정리되곤 하는 게 분명했다. 내면 깊숙한 곳의 갈등은 그의 겉모습에까지 영향을 주지 않았고, 잠시 평정을 어지럽힌다 해도 아주 이따금이거나 예외적인 위기의 순간에만 그럴 수 있었다.

'작전이 성공하려면 바로 그러한 때를 내 손에서 만들어내야만 해. 그와 나, 둘 중 한 명은 꼬리를 내려야 하는 거야.'

라울이 속으로 중얼거리는데, 보마냥이 다시 정식으로 추궁을 해왔다.

"그래, 용건이 무엇이오? 마드무아젤 루슬랭이란 이름을 대기에 내

결정판 아르센 뤼팽 전집

집에 당신을 들인 것이오. 자, 그러니 방문한 의도를……."

라울은 대담한 어조로 말했다.

"방문 의도는 이렇습니다, 므슈. 어제저녁 바리에테 극장에서 당신이 그녀와 말을 텄던 얘기를 계속해볼까 합니다만."

직격탄이나 마찬가지였다. 하지만 보마냥도 전혀 움츠러들 기미가 아니었다.

"내가 보기에 그 얘기라면 여자분하고 진행해야 할 것 같은데. 내가 지금까지 기다리고 있던 사람도 그 여자이고."

"그런데 아주 중대한 이유 때문에 마드무아젤 루슬랭은 집 밖으로 나오지 못하게 되었습니다."

"아주 중대한 이유라니?"

"그렇소. 누군가 그녀를 살해하려고 시도했었습니다."

"뭐라고? 지금 뭐라고 했소? 누가 여자를 죽이려고 했다고? 대체 왜?"

"당신과 이 두 신사분이 여자의 반지 일곱 개를 탈취한 것과 마찬가지로, 일곱 개의 보석마저 빼앗으려 했던 거죠."

고드프루아와 오스카르 드 베네토가 의자에서 들썩들썩할 정도로 안달을 하는 동안, 보마냥은 끝끝내 스스로의 감정을 조절하면서 이 새파랗게 젊은 친구를 뚫어져라 바라보았다. 도저히 영문을 알 수 없이 남의 일에 불쑥 끼어들면서도 여간 오만방자하고 대담무쌍한 태도가 아니었다. 하지만 겉으로만 봐서는 다소 빈약하다 싶을 정도의 상대로 보여, 그런 티가 완연히 드러나는 쓰렁쓰렁한 어투로 대꾸했다.

"이봐요, 므슈. 벌써 두 번째로 자기와는 상관도 없는 일에 끼어드는군. 더구나 그런 식으로 나오면 우리로서도 따끔하게 한 수 가르칠 수밖에 도리가 없지. 처음 괴르 성에서 내 친구들을 함정으로 끌어들인 다음 우리 물건을 슬쩍한 건 그나마 요즘 말로 경범죄에 지나지 않는다고 쳐주지. 하지만 오늘 이렇게 쳐들어온 건 좀 과하다고 생각하는데. 왜냐하면 지난 일에 대해선 단 한 마디 변명도 없이, 이젠 아예 대놓고 면전에 나서서 우릴 모욕하고 있잖아. 게다가 그 반지들은 우리가 억지로 빼앗은 것도, 훔친 것도 아니고 정정당당히 양도를 받은 거라는 걸 잘 알면서 말이야. 자, 당신이 이런 식으로 나오는 이유나 어디 들어볼 수 있을까?"

라울의 거침없는 대답이 튀어나왔다.

"내가 이러는 건 도둑질이나 공연한 폭력을 휘두르기 위해서가 아니라, 오로지 당신네들과 똑같은 목표를 추구하기 때문임을 모르는 바는 아닐 텐데."

보마냥은 잔뜩 비꼬는 투로 되물었다.

"오호라! 그러니까 우리와 똑같은 목표를 추구하신다? 그럼 어디 그 목표가 뭔지 좀 말해주실 수 있을까?"

"화강암 경계석에 숨겨진 만여 개의 보석을 찾는 일이지."

보마냥은 가슴이 철렁했다. 별안간 말을 못 잇고 어색해진 태도는 그런 속사정을 여실히 폭로하고 있었다. 라울은 분위기를 타면서 공세에 더욱 박차를 가했다.

"요컨대 우리가 둘 다 고대 수도원의 엄청난 보물을 찾아 헤매는 한, 결국 언젠가는 길에서 서로 마주칠 테고, 그러다 보면 충돌을 피할 수가 없다는 것! 바로 그게 문제란 말이오."

수도원의 보물이라니! 경계석이라니! 만여 개에 달하는 보석이라니! 그 모든 말들이 보마냥의 뒤통수를 마치 곤봉처럼 두드렸다. 그렇다면 이 머리에 피도 안 마른 젊은 친구를 정녕 또 하나의 적수로 인정해야 한단 말인가! 칼리오스트로가의 계집이 사라지자, 노다지를 향한 경주로에 새로운 경쟁자가 나타난 건가!

고드프루아 데티그와 베네토는 사나운 눈초리를 마구 굴리면서 운동선수 같은 몸집을 들썩들썩, 당장 싸움판이라도 벌일 기세였다. 하지만 보마냥은 이럴 때일수록 침착해야 한다고 느끼는지 더더욱 자세를 추스르며 숨을 골랐다.

그는 생각의 흐름을 놓치지 않으려는 듯 목소리를 가지런히 다듬어가며 입을 열었다.

"한낱 전설에 불과한 것을! 아낙네들의 수다에다 백일몽 같은 옛날이야기지! 그런 것에다 당신은 아까운 청춘을 낭비하겠단 말이오?"

"아무리 낭비해봐야 당신보다는 덜할 거요."

무엇보다 지금 보마냥이 정신을 추스르면 곤란했으므로, 그를 계속해서 어리둥절하게 만들어야 한다는 생각에 라울은 내처 신랄하게 받아쳤다.

"거의 모든 행동이 그 보물을 중심으로 이루어지는 당신보다야 덜하다는 얘기요. 아울러 결코 아낙네들의 수다나 주워섬길 리 없는 본느쇼즈 추기경보다도 덜 낭비하는 셈이며, 당신이 우두머리이자 선지자처럼 굴고 있는 주변 열두 명의 동지들보다도 덜 낭비하는 셈일 거요."

보마냥은 여전히 빈정대는 투를 억지로 가장하며 버럭 외쳤다.

"하느님 맙소사! 많이도 공부를 해오셨구려!"

"당신이 감히 생각할 수 없을 만큼 많이 배워왔소."

"그래, 그 모든 걸 누구한테 주워들었소?"

"어떤 여자."

"여자라니?"

"조제핀 발자모, 즉 칼리오스트로 백작부인 말이오!"

"칼리오스트로 백작부인?"

제아무리 보마냥도 이번만큼은 당황한 기색을 감출 수 없었다.

"그, 그럼 당신이 그 여자를 안단 말인가?"

라울이 내심 염두에 둔 계획이 순식간에 술술 풀리는 찰나였다. 상대를 극도의 혼란 속에 빠뜨리기 위해선 칼리오스트로라는 이름 하나를 던져주는 것으로 충분했고, 아니나 다를까 혼비백산한 보마냥은 경솔하게도 칼리오스트로가의 여인을 이미 이 세상 사람이 아닌 것으로 치부하듯 호들갑을 떨었다.

"그녀를 아느냐고 물었소? 언제? 어디서 알게 된 거요? 그녀가 뭐라고 그러던가요?"

라울은 더욱 맹공을 퍼붓는 심정으로 대꾸했다.

"당신과 마찬가지로 지난 겨울 초에 알게 되었소. 그리고 그 겨울 내내, 그러니까 기쁘게도 데티그 남작의 따님을 만나기 직전까지 거의 매일 그 여자를 보았다고 할 수 있지요."

"거짓말을 하고 있군요, 므슈. 결코 매일 당신을 만났을 리가 없는데. 만약 그랬다면 내 앞에서도 당신 이름을 흘렸을 것이오. 그런 따위의 얘기는 비밀로 삼지도 않을 만큼 그 여자는 남자친구가 한둘이 아니란 말이오."

"하지만 나와 관련한 일만큼은 비밀을 지킨 것이죠."

"뻔뻔하기는! 아무래도 당신은 마치 그녀와 당신 사이에 터무니없이 끈끈한 관계라도 있었던 것처럼 믿게 만들려는 모양인데, 새빨간 거짓이오. 물론 조제핀 발자모는 욕먹을 부분이 많은 여자요. 그 못 말리는 교태라든가 음흉한 기만술 등…… 하지만 그 정도까지 방탕한 여자는 아니오!"

"오, 저런! 사랑은 방탕이 아니죠."

라울은 차분한 태도로 말했다.

"뭐? 뭐라고 했소? 사랑이라고? 조제핀 발자모가 당신을 사랑해?"

"그렇소, 므슈."

보마냥은 완전히 이성을 잃은 눈치였다. 불끈 쥔 주먹을 라울의 코 앞에서 흔들어대는 둥, 이번에는 두 동지가 그를 진정시켜야 할 정도였다. 그럼에도 여전히 온몸을 부들부들 떨고, 이마에선 진땀이 비어져 나오는 건 어쩔 수 없었다.

라울은 속으로 신이 나서 중얼거렸다.

'잡았다! 살인죄를 저지른 것이나 그에 대한 회한의 감정에는 눈 하나 꿈쩍하지 않더니만, 아직도 사랑이란 단어에는 속이 쓰린 모양이로 군. 아무튼 이젠 내가 원하는 방향으로 몰고 갈 수 있겠어.'

그런 상태로 1~2분이 흘러갔다. 보마냥은 땀에 젖은 얼굴을 손수건 으로 연신 훔쳐대면서 물을 벌컥벌컥 들이켰다. 별 볼 일 없는 정도로 보았던 상대가 의외로 간단히 물리칠 수 없는 적수임을 깨달은 그는 이내 전열을 가다듬고 말했다.

"이보시오, 므슈. 어쩌다 얘기가 딴 데로 흘렀는데, 어쨌든 칼리오스트로 백작부인을 향한 당신의 개인적인 잠정이 무엇이든 간에, 오늘 우리의 관심사와는 아무런 상관이 없는 것이오. 따라서 다시 처음의 질문으로 돌아가 묻겠소. 대체 여긴 뭐하러 나타난 거요?"

"그야 아주 간단하죠. 약간의 간추린 설명만으로도 충분할 겁니다. 당신이 개인적으로 예수회 금고에 편입시키려는 저 중세의 교회재산에 관해서 우리가 알고 있는 내용은 이렇소. 전국 각지에서 유입된 고가의 봉헌물들은 페이드코의 일곱 개에 달하는 주요 수도원으로 결집됐고, 엄청난 규모의 공동자산으로 뭉쳐져 소위 7인의 대리자들의 관리를 받게 되었습니다. 아울러 그중 단 한 명만이 금고의 위치와 자물쇠의 번호를 알고 있지요. 일곱에 달하는 각 수도원에는 소속 대리인에게 대대로 이어 내려오는 주교 반지가 하나씩 존재합니다. 또한 일종의 맡은 바 사명의 징표로써, 7인 위원회를 상징하는 칠지 촛대의 일곱 가지에는 헤브라이식 전례와 모세의 성소(聖所)를 기리는 뜻에서(「출애굽기」 25장 31~40절 참조—옮긴이), 그에 해당하는 대리인의 반지와 똑같은 재료, 똑같은 색깔의 보석을 박아놓았습니다. 요컨대 내가 괴르 성에서 발굴한 가지에는 붉은색의 가짜 석류석이 그에 상응하는 수도원을 대표해서 박혀 있는 셈이지요. 그런가 하면, 다들 아시겠지만 페이드코 수도원들을 통틀어 마지막 최고위 대리인이었던 니콜라 수사는 다름 아닌 페캉 수도원 소속이었습니다. 이상, 다들 동의하시죠?"

"동의하오."

"그럼 이제 일곱 개의 수도원 명칭만 알아내면, 일단 그 가운데 보물이 숨겨진 장소가 있을 테니 그만큼 수색이 성공을 거둘 확률도 높아질 겁니다. 그런데 그 일곱 개의 이름은 어제저녁 브리지트 루슬랭이 극장에서 당신들에게 넘겼던 일곱 개의 반지 안쪽에 각각 새겨져 있습니다. 바로 그 반지들을 한번 자세히 살펴보자는 겁니다."

보마냥은 뚝뚝 끊어지는 말투로 걸고넘어졌다.

"다시 말해서, 우리가 오랜 세월 찾고 또 찾아 헤매던 목표를 당신은 단박에 덜컥 거머쥐겠다는 뜻인가?"

"정확히, 바로 그렇소."

"만약 거절한다면?"

"'만약'이라뇨? 그렇게 모호하게 내뱉는 말에는 대답할 필요도 못 느끼겠는걸요."

"당연히 거절한다는 말이오! 당신의 요구는 말도 안 되는 소리야. 더 이상 거론할 필요도 없이 철저하게 거절하겠소!"

"정 그렇다면 당신을 고발하는 수밖에."

보마냥은 어안이 벙벙한 표정이었다. 마치 미친 사람을 보듯 그는 라울의 얼굴을 빤히 들여다보았다.

"나를 고발하시겠다…… 그건 또 무슨 희한한 소리요?"

"세 명 다 고발하겠다는 말이오."

"세 명을 모두?"

그의 목소리엔 어느새 빈정대는 투까지 섞여 있었다.

"저런, 풋내기 신사 양반께서 무슨 건수로 우리 셋을 고발하시겠다는 걸까?"

"나는 당신 세 명을 조제핀 발자모, 칼리오스트로 백작부인의 살해범으로 고발할 것이오!"

발끈하는 사람이 하나도 없었다. 발끈은커녕 좀 전까지만 해도 당장 달려들 듯 기세등등하던 고드프루아 데티그와 그의 사촌 베네토는 의자에 축 늘어졌고, 보마냥마저도 얼굴이 창백하게 질리면서 빈정대던 모습이 끔찍한 인상으로 찌푸려졌다.

그는 천천히 일어서서 문의 자물쇠를 열쇠로 잠그고는 호주머니 속에 넣었는데, 그건 곧 두 부하에게 뭔가 분발을 독려하는 의미를 띠는 것이었다. 우두머리의 행동이 일단 완력 사용 쪽으로 돌아서는 듯하자, 두 사내는 별안간 생기가 도는 눈치였다.

하지만 라울은 눈 하나 깜짝하지 않고 대차게 농을 풀어댔다.

"자고로 신병이 부대에 처음 당도하면, 고참들은 그를 등자도 없는 말에 태워 제대로 자신을 추스를 때까지 단련을 시키는 법이오."

"그건 또 무슨 뚱딴지 같은 소리야?"

"즉, 나는 모든 상황에 맞서 오로지 내 이 두뇌 하나만으로 처신해낼 수 있을 때까지, 결코 권총 따위는 지니고 다니지 않으리라 다짐을 한 몸이라는 거요. 미리 말해두건대 내가 탄 말에는 등자가 없소. 다시 말해 권총을 가지지 않았다는 얘기지. 그런데 당신들은 모두 세 명인 데다, 무장까지 한 상태이고, 나는 맨손에 혼자라 이겁니다. 그러니……."

"그러니 헛소리는 그만하시지!"

보마냥이 위협적인 목소리로 버럭 소리쳤다.

"어서 사실이나 갖고 따지자고! 정녕 칼리오스트로가의 계집을 살해한 혐의로 우릴 고발하겠다고 했겠다?"

"그렇소."

"그런 얼토당토않는 혐의점을 증명할 증거라도 가지고 계신가?"

"그야 당연하지."

"어디 뭔지 들어나 볼까?"

"지금으로부터 불과 몇 주 전이었소. 혹시나 마드무아젤 데티그를 만나볼 수 있을까 하는 마음에 영지 주변을 배회하고 있노라니, 당신네 사람 중 한 명이 모는 마차가 후닥닥 지나가더군요. 나는 얼른 그 마차를 따라 영지 내로 들어섰소. 조제핀 발자모라는 이름의 여인이 그 마차에 실려, 당신들이 소위 재판을 벌이기 위해 모여들었다는 저 옛날 망루 안으로 거칠게 끌려 들어가더군. 내가 지켜보니 그 여자에 대한 기소가 지극히 불성실하고 파렴치한 방식으로 진행되는 것이었소. 거기서 검사 행세를 하던 인물이 바로 므슈, 당신이었는데, 그야말로 온갖 기만술과 흉계를 동원해 결국에는 여자를 자신의 정부였던 것처럼 몰아붙이는 솜씨가 가히 가관이었소. 나머지 두 분의 역할은 무자비한 사형집행인이었고 말이오."

보마냥은 거의 못 알아볼 정도로 얼굴을 찡그리면서 으르렁댔다.

"증거를! 증거를 대란 말이야!"

"당신들 머리 위쪽, 옛날식 창구멍에 엎드린 상태에서 내가 이 두 눈으로 똑똑히 본 것을 얘기하는 거요."

"말도 안 돼! 그게 사실이라면 그때 벌써 끼어들어서 구해내지 왜 가만있었겠어."

보마냥이 더듬거리자, 칼리오스트로 백작부인이 구출된 사실을 전혀 공개할 의사가 없는 라울은 이렇게 반문했다.

"구하다니, 무엇에서 구한단 말이오? 나 역시 당신 동료들과 마찬가지로 여자가 영국 정신병원에 수감되는 걸로 판결이 난 줄로만 믿고 있었소. 그래서 다른 사람들과 동시에 그곳을 그만 나와버렸지. 그러고는 곧장 에트르타를 향해 달려갔고, 거기서 배 한 척을 빌린 다음 당일 저녁 당신이 언급했던 영국 선박 앞으로 노를 저어 다가갔소. 선장에게 겁을 줄 생각이었거든. 결국 뭔가 빗나간 조치였고, 그걸로 가엾은 여인의 목숨은 끝장난 셈이었소. 나중에 당신의 가증스러운 음모를 깨닫고, 당신의 살인행위, 두 친구들이 '사제의 계단'을 낑낑대며 내려간 일, 그리고 구멍 뚫린 보트와 익사사고 등 실제 상황의 전모를 비로소 머릿속에 재구성해냈을 땐 이미 뒤늦은 상태였지."

기겁을 한 얼굴들로 귀를 기울이던 세 패거리는 점점 앉은 의자들을 서로 가깝게 모았다. 베네토는 젊은이와의 사이에 마치 방책처럼 가로 놓여 있던 탁자를 저만치 치워버렸다. 험상궂게 일그러진 고드프루아 데티그의 입술을 비틀고 있는 꼴사나운 인상이 라울의 시야에 포착되었다.

이제 보마냥의 신호만 떨어지면 남작이 부리나케 권총을 겨눌 테고, 이 경솔한 젊은이의 뇌수가 사방으로 튈 것이었다.

그러나 바로 그 터무니없는 경솔함 자체가 아무래도 께름칙해, 오히려 보마냥은 지시를 미루는 기색이었다. 그는 공격신호 대신 무시무시한 태도로 속삭였다.

"이보시오, 므슈. 내 다시 한번 말하겠는데, 당신의 지금 이 같은 행동은 전혀 가당치 않을 뿐 아니라 당신과 무관한 일에 공연히 참견을 하는 것이오. 하지만 나 역시 실제 벌어진 일을 굳이 부인하거나 거짓말을 할 생각은 없소. 다만 당신이 그런 비밀스러운 일들까지 속속들이 꿰차고 있어서 하는 말인데, 감히 어떻게 이곳까지 제 발로 걸어 들어와 우리를 귀찮게 할 수 있는지 그게 자못 궁금할 지경이오. 이건 정말 미친 짓이거든!"

라울의 반응은 천진난만 그 자체였다.

"이게 왜 미친 짓인데요?"

"왜냐하면 당신 목숨은 이제 우리 손에 전적으로 달려 있으니까."

라울은 어깨를 으쓱하며 대꾸했다.

"내 목숨은 모든 위험으로부터 안전합니다."

"우린 세 명인 데다, 우리의 안위에 그처럼 직결되는 문제엔 결코 호락호락한 성격들이 아니거든."

그래도 라울은 자신만만했다.

"나로 말하자면 당신들 셋이 아무리 그래봐야, 오히려 내 뜻을 옹호해주는 것만큼이나 불안하지가 않은걸!"

"허어, 그렇게 자신 있소?"

"당연하지. 왜냐하면 당신들 앞에서 지금까지 얘기를 죄다 쏟아냈는데도 아직 나를 이렇게 살려두고 있으니까."

"우리가 내심 다른 결정을 내리고 있다면?"

"만약 그렇다면, 지금으로부터 한 시간 뒤, 당신들 셋은 몽땅 경찰한테 체포당할 운명이 되겠지."

"저런, 설마하니……."

"내 명예를 걸고 장담하죠. 지금 시각이 오후 4시 5분. 내 친구 한 명이 지금쯤 파리 경시청사 앞을 어슬렁거리고 있을 거요. 그러다가 만약

4시 45분에 내가 나타나지 않으면 그대로 치안국장을 면담하게 되어 있죠."

보마냥은 별안간 얼굴에 희색이 감돌며 소리쳤다.

"허풍 떨고 있군! 씨도 안 먹힐 헛소리야! 이래 봬도 난 유명인사라고! 아마 그 친구가 내 이름을 대는 순간, 그 자리에서 웃음거리밖에 되지 않을걸!"

"아니, 아마도 모두가 진지하게 경청할 거요."

"어디 두고 볼까, 그럼……."

보마냥은 그렇게 중얼거리면서 고드프루아 데티그를 슬쩍 돌아보았다.

이제 곧 죽음의 지시가 떨어질 참이었다. 라울은 왠지 모르게 짜릿한 위기감을 전신에 느꼈다. 지금껏 놀라운 냉정함으로 실행을 미루고 있던 결정적인 동작이 앞으로 몇 초 안에 펼쳐질 터였다.

"내 한마디만 더 합시다."

라울이 잇새로 내뱉자, 보마냥이 그르렁거렸다.

"말해보시지. 단, 우리를 꼼짝 못하게 할 만한 증거를 대는 얘기여야만 하오. 이젠 더 이상 말로만 떠드는 고발은 지겨우니까. 당신이 떠든 얘기나 사법당국이 추정할 수 있는 수준이야 내가 따로 알아서 처리하면 되고. 그러니 뭔가 확실한 증거를 대시오. 그래서 당신과 지금까지 입씨름을 하는 동안 결코 시간만 낭비한 게 아니라는 걸 보여달란 말이지. 직접적인 물증 말이야. 만약 그렇지 못할 때엔……."

그러면서 슬그머니 자리에서 일어났고, 라울 역시 함께 일어섰다. 라울은 상대의 눈을 똑바로 쏘아보며 한 치도 위축됨이 없이 뇌까렸다.

"증거라…… 그렇지 못하면 죽음이다 이거겠지?"

"그렇소."

"그럼 내 대답은 바로 이거요. 지금 당장 일곱 개의 반지나 내놓으시오. 그렇지 않으면……."

"그렇지 않으면?"

"데티그 남작에게 조제핀 발자모를 납치하는 방법을 알려주고, 결국 살해하도록 지시한 당신의 편지를 내 친구가 경찰에 넘길 것이오."

보마냥은 짐짓 놀라는 척을 해 보였다.

"편지라? 내가 살인을 교사했다고?"

"그렇소. 언뜻 보면 아닌 것 같지만 불필요한 구절들을 약간만 가지치기해도 그 정도 내용은 충분히 나오지."

보마냥은 느닷없이 너털웃음을 터뜨렸다.

"크허허허허. 그러고 보니 나도 알겠소. 기억이 나요. 아무렇게나 휘갈긴 쪽지였지."

"휘갈긴 건 맞지만, 당신이 바라던 대로 움직일 수 없는 물증이 되어주는 편지이죠."

"그래. 솔직히 말해서 그렇긴 하지만……."

보마냥은 여전히 빈정대는 투를 버리지 않았다.

"유감스럽게도 나는 코흘리개 초등학생이 아닌 데다, 평소 매우 조심성이 깊은 사람이거든. 그래서 당신이 말한 그 편지는 회동이 시작되자마자 데티그 남작에게서 건네받았지."

"당신한테 넘겨진 건 편지 사본이었소. 원본은 남작이 사용하는 개폐식 책상의 가느다란 홈에서 내가 발견해 소중히 간직하고 있지. 바로 그걸 내 친구가 경찰에 넘길 예정이란 말이오."

라울을 둘러싼 세 명의 포위망이 졸지에 맥없이 풀어졌다. 사촌지간인 두 사내의 험상궂던 표정도 그만 두려움과 불안감이 대신 차지하고 말았다. 라울은 이젠 대결이 끝난 것과 같으며, 그것도 진정한 싸움 한

번 벌어지지 않고 그렇게 되었다는 걸 직감했다. 이를테면 몇 차례 허공에다 칼끝을 휘저었고, 몇 차례 견제동작이 있었을 뿐 막상 서로가 부딪치는 격돌은 없었다. 일은 더없이 잘 처리되었고, 라울의 절묘한 술책에 휘말린 보마냥은 너무도 절박한 상황에 빠진 나머지 도저히 사태를 올바로 바라볼 수가 없었고, 상대의 약점이 무엇인지도 간파해낼 수가 없었던 것이다.

요컨대 편지의 원본이 자기 손에 있다는 라울의 말 한마디가 문제였다. 과연 그렇게 얘기할 만한 근거가 있었던 것일까? 사실은 전혀 없었다. 단지 모든 걸 수긍하기 전에 펄펄 살아 숨 쉬는 요지부동한 증거만을 보채던 보마냥의 묘한 심리 변화와 그에 집중한 라울의 과감한 전략이 절묘하게 맞아떨어져서, 단번에 들이민 말 한마디에 상대가 홀딱 넘어가버린 것이었다.

실제로도 보마냥은 조금의 흥정이나 핑계도 대지 않고 꽁무니를 뺐다. 그는 얼른 서랍을 열어 일곱 개의 반지를 꺼내고는 이렇게 말했을 뿐이다.

"그 편지를 더 이상 악용하지 않겠노라는 보장은 누가 하나요?"

"내가 약속드리지요, 므슈. 그뿐만 아니라, 우리 사이의 상황도 항상 이와 같지는 않을 겁니다. 이다음에 서로 만나면 당신이 보다 나은 입장일 수도 있을 거예요."

"그야 여부가 있겠소, 므슈."

보마냥은 억지로 부글거리는 심정을 잠재우며 중얼거렸다.

라울은 마침내 떨리는 손으로 반지들을 건네받았다. 과연 그 각각 안쪽에는 이름이 새겨져 있었고, 라울은 잽싸게 수도원의 일곱 개 이름들을 종이쪽지에 옮겨 적었다.

페캉

생방드리유

쥐미에주

발몽

크뤼셰르발라스

몽티빌리에

생조르주드보셰르빌

호출벨을 울린 보마냥은, 달려온 하인을 잠시 복도에 세워두고는 라울에게 다가와 넌지시 말했다.

"이왕지사 일이 이렇게 되었으니 한 가지 제안합시다. 당신은 우리가 얼마나 기를 쓰고 이 일에 매달리는지 잘 알고 있소. 아울러 현재 어느 단계까지 와 있고, 결국 목표가 머지않았다는 사실 또한 정확히 파악하고 있을 겁니다."

"나 역시 그렇다고 생각하오."

"그래서 얘긴데, 뭐 단도직입적으로 말하지요. 우리 가운데 들어와 일해볼 생각은 없습니까?"

"당신 친구들과 똑같은 자격으로 말이오?"

"아니, 나와 동등한 자격으로 말입니다!"

그만하면 괜찮은 제안이었다. 라울은 무엇보다 자신을 그 정도로 인정해준 데 대해 기분이 우쭐해졌다. 만약 조제핀 발자모만 걸리지 않더라면 덥석 수락했을 터였다. 문제는 보마냥과 그 여자, 둘은 절대로 화합할 수 없는 사이였던 것이다.

라울은 대답했다.

"말씀은 감사합니다만, 개인적인 사정 때문에 부득이 거절을 해야겠

결정판 아르센 뤼팽 전집

습니다."

"그럼 우리 둘은 서로 적이 되는 건가요?"

"그건 아니죠, 므슈. 선의의 경쟁자가 될 뿐입니다."

"그렇다면 적인 겁니다. 언제라도 유사시엔……."

보마냥이 떼를 쓰려 하자, 라울이 가로막았다.

"네, 유사시엔 칼리오스트로 백작부인 꼴이 날 수도 있겠죠."

"잘 아시는군요, 므슈. 아시다시피 우리가 추구하는 엄청난 목표는 때론 어쩔 수 없는 수단에 기대지 않을 수 없게 만들기도 합니다. 앞으로 그러한 수단이 당신을 겨냥해 활용된다면 그건 순전히 당신 스스로 자처한 것임을 명심하시기 바랍니다."

"잘 알겠습니다."

보마냥은 다시 하인을 불러들였다.

"므슈를 배웅해드리시오."

라울은 세 사람 모두에게 깍듯한 인사를 한 뒤, 복도를 따라 예의 그 구멍 난 문 앞에까지 이르렀다. 거기서 그는 늙은 하인한테 툭 내뱉었다.

"아차, 잠깐만! 잠시 기다려주시겠소?"

라울은 세 명의 사내들이 쑥덕거리고 있는 방으로 쏜살같이 되돌아가 문턱에 척 섰다. 그는 자물쇠의 손잡이를 잔뜩 그러쥐어 안전하게 빠져나올 채비를 갖춘 채 싱글벙글한 목소리로 떠벌렸다.

"그토록 위험천만한 편지에 대해서 고백할 게 있는데요! 아무래도 그래야만 모두들 안심하실 것 같아서…… 실은 그 편지에는 사본 따위는 존재하지 않는다는 말씀! 그러니까 내 친구가 원본을 가지고 어쩌겠다는 건 다 낭설이라는 얘기죠! 아울러 파리 경시청 주변을 배회하면서 4시 45분이 되기를 학수고대하고 있다는 내 친구 얘기 역시 꾸며댄 것 같지 않습니까, 혹시? 자, 그럼 다들 안녕히 주무십시오! 다시 만날 날을 기대하며 전 이만."

말을 마치자마자 라울은 눈 깜짝할 새 보마냥의 코앞에서 보란 듯이 문을 쾅 닫아걸었고, 하인한테 손님을 붙잡으라는 지시가 떨어지기 전에 벌써 출구를 통해 빠져나왔다.

이로써 저 3인조와의 두 번째 전쟁 역시 명실상부한 승리로 끝을 맺은 셈이었다.

거리 끄트머리쯤에는 라울을 보마냥의 집 근처까지 안내해온 조제핀 발자모가 삯마차 문 밖으로 고개를 내민 채 목이 빠져라 기다리고 있었다.

"이보시오, 마부! 생라자르 역 간선철도 출발지로 갑시다!"

호쾌한 외침과 함께 마차 안으로 훌쩍 뛰어든 라울은 여전히 터질 듯한 희열로 온몸을 떨면서 떠들어댔다.

"바로 여기에 일곱 개의 이름이 들어가 있소! 목록을 구했단 말이오, 목록을! 어서 받아보시오!"

"그럼 이제 어떻게 되는 거죠?"

"어떻게 되긴, 만사형통인 거지! 하루에 두 번씩이나 승리를 거둔 거란 말이오! 게다가 이번 승리는 그야말로…… 맙소사! 세상 사람들 속이는 게 얼마나 쉬운지! 약간의 대범함, 명료한 생각과 논리, 목표를 향해 초지일관 화살처럼 파고들겠다는 절대적인 의지만 있으면 끝나는 겁니다! 그러면 웬만한 장애들은 제 풀에 허물어진다니까! 보마냥이 보통 꾀바른 악당입니까? 그런데도 조진, 당신처럼 혼비백산해 꼬리를 내리더라 이겁니다! 네? 청출어람이라고요? 누가 아니랍니까! 보마냥과 칼리오스트로가의 여식이라는 일곱 선생님들이 그만 일개 초등학생의 재주에 완전 뭉개져버린 꼴이라니! 어떻게 생각해요, 조제핀?"

정신없이 떠들던 라울이 문득 입을 다물었다.

"설마 내가 이런 식으로 말했다고 기분 나쁜 건 아니죠?"

주춤주춤한 라울의 질문에 여자는 지그시 웃으며 대답했다.

"전혀요."

"방금 내가 떠벌린 얘기에도 더 이상 화가 나지 않는단 말이죠?"

"아, 너무 그러지 말아요! 내 자존심을 긁지 말아야 한다는 건 당신도 잘 알잖아요. 나도 보통내기가 아닌 데다, 자칫 꽁할 수도 있다는 것 말이에요. 하지만 당신한테는 왠지 오랫동안 화를 내고만 있을 수가 없네요. 당신 앞에서는 무장해제 하고픈 마음을 들게 하는 뭔가가 느껴져요."

"웬걸요! 보마냥은 전혀 무장해제 하지 않던데!"

"그자는 남자이니까 그렇죠."

"맞아, 그렇지! 그러고 보니 나는 앞으로 이 세상 남자들을 상대로 싸워야 하겠군요! 정말이지 나는 그걸 위해 단련되어온 것 같아요, 조진! 그래, 바로 그거야! 모험과 정복, 뭔가 기발한 것과 황당무계한 일을 위해 점지된 몸이라 이겁니다. 심지어 내가 유리하게 이끌어갈 수 없는 상황이란 이 세상 어디에도 존재하지 않는다는 걸 느껴요. 그나저나, 조진⋯⋯ 사람이란 싸움을 다져가려는 시도 속에서 승리에 대한 확신을 갖게 되는 모양이죠?"

한편 마차는 강 좌안지대의 비좁은 도로 위를 미끄러져 달리다가 어느 한순간 센 강을 훌쩍 건넜다.

"이제 두고 봐요. 오늘부터는 연전연승만이 있을 뿐입니다! 모든 상수패를 쥐고 있어요. 이제 몇 시간 후면 나는 릴본을 출항하고 있을 겁니다. 거기서 루슬랭 미망인을 찾아내 원하든 원하지 않든, 수수께끼의 해답이 새겨져 있다는 그 서인도제도산 목재 궤짝을 조사해볼 작정이에요. 그럼 만사 오케이인 거예요! 수수께끼를 푸는 열쇠와 일곱 수도원의 이름만 손에 쥐면 이 몸이 목표를 달성하지 못하는 게 이상한 일이겠죠!"

조진은 라울의 열광하는 태도를 은근한 미소 너머로 바라보았다. 라울은 계속해서 열을 올리고, 보마냥과의 대결 장면을 장황하게 떠벌렸다. 그뿐만 아니라, 느닷없이 여자에게 키스를 퍼붓다가 엄지를 코끝에 대고 지나가는 행인들을 공연히 놀리는가 하면, 마부를 향해 '이 괄태충처럼' 꾸물대는 마차에 대한 불평을 제멋대로 토해내는 것이었다.

"이 늙다리 양반아! 달리란 말이다, 달려! 이런 젠장! 당신은 지금 행운의 신과 미의 여왕을 수레에 모시고 가는 영광된 위치에 있단 말이야! 한데 당신 준마께선 전혀 뜀뛸 생각을 안 해!"

마차는 오페라 가도를 달리고 있었다. 그러다가 별안간 데 프티샹 거리와 카퓌신 가를 가로질러 달렸고, 코마르탱 가에 접어들자 말이 비로소 제 속도를 내기 시작했다.

"좋았어! 지금 시각이 오후 5시 12분 전! 이제 다 왔어! 물론 당신도 릴본까지 동행해주겠지?"

라울의 말에 여자가 대답했다.

"뭐하려요? 그럴 필요 없을 텐데. 우리 둘 중 한 명만 가는 걸로도 충분할 거예요."

"거 듣던 중 반가운 소리요. 이제야 나를 신뢰하기 시작했군. 내가 배반하지 않으리라는 걸 알고 있어. 우리 사이에 든든한 연대가 이루어져서 둘 중 하나가 승리하면 나머지도 승리하는 거지!"

라울의 호기 있는 대꾸가 튀어나온 지 얼마 안 되어서였다. 오베르 가로 접근하는 사이, 느닷없이 좌측 방향에서 큼직한 대문이 활짝 열리는가 싶더니 마차가 전속력으로 좌회전을 하면서 어느 마당 안으로 뛰어드는 것이었다.

그뿐이 아니었다. 순식간에 라울의 양쪽에 세 명의 장정이 달라붙었고, 어깻죽지를 덥석 움켜잡아 반항할 틈도 없이 끌어내렸다.

그나마 조제핀 발자모가 마차 안에 느긋하게 앉아 내뱉는 소리를 얼핏 분간한 게 다행이라면 다행일까?

"생라자르 역으로! 빨리!"

이미 라울은 사내들의 완력에 들리다시피 해서 건물 안으로 끌려 들어갔고, 어둠침침한 방 안에 내동댕이쳐진 채 육중한 문이 철커덕 잠기는 소리를 들어야 했다.

조금 전까지 신나게 들끓던 기분이 어찌나 강렬했던지 이런 상황이라고 금세 가라앉지는 않았다. 하지만 여전히 실실거리거나 농담을 뱉어내면서도 점점 울화통이 치미는지 이내 목소리까지 천차만별로 변해가며 내뱉는 것이었다.

"이젠 내 차례라 이거야? 브라보 조제핀! 아, 한 방 된통 먹었어! 정말이지 기막힌 솜씨 아닌가! 명중이야, 명중! 이건 정말 상상도 못한 일이라고! 아무렴! 내가 '모험과 정복, 뭔가 기발한 것과 황당무계한 일을 위해 점지된 몸'이라고 한참 승리의 개가를 떠벌리고 있을 때, 얼마나 재미있어했을 거야? 젠장, 바보 같으니! 언제든 이런 실수를 할 바에는 차라리 입이나 다물고 조신하게 있는 건데…… 이게 무슨 개망신이냔 말이야!"

으랏차차, 문에 부딪쳐보았지만 소용없었다. 글자 그대로 감방 문조차 따로 없었다. 그나마 누르스름하게 빛이 들이치는 간이창문까지 기어오르려고도 해보았지만 도저히 손이 닿을 것 같지 않은 높이였다. 가만히 보니 상황은 그 정도가 아니었다. 문득 미세한 소리가 주의를 끌어 이리저리 둘러보다가 문득 눈길이 머문 어둠 속에는, 거의 천장 높이의 벽에 성벽의 총안처럼 구멍이 하나 뚫려 있고, 그리로 엽총의 총구가 슬그머니 고개를 내밀고 있었다! 그것은 분명 라울이 움직이거나 서 있는 행태에 따라 자신도 이리저리 움직이거나 멈추곤 했다.

보이지 않는 저격수를 향해 열화와 같은 분노가 폭발한 라울은 자신을 빤히 겨눈 총구 앞에서라고는 믿어지지 않을 만큼 용맹무쌍하게 욕설을 토해냈다.

"이 비열한 불한당 같은 자식아! 네놈의 그 음침한 구멍 속에서 기어나와 내가 누군지 정정당당하게 살펴보지 그래? 거참, 대단한 짓을 하고 있구나! 그만 네 여주인한테나 가서 언젠가는 반드시 이 일을 후회하게 될 거라고나 전해! 조만간 반드시!"

라울은 갑자기 뚝 입을 다물었다. 불현듯 이렇게 입만 아프게 떠든다는 것 자체가 어리석게 느껴졌던 것이다. 길길이 들끓던 분노가 급작스

결정판 아르센 뤼팽 전집

레 차분히 가라앉은 그는 화장실 겸 알코브(벽면 일부가 움푹 들어간 작은 공간―옮긴이)를 이루고 있는 구석에 설치된 쇠침대에 벌렁 누워버렸다.

"하여튼 정 그러고 싶으면 날 죽이게! 다만 잠은 제발 방해하지 마."

말은 그렇게 했지만 라울은 정작 잠을 청할 생각은 아니었다. 대신 현재의 상황을 곰곰이 검토하면서 그 부정적인 결론을 추려낼 심산이었다. 그랬더니 금세 하나의 단순한 사실이 어렵지 않게 추출되어 나왔다. 즉, 라울 자신이 다 만들어놓은 승리의 열매를 조제핀 발자모가 살짝 가로채려 했다는 것!

하지만 그토록 순식간에 일을 치르기 위해서는 보통 수완을 부렸을 것 같지가 않았다. 레오나르가 다른 부하 한 명과 함께 또 다른 마차를 타고 두 사람이 탄 마차를 보마냥의 아지트까지 뒤따라온 게 틀림없으며, 거기서 곧바로 여자와 의논을 했을 터였다. 그러고 나서 즉시 이런 때를 위해 일부러 물색한 소굴로 돌아가 적당한 덫을 쳐두었고, 조제핀 발자모는 라울이 거기에 걸려들기만을 기다렸던 것이다.

자, 과연 저 악랄하고 노련한 패거리를 상대로 아직 풋풋한 나이의 혈혈단신 젊은이가 무얼 어떻게 할 수 있을까? 한편으로는 천지에 깔려 있다시피 한 끄나풀들과 든든한 심복들을 거느리고 있는 보마냥이 버티고, 다른 한편으로는 그토록 치밀하게 조직된 집단의 우두머리인 조제핀 발자모가 호시탐탐 허점을 노렸다!

마침내 라울은 결단을 내렸다.

'내가 바라는 건 뒤늦게나마 올바른 삶의 길로 회귀하는 거지만, 어쩌다―사실 지금으로선 이게 더 가능성이 커 보이지만―험난한 모험의 길에 결정적으로 발을 들여놓게 되면, 확실히 나도 이제는 반드시 필요한 행동 방식을 활용할 것이다. 홀로 고군분투하는 자는 괴롭도다! 오로지 무리를 이끄는 우두머리만이 원하는 것을 거머쥘 수가 있는 법!

나는 기껏 조제핀을 굴복시켰으면서도 오늘 저녁 보물상자는 오히려 그녀의 몫이 되고 말았어. 이 라울은 축축한 짚단에 나자빠져 신음이나 흘리고 있는데 말이야.'

그런 생각을 하고 있는데, 별안간 전체적으로 묘한 불쾌감을 동반한 알 수 없는 마비 상태가 전신을 휩쓰는 게 느껴졌다. 라울은 즉각 이 난데없는 몽롱함에 저항하려고 안간힘을 썼다. 하지만 순식간에 머릿속으로 부연 안개 같은 것이 스멀스멀 스몄고, 그와 동시에 구역질과 위 속의 더부룩한 기운이 느껴졌다.

라울은 가물가물한 정신을 추스르며 간신히 일어서 걷는 데 성공했다. 하지만 그것도 잠시…… 먹먹해지는 마비 상태가 점점 가중되더니, 어느 한순간 끔찍한 생각이 머리통을 조여들면서 그만 침대 위로 쓰러지고 말았다. 아까 마차 안에서의 일이 떠올랐다. 조제핀 발자모는 평상시 애용하던 자그마한 금제 봉봉 상자를 호주머니에서 꺼내 먼저 사탕 두세 알을 맛나게 입에 물고는, 아무렇지도 않게 한 알을 라울에게 내밀었다.

진땀으로 범벅이 된 라울은 잇새로 중얼거렸다.

"아뿔싸, 독을 먹였어! 남아 있던 사탕에는 독이 들었던 거야."

과연 정확한 진실인지 따져볼 겨를도 없이 그런 생각이 마구 머릿속을 후벼 팠다. 빙빙 도는 현기증에 사로잡힌 라울은 쾡하니 입을 벌린 구멍 위에서 어지러이 맴돌다가 끝내는 처량하게 흐느끼면서 그 안으로 추락하는 것 같았다.

죽음에 관한 생각이 어찌나 깊숙이 파고들었는지 다시금 눈을 떴을 때조차 정말 살아 있다는 확신이 잘 안 들었다. 힘겹게 심호흡을 몇 차례 시도했고, 자기 몸을 꼬집어보았으며, 아무 소리나 크게 내질러도 보았다. 분명 살아 있었다! 최종적으로는 멀찌감치 들려오는 거리의 소음이 그 사실을 증명해주었다.

그는 속으로 중얼거렸다.

'그래, 아직 죽은 건 아니야. 쳇! 내가 사랑하는 여인에 대해 그 정도밖에는 생각하지 않다니! 고작 미미한 마취제를 사용한 걸 가지고 대뜸 독살이라도 시도한 여자처럼 몰아붙이다니!'

몇 시간을 곯아떨어져 있었는지 알 수 없었다. 하루 정도는 지났을까? 아니면 이틀? 그 이상? 머리는 묵직하고 정신은 어찔한 가운데, 엄청난 피로감 때문에 사지가 제대로 말을 듣지 않았다.

벽을 따라서 죽 훑어보던 그의 눈길에 분명 총안같이 생긴 그 구멍에서 내려보냈을 음식 바구니가 덩그러니 붙잡혔다. 대신 엽총은 더 이상 보이지 않았다.

허기와 갈증이 한꺼번에 밀려들었다. 그는 덮어놓고 사납게 먹고 마셔댔다. 너무도 기진맥진했던 터라 정체불명의 음식물을 삼킴으로써 초래될지 모르는 결과에 대해서는 별다른 고민을 해볼 겨를도 없었다. 또다시 마취제가 들어 있을까? 아예 독약? 아무러면 어떻겠는가! 잠깐 잠을 자건 영원한 잠을 자건, 지금 그에게는 매한가지였다. 실제로 라울은 자고 또 잤으며, 몇 시간이든 밤낮 가리지 않고 졸고, 또 잠이 들었다.

그와 같은 잠의 위력이 제아무리 막강했다 해도, 라울 당드레지는 마치 희부연 빛이 새어 들어와 어둠침침한 내벽을 희끄무레하게 밝히는 걸 느끼며, 기나긴 터널의 끝을 감지하는 것처럼 일련의 감각이 되살아나는 것을 의식하기 시작했다. 왠지 모를 흐뭇한 기분이었다. 뭔가 지속적이고 균일한 소음을 따라 부드럽게 흔들리는 꿈이라도 꾸고 있는 듯했다. 급기야 눈꺼풀을 들어 올리자, 장방형의 액자 속에서 화창한 햇살과 황금빛 석양이 번갈아가며 넘실대는 가운데, 환해졌다 어두워졌다 끊임없이 변해가는 한 폭의 난데없는 풍경화가 아스라이 펼쳐지는 게 눈에 들어왔다.

이번에는 손만 뻗으면 닿을 만한 곳에 역시 음식물이 놓여 있었다. 조금씩, 조금씩 음식에 손을 대보니 더욱더 그 맛에 끌렸다. 향긋한 포도주도 곁들여졌다. 그걸 마시면 왠지 모르게 기운이 온몸을 휘돌아 일어나는 듯했다. 시야가 환한 빛으로 그득해지는 느낌이었다. 그러고 보니 풍경화를 담았다고 여겨진 액자가 하나의 활짝 열린 창틀로 보이기 시작했고, 언덕과 초원, 마을의 종탑들이 그 안에서 파노라마처럼 지나가는 것이었다.

언뜻 사방을 훑어보니 여태껏 갇혀 지내던 공간보다 훨씬 비좁은 방이었는데, 왠지 전에도 살았던 것 같은 낯익은 느낌이었다. 언제였더라? 아닌 게 아니라, 평상시 입었던 옷가지, 속옷, 즐겨 읽던 책들이 눈에 띄었다.

그리고 사다리형 계단에 눈길이 가 닿았다. 기운도 회복된 지금, 올라가보지 않을 라울이 아니었다. 그럴 마음만 있다면 얼마든지 가능한 일이라서 마침내 그는 사다리를 기어올랐다. 머리를 사용해 그대로 뚜껑문을 밀어 열자 느닷없이 광활한 공간이 펼쳐졌고, 좌우로는 잔잔한 강물이 흐르고 있었다. 그는 나지막이 속삭였다.

"농샬랑트호 갑판이로군. 센 강이야. 두 연인의 언덕 지점까지 왔네 (루앙 어귀 센 강 기슭의 가파른 언덕 이름. 『수정마개』에 등장하는 동명의 탑은 여기서 따왔다—옮긴이)."

그는 몇 걸음 앞으로 내디뎌보았다.

버들가지로 엮은 안락의자에 조진이 우아하게 앉아 있었다.

그 모습을 보는 순간 그녀에 대해 가졌던 극렬한 원망과 거부감은 온데간데없이 사라지고, 온몸을 뒤흔드는 욕정과 사랑하는 마음만이 샘

결정판 아르센 뤼팽 전집

처럼 솟구쳤다. 아니, 과연 일말의 원망이나 거부감이 들기는 했던 것일까? 모든 것이 그녀를 품 안 가득 안고 싶다는 가없는 욕망 속으로 순식간에 녹아들었다.

적이라고? 도둑년? 혹시나 흉악한 살인자? 천만의 말씀! 단지 한 여자, 그 무엇이기 이전에 단순한 하나의 여성일 뿐이다. 게다가 보통 아름다운 여인인가!

보통 때와 다름없이 지극히 단순한 복장이면서도 여자는 그 탐스러운 머리 타래를 은은한 빛으로 감싸고, 얼굴 전체에 베르나르디노 루이니의 성모 같은 분위기를 연출해주는 신비스러운 베일을 두르고 있었다. 푸근한 색조의 매끈한 저 목선과 무릎 위에 가지런히 얹어놓은 저 섬섬옥수…… 여자의 시선은 저만치 두 연인의 언덕 가파른 비탈을 더듬고 있었다. 이 세상 그 무엇도 저 심오하고 신비스러운 분위기의 변함없는 미소가 담긴 수수께끼 같은 얼굴보다 더 순수하고 우아한 것은 없을 것만 같았다.

라울이 손을 내밀려는 찰나 여자도 그의 존재를 눈치챘다. 여자는 얼굴에 홍조를 띠고, 눈꺼풀을 살며시 내리깔았다. 긴 갈색 속눈썹 사이로는 차마 상대를 바로 보지 못하는 눈빛이 언뜻언뜻 비치고 있었다. 아마 멋모르는 어린 소녀라 한들, 지금 이 여인만큼이나 풋풋하고도 순박하게 소심해하는 태도, 교태나 허식과는 전혀 상관없는 순수 그 자체의 모습은 보여주지 못하리라.

라울은 온통 흔들리고 있었다. 여자 역시 둘 사이에 있을 지금 같은 첫 대면을 은근히 걱정해온 듯했다. 분노를 폭발시키며 따지고 드는 건 아닐까? 다짜고짜 달려들어서 한 대 후려갈기고, 온갖 욕설이라도 퍼붓는 것은 아닐까? 아니면 그보다 더 나쁘게, 경멸의 시선을 툭 던지고는 뒤도 돌아보지 않고 떠나는 건 아닐까?

하지만 라울은 그저 어린애처럼 부들부들 떨면서 서 있었다. 지금 이 순간, 그에게는 동서고금을 통틀어 연인들에게 가장 중요한 요소인 입 맞춤, 즉 두 손을 서로 잡아주고, 서로 숨결을 나누는 가운데 열에 들뜬 시선이 얽혀들면서, 희열 속에서 아찔하게 벌어지는 서로의 입술보다 더 중요한 건 아무것도 없었다.

라울은 그대로 여자 앞에 무릎을 꿇었다.

결정판 아르센 뤼팽 전집

10
뭉개진 손

서로의 사랑이 그런 식이니, 쌍방 간 치러야 할 대가란 어쩔 수 없는 침묵일 수밖에 없다. 심지어 입술을 열어 말을 흘려보낸다 해도, 그 소리는 결코 혼자만의 생각이 만들어내는 우울한 침묵을 흐트러뜨릴 수가 없다. 각자 자신만의 깊은 생각 속에 침잠할 뿐, 상대의 삶 그 자체 속으로는 결코 파고들지 못하는 것이다. 언제 어디서나 자신의 속내를 있는 대로 떠벌리기 일쑤인 라울에게는 그와 같은 서글픈 침묵의 대화가 점점 견디기 어려웠다.

사실 괴롭기는 조진도 매한가지였다. 특히 애무를 나누는 것보다 어쩌면 연인 사이를 더욱 가깝게 맺어줄 속내 얘기가 막 입술 끝에까지 매달려 달랑거리는 걸 보면, 그녀 역시 이런 답답한 상황에 꽤나 질린 듯했다. 한번은 라울의 품에 안긴 채 마구 흐느낀 적이 있었는데, 어찌나 서글프게 울던지 드디어 자신을 완전히 내놓으려나 하는 기대까지 들 정도였다. 하지만 이내 여자는 자신을 추슬렀고, 그 이전보다 훨씬 더 멀게만 느껴졌다.

라울은 그런 여자의 모습을 바라보며 생각했다.

'결코 자신의 속내를 까발릴 여자가 못 돼. 완전히 동떨어져 끝없는 고독 속에서나 살아갈 타입이라고. 스스로에게 부과하고 싶은 이미지에 갇혀서 사는 여인…… 스스로 애지중지 짜놓은 수수께끼의 투명그물에 사로잡힌 존재라고나 할까. 저 유명한 칼리오스트로의 여식으로서 어둠과 음모, 수수께끼와 감춰진 사연에 오죽이나 익숙하게 살아왔을까. 누군가에게 복잡한 속내를 이야기한다는 건 곧 내부로 안내하는 실마리를 쥐여준다는 것일 터! 그게 두려운 거지. 그래서 자꾸 자기 속으로만 침잠하는 거야.'

하긴 그 여파를 받아서인지 라울 자신도 마찬가지로 침묵하기 일쑤였고, 함께 뛰어든 모험이나, 함께 해결을 모색하는 문제에 대해 굳이 입을 열려고 하지 않았다. 여자가 과연 궤짝을 손에 넣었을까? 자물쇠를 여는 암호를 알아냈을까? 전설적인 경계석 안에 손을 집어넣어서 무수한 보석을 길어 올린 걸까?

그 모든 것에 대해 오로지 침묵뿐이었다.

게다가 루앙을 지나치면서부터는 서로 바짝 붙어 있는 것조차 흐트러졌다. 라울 때문에 꺼려 하면서도 레오나르가 다시 모습을 나타낸 것이다. 또다시 두 사람만의 모의가 시작되었다. 매일같이 베를린식 구식 마차와 지칠 줄 모르는 조랑말이 조제핀 발자모를 데리러 와서 어딘가로 사라졌다. 과연 어디로? 무슨 일 때문에? 라울은 문제의 수도원 중세 곳이 강 연안지대에 위치하고 있다는 사실에 주목했다. 즉, 생조르주드보셰르빌, 쥐미에주 그리고 생방드리유. 만약 그쪽을 조사하러 다니는 차원이라면 아직 아무것도 결정된 것은 없고, 결국에는 뜻한 바를 이루지 못했다는 얘기가 아닌가!

　　　　　결정판 아르센 뤼팽 전집

생조르주드보셰르빌 수도원

이런 생각에 미치자 라울은 곧장 행동에 돌입했다. 일단 데티그 영지 근처의 여인숙에 맡긴 자전거부터 보내오게 한 뒤, 그걸 타고 브리지트의 어머니가 살고 있다는 릴본 인근 지역까지 내달렸다. 그곳 사람들 얘기가 12일쯤 전에―그렇다면 조제핀 발자모가 이곳까지 달려왔던 시점과 대충 일치한다―루슬랭 미망인이 집을 닫아걸고 파리에 있는 딸을 보러 가버렸다는 것이다. 그리고 그 바로 전날 저녁, 한 귀부인이 그녀 집에 들어가는 걸 봤다고 이웃 아낙네가 귀띔해주었다.

루앙을 지나 첫 번째 나오는 만곡지점 남서쪽 기슭에 정박한 바지선으로 라울이 돌아온 건 밤 10시가 넘어서였다. 그런데 배에 도착하기 직전, 그가 탄 자전거가 기진맥진한 레오나르의 두 조랑말이 힘겹게 끌고 있는 베를린식 마차를 살짝 지나쳤었다. 강가에 다다른 마차에서는 레오나르가 훌쩍 뛰어내리자마자 허겁지겁 문을 열고 몸을 숙이는가 싶더니 축 늘어진 조제핀의 몸을 어깨에 짊어진 채 일어섰다. 라울이 득달같이 달려나왔음은 물론이다. 둘이 함께 부축해 여자를 선실로 옮겼고, 곧이어 사공 부부도 걱정스레 달려왔다.

"잘 좀 보살펴주시오. 그냥 기절을 했을 뿐입니다. 사소한 집안 다툼이 좀 있어서…… 절대 자리를 뜨지 말고 지켜주십시오."

레오나르는 퉁명스레 내던지고 나서 다시 마차에 올라 어딘가로 떠났다.

밤새도록 조제핀 발자모는 발작에 시달리면서 도저히 알아들을 수 없는 헛소리를 마구 뱉어냈다. 하지만 그런 상태도 날이 밝자 감쪽같이 진정되었다. 도저히 궁금해서 견디지 못한 라울은 그날 저녁 인근 마을에 들러 루앙에서 발행한 신문을 구해 읽었다. 지역의 잡다한 소식들 중에서도 특히 눈길을 끄는 기사가 있었다.

어제 오후, 코드벡의 헌병대에서 알려온 바에 의하면, 몰레브리에 숲 언저리에 위치한 고대 석회 채굴광에서 난데없이 도움을 요청하는 여자 비명 소리를 들은 한 나무꾼의 제보에 헌병반장을 포함한 헌병 두 명을 현장에 급파했다고 한다. 공권력을 대표해서 문제 해결에 나선 두 헌병들이 동굴이 위치한 과수원 근처로 접근할 즈음, 비탈 위에서 두 명의 사내가 한 여자를 또 다른 여자 한 명이 지키고 서 있는 마차로 거칠게 끌고 가는 장면이 목격되었다.

비탈을 에둘러 다가갈 수밖에 없었던 헌병들이 과수원 입구에 도착했을 때는 유감스럽게도 마차가 자리를 뜬 뒤였다. 즉각 추격전이 시작되었는데, 막강 기마헌병대에겐 애당초 승리가 그리 어렵지 않아 보이는 추격이었다. 그러나 알고 보니 상대 마차를 끄는 두 마리 말이 보통 준족이 아니었으며, 마부 역시 이 지방 지리를 훤히 꿰차고 있는지, 코드백과 모트빌 사이를 파고들면서 북쪽으로 뻗은 강변의 그물 같은 도로망을 감쪽같이 빠져 달아나는 데 성공했다. 게다가 하필 그때쯤 어둠이 내리기 시작했고, 결국 그 맹랑한 사람들이 어디로 내뺐는지는 오리무중이 되고 말았다.

'앞으로도 영영 알 수 없겠지. 이 세상에서 오로지 나 혼자만이 사태를 바로 정리할 수가 있어. 마차의 출발점과 종착점을 알고 있으니까 말이야.'

라울은 확신에 찬 얼굴로 결론을 내렸다.

'한 가지 부인할 수 없는 사실은 루슬랭 미망인이 그 고대 석회 채굴광에 감금되어 있었다는 거야. 조제핀 발자모와 레오나르는 릴본에서 여자를 유인해낸 다음, 그곳에 가둔 채 매일 거기로 찾아가 그녀로부터 결정적인 정보를 빼내려 했겠지. 아마 어제는 신문이 제법 격하게 진행되었을 거야. 그러다 보니 비명 소리가 밖으로 새어나가게 된 거고, 헌병까지 출동하게 된 거지. 정신없이 도망쳤을 테고, 결국 무사히 따돌리긴 했지. 줄곧 길을 따라오면서 미리 마련해둔 또 다른 장소에 포로를 다시 감금시켰고, 그걸로 또 한 번 십년감수한 셈이었겠지. 다만 그러는 동안 온갖 긴장과 흥분에 시달릴 대로 시달린 조제핀 발자모가 습관적으로 도지는 신경성 발작에 결국 허물어진 것이고, 어제 본 것처럼 만신창이가 되어 돌아온 거야.'

라울은 즉시 축척 8만 분의 1 지도를 척 펼쳐놓았다. 몰레브리에 숲에서 농샬랑트호에 이르는 직선 통행로는 근 30여 킬로미터에 달했다. 결국 그 길 주변으로 좌우 가까운 곳에 루슬랭 미망인이 갇혀 있다는 얘기였다.

라울은 속으로 중얼거렸다.

'좋았어! 이제 전쟁터도 어느 정도 한정되었겠다, 더는 무대 위로 등장을 미룰 필요가 없겠지!'

다음 날부터 그는 작전을 개시했다. 일단 노르망디의 도로들을 어슬렁거리면서 이리저리 수소문을 하는 가운데, '두 마리 조랑말이 끄는 베를린식 구닥다리 마차'의 통과지점과 기착지점들이 어디 어디인지를 되짚어보았다. 논리적으로 본다면 그와 같은 조사는 필연적인 성과를 얻을 수밖에 없었다.

한편 그즈음, 조제핀 발자모와 라울의 사랑은 더없이 짜릿하고 열정적인 성격을 띠어가고 있었다. 자신이 공권력에 쫓기고 있다는 걸 잘 아는 그녀는 두드빌의 바쉐르 여관에서의 사건에 대한 험한 기억도 잊지 않은 터라, 감히 농샬랑트호 밖으로 벗어날 생각도, 페이드코를 휘젓고 다닐 엄두도 내지 못했다. 라울 역시 자신이 한 번 나갔다 들어올 때마다 얌전히 틀어박혀 있는 애인을 달갑게 바라보았고, 둘은 넘치는 욕정에 사무쳐 서로의 품에 와락 달려들고는 언제 또 중단될지 몰라 불안한 쾌락에 절절히 탐닉했다.

그야말로 운명적으로 갈라설 수밖에 없는 두 연인 간에나 있을 법한 고통스러운 쾌락이었다. 글쎄, 고통으로 중독되어가는 아슬아슬한 희열이라고나 할까? 둘 다 서로의 비밀스러운 속셈을 미루어 짐작하는 분위기였고, 서로의 입술을 맞대고 있을 때조차도 상대가 자신을 열심히 사랑하면서도, 마치 동시에 미워하는 것처럼 처신하고 있으리라는 것을 훤히 내다보았다.

"당신을 사랑하오…… 당신을 사랑해……."

라울은 수없이 되풀이해 말하면서도 속으로는 어떻게 하면 이 칼리오스트로 여인의 마수로부터 브리지트 루슬랭의 모친을 빼낼 수 있을까 골몰했다.

두 남녀는 이따금 흡사 서로 다투는 두 적수처럼 지극히 격렬하게 서로의 몸을 부둥켜안았는데, 그럴 때는 마치 애무 속에 폭력이 스며 있고, 눈빛 속에 위협이 도사리며, 생각 속에 증오가, 애정 속에 절망이 똬리라도 틀고 있는 것처럼 느껴졌다. 서로의 몸 구석구석을 탐닉할 때조차도 치명타가 가능한 상대의 약점이 어딘지를 조심스레 탐색하는 것 같았다.

그러던 어느 밤, 왠지 거북한 기분에 라울이 문득 눈을 뜨자, 침대 머리맡에 바짝 다가선 조진이 램프 불빛 속에서 물끄러미 얼굴을 내려다보고 있었다. 자기도 모르게 라울은 몸서리가 쳐졌다. 항상 입에 걸고 다니다시피 하는 특유의 미소가 여전한 매력적인 얼굴임에도 왜 새삼 그 미소가 잔혹하고 심술궂게 보이는 것인지!

"무슨 일이오? 왜 그러고 서 있는 거요?"

"아무것도, 아무것도 아니에요."

다급한 남자의 질문에 여자는 아무렇지도 않게 내뱉고는 저만치 물러갔다.

하지만 잠시 후, 다시 돌아온 그녀가 불쑥 사진 한 장을 내밀며 말하는 것이었다.

"이거 당신 지갑에서 발견했어요. 웬 여자 사진을 그토록 품에 간직하고 다닐 줄은 정말 몰랐어요. 대체 누구죠?"

클라리스 데티그의 사진이라서 라울은 허둥대며 대답을 시도했다.

"글쎄, 모르겠는데. 그저 우연히……."

"이봐요, 거짓말 말아요! 클라리스 데티그잖아요! 내가 이 여자 한 번도 본 적이 없는 줄 알아요? 당신과의 관계도 까마득히 모르는 줄 아냐고요! 이 여자, 당신 정부였죠?"

여자의 당찬 추궁에 라울도 기를 쓰고 맞섰다.

"천만에! 말도 안 되는 소리!"

"이 여자는 당신 정부였어요. 틀림없어요. 지금도 그녀는 당신을 사랑하죠. 아직 둘 사이가 끝난 게 아니었어요."

라울은 어깨를 한 번 으쓱하고는 뭐라고 방어를 하려 했지만, 조진이 매몰차게 가로막았다.

"그만 얘기해요, 라울. 경고하는데, 잠자코 있는 게 나을 거예요. 나역시 그 여자를 일부러 만나보거나 하지는 않을 거예요. 다만 어쩌다내 눈앞에 나타나기라도 하면, 그땐 그 여자가 팔자 더러운 줄이나 아세요."

"조진, 만약 그렇다면 당신한테도 안 좋은 일일 거요! 그 여자 머리카락에 손끝 하나라도 대는 날이면 내가 그냥!"

경솔하게도 라울은 해선 안 될 소리를 내지르고 말았다.

여자의 안색이 금세 파랗게 질렸다. 그뿐만 아니라, 아래턱마저 가볍게 떨면서 라울의 목에 손을 갖다 대며 이렇게 더듬거리는 것이었다.

"그러니까 결국 나를 상대로 그녀 편을 드는 건가요? 나를 상대로 어떻게!"

얼음장처럼 차가워진 두 손이 심하게 경련을 일으켰다. 아무래도 여자가 목을 조르려 들지 모른다는 생각에 라울은 펄쩍 뛰듯이 침대에서 일어났다. 그 순간, 오히려 자신을 공격하려는 줄 안 여자가 기겁을 하면서 옷 춤에서 예리한 비수를 빼 들었다.

둘은 그렇게 서로에게 대들 듯한 자세로 상대방을 노려보았다. 마침내 그 자체가 곤혹스러워진 라울이 중얼중얼 입을 열었다.

"오, 조진! 정말 서글픈 일이 아니오? 우리가 이 지경까지 오다니, 이게 대체 어찌된 일이란 말이오?"

둘 다 쩌릿한 설움으로 가슴이 복받쳤고, 여자가 그 자리에 주저앉자 거의 동시에 남자 역시 그 발치로 몸을 던졌다.

"나를 좀 안아줘요, 라울. 나를 안아달라고요. 그리고 우리 아무 생각도 하지 말아요."

여자의 말대로 둘은 열정적으로 서로를 포옹했는데, 언뜻 라울의 눈가로 여전히 비수를 놓지 않은 여자의 한쪽 손이 께름칙하게 짚였다. 간단한 동작 하나만으로도 남자의 목덜미에 그 끝이 꽂히는 건 문제도 아닐 듯싶었다.

그날 아침 8시, 농샬랑트호를 빠져나오며 라울은 생각했다.

'아무래도 저 여자한테서는 아무 기대도 말아야겠어. 글쎄, 사랑이라면 그녀 역시 지극히 성심껏 임하고 있는 건 틀림없어. 나처럼 모든 걸 다 바치는 사랑이 되기를 그녀도 간절히 바라고 있지. 하지만 그게 영 불가능해 보인단 말이야. 그녀의 영혼 깊숙이 적개심이 서려 있다고. 이 세상 모든 사람, 모든 것에 대해 의심하고, 그중에서도 나를 가장 믿지 못하고 있지.'

요컨대 아무리 함께 살을 맞대고 지냈어도 그녀는 라울에게 여전히 불가해한 금단의 대상이었다. 아울러 온갖 의혹과 그럴듯한 증거가 넘쳐나고, 여자의 정신 속에 분명 악의 요소가 깃들어 있다 해도, 그로서는 여자가 살인까지 이르리라고는 도저히 인정할 수가 없었다. 사람을 죽인다는 생각 자체가 그처럼 아름다운 얼굴에는 맞지가 않았던 것이다. 숱한 증오와 분노가 휩쓸며 오고 갔을 얼굴인데도 저토록 고운 것을 보라! 그렇다, 그녀의 손은 결코 피를 묻혀본 적이 없다!

하지만 레오나르를 생각하면 문제는 전혀 달랐다. 그자라면 루슬랭 미망인에게 얼마든지 지독한 고문을 가할 수 있다는 것에 전혀 의심의 여지가 없었다.

루앙에서 뒤클레르로, 그리고 그 지역을 더 벗어나서까지, 센 강변을 수놓는 과수원들과 역시 강을 굽어보는 새하얀 벼랑지대 사이로 도로는 줄기차게 이어졌다. 백악의 벼랑지대 군데군데 심심찮게 만들어놓은 동굴들은 농부나 일꾼들이 연장들을 재놓는 창고나, 때로는 숙소로도 이용하고 있었다. 바로 그런 곳들 중 한 곳에서 라울은 세 명의 사내가 인근 강기슭에서 채집한 골풀로 바구니를 짜고 있는 걸 발견했다. 그 앞으로는 울타리도 없는 채소 밭뙈기가 자리 잡았다.

한동안 유심히 관찰을 했고, 그중 몇 가지 의심스러운 부분들을 집어낸 끝에 라울은 밀렵꾼이자 작물 도둑으로 평판이 꽤 좋지 않은 그 세 명, 즉 코르뷔 영감과 두 아들이야말로 조제핀 발자모가 전국 각지에서 고용해온 현지 도당의 일원일 것이며, 그들이 점한 동굴 역시 전국 군데군데 심어놓은 은신처와 여관과 격납고와 석회 채굴광 등 무수한 아지트들 중 하나일지 모른다는 의구심이 강하게 들었다.

일단 의구심이 들면 상대의 주의를 가능한 한 끌지 않으면서 그걸 확인해보는 게 필수이다. 일단 상대의 진지를 우회하기 위해 벼랑지대를 거슬러 올라 약간 침하된 지점에 이르는 숲길을 통해 다시금 센 강 쪽으로 다가들었다. 거기서 또다시 덤불숲과 나무딸기들 속을 비집으며 침하지역 하단까지 무사히 미끄러져 내려온 끝에, 마침내 문제의 동굴로부터 불과 4~5미터 떨어진 상단 돌출지점에 안착했다.

거기서 라울은 미리 준비해온 식량과 아름다운 별빛을 의지해 이틀 밤, 이틀 낮을 버텼다. 그는 키 큰 잡초 더미들에 가려 들키지 않고 세 명의 생활상을 고스란히 구경했다. 그렇게 이틀째 되는 날, 귓가로 흘러든 일련의 대화 내용을 통해 깨달은 사실은 역시나였다. 코르뷔 가족은 몰레브리에서 비상사태가 벌어진 다음부터 루슬랭 미망인을 자신들의 둥지 깊숙이 가두고는 관리를 맡아오고 있었다.

여자를 어떻게 구출해야 할까? 그게 아니면, 최소한 어떻게 그 가엾은 여인의 근처까지라도 몰래 다가가 조제핀 발자모에게는 극구 주기를 거부했던 정보를 슬그머니 빼내올 수 있을까? 라울은 코르뷔 가족의 평소 생활 습관에 맞춰 몇 가지 계획을 세웠다가는 부수고, 또다시 세웠다. 그렇게 궁리만으로 시간을 보내던 사흘째 아침, 저만치 농샬랑트호가 강을 따라 진행하더니 동굴지대로부터 상류 쪽으로 1킬로미터 지점에 다시 둥지를 트는 게 보였다.

오후 5시가 되자, 두 사람이 배의 선교를 건너와 강기슭을 따라 걷기 시작했다. 비록 촌부의 옷차림을 한 채 두 발로 열심히 걷고는 있었으나, 그는 조제핀 발자모의 모습을 어렵지 않게 알아보았고, 그 옆을 수행하는 자가 레오나르라는 것도 분간했다.

그들은 바로 코르뷔 가족이 기거하는 동굴 앞에서 걸음을 멈추고는 마치 우연히 맞닥뜨린 사람들과 나누듯 몇 마디 얘기를 주고받았다. 그러다가 길에 인적이 뜸한 틈을 타서 잽싸게 채소밭으로 파고드는 것이었다. 그중 당장 모습을 감춘 레오나르는 동굴 안으로 잠입한 게 뻔했고, 바깥에 남은 조제핀 발자모는 즐비하게 늘어선 관목들을 마치 휘장처럼 두른 채 건들거리는 낡은 의자에 앉아 있었다.

코르뷔 영감은 보잘것없는 동굴 앞 뜨락에 돋은 잡초를 뽑았고, 두 아들은 나무둥치에 앉아 골풀들을 열심히 꼬았다.

'신문이 재개되는 모양이로군. 참관하지 못하다니 매우 유감인걸.'

그런 생각을 굴리면서 라울 당드레지는 조진을 눈여겨 주시했다. 여자는 시골 아낙이 더운 날씨에 흔히 쓰고 다니는 투박하고 큼직한 밀짚모자의 챙을 잔뜩 내려서 얼굴이 거의 가려져 있었다.

여자는 팔꿈치를 무릎에 괸 채 약간 몸을 수그린 자세로 꼼짝도 하지 않았다.

시간은 대책 없이 흐르고 있었다. 과연 무얼 어떻게 할 수 있을지 곰 곰이 머리를 굴리던 라울의 귀에 문득 신음 소리와 그에 뒤이어 줄기차 게 터져나오는 숨 가쁜 비명 소리가 바로 옆에서처럼 들려왔다. 아닌 게 아니라, 정말 그 소리는 **바로 곁에서** 새어나오고 있었다! 주위에 돋 아난 잡초 덤불 속에서 가벼운 떨림이 그대로 전해졌다. 이게 대체 어 떻게 된 것일까?

라울은 소리가 가장 선명하게 들리는 곳을 짚어 기어가보았고, 그리 오래 살펴보지도 않고 사태를 이해했다. 침하지점의 끄트머리에 해당 하는 벼랑의 돌출부는 부서진 돌멩이들로 수북했는데, 그 가운데 부식 토와 나무뿌리들이 한데 뭉뚱그려 어우러진 속으로 난데없는 벽돌 더 미가 언뜻 내비치는 것이었다. 굴뚝이 있었던 자리가 분명했다.

그러고 보니 모든 현상이 저절로 설명되는 듯했다. 코르뷔 가족의 동 굴은 분명 암반 깊숙이 파고든 막다른 형태로, 옛날에 굴뚝으로 쓰이던 통로를 따라 형성되어 있는 것이다. 지금 들리는 소리는 바로 그 통로 를 경유해서 무너진 돌무더기를 헤치고 위로, 위로 새어 올라오고 있는 셈이었다.

아까보다 날카로운 비명이 두 번 더 들렸다. 문득 조제핀 발자모가 머릿속에 떠오른 라울은 후딱 몸을 돌려 채소밭 쪽을 바라보았고, 그 한쪽 구석에서 그녀의 모습을 알아보았다. 여전히 의자에 수그리듯 앉 은 채 한련꽃 이파리들을 무료한 듯 뜯어내고 있었다. 라울은 그녀가 비명 소리를 듣지 못하는 것으로 생각했다. 아니, 그렇게 생각하고 싶 었다. 심지어 무슨 일이 벌어지는지 까마득히 모르고 있을 수도…….

그럼에도 불구하고 라울은 치밀어 오르는 분노로 온몸을 부르르 떨 었다. 저 가엾은 여자가 당하고 있는 끔찍한 신문 과정에 동참을 하건 안 하건 간에, 조제핀 발자모 역시 공범이 아니겠는가? 라울의 정신 속에서 여자의 혐의점들을 되도록 회의적으로 바라보려던 끈질긴 경향도 이젠 이 부인할 수 없는 현실 앞에 굴복해야 마땅한 것이 아닐까? 저 레오나르가 저지르는 짓거리들…… 정작 스스로는 동참할 비위도 못 되면서 그것들을 결정적으로 지시한 장본인이 바로 그녀라는 점을 놓고 볼 때, 라울이 여태까지 그녀에 대해 느꼈던 부정적인 예감들과 솔직히 몰랐으면 하는 모든 부분들을 이제는 영락없는 진실로 인정해야 할 것 같았다.

라울은 조심조심 벽돌들을 분리해내고 흙더미를 허물었다. 작업이 대충 끝나가자 비명과 흐느낌은 잦아들었고, 대신 거의 속삭임 수준의 희미한 말소리가 들릴 듯 말 듯 솟아올랐다. 좀 더 본격적으로 작업을 진행시켜서 통로 상단의 구멍 크기를 보다 확장시켜야 했다. 마침내 라울은 충분히 넓어진 구멍 속으로 몸을 잔뜩 기울여, 내벽의 울퉁불퉁한 표면에 의지해 있는 대로 상체를 들이밀었다.

과연 두 사람의 목소리가 뒤섞인 채 거슬러 올라오고 있었다. 하나는 레오나르의 목소리, 나머지 여자 목소리는 루슬렝 미망인의 것이 분명했다. 불행한 그 여자는 형언할 수 없는 공포심에 사로잡혀 완전히 탈진한 듯했다.

미망인은 이렇게 중얼거리고 있었다.

"네, 네. 약속했으니 계속은 해야죠. 하지만 너무 힘드네요. 절 좀 봐주세요, 나리. 게다가 너무 오래전 일이라 당최…… 벌써 24년이나 지난 일입니다."

냅다 레오나르의 으르렁대는 소리가 튀어나왔다.

"거참, 쓸데없이 말이 많군!"

"아이고, 네, 그게 말입니다. 그러니까 24년 전 프로이센과 전쟁을 할 때였어요. 프로이센 군인들이 우리가 사는 루앙에 접근해오고 있었는데…… 그때 짐마차꾼으로 일하던 우리 바깥양반한테 웬 신사 두 분이 찾아왔었어요. 처음 보는 사람들이었답니다. 그 당시 모두가 그랬지만 트렁크 하나씩 챙겨서 촌구석으로 도망을 치고 싶어 했어요. 일단 값을 치르자 다들 급해서 뭐 하나 지체할 것도 없이 우리 그이가 모는 짐마차에 올라타 길을 나섰답니다. 딱하게도 그때는 군수품 징발 때문에 별로 실하지도 못한 말 한 필밖에는 남아 있지 않았지요. 게다가 눈은 또 왜 그렇게 무더기로 오는지…… 루앙에서 한 10여 킬로미터 벗어나자 그만 말이 쓰러져서 더는 일어나지를 못했답니다. 그래, 언제 프로이센군이 덮칠지 몰라 손님들 두 양반 다 잔뜩 겁에 질려 벌벌 떨고 있는데, 우리 그이가 예전부터 알고 지내던 루앙 출신의 사내 한 명이 다행히 마차를 몰고 지나가더랍니다. 므슈 조베르라는 사람인데, 본느쇼즈 추기경이 철석같이 믿는 하인이었지요. 그다음은 안 봐도 뻔한 일이지요. 일단 얘기가 잠시 오고 가더니 두 신사가 말을 사자며 엄청난 액수를 지불하더랍니다. 조베르는 싫다고 했고요. 그러자 일단 사정도 해보고, 위협도 해보더니만…… 글쎄 느닷없이 미친 사람들처럼 와락 달려들어 사내를 만신창이로 두들겨 패더라는 거예요. 우리 그이가 길길이 뛰며 말리는데도 말이죠. 그런 다음, 므슈 조베르가 몰고 온 이륜마차를 뒤져 궤짝 하나를 챙기고는, 말을 짐마차에 옮겨 맨 뒤 곧장 줄행랑을 쳤다고 합니다. 반쯤 죽어 나자빠진 므슈 조베르는 그대로 길바닥에 내팽개치고요, 글쎄.”

“완전히 죽은 거겠지.”

레오나르가 짚고 넘어갔다.

“네, 그래요. 한 몇 달이 지나서 다시 루앙으로 돌아올 수 있었을 때, 우리 그이도 소식을 들었다고 했어요.”

“그럼 그때라도 두 손님을 고발할 수 있었을 텐데?”

"네, 물론이죠. 사실 그래야 했겠죠. 단지……."

루슬랭 미망인은 금세 당황한 기색을 보였고, 레오나르는 놓치지 않고 한껏 비아냥거렸다.

"단지 놈들이 뭔가를 주고 대신 입을 막았겠지, 안 그래? 보석이 가득 든 궤짝이 코앞에서 덜컹 열리자 말이야. 아마 놈들이 당신 남편에게 적당한 수준의 전리품을 나누어주었을 거야."

"네, 맞습니다요. 반지를 내주었답니다. 일곱 개의 반지를요! 하지만 그것 때문에 입을 다문 건 아니었어요. 딱한 그이는 병을 앓고 있었어요. 그래서 루앙에 돌아온 지 얼마 지나지 않아 저세상으로 떠났답니다."

"궤짝은 어떻게 하고?"

"텅 빈 짐마차 안에 덩그러니 방치되어 있었어요. 우리 그이가 반지들을 넣어서 함께 갖고 왔거든요. 저도 남편따라 꿀 먹은 벙어리 꼴이 될 수밖에요. 이미 케케묵은 얘기인 데다, 무슨 말썽이라도 날까 봐 두려웠답니다. 자칫 우리 그이가 몽땅 뒤집어쓸 수도 있으니까요. 차라리 모른 척하고 입 다무는 게 낫죠. 그 후로 저는 아예 딸아이와 함께 릴본으로 낙향해서 살게 되었지요. 반지는 브리지트가 이 어미를 떠나 극장으로 가면서 죄다 가지고 갔답니다. 저는 그것들에 손 하나 대기 싫어했고요. 이게 할 얘기 다입니다. 나리. 제발 더는 묻지 말아주세요."

하지만 레오나르는 또다시 비아냥거렸다.

"저런! 그게 다일 리가 있나."

루슬랭 미망인은 허겁지겁 대꾸했다.

"더는 저도 모른답니다."

"하지만 당신 얘기가 별로 재미가 없는 걸 어떡하나. 우리 둘이 지금까지 이렇게 붙들고 실랑이를 벌인 건 뭔가 색다른 걸 끌어내기 위해서야. 젠장할! 당신도 잘 알 텐데, 이거 왜 이러시나!"

"뭘 말입니까?"

"궤짝 안쪽에 새겨져 있다는 글씨 말이야, 글씨! 뚜껑 안쪽에…… 정작 그게 문제란 말이거든."

"맹세컨대 반쯤 지워진 글씨가 있긴 했어요. 전 아예 읽어볼 생각조차 하지 않았고요."

"좋아, 그렇다고 치지. 하지만 그렇게 되면 여전히 똑같은 질문으로 돌아오는걸. 자, 그 궤짝은 대체 어쩐 거지?"

"그건 말씀드린 대로입니다. 나리가 웬 부인하고 같이, 왜 있잖습니까? 그 두꺼운 베일 달린 모자 쓴 부인 말입니다. 두 분이 릴본에 왔던 전날 누가 집에서 가져가버렸다고요."

"누가 가져갔다? 그게 누구냐고!"

"어떤 사람이었어요."

"그걸 일부러 찾으러 온 사람인가?"

"아뇨. 그저 우연히 헛간 구석에서 보고는 골동품으로 아주 마음에 든다고 하더군요."

"이미 백 번도 더 묻지만, 그 사람 이름이 뭐냐니까?"

"오. 그건 말할 수가 없어요. 지금껏 살아오면서 내게 너무도 잘해준 분이십니다. 말하면 그분에게 몹쓸 짓을 저지르는 거예요. 아주 몹쓸 짓을 저지르는 거라고요. 도저히 그건 말할 수 없습니다."

"보아하니 그 누군가한테는 뭐든 줄줄이 일러바치겠군."

"글쎄요. 아마도…… 아이고, 제가 그걸 어떻게 안답니까? 알 수도 없고요! 이젠 편지 한 장 쓸 수도 없는데. 이따금 보기는 하지만…… 가만있자, 다음 목요일에 보기로 했는데…… 오후 3시에…… ."

"어디서?"

"오, 안 돼요. 도저히 그럴 수는 없어요."

"뭐라? 그럼 처음부터 다시 시작할까?"

레오나르는 짜증 섞인 목소리로 중얼거렸다.

그 말에 루슬랭 미망인은 당장 기겁을 하는 눈치였다.

"안 돼요! 안 돼! 아, 나리, 제발 그것만은! 제발 부탁입니다요."

여자는 찢어질 듯 고통의 비명을 토해냈다.

"아, 이 악랄한! 대체 이게 무슨 짓이야? 아, 딱한 내 손!"

"빌어먹을, 그러니까 어서 말해!"

"네, 네. 그럴게요."

하지만 가엾은 여자의 목소리는 금세 잦아들었다. 이제 남은 기력이
없는 모양이었다. 그래도 레오나르는 여전히 거세게 다그쳤고, 고통 중
에 새어나오는 몇 마디 더듬거림이 라울의 귀까지 와 닿았다.

"그래요. 목요일에 보기로 했지요. 낡은 등대에서. 오, 안 돼. 그럴 수
는 없어. 차라리 죽는 게 나아. 당신 마음대로 해요. 정말이지, 난 차라
리 죽어버리고 싶어!"

그러고는 침묵이었다. 잠시 후, 레오나르는 악착같이 으르렁댔다.

"어라, 이게 뭐야? 대체 이 늙은 고집불통이 어찌 된 거야? 설마 죽
은 건 아니겠지? 이 멍청한 여편네 같으니라고. 그러니까 말을 하란 말
이야, 말을! 앞으로 10분 여유를 주겠다!"

이어서 문이 열렸다 닫히는 소리가 들려왔다. 칼리오스트로의 여식
에게 지금까지 튀어나온 얘기들을 보고하고, 향후 행동지침을 하달받
기 위함일 터였다. 실제로 라울이 약간 몸을 일으키자, 저 아래 두 사람
이 나란히 붙어 앉아 뭔가를 논의하는 광경이 눈에 들어왔다. 레오나르
는 잔뜩 흥분해서 주절거렸고, 조진은 잠자코 듣고 있었다.

나쁜 놈들! 라울은 당장이라도 둘 다 요절낼 마음이 굴뚝같았다. 그

만큼 루슬랭 미망인의 처절한 신음 소리는 그의 속을 발칵 뒤집어놓았고, 분노와 전의로 온몸을 부들부들 떨게 만들었다. 이제 이 세상 그 무엇도 그가 저 가여운 여인을 구해내는 걸 막을 수 없을 것 같았다.

항상 그렇듯 앞으로 수행해야 할 일들이 마치 파노라마처럼 순서대로 머릿속에 펼쳐지는 바로 그 순간, 라울은 지체 없이 행동으로 뛰어들었다. 이럴 때일수록 공연히 주춤대다 보면 만사를 그르치기 십상인 것이다. 행동의 성패 여부는, 심지어 알지도 못하는 장애물들을 헤쳐나가면서 얼마나 과단성 있게 돌진하느냐에 달렸다.

라울은 마지막으로 대적해야 할 상대들을 힐끗 내려다보았다. 다섯 명 모두 지금은 동굴 입구로부터 어느 정도 거리를 두고 있었다. 그는 이번엔 똑바로 몸을 세운 채 재빨리 굴뚝 속을 파고들었다. 사실 그의 의도는 이 잔해 더미 속으로 가능한 한 부드럽고 매끄럽게 빠져 들어가는 것이었다. 하지만 일단 굴뚝 안으로 들어서자, 그때까지만 해도 얌전히 균형을 유지한 채 달라붙어 있던 내벽의 온갖 파편 조각들이 갑작스러운 충격으로 한꺼번에 와르르 무너져내렸다. 그러고는 라울의 몸이 꼭대기에서 밑바닥까지, 돌멩이와 벽돌 조각들에 뒤섞여 단번에 곤두박질치는 것이었다.

'우라질! 밖에서 아무도 듣지 못해야 하는데!'

그런 생각을 하며 라울은 바짝 귀를 기울였다. 누가 오는 소리는 전혀 들리지 않았다.

어찌나 사방이 캄캄한지 진짜 굴뚝의 아궁이 안에 있는 느낌이었다. 하지만 손을 뻗어 여기저기를 더듬자, 이 캄캄한 통로가 동굴로, 보다 정확히는 동굴 뒤쪽으로 뚫린 일종의 도관과 직접 이어져 있는 데다, 그리 넉넉한 편도 아닌 공간이어서 그런지 또 다른 손과 금세 맞닥뜨리게 되었다. 불같이 뜨거운 손이었다. 시간이 지남에 따라 시력이 점점 어둠에 익숙해졌고, 라울은 이내 자신을 똑바로 바라보고 있는 열에 들뜬 눈동자와 엄청난 공포로 일그러진 창백한 한 여인의 얼굴과 마주 쳤다.

결박한 끈도 재갈도 보이지 않았다. 하긴 그런 게 다 무슨 소용이 있겠는가? 두려움에 질리고 피로에 탈진해 도망은 어차피 꿈도 꾸지 못할 일인 것을.

그는 몸을 기울여 말을 건넸다.

"두려워할 것 없습니다. 나는 당신 따님도 죽음에서 구해준 사람입니다. 그녀 역시 그 궤짝과 반지 때문에 당신을 고문한 사람들한테 당할 뻔했지요. 당신이 릴본을 떠났을 때부터 그 발자취를 따라 예까지 왔습니다. 물론 지금은 당신을 구하기 위해 온 것이고요. 다만 지난 일에 대해서는 다른 누구에게도 말을 하지 않는다는 조건하에서 말입니다."

말은 그렇게 했지만, 이 가엾은 여자가 전혀 알아들을 리 없는 자세한 설명을 지금 늘어놓을 필요는 애당초 없었다. 한시도 지체할 것 없이 라울은 여자의 몸뚱어리를 냅다 들쳐 업었다. 동굴을 가로질러 입구 쪽으로 다가간 그는, 예상했던 일이지만 잠기지 않고 단순히 닫혀만 있는 문을 살며시 밀어 열었다.

조금 떨어진 곳에서 조진과 레오나르가 여전히 뭔가를 논의 중이었다. 그들 뒤편으로는 저만치 채소밭 아래로 새하얀 길이 뒤클레르 마을까지 뻗어 있었으며, 그 길 위에는 농부들의 짐수레들이 한가로이 오고 갔다.

잠시 적당한 기회를 엿보던 라울은 어느 한순간 난데없이 문을 박차고 뛰쳐나가 채소밭을 따라 달음박질쳐 내려갔고, 길가의 적당한 둔덕을 골라 루슬랭 미망인을 얌전히 누였다.

곧장 그의 주위로 북새통이 형성되는 건 당연했다. 코르뷔 가족과 레오나르, 모두 합해 네 장정이 무작정 싸움판에 뛰어드는 자세로 득달같이 달려들었다. 하지만 그 이상 뭘 어찌할 수 있겠는가? 저쪽에서 마차가 한 대 다가오는가 하면, 반대 방향에서도 짐수레가 한 대 굴러오고 있었던 것이다. 이처럼 사람들이 빤히 보고 있는 가운데 라울을 공격하고, 더구나 극렬한 싸움 끝에 가엾은 과부 한 명을 강제로 업어간다면, 그 자체로 자신들을 향해 사법당국의 조사를 불가피하게 끌어들이는 격이 되며, 그에 상응하는 응분의 조치를 감수하겠다는 뜻이나 마찬가지였다. 길가까지 기세 좋게 쫓아온 네 장정들은 그 자리에 붙박인 듯 멈춰 서서 꼼짝도 못했다. 아까부터 라울이 예상했던 게 바로 이런 장면이었다.

세상 더없이 느긋한 태도로 라울은 널찍한 머리쓰개를 한 두 명의 수녀를 향해 말을 건넸다. 그들은 늙은 말 한 필이 끄는 사륜마차를 몰고 오는 중이었다. 라울이 방금 마차 바퀴에 손가락이 짓뭉개져 실신해버린 가엾은 여인이 길에 쓰러져 있는 걸 발견했다며 도움을 요청하자, 수녀들은 헐레벌떡 마차에서 뛰어내려 도와주었다. 공교롭게도 그들은 뒤클레르에서 요양원을 운영하고 있었다. 수녀들은 루슬랭 미망인을 마차 위에 가지런히 누이고 두툼한 숄로 정성껏 덮어주었다. 여자는 아직 정신을 차리지 못한 상태였고, 엄지와 검지가 피투성이에다 퉁퉁 부어오른 만신창이 손을 사납게 휘저으면서 마구 헛소리까지 해대고 있었다.

마침내 마차는 뒤클레르를 향해 총총히 멀어져 갔다.

라울은 고문당한 손의 처참한 몰골이 한동안 머릿속에서 가시지 않아 멍하니 서 있었다. 그 바람에 레오나르와 코르뷔 삼부자가 슬그머니 우회해서 덮치려 드는 것도 눈치채지 못했다. 퍼뜩 정신을 차렸을 때는 이미 네 명의 장정이 에워싼 채 슬금슬금 채소밭 쪽으로 몰아넣으려 하

결정판 아르센 뤼팽 전집

고 있었다. 결국 사람들 시야에서 어느 정도 벗어났다고 판단됐는지 레오나르가 단도를 후닥닥 빼 들었다.

바로 그 순간이었다.

"도로 집어넣어!"

조진의 목소리가 들렸다.

"나한테 맡겨. 당신들 코르뷔 부자도 마찬가지야. 바보짓은 하지 않는 게 좋겠지, 안 그런가?"

줄곧 의자에서 꼼짝도 않은 채 가만히 사태를 지켜보기만 하던 백작부인이 어느새 관목숲에서 불쑥 튀어나와 있었다.

레오나르는 펄쩍 뛰었다.

"바보짓이라뇨? 정작 바보짓은 놈을 이대로 놔두는 겁니다. 이번만큼은 절대로 가만 둘 수 없어요!"

"그만 물러서래도!"

여자의 추상 같은 일갈이었다.

"하지만 저 여자, 저 여자가 우릴 고발할 텐데요!"

"아니야. 과부는 입을 놀려봤자 얻는 게 없어. 오히려 그 반대지."

마침내 레오나르가 자리를 피하자, 여자는 곧바로 라울한테 다가왔다.

라울은 한참 동안 아무 말 없이 상대를 바라보았는데, 약간은 곱지 않은 시선이 적잖이 켕기는지 여자는 대뜸 농을 던져 어색한 침묵을 깼다.

"이렇게 해서 서로 피장파장인가요, 라울? 당신과 나, 둘이서 한 방씩 주거니 받거니 하는 셈이네요. 오늘은 당신이 이기고, 내일은 또 내가…… 그나저나 표정이 왜 그래요? 분위기가 영 삭막하네요. 눈빛도 그렇고."

라울은 짤막하게 잘라 말했다.

"안녕, 조진."

여자는 약간 창백해진 얼굴로 물었다.

"'안녕'이라뇨? '또 봅시다' 그래야죠!"

"아니, '안녕'이 맞아."

"그럼 정녕 나를 다시 보지 않겠다는 뜻인가요?"

"응. 다시는 보고 싶지 않소."

여자는 금세 눈을 내리깔았다. 눈꺼풀이 가냘프게 떨렸고, 입가에는 한없이 쓸쓸한 미소가 번졌다.

얼마나 지났을까, 여자가 마침내 속삭였다.

"왜죠, 라울?"

"보아선 안 될 것을 내 두 눈으로 방금 확인했거든. 도저히 당신을 용서할 수 없을 만한 광경을 말이야."

"그게 뭔데요?"

"아까 그 여자의 손."

여자는 아찔해하는 표정을 지으며 중얼거렸다.

"아, 알겠어요. 레오나르가 또 저지른 모양이로군요. 그렇게 하지 말라고 일렀건만. 난 또 여자가 순순히 분 줄 알았어요."

"거짓말. 당신은 분명 여자의 비명 소리를 듣고 있었어. 몰레브리에 숲에서도 마찬가지였고. 물론 행동에 옮긴 건 레오나르이지만, 애초에 폭력을 행사하려는 악의는 당신 안에 도사리고 있었지. 몽마르트르의 작은 집으로 부하를 쳐들어가게 한 것도, 또 저항할 경우 브리지트 루슬랭을 살해해도 좋다는 지시를 내린 것도 바로 당신이었어. 그리고 보니 옛날에 보마냥이 먹을 약에다 독을 탄 것도 당신이었고 말이야. 그 이전에 보마냥의 친구인 드니 생테베르와 조르주 디노발을 살해한 것도 물론 당신이겠지."

여자는 발끈하는 태도였다.

"아니, 천만에! 더 이상 잠자코 들을 수가 없군요. 전혀 사실이 아니라는 건 당신도 잘 알고 있어요, 라울."

라울은 시큰둥하게 어깨를 으쓱했다.

"옳거니. 다른 여인이 존재한다는 둥, 궁하다 못해 급조해낸 수수께끼 같은 얘기를 또 들이대려는 수작이겠지. 조제핀 발자모, 당신은 고만고만한 모험들에 만족하며 지내는 동안, 당신을 닮은 또 다른 여인이 온갖 흉악한 범죄를 저지르고 다니셨다? 그 얘기를 나는 철석같이 믿고 있었어. 칼리오스트로가의 대대손손 이어지는 여자들 얘기에 아예 정신을 놓아버렸단 말이야. 하지만 이젠 다 끝난 얘기요, 조진! 그동안 생각만 해도 끔찍한 문제들 앞에서 억지로 눈을 꼭 감고 지내왔다면, 방금 전에 목격한 뭉개져버린 손이 진실을 향해 그 눈꺼풀을 활짝 열어젖히게 만든 셈이란 말이오!"

"라울, 당신은 지금 진실이 아니라 거짓을 향해 눈을 뜬 거예요! 잘못된 해석을 내리고 있는 거라고요! 당신이 말한 그 두 사람은 전혀 알지도 못하는 사람이에요."

남자는 이제 아주 지겹다는 말투였다.

"뭐 그럴 수도 있겠지. 내가 잘못 생각할 가능성이 전혀 없는 건 아닐 거요. 하지만 여태껏 당신을 가려주던 그 부연 안개를 통해 앞으로도 당신을 바라볼 가능성만큼은 전혀 없을 것이오. 이제는 있는 그대로의 당신 모습이 보여. 말하자면 범죄자의 모습으로 말이오."

그러고는 한껏 목소리를 낮춰 덧붙였다.

"차라리 몹쓸 질병에 걸린 환자처럼 보인다는 게 더 맞겠지. 하긴 이제 와 내 눈에 거짓이 보인다면 그건 당신 미모일 것이오."

여자는 입을 다물었다. 밀짚 모자로 만들어진 그늘은 여인의 그윽한 얼굴을 더욱 매력적으로 보이게 했다. 사납게 할퀴어대는 애인의 독설에도 전혀 긁힌 기미조차 보이지 않았다. 여자는 여전히 매력적이었고, 사람의 눈길을 호렸다.

라울은 전 존재가 뿌리부터 흔들리는 것을 느끼지 않을 수 없었다. 그 어느 때보다 아름답고 육감적으로 보이는 이 여자…… 과연 이 여자를 오늘 훌훌 떠나고도 바로 내일부터 후회하지 않을 수 있을지가 의문으로 떠오를 정도였다. 드디어 여자가 입을 열었다.

"내가 아름다운 건 거짓이 아니에요, 라울. 당신은 아마 다시 내게로 돌아올 거예요. 내가 아름다운 건 다 당신을 위해서이니까요."

"난 돌아오지 않을 것이오."

"아뇨. 당신은 나 없이는 살아갈 수 없을 거예요. 농샬랑트호는 늘 가까운 곳에 머물 거예요. 내일 거기서 당신을 기다릴게요."

"다시는 거기 안 돌아갈 거요."

그렇게 말하면서도 몸은 또다시 무릎이라도 꿇을 참이었다.

"그런데 왜 그렇게 떨고 있는 거죠? 왜 안색이 그토록 창백해요?"

라울은 무사히 이 질곡을 벗어나기 위해선 차라리 입을 다무는 것이 상책이라는 걸 직감했다. 아무 대꾸도 않고, 고개 한 번 돌리지 않은 상태로 줄행랑을 쳐버리는 것 말이다.

라울은 붙잡는 조진의 손을 밀쳐내고 황급히 자리를 떴다.

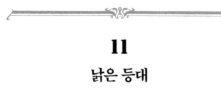

11
낡은 등대

라울은 자기 앞에 펼쳐진 길이란 길은 닥치는 대로 접어들어 밤새도록 자전거 페달을 밟았다. 모처럼 건강한 신체적 피로를 느껴보고도 싶었지만, 혹시라도 있을지 모를 추적을 피하기 위해서이기도 했다. 결국 아침이 되어서야 완전히 기진맥진한 몸으로 릴본의 한 호텔에 떨어지게 되었다.

어떤 일이 있어도 절대로 깨우지 말라면서 그는 문을 이중으로 걸어 잠그고, 열쇠를 아예 창밖으로 집어던진 다음 24시간 꼬박 잠을 잤다.

그러나 다시 옷을 갖춰 입고 기운을 회복하자, 머릿속에는 오로지 얼른 자전거를 다시 타고 농샬랑트호로 돌아갈 생각뿐이었다. 사랑을 상대로 한 싸움은 그렇게 다시 시작되는 것이었다.

무엇보다 현재 그는 무척이나 불행했다. 여태껏 살아오면서 지극히 사소한 변덕도 결코 참아본 적이 없는 그로서는, 평상시 같으면 쉽게 소화할 수 있을 절망감 때문에 주눅 들어 괴로워한다는 게 못내 짜증스럽기만 했다.

'까짓 져주지 못할 이유가 뭐란 말인가? 어차피 두 시간 후면 난 또 거기 가 있을 텐데. 하긴 며칠 후 좀 더 헤어질 마음의 준비가 갖춰지면 그때 가서 다시 떠날 수도 있는 것 아닌가?'

그런 생각을 하면서도 선뜻 발걸음이 내디뎌지지가 않았다. 뭉개진 손의 영상이 자꾸만 머릿속을 파고들었고, 모든 행동을 지배하는 듯했다. 또한 그처럼 어처구니없는 짓을 자행할 정도인데, 그 밖의 흉악무도하고 야만적인 일은 또 얼마나 많이 저질렀을까 하는 생각이 자꾸만 고개를 들기도 했다.

조진은 분명 그 짓을 저질렀다. 따라서 살인도 감행했을 것이며, 죽음의 작업 앞에서 전혀 몸을 사리지 않았을 터였다. 자신의 일에 유리할 경우엔 사람 죽이는 일일지라도 지극히 단순하고 당연하게 저질렀을 것이 틀림없다. 하지만 라울은 살인을 두려워했다. 그건 일종의 체질적인 거부감으로, 저 깊은 곳으로부터 본능이 통째로 들고일어나 살인을 거부하는 것이었다. 극도로 일이 뒤틀리다 보면 어쩔 수 없이 타인의 피를 볼 수도 있다는 사실 자체가 그에게는 끔찍한 공포감을 불러일으켰다. 바로 그 끔찍한 공포감, 가장 처절한 현실의 실상이 하필 사랑하는 여인의 이미지와 한데 버무려진 형국이라니!

결국 라울은 호텔에 남았다. 하지만 얼마나 이를 악물고 견디는 것이랴! 얼마나 절절한 흐느낌을 억지로 틀어막고 있을 것이며, 땅이 꺼질 듯한 신음 속에는 또 얼마나 무기력한 저항의 노력이 내포된 것이랴! 지금도 조진은 아름다운 팔을 벌려 육감적인 입술을 내밀고 있을 터였다. 그처럼 관능적인 여인의 유혹을 과연 어떻게 물리칠 수 있을 것인가?

일단 자신의 자존심도 깊이 흔들리고 보니 클라리스 데티그에게 안겨주었을, 마찬가지로 엄청난 고통이 새삼 가슴에 와 닿았다. 그녀가 흘렸을 법한 뜨거운 눈물이 눈에 선했고, 버림받은 여인의 가슴 에이는 비탄이 실감나게 다가왔다. 찢어지는 회한의 정에 사무치다 못해, 라울은 예전에 서로 나누었던 감동적인 사랑의 시간들을 떠올리며 그녀의 애처로운 모습을 향해 애정 가득한 독백을 내뱉었다.

그뿐만이 아니었다. 여자에게 편지가 직접 전달된다는 것을 아는 그는 속마음을 글로 써 내려가기 시작했다.

사랑하는 클라리스, 나를 용서해주오. 나는 당신한테 정말 몹쓸 인간처럼 행동했소. 우리 함께 좀 더 나은 미래를 희망해봅시다. 그리고 당신의 넓은 아량으로 나를 바라봐주오. 클라리스, 다시 용서를 비오. 용서를……

라울

'아! 그녀가 곁에 있다면 이 모든 사악한 일들은 깨끗이 잊을 텐데! 정말로 중요한 건 눈동자가 맑고 입술이 부드러운 게 아니라, 클라리스처럼 진실된 영혼을 갖는 일인 것을!'

생각은 그랬지만, 정작 감탄해 마지않는 것은 조진의 아리송한 미소와 고혹적인 눈동자였으며, 그녀가 주는 애무를 상상할 때마다 영혼이 진실된지 어떤지는 뒷전인 게 사실이었다.

그러는 동안에도 라울은 루슬랭 미망인이 잠시 내비쳤던 낡은 등대의 소재를 찾기 위해 고심했다. 그녀가 사는 곳이 릴본이라는 전제하에 문제의 등대 위치가 이 근처 어딘가일 거라는 데엔 의심의 여지가 없었고, 실은 이쪽으로 자전거를 향한 이유도 바로 거기에 있었다.

과연 그의 추측이 적중했음은 얼마 지나지 않아 밝혀졌다. 주변을 수

소문한 지 얼마 안 돼, 탕카르빌의 성곽을 둘러싼 숲 속에 폐쇄된 채로 방치된 낡은 등대가 하나 있다는 것과 그 등대의 소유주가 열쇠를 루슬랭 미망인에게 맡겨 매주 목요일마다 그곳을 정리하도록 해왔다는 사실을 알아낸 것이다.

까짓 열쇠라고 해봐야 단 한 차례 야밤 행차만으로도 손에 넣는 건 일도 아니었다.

그러고 보니 궤짝을 가지고 있는 누군가가 루슬랭 미망인을 만나기로 했다는 날로부터 이틀밖에 남지 않았다. 몸 상태가 안 좋아 거의 갇혀 있다시피 한 그녀가 약속 취소를 따로 할 수도 없었을 테니, 이대로만 가면 지극히 중요해 보이는 이번 만남에 입회할 수 있을 거라는 확신이 들었다.

그러자 다소간 마음도 진정되었다. 지난 몇 주 내내 머리를 짓누르던 문제가 속 시원히 풀릴 생각에 다시금 활기를 되찾는 것이었다.

만반의 준비를 갖춘다는 각오로 그는 일부러 하루 전날 약속 장소를 둘러보았고, 정작 목요일에는 약 한 시간 정도 이른 시각에 가벼운 발걸음으로 탕카르빌의 숲을 건너갔다. 이제 성공은 불가피한 것으로 보였다. 라울은 모처럼 강렬한 희열과 뿌듯한 자긍심에 취했다.

탕카르빌의 공원지역과는 별도로 숲의 일부는 센 강까지 이어져 벼랑지대를 뒤덮고 있었다. 중앙 교차로에서 방사상으로 뻗어나간 길들 중 하나가 협곡과 비탈들로 이어지면서, 강 쪽으로 돌출한 가파른 낭떠러지까지 다다르는데, 바로 그곳에 버려진 등대 구조물이 반쯤 그 모습을 드러내고 있었다. 평소에는 거의 인적이 없다가 일요일에나 이따금 산책하는 사람들이 어슬렁거리는 곳이었다.

그곳 전망대에 올라가 보면 탕카르빌 수로와 내포(內浦)의 모래톱을 향해 탁 트인 장관이 펼쳐졌다. 하지만 당시만 해도 아래로 내려오면

결정판 아르센 뤼팽 전집

우거진 숲 속에 푹 파묻혀 이렇다 할 전망이 허락되지 않았다.

등대의 1층은 걸상 두 개와 창문 두 개가 전부인 큼직한 방 하나가 통째로 공간을 차지했고, 내륙 방향으로는 쐐기풀과 야생식물 군집이 빽빽하게 둘러쳐져 있었다.

점점 거리가 가까워질수록 라울의 보조가 느려졌다. 그는 내심 단순히 궤짝을 차지한 장본인을 만나 그 엄청난 비밀마저 탈취한다는 것 말고도, 아주 중대한 사태가 벌어질 것이며, 이는 결국 적의 완전 파멸로 치달을 싸움이 될 것임을 예감하고 있었다.

물론 그 적은 말할 것도 없이 칼리오스트로가의 여인. 그녀 역시 루슬랭 미망인의 입에서 튀어나온 진술 내용을 알고 있는 데다, 인질을 놓쳤다고 주저앉을 위인이 결코 아니기에, 참극의 마지막 무대가 될 이 낡은 등대 위치쯤은 기존에 부리던 조사 인력만으로도 손쉽게 알아냈을 터였다.

라울은 자기도 모르는 사이에 스스로를 딱하게 여기면서 자조 섞인 혼잣말을 했다.

"솔직히 그 여자가 약속 장소에 나타날까 궁금한 정도가 아니라, 제발 나타나서 그 아리따운 얼굴을 다시 한번 볼 수 있었으면 하는 마음이야. 둘 다 한꺼번에 승리자가 되어 서로의 품에 와락 안길 수 있다면 얼마나 좋을까."

라울은 유리 조각들이 들쭉날쭉 박혀 있는 낮은 돌담장에 대충 고정시킨 방책을 타고 넘어 들어갔다. 군집을 이룬 야생식물의 한복판으로는 사람이 지나다닌 흔적이 전혀 없었다. 보아하니 담장을 넘어 곧바로 다른 장소로 건너뛸 수 있었고, 측면의 창문들 중 하나를 타고 넘을 수가 있을 법했다.

라울의 가슴이 두방망이질했다. 두 주먹을 불끈 그러쥔 그는 만약 함정에 빠진 걸 깨닫게 될 경우, 즉각적인 반격에 나설 수 있도록 각오를 다졌다.

그러면서도 속으론 이렇게 중얼거렸다.

'쳇, 어리석긴! 함정은 무슨 함정이란 말인가!'

그는 벌레 먹은 문짝의 자물쇠를 조작하고 안으로 들어섰다.

당장 불어닥치는 심상찮은 느낌이 있었다. 문짝 뒤 후미진 구석으로 다급하게 몸을 숨기는 그림자가 보였지만 라울은 미처 돌아설 여유조차 없었다. 눈으로 보았다기보다는 본능적으로 뭔가가 있다고 감지하자마자, 뒤에서부터 걸어 당기는 밧줄이 목을 옥죄어왔고, 매서운 무릎 찌르기가 날카롭게 옆구리를 파고드는 것이었다.

숨이 턱 막히면서 풀썩 거꾸러지다시피 한 라울은 마침내 적의 의도대로 균형을 상실한 채 보기 좋게 나동그라지고 말았다.

"잘하는군, 레오나르! 빚 한번 제대로 갚았어!"

그렇게 소리쳤으나 실은 착각이었다. 상대는 레오나르가 아니었다. 언뜻 스친 옆얼굴은 분명 보마냥이었다. 그는 부랴부랴 라울의 두 손을 묶으면서 자신도 의외라는 듯 내뱉었다.

"이런, 이런! 어인 일로 속세에 돌아오셨는가?"

라울을 단단히 옭아맨 밧줄은 반대편 벽체의 창문 바로 위에 박힌 고리에 연결되어 있었다. 보마냥은 발작적인 동작으로 그 창문을 활짝 열고, 다 썩어 문드러진 차양 덧문을 반쯤 열었다. 그러고 나서 고리를 도르래 삼아 있는 힘껏 밧줄을 당겨 라울이 억지로 주춤주춤 창문 쪽으로 다가가게 만들었다. 빼꼼히 열린 차양 덧문 사이로, 등대가 자리 잡은 깎아지를 듯한 암반 저 아래에 돌더미와 큼직큼직한 나무줄기의 무성한 잎사귀들이 아찔하게 내려다보였다.

보마냥은 얼른 라울을 돌려세워 차양 덧문을 등지게 한 뒤 손목과 발목을 꽁꽁 동여맸다.

결국 이런 상황이었다. 라울이 조금만이라도 앞으로 나서려고 하면 고리에 고정된 밧줄이 올가미처럼 목을 조이게 되어 있다. 한편 만에 하나 보마냥의 머릿속에 이 성가신 상대를 일거에 제거해버리고 싶은 변덕이라도 인다면, 그냥 툭 한 번 밀치는 걸로도 차양 덧문이 허물어지면서 라울은 심연 위에 대롱대롱 목매단 처지가 될 것이었다.

"진지한 얘기를 나누기 위해서 아주 제격인 자세인걸."

라울은 한껏 오기를 부리며 이죽거렸다.

그는 마음을 이미 정한 상태였다. 만약 지금까지 엄청난 비밀을 추적해오면서 거둘 수 있었던 성과를 몽땅 토해놓거나, 아니면 죽음을 받아들이라며 선택권을 주는 게 보마냥의 의도라면 조금도 망설이지 않고 입을 열 생각이었다.

그래서 라울은 대뜸 내뱉었다.

"분부대로 합죠. 자, 뭐든 물어보시지요."

"입 닥쳐!"

상대는 여전히 노발대발 딱딱하게 나왔다.

그뿐만 아니라, 입에다가 난데없이 헝겊뭉치를 틀어막고는 스카프를 둘러 목덜미 뒤로 질끈 동여매는 것이었다.

"한마디만 툴툴거리거나 움찔하면 주먹 한 방에 저 바깥 허공으로 보내버릴 테다!"

보마냥은 방금 내뱉은 행동을 당장이라도 해치워버려야 하는 건 아닌지 생각하는 것처럼 상대를 잠시 노려보았다. 하지만 그는 갑자기 홱 돌아서더니 타일이 깔린 바닥을 뚜벅뚜벅 가로질러 가서, 문턱에 쭈그리고 앉아 바깥을 물끄러미 내다보기 시작했다.

그 모습을 바라보며 라울은 곤혹스러운 마음으로 생각에 잠겼다.

'이거 곤란하게 됐군. 예상했던 것보다 훨씬 안 좋아. 대체 저자가 어떻게 이곳에 온 거지? 저자가 루슬랭 미망인한테 고마운 은혜를 베푼 자라는 얘긴가? 해가 갈까 봐 미망인이 그다지도 입을 열지 않았던 게 다 저 인간을 위해서야?'

도저히 흡족하다고는 할 수 없는 가정이었다.

'아니야. 그건 아닐 거야. 어쨌든 내가 경솔하고 순진하게 처신해서 함정에 빠지고 만 거지. 보마냥 같은 인물이 루슬랭과 관련한 사건을 훤히 꿰차고 있는 건 당연해. 약속이 있다는 것은 물론, 시각과 장소까지 이미 간파하고 있었겠지. 그러니 미망인이 납치되었다는 걸 알고는 릴본과 탕카르빌 일대에 감시조를 풀어놓았을 거야. 그러다가 결국 내 행적을 포착하고 함정을 파놓았던 거지. 결국……'

그제야 라울은 총체적인 확신에 도달했다. 파리에서는 보마냥을 보기 좋게 굴복시켰지만 방금 제2차 접전에서는 그만 패하고 만 것이다. 모처럼 승리를 쟁취한 보마냥은 마치 갓 잡은 박쥐 한 마리를 벽에 못으로 고정시키듯 차양 덧문에다 상대를 볼품없이 매달아놓은 다음, 지금은 다른 누군가를 몰래 기다리면서 그가 가지고 올 비밀을 빼앗으려 하고 있다.

그럼에도 불구하고 남는 의문점이 하나 있었다. 도대체 저 야수 같은 태도는 또 뭐란 말인가? 왜 먹이를 덮치려는 것처럼 저리도 도사리고 있는 것일까? 미지의 등장인물과 그저 평화로운 분위기 속에서 만나는 것에는 너무도 어울리지 않는 태도가 아닌가! 이를테면 그저 아무렇지도 않은 듯 기다리다가 상대방이 나타나면 다가가 이렇게 얘기하면 되지 않을까?

'마담 루슬랭은 지금 편찮으셔서 저를 대신 보냈습니다. 그녀는 궤짝 뚜껑 안쪽에 새겨진 글자를 알고 싶어 하십니다.'

결정판 아르센 뤼팽 전집

라울은 속으로 중얼거렸다.

'저 인간이 보나마나 제3의 인물을 예상하지 않는다면 저러고 있을 리가 없지. 뭔가를 잔뜩 경계하고 새로운 공격을 준비하는 게 아니라면 저럴 이유가 없어.'

그 같은 의문점이 머릿속에 떠오르는 것과 거의 동시에 라울은 그 정확한 해답을 간파했다. 보마냥이 파놓은 함정이 라울을 겨냥한 것이라 추정하는 건 단지 현실의 절반만 냄새 맡은 것에 지나지 않았다. 함정은 하나가 아니라 두 개였던 것이다. 그렇다면 또다시 저토록 극성스레 경계하는 대상이 과연 누구일 수 있을까? 그렇다, 조제핀 발자모! 하긴 그녀가 아니라면 딱히 누구이겠는가?

'맞아! 바로 그거야!'

라울은 섬광처럼 밝혀진 진실로 얼굴이 다 환해지며 속으로 중얼거렸다.

'바로 그거라고! 놈은 여자가 아직 살아 있다는 걸 눈치챈 거야. 그래, 지난번 파리에서 내가 하는 행동을 보고 직감했을 테지. 내가 경험 부족으로 또 큰 실수를 저지른 셈이야. 그럼 그렇지! 만약 조제핀 발자모가 이 세상 사람이 아니라면 내가 과연 그런 식으로 말하고 행동하는 게 가능이나 하겠어? 저 인간 앞에서 고드프루아 남작한테 쓴 편지의 행간을 읽었노라고 큰소리를 친 데다, 데티그 영지에서의 그 잘난 회동도 참관했노라고 자랑스레 떠벌리고도, 정작 칼리오스트로가의 마나님을 겨냥한 음모에 대해서는 감쪽같이 몰랐다는 게 말이나 되느냐고! 더군다나 언뜻 보기에도 차갑지는 않아 보이는 나 같은 청년이 그 정도 미모의 여성을 나 몰라라 했다면, 세상 누가 믿겠는가! 그러니 내가 그 회동 자리에 있었다면 절벽의 계단에도 있는 게 당연하고, 배가 출발할 때 해변에도 있었을 것이며, 그럼 조제핀 발자모를 구출하는 거야 안

봐도 뻔한 일! 그렇게 해서 우리 둘이 사랑에 빠지는 게 자연스러운 수순이라 생각하지 않겠어? 요컨대 지난 겨울부터 사랑이 오고 갔었다는 나의 주장은 새빨간 거짓이 되고, 죽은 걸로 되어 있는 조진이 정작 죽을 고비를 무사히 넘긴 뒤부터 둘이 사랑에 빠졌다고 보는 게 당연하지. 틀림없이 보마냥 같은 위인이라면 그 정도는 훤히 꿰뚫어 볼 거라고.'

생각할수록 그에 대한 증거는 자꾸만 더해갔고, 지리멸렬해 보이던 잡다한 사태들이 마치 쇠사슬의 고리들이 서로 연결되듯 수미일관 이어졌다.

그러고 보니 루슬랭 사건에 잘못 얽혀든 데다, 결국 보마냥으로부터도 추적을 당하게 된 조진도 지금쯤 이 낡은 등대 근처 어딘가를 배회하고 있을지 모른다. 그 점에 주목하자마자 보마냥은 즉각적으로 매복을 단행한 것일 테고, 거기에 뜻밖에도 라울이 먼저 걸려들었으며, 그리고 이제는 조진 차례가 된 것이다.

라울의 머릿속에서 줄줄이 이어지던 생각의 흐름에 대해 마치 운명이 확인 도장이라도 찍어주는 듯한 사태가 곧바로 벌어졌다. 어느 정도 감을 잡았다는 느낌이 드는 바로 그 순간, 벼랑 아래의 수로를 따라 죽이어진 길에서 난데없는 마차 소리가 거슬러 올라오고 있었던 것이다. 라울은 즉시 레오나르의 부지런한 조랑말들의 말발굽 소리를 분간해 냈다.

어떻게 돌아가고 있는지 간파한 건 보마냥도 마찬가지였다. 그는 허겁지겁 일어서더니 바짝 귀를 기울였다.

말발굽 소리가 잠시 멈추는가 싶더니 좀 느리게 다시 시작되었다. 아무래도 평지까지 이어진 돌투성이가 가파른 비탈길을 낑낑대며 오르고 있는 모양이었다. 일단 거기서부터는 마차로 더는 갈 수 없는 숲 속 오솔길이, 낡은 등대가 위치한 급경사 지점을 훌쩍 넘어가도록 되어있었다.

결정판 아르센 뤼팽 전집

즉, 앞으로 길어야 5분 후면 조제핀 발자모가 그 모습을 드러낼 것이라는 얘기이다.

보마냥은 매분 매초 엄숙하기까지 한 분위기 속에서 휘몰아치는 흥분감을 달래느라 애쓰고 있었다. 입으로는 알 수 없는 말들을 두서없이 중얼대면서 그 신파조 배우 같은 얼굴이 짐승처럼 흉측한 표정으로 일그러졌다. 살의로 가득 찬 본능이 표정을 망가뜨리는가 싶더니, 어느 한순간 그 야수적 본능은 느닷없이 조제핀 발자모의 애인인 라울을 향해 노골적으로 치닫기 시작했다.

다시금 그는 두 다리를 번쩍번쩍 치켜들면서 타일 바닥을 쿵쿵 밟아댔다. 그는 자신도 모르는 사이에 걷고 있었고, 마치 술에 만취한 사람처럼 의식하지 못하면서 사람을 죽이려 하고 있었다. 두 팔은 뻣뻣하게 긴장되었고, 두 주먹은 마치 각각이 파성추라도 되듯 젊은이의 가슴팍을 향해 돌진해 들어올 기세였다.

이제 조금만 다가오면 흔들거리는 그 주먹에 맞아 그냥 허공으로 곤두박질할 참이었다.

라울은 질끈 눈을 감았다. 다만 완전히 단념한 것은 아니었고, 여전히 일말의 희망을 잃지 않으려고 애를 쓰느라 이런 생각까지 했다.

'아마도 줄이 끊어질 거야. 그리고 저 아래 내가 떨어질 돌들 위에는 부드러운 이끼가 깔려있을 거고. 기필코 아르센 뤼팽 당드레지의 운명은 목이나 매달려 죽을 그런 것은 아닐 거야. 반면 이 나이에 요 정도 모험을 무사히 견뎌내지 못할 거라면, 그건 여태껏 호의적이었던 신들이 이제부터는 더 이상 나를 돌보지 않겠다는 뜻일 테니, 그렇다면야 죽는 걸 아쉬워할 필요도 굳이 없겠지.'

문득 그는 아버지를 생각했다. 특히 체조 수업을 듣던 그때, 테오프라스트 뤼팽으로부터 공중곡예 기술을 터득하던 일이 새삼 이마를 쓰다듬고 지나갔다. 그러면서 라울은 자기도 모르게 클라리스의 이름을 중얼거렸다.

그런데 웬일인지 아무리 기다려도 이렇다 할 타격이 오지 않았다. 분명 보마냥이 바짝 다가서긴 한 것 같은데, 왠지 결정적인 도발만은 유보하고 있다는 느낌이었다.

라울은 조심스레 눈을 떠봤다. 보마냥이 바로 코앞에서 떡 버티고 서서 위압적으로 꼬나보고 있었다. 두 팔은 지그시 팔짱을 낀 채 꼼짝도 하지 않고, 표정은 살의로 인해 혐오스럽게 일그러졌다. 마지막 결단만큼은 웬일인지 잠시 미루어진 듯했다.

잔뜩 귀를 기울여보았으나 아무 소리도 들리지 않았다. 혹시 감각이 극도로 흥분한 상태인 보마냥이 조제핀 발자모가 접근해오는 걸 듣고 있는지도 몰랐다. 실제로 그는 차츰 뒷걸음질을 치더니 느닷없이 문 우측 구석진 곳의 원래 위치로 잽싸게 숨어들었다.

라울은 그의 얼굴을 정면으로 바라보았다. 정말이지 끔찍한 인상이었다. 몰래 매복한 사냥꾼이 최적의 순간에 가장 유효한 기회를 포착할 수 있도록, 어깨 위에 거총하는 동작을 수차례에 걸쳐 되풀이하는 형국이라고나 할까. 그런 식으로 지금 보마냥의 부들부들 떠는 두 손은 살인이라는 끔찍한 범죄행위를 준비하고 있었다. 즉, 적당한 간격으로 두 손을 벌린 다음 일거에 상대의 목을 낚아채기 위해 어중간하게 벌린 손가락에는 야수의 발톱처럼 잔뜩 힘이 들어가 있는 것이다.

그 모든 것을 꼼짝 못하는 상태에서 바라보는 라울의 심경은 지옥 그 자체였다. 마치 순교를 당하는 것처럼 고통스럽게, 그는 자신의 무기력한 처지를 쓰라리게 곱씹었다.

아무리 애를 써봐야 허사라는 건 알고 있었지만, 그래도 결박된 끈을 풀기 위해 그는 미친 듯이 발버둥을 쳐댔다. 아, 단지 소리만이라도 지

결정판 아르센 뤼팽 전집

를 수 있다면! 하지만 그럴수록 재갈은 입안을 틀어막고, 밧줄은 살갗을 후벼 팠다.

온통 조용한 바깥에서 발소리만 가볍게 들려왔다. 잠시 후, 철책이 삐거덕하는가 싶더니 치맛자락이 잎사귀에 스치는 소리, 자갈이 부스럭대는 소리가 이어졌다.

벽에 바짝 붙어선 보마낭은 슬그머니 팔꿈치를 들어 올렸다. 바람에 흔들리는 해골의 뼈마디들처럼 사정없이 떠는 그의 두 손은, 이미 팔딱거리는 생명체의 숨 쉬는 모가지를 잔뜩 그러쥐고 옥죄기라도 하는 것처럼 비장함마저 풍겼다.

라울은 재갈을 문 채로 있는 대로 고함을 질러댔다.

곧이어 문이 천천히 열리고 사태가 벌어졌다.

보마낭이 어느 정도 예상하고, 라울도 내심 상상했던 그대로였다. 조제핀 발자모의 실루엣이 아슬아슬하게 드러나는가 싶더니 보마냥이 와락 덮쳤다. 기껏해야 가녀린 신음 소리 하나가 새어나오기 무섭게, 습격자의 목구멍에서 들끓다 튀어나온 사나운 기합이 모든 걸 묻어버리고 말았다.

라울은 미친 듯이 발을 굴렀다. 여자가 단말마의 고통을 겪고 있다고 느끼는 지금 이 순간보다 더 그녀를 사랑한 적이 없는 것 같았다. 조진이 뭘 잘못했다고? 살인을 저질러? 그게 무슨 대수란 말인가! 세상에서 가장 아름다운 존재, 찬탄할 만한 미소와 매혹적인 몸, 열정적인 애무를 위해 신이 빚어놓은 듯한 그 모든 것이 지금 빤히 바라보이는 앞에서 사라져버리려고 하는 것이다. 그런데도 구원은 불가능해 보였고, 저 짐승의 완강한 폭력 앞에서 어떤 저항의 노력도 모조리 쓸모없게 느껴졌다.

결과적인 얘기지만 조제핀 발자모를 구한 것은 오직 죽음만이 진정시킬 수 있을 정도로 극한 사랑의 발작이었고, 그래서 마지막 순간에 그만 처참한 행위를 결행하지 못했기 때문이었다. 어느 사이 기력이 저절로 소진한 데다, 갑작스러운 절망감에 미칠 듯이 사로잡힌 보마냥은 난데없이 타일 바닥에 나뒹굴면서 자신의 머리털을 쥐어뜯고, 머리를 짓찧었다.

그제야 라울은 안도의 한숨을 내쉬었다. 눈에 보이는 광경이 어떠하든, 쓰러진 채 꼼짝도 않는 조제핀 발자모가 살아 있는 것은 확실하니까. 실제로 그녀는 끔찍한 악몽에서 막 깨어난 듯 주춤주춤 일어났고, 마침내 몸을 추스르며 자세를 바로 했다.

여자는 순례자용 망토를 뒤집어쓰다시피 했으며 큼직한 꽃무늬 자수가 담긴 두툼한 베일의 챙 없는 모자를 쓴 차림새였다. 이내 망토를 떨어뜨리자, 몸싸움 때문에 찢겨진 V 자형 블라우스 안으로 맨어깨가 고

결정판 아르센 뤼팽 전집

스란히 드러났다.

마찬가지로 잔뜩 구겨진 베일 모자 역시 벗어던지자, 이마 양쪽으로 단정하면서도 탐스럽게 휘늘어진 구불구불한 머리 타래가 야한 빛깔을 얼굴 가득 뿌려댔다. 양 볼은 평소보다 더욱 불그스레했고, 두 눈동자 역시 더더욱 강렬하게 빛났다.

기나긴 침묵이 이어졌다. 두 사내는 멍하니 여자를 바라보고만 있었다. 이제는 결코 적이거나 정부, 혹은 희생제물로서가 아니라 그저 매혹과 찬탄의 대상일 뿐인 한 눈부신 여인을 마냥 바라보는 분위기였다. 너무 흥분해서 넋이 다 나간 듯한 라울이나, 바닥에 아직도 납죽 엎드린 채 꼼짝달싹하지 않는 보마냥 모두, 똑같은 열정을 품고 여인을 우러르고 있었다.

여자는 문득 라울한테도 낯익은 호각을 입술에 갖다 댔다. 근처 어딘가를 지키고 있을 레오나르가 한걸음에 득달같이 달려오리라. 하지만 여자는 웬일인지 금세 마음을 바꾸었다. 하긴 이미 혼자의 몸으로도 상황을 완전히 장악한 마당에 뭐하러 번거롭게 사람을 오라 가라 하겠는가?

여자는 라울에게로 다가와 재갈로 쓰였던 스카프를 풀어주며 말했다.

"당신은 역시 예상대로 돌아와주지 않았어요, 라울. 하지만 이제 돌아오는 거죠?"

만약 두 손이 자유로웠다면 무턱대고 여자를 격정적으로 끌어안았을지도 모른다. 그나저나 왜 밧줄은 끊어주지 않는 것일까? 또 무슨 은밀한 생각을 굴리고 있기에?

마침내 라울은 단호한 음성으로 말했다.

"아니, 다 끝난 얘기요."

여자는 발꿈치를 살짝 드는 듯하면서 라울의 입에 살그머니 입술을 갖다 대고 중얼거렸다.

"우리 둘 사이가 끝이라고요? 당신 미쳤군요, 라울!"

한편 보마냥은 뜻밖의 다정다감한 광경에 그만 정신이 아찔했던지 펄쩍 뛰어 일어나 성큼성큼 다가들었다. 이어서 거칠게 여자의 팔을 낚아채려는 순간, 조제핀 발자모가 후딱 돌아섰다. 지금까지의 침착한 태도가 갑작스레 돌변해 보마냥을 향한 사나운 앙심과 혐오, 즉 진짜 자신의 속내를 뒤흔들고 있던 감정을 적나라하게 드러내는 것이었다.

격렬하게 토해내기 시작하는 가시 돋힌 독설은 라울이 전혀 예상 못한 조진의 또 다른 모습이었다.

"내 몸에 손대지 마, 비열한 인간! 내가 당신 같은 사람 무서워하리라고 생각하면 큰 오산이야. 오늘만큼은 당신도 혼자의 몸이야. 그러고 보니 아까는 나를 감히 죽일 배짱도 없더군. 당신은 한낱 비겁한 겁쟁이에 불과해. 그 손들 떠는 것 좀 봐. 하지만 내 손은 결정적인 순간에 보마냥, 당신처럼 떨지는 않아!"

매서운 질타와 위협에 보마냥은 주춤주춤 뒷걸음질을 쳤고, 조제핀 발자모는 증오심으로 길길이 날뛰듯 연신 앙칼지게 퍼부어댔다.

"하지만 아직 당신을 손볼 결정적인 순간은 오지 않았지. 아직은 이세상을 더 살아가며 고생 좀 해야 할 테니까. 하긴 내가 죽었다고 생각해왔으니 여태껏 별 고생했다고 얘기할 수도 없지. 그러나 이제부터는 내가 이렇게 두 눈 뜨고 살아 있고, 사랑도 얼마든지 하며 지낸다는 걸 알았을 테니 몹시 괴로울걸! 그래, 나는 여기 이 라울을 사랑해. 알아듣겠어? 물론 처음에는 당신한테 복수한다는 심정에서, 나중에 면전에다 보란 듯이 알려주려고 그를 택했지. 하지만 지금은 아무 이유 없이 그를 사랑해. 단지 이유라면 그가 바로 라울이기 때문이라고나 할까. 그를 이제는 잊을 수가 없어서 사랑하는 거라고. 아마 이건 그도 거의 모르고 있을 테고, 나 역시 최근에야 깨닫게 된 거야. 불과 며칠 전, 그가 내 곁을 떠난 뒤로 이 사람이야말로 내 인생의 전부라는 사실을 느끼게 된 거지. 그때까지는 사랑이 뭔지 몰랐어. 하지만 사랑이란 결국 그런 거더라고. 나를 온통 뒤흔들고 있는 이 광기 어린 열정 말이야.”

여자는 그런 말을 통해 거의 발작을 일으킬 정도로 괴로워하고 있는 보마냥과 마찬가지로 온몸을 부들부들 떨었다. 마치 고래고래 악을 쓰면서 사랑의 선언을 해대는 것이 보마냥뿐만 아니라, 그녀 자신에게도 고통을 주고 있는 것처럼 보였다. 한편 여자의 그런 모습을 바라보면서, 라울은 기쁨보다는 오히려 일종의 동떨어진 초연함을 느꼈다. 위기에 처할 때마다 스스로를 다잡아주던 욕망과 사랑, 찬탄의 열정적인 불꽃은 이제 완전히 수그러든 모양이었다. 조진에게서 늘 풍겨나던 아름다움과 매혹적인 분위기는 신기루처럼 사라지고, 실제로는 전혀 변한 것 없는 얼굴에서 이제는 범죄와 질병에 찌든 영혼의 추악한 반영만을 분간할 수 있을 뿐이었다.

여자는 계속해서 극렬한 비난을 쏟아붙였고, 그에 대해 보마냥은 질투 섞인 분함을 이기지 못해 펄쩍펄쩍 경련을 일으켰다. 막상 그토록 찾아 헤매던 수수께끼의 해답을 거론해야 할 시점에 모든 걸 까마득히 잊은 듯, 각자의 열정을 이기지 못해 호들갑을 떠는 두 사람의 모습은 사실 보기에 황당한 것이었다. 지난 수세기 동안의 엄청난 비밀과 보석을 발견하는 일, 전설적인 경계석과 궤짝, 그 안의 수수께끼 같은 글씨들, 루슬랭 미망인, 어쩌면 지금도 이쪽으로 오고 있어 결국 그들 손에 진실을 쥐여줄 미지의 존재…… 그 모두가 지금 이 두 사람에게는 하잘것없는 낭설에 불과한 것으로 느껴지는 모양이었다. 그 대신 애증의 감정이 노도와 같이 모든 것을 휩쓸어갔고, 세상 모든 연인 사이를 기필코 요절내고야 마는 증오와 열정의 싸움판만이 끝 모르게 전개되는 분위기였다.

또다시 보마냥의 손가락들은 야수의 발톱처럼 표독스럽게 긴장했고, 부들부들 떠는 두 손은 목을 조르려는 바로 그 자세로 돌입해 있었다. 그럼에도 불구하고 여자 쪽에선 이판사판 악착같이 모욕적이고 저주스러운 독설을 한없이 뱉어대는 것이었다.

"난 이 사람을 사랑해, 보마냥! 당신을 불사르고 나 역시 삼켜버리는 이 불길은 바로 살의와 죽음의 관념이 배어 있는 아주 고약한 사랑이야. 그래, 어쩌면 이 남자가 나 말고 다른 여자를 마음에 둔다거나, 더이상 나를 사랑하지 않는다는 걸 깨달을 바에는 차라리 나도 그의 목숨을 빼앗으려 들지 몰라. 하지만 이 남자는 나를 사랑하고 있어, 보마냥. 알겠어? 나를 사랑한다고! 나를 사랑해!"

바로 그 순간, 보마냥의 일그러진 입술 사이로 예기치 못한 웃음소리가 새어나왔다. 지금까지의 펄펄 뛰던 노기가 느닷없이 고개를 드는 싸늘한 냉소에 자리를 물려주는 듯했다.

"후후후. 이봐요, 조제핀 발자모. 이자가 당신을 사랑한다고? 오, 그래, 옳은 말씀이지. 이자는 당신을 사랑해! 세상 모든 여자들과 마찬가지로 당신을 사랑하고말고! 예쁘니까 당연히 마음이 끌리는 것 아니겠어? 그러나 또 다른 미녀가 슬쩍 스치고 지나가면 이번엔 그 여자한테 눈독을 들이게 되어 있지. 그럼 조제핀 발자모, 당신 역시 지옥 같은 고통에 시달리고 말 거야. 어때? 솔직히 말해보라고!"

"그야 지옥이겠지. 남자가 배반할 거라 생각한다면 당연히 지옥일 거야. 하지만 사실은 그게 아니거든. 그러니 당신 말이야, 그처럼 어리석게 애쓸 필요는……."

여자는 신나게 대꾸를 하려다가 덜컥 멈췄다. 보마냥이 워낙에 심술사납고도 즐거워 어쩔 줄 몰라 하며 웃어젖히는 바람에 문득 불안한 마음이 들었던 것이다. 여자는 아주 나지막하면서도 약간의 불안감 섞인 어조로 다시 말을 이었다.

"정 그렇게 생각한다면, 증거는 있나? 증거가 있다면 딱 하나만 내놔 보시지. 그저 단순한 진술은 말고. 내가 이 남자의 사랑을 의심하도록 만들기에 충분한 무언가를 말이야. 만약 그런 게 있다면 당장 이 남자를 내 손으로 박살 내주지!"

여자는 옷섶에서 고래뼈 손잡이에 납덩이가 달린 소형 곤봉을 후닥닥 빼들었다. 눈빛마저 예사롭지가 않았다.

보마냥이 대꾸했다.

"난 뭘 의심할 만한 걸 가져온 게 아니라, 오히려 확신할 만한 뭔가를 가져왔는걸!"

"그래, 어서 말해봐. 누군지 이름을 대란 말이야."

"다름 아닌, 클라리스 데티그라는 여자이지."

조제핀 발자모는 그저 어깨를 한 번 으쓱했다.

"그 여잔 알고 있어. 별로 대수롭지 않은 경우이지."

"천만에, 저 친구에게는 대단히 중요한 경우이지! 왜냐하면 여자의 부친을 통해 정식 청혼까지 했으니까."

"뭐라고? 그럴 리가? 나도 들은 얘기가 있는데. 시골에서 그저 두세 번 마주쳤을 뿐 그 이상은 아니라고 했어."

"그보다야 더하지. 아가씨 침소에까지 드나들었다니까!"

"거짓말! 거짓말 마라!"

여자는 고래고래 악을 썼다.

"거짓말 말라는 얘기는 여자 아버지한테나 하시지! 그저께 밤에 고드프루아 데티그 본인 입을 통해 전해 들은 얘기이니까."

"그는 또 어떻게 그걸 안 건데?"

"당연히 클라리스 본인이 말해서 안 거지."

"오, 말도 안 돼! 딸 입장에서 그런 고백을 할 리가 있나!"

조제핀의 안달에 보마냥은 연신 히죽거리며 농담처럼 내뱉었다.

"아무리 딸이라도 그러지 않을 수 없는 경우라는 게 있지."

"뭐? 그게 뭔데? 대체 뭘 말하려는 거야?"

"나야 늘 있는 그대로를 말할 뿐이지. 연인으로서야 말 못할 얘기도 아기 엄마 입장이 되면 술술 나오게 되어 있거든. 배 속의 아기에게 제대로 된 성을 찾아주기를 원하는 엄마 생각을 한 번 해봐. 정식 결혼을 요구하는 그 절박한 마음을 말이야!"

그제야 조제핀 발자모는 완전히 망연자실, 숨까지 턱턱 막히는 기색이었다.

"결혼이라니! 라울과의 결혼 말인가? 그럼 데티그 남작이 승낙을 했어?"

"여부가 있나!"

"거짓말! 일개 아녀자의 근거 없는 험담에 불과해! 아니, 그것도 아닐 거야. 보마냥 당신이 꾸며낸 낭설이지! 방금 한 얘기에서 단 한 마디도 진실은 없을 거야. 그들은 이후 다시 만난 적도 없다고."

"서로 서신 교환은 했지."

"증거를 대, 보마냥! 당장 물증을 대란 말이야!"

"그럼 편지 한 장 보여주면 만족하실까?"

"편지?"

"물론 저 친구가 클라리스한테 써 보낸 편지지."

"그거야 넉 달 전에 쓴 편지이겠지?"

"넉 달이 아니라 나흘 전에 쓴 편지야."

"그걸 당신이 가지고 있어?"

"바로 이거지."

내내 불안한 심정으로 귀를 기울이던 라울은 몸서리를 쳤다. 자신이 릴본에서 클라리스 데티그에게 써 보낸 편지지와 봉투가 분명했던 것이다.

조진은 얼른 종이를 낚아채 한 글자 한 글자 또박또박 읽기 시작했다.

사랑하는 클라리스, 나를 용서해주오. 나는 당신한테 정말 몹쓸 인간처럼 행동했소. 우리 함께 좀 더 나은 미래를 희망해봅시다. 그리고 당신의 넓은 아량으로 나를 바라봐주오. 클라리스, 다시 용서를 비오. 용서를……

라울

또 다른 여자의 존재를 철저히 부정하면서 자존심의 가장 민감한 부분에 비수를 들이대는 것 같은 이 편지를 그녀는 마지막까지 간신히 읽어 내려갔다. 그리고 안타깝게 휘청거리면서 눈으로는 라울의 시선을 더듬어 찾았다. 순간 라울은 클라리스가 이젠 죽은 목숨이나 다름없다는 것을 직감했다. 아울러 지금 이 순간부터는 마음 저 깊은 곳에서 조제핀 발자모에 대한 증오밖에는 가질 일이 없을 거라는 사실 또한 실감했다.

보마냥은 계속해서 주절거렸다.

"그 편지는 고드프루아가 직접 가로채서 내게 조언을 구하느라 보여준 거야. 봉투에 릴본 소인이 찍혀 있더군. 사실 그 덕분에 너희 두 사람 행적을 냄새 맡게 되었지."

칼리오스트로가의 여인은 한마디도 하지 않았다. 얼굴에 스치는 깊은 고통의 기미나 양 볼을 느릿느릿 적시는 눈물은, 만약 그보다 더 강력한 복수에의 혹독한 각오가 사이사이로 노골적인 이빨을 드러내지 않았더라면, 보는 이의 심금을 한없이 울려 애틋한 동정심이라도 유발했을 터였다. 하지만 여자는 내심 치밀한 계략을 짜고, 이런저런 함정을 궁리하고 있었다.

마침내 여자는 고개를 천천히 가로저으며 라울에게 말했다.

"나는 분명히 경고했어요, 라울."

"경고를 받았으니 미리 조심해둔 것 아닌가."

라울이 한껏 비아냥대듯 대꾸하자, 여자는 더 이상 참지 못하고 버럭 소리쳤다.

"농담하지 말아요! 내가 무슨 말을 하는지 당신은 잘 알고 있어요. 절대로 그 여자를 우리의 사랑에 가로거치지 않게 하라는 뜻이었다는 것 말이에요!"

"그렇다면 당신 또한 내가 한 얘기 뜻을 잘 알고 있겠군. 그 여자의 머리카락 한 올이라도 손댔다가는……."

라울은 여전히 굽히지 않고 맹렬하게 대꾸했고, 여자는 부르르 몸서리를 쳤다.

"아! 어쩜 나의 이 괴로운 마음을 그렇게 멋대로 조롱하면서 다른 여자의 편을 들 수가 있는 거죠? 나를 상대로 해서 말이에요! 아, 라울! 그 여자는 이제 책임 못 져요!"

"오, 너무 걱정할 건 없소. 그 여자는 안전할 거야. 내가 철저히 보호할 테니까."

보마냥은 두 남녀가 으르렁대면서 온통 상대를 향한 증오심으로 들끓는 모습을 흐뭇한 마음으로 바라보았다. 이윽고 조제핀 발자모가 먼저 자제하기 시작했다. 언젠가 때가 되면 이루어질 복수에 대해 이러니저러니 떠들어봐야 시간만 낭비할 뿐이라고 판단했던 것이다. 지금 당장은 또 다른 근심거리가 여자의 마음을 붙들어, 그녀는 문득 귀를 바짝 기울인 채 중얼중얼 내밀한 생각을 털어놓기 시작했다.

"방금 호각 소리 들렸지, 보마냥? 이곳에 이르는 길목을 지키는 내 부하들 중 하나가 신호를 보낸 거지. 이제 곧 우리 모두가 기다리던 인물이 나타나시겠군. 내 생각엔 당신도 그 때문에 와 있는 것 아니겠어?"

사실 보마냥이 이곳에 들이닥친 정황과 그 은밀한 꿍꿍이속은 그리 명확히 밝혀졌다곤 볼 수 없었다. 도대체 무슨 수로 정확한 약속 날짜와 시간을 알아낼 수 있었을까? 루슬랭의 일과 관련해서는 대체 어떤 특별한 수단들을 확보하고 있는 것일까?

여자는 라울을 힐끔 돌아보았다. 여전히 꽁꽁 묶여 있기에 작전에 별로 방해될 것 같지도 않았고, 설사 절체절명의 싸움이 벌어진다 해도 거기에 동참할 수도 없을 터였다. 다만 보마냥의 존재가 그를 불안하게 만드는 듯했다. 결국 여자는 누군가 기다리던 사람을 맞으러 가는 것처럼 보마냥을 이끌고 문가로 다가갔다. 막 문밖으로 나서려는 찰나, 바깥에서도 저벅저벅 발소리가 들렸다. 여자는 얼른 뒤로 물러서면서 보마냥을 밀쳤고, 그 사이로 레오나르가 불쑥 들어섰다.

그는 신속하게 실내의 두 사내를 휘둘러보더니 칼리오스트로 백작부인을 한쪽으로 데리고 가서 뭔가를 귓속말로 속삭였다.

여자는 깜짝 놀라는 표정이 되어 중얼거렸다.

"지금 뭐라고 했어? 뭐라고 했냐고?"

여자는 혹시라도 다른 사람이 지금의 기분을 눈치채지 못하도록 얼른 고개를 돌렸는데, 라울은 그녀가 무척 달가워하고 있다는 걸 재빨리 알아차렸다.

"모두들 꼼짝 말고 있어요. 지금 오고 있답니다. 레오나르, 권총을 단단히 쥐고 있도록. 문턱을 넘어서는 즉시 총을 겨누는 거야."

여자는 말하다 말고, 보마냥이 문을 열려 하자 대뜸 소리쳤다.

"당신 미쳤어? 대체 왜 그래? 가만히 죽치고 있어요!"

하지만 보마냥도 발끈했고, 여자는 여자대로 더더욱 성을 내며 다그쳤다.

"도대체 왜 나가려는 건데? 무슨 이유라도 있어요? 지금 올 사람을 알고 있기라도 한 건가? 그래서 들어오지 못하게 하거나, 아니면 아예 데리고 들어오려고? 뭐야, 대체! 어서 대답을 해보란 말이에요!"

그래도 보마냥은 문손잡이를 놓지 않았고, 조진은 그런 그를 억지로 뜯어말렸다. 그러나 아무래도 역부족임을 느끼자, 여자는 레오나르를 돌아보며 한쪽 손으로 보마냥의 어깨를 가리켰다. 한 차례 내리치되 적당히 할 것을 지시하는 눈치였다. 레오나르는 순식간에 호주머니에서 비수를 꺼내 들어 보마냥의 어깻죽지를 가볍게 찔렀다.

"아, 빌어먹을!"

물론 희생자의 입에선 날카로운 신음이 배어나왔고, 곧장 타일 바닥에 거꾸러졌다.

여자는 레오나르를 향해 침착하게 내뱉었다.

"나를 도와. 서둘러야 해."

둘은 그때부터 라울을 친친 동여매고 남아 기다랗게 늘어진 밧줄을 잘랐고, 그걸 가지고 이번엔 보마냥의 수족을 꼼짝 못하게 했다. 그러고 나서 벽에 기대앉힌 다음 상처를 살펴보았고, 이내 손수건을 덮어주며 말했다.

"별것 아니로군. 한 두세 시간 동안 늘어져 있으면 그뿐이겠어. 자, 우린 어서 제 위치로 가지."

그 말과 함께 둘은 다시 문 뒤로 우르르 몸을 숨겼다.

여자는 일련의 행동들을 전혀 허둥대는 감 없이 극히 편안한 얼굴로 수행했다. 마치 처음부터 일부러 짜여진 대로 실행에 옮기는 분위기였다. 레오나르에게 지시하는 건 몇 마디 짤막한 말로도 충분했다. 그런데 잔뜩 낮춘 그 목소리에서 뭔지 모르게 잔혹한 승리감에 도취한 기운이 느껴졌고, 그럴수록 라울은 왠지 점점 불안해졌다. 이제 막 들이닥칠 존재가 누구이건 간에 당장 함정을 피하도록 소리쳐 경고해주고 싶은 마음이 드는 것이었다.

하지만 달리 어쩔 수 있겠는가? 지금은 저 칼리오스트로가 여장부의 막강한 결의를 어느 누구도 감히 거스를 수 없는 추세인걸! 또한 라울로서는 딱히 어떻게 처신해야 할지 막연하기도 했다. 머릿속에서는 자꾸만 엉뚱한 사념들만 들끓어 부질없이 진만 빼는 형편인 데다…… 더욱이…… 이제는 너무 늦었다. 라울의 입 밖으로 아스라한 신음이 새어 나왔다. 클라리스 데티그가 문으로 들어선 것이다!

12
광녀와 천재

지금까지 라울이 느끼는 위협이라면 자기 자신이나 칼리오스트로 백작부인에 대한 것일 뿐, 따라서 두려움을 갖는다고 해도 그저 기분이 약간 그럴 수 있다는 정도였다. 즉, 아무리 극한 상황이라도 그 자신은 스스로의 수완과 행운에 의지하면 족했고, 칼리오스트로가의 여인 입장에서는 보마냥에 충분히 대적할 역량을 갖췄다고 판단해왔던 것이다.

하지만 클라리스는! 조제핀 발자모 앞에서 그녀는 사나운 적의에 무방비로 노출된 하나의 먹잇감에 지나지 않았다. 그러니 지금 라울을 엄습한 공포심이 육체적인 반응까지 함께 몰아와 글자 그대로 머리카락을 곤두서게 할 뿐 아니라, 피부 가득 소름이 돋아나게 만든다 해도 전혀 이상한 일이 아니었다. 물론 레오나르의 험상궂은 표정도 이러한 공포심에 한몫했다. 문득 루슬랭 미망인이 생각났고, 그 퉁퉁 부어터진 손가락이 머릿속에 떠올랐으니 말이다.

결정판 아르센 뤼팽 전집

그러고 보니 한 시간쯤 전 약속 장소로 나오면서부터 뭔가 엄청난 싸움이 벌어질 것이며, 결국 조제핀 발자모와 격돌하게 되리라는 것을 라울은 어렴풋이 짐작하고 있었다. 여태껏 벌인 실랑이가 단순한 탐색전이자 전초전이었다면, 이제부터 벌어질 싸움은 여기 모인 모든 이의 생사가 달린 혈투가 될 터였다. 하필 그런 마당에 라울은 사족이 결박당하고 목에는 올가미까지 걸린 모습으로, 더구나 난데없는 클라리스 데티그의 등장에 덜컥 망연자실한 처지까지 되어 있는 것이다.

그는 속으로 중얼거렸다.

'자자, 내가 아직도 배울 게 많은 거야. 지금처럼 끔찍한 상황은 사실 거의가 내 책임이라 할 수 있지. 저 가엾은 클라리스는 또다시 나 때문에 곤욕을 치르게 생긴 거라고.'

한편 젊은 아가씨는 레오나르가 겨누고 있는 총구 앞에서 어안이 벙벙한 채 서 있었다. 마치 나들이를 하듯 가벼운 발걸음으로 기쁘게 만날 사람과의 약속 장소를 향한 그녀는 난데없이 폭력과 범죄로 얼룩진 현장에, 그것도 사랑하는 이가 꽁꽁 묶인 꼴로 매달려 있다시피 한 바로 면전에 들이닥친 것이다.

"이게 대체 어쩐 일이에요, 라울? 왜 거기 묶여 있는 거죠?"

여자 입에서 더듬더듬 비어져 나온 말이었다.

그러면서 두 손을 내밀었는데, 도움을 호소함과 동시에 도와주려는 뜻이 담긴 묘한 동작이었다. 하지만 둘이 서로에게 무엇을 해줄 수 있을까!

라울의 눈에 여자의 초췌해진 몰골과 극심한 피로감이 엿보였다. 아울러 그녀가 자기 아버지에게 털어놓을 수밖에 없었다는 그 고통스러운 고백, 자신의 실수가 부른 엄청난 결과에 생각이 미치자 쏟아지려는 눈물을 참으려고 이를 악다물어야만 했다. 그러면서도 일단 겉으로는 흔들림 없이 든든한 태도로 이렇게 말해주었다.

"이봐요, 클라리스. 당신이나 나나 아무 걱정할 필요 없어요. 전혀 겁먹을 필요 없지. 내가 모든 걸 책임지겠소."

하지만 주위를 찬찬히 둘러보던 여자는 저만치 보마냥이 나뒹굴고 있는 걸 보자, 혼비백산한 표정이 되면서 레오나르에게 조심조심 물었다.

"내게 뭘 원하는 거죠? 모든 게 정말 끔찍하군요. 대체 누가 나를 이리로 부른 거죠?"

"바로 나요, 마드무아젤."

조제핀 발자모의 목소리가 싸늘하게 울렸다.

그녀의 놀라운 미모는 이미 클라리스에게도 충격적으로 다가오고 있었다. 더불어 이런 찬탄할 만한 아름다움을 갖춘 여성에게서는 어떤 도움이나 호의를 충분히 기대할 수 있겠다 싶었는지 약간의 안도감이 클라리스의 마음을 파고들었다.

"당신은 누구신가요, 마담? 초면인 듯합니다만."

백작부인도 젊은 여자의 예사롭지 않은 우아함과 매력에 다소 신경이 거슬렸지만 가까스로 마음을 다스리며 대뜸 잘라 말했다.

"나는 당신을 잘 압니다. 데티그 남작의 따님이시죠. 또한 당신이 라울 당드레지를 사랑하는 것도 잘 압니다."

클라리스는 얼굴을 약간 붉혔을 뿐 달리 부인하지는 않았다. 조제핀 발자모는 레오나르를 향해 말했다.

"가서 방책을 걸어 잠가. 미리 준비해온 쇠사슬과 맹꽁이자물쇠를 사용하고, 쓰러져 있는 낡은 말뚝도 다시 일으켜 세우도록. '사유지'라는 푯말 말이야."

"저는 밖에서 대기할까요?"

레오나르가 묻자, 부인은 특히 라울이 질겁할 만한 태도로 말했다.

"음, 그리하도록. 일단 달리 도움은 필요치 않으니까. 대신 밖에서 누구도 방해하지 못하도록 지키고만 있어. 무슨 일이 있어도, 알겠지?"

레오나르는 클라리스를 걸상 둘 중 하나에 앉힌 뒤, 팔을 뒤로해서 등받이에 양손을 묶으려고 했다.

"그럴 필요 없어! 자, 그만 자리를 피해줘야지?"

마지막으로 조제핀 발자모가 지시하자, 레오나르는 두말없이 밖으로 나갔다.

백작부인은 하나같이 자기 앞에 무기력한 존재로 전락한 세 희생제물을 번갈아 두리번거렸다. 그녀는 지금 전쟁터를 제압한 주인이나 다름없었고, 죽음의 위협을 내세워 무엇이든 단호한 결정을 강요할 위치에 있었다.

그런 여인의 동태를 한시도 늦추지 않고 눈길로 좇으며, 라울은 그 내밀한 의도와 계획을 간파하려고 애썼다. 무엇보다 조진의 저 덤덤한 모습이 마음에 걸렸다. 보통 여자였다면 어딘지 행동을 부자연스럽게 했을 흥분감이나 열기로 들뜬 태도를 그녀에게선 조금도 찾아볼 수 없었다. 요컨대 승리감에 기고만장한 기색은 아니었다. 차라리 자신조차 어찌 다스릴지 모를 일련의 내적 충동에 무기력하게 이끌리듯, 약간은 권태로운 눈치가 언뜻언뜻 비쳐났다.

라울은 처음으로 이 여인에게서 그처럼 맥없이 자신을 내던지는 듯한 성향을 읽어냈다. 평상시엔 은근한 미소를 동반한 미모에 가려 보이지 않던 것이, 실은 그 수수께끼 같은 본성의 비밀인 듯하기도 했다.

여인은 클라리스 곁에 자리를 잡고 앉더니 상대를 골똘히 바라보면서 느릿느릿하고도 단조롭기 그지없는 말투로 얘기를 시작했다.

"마드무아젤, 지금으로부터 석 달 전에 한 젊은 여성이 기차에서 내리자마자 납치되어 데티그 성으로 압송되는 사건이 발생했답니다. 그곳의 어느 널찍하고 외딴 방에는 저기 저렇게 내동댕이쳐진 보마냥이라는 사람과 당신 부친을 포함한 10여 명의 페이드코 유지들이 모여 있었죠. 그때 그 회합에서 얘기되었던 내용이라든지, 자칭 판사들이라고 집하는 사내들이 그 여성에게 가했던 온갖 모욕적인 언사들에 관해서는 지금 이 자리에서 군이 여러 말씀드리지 않겠습니다. 어쨌든 구색만 갖춘 심리를 대충대충 끝내고 나서 사람들이 모두 파한 뒤, 당신 부친과 그 사촌인 베네토라는 사람은 여자를 절벽 아래로 데리고 내려갔고, 구멍을 뚫은 데다 무거운 돌멩이까지 들여놓은 보트 안에 꽁꽁 묶어서 바다 한가운데로 실어갔습니다. 해변에서 한참 멀어졌다고 판단되자, 그들은 여자와 배를 팽개치고 줄행랑을 쳤지요."

클라리스는 어이가 없다는 듯 힘겹게 더듬거렸다.

"사실이 아니에요! 그럴 수는 없어요! 아버지가 그런 짓을 했을 리는 없다고요. 그건 사실이 아니에요!"

클라리스가 기를 쓰며 발끈하는 것에는 개의치 않고, 조제편 발자모는 얘기를 계속했다.

"한편 성안의 회동에서부터 그 어떤 참석자도 눈치채지 못하는 가운데, 두 살인자—달리 부를 명칭이 없군요—의 동태를 줄곧 염탐해오던 누군가가 있었습니다. 그는 결국 보트에 달라붙어 따라오다가 두 살인자가 되돌아가자 여자를 구해주었지요. 용감한 사내는 과연 어디서 갑자기 나타났을까요? 모든 점을 고려할 때, 그자는 전날 밤과 아침을 바로 당신 침실에서 보냈다고 생각할 수밖에 없습니다. 아직은 당신 아버지가 결혼 승낙을 하지 않은 상태였으니, 당신은 그를 참다운 배우자로서가 아니라 그냥 애인으로서 받아들인 것이죠."

얘기를 들으며 클라리스가 받은 모욕감과 힐난의 느낌은 마치 곤봉으로 두드려 맞는 듯한 충격이었다. 처음부터 그녀는 아무런 저항이나 방어의 능력도 없이 무작정 당하는 입장일 뿐이었다.

온통 창백하게 질려 정신이 아찔해진 클라리스는 상체를 푹 숙인 채 신음처럼 힘겹게 말을 토해냈다.

"오, 마담! 지금 무슨 얘기를 하시는 건가요?"

칼리오스트로 백작부인은 내처 몰아붙였다.

"당신이 아버지한테 직접 얘기했던 사실을 말하고 있는 겁니다. 그저께 저녁, 아버지한테 고백하지 않을 수 없게 만든 옛 잘못의 따끔한 결과에 관해서 말입니다. 내 입으로 좀 더 자세하게 얘기를 진행시킬 필요가 있을까요? 그 후에 당신 애인이 어떻게 변했는지를 말입니다. 당신 육체를 유린한 바로 그날, 라울 당드레지는 자신이 끔찍한 죽음에서 목숨을 구해준 또 다른 여인을 따르기 위해 당신을 매몰차게 버렸습니다. 그로부터 사내는 몸과 마음을 다 바쳐 새로운 여인을 사랑했고, 그녀로부터도 끝내는 사랑을 받기에 이르렀지요. 그동안 그는 정말 자기다운 삶을 살았고, 결코 다시는 당신에게 돌아가지 않으리라고 맹세까지 했습니다. 그것도 아주 확실한 표현을 써가면서 말이죠. 바로 이런 식으로…… '그녀를 사랑한 적은 없어요. 다 지나간 얘기일 뿐입니다. 그저 하찮은 불장난에 불과했어요.' 아무튼 약간의 오해와 더불어 서로 그럭저럭 사랑하며 지내다가 그 여인은 아주 최근에 라울이 당신과 서신 교환을 해오고 있었다는 걸 깨달았고, 그중에서도 여기 이 편지를 써 보냈다는 사실을 알아냈습니다. 당신에게 용서를 빌고, 미래를 언약하는 내용이더군요. 자, 이쯤 되면 당신을 적으로, 그것도 대단히 치명적인 적으로 취급할 만한 권리가 내게 있다는 점을 조금이나마 이해하실 수 있겠죠?"

클라리스는 아무 말도 못했다. 엄청난 공포심이 스멀스멀 솟아오르면서 그녀는 자기로부터 라울을 빼앗아갔으면서도, 오히려 당당하게 적대적으로 나오는 이 여인의 매혹적이고도 끔찍한 얼굴을 두 근 반, 세 근 반 가슴 졸이며 바라보았다.

그 모습을 가엾게 바라보며 몸서리를 치던 라울은 조제핀 발자모가 발끈할 것엔 아랑곳하지 않고 진지한 어조로 중얼거렸다.

"이봐요, 클라리스. 내가 진짜 엄숙한 맹세를 했다면, 그건 어느 누구도 당신 머리카락 한 올 해치지 못하게 하겠다는 맹세일 거요. 그러니 두려워 말아요. 이제 10분 후면 당신은 무사히 이곳을 벗어나 있을 겁니다. 10분이에요, 클라리스. 더도 필요 없답니다."

웬일인지 조제핀 발자모는 전혀 대응할 기색이 아니었다. 대신 하던 얘기를 침착하게 이어갔다.

"자, 지금까지가 바로 당신과 내가 서로 처해 있는 관계입니다. 이제부터는 객관적인 사실들 위주로 간단한 설명을 드리기로 하죠. 마드무아젤, 당신 아버지와 보마냑, 그리고 다른 동료들은 현재 공동의 어떤 목표를 향해 매진 중입니다. 실은 나 역시 같은 목표를 추구하고 있으며, 여기 라울 역시 후발주자로 같은 길에 뛰어들었답니다. 그리하여 우리 모두는 여태껏 끊이지 않는 다툼을 이어왔습니다. 그러던 와중에 각자 나름대로 루슬랭이라는 부인과 관련을 맺게 되었지요. 그녀는 우리에게 절실한, 어느 오래된 궤짝을 소유하고 있었는데, 그만 지금은 그것을 다른 누군가에게 넘겨준 상태입니다. 우리는 그 여자를 꽤 강력한 방법으로 추궁해보았지만 결코 궤짝을 가져간 사람 이름만큼은 대려 하지 않았습니다. 자신에게 그동안 많은 은혜를 베푼 사람이기에 혹시라도 화가 미칠까 봐 입조심을 하는 것 같았습니다. 결국 우리가 알아낸 거라고는 어느 케케묵은 옛 이야기였는데, 이제 그걸 간추려서 들려드릴까 합니다. 아마 우리 입장뿐만 아니라, 당신의 입장에서도 적잖이 흥미로운 얘기가 될 걸로 생각합니다만."

그쯤에서 라울은 이 칼리오스트로가의 여장부가 어떤 길을 가려 하는지, 어떤 목표를 향해 치달으려 하는지 눈치챘다. 너무도 참혹한 방법이기에 그는 도저히 악을 써대며 분통을 터뜨리지 않을 수가 없었다.

"안 돼! 설마 그러려는 건 아니겠지? 그것만은 안 돼! 세상에는 덮어두어야 마땅한 문제가 있는 법이라고!"

그러나 여자는 전혀 들리지도 않는 듯 꿋꿋하게 얘기를 계속했다.

"지금으로부터 24년 전, 프랑스와 프로이센 사이에 전쟁이 한창일 때였습니다. 침략군에 쫓기던 어떤 사내 두 명이 루슬랭 선생의 안내를 받으며 정신없이 도망치고 있었죠. 그들은 루앙 근처에 이르러 말을 빼앗기 위해 조베르라는 하인을 살해하고 맙니다. 일단 말을 확보한 그들은 결국 무사히 도망칠 수 있었는데, 덤으로 탈취한 궤짝에는 진귀하기 그지없는 보석들이 그득했답니다. 사실 루슬랭 선생은 그들의 강요로 거의 끌려가다시피 한 거였는데, 한참 나중이 되어서야 그의 몫으로 받은 보잘것없는 반지 몇 개를 품고 루앙의 아내 곁으로 돌아올 수 있었지요. 그는 돌아온 지 얼마 되지 않아, 사람을 죽인 데 어쩔 수 없이 가담했다는 죄책감에 시달리다가 맥없이 세상을 하직하고 말았습니다. 문제는 그때 그 살인자들과 남은 미망인 사이에 모종의 관계가 형성되었다는 사실입니다. 여자의 입을 통해 자기들의 치부가 노출될까 걱정이었던 살인자들이 일을 꾸몄던 것이죠. 결국 그가 나섰는데…… 어때요, 마드무아젤? 내가 보기에는 이만하면 내가 누굴 얘기하려는 건지 짐작이 갈 만도 한데?"

클라리스는 무척이나 질겁을 한 상태에서 얘기를 들었고, 라울은 연신 소리를 질러댔다.

"닥치지 못해, 조진! 한마디만 더 해봐, 어디! 정말이지 이건 너무나 야비하고 엉뚱한 짓이라고! 그래서 뭘 어쩌겠다는 거야, 도대체?"

하지만 여자는 오히려 조용히 하라며 윽박지르는 것이었다.

"뭘 어쩌겠냐고? 당연히 모든 진실이 적나라하게 공개되어야 한다는 거지. 이 여자와 내가 서로 앙숙이 된 건 모두 당신 책임이야. 그러니 마음속 괴로움도 동등하게 나눠야 하지 않겠어?"

"아, 잔인한 사람 같으니……"

라울은 절망감에 몸부림치며 중얼거렸다.

조제핀 발자모는 다시 클라리스를 돌아보며 또박또박 짚어갔다.

"당신 아버지와 함께 친척인 베네토는 그때부터 루슬랭 미망인을 바짝 쫓아다녔지요. 그녀가 릴본에 거처를 얻은 것 역시, 여자를 그곳에 가까이 놓아두는 게 통제하기 편할 거라 판단한 데티그 남작의 농간에 의한 것이었습니다. 그런데 세월이 좀 흐르자, 여자를 통제하는 일을 보다 섬세하게 치를 만한 인재가 새로 나타나게 되었답니다. 다름 아닌, 마드무아젤 당신이지요. 루슬랭 미망인은 당신을 매우 좋아했기에 우선 적대시할 걱정은 하지 않아도 되었지요. 아니나 다를까, 종종 자기 집에 놀러 오는 천진난만한 어린 딸의 아버지를 그녀는 조금도 배반하지 않았습니다. 그나마 가급적 과거를 현재와 연결시키지 않으려고 몰래몰래 집을 찾아오던 것이, 나중에는 낡은 등대나 그 밖의 근처 다른 곳에서 따로 약속을 정하는 일이 비일비재할 정도까지 되었지요. 그렇게 미망인을 찾아오던 와중에 당신은 우연히 릴본의 헛간에서 웬 궤짝 하나를 보게 됩니다. 바로 라울과 내가 찾아 헤매던 바로 그 물건이었지요. 당신은 반장난 삼아 그 궤짝을 데티그 영지로 가져가버립니다. 결국 루슬랭 미망인의 입을 통해 나와 라울은, 그녀에게 많은 선행을 베푼 누군가의 손아귀에 궤짝이 떨어졌으며, 그와 미망인이 일정하게 만남을 유지해오고 있다는 사실을 알게 되었죠. 우리는 서슴없이 루슬랭 미망인 대신 바로 그 약속 장소인 등대로 나와 진실의 일단을 밝혀

내리라 결정을 보았습니다. 그러던 중 현재 이곳에 당신이 나타난 것을 보고 우리는 애당초 저 옛이야기 속의 두 살인자가 베네토와 데티그 남작이라는 확신에 즉각적으로 도달한 겁니다. 아울러 그 이후 이 몸을 바다 한가운데 내동댕이친 장본인들과 동일인이라는 얘기이지요."

클라리스는 어깨까지 들썩이며 하염없는 눈물을 흘렸다. 라울은 그녀가 자기 아버지의 범죄행각에 대해 전혀 모르고 있었다는 것을 조금도 의심치 않았다. 저 사악한 여인의 폭로를 통해 여태껏 까마득히 모르고 있던 여러 사연들이 순진한 아가씨 앞에 갑작스레 펼쳐졌으며, 이제는 자기 아버지를 살인마로 여기지 않을 수 없게 되었다는 점 또한 의문의 여지가 없었다. 클라리스에게는 얼마나 가슴 찢어지는 고통인지! 반면 조제핀 발자모의 입장에서는 그 얼마나 통쾌한 일격이겠는가! 정말이지 막강하기 그지없는 솜씨로 가엾은 상대를 처참하게 궤멸시킨 셈이 아닌가! 레오나르가 루슬랭 미망인에게 저지른 신체적인 고문보다 수천 배는 더 잔혹하고 정교한 고문 방법을 통해 조제핀 발자모는 무고한 클라리스에게 엄청난 앙갚음을 퍼부은 셈이었다.

그녀는 나지막한 목소리로 중얼거렸다.

"그래요, 살인자 말입니다. 그의 모든 재산과 성채, 그럴싸한 준마들 모두가 참혹한 범죄행위의 소산이었던 겁니다. 안 그런가, 보마냥? 당신은 그에게 상당한 영향력을 행사해온 입장인 만큼 당연히 할 말이 많을 것 같은데? 무슨 수로 손에 넣었는지는 모르지만, 어쨌든 엄청난 비밀을 확보하고 있다면서 당신은 그를 종 부리듯이 부렸지. 게다가 처음 저지른 살인행각에 대한 증거를 담보로 역시 이리저리 부려먹다가, 급기야는 방해가 되는 대상들 몇몇을 마저 제거하도록 강요하기까지 했어. 그 부분은 내가 좀 알고 있는 편이지! 아, 정말 당신네들 흉악한 놈들이야!"

그러면서 여자는 라울의 시선을 눈으로 좇았다. 보마냥 일당의 죄를 그런 식으로 환기함으로써, 상대적으로 자기 자신의 허물을 덮으려는 여자의 심리를 라울은 간파했다. 그래서 그는 일부러 매몰차게 내뱉었다.

"그래서? 그게 다인가? 아니면 아직도 저 가엾은 처녀를 못 잡아먹어 난리를 떨 셈인가? 더 이상 무얼 원해?"

"여자가 토해낼 얘기가 남았지."

조진도 지지 않고 잘라 말했다.

"만약 토해내면 무사히 놔줄 텐가?"

"그러지."

"좋아, 그렇다면 어서 물어보지 그래. 뭘 물을 건데? 궤짝이 어디 있냐고? 뚜껑 안에 새겨져 있다는 글자가 뭐냐고? 그런 거야?"

정작 난데없는 사태에 넋이 나간 클라리스는 대답할 의사가 있건 없건, 그리고 진실에 대해 알건 모르건, 주어진 질문을 이해하지도 못할뿐더러 단 한 마디도 입 밖으로 낼 수 없는 처지였다.

보다 못한 라울이 다그쳤다.

"클라리스, 고통을 극복하세요. 이번이 마지막 시련이다 생각해요. 곧 모든 게 끝날 겁니다. 제발 부탁이니 아는 걸 얘기해요. 지금 당신한테 요구하고 있는 건 결코 당신 양심에 상처 될 만한 것이 아닙니다. 입을 열지 않겠다고 누구한테 약속한 바도 없어요. 그러니 얘기해도 누굴 배반하는 게 아닙니다. 그러니……."

라울의 호소력 있는 목소리 덕분에 어느새 여자의 마음이 다소 진정되었다. 그 점을 눈치챘는지 라울은 내처 묻기 시작했다.

"그 궤짝은 어찌 되었소? 그걸 데티그 영지 내로 가져간 게 사실입니까?"

"네."

지친 숨결에 새어나온 대답이었다.

"왜 그랬어요?"

"그냥 맘에 들어서…… 장난 삼아……."

"당신 아버지도 그걸 보았나요?"

"네."

"가지고 집에 들어간 바로 당일에 말인가요?"

"아뇨. 며칠 후에야 보셨어요."

"그걸 빼앗았겠죠?"

"네."

"뭐라 그러면서 빼앗던가요?"

"아무 말 없으셨어요."

"아무튼 당신이 물건을 살펴볼 시간적 여유는 있었겠군요?"

"네."

"그럼 뚜껑 안쪽의 글자들도 물론 보았겠죠?"

"네."

"투박하게 새겨진 옛날 철자였죠?"

"네."

"해독할 수는 있었나요?"

"네."

"어렵진 않았고요?"

"아뇨. 어려웠지만 결국 다 해독했어요."

"그래, 그 글자들 지금 기억해낼 수 있겠소?"

"글쎄요. 할 수 있을지 모르겠네요. 라틴어였는데……."

"라틴어라? 잘 생각해봐요."

"그나저나 내게 이럴 권리가 있는 걸까요? 그게 엄청난 비밀이라면 감히 내가 공개해도 괜찮겠냐고요?"

클라리스는 다소 주저했다.

"클라리스, 괜찮으니 안심해요. 원래 그 비밀은 누구의 것도 아니었으니 공개해도 당신 잘못은 없답니다. 당신 아버지든, 그의 동료들이든, 아니면 나이든 간에 이 세상 어느 누구보다 더 그 비밀에 대해 권리가 있다고 말할 순 없어요. 심지어 지나가던 행인이라도, 누구든 먼저 챙길 줄 아는 자가 명실상부한 임자란 말입니다."

라울이 하는 말이니 옳으리라고 생각한 클라리스가 결심했다.

"그래요, 그래. 당신 말이 분명 맞을 거예요. 근데 워낙에 별로 신경 쓰지 않았던 글자들이라, 이제 와서 기억해내려면 좀 시간이 필요할 것 같아요. 그때 읽었던 것을 또 해석도 해야 하니…… 그게 그러니까 어떤 돌하고…… 어느 왕비 얘기였는데……."

"기억을 떠올려봐요, 클라리스. 꼭 해내야만 합니다."

칼리오스트로가 여인의 점점 어두워지는 표정에 불안을 느낀 라울이 간절히 타일렀다.

정신을 집중하느라 잔뜩 일그러진 얼굴로 여자는 천천히, 아주 천천히 이런저런 단어들을 풀어냈다 고쳤다 하다가 결국 다음과 같이 더듬거렸다.

"아, 이랬어요! 기억이 나네요! 내가 판독한 글자는 라틴어 다섯 단어로 이런 문장이었어요."

Ad lapidem currebat olim regina

마지막 단어를 가까스로 더듬대는가 싶은 찰나, 언제부터인지 곁에 바짝 다가든 조제핀 발자모가 훨씬 더 사나워진 태도로 버럭 소리를 쳤다.

"거짓말! 그따위 주문이야 우리도 오래전부터 알고 있던 거야! 그 정도는 보마냥도 확인해줄 수 있어. 안 그래, 보마냥? 우리도 알고 있었지? 이 여자, 지금 거짓말하고 있어요, 라울! 거짓말이라고! 지금 얘기한 다섯 단어는 본느쇼즈 추기경도 기록에다 언급해놓은 거야. 그 당시 전혀 중요시하지도 않았고, 별다른 의미도 없는 걸로 취급해서 내가 당신한테 굳이 얘기도 하지 않았을 정도예요! 돌을 향하여 예전에 왕비가 달려갔나니…… 하지만 그놈의 돌이 대체 어디 붙어 있다는 거야! 왕비는 또 어떤 왕비를 얘기하는 거고? 그걸 가지고 무려 20여 년을 헤매다녔어. 아니야, 이건 아니야! 뭔가 다른 게 있다고!"

그녀는 다시금 무시무시한 분노에 사로잡혀 있었다. 목소리가 유달리 커져서도 아니고, 흐트러진 태도를 보여서도 아닌, 그야말로 지극히 내적인 변화를 통해서만 어렴풋이 드러나는 분노였다. 몇 가지 섬세한 징표 중에서도 특히 예사롭지 않게 돌변한 비상식적인 말투 속에서 감지할 수 있을, 그런 분노의 감정이었다.

젊은 아가씨에게 잔뜩 몸을 기울인 채 싸늘한 반말조로 또박또박 끊어대는 지금의 말투가 바로 그랬다.

"너 거짓말하고 있어! 거짓말하고 있다고! 그 다섯 단어를 요약하는 단 한 마디가 있지. 그게 뭘까? 단 하나의 주문이 있을걸. 딱 하나 말이야. 그게 뭘까? 자, 대답해봐."

겁에 질려 입술조차 떼지 못하는 클라리스를 향해 라울이 대신 애원하다시피 했다.

"생각을 집중해봐요, 클라리스. 기억을 떠올려보라니까. 그 다섯 단어 말고 뭔가 더 보았던 건 없었소?"

여자는 안타깝게 신음만 흘릴 뿐이었다.

"모르겠어요…… 없었던 것 같은데……."

"기억해봐요. 기억해내야만 합니다. 당신의 목숨이 달린 문제란 말이오."

문제는 클라리스를 향한 라울의 간절한 억양과 몸부림치는 애정이 조제핀 발자모를 자극하는 결과를 가져왔다는 사실이다.

그녀는 이 가엾은 아가씨의 팔뚝을 거세게 틀어쥐면서 말했다.

"말해! 그러지 않으면……."

클라리스는 더듬더듬할 뿐, 뭐라 딱 부러지게 대답을 하지 못했다. 칼리오스트로가의 여걸은 대뜸 날카롭게 호각을 불었다.

레오나르가 문가에 불쑥 모습을 드러낸 건 그와 거의 동시였다.

여자는 이를 악다문 채 둔탁한 목소리로 지시했다.

"이 여자를 데려가, 레오나르. 그리고 본격적인 신문을 시작해."

라울은 꽁꽁 묶인 상태에서도 펄쩍 뛰었다.

"아, 이 비겁한 인간! 나쁜 년! 여자한테 무슨 짓을 하려는 거야? 당신, 그 정도로 악랄한 계집이었나? 레오나르, 만약 저 아가씨한테 손 하나 까딱했다간, 내 하느님께 맹세하건대 언젠가는 이 손으로……."

길길이 날뛰는 라울을 향해 조제핀 발자모는 한껏 비아냥거렸다.

"어머나, 거참 걱정도 대단하셔라! 여자가 고통받을 걸 생각하니 미칠 것 같은 모양이지? 세상에, 둘이 아주 천생연분인가 봐! 살인자의 딸과 도둑의 인연이라니!"

백작부인은 클라리스를 다시 돌아보며 그르렁거렸다.

"아무렴, 도둑이지. 자네 애인은 한낱 도둑에 불과해! 저 나이가 되도록 도둑질이나 해서 먹고살았지. 네 귀여운 남자는 어려서부터 아예 도둑질이 업이었어. 너에게 꽃을 가져다주기 위해, 그리고 약혼반지를 손가락에 끼워주기 위해 도둑질을 했단 말이야. 순 사기꾼에다 좀도둑이지. 그리고 그의 이름 말인데, 그 알량한 당드레지라는 성 있잖아. 그것도 완전히 사기라니까! 라울 당드레지라고? 이거 왜 이러시나! 그의 진짜 이름은 아르센 뤼팽이야! 그 이름 잘 기억해두는 게 좋을 거야, 클라리스. 앞으로 아주 유명한 이름이 될 테니까. 아, 네 애인이 작업하는 걸 여러 번 봐왔기 때문에 하는 얘기라고. 정말이지 최고였지! 대단한 솜씨였어! 내가 나서서 바로잡아주지만 않는다면 너희들 둘이 정말 멋진 커플이 될 거야. 네가 낳을 아들 녀석도 이미 싹수가 훤하겠지. 아르센 뤼팽의 아들이자, 고드프루아 남작의 손자라……."

그러나 무심코 태어날 아이 얘기를 한 것이 펄펄 끓는 심정에 또다시 예리한 채찍질을 가하는 꼴이 되고 말았다. 급기야는 사악한 광기의 고삐가 홀러덩 벗겨진 것이다.

"레오나르!"

라울은 미칠 듯이 소리쳤다.

"아, 야만인 같으니라고! 어찌 이런 파렴치한 짓을! 드디어 가면을 벗는 것이냐, 조제핀 발자모? 더 이상 연극을 할 필요도 없다는 거야? 정말 인간백정이었단 말이야?"

하지만 여자는 이제 완전히 막무가내였다. 저 젊은 아가씨에게 고통을 주고 끝내는 목숨을 앗아가겠다는 험악한 욕망을 악착같이 고수하는 것이었다. 심지어 그러지 않아도 레오나르가 문 쪽으로 끌고 가는 클라리스를 직접 나서서 거칠게 떠다밀기까지 했다.

라울은 그 모든 것을 견디지 못해 고래고래 악을 써댔다.

"비열한 인간! 이 괴물아! 머리카락 한 올이라고 분명히 말했다! 머리카락 한 올 말이다! 너희 둘 다 죽은 목숨이야! 아, 이 짐승 같은 놈들! 당장 그 여자를 놔줘!"

그러면서 묶인 밧줄이 팽팽해지도록 어찌나 극렬하게 몸부림을 쳤는지, 보마냥이 고안해낸 장치가 더는 버티지 못하고 와해되고 말았다. 벌레 먹은 차양 덧문의 경첩이 느닷없이 이탈하면서 문짝이 통째로 우당탕 떨어져 나간 것이다.

잠시 적의 진영에 불안한 긴장감이 감돌았다. 그러나 비록 다소 느슨해진 감은 있지만 밧줄은 여전히 건재했고, 걱정하지 않을 정도까지 포로를 옭아매놓는 기능을 충분히 다하고 있었다. 그래도 안심이 안 되는지 레오나르는 권총을 꺼내 클라리스의 관자놀이에 갖다 댔고, 칼리오스트로가의 여장부는 일갈했다.

"저자가 한 발짝이라도 움직이면 그대로 갈겨버려!"

라울은 저절로 부동자세가 될 수밖에 없었다. 레오나르가 한 번 떨어진 지시를 실행에 옮기는 건 순식간의 일일 테고, 이런 상황에서 조금이라도 삐끗한다는 것은 곧 클라리스의 사형선고나 다름없었던 것이다. 그렇다면? 정녕 그렇다면 이대로 두고만 봐야 하는 것인가? 여자를 구원할 방도가 정말로 없단 말인가?

그에게서 한시도 눈을 떼지 않던 조제핀 발자모가 이죽거렸다.

"그래, 이제야 상황을 제대로 이해하게 된 모양이군. 훨씬 현명해지셨어."

남자는 제법 자신을 통제하면서 대꾸했다.

"아니, 그냥 생각 좀 하는 것 뿐이야."

"뭘?"

"아무것도 두려워할 게 없으며, 결국 무사히 풀려날 거라고 여자한테 약속을 했거든. 그걸 반드시 지킬 생각이지."

"글쎄, 그거야 나중 일이고."

"아니야, 조진! 당신 손으로 풀어주게 되어 있어."

백작부인은 아랑곳하지 않고 부하를 홱 돌아보며 내뱉었다.

"어때, 준비는 됐겠지, 레오나르? 자, 신속히 처리하도록!"

"멈춰라!"

버럭 소리치는 라울의 목소리가 하도 자신만만해서 여자는 멈칫하지 않을 수 없었다.

"멈추란 말이다! 여자를 놔줘. 내 말 알아듣겠어, 조진? 당신이 여자를 놔주길 바란다. 그 혐오스러운 짓거리를 잠시 미룬다거나 그저 단념하는 정도가 아니야. 지금 즉시 클라리스 데티그를 풀어드리고, 그 문을 활짝 열어주라는 얘기라고."

보통 확신에 찬 말투가 아니었다. 뭔가 비상한 동기를 갖춘 의지가 압도적인 위엄을 내세우며 표출되고 있었다.

레오나르도 마찬가지로 흠칫했는지 이러지도 저러지도 못했다. 한편 자신에게 얼마나 가공할 고문이 자행될지 전혀 짐작도 못하던 클라리스는 상대적으로 기운을 차리는 인상이었다.

약간 당황한 칼리오스트로 백작부인은 조심스레 중얼거렸다.

"그래봤자 말뿐이겠지. 무슨 사기를 또 치려고."

대뜸 반격이 튀어나왔다.

"말이 아니라 현실을 얘기하는 거야. 모든 걸 지배하는 현실 말이지. 그 앞에서 당신은 무릎을 꿇어야 할걸!"

제아무리 칼리오스트로가의 여장부라 해도 점점 불안감에 사로잡힐 수밖에 없었다.

"도대체 무슨 소리를 하는 거지? 뭘 어쩌자는 거냐고?"

"어쩌자는 게 아니라 지시하는 거야."

"뭘 어떻게?"

"지금 즉시 클라리스를 풀어주고, 이곳에서 떠날 수 있게 해주는 것! 레오나르나 당신은 한 발짝도 움직여선 안 되고 말이야."

여자는 느닷없는 웃음을 터뜨리며 물었다.

"오호호호. 그래, 그것뿐이야?"

"그것뿐이지."

"대신 내겐 무얼 내놓을 건데?"

"수수께끼의 해답."

여자는 전신을 부르르 떨었다.

"그, 그걸 알고 있다는 얘긴가?"

"알고 있지."

갑자기 돌변하는 국면이 아닐 수 없었다. 지금까지 애증과 질투의 진창 속에 서로를 만신창이로 뒹굴게 만들었던 대결구도가 삐끗하면서, 보다 거창한 과업에 대한 진지한 관심이 오롯이 솟아오르는 것이었다. 칼리오스트로가의 여걸을 사로잡았던 복수의 집념이 이제는 부차적인 문제로 변했고, 수도원의 무수한 보석들이 라울의 의도대로 반짝거리며 그녀의 눈앞에서 현란한 춤을 추기 시작했다.

보마냥 역시 반쯤 몸을 일으키고는 탐욕스레 귀를 기울였다.

조진은 클라리스를 부하 손에 맡겨둔 채 천천히 다가와 말했다.

"그러니까 그 수수께끼 해답만 알면 만사가 해결된다는 건가요?"

"그건 아니지."

라울은 나지막한 목소리로 말했다.

"그걸 다시 해석해야만 하니까. 주문의 의미를 감추고 있는 베일을 걷어내야 진짜 열쇠가 나오게 되어 있거든."

"그걸 당신이 해낼 수 있다?"

"바로 그거야. 이미 그에 대해 어느 정도는 파악이 끝난 상태이지. 어느 날 갑자기 진실이 환히 보이더라니까!"

라울이 이런 경우에 실없는 농담이나 흘릴 위인이 결코 아님을 그녀는 알고 있었다.

"어디 한번 차근차근 설명해보시지. 그런 다음 클라리스를 보내주도록 할 테니."

"먼저 여자부터 보내고 나서 설명에 들어가도록 하지. 물론 이따위로 목이나 손이 묶인 상태가 아니라, 완전히 자유스러운 분위기 속에서 말이야."

"그건 말도 안 돼. 갑자기 형세를 되돌리려는 모양인데. 아직은 내가 상황을 완전히 장악하고 있다는 걸 아셔야지!"

여자의 엄포에 라울은 지지 않고 응수했다.

"더 이상은 아닐 텐데. 당신은 이제 나한테 의지할 수밖에 없어. 조건을 내거는 쪽은 오히려 나야."

여자는 시큰둥하게 어깨를 으쓱하면서도 이렇게 말하지 않을 수 없었다.

"그럼 완벽한 진실에 의거해 얘기하겠다고 맹세해요. 당신 어머니 무덤을 걸고 맹세하란 말이에요."

곧장 확고부동한 어조에 실린 맹세가 술술 흘러나왔다.

"내 어머니의 무덤을 두고 맹세하노니, 클라리스가 이곳 문턱을 벗어나고 20분 후, 나는 경계석이 위치한 정확한 장소, 즉 프랑스의 모든 수도원으로부터 수거 및 집적되어온 보물들의 위치를 틀림없이 지적하겠다."

여자는 난데없이 엄청난 제안을 들고 나와 사람 정신을 여지없이 흔들어놓는 라울에게 주도권을 넘기지 않으려고 억지로 발끈했다.

"아니야, 아닐 거야! 이건 함정이야! 당신은 아무것도 몰라."

"천만에! 내가 알고 있는 건 물론이고, 실은 나만 알고 있는 것도 아니야."

"누가 또 알고 있다고?"

"보마냥과 남작도 알고 있지."

"그럴 리가!"

"잘 생각해봐. 보마냥은 그저께 데티그 영지로 갔었어. 왜 그랬을까? 그건 남작이 궤짝을 발견하는 바람에 둘이 함께 글자 해독을 하기 위해서였지. 그런데 거기 추기경이 공개한 다섯 글자 말고도 다른 게 있었다면, 즉 그 모두를 아우르는 마법의 암호이자 비밀의 열쇠가 되어줄 또 하나의 단어가 있었다면, 과연 그걸 못 봤을까? 당연히 그들도 알고 있겠지."

여자는 보마냥을 힐끔 내려다보며 내뱉었다.

"흥, 상관없어! 어차피 내 손에 붙잡힌 신세이니까."

"고드프루아 데티그도 붙잡은 건 아니지. 아마 지금쯤 보마냥이 미리 파견한 남작과 그 사촌은 현장을 탐사해서 보물을 탈취하기 위해 동분서주하고 있을걸! 그러니 지금이 얼마나 긴박한 상황인지 이제 이해하시겠나? 잠시만 머뭇거려도 몽땅 잃게 된다는 걸 알겠냐고?"

여자는 여전히 오기를 부렸다.

"클라리스가 입만 열면 다 가질 수 있어!"

"그녀는 더 이상 모르기 때문에 입을 열고 싶어도 못 열어."

"좋아. 그럼 당신이 말하면 되겠군. 방금 그와 같은 정보도 털어놓을 정도이니 조금 더 뱉어낸다 한들 큰 문제는 아닐 테니까. 하지만 여자를 먼저 내주는 건 곤란해. 내가 왜 당신 말대로 고분고분 따라야 하지? 클라리스가 저렇게 레오나르의 수중에 있는 한, 내가 요구하기만 하면 당신이 아는 내용을 털어놓게 하는 거야 땅 짚고 헤엄치기일 텐데!"

라울은 고개를 가로저으며 말했다.

"그건 아니지. 이제 소란은 끝났어. 고비는 저만치 지나갔다고. 글쎄,

당신은 요구만 하면 다 될 것 같겠지만, 실상을 말하자면 당신에겐 이미 그럴 기력도 없어. 더 이상 뭘 요구하지도 못해."

사실이었다. 라울은 이미 단단한 확신을 근거로 말하고 있었다. 보마냥의 표현을 빌리자면 막강하고, 잔인하며, '악마 같은 존재'일지는 모르나, 칼리오스트로 백작부인은 엄연히 신경계통의 장애에 시달리고 있었으며, 어떤 의도가 뒷받침되어서라기보단 신경증적 발작에 의해 악행을 저지르는 경우가 훨씬 많았다. 그건 일종의 히스테리 섞인 광기의 발작이었으며, 한 차례 광증이 가라앉고 나면 육체뿐만 아니라 정신적으로도 심한 피로감을 동반한 무기력 상태가 엄습해오는 타입이었던 것이다. 라울이 아까부터 면밀히 관찰한 바로는 지금이 바로 그 시기인 것이 분명했다.

"자자, 조제핀 발자모, 이젠 좀 합리적으로 구는 게 어떻소. 당신은 전 생애를 오로지 이 한 장의 카드에 걸면서 살아왔어. 즉, 무진장한 노다지를 손에 넣는 것! 이제야말로 내가 그걸 손에 넣어주겠다는데, 지금까지의 모든 고생을 폐기처분이라도 할 참인가?"

저항하는 눈치가 알게 모르게 잦아들고는 있었지만, 조제핀 발자모의 입에서는 여전히 항의가 튀어나왔다.

"당신을 믿을 수가 없어."

"그건 사실이 아니지. 당신은 내가 항상 약속만은 충실히 지킬 거라는 걸 잘 알아. 그런데도 망설이는 건…… 아니지, 사실은 망설이고 있지 않아. 마음 저 깊은 속에서는 이미 결심을 한 상태라고. 다행한 일이지."

여자는 1~2분가량 골똘히 생각에 잠겼다. 그러다가 어느 한순간 슬쩍 동작을 취했는데, 이런 의미였다.

'하여튼 저 아가씨는 나중에 다시 손보면 되니까. 복수는 잠시 뒤로

미루어졌을 뿐이야.'

여자는 라울을 다시 한번 똑바로 쏘아보며 캐듯이 물었다.

"당신 어머니의 영혼을 걸고 맹세하는 거죠?"

"내 어머니의 영혼뿐만 아니라, 내게 딸린 모든 명예와 위신을 걸고 당신에게 모든 걸 공개하겠다고 맹세하겠소!"

마침내 여자는 수락했다.

"좋아. 단, 클라리스와 당신 둘이서는 따로 어떤 얘기도 나누어선 안 돼!"

"단 한 마디도 나누지 않도록 하지. 더군다나 그녀와 남몰래 쑥덕거릴 딱히 중요한 비밀도 이젠 없으니까. 그저 자유의 몸으로 풀려나기만 하면 내 뜻은 이루어지는 거야."

여자는 즉시 지시를 내렸다.

"레오나르, 계집을 풀어줘. 그리고 이 남자도 풀어주고."

레오나르는 내키지 않는다는 태도였다. 하지만 그 이상 드러내놓고 반발을 하기에는 워낙에 충성심이 갸륵한 사내이기도 했다. 먼저 클라리스로부터 떨어지더니 라울에게 다가와 묶여 있던 밧줄을 끊어주었다.

한편 라울의 태도는 이 진지한 상황과는 전혀 걸맞지 않았다. 그는 우선 뻣뻣해진 두 다리부터 유연하게 풀었고, 두세 차례 팔운동을 했으며, 요란하게 심호흡까지 했다.

"히야, 훨씬 낫군! 난 아무래도 포로 역할을 하는 데엔 적성이 영 아니야! 선한 사람을 구하고 못된 놈들을 벌주는 거라면 구미가 불쑥 당기는데 말이야. 안 그런가, 레오나르 이 친구야!"

기겁을 하는 레오나르를 뒤로하고 라울은 이번엔 클라리스에게 다가가 말했다.

"지금까지 이곳에서 벌어진 모든 일들에 대해 내가 사과합니다. 다음부터는 절대로 이런 일들이 발생하지 않을 것이니 안심하십시오. 이제부터 당신은 내 보호를 받게 될 것입니다. 그래, 여길 떠날 기력은 있습니까?"

"네, 네. 하지만 당신은?"

"오! 나요? 나는 별로 위험할 거 없습니다. 중요한 건 당신의 안전이지요. 다만 당신이 오랜 시간 걸을 수 있을지 걱정되네요."

"그리 오래 걷지 않아도 돼요. 어제 아버지가 친구 집까지 데려다줬고, 내일 다시 데리러 오시기로 했거든요."

"여기서 가까운 곳인가요?"

"네."

"자자, 거기까지만 얘기합시다, 클라리스. 지금으로선 그 어떤 정보도 당신한테 해롭게 작용할지 몰라요."

여자를 문 앞까지 배웅한 라울은 레오나르에게 가서 방책의 맹꽁이 자물쇠를 열어달라고 신호를 보냈다. 레오나르가 지시대로 이행하는 동안 라울은 여자에게 또 덧붙였다.

"진정하고 더 이상 아무것도 걱정하지 말아요. 당신 자신에 관해서든, 나에 관해서든 말입니다. 앞으로 우리는 때가 되면 다시 만날 거예요. 우리 사이를 갈라놓으려는 장애물이 제아무리 극성을 부려도 때는 결코 머지않았습니다."

마침내 라울은 여자를 내보내고 문을 닫았다. 약속대로 클라리스의 구원이 이루어진 것이다.

라울은 그제야 태연자약하게 내뱉었다.

"정말이지 사랑스러운 아가씨라니까!"

훗날 아르센 뤼팽이 조제핀 발자모와 더불어 체험한 엄청난 모험 중이 일화를 소개해주었을 때, 그는 연신 터져나오는 웃음을 참지 못하며 이렇게 말했다.

"푸하하하하. 당시에도 그랬지만, 정말이지 지금 생각해도 웃을 수밖에 없다네! 내 기억으로는 즉석에서 고 앙증맞은 앙트르샤를 선보인 게 그때가 처음이었던 것 같아. 그 이후로는 아주 힘겨운 싸움에서 승리를 거두었을 때마다 종종 써먹은 동작이지만 말이야(『수정마개』 263쪽, 『서른 개의 관』 317, 368, 404쪽 등에서 볼 수 있다—옮긴이). 사실 그때 그 싸움도 꽤나 어렵게 승리한 것이거든. 진짜로 난 기분이 날아갈 듯했지. 클라리스는 무사히 빠져나갔고, 모든 게 정리된 것처럼 보였으니까. 나는 담배를 한 대 피워 물었지. 그리고 우리 사이의 계약을 상기시키려는 듯 앞에 떡하니 버티고 서서 나를 잔뜩 꼬나보는 조제핀 발자모의 면상에다가 그만 조신하지 못하게 연기를 훅 하고 내뿜어 버렸다네! 여자가 이렇게 중얼거리더군. '불한당 같으니라고!' 거기다 대고 내가 마치 총알처럼 응수한 말발은 글자 그대로 상스러운 욕지거였다네. 오, 미안하지만 더는 묻지 말게. 보통 거친 욕이 아니라 아주 장난기를 듬뿍 처발라서 해줬다니까! 또, 그러고 나선 말일세…… 그런데 그 여자가 나한테 불어넣는 극단적이고 모순된 감정들을 일일이 분석할 필요가 있을까? 난 말이야, 그런 문제로 심리학 공부까지 해서 그녀한테 깔끔한 신사처럼 처신했다고 자랑할 생각은 추호도 없는 사람일세. 아무튼 나는 그 여자를 사랑하면서 동시에 아주 **혹독하게** 증오한 것만은 사실이야. 하지만 그녀가 클라리스를 해치려 든 다음부터는 내 혐오감이 한도 끝도 없이 증폭되질 않겠나! 심지어 그 고혹적인 미모의 가면도 더는 눈에 보이지 않고, 그저 그 너머에 도사리고 있을 진짜 얼굴만 자꾸 부대끼더라니까! 내가 그 자리에서 발뒤꿈치로 핑그르르 돌며 냅다 욕지거리를 쏴댄 건, 바로 그렇게 갑자기 눈에 들어온 육식동물 같은 몰골을 향해서였단 말일세!"

말은 그렇게 했지만, 사실 아르센 뤼팽이 마음놓고 웃을 수 있었던
건 그 일이 다 **지나간 후**였다. 솔직히 당시의 상황은 매우 처절한 편이었
으며, 자칫 칼리오스트로가의 여걸과 레오나르가 총이라도 한 방 갈겨
서 그를 요절냈을지도 모를 형국이었던 것이다.

여자는 잇새로 으르렁댔다.

"아, 당신이 가증스러워!"

"나보다 더 그렇지는 않을걸!"

라울 역시 지지 않고 응수했다.

"물론 클라리스와 조제핀 발자모 사이의 일이 완전히 정리된 게 아니
라는 건 알고 있겠죠?"

"클라리스와 라울 당드레지 사이의 인연도 정리된 게 아닌 것처럼?"

조금도 수그릴 기세가 아니었다.

"망나니 같으니라고! 당신 같은 인간한텐 그저……."

"총알 한 방이 보약이라 이건가? 설마 그럴 리가, 내 사랑!"

"내게 너무 큰 기대는 걸지 말아요, 라울."

"다시 말하지만, 그런 일은 있을 수 없소. 나라는 사람은 현재 당신에
겐 신성한 존재나 다름없지. 한마디로 10억 프랑을 호가하는 귀하신 몸
이야. 오, 칼리오스트로가의 따님이시여! 이 몸을 없앤다면 10억이라
는 돈이 그대의 눈앞에서 훅 하고 사라져버립니다요! 그 금액은 이를테
면 당신이 나를 어느 정도까지 존중해야 되는지를 말해준다고나 할까.
나의 뇌세포 하나하나가 그대로 보석이나 다름없는 셈이지. 이 머릿속
에 총알이 한 알 박혔다 하면, 그때부터는 제아무리 당신 아버지 영령
앞에 빌고 하소연해도 아무 소용이 없어. 젠장! 우리 가엾은 따님 손에

는 단 한 푼도 떨어지지 않을 거란 말씀이지! 그러니 우리 귀여운 조제 핀, 내 거듭 말하거니와, 이 몸은 저 폴리네시아에서 흔히들 말하는 '신 성물신'(神聖物神. taboo ─ 옮긴이)이나 마찬가지랍니다. 머리끝에서 발끝 까지 죄다 '물신'이라 이거지! 어서 무릎을 꿇고 이 손에다 입을 맞추지 못할까! 그렇게 하는 게 그나마 당신이 할 수 있는 최선이라고, 이 사 람아!"

대차게 떠들어댄 라울은 방책 쪽으로 향한 창문을 활짝 열어젖혀 크 게 숨을 들이마셨다.

"여긴 숨이 턱턱 막혀. 특히나 레오나르, 저 친구 정말이지 곰팡이 냄 새가 난다니까. 아 참, 조제핀, 당신이 키우는 저 인간백정이 호주머니 속 권총을 섣부르게 가지고 놀지 못하도록 주의는 충분히 주었겠지?"

여자는 발을 쿵 구르며 소리쳤다.

"허튼소리는 이제 그만하시지! 당신 조건은 이미 들어줬고, 이젠 내 조건을 들어줄 차례일 텐데?"

"돈 안 내면 죽이겠다?"

"그러니 어서 말해! 지금 당장!"

"허어, 성질 참 급하기도 하셔라! 무엇보다 클라리스가 당신 손아귀 에서 완전히 벗어났다는 확신을 갖기 위해 20분의 시간 여유를 내건 걸 로 아는데. 20분이 되려면 아직 멀지 않았나? 그뿐만 아니라……."

"또 뭐가 어떻다고?"

"그토록 오랜 세월 동안 해결하기 위해 갖은 애를 써온 문제를 나라 고 순식간에 풀어내리라 기대하는 건 좀 그렇지 않은가?"

여자는 어이가 없다는 표정이었다.

"지금 무슨 말을 하는 거지?"

"더없이 간단한 얘기지. 얼마간 시간 여유를 달라는 거야."

"시간 여유? 왜 그래야 하는데?"

"그야 비밀을 풀기 위해서는……."

"뭐라고? 그럼 아직 모르고 있다는 거예요?"

"수수께끼의 해답? 그야 모르는 게 당연하지."

"어머나! 거짓말을 한 거야, 그럼?"

"어허, 말조심합시다, 조제핀!"

"거짓말이 아니고 뭐야? 맹세까지 하고선."

"물론 우리 가엾은 어머니의 무덤에 대고 맹세한 건 맞지. 굳이 부인하진 않겠어. 다만 이건 이거고, 저건 저거고, 서로 혼동하진 말아야지. 나는 **진실을 알고 있다**고 맹세하진 않았어. 단지 **진실을 말해주겠노라**고 맹세했을 뿐."

"말해주려면 우선 알아야 할 것 아냐!"

"알려면 먼저 생각을 모아야 하는데, 당신이 좀처럼 시간을 안 주고 있다는 말씀이야! 에잇, 빌어먹을! 잠시만 조용히 있게 해줘요. 그리고 저 레오나르라는 친구, 권총 좀 그만 쥐고 있고. 영 신경이 쓰이잖아!"

단순히 농을 던지는 것 때문이 아니라, 그 무례하게 비꼬는 듯한 어투가 칼리오스트로가의 여장부로서는 도저히 가만히 듣고 있기가 어려웠다.

그렇다고 위협으로 다스려봐야 제대로 먹혀들지도 않을 터였다. 여자는 부글부글 끓는 심정을 억누르면서 말했다.

"좋으실 대로! 난 당신을 잘 알아. 한 번 한 약속은 반드시 지킨다는걸."

라울은 더욱 신이 난 듯 외쳤다.

"아하! 그렇게 부드럽게 대해주신다면야. 이래 봬도 부드러운 태도 앞에선 지금까지 반항해본 역사가 없는 몸! 어이, 종업원! 필기도구 좀 부탁해요. 어느 시인 말마따나 질 좋은 종이하고 벌새 깃털펜, 성숙한 검둥이 여자 노예의 피, 그리고 책상으로는 시트론 나무껍데기만 있으면 그만이라오!"

한껏 너스레를 떨면서도 그는 지갑에서 연필과 명함 한 장을 꺼냈는데, 그 위에는 이미 몇몇 글자들이 매우 독특한 방식으로 배열되어 있었다. 그는 이렇게 저렇게 금들을 그어 그 각각의 글자들을 서로 연결시켰다. 그러고는 후딱 뒤집어 이면에다가 예의 그 라틴어 주문을 적었다.

Ad lapidem currebat olim regina

"참으로 엉터리 라틴어일세!"

라울은 나지막하게 목소리를 깔고 중얼거렸다.

"수도승들 대신 만약 나라면, 똑같은 결과를 노리면서도 이보다는 훨씬 나은 문장을 찾아냈을 텐데. 어쨌든 원문 그대로 놓고 한번 생각해보지. 그러니까 왕비께서 경계석을 향해 난데없이 뜀박질을 하신다…… 조제핀, 시계를 보고 있도록!"

그는 더 이상 웃고 있지 않았다. 그렇게 1~2분가량을 심각한 표정을 짓고 있었는데, 마치 허공을 응시하는 듯한 그 눈동자가 치열하게 머리를 굴리고 있다는 걸 보여주었다. 그러면서도 찬탄과 무한한 신뢰의 눈빛으로 자신을 바라보는 조진을 힐끗 엿보고는, 골똘히 생각에 몰두하는 가운데에도 싱겁게 피식 웃는 것이었다.

"어때요? 진실이 보이나요?"

여자가 눈을 반짝이며 물었다.

꽁꽁 묶인 보마냥 역시 불안한 표정으로 귀를 기울였다. 과연 어마어마한 비밀의 전모가 밝혀질 것인가?

무한한 침묵 속에서 1~2분의 시간이 또다시 흘러갔다.

"왜 그래요, 라울? 무척 흥분한 것 같아."

문득 조제핀 발자모가 다그쳐 묻자, 라울은 대답했다.

"그래, 맞아요! 무척 흥분되는군! 탁 트인 벌판의 어느 평범한 경계석 안에 보물이 숨겨져 있다는 이 모든 얘기가 이미 흥미만점이긴 하지만, 따지고 보니 약과인걸! 이봐요, 조진. 그 모든 사연을 아우르는 하나의 관념에 비하면 정말 아무것도 아니란 말이오. 이게 얼마나 기묘한 건지 당신은 아마 상상도 못할 거야. 아주 아름답기도 하고! 이렇게 순수하고 시적일 수가!"

거기서 잠시 멈춘 라울은 다소 뜸을 들이다가 마침내 쩌렁쩌렁한 목소리로 선언하듯 말했다.

"조진, 중세의 그 수도승들은 모두 멍텅구리였소!"

그는 벌떡 일어서서 덧붙였다.

"맙소사! 그래, 신앙심이 깊은 사람들이긴 하겠지. 하지만 당신의 신념에 상처 줄 위험성을 무릅쓰고 내 거듭 말하건대, 그들은 몽땅 멍텅구리 바보들이었다고! 자, 만약에 어느 갑부가 자신의 금고를 안전하게 지키기 위해 그 위에다 '열지 마시오'라는 글자를 큼직하게 새겨 넣었다면, 그를 바보 멍텅구리라 생각하지 않겠소? 그런데 바로 수도승들이 저들 재산을 안전하게 보호하려고 했다는 짓거리가 거의 그 수준이더라 이거요!"

여자가 조심스레 속삭였다.

"아니야, 그렇지 않을 거야! 어떻게 그럴 수가! 뭔가 잘못 짚었겠지. 착오가 생긴 거야."

"수도승뿐만 아니라 전부 다 바보 멍텅구리들이었어! 그때 이후로 실컷 찾아 헤매고도 하나 건지지 못한 모두가 말이야. 눈뜬 장님이나 마찬가지지! 그따위 협소한 사고력들 가지고. 맙소사! 당신, 레오나르, 고드프루아 데티그, 보마냥, 그 일당들, 모든 예수회 사람들, 루앙의 대주교 할 것 없이 모두가 눈앞에 다섯 단어를 빤히 보면서도 뭐가 부족했다니 기가 막힐 노릇이지! 초등학교 어린 학생이라도 이보다 어려운 문제를 해결할 수 있을 것을."

라울이 호들갑을 떨자, 여자가 발끈했다.

"다섯 단어가 아니라 하나의 단어가 문제라면서요?"

"제기랄! 누가 아니라나, 하나의 단어가 있지! 실은 아까 궤짝을 손에 넣자마자 보마냥과 남작이 그 필수적인 단어 하나를 파악했다고 얘기한 건, 순전히 당신을 당혹하게 해서 포로를 놔주도록 하기 위함이었소. 그러나 정작 그 신사분들께선 뭐가 뭔지 까마득히 모르고 지나쳤을 것이오. 하지만 분명 그 필요불가결한 단어가 있긴 하거든! 바로 다섯 개의 라틴어 단어 속에 녹아 있단 말이야! 이 황당하고 모호한 주문 앞에서 대책 없이 혼비백산하고 있을 게 아니라, 그 다섯 단어의 맨 첫 글자로 이루어지는 새로운 한 단어를 그대로 읽어보면 그만인 것을."

그 말에 여자는 얼른 목소리를 낮췄다.

"그건 우리도 생각은 해봤다고요. 알코르(Alcor)라는 단어가 나오는데, 그렇지 않나요?"

"그렇지, 알코르!"

"그래서요? 그게 뭐가 어떻다는 얘기죠?"

"뭐가 어떠냐고? 그 안에 모든 게 다 들어 있지! 그 단어가 뭘 의미하는지 알겠소?"

"'검사(檢査)'를 뜻하는 아랍어 아닌가?"

"그런데 바로 그 단어를 아랍인을 위시해서 모든 민족들이 무엇을 지칭할 때 쓰는 줄 아시는가?"

"별 아니에요?"

"무슨 별이지?"

"큰곰자리를 이루는 별들 중 하나로 알고 있는데. 별로 중요한 별은 못 되고. 그나저나 그게 지금 이 수수께끼와 무슨 관련이 있는 거죠?"

라울은 딱하다는 표정으로 씩 웃었다.

"당연히 아주 깊은 관련이 있고말고. 별의 이름이야 시골의 어느 경계석 위치와 아무런 상관이 없겠지. 다들 그런 어설픈 추론에만 집착하는 바람에 모든 노력이 거기서 중단되고 마는 것이라오, 딱한 아녀자여! 하지만 그 다섯 개의 라틴어 단어에서 알코르라는 단어를 추출해내자 나는 정신이 번쩍 들었소. 워낙에 부적어(符籍語)나 마법의 주문 따위에 조예가 깊은 데다, 이번 모험 전체가 유독 '일곱'이라는 숫자(일곱 개의 수도원에, 일곱 명의 수도승들, 일곱 개의 가지가 달린 촛대, 일곱 개의 반지에 박힌 일곱 개의 보석)를 둘러싸고 전개되어왔다는 사실에 주목한 나는, 순 발력 있는 상상력을 총동원하여 알코르라는 별이 실은 큰곰자리에 속해 있다는 사실을 머릿속에 떠올렸지. 그러자 문제가 쉬이 해결되더군."

"해결되다니? 어떻게?"

"빌어먹을, 답답하긴! 큰곰자리라는 게 원래 '일곱' 개의 큰 별들이 모여 만들어진 것 아니오! 일곱 개라! 여전히 일곱이라는 숫자가 문제더라고! 자 이제 좀 감이 오시오? 아랍인들과 숱한 천문학자들이 알코르라는 명칭을 순순히 차용한 이유는, 그 자그마한 별이 육안으로는 판별하기가 쉽지 않기에 시력 '검사'용으로 적합하기 때문 아니었겠소? 사람의 시력이 좋으냐 나쁘냐를 그 별을 알아볼 수 있느냐 없느냐로 검사를 하니, '검사'라는 이름이 붙은 게 당연하다는 거지. 요컨대 알코르는 사람들이 눈여겨 살펴보아야 하는, 눈을 씻고 찾아내야만 하는 그

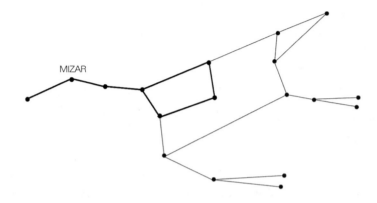

큰곰자리(Ursa Major): 일곱 개의 큰 별은 원래 큰곰자리의 가장 중심이라 할 수 있는 꼬리 부분, 즉 국자 모양에 해당하는 북두칠성을 말한다. 알코르라는 별은 이중 국자 손잡이 끝에서 두 번째에 위치한 밝은 별 미자르(MIZAR)와 쌍성을 이루며 바짝 붙어 있다. 눈이 안 좋은 사람은 두 별을 나누어 보기 힘들어서 고대 아랍이나 로마에서는 군인을 뽑을 때 시력 검사용으로 이 별을 이용했다.

무엇을 의미하는 셈이지. 즉, 뭔가 감춰진 것, 숨겨진 보물, 말하자면 보석들을 감춰놓은 보이지 않는 경계석, 다시 말해 그 자체로 금고란 말씀이야!"

조진은 뭔가 엄청날 것 같은 진실이 서서히 밝혀지는 걸 감지하며 열에 들떠 중얼거렸다.

"아, 뭐가 뭔지 모르겠어."

라울은 만약의 경우 탈출구로 삼기 위해 활짝 열어둔 방책 쪽 창문과 레오나르 사이에 걸상을 위치시켰다. 그리고 계속 얘기를 이어가면서 눈으로는 고집스레 호주머니 속에 손을 넣고 있는 레오나르를 지켜보았다.

"이제 곧 알게 될 것이오. 마치 샘솟는 샘물처럼 명확한 이야기이니까. 자, 잘 봐요."

그는 손에 쥐고 있던 명함 한 장을 쓱 내보였다.

결정판 아르센 뤼팽 전집

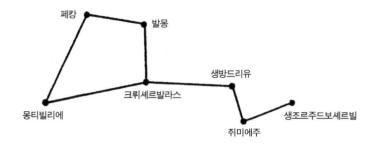

"지난 몇 주 내내 내 품에서 떠나지 않은 게 바로 이거요. 이번 일에 대해 처음 조사에 착수했을 당시, 나는 지도에서 일곱 개의 수도원 위치를 찾아내 정확히 이 명함에다 표시를 해놓았지. 보시다시피 각 수도원들이 서로 어떤 위치에 있나를 한눈에 알아볼 수 있도록 일곱 개의 점들을 배치한 거야. 그런데 방금 전에 내가 그 비밀의 단어를 발견한 직후, 일곱 개의 점들을 이리저리 선으로 연결해본 결과, 정말 놀랍게도 그것이 너무나 자연스럽게 큰곰자리의 형태를 나타내고 있다는 사실을 깨닫게 된 것이오! 정말이지 놀라운 발견 아니오? 페이드코의 일곱 개 수도원이, 즉 그 옛날 기독교 국가인 프랑스의 전역으로부터 답지한 보화가 궁극적으로 집결된 일곱 개의 수도원들이, 다름 아닌 큰곰자리의 가장 중요한 일곱 개 별의 위치와 어쩌면 이리도 그럴싸하게 부합하는지! 이건 틀림없는 진실이오. 누구든 미심쩍으면 지도를 가져와서 한번 베껴보라니까! 영락없는 큰곰자리의 신비스러운 형상 그 자체요.

이쯤 되자 진실은 더없이 확고하게 자리를 잡는 것이었소. 알코르라는 별이 저 천상의 형태 안에 위치하는 지점과 똑같이, 문제의 경계석도 이 지상의 보이지 않는 선상에 정확히 위치한다는 사실! 다시 말해서, 저 하늘의 알코르가 큰곰자리의 꼬리 중간에 위치한 별의 약간 우하(右下) 방향에 존재하는 것과 마찬가지로, 경계석 역시 바로 그 별과 대응되는 위치의 수도원 약간 우하 방향, 즉, 예로부터 노르망디 지역에서 가장 부유하고 강력했던 쥐미에주 수도원의 우하 방향에 있을 것이라는 말이오. 이거야말로 지극히 수학적이고 불가피한 결론이며, 경계석은 다른 어디도 아닌 바로 그곳에서 찾을 수 있다는 얘기지. 그러자 연이어 머릿속에 두 가지 생각이 떠올랐소. 첫째, 쥐미에주에서 약간 남동쪽, 메닐수쥐미에주라고 하는 작은 부락이 센 강에 바짝 인접해서 위치해 있는데, 그곳에 샤를 7세의 애첩이었던 아녜스 소렐의 대저택 잔해가 있다는 사실. 둘째, 당시 수도원과 저택 사이에는 지하로 통로가 연결되어 있었다는데, 혹시 아직도 그 구멍을 찾아볼 수 있지 않을까 하는 것(『괴도신사 아르센 뤼팽』 123쪽 참조―옮긴이). 그럼 결론은 뭐냐? 이른바 전설 속의 경계석은 센 강 기슭 아녜스 소렐의 대저택 근처에 있으며, 전설의 다섯 단어가 의미하는 것은 왕의 애첩, 말하자면 내연의 왕비께서 안에 무엇이 들어 있는지는 전혀 모른 채, 그 경계석 있는 곳까지 달려나와 사뿐히 앉아 노르망디의 저 늙은 강물 위로 유유히 미끄러져 가는 왕의 선박을 하염없이 바라보곤 했다는 것이지."

Ad lapidem currebat olim regina
돌을 향하여 예전에 왕비가 달려갔나니

놀라운 얘기가 끝나기 무섭게 엄청난 적막감이 라울 당드레지와 조제핀 발자모를 한데 휘감았다. 드디어 장막이 걷히고, 빛이 어둠을 갈랐다. 그와 더불어 두 사람 사이에서 들끓던 증오의 기운도 어느새 잠잠해진 느낌이었다. 서로를 갈가리 찢어발기던 치열한 싸움이 문득 중지되면서, 수많은 사람들의 호기심으로부터 고집스레 가로막혀 있던 저 신비스러운 과거의 성역을 이제 비로소 파고들었다는 경이의 느낌

결정판 아르센 뤼팽 전집

만이 두 사람 사이를 떠돌았다.

라울은 조진 곁에 붙어 앉아 자기가 그린 그림을 골똘히 들여다보면서, 절제된 흥분이 느껴지는 나지막한 음성으로 얘기를 이어갔다.

"요컨대 엄청난 비밀을 이처럼 뻔한 단어 하나로 잠가두려 한 당시 수도승들은 정말 경솔하기 이를 데가 없는 셈이지! 하긴 어찌 보면 참으로 순수하고 매력적인 시인들이기도 해! 지상에서 거둬들인 보물을 저 천상의 세계와 연결시킨다는 발상 자체가 얼마나 멋진 것이오! 칼데아의 조상들이 그랬듯이 위대한 명상가이자 위대한 천문학자들인 중세 수도승들은 저 하늘로부터 자신들의 영감을 얻었던 것이지(칼데아는 고대 바빌로니아를 이르며, 당시 신관들에 의해 점성술이 크게 융성했음을 암시한다—옮긴이). 저들의 삶 자체가 별들의 운행을 통해 지배를 받았으니 이제는 별들에게 자기들 보물까지 책임져달라는 뜻이었을 거요. 글쎄, 애당초 일곱 개의 수도원 부지를 결정하면서도 그곳 노르망디의 토양 위에 하나의 거대한 큰곰자리 형상을 그대로 따오려고 했었는지도 모르지…… 누가 알겠소?"

라울의 넘쳐나는 서정과 낭만적인 상상에는 분명 그럴듯한 명분이 있었으나, 불행히도 그것에만 마냥 빠져들 수가 없는 상황이었다. 그는 아까부터 레오나르는 예의 주시하고 있었지만, 상대적으로 조제핀 발자모에 대해서는 별로 의식을 하지 못했다. 따라서 갑작스레 그녀로부터 곤봉 세례가 날아들어 눈앞이 번쩍할 때는 그저 속수무책으로 당할 수밖에 없었다.

평소에도 칼리오스트로가의 여걸이 그런 유의 음흉하고 기습적인 도발에 능하다는 사실은 알고 있었지만, 지금의 이 공격은 정말이지 전혀 예상치 못한 것이었다. 순식간에 정신이 멍해지면서 걸상에 푹 거꾸러진 라울은 이내 바닥에 무릎을 꿇더니 그 자리에 맥없이 널브러지고 말았다.

그러면서도 입으로는 횡설수설 중얼거리는 것이었다.

"이런, 제기랄! 이젠 내가 더 이상…… '물신'도 못 되나 봐."

라울은 아버지인 테오프라스트 뤼팽으로부터 물려받은 게 분명한, 부랑아다운 말투로 계속 덧붙였다.

"못된 계집 같으니. 천재에 대한 존경심도 없단 말인가. 아, 잔인한 것! 그 가슴팍엔 심장 대신 돌덩이라도 품은 거야? 우리가 함께 보물을 나눌 수도 있었는데. 조제핀, 당신한텐 안된 일이지. 결국 내가 몽땅 차지하게 될 테니……."

그러고는 곧바로 정신을 잃었다.

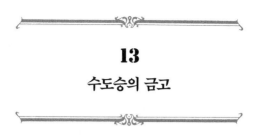

13
수도승의 금고

마치 민감한 부위에 결정타를 맞은 권투선수나 느낄 법한 멍한 상태였다. 막상 그 상태에서 벗어났을 때도 라울은 자신이 보마냥과 마찬가지로 다시 꽁꽁 묶인 채 벽에 기대앉아 있는 상황에 별로 놀라지 않았다.

그뿐만 아니라, 좀 지나치다 싶은 격정을 거치면 항상 초래되는 신경증적 발작 때문에 조제핀 발자모가 문 앞에 걸상 두 개를 잇대어놓고, 아예 축 늘어진 것을 보고도 그저 그러려니 했다. 아마도 아까 라울에게 일격을 가하느라 오히려 자기한테 발작이 엄습한 모양이었다. 충직한 수하인 레오나르가 각성제를 맡게 하면서 정성껏 여자를 돌보고 있었다.

레오나르는 동료들에게도 도움을 요청한 모양이었다. 예전에 브리지트 루슬랭의 집 앞에서 베를린식 마차를 간수하고 있던 도미니크라는 젊은 친구가 문으로 불쑥 들어서는 것이었다.

녀석은 들어서자마자, 두 명의 포로가 나뒹굴어 있는 걸 보더니 다짜고짜 말했다.

"어럽쇼! 이거 아주 난장판이 벌어졌었나 보네! 보마냥에다, 당드레지까지! 마님께서 이번엔 아주 혼쭐을 내신 모양이야. 그 결과는 또 기절이고?"

"그래. 하지만 이젠 거의 괜찮아지셨어."

"그럼 이제 어쩌죠?"

"우선 마님부터 마차로 옮겨야지. 그런 다음 농샬랑트호로 내가 모시고 간다."

"나는 뭐하고요?"

"자넨 저 두 놈을 감시하고 있어."

레오나르는 포로들을 가리키며 내뱉었다.

"제기랄! 좀 껄끄러운 손님들을 맡게 생겼네. 아주 질색인데."

둘은 힘을 합해 칼리오스트로가의 마나님을 들어 올렸다. 그런데 문득 눈을 뜬 여자가 혹시라도 라울이 엿듣지는 않을까 조바심을 내며 두 수하에게 최대한 목소리를 낮춰 말했다.

"아니, 나는 그냥 걸어가겠어. 레오나르가 여기 남도록 하지. 그러는 게 라울을 지키는 데 더 나을 테니까."

그러자 이번에는 아예 말투까지 편하게 놔가며 레오나르가 입에 거품을 물기 시작했다.

"글쎄, 저놈은 나한테 완전히 맡기시라니까! 결국에는 우리한테 해를 끼칠 녀석이라는데, 거참!"

"내가 사랑하는 사람이야."

"하지만 그는 아니질 않소!"

"아니야. 그도 언젠가는 돌아올 거야. 또 무슨 일이 있어도 내가 놔주지 않을 거고."

"그러면 대체 어쩔 셈이오?"

"일단 농샬랑트호를 코드벡까지 끌고 가야지. 거기서 동이 틀 때까지 좀 쉬고 있을 테야. 한숨 돌려야겠거든."

"보물은 어쩌고요? 그 정도 크기의 돌을 다루려면 사람들이 좀 필요할 텐데."

"오늘 저녁 내로 코르뷔 형제에게 전갈을 보낼 생각이야. 내일 아침 일찍 쥐미에주로 나오라고. 라울 일은 그다음에 처리할 거야. 만약……
아, 아니야! 지금은 제발 더 이상 꼬치꼬치 따지지 말아줘. 난 아주 녹초야."

"보마냥은 어쩌죠?"

"보물만 손에 넣으면 곧장 풀어주지 뭐."

"클라리스가 우릴 고발하는 건 아닌지 걱정도 안 됩니까? 이곳 헌병대에서 낡은 등대를 포위하기 쉬울 텐데."

"쓸데없는 걱정! 그 여자가 과연 자기 아버지와 라울을 헌병대에 쫓기는 신세로 만들 것 같아?"

여자는 걸상에서 가까스로 일어나는가 싶더니 곧장 신음 소리와 함께 허물어졌다. 몇 분이 더 흘러갔다. 마침내 여자는 기력을 다해 몸을 일으키더니 도미니크의 부축을 받으면서 라울 앞으로 다가가 중얼거렸다.

"아직 기절한 것 같네. 레오나르, 이 남자를 잘 지켜야 해. 저자도 마찬가지고. 둘 중 하나라도 여길 빠져나가면 일이 위태롭게 되는 거야."

여자는 천천히 걸어서 나갔고, 레오나르는 구닥다리 베를린식 마차까지 배웅을 했다. 그는 방책에 맹꽁이자물쇠를 도로 설치한 다음 먹을 것을 한 아름 들고 등대로 돌아왔다. 잠시 후, 돌길에 부딪치는 말발굽 소리가 선명하게 들려왔다.

한편 미리부터 결박한 밧줄의 강도를 확인해둔 라울은 속으로 중얼거렸다.

'명색이 마나님이 좀 허술한 데가 있군! 첫째, 아무리 소리를 낮춘다 해도 엄연히 증인이 듣고 있는 앞에서 공사다망하신 얘기를 저렇게 늘어놓다니. 둘째, 보마냥이나 나 같은 사내들을 고작 한 사람한테 맡기다니. 이런 실수는 저 여자 심지가 그만큼 시원찮아졌다는 증거야.'

물론 이런 유의 험한 일로 잔뼈가 굵은 레오나르 앞에서 탈출 시도가 그리 손쉬운 것만은 아닌 게 사실이었다.

그는 실내로 들어서면서부터 대뜸 소리쳤다.

"밧줄 가지고 장난치지 마! 여차하면 그대로 받아버리는 수가 있어."

이 무시무시한 간수는 스스로 편하기 위한 사전 방비책을 이것저것 꼼꼼히 챙겼다. 예컨대 포로들을 묶은 밧줄 두 개 끄트머리를 한데 합친 다음 일부러 아슬아슬한 상태로 세워둔 걸상 등받이에 둘둘 말아놓고는, 조제핀 발자모가 놔두고 간 단도를 걸상 위에 올려놓는 것이었다. 두 포로 중 누구 하나 수상쩍게 꼼지락거리기만 하면 곧바로 걸상이 요란하게 쓰러질 참이었다.

"보기보단 바보가 아니군."

라울이 빈정대자 레오나르가 으르렁거렸다.

"한마디만 더 해. 받아버린다."

사내가 먹을 것을 펴놓고 먹고 마시자, 라울은 다시 한번 까불어보았다.

"많이 드시게나! 좀 남으면 날 잊지 말고."

레오나르는 주먹을 불끈 쥔 채 자리에서 벌떡 일어났고, 라울은 얼른 무마했다.

결정판 아르센 뤼팽 전집

"됐네, 이 사람아. 이제부턴 입 다물도록 하지. 자네와 농담 따먹기 하는 것보단 재미없겠지만 그냥 만족해야지 어쩌겠나."

지루한 시간이 흘러갔고, 마침내 어둠이 내렸다.

언뜻 보니 보마냥은 일찌감치 곯아떨어졌고, 레오나르는 파이프를 피우고 있었다. 라울은 조진 앞에서 그처럼 섣불리 처신한 자신에 대해 혼잣말로 연신 투덜거렸다.

"그 여자를 믿지 말았어야 하는 건데. 아직도 배워야 할 게 너무도 많구나! 칼리오스트로가의 여장부께선 물론 나한테는 게임이 안 되지만 그 결단력만은 알아줘야 해! 게다가 형세 파악능력도 대단하고, 죄책감 같은 것도 없어. 다만 그 여자를 완벽한 괴물에 이르지 못하게 하는 한 가지 흠이라면 바로 그 쇠락한 신경체계야. 덕분에 오늘 일은 그나마 다행인 거지. 결국에는 그 때문에 메닐수쥐미에주에 내가 먼저 당도하게 될 테니까."

　그만큼 라울은 레오나르를 따돌리고 이곳을 빠져나갈 수 있으리라
는 사실을 의심치 않았다. 언제부터인가 일련의 기발한 움직임을 통해
발목 부위의 결박이 꽤 느슨해진 걸 확인한 상태였다. 오른쪽 다리부
터 해방시킬 요량의 그는, 레오나르의 턱주가리에 구둣발 차기를 정통
으로 날릴 경우 어떤 결과가 초래될지 즐거운 마음으로 상상했다. 일단
거기까지만 성공하면 그다음부턴 본격적인 보물찾기 레이스가 펼쳐지
는 셈이 아닌가!

　어느덧 실내에도 어둠이 쌓였다. 레오나르는 촛불을 피웠고, 마지막
담배와 마지막 포도주 잔을 맛 좋게 음미했다. 곧바로 졸기 시작한 그
의 몸은 이따금 좌우로 기우뚱거렸다. 하지만 여기서도 그의 조심성은
빠지지 않아, 손에 쥔 초에서 흘러내리는 뜨거운 촛농으로 순간순간 잠
에서 후닥닥 깨어나는 것이었다. 그럴 때마다 포로들을 힐끔 바라보고,
기상신호처럼 장치해놓은 의자 상태를 확인한 뒤 다시금 달콤한 졸음
으로 돌아갔다.

　그러는 동안에도 라울은 눈에 띄지 않게 탈출을 위한 세밀한 작업을
꾸준히 계속했다. 조금씩이나마 성과가 느껴지는 가운데 그는 연신 머
리를 굴렸다.

　'여기서 11시에 출발하면 자정쯤에는 릴본을 지나칠 수 있을 거야.
일단 거기서 밤참을 들어야겠지. 새벽 3시경에는 드디어 성역에 발을
들여놓을 테고, 먼동이 틀 때쯤이면 수도승들의 금고를 호주머니에 챙
길 수가 있겠지. 아무렴, 다른 누구도 아닌 내 호주머니 속에 말이야!
그런 일에는 코르뷔 형제도, 다른 누구의 도움도 필요 없지.'

　하지만 시곗바늘이 10시 반을 가리키는데도 탈출작업은 거의 제자
리걸음이나 다름없었다. 매듭이 많이 느슨해지긴 했으나 완전히 풀리

지는 않았다. 라울은 서서히 절망감이 엄습하는 것을 어쩌지 못했는데, 문득 어떤 미세한 소리가 정신을 퍼뜩 들게 했다. 변덕스러운 밤바람이나 나뭇가지들을 오가는 새들, 그 바람에 부스럭대는 잎사귀들이 이루어내는 거대하고 적막한 밤의 소음들과는 분명 차별화되는 무엇이었다.

그 소리는 두 번에 걸쳐 다시 들려왔고, 확신하건대 아까 열어났다가 레오나르가 소홀하게 닫아놓은 방책 방향의 창문을 통해 새어 들어왔다.

실제로 창문의 문짝 하나가 슬그머니 앞으로 열렸다.

보마냥을 힐끗 보니, 그 역시 뭔가를 눈치채고 잔뜩 눈을 반짝이고 있었다.

정면에 바라보이는 레오나르는 촛농에 손가락이 데이자, 화들짝 눈을 떠서 이리저리 점검할 부분들을 눈으로 훑고는 다시 꾸벅거렸다. 잠시 멈칫했던 창문께의 움직임은 그와 더불어 재개되었는데, 이는 분명 간수의 일거수일투족이 일일이 고려되고 있다는 것을 증명했다.

과연 무슨 일이 벌어지려 하는 걸까? 방책도 닫혀 있으니 유리 조각들이 이빨을 드러낸 담장을 뛰어넘어야 이곳까지 도달할 수 있을 터였다. 하지만 그건 이 부근 사정에 익숙한 사람이, 그것도 유리 조각이 갖춰지지 않은 틈새를 이용하지 않고는 거의 불가능한 형편이었다. 도대체 누구일까? 그냥 지나던 농부? 떠돌이 밀렵꾼? 도와주려고 온 걸까? 보마냥의 동료 중 한 명? 아니면 밤손님?

급기야 머리 하나가 컴컴한 어둠 속을 불쑥 쑤시고 드는가 싶더니 별로 높지 않은 창턱을 훌쩍 넘어버렸다.

라울은 곧바로 여성의 실루엣을 알아보았다. 동시에 자세히 보기도 전에, 그것이 다름 아닌 클라리스의 모습이라는 것을 직감했다.

가슴이 얼마나 뭉클하던지! 클라리스가 감히 반격을 가하리라고는 생각지 못했던 조제핀 발자모가 된통으로 한 방 먹은 꼴이었다! 애인이 위험 속에 머물러 있다는 생각에 차마 발걸음이 떨어지지 못했을 저 아가씨가 결국 지친 심신과 공포심마저 극복하고는 이 낡은 등대 근방 어딘가에 잠복한 채, 캄캄한 밤이 되기만을 기다리고 있었던 것이다!

그리고 이제는 자신으로부터 잔인하게 등을 돌렸던 한 남자를 구하기 위해 불가능을 시도하고 있었다.

여자는 두세 발짝을 내디뎠다. 다행히 창문 쪽을 등지고 앉은 레오나르가 그 순간 다시 눈을 떴다. 여자는 걸음을 멈췄고, 사내가 눈을 감자 또다시 발을 떼었다. 그렇게 조심조심 여자는 간수의 바로 곁에까지 도달했다.

조제핀 발자모의 단도는 의자 위에 얌전히 놓여 있었다. 그걸 집어드는 여자. 과연 찌를 것인가?

라울은 기겁을 했다. 촛불을 받아 아스라이 드러난 여자의 얼굴이 사나운 의중을 드러내며 잔뜩 일그러져 있었던 것이다. 하지만 두 사람의 시선이 부딪치자, 여자는 남자가 보내는 무언의 눈빛을 읽고 결정적인 동작은 감행하지 않았다. 라울은 몸을 기울여 의자에 연결된 밧줄이 느슨해지도록 했고, 보마냥도 똑같은 동작을 따라 했다.

여자는 전혀 떨지 않고 천천히 밧줄을 들어 올려 그 사이로 예리한 단도 날을 집어넣었다.

적이 눈을 뜨지 않는 쪽으로 운이 기우는 모양이었다. 만약 그렇지 않았다면 클라리스가 여지없이 칼침을 놓았을 터였다. 그녀는 언제라도 험악한 일을 치를 마음의 준비를 갖춘 상태로 간수에게서 눈을 떼지 않은 채, 라울 쪽으로 몸을 기울여 더듬더듬 밧줄을 찾았다. 곧이어 손목이 자유롭게 풀려났다.

"칼을 줘."

라울이 속삭였다. 여자의 손으로부터 칼이 건네지려는 찰나, 또 다른 손 하나가 더욱 잽싸게 움직였다. 수 시간 전부터 역시 꾸준하게 밧줄을 가지고 꼼지락거려온 게 분명한 보마냥이 느닷없이 손을 뻗어 칼을 가로챈 것이다.

라울이 덥석 상대의 팔뚝을 붙잡았다. 만약 보마냥이 그보다 먼저 자유의 몸이 되어 이곳을 빠져나간다면 라울로서는 보물을 차지하겠다는 희망을 몽땅 버려야 할 처지였다. 악착같은 몸싸움이 일었는데, 무엇보다 레오나르가 깨어나면 안 된다는 생각을 하면서도 전력을 다해야 하는, 무척이나 정적인 싸움이었다.

클라리스는 겁에 질려 부들부들 떨면서 무릎을 털썩 꿇었다. 아찔한 기분에 그대로 쓰러질 듯했지만 무엇보다 두 사람 모두에게 하소연을 하기 위해서였다.

보마냥이 입은 상처가 비록 경상임에도 라울의 완력에 너무 오래 저항하기에는 좀 무리였는지 결국 맥없이 떨어져 나가고 말았다.

바로 그때, 느닷없이 레오나르가 눈을 번쩍 떴다. 눈앞에는 반쯤 몸을 일으킨 채 서로 어중간하게 뒤엉켜 실랑이를 벌이다 만 두 사내와 무릎을 꿇고 있는 클라리스 데티그의 모습이 한꺼번에 펼쳐져 있었다.

몇 초 안 되는 시간이 끔찍한 분위기 속에서 흘러갔다. 이런 광경 앞에서 레오나르가 권총을 사용하리라는 것에는 의심의 여지가 없었다. 하지만 그는 눈앞의 광경을 어쩐 일인지 보고 있지 않았다. 분명 시선은 바로 앞의 세 사람에게 꽂혀 있음에도 불구하고, 그들의 모습을 보는 것 같지는 않았다. 그저 눈꺼풀만 한 차례 열렸다가는 다시금 닫혔을 뿐 의식이 완전히 깨어난 건 아닌 모양이었다.

마침내 라울은 마지막 매듭마저 홀가분하게 벗겨버렸고, 이제는 시원스레 똑바로 일어선 채 손에는 단도까지 갖춰져 있었다. 클라리스가 천천히 일어서자 그는 속삭였다.

"가요. 여길 빠져나가란 말이오."

"싫어요."

여자는 고개를 저었다.

마치 레오나르가 나중에라도 앙갚음할지 모르는데, 또 다른 포로를 놔두고 갈 순 없다는 듯 그녀는 보마냥을 가리켰다.

남자가 아무리 다그쳐도 요지부동이었다.

마지못해 라울은 단도를 건네며 말했다.

"여자 말이 맞는 것 같군. 이왕이면 정정당당하게 놀아보자 이거지. 자, 어디 한번 잘 해보게. 이제부터는 각자 최선을 다하는 거야, 알겠지!"

라울은 클라리스를 따라 창문을 타고 넘었다. 일단 밖으로 나오자, 여자는 손을 내밀어 남자를 담벼락 어느 지점으로 안내했다. 과연 꼭대기가 허물어져 사람이 드나들 수 있는 틈새가 벌어져 있었다.

라울의 도움을 받아 클라리스가 먼저 담을 넘었다.

그런데 뒤따라 라울이 담을 넘자, 아무도 보이지 않는 것이었다.

"클라리스, 어디 있는 거요?"

아무리 불러도 별 하나 없는 캄캄한 밤만 주변의 숲지대를 짓누르고 있었다. 가만히 귀를 기울이자, 근처 덤불을 헤치며 달려가는 발소리가 어렴풋이 들려왔다. 무턱대고 그쪽으로 불쑥 뛰어들었지만, 나뭇가지들과 가시덤불이 걸음을 막아 얼마 안 돼 다시 오솔길로 되돌아 나올 수밖에 없었다.

'내게서 작정을 하고 도망친 거로군. 내가 꼼짝 못하고 붙잡혀 있을 때는 온갖 위험을 무릅쓰면서까지 구해주더니 일단 풀려나자 더 이상 보고 싶지도 않다는 거야. 내 배신행위와 괴물 같은 조제핀 발자모, 가공할 모험 등 모든 것에 질린 모양이지.'

그런 생각을 하며 처음 출발했던 원점으로 돌아왔을 때였다. 그가 담을 넘었던 바로 그곳을 누군가 막 월장하는 게 눈에 들어왔다. 부랴부랴 도망치는 중인 보마냥이었다. 그 순간, 같은 방향으로부터 요란한 총성이 암흑을 가르는 것이 아닌가! 라울은 가까스로 몸을 숨겼고, 균열이 벌어진 담장 사이로 불쑥 몸을 내민 레오나르가 어둠을 향해 마구 총을 쏴대는 모습을 숨죽이며 지켜보았다.

이렇게 해서 밤 11시경, 세 명의 경쟁자들은 대략 43킬로미터 떨어진 '왕비의 돌'을 향한 피 말리는 경주에 일제히 돌입한 셈이었다. 그곳에 도달하기 위해 각자 동원할 나름대로의 비법들이 과연 무엇일지. 모든 건 거기에 달려 있다 해도 과언이 아니었다.

일단 보마냥과 레오나르는 둘 다 동조자를 거느리면서 버젓한 조직을 이끄는 입장이다. 보마냥은 기다리는 동료들이 즐비할 테고, 레오나르는 칼리오스트로의 여걸과 합류할 터, 둘 중 보다 신속한 세력한테 전리품이 돌아갈 게 뻔하다. 하지만 라울은 그들 어느 누구보다 젊고 팔팔하다. 바보같이 릴본에다 자전거를 놔두고 왔기에 망정이지, 그렇지만 않았다면 모든 행운은 그의 편이 되었을 것이다.

솔직히 클라리스를 찾으려는 노력을 즉시 포기한 라울의 머릿속에는 온통 보물을 손에 넣겠다는 일념밖에 없었다. 그래서 한 시간도 채 못 미쳐, 릴본까지의 수십 킬로미터 거리를 그대로 주파해버렸다. 자정 무렵, 묵고 있는 호텔 종업원을 억지로 깨워 허기를 채운 라울은 며칠 전 미리 마련해둔 소형 다이너마이트 두 통을 가방에 챙기고는 후다닥 자전거에 올라탔다. 보석들을 담아 넣을 자루는 자전거 핸들에 둘둘 만 상태였다.

그는 내심 계산했다.

'릴본에서 메닐수쥐미에주까지는 33킬로미터이지. 최소한 동트기 전까지는 도착할 수 있을 거야. 그럼 새벽 어스름 속에서 경계석을 발견할 것이고, 곧장 다이너마이트로 터뜨릴 거야. 내가 작업을 하는 동안에 칼리오스트로가의 여걸이나 보마냥이 덮칠 수도 있겠지. 그럴 경우엔 공평하게 나누는 게 나을 거야. 꼴찌로 들이닥치는 놈만 불쌍한 거지.'

코드벡앙코를 지나면서부터는 초원지대와 갈대밭 사이로 센 강까지 뻗어나간 제방이 나타났고, 라울은 자전거를 끌고 걸어서 그 길을 따라갔다. 언젠가 그가 조제핀 발자모를 향해 정식으로 사랑을 선언했던 그 어느 날의 오후 끝자락과 마찬가지로, 농샬랑트호는 어둠침침한 가운데 짙은 윤곽을 드러내고 있었다.

여자가 머무는 선실의 가려진 창문으로 희미한 빛이 새어나왔다.

'아마 지금쯤 옷을 챙겨 입고 있겠지. 이제 곧 마차가 데리러오기로 했을 테니까 말이야. 레오나르도 원정길을 죽어라고 서두를 테지. 하지만 너무 늦었어요, 마담!'

속으로 중얼거리고는 다시금 전력을 다해 자전거 페달을 밟기 시작한 지 약 반 시간 정도 지났을 때였다. 마침 무척이나 가파른 비탈길을 자전거로 내려오는데, 갑자기 뭔가 바퀴에 걸리는가 싶더니 온몸이 앞으로 튀어나가면서 자갈 바닥에 곤두박질쳤다.

두 사내가 불쑥 나타나면서 라울이 웅크리고 있는 둔덕으로 느닷없이 램프 빛을 쏴댔다.

"그자야! 영락없는 그자라고! 내가 뭐라고 했어, 밧줄을 팽팽하게 걸쳐놓으면 그가 지나가면서 걸려들 거라고 했잖아!"

알고 보니 고드프루아 데티그였고, 곧장 베네토의 음성도 들렸다.

"그야 놈이 순순히 잡혀줘야 하는 거고."

정작 라울은 흡사 쫓기는 짐승처럼 가시덤불 속으로 파고들었고, 옷까지 찢겨가며 사정권을 벗어난 상태였다. 쫓는 자들은 요란스레 욕설을 토해대면서 찾아 헤맸지만 허사였다.

문득 보마냥의 것으로 보이는 마차로부터 지친 듯한 목소리가 튀어나왔다.

"그만하면 됐소! 중요한 건 그의 자전거를 부수는 일이오. 그거나 알아서 처리하시오, 고드프루아. 그리고 어서 갑시다. 말들도 충분히 쉬었소."

"하지만 보마냥, 당신은 좀 괜찮아진 겁니까?"

"괜찮아졌건 아니건, 빨리 도착해야⋯⋯ 이런, 제기랄! 이 빌어먹을 상처 때문에 피를 너무 쏟았어. 붕대가 남아나질 않는군."

이어서 자전거 바퀴가 발길질로 엉망이 되는 소리가 들려왔다. 한편 베네토는 마차 앞의 양쪽 램프를 가리고 있던 베일을 걷어냈고, 채찍질과 동시에 말들은 활기찬 보조로 땅을 박차고 나갔다.

그 순간, 라울은 때를 놓치지 않고 마차 뒤를 따라붙었다.

울컥 오기가 솟는 것이었다. 어떠한 경우에도 결코 그는 싸움을 포기할 사람이 아니었다. 더군다나 이제는 비단 수십 억대의 보물만이 문제가 아니었다. 이건 인생 전체에 있어 중대한 의미를 부여하는 문제, 즉 자존심이 걸린 한판 대결이었다. 도저히 해결할 수 없을 것 같은 수수께끼를 파헤친 마당에, 목표에 제일 먼저 도달해야 한다는 건 이제 절대로 양보할 수 없는 사안이 되었다. 그곳에 당도하지 못하고, 보물을 취하지 못하며, 남에게 고스란히 넘겨준다는 것은 아마도 세상을 하직하는 그날까지 참을 수 없는 치욕 그 자체가 되어버릴 터였다.

라울은 쏟아지는 피로에도 아랑곳하지 않고, 근 100여 미터 정도를 악착같이 마차 꽁무니만 노려보며 달려갔다. 그러면서 아직은 문제가 결정된 게 아니며, 적들은 여전히 자신과 마찬가지 입장에서 경계석의 위치를 찾는 데에 매달릴 것이고, 그 조사 과정에서 끝내 자신이 우위를 점하고야 말리라는 생각으로 스스로를 북돋웠다.

더군다나 운도 그의 편을 들려는 모양이었다. 쥐미에주에 접근하자, 저 앞에서 웬 큼직한 초롱이 흔들거리는가 싶더니 날카로운 요령(鐃鈴) 소리가 귓전을 때리는 것이었다. 마차는 그 앞을 그대로 지나쳤고, 라울은 멈춰 섰다.

알고 보니 쥐미에주의 주임사제였는데, 아이를 동반한 채 방금 종부성사를 집행하고 오는 길이었다. 라울은 그와 함께 길을 걸으면서 가까운 여관이 어디 있냐는 둥 이런저런 얘기를 나누었다. 그리고 자신을 아마추어 고고학자로 소개하면서 기이한 돌에 관해 들은 바가 있다며 은근슬쩍 얘기를 내비쳐보았다.

"뭐라더라…… '왕비의 선돌'이라는 것 같던데…… 설마 신부님께서 그런 명물을 모르실 리는 없겠죠?"

"물론이죠, 므슈. 근데 내가 보기에는 아마 이곳에서 '아녜스 소렐의 돌'이라고 부르는 걸 말씀하시는 것 같군요?"

"메닐수쥐미에주에 있는 것 맞습니까?"

"바로 그렇습니다. 여기서 약 4킬로미터 정도만 더 가면 나오지요. 하지만 전혀 명물이라 할 정도는 아닌데. 기껏해야 땅에 들어박힌 자질구레한 바위들에 불과합니다. 그중 가장 높다란 게 고작 센 강 수면을 1~2미터 굽어볼 정도이지요."

"그곳은 마을 공유지인 걸로 알고 있습니다만?"

"몇 년 전만 해도 그랬지요. 하지만 읍에서 우리 교구 신자 한 분한테 팔았답니다. 시몽 틸라르라는 분인데, 개인 소유의 초지를 늘리려던 참이었죠."

결정판 아르센 뤼팽 전집

라울은 기쁨으로 몸서리까지 치면서 이 선량한 성직자와 슬그머니 갈라섰다. 워낙에 귀중한 정보를 입수한지라 굳이 쥐미에주 읍내로 발길을 들여놓을 필요 없이 곧바로 메닐에 이르는 구불구불한 도로망으로 접어들 수가 있게 된 것이다. 결국 적들과는 한참 거리를 떨어뜨려 놓을 수 있는 셈이었다.

'저들이 주도면밀하게 안내인을 따로 붙이지 않는 이상 길을 헤맬 건 뻔한 이치야. 가뜩이나 뒤죽박죽 얽히고설킨 길에서, 그것도 한밤중에 마차로 달리기는 불가능할 거야. 그런 와중에 어디로 방향을 잡을 것이며, 어디서 돌을 찾겠냐고! 보마냥은 힘이 다했고, 그렇다고 고드프루아가 문제를 해결할 재목은 못 되지. 좋았어, 이젠 내가 이긴 게임이야!'

그렇게 중얼거리던 라울은 새벽 3시 조금 못 미쳐, 이미 시몽 틸라르 선생 사유지의 경계를 표시하는 장대 밑을 통과했다. 그는 성냥불을 연신 켜대면서 빠른 걸음으로 초원을 가로질렀다. 최근에 조성된 듯한 제방이 하천을 따라 이어져 있었는데, 그는 우측 끄트머리까지 갔다가 다시 좌측으로 발길을 돌렸다. 하지만 남은 성냥을 모조리 써버리기 싫어서 더 이상의 탐색은 하지 않기로 했다.

어느새 저 멀리 지평선상에 희부연 빛줄기가 스미고 있었다.

라울은 잠자코 때가 되기를 기다렸다. 흐뭇하게 밀려드는 감동이 저도 모르게 미소를 짓게 만들었다. 경계석은 몇 발짝 떨어지지 않은 바로 근처 어딘가에 있을 것이다. 지난 수세기에 걸쳐 숱한 수도승들이 아마도 지금과 같은 컴컴한 시각에, 하고많은 드넓은 지역 중에서도 바로 이 지점에 몰래 다가와 자신들의 보물을 숨겨놓았을 터였다. 그런가 하면 수도원에서 대저택에 이르는 지하 터널을 따라 수도원장과 재무관들이 줄줄이 오고 갔을 게 아닌가. 물론 파리와 루앙을 거쳐, 일곱 개 수도원 중 서넛을 그 유장한 물살로 쓰다듬었을 노르망디의 늙은 강줄기를 따라 선박을 이용해 이곳에 당도한 사람들도 있을 것이다.

그리고 이제는 라울 당드레지의 차례까지 돌아와 저 위대한 비밀의 현현에 당당히 참여하려는 순간이 코앞으로 다가온 것이니…… 말하자면 그는 지금 수세기에 걸쳐 프랑스 전역에 씨를 뿌리고 가차 없이 거두어들이느라 뼈를 깎는 노고를 마다하지 않았던 수많은 수도승들을 고스란히 계승하는 셈이었다. 이 어찌 기적이라 아니할 수 있겠는가! 아직은 새파란 나이에 이만한 꿈을 이루다니! 역사상 최강자들과 어깨를 나란히 하고, 위대한 지배자들과 함께 자리해 세상을 호령하게 되다니!

희부옇게 변해가는 하늘에서 큰곰자리는 이미 사라져가고 있었다. 알코르라 불리는 빛나는 점 하나…… 이제 곧 정복자로서 손을 얹을 한 보잘것없는 화강암 덩어리에 대응하는 저 숙명적인 별을, 라울 당드레지는 본다기보다는 어림짐작을 통해 넌지시 헤아렸다. 은은한 강물결이 제방에 찰싹이는 가운데, 컴컴한 암흑으로부터 수면의 광택이 두런두런 떠오르고 있었다.

그는 다시금 제방을 거슬러 올라가보았다. 서서히 사물의 색깔과 윤곽이 눈에 드러나기 시작했다. 그야말로 엄숙한 순간이었다! 가슴이 격렬하게 뛰었다. 문득 한 30여 보쯤 떨어진 지점에 평지와 가까스로 구분될 만한 구릉이 눈에 띄었고, 그 위를 뒤덮은 잡초들 속에서 몇몇 회색빛 바위들이 머리를 내밀고 있는 게 포착되었다.

"바로 저기야, 저기라고! 드디어 목표가 눈앞에 있어!"

라울은 영혼이 송두리째 진동하는 걸 느끼며 중얼거렸다.

라울의 두 손은 호주머니 속에서 다이너마이트 상자 두 개를 만지작거렸고, 두 눈은 쥐미에주의 주임사제가 얘기한 가장 높다란 돌덩어리를 더듬어 찾았다. 저기 저것일까? 아니면 더 저쪽, 저걸까? 일단 목표를 찾아내기만 하면 풀 무더기로 쑤셔 막아놓은 균열을 따라 다이너마

이트를 장착하는 일은 몇 초면 충분했다. 그러고 나서 3분만 지나면 자전거 손잡이에서 벗겨 가지고 온 자루 속에 다이아몬드며 루비 등등을 잔뜩 챙겨 넣을 것이다! 까짓 부서진 돌 조각들 틈에 흩어져 있을지 모르는 잔챙이들은 적들에게 기꺼이 희사할 터!

그는 천천히 접근했다. 점점 거리가 가까워질수록 구릉의 모습이 예상했던 것과 전혀 다른 모습으로 다가왔다. 키가 다른 것들보다 오똑하게 높은 돌덩이가 따로 있는 것도 아니었고, 이른바 '미의 여왕'으로 명성이 자자했던 한 여인이 마땅히 와서 앉아 만곡을 돌아드는 왕의 선단(船團)을 기다릴 만한 둔덕도 눈에 띄지 않았다. 어디든 돌출한 기복은커녕 전체적으로 그저 평퍼짐한 공터일 뿐이었다. 대체 무슨 일이 일어난 것일까? 지난 수세기의 악천후도 어쩌지 못한 이 구릉지대를 최근에 강의 범람이나 난데없는 폭풍우라도 몰아쳐 완전히 모습을 뒤바꾸어놓기라도 했다는 말인가? 그것도 아니라면……

라울은 한 10여 보 남은 거리를 겅중겅중 뛰어넘었다.

순간 그의 입에서 독한 신음이 튀어나왔다. 눈앞에 펼쳐진 건 그야말로 끔찍하달 수밖에 없는 현실이었다. 구릉의 정상 부근 전체가 몽땅 파헤쳐져 있는 것이었다. 전설의 경계석이 서 있던 자리에는 입을 쩍 벌린 구덩이 여기저기 산산조각이 난 파편들만 흩어져 있었고, 검게 그을린 돌 조각과 타다 만 잡풀들에서는 아직도 매캐한 연기가 피어올랐다. 당연히 보석은커녕 금 조각, 은 조각 하나 눈에 띄지 않았다. 적이 모든 걸 휩쓸어 가버린 것이었다.

그러나 너무도 참담한 광경 앞에 망연자실해 넋을 놓고 있는 시간은 다 합해 1분도 안 됐다. 라울은 그 자리에서 꼼짝도 하지 않은 채 수 시간 전에 이곳에서 벌어졌을 일련의 작업 흔적들을 묵묵히 짚어보았고, 여자 것으로 보이는 구두 발자국들을 색출해냈다. 그러면서도 그 어떤 논리적인 결론을 도출해내는 건 끝내 미루는 것이었다. 그는 몇 미터 자리를 벗어나 담배에 불을 붙인 뒤 제방 언저리에 걸터앉았다.

솔직히 더 이상 생각하고 싶지도 않았다. 너무도 가차 없이 당하고 만 패배라 그 전후 사정을 꼼꼼히 되새겨보기가 보통 고통스러운 것이 아니었다. 이런 경우에는 그저 무관심과 초연함에 익숙해지는 게 필수다.

그럼에도 불구하고 전날과 지난밤에 있었던 일들이 자꾸만 그의 뇌리를 틀어쥐고 놓아주지를 않았다. 그가 원하든 원치 않든, 조제핀 발자모가 거쳤을 행동들이 정신 속에서 고스란히 재현되었다. 고질적인 신경증에 악착같이 저항한 끝에, 결국엔 절체절명의 순간 앞에서 필요한 원기를 회복해낸 그녀의 모습이 눈에 선하게 잡혔다. 운명의 순간이 다가오는데 휴식을 취한다? 그렇다면 라울, 그 자신은 과연 마음 편히 쉬었던가? 몸 상태가 만신창이였을 보마낭은 또 어떻고! 그가 잠시 숨이라도 돌리려 했을까? 그렇지 않았다! 하물며 조제핀 발자모 같은 인물이 그런 우를 범했을 리 없다. 어둠이 내리기도 전에 수하들을 데리고 지금 이 초지로 들어서서 하루 종일 작업을 진두지휘했을 게 틀림없었다.

선실의 가려진 창문을 통해 라울이 그녀의 존재를 어림짐작했던 바로 그 순간, 조제핀 발자모는 실은 원정 준비에 부산했던 게 아니라 이미 승리를 구가하며 돌아오는 길이었던 것이다. 그만큼 그녀는 계획의 즉각적인 실행을 가로막는 사소한 우연이나 쓸데없는 망설임, 하찮은 소심증 따위를 철저히 차단했던 것이리라.

우선은 반대편 능선 넘어 비쳐오는 햇살로 쌓인 피로를 풀면서 라울은 자신의 꿈을 여지없이 뭉개버린 처절한 현실을 무려 20여 분 이상이나 가늠했다. 어찌나 쓰라린 생각 속에서 정신없이 헤매고 있었는지 때마침 저쪽 도로상에 마차가 도착하는 소리는 물론이고, 거기서 급히 내린 세 명의 사내가 초지를 가로질러 달려와, 그중 한 명이 바로 지척에서 절망의 비명을 내지른 것조차 전혀 깨닫지 못했다.

비명의 주인공은 다름 아닌 보마냥이었다. 옆에는 데티그와 베네토가 간신히 부축하고 있었다.

라울이 느끼는 좌절감도 이 정도이니, 하물며 평생을 신비의 보물 탐색에 바쳤던 남자의 절망감이야 오죽했겠는가! 아직도 상처를 감은 붕대에 핏자국이 시뻘건 그는 창백한 얼굴에 휘둥그런 눈을 뜬 채, 기적의 돌이 처참하게 유린된 황량한 현장을, 이 세상 둘도 없이 처참한 광경을 대하듯 망연자실 바라보고 있었다.

마치 눈앞에서 온 세상이 무너져 내리기라도 한 것 같았고, 그로 인해 휑하니 벌어진 끔찍한 심연을 멍하니 들여다보는 형국이었다.

라울은 천천히 그에게 다가가 중얼거렸다.

"그 여자 짓이오."

보마냥은 아무런 대꾸도 하지 않았다. 하긴 그 여자 짓이라는 것에 어찌 의심이 있을 수 있겠는가! 그렇지 않아도 이 지상의 온갖 재앙과 혼란, 파국과 고통의 이미지와 항상 어울리며 출몰하던 여자가 아니던가! 동료 두 명처럼 그도 냅다 땅바닥에 엎드려 혹시라도 흘리고 갔을지 모르는 보석 조각을 찾아 닥치는 대로 흙더미와 돌 조각들을 뒤지기라도 해볼 필요가 있을까? 아니다! 그래봐야 하등의 소용이 없었다! 자고로 마녀가 휩쓸고 지나간 곳에는 먼지와 재밖에 남지 않는 법! 그 여자는 닥치는 대로 파괴와 살상을 몰고 다니는 재앙이었다. 사탄의 화신이나 다름없는 조제핀 발자모, 허무와 죽음 그 자체였던 것이다!

보마냥은 여전히 신파조에다 비장한 분위기가 몸에 밴 태도로 꼿꼿이 몸을 일으켜 고통에 찬 시선으로 주변을 한 차례 더듬는가 싶더니, 별안간 성호를 그은 다음 자기 가슴팍을 향해 난데없이 단도를 콱 쑤셔

박았다. 바로 조제핀 발자모의 그 단도였다.

워낙에 예기치 못한 갑작스러운 동작이라서 모두가 속수무책일 수밖에 없었다. 그의 동료들이나 라울이 미처 사태를 깨닫기도 전에 보마냥은 구덩이 속, 수도승의 금고가 부서진 파편 더미 위로 곤두박질치고 말았다. 동료들은 뒤늦게나마 허겁지겁 그를 붙잡으려 뛰어들었다. 아직 숨이 붙어 있던 보마냥이 더듬거렸다.

"신부를…… 신부를 불러줘……."

베네토가 부랴부랴 달려갔고 몰려드는 촌부들에게 몇 마디 물어본 뒤 얼른 마차에 올라탔다.

구덩이 옆에 남은 고드프루아 데티그는 무릎을 꿇고 가슴을 치면서 기도를 올리기 시작했다. 아마도 보마냥의 입을 통해 조제핀 발자모가 아직도 살아 있으며, 그가 저지른 모든 범죄행위를 상세히 파악하고 있다는 얘기까지 전해 들은 모양이었다. 가뜩이나 낭패감에 사로잡힌 데다, 보마냥마저 자살을 감행했다는 사실이 고드프루아 데티그를 거의 실성할 지경까지 뒤흔든 것 같았다. 그의 얼굴은 엄습하는 공포심으로 엉망진창 일그러졌다.

라울은 몸을 숙여 보마냥을 굽어보며 말했다.

"그 여자를 반드시 찾아내겠다고 맹세하지요. 그 여자에게서 보물을 되찾아오겠다고 약속합니다."

빈사 상태를 헤매는 사내의 가슴속에는 아직도 여자를 향한 사랑과 증오의 질긴 감정이 소용돌이치고 있었다. 따라서 오로지 그런 말들을 귓속에 흘려 넣어줌으로써만이 꺼질 듯한 생명을 단 몇 분만이라도 연장시킬 수가 있을 것 같았다. 최후의 시간이 임박해 모든 희망과 꿈이 한꺼번에 무너져내리는 중에도, 그는 애증의 상대를 향한 앙갚음과 복수에만 절망적으로 매달렸다.

그는 눈길로 라울을 계속 찾았고, 라울은 더더욱 가깝게 몸을 기울였다. 죽어가는 자의 입에서는 이런 소리가 신음에 섞여 새어나왔다.

"클라리스, 클라리스 데티그…… 그녀와 결혼을 해야만 해. 내 말 명심하라고…… 클라리스는 사실 남작의 딸이 아니야. 그가 내게 고백했어. 그녀는 제 어미가 사랑하던 다른 남자의 씨앗이라고."

라울은 진지한 목소리로 말했다.

"결혼하리다. 반드시 그렇게 하겠소."

보마냥은 이제 동료의 이름을 부르고 있었다.

"고드프루아."

라울은 계속 기도만 하고 있는 남작의 어깨를 잡아끌다시피 해서 보마냥의 입가로 바짝 다가들게 했다.

"클라리스는 당드레지와 결혼할 것이야. 내가 그러길 원하고 있어."

보마냥의 말에 남작은 달리 어쩔 도리가 없다는 듯 대꾸했다.

"알겠어요."

"맹세해."

"맹세하지요."

"자네 영혼을 걸고?"

"내 영혼을 걸고."

"자네가 한 짓을 그도 다 알고 있어. 증거를 갖고 있다고. 만약 그의 뜻에 따르지 않으면 모두 폭로할지도 몰라."

"뜻에 따르도록 하겠소."

"그 말, 거짓이면 천벌을 받을 거야."

보마냥의 목소리는 점점 거친 숨소리와 뒤섞여서 갈수록 알아듣기가 힘들어졌다. 라울은 그의 곁에 바짝 눕다시피 하고선 그 말들을 주워든 느라 안간힘을 썼다.

"라울, 그 여자를 꼭 추적해. 그 여자로부터 보석들을 빼앗아내야만 해. 그 여자는 악마야. 내 말 명심하라고. 내가 밝혀낸 바에 의하면······ 르아브르에······ 여자가 범선 한 척을 가지고 있어. 베르뤼장호라고······ 내 말 명심해."

그는 더 이상 말을 할 힘조차 없었다. 하지만 라울은 여전히 귀를 바짝 기울였다.

"이제 가. 지금 당장······ 그녀를 찾아. 오늘부터 시작하라고······."

그러고는 눈이 감겼다.

단말마의 헐떡거리는 숨소리가 시작됐다.

고드프루아 데티그는 구덩이에 무릎을 꿇고 연신 자기 가슴팍을 두드렸다.

라울은 그 자리를 떠났다.

그날 저녁 파리의 한 신문에는 마감뉴스로 다음과 같은 내용의 기사가 게재되었다.

호전적인 왕당파 소속 유명 변호사이자, 일전에 스페인에서 사망한 것으로 잘못 보도된 바 있는 보마냥 씨가 오늘 아침 센 강 유역, 메닐수쥐미에주라는 이름의 노르망디 마을에서 스스로 목숨을 끊었다.

이번 자살의 원인은 미궁 속에 빠진 상태이다. 그의 두 동료이자 함께 마을까지 동행한 고드프루아 데티그 씨와 오스카르 드 베네토 씨는 일행 모두가 며칠 머물기로 하고서 초대받아 간 탕카르빌의 성채에서 간밤에 잠을 자던 중, 문득 보마냥 씨가 깨우더라는 것이다. 몹시 격앙된 상태의 보마냥 씨는 자세히 보니 상처를 입고 있었다고 한다. 그는 다짜고짜 떠날 채비를 하고서 즉시 쥐미에주로, 또다시 메닐수쥐미에주로 가자고 재촉했다는 것이다. 이유는? 도대체 난데없이 왜 그처럼 외진 목초지로 발길을 서둘러야만 했던 것일까? 또 자살은 왜 저지른 것인가? 도무지 이해가 되지 않는 의문점이 한둘이 아닌 실정이다.

다음 날이 되자, 르아브르의 신문들은 일련의 새로운 소식들을 연달아 소개했는데, 다음 기사가 그 내용을 충실히 요약하고 있다.

지난밤에 라보르네프 공작이 최근 구입한 유람용 요트를 시험해보기 위해 르아브르를 방문했다가 매우 끔찍한 사건을 목격했다고 한다. 당시 그는 바다로 나갔다가 해안 쪽으로 돌아오고 있었는데, 기껏해야 500여 미터 떨어진 해안지대에서 갑자기 폭발음과 더불어 불길이 솟았다는 것이다. 참고로 그때 그 폭발음은 인근 여러 지역에서 동시에 들렸다고 전해진다.

즉각 문제의 현장을 향해 뱃머리를 돌린 라보르네프 공작의 시야에는 얼마 안 가 물 위로 둥둥 떠다니는 잔해물들이 들어왔다. 그중 하나에 선원 한 명이 매달려 있었고 곧장 구조가 이루어졌다. 그런데 막상 이런저런 질문을 통해, 폭발로 파괴된 배의 이름이 베르뤼장호이고 칼리오스트로 백작부인의 소유라는 사실을 알아내자마자, 그 선원은 곧바로 다시 물속으로 뛰어들며 이렇게 외쳤다.

"그 여자야! 그 여자라고!"

등불의 도움을 받아 자세히 살펴보니, 어떤 여자가 머리를 물에 담그다시피 한 채 또 다른 잔해물에 매달려 떠다니고 있었다.

물에 뛰어들자마자 허겁지겁 헤엄쳐 그 여자에게 접근한 선원은 우선 머리부터 들어 올렸는데, 느닷없이 여자가 아주 처절하게 온몸으로 매달리는 바람에 동작이 부자유스러워, 결국 두 사람 다 물속으로 가라앉

고 말았다. 그 후로 사방을 찾아 헤맸지만 실종된 두 사람은 전혀 흔적
조차 보이지 않았다.

르아브르로 귀항한 라보르네프 공작은 즉시 관계기관에 출두해 사실
을 증언했고, 이는 함께 동승한 네 명의 수부들의 확인 절차를 거쳤다.

그리고 이런 내용이 덧붙여져 있었다.

최근 들어온 소식에 의하면, 칼리오스트로 백작부인이라는 여성은 펠
레그리니라는 성으로 아주 많이 알려진 여걸로, 이따금 발자모라는 성
을 사용하기도 하는 걸로 정평이 나 있다. 지난 얼마간 활동무대로 삼았
던 페이드코에서 경찰들의 추적을 용케 따돌린 그녀는 마침내 외국으로
떠날 예정이었는데, 그때의 폭발사건으로 인해 자신의 선박, 베르뢰장
호에서 모든 부하들과 더불어 비명횡사하고 만 것이다.

한편 확인되지 않은 정보에 의하면, 칼리오스트로 백작부인이 주도한
일부 사건들과 저 메닐수쥐미에주에서의 수수께끼 같은 사건이 서로 관
련 있는 게 아니냐는 설이 나돌고 있다. 그 사건과 결부해 세간에는 엄
청난 보물이 발굴과 동시에 도난당했다느니, 거대한 음모가 도사리고
있다느니, 수백 년 된 문서가 존재한다느니 하는 얘기가 심심찮게 오가
고 있다.

하지만 지금으로서는 근거 없는 낭설일 가능성도 배제할 순 없는 상
황이다. 따라서 이 정도로 얘기를 접고, 사법당국이 사건을 조사하도록
넘기는 것이 바람직할 것으로 여겨진다.

이런 기사가 실린 날 오후, 그러니까 메닐수쥐미에주의 참극이 발생
한 지 정확히 60시간이 지난 시점, 라울은 어언 넉 달 전 어느 밤에 몰

래 파고들었던 데티그 영지 내 고드프루아 남작의 서재로 들어서고 있었다. 돌이켜보건대 그동안 얼마나 많은 일을 겪었던가! 당시 새파란 젊은이였던 그가 마치 그새 수년은 더 나이가 든 것처럼 노숙하게 변해버리지 않았는가!

서재 안에는 외발원탁 앞에 두 사촌지간이 앉아 담배를 피워대면서 커다란 잔으로 코냑을 따라 마시고 있었다.

라울은 단도직입적으로 얘기를 꺼냈다.

"마드무아젤 데티그에게 청혼을 하러 왔습니다."

하지만 그 차림새는 결코 남의 귀한 딸을 달라고 할 만한 행색은 못되었다. 예컨대 모자도 갖춰 쓰지 않은 채, 뱃사람들이나 걸치는 낡은 작업복을 턱 걸치고, 끈도 안 달린 올 굵은 천막용 헝겊신을 신은 맨발이 고스란히 드러날 만큼 후줄근하게 짧은 바지 차림이었으니.

반면 고드프루아 데티그는 라울의 복장은 물론, 그의 방문 목적조차도 아랑곳하지 않는 눈치였다. 퀭하니 들어간 눈과 아직까지 고통에 찌든 듯한 얼굴로 그는 한숨을 푹 내쉬면서 신문 한 꾸러미를 라울에게 쓱 내밀었다.

"읽으셨소? 칼리오스트로, 그 여자에 관한 건데?"

"네, 알고 있습니다."

라울의 대답이었다.

솔직히 그로서는 이 시골 귀족이 가증스럽기 그지없었고 차마 나오는 독설을 이렇게라도 뱉어내지 않을 수가 없었다.

"당신에겐 참으로 잘된 일 아니오? 조제핀 발자모가 **결정적으로** 사망을 한 셈이니 말이오! 당신은 정말 껄끄러운 짐을 하나 덜게 되었소!"

남작은 황망하게 더듬댈 뿐이었다.

"그다음은 어떡하고? 결과가 심상찮게 돌아가질 않소?"

"결과가 심상찮다니요?"

"사법당국 말이오! 이번 사건을 총체적으로 파헤친다고 하질 않소! 벌써부터 보마냥의 자살과 관련해 칼리오스트로 백작부인의 얘기가 나돌고 있어요. 이런 식으로 사법당국에서 사건의 실마리를 이어가다 보면, 결국에는 끝장을 보고야 말 것 아니겠소?"

"그거야 그렇겠죠. 루슬랭 미망인은 물론이거니와 조베르 씨 살인사건에 이르기까지…… 끝내는 당신과 당신 사촌 베네토의 정체가 백일하에 폭로되겠지!"

라울이 싸늘하게 빈정대자, 두 남자는 부르르 몸서리를 쳤다. 라울은 잠시 뜸을 들이다 그들을 진정시키며 말했다.

"두 분 다 안심하시오. 사법당국으로서는 그 같은 어두운 역사의 그늘까지 파헤치기는커녕 오히려 묻어두려고 할 겁니다. 보마냥은 추문이 일거나 세간의 관심이 달갑지 않은 모종의 세력에 의해 그동안 비호를 받고 있었답니다. 그러니 이번 사건도 이대로 묻혀질 거예요. 정작 내가 걱정인 건 사법당국의 동태가 아니라……."

"그럼 뭡니까?"

남작의 다그치는 듯한 물음에 라울은 대답했다.

"조제핀 발자모의 복수이지요."

"그녀는 죽었는데……."

"설사 죽었다 해도 그녀는 경계의 대상입니다. 그래서 내가 이렇게 온 것이고요. 이곳 과수원 깊숙이 보면 지금은 버려진 상태의 과수원 지기용 작은 별채가 있습니다. 일단 결혼식을 올릴 때까지 내가 그곳에 머물기로 하겠습니다. 클라리스에게 내가 와 있다고 귀띔을 해주고, 어느 누구의 방문도 받아들이지 말라고 전하십시오. 심지어 내가 보잔다고 해도 거절하라고 하세요. 단 이 약혼 선물만은 아마 지금쯤 간절히 기다리고 있을 테니 대신 전해주십시오."

라울은 어안이 벙벙해 아무 말도 못하고 있는 남작에게 엄청난 크기의 사파이어를 내밀었다. 비할 바 없는 순도와 옛날식으로 커팅된 대단한 품질의 보석이었다.

14
악마 같은 존재

"닻을 던져라! 보트는 이쪽으로 끌어다 대도록."

조제핀 발자모가 속삭였다.

밤의 캄캄한 어둠에 더해 짙은 안개까지 드리운 바다에서는 저 에트르타의 휘황한 불빛조차 전혀 분간할 수가 없었다. 앙티페르의 강력한 등대마저도 한 치 앞을 분간 못할 밤안개층을 전혀 뚫지 못하는 가운데 (뤼피니앵들의 명소이기도 한 앙티페르 등대는 이 사건의 배경이 되는 1894년 신설되어 가동되기 시작했으며, 당시로선 최신식 등대였다─옮긴이), 라보르네프 공작의 요트는 더듬더듬 물 위를 떠가고 있었다.

"해안이 지척이라는 증거가 대체 어디 있소?"

레오나르가 퉁명스레 던진 말에 칼리오스트로가의 여장부는 덤덤하게 대답했다.

"내가 그러길 원한다는 게 증거이지."

사내는 더 이상 참지 못하겠다는 듯 발끈했다.

"이건 정말 미친 짓이오! 대체 어쩌자는 건지! 우리가 성공한 지 고작 보름이오. 물론 당신 덕분에 기발한 승리를 거둔 건 인정하지만. 이제 보석들은 통째로 런던의 금고 안에 안전히 보관되어 있소. 모든 위험이 사라져버린 거란 말이오. 칼리오스트로건, 펠레그리니건, 발자모건, 벨몬테 후작부인이건 간에, 모두 다 당신이 주도한 저 베르뢰장호의 절묘한 침몰사건과 더불어 물속으로 가라앉아버렸다고. 해안에서만 스무 명도 넘는 증인이 그 폭발을 지켜보았소. 이 세상 모든 사람들이 보기에 당신과 나, 그 밖의 다른 수하들은 깨끗하게 저세상 사람이 된 상태요. 설사 누군가 수도승들의 보물에 얽힌 이야기를 바로 세운다 해도, 결국에는 그 모든 게 베르뢰장호와 함께 종잡을 수 없는 바닷속으로 가라앉거나, 물결 따라 사방으로 흩어졌다는 결론에 도달할 수밖에 없는 거요. 더구나 바로 그 폭발과 사망자 소식에 다른 누구보다도 사법당국이 반가워할 것이며, 굳이 더 이상 꼬치꼬치 캐고 들 생각을 안 할 거란 말이오. 그만큼 상부로부터 소위 보마냥-칼리오스트로 사건을 조용히 매듭지으라는 압력이 사법당국에 가해지고 있는 상황이오! 요컨대 모든 것이 잘 되어가는 마당입니다. 당신은 이제 전체 상황을 완전히 장악했고, 모든 적을 물리친 위치에 있소. 하물며 조금이라도 신중하다면 당연히 이 프랑스 땅을 떠나 가능한 한 유럽에서 멀리 도망쳐야 할 지금 이 시점에, 당신은 그토록 역경과 시련을 안겨주었던 바로 그 장소로 되돌아와 이렇게 단 하나 남은 상대와 굳이 대결을 모색하고 있다니! 더군다나 그 상대가 보통 상대요, 조진? 보통 특출 난 위인이 아니라서, 심지어 그 없이는 지금과 같이 보물을 발견하는 것조차 불가능했을 그런 막강한 존재라 이겁니다! 이건 정말이지 정신 나간 짓이에요!"

귀가 따갑도록 실컷 떠들어낸 것에 대한 대꾸로 여자는 중얼거렸다.

"사랑이란 원래 미친 짓이지."

"그럼 포기하시오!"

"그럴 수가 없어, 그럴 수가⋯⋯ 난 그를 사랑해."

여자는 팔꿈치를 배의 난간에 기댄 채 얼굴을 두 손으로 괴고 침울하게 속삭였다.

"나는 사랑을 하고 있어. 이건 난생처음이야. 다른 남자들은 하나도 중요치 않아. 하지만 라울은, 아! 그이에 관해서는 얘기하고 싶지 않아. 그가 아니었다면 나는 인생의 참 재미를 느끼지 못했을 거야. 아울러 가장 극심한 고통 또한 몰랐겠지. 그이를 만나기 이전에는 난 행복이 뭔지 몰랐어. 물론 고통도 마찬가지였지. 하지만, 하지만 이제 행복은 끝이 나버렸어. 그리고 남은 건 고통뿐이지. 아, 정말이지 극심한 고통이야, 레오나르. 그가 결혼을 할 거라는 생각만 하면⋯⋯ 다른 여자가 그와 평생을 함께하고⋯⋯ 둘 사이에 아이까지 태어난다는 생각 말이야. 안 돼, 그것만은 도저히 견딜 수가 없어. 다른 건 몰라도 그것만은 안 돼! 차라리 온갖 위험을 무릅쓰는 게 나아, 레오나르. 차라리 내가 죽는 게⋯⋯."

남자는 나직한 목소리로 말했다.

"오, 우리 가엾은 조진⋯⋯."

여자는 여전히 고개를 파묻은 채 기진맥진 웅크리고 서 있었고, 둘 사이에는 무거운 침묵만이 흘렀다.

얼마나 지났을까, 보트가 서서히 다가왔다. 여자는 문득 자세를 곧추세우더니 제법 위압적인 목소리로 소리쳤다.

"하지만 난 하나도 위험하지 않아, 레오나르. 실패도 안 할 거고, 죽지도 않을 거야."

"오호, 그래요? 대체 어찌할 셈인데 그러쇼?"

"그를 납치할 예정이지."

"허어! 꿈도 야무지셔라."

"거의 다 됐어. 지극히 세밀한 부분들까지 계획이 짜여져 있다고!"

"어떻게 말이오?"

"도미니크가 중간에 나서기로 했지."

"도미니크가?"

"그래. 라울이 데티그 영지에 도착하기에 앞서, 아예 처음부터 도미니크가 그곳에 마부로 취직을 한 거야."

"하지만 라울과는 낯이 익은 사이일 텐데."

"글쎄, 아마도 한두 번쯤은 얼굴을 보았겠지. 하지만 자네도 알다시피 도미니크는 변장에 꽤 소질이 있어. 성채와 마사의 숱한 고용인들 중에서 그를 알아보기란 거의 불가능할 거야. 아무튼 도미니크로부터 매일매일 그곳 돌아가는 정황보고가 내게 올라오고, 또 내 지시를 하나하나 수행하도록 되어 있어. 덕분에 나는 라울의 일상적인 기상 시간과 취침 시간, 평소 어떤 식으로 생활하는지, 또 무슨 일을 하며 사는지 등을 속속들이 꿰차고 있어. 그 결과 라울은 아직 클라리스와 재회하지 않았으며, 결혼에 필요한 서류 일체를 지금 준비 중이라는 사실이 밝혀졌지."

"그가 혹시 의심을 하고 있는 건 아닌지 모르겠네."

"내가 혹시나 살아 있을까 봐? 천만에! 그렇지 않아도 라울이 성에 처음 발을 들여놓았을 때, 고드프루아 데티그와 나누던 대화 내용을 도미니크가 얼추 들었는데, 나의 죽음에 관해서는 그 어떤 의심도 하지 않고 있다더군. 그럼에도 불구하고 라울은 이미 저세상 사람인 나에 대해서도 만반의 경계태세를 갖춰야 한다고 주장했다는 거야. 그래서 성 주변을 철저히 감시하게 하면서 이웃 촌부들까지 샅샅이 조사를 하고 다닌다는군."

"아니, 그런데도 도미니크는 당신더러 그리로 오라는 겁니까?"

"그래. 다만 딱 한 시간 동안만. 과감하고도 신속한 작전을 펴고, 즉시 빠져나온다는 계산이지."

"그게 오늘 밤이고?"

"오늘 밤 10시에서 11시 사이. 라울이 있는 곳은 예전에 보마냥이 나를 납치해갔던 낡은 망루로부터 그리 멀지 않은 외진 별채라는군. 성벽에 걸치듯 자리 잡은 그곳은, 들판 방향으로는 그저 1층에 창문 하나만 덩그러니 있을 뿐 문도 나 있지 않다고 하지. 만약 그 창문에 덧문까지 쳐져 있다면, 파고드는 방법은 단 하나, 오로지 과수원 정문을 통과해 잠입해 들어가는 길밖엔 없다는 거야. 바로 오늘 밤, 열쇠 두 개가 정문 근처 큼직한 돌 아래에 준비되어 있을 예정이지. 라울이 자고 있으면 그대로 이불 속에 둘둘 말아 곧장 이곳으로 압송하는 거야. 일이 끝나면 즉시 이곳을 뜨는 거고."

"그게 다입니까?"

조제핀 발자모는 잠시 머뭇대더니 간명하게 내뱉었다.

"그게 다야."

"그럼 도미니크는요?"

"그도 물론 우리와 함께 떠나지."

"그럼 그에게 뭔가 특별지시 같은 거 따로 내리진 않았단 말이오?"

"특별지시라니?"

"클라리스에 관해서 말입니다. 당신, 그 계집 무척 싫어하잖소? 그래서 혹시나 도미니크더러 뭔가 또 일을 저지르라고 시킨 건 아닌지."

조진은 대답하기 전에 또다시 머뭇거렸다.

"그건 자네와 상관없는 일이야."

"하지만."

그러는 사이 보트는 배 옆구리까지 다가와 있었다. 마침내 조진은 농담조로 외쳤다.

"레오나르, 내 말 잘 들어. 아무래도 내가 자네를 라보르네프 공작으로 둔갑시키고, 호화판 요트까지 회사해준 다음부터 웬지 자네는 조심성이 없어진 것 같아. 앞으로 일을 하더라도 부디 지금까지 우리가 하던 테두리를 지켜가며 하자고. 나는 명령을 내리고, 자넨 그에 복종하는 거야. 기껏해야 자네가 가진 권리는 약간의 설명을 요구할 수 있는 정도이지. 그래서 이렇게 설명을 해준 것이고. 그러니 작작 좀 따지고 들란 말이야!"

레오나르는 잦아 들어가는 목소리로 대답했다.

"그만하면 충분히 알아들었습니다. 역시 당신이 하는 일이라 치밀하게 짜여져 있군요."

"훨씬 낫군. 자, 이만 내려가지."

여자는 먼저 보트로 내려가 자리를 잡았다.

이어서 레오나르와 또 다른 네 명의 수하들이 차례로 동행했고, 그들 중 두 명이 노를 담당했다. 여자는 맨 뒤에 앉아 가능한 한 소리를 죽여가며 지시를 내렸다.

"우린 지금 포르트 다몽(에트르타의 기암절벽 중 한 곳. 『기암성』 294, 307쪽 참조―옮긴이)을 돌아서 진입한다!"

수하들 생각으로는 마치 장님이 앞을 더듬어가듯 막연히 나아가고 있는 것만 같은데도 불구하고, 여자는 약 15분 만에 그렇게 내뱉었다.

그뿐만 아니라 수면에 보일 듯 말 듯한 암초들을 정확히 짚어냈고, 다른 사람들에게는 전혀 보이지도 않는 일련의 표지를 근거로 그때그때 적절한 방향을 잡아주었다. 결국 용골에 자갈 긁히는 소리가 들리고

서야 비로소 해변에 닿은 걸 깨달았을 정도였다.

수하들은 우선 여자를 냉큼 안아 기슭까지 모신 다음 보트를 끌고 올라갔다.

레오나르가 불안한 어조로 물었다.

"정말로 세관원들과 마주치는 일은 없겠죠?"

"물론이야. 도미니크로부터 마지막 날아온 전보는 확실해."

"우릴 마중 나오지는 않는답니까?"

"아니. 내가 일부러 성에 머물러 있으라고 편지를 했지. 남작 주변에서 사람들과 항상 붙어 있으라고. 이따 밤 11시가 되어서야 우리와 합류할 것이네."

"장소는?"

"라울이 기거하는 별채 근처. 이제 그만 좀 지껄이지."

일행은 함께 '사제의 계단'으로 진입했고, 일제히 입을 다문 채 가파른 돌계단을 오르기 시작했다.

모두 합해 여섯 명에 이르는 인원이었지만 처음부터 마지막까지 그야말로 소리 하나 내지 않아, 제아무리 예민한 청각을 가진 사람이라도 누군가 그곳을 오르고 있다는 사실을 눈치채긴 어려울 듯했다.

절벽 위로는 사뭇 희박한 편인 안개층이 군데군데 별이 보일 정도로 빈 공간을 두면서 부유했다. 그 같은 틈을 통해 칼리오스트로가의 여장부는 저만치 창문에서 빛을 발하는 데티그 영지의 성곽을 손가락으로 가리킬 수 있었다. 때마침 베누빌의 성당 종소리가 밤 10시를 알렸다.

문득 조진이 몸서리를 쳤다.

"오, 이 시계 종소리! 귀에 익은 소리야. 옛날처럼 똑같이 열 번을 울리는군. 열 번이라! 그 당시 나는 죽음을 향해 가면서 하나하나 세고 있었지."

"그 앙갚음은 충분히 했습니다."

레오나르가 넌지시 말하자, 여자는 반응했다.

"보마냥에 대해서야 그렇지만…… 다른 사람들은?"

"다른 사람들도 마찬가지요. 일단 두 명의 사촌지간은 모두 반정신 나간 상태이니까."

"그건 그렇지. 하지만 앞으로 한 시간 후라면 진정으로 앙갚음을 다 했다는 느낌이 들 거야. 그때 가면 비로소 휴식을 취할 수 있겠지."

일행은 잠시 동작을 멈추고 다시금 안개가 깔리기를 기다렸다. 이제 부터 탁 트인 들판을 들키지 않고 가로지르려면 안개의 도움을 받는 방법밖에는 없었던 것이다. 잠시 후, 기대했던 사정이 갖춰지자 조제핀 발자모는 고드프루아와 그 동료들이 자신을 끌고 갔던 오솔길로 접어들었고, 수하들은 단 한 마디도 없이 일렬로 바짝 붙어서 그 뒤를 따랐다. 들판은 이미 수확이 다 된 상태인지 여기저기 큼직큼직하게 쌓아 올린 건초 더미가 눈에 띄었다.

오솔길은 영지를 옆에 낀 채 깊숙이 뻗어 있었고, 일행은 그 주위로 돋아난 가시덤불을 조심조심 헤치며 영지로 접근해갔다.

얼마 지나지 않아 높다란 성벽의 윤곽이 치솟듯 드러났다. 몇 발짝 더 다가가자 우측으로 성벽에 박아 넣어진 듯한 별채 한 채가 바라보였다.

칼리오스트로가의 여걸이 손을 들어 정지명령을 내렸다.

"여기서 나를 기다리고 있어."

"나도 말입니까?"

레오나르가 불쑥 물었다.

"그래. 곧 돌아올 테니 그때 함께 좌측 맞은편에 위치한 과수원 정문을 통과하는 거야."

여자는 혼자 살금살금 나아갔다. 특히 구둣발에 돌멩이라도 차이거나 치맛자락에 풀 스치는 소리라도 날까 봐 극도로 천천히 발을 내디뎠다. 점점 거리가 좁혀질수록 별채의 크기가 커져갔고, 마침내 그 코앞에 당도했다.

손으로 더듬대보니 역시나 덧문이 모두 닫혀 있었다. 하지만 도미니크가 미리 손을 써놓은 바람에 잠금장치는 제대로 물려 있지 않았다. 조제핀 발자모는 약간의 틈새가 만들어질 정도로만 문짝을 살며시 벌려보았다. 곧바로 내부의 빛이 새어나왔다.

이마를 바짝 갖다 댄 채 들여다본 내부의 풍경 중에서도 침대가 꽉 들어찬 알코브가 제일 먼저 눈에 들어왔다.

바로 그곳에 라울이 곤히 누워 있었다. 판지 갓이 달린 수정 램프의 둥그런 불빛 속에 남자의 얼굴과 어깨, 읽고 있는 책, 옆 의자에 걸쳐놓은 옷가지가 고스란히 떠올랐다. 무척이나 젊은 인상이었는데, 마치 쏟아지는 졸음을 억지로 버티면서 열심히 숙제하는 어린아이처럼 느껴졌다. 수차례에 걸쳐 그의 고개가 꾸벅거렸다. 그럴 때마다 후다닥 깨어나 책을 부여잡았지만, 얼마 못 가서 다시금 졸음이 몰려드는 것이었다.

급기야 라울은 책을 덮더니 램프 불을 껐다.

기대했던 장면을 확인한 조제핀 발자모는 수하들이 기다리는 곳으로 돌아왔다. 이미 필요한 지시는 내린 상태였으나, 신중을 기하기 위해 무려 10여 분을 지체하면서까지 재차 주의사항을 열거하기 시작했다.

"무엇보다 쓸데없이 거칠게 굴지는 말 것! 알겠어, 레오나르? 현재 그의 손 닿는 곳에는 무기가 될 만한 것이 하나도 없으니 모두들 무기 쓸 일은 없을 것이다. 우리 쪽은 다 합해 다섯 명이니, 그만하면 충분해!"

"그래도 만약 저항하면 어쩝니까?"

레오나르가 발끈하듯 물었다.

"자네들이 행동을 잘만 해준다면 상대가 저항할 꿈도 꾸지 못할 거야."

도미니크가 보내준 약도를 통해 이미 장소를 훤히 파악하고 있던 조제핀 발자모는 과수원 정문을 향해 지체없이 발길을 내디뎠다. 역시 약속한 곳에 열쇠가 놓여 있었다. 문을 열자마자, 여자는 별채 방향으로 걸음을 재촉했다.

별채의 문은 쉽게 열렸다. 여자가 먼저 들어갔고, 수하들이 뒤를 따랐다. 타일이 촘촘히 깔린 현관을 지나 곧장 침실로 다가가서 한없이 천천히 문을 밀었다.

그야말로 절체절명의 순간! 만약에 라울이 깨어나지 않고 여전히 곯아떨어져 있어만 준다면 조제핀 발자모의 계획은 곧 현실로 이루어질 것이다. 여자는 가만히 귀부터 기울였다. 아무런 기척도 없었다.

그제야 옆으로 비켜서서 다섯 명의 장정에게 길을 터주었고, 갑작스레 침대를 향해 손전등을 내쏘며 돌격을 명령했다.

워낙에 순식간에 닥친 일이라 잠자는 사람이 정신을 차렸을 땐, 이미 모든 저항이 무력화된 뒤였다.

남자들은 희생제물을 이불로 둘둘 말았고, 매트리스까지 양쪽을 겹쳐 마치 기다란 헝겊 꾸러미처럼 순식간에 동여매버렸다. 다 합해 1분도 채 되지 않은 시간이었다. 비명 소리도 없었고, 가구 하나 흐트러진 것조차 없었다.

다시 한번 칼리오스트로 백작부인이 승리를 거둔 것이었다.

여자는 이번 거사에 얼마나 중요성을 부여했는지 훤히 들여다보일 만큼 흥분을 감추지 못하면서 말했다.

"잘했어! 정말 잘했다고! 이제 그를 잡았어. 이번에야말로 신중에 신중을 기해야만 해."

"이제 어떻게 할까요?"

레오나르가 맞장구를 치듯 물었다.

"일단 배로 옮겨놔야지."

"녀석이 만약 도움을 청하느라 소리라도 지르면요?"

"그럼 그때 가서 재갈을 채워야겠지. 하지만 난리를 피우지는 않을 거야. 자자, 어서 움직여."

장정들이 포로를 번쩍 들어 올리는 동안 레오나르는 여자에게 다가가 물었다.

"그럼 당신은 우리와 함께 돌아가지 않습니까?"

"난 아니야."

"아니, 왜요?"

"얘기했을 텐데. 도미니크를 기다려야 한다고."

여자는 램프 불을 다시 켜고 갓을 아예 떼어냈다.

"세상에, 얼굴이 무척 창백합니다!"

레오나르가 목소리를 낮춰 언질을 주자, 여자는 툭하고 내뱉듯 대꾸했다.

"아마 그럴 거야."

"그 계집 생각 때문이죠?"

"그래."

"역시 도미니크가 움직이고 있는 겁니까? 혹시 모릅니다, 아직은 달리 처리할 시간이 있을지도……."

"설사 그럴 시간이 있다 해도 내 의지는 변함이 없을 거야. 어차피 일어날 일이라면 일어나는 게 순리지. 게다가 이젠 이미 돌이킬 수도 없게 되었어. 자, 어서 여길 벗어나라고!"

"그나저나 왜 우릴 먼저 보내는 겁니까?"

"저 라울만은 아직 안심할 수가 없으니 그렇지. 대신 배로 데려가 완전히 꼼짝 못하게만 만들어놓으면 더 이상 걱정할 일은 없어. 그러니 어서 나 혼자 내버려두고 여길 떠나라니까!"

여자는 들판 쪽 창문을 활짝 열어젖혔고, 남자들은 그곳을 넘어 포로를 운반해 나갔다.

다들 빠져나가자, 조제핀 발자모는 덧문과 창문을 원래대로 모두 달았다.

잠시 후, 성당의 종소리가 울렸다. 여자는 열한 번의 종소리를 하나하나 셌다. 마지막 열한 번째 종소리와 더불어 그녀는 과수원 쪽 벽체로 바짝 다가가 귀를 기울였다. 가냘픈 휘파람 소리가 들려왔고, 여자 쪽에서도 현관 타일 바닥에 발을 굴러 화답을 보냈다.

아니나 다를까, 도미니크가 후다닥 달려 들어왔다. 두 사람은 허겁지겁 방으로 건너갔는데, 여자가 무서운 질문을 하기도 전에 도미니크가 먼저 중얼거리는 것이었다.

"해치웠습니다!"

"아!"

여자는 정신이 아찔한 듯 휘청거리면서 주저앉더니 흐릿한 신음을 흘렸다.

두 사람은 한참 동안 아무 말 없이 있었다. 마침내 입을 연 건 도미니크였다.

"고통은 없었습니다."

"고통이 없었다?"

"네. 자고 있었거든요."

"확실한가?"

"죽었는지 말입니까? 맙소사! 무려 심장에다가 세 차례나 찔러 넣었습니다! 게다가 용기를 내서 그 자리에 잠시 머무르기까지 했다고요. 사태를 지켜보려고 말이죠. 하지만 뭐 별로 그럴 필요까지도 없더군요. 전혀 숨을 쉬지 않았으니까요. 두 손은 이미 차갑게 식어가고 있었습니다."

"누군가에게 발각되면 어쩌지?"

"그럴 리는 없습니다. 아침이 되어야 침실로 사람이 들어오거든요. 그때가 되면 물론 알게 되겠죠."

두 사람은 차마 서로를 마주 볼 수가 없었다. 문득 도미니크가 손을 내밀었다. 여자는 블라우스 속에서 은행권 지폐 열 장을 꺼내 쥐여주었다.

"감사합니다. 하지만 다시 하라면 못할 겁니다. 자, 이제 난 어떡하나요?"

"빨리 여길 벗어나. 뛰어서 가면 배에 다다르기 전에 다른 사람들을 따라잡을 수 있을 거야."

"다들 라울 당드레지와 함께 있는 거겠죠?"

"그렇지."

"잘됐네요. 보름 전부터 사람 되게 곤혹스럽게 하더니만! 워낙에 의심이 많은 친구라…… 아 참, 한마디만 더 하고요! 그 보석들은 어떻게 됐죠?"

"모두 손에 넣었지."

"더 이상 위험은 없는 거죠?"

"런던의 은행금고 안에 얌전히 모셔져 있지."

"양이 많던가요?"

"가방으로 하나 가득이지."

"돌아버리겠네! 내 몫으로 10만 프랑 이상은 배당이 되겠죠?"

"그 이상이지. 아무튼 빨리 서둘러. 그렇지 않으면 기다리든지."

"오, 아닙니다. 아니에요. 한시라도 빨리 여길 벗어나야죠. 가능하면 멀리 갈 겁니다. 그나저나 당신은?"

"혹시 우리한테 불리한 문서라도 남아 있지 않나 좀 찾아본 뒤 합류할 거야."

도미니크가 방을 벗어나자 여자는 곧 탁자와 책상 서랍들을 뒤졌고, 아무것도 나오지 않자 이번에는 침대 머리맡 옷가지들의 호주머니를 조사하기 시작했다.

문득 그 안의 지갑이 주의를 끌었다. 돈과 명함들, 그리고 사진이 들어 있었다.

클라리스 데티그의 사진이었다.

조제핀 발자모는 더 이상 증오심은 없으나 꽤 혹독하고 매몰찬 표정으로 그것을 오랫동안 들여다보았다.

그러고는 한동안 꼼짝 않고 뭔가에 골똘히 빠져드는 것이었다. 입가에는 여전히 부드러운 미소가 살짝 감돌았지만, 시선만은 어딘지 고통스러운 광경에 못 박히듯 고정된 이상야릇한 태도였다.

그러고 보니 앞에는 거울이 하나 걸려 있었고, 그 안에 자기 이미지가 비쳤다. 그녀는 대리석 벽난로 위에 두 팔꿈치를 괴고 자신의 모습을 가만히 들여다보았다. 마치 그 상태에서 자신의 미모를 의식하며 기분이 좋아지기라도 하듯 미소가 점점 진해졌다. 밤색의 거친 모직물로 된 두건 달린 망토를 늘어뜨리고, 이마에는 여간해선 벗는 법 없는 섬세한 베일을 한껏 드리운 채 그녀는 자신을 베르나르디노 루이니의 성모화처럼 연출했다.

그렇게 자신의 모습을 들여다보고 있은 지 수 분이 지났다. 여자는 다시금 바닥 모를 몽상에 빠져들었고, 마침내 11시 15분을 알리는 시계 종소리가 들려왔다. 어찌나 미동 하나 없이 가만히 있는지 두 눈을 버 젓이 뜬 채 잠이라도 자는 듯했다.

얼마나 지났을까. 여자는 두 눈동자에 몽롱한 기운이 점차 가시면서 서서히 초점을 되찾기 시작했다. 그와 같은 변화는 흡사 꿈속에서의 지 리멸렬하고 혼란스럽기만 하던 잡념들이 차츰차츰 명료하고 정확한 어 떤 생각 하나로 모아지는 현상에 비교될 만했다. 도대체 어떤 당혹스러 운 형상에 시선이 꽂혔기에 저리도 애써 초점을 맞추려 하는 것일까? 정확히는 몰라도 그 원인은 침대를 깊숙이 머금은 채 두툼한 커튼을 드 리우고 있는 저 구석진 알코브에 있는 것 같았다. 그곳 커튼 뒤에는 보 다 자유로운 공간, 이를테면 비상 탈출구 같은 통로가 따로 통하는 게 분명했다. 어느 손 하나가 커튼 자락을 휘젓고 있었던 것이다.

그 손은 점점 현실적인 윤곽을 갖추면서 시야에 떠올랐다. 이어서 팔 한쪽이, 다음으로는 사람 머리가 불쑥 따라나왔다!

그림자로 유령들을 드러내는 강신술 모임에 자주 참석했던 조제핀 발자모는 겁에 질린 상상력이 저 어둠으로부터 이끌어낸 듯한 무언가 에 아무렇게나 이름을 붙였다. 그것은 흰옷을 걸치고 있었는데, 일그러 진 입술이 다정다감한 애정의 표시인지, 아니면 분노가 서린 단순한 비 죽거림인지 알 수 없었다.

"라울, 라울…… 내게 뭘 원하는 거예요?"

여자가 더듬거리자, 유령은 커튼 한쪽을 걷어 젖히면서 침대 모서리 를 따라 나타났다.

조진은 신음을 내뱉으며 눈꺼풀을 한 차례 내리감았다가 곧장 다시 떴다. 그러나 환영은 여전히 계속되었고, 그 뜻밖의 존재는 사물들을 흩뜨리고 적막을 교란하면서 성큼성큼 다가왔다. 여자는 덮어놓고 도망치고 싶었다. 하지만 이내 어깨 부위를 움켜잡는 유령이 아닌 인간의 손길이 느껴졌고, 동시에 쾌활하기 그지없는 목소리가 터져나오는 것이었다!

"나의 어여쁜 조제핀. 한 가지 충고하겠는데, 지금이라도 라보르네 프 공작한테 부탁해서 느긋한 순항여행이라도 떠나보시는 게 어떤가? 아무래도 그럴 필요가 있는 것 같아, 나의 조제핀…… 저런! 나를 무슨 허깨비 보듯 하고 있군, 이 라울 당드레지를 말이야! 이렇게 잠옷에 속옷 나부랭이나 걸치고 있지만, 그래도 당신한테 낯선 차림새는 아닐 텐데."

여자는 사내가 옷을 하나하나 갖춰 입어 결국 넥타이까지 매는 동안 연신 더듬대기만 할 뿐이었다.

"다, 당신이! 당신이!"

"맙소사! 그럼 나 말고 누군지 알았나?"

사내는 여자 곁에 털썩 앉으며 신이 나서 말했다.

"이봐요, 친구. 우선 라보르네프는 나무랄 생각 말아요. 그가 또다시 나를 놓친 거라고 생각하지는 말란 말이야. 천만에! 그건 아니지. 그와 친구들이 이불로 둘둘 말아 간 것은 속에 톱밥을 채워 넣은 인형일 뿐이지. 나로 말하자면, 당신이 덧문 뒤에서 안을 엿보다가 자리를 뜬 이후 몰래 숨어 들어간 저쪽 구석에서 단 한 발짝도 벗어나지 않았단 말씀이야!"

조제핀 발자모는 마치 누군가에게 한바탕 얻어맞은 사람처럼 꼼짝도 못하고 멍했다.

라울 당드레지는 계속해서 떠들어댔다.

"맙소사! 몸 상태가 꽤 안 좋은 모양이군! 술이라도 한잔해서 기운 좀 북돋겠소? 하긴 솔직히 말해서 당신의 그 낭패감을 이해 못하는 바는 아니오. 나라면 절대로 당신처럼 되고 싶진 않을 거야. 그 많던 졸개들은 몽땅 떠났겠다, 앞으로 한 시간 동안은 아무 도움도 기대할 수 없을 테고. 게다가 바로 코앞에는 라울이라는 사내가 떡 버티고 있으니 눈앞이 캄캄할 만도 해! 오, 불운한 조제핀, 이게 웬 망조란 말인가!"

그는 허리를 숙여 바닥에 떨어진 클라리스의 사진을 집어 들었다.

"내 약혼녀, 정말 예쁘지 않소? 아까 당신도 그녀의 아름다움을 찬탄의 눈길로 바라보던데, 내 기분도 꽤 좋아지던걸! 우리 둘이 며칠 후에 결혼하는 것, 당신도 잘 알지?"

칼리오스트로 백작부인은 황망하게 중얼거렸다.

"그 여자는 죽었어."

"아, 물론 나도 그런 말을 하는 걸 듣긴 했지. 새파란 애송이 총각이 그녀의 침대 머리맡에서 얄궂은 칼부림을 했다는 얘기 아닌가?"

"그래."

"단도로 찔렀다지?"

"그것도 심장에 정통으로 세 번씩이나."

"오! 한 번이면 족했을 것을!"

라울이 딴지를 거는데도 여자는 마치 혼잣말을 하듯 연신 중얼거렸다.

"그녀는 죽었어, 그녀는 죽었다고……."

마침내 라울이 잔뜩 비꼬는 투로 말했다.

"그래서 어쩌자는 건데? 그런 거야 매일같이 일어나는 일인데. 그런 정도로 내 계획이 달라지지는 않지. 죽었건 살았건, 나는 그녀와 결혼할 거요. 뜻이 있는 곳에 길이 있는 법이니까. 당신도 그런 식으로 버텨 온 것 아니오?"

"지금 무슨 얘기를 하고 싶은 거예요?"

결정판 아르센 뤼팽 전집

조제핀 발자모는 계속되는 상대의 빈정거림에 서서히 불안을 느끼며 물었다.

"말이야 바른 말이지. 처음엔 남작이 당신을 물에 빠뜨리더니, 두 번째는 베르뤼장호와 함께 당신도 폭발해버렸어. 그런데 보란 말씀이야! 당신은 전혀 지장 없이 여기 이렇게 건재하시지 않는가! 마찬가지로 클라리스가 심장에 칼침을 세 차례 맞았다고 해서 내가 그녀와 결혼을 못할 이유는 없다는 거지. 그나저나 당신의 그 주장, 정말 근거 있는 거요?"

"내 부하 중 한 명이 칼침을 놓았으니까."

"아니면 칼침을 놓았다고 얘기만 했거나."

여자는 잠시 상대를 찬찬히 뜯어보았다.

"그 친구가 거짓말을 꾸며댈 이유가 없는데?"

"맙소사! 당신이 건네줄 1000프랑짜리 지폐 열 장을 만져보기 위해서라면 무슨 말을 못해!"

"도미니크는 나를 배신할 수가 없어. 10만 프랑을 손에 넣기 위해서라도 그럴 순 없단 말이야! 게다가 내가 자신을 찾아내리라는 걸 알고 있을 텐데. 그는 다른 친구들하고 지금 나를 기다리고 있어."

"정말 그러리라고 확신하오, 조진?"

순간 여자는 몸서리를 쳤다. 갈수록 조여드는 원 안에 갇혀서 몸부림을 치고 있는 느낌이었다.

라울은 고개를 설레설레 저으며 덧붙였다.

"당신이나 나나, 이렇게 서로에게 웃기지도 않는 실책을 범하다니 참 이상하군요. 베르뤼장호의 대폭발이나 펠레그리니칼리오스트로 익사사건, 또 그 라보르네프 공작인가 하는 작자의 새빨간 거짓말을 내가 단 한순간이라도 믿을 거라 생각했다니 당신도 어지간하게 순진한 사람 아니겠소, 조제핀! 세상에 바보가 아닌 이상 당신 스스로 가르치고 단련시킨 한 젊은이가—오, 가르치다니, 성모마리아여!—당신의 그 모든 술수를 훤히 꿰차고 있으리라는 걸 어찌 짐작하지 못한단 말이오! 익사라니, 정말이지 그보다 더 편리한 방법이 또 있을까? 이미 범죄행 각을 숱하게 저질러 온 데다, 손에는 온통 남의 핏자국 천지이고, 경찰에 숨 가쁘게 쫓기는 입장에서, 낡은 배 한 척만 가라앉히면 범죄로 얼룩진 모든 과거와 훔친 보물이 한꺼번에 물속으로 사라지는 셈이지! 한마디로 죽은 걸로 정리된다는 말씀! 그리고 나서는 깨끗하게 허물을 벗는 거지. 머나먼 곳에서 또 다른 이름을 달고, 사람을 죽이는 일, 고문하는 일, 타인의 피에 흥건히 손을 담그는 일 따위를 다시 저지르며 다닐 테고. 오, 부인! 그런 술수는 다른 사람한테나 먹혀들지. 나로 말하자면 당신이 사고를 당했다는 기사를 읽자마자 이런 생각을 했다니까! '이제부터야말로 조심해야 한다!' 그래서 곧장 이리로 달려온 것이지."

잠시 뜸을 들인 후, 라울은 말을 이었다.

"이것 봐요, 조제핀. 당신이 이곳을 방문하리라는 것은 거의 기정사실이나 다름없었소. 사정이 그렇다면 당신 부하들을 동원한 모종의 조치가 선행될 터! 라보르네프 공작의 요트가 조만간 어느 저녁을 틈타 이 근방을 어슬렁거릴 게 분명하고, 머지않아 당신이 언젠가 들것에 실려 내려갔던 계단을 이번엔 낑낑대며 거슬러 오르리라는 것도 자명한 이치였지! 그럼 어찌해야 되겠소? 나도 나대로 조심을 하는 수밖에. 우선 내 주변에 혹시라도 낯이 익은 얼굴이 눈에 띄나 예의 주시하는 것부터 시작했지. 이를테면 내통자 색출작전이라고나 할까. 그 정도야 기초 중의 기초지. 아니나 다를까, 대번에 도미니크 선생께서 내 눈에 콱들어오더군! 아마 당신은 몰랐나 본데, 예전에 브리지트 루슬랭의 집문 앞에서 그 베를린식 마차에 앉아 있는 걸 본 적이 있거든. 도미니크는 충직한 하인임에 틀림없지만, 헌병대에 넘겨질까 가뜩이나 두려운데다 몽둥이 찜질을 한 차례 당하더니, 그 충직성을 나를 위해 바칠 정도까지 금세 고분고분해지더군. 결국엔 당신에게 거짓보고들을 숱하게 올리고, 나와 함께 고안한 그럴듯한 함정으로 당신을 유인까지 해냄으로써 자신의 충직성을 유감없이 증명한 셈이지. 물론 이 일로 그에게도 혜택이 돌아가야겠지. 그러니 당신 호주머니에서 나온 지폐 열 장은 영영 되찾을 생각 말아야 할걸! 당신의 그 충복은 성채로 돌아와 이제부터는 내 보호하에 있게 될 테니까 말이야. 자, 나의 조제핀이여, 일이 그렇게 된 거였소. 물론 이따위 연극은 다 차치하고, 처음부터 그저 손이나 한번 잡아보자는 식으로 당신을 직접 이곳에 초대할 수도 있었소. 하지만 당신이 작전을 어떻게 이끌어가는지 보고 싶었고, 무대 뒤에 머물면서 클라리스 데티그의 살해 소식을 당신이 과연 어떤 식으로 소화할지 확인하고 싶었소."

조진은 흠칫 몸을 사렸다. 이제 더 이상 라울의 어조에 빈정대는 투가 느껴지지 않았던 것이다. 그는 여자에게 잔뜩 몸을 기울이며 절제된 목소리로 말했다.

"그런데 말이야, 그저 약간의 감정이 일었다고나 할까? 겨우 느껴질 정도로 말이야. 그게 당신이 보인 반응의 전부였어. 자신의 지시에 의해 한 처녀가 목숨을 잃었다는데도 당신은 아무렇지도 않았단 말이야! 남의 목숨이 끊어지는 것 따위는 당신에겐 별일도 아니지. 그 여자는 이제 겨우 스무 살, 앞길이 창창한 처지였지. 미모와 싱싱한 젊음, 그 모든 것을 당신은 마치 개암 열매를 으스러뜨리듯 몽땅 압살해버렸어! 양심의 가책 따위는 눈곱만큼도 보이지 않더군. 아, 물론 웃지는 않았지만 그렇다고 눈물을 보인 건 아니니까. 사실상 당신은 아무런 생각도 없었어. 보마냥이 당신을 두고 '악마 같은 존재'라 부르던 게 생각나더군. 그때는 다분히 귀에 거슬리는 호칭이었지. 하지만 지금은 그보다 더 적절한 표현이 없을 듯해. 당신 안에는 어딘지 지옥 같은 부분이 있거든. 끔찍하다는 느낌을 동반하지 않고는 도저히 생각할 수조차 없는 괴물이라고나 할까. 그나저나 조제핀 발자모, 당신도 가끔은 끔찍하다는 느낌에 시달릴 만도 할 텐데, 안 그런가?"

여자는 종종 하던 대로 양 주먹을 정수리에 갖다 댄 채 고개를 푹 수그렸다. 라울이 내뱉는 가차 없는 질타는, 예상과는 딴판으로 전혀 발끈하거나 울컥하는 태도를 유발하지 못했다. 누구라도 자기 영혼의 밑바닥을 감지하고 그 처참한 형편을 외면할 수 없어, 자신도 모르게 뭐든 수긍하는 말을 토해내기 십상인 삶의 어떤 순간이 있다. 라울은 문득 여자가 그런 순간에 봉착해 있다는 사실을 직감했다.

하긴 그리 놀랄 일은 아니었다. 겉으로는 무사태평한 듯 보이지만, 속은 극심한 신경증적 발작에 함몰해버리기 일쑤인 이 같은 불균형한 영혼의 소유자에게는, 그러한 순간들이 자주는 아니더라도 이따금 일어나는 게 보통이다. 자신이 예상했던 것과 정반대로 사태가 돌아가고, 라울이 이렇게 나타난 것 역시 당혹스럽기만 한 상황에서, 가혹하게 몰아치는 독기 어린 질타에 이렇다 할 저항을 할 수가 없는 형편이었던 것이다.

그 틈을 더욱 활용하기로 한 라울은 더더욱 바짝 다가붙어 은근한 목소리로 찔러댔다.

"그렇지 않느냔 말이오, 조진? 당신도 가끔은 끔찍스럽다는 생각을 하지? 당신 자신한테 질린다는 느낌 들 때 없어요?"

역시 조진은 깊디깊은 절망감에서 이렇게 중얼거렸다.

"그래요, 맞아요. 가끔은…… 하지만 그런 얘기는 할 필요 없어요. 알고 싶지도 않고…… 그만해요. 그만 입 다물라고."

라울은 포기하지 않았다.

"오히려 그 반대지. 당신도 의식해야만 해. 그 같은 행동들이 끔찍스럽다면 왜 저지르는 거요?"

마침내 여자는 극도로 지친 기색을 드러내며 내뱉었다.

"다르게는 행동할 수가 없어요."

"노력은 해보았소?"

"그럼요. 노력은 물론, 거의 투쟁하고 있다 해도 과언이 아니지. 하지만 늘 실패할 뿐이에요. 원래부터 악을 행하도록 배웠고, 다른 사람들이 선을 행하는 것처럼 나는 악을 행할 따름입니다. 다른 사람들이 호흡을 하듯 나는 악을 실현한단 말이에요. 나를 그렇게 가르쳤어."

"대체 누가 그렇게 가르쳤단 말이오?"

"내 어머니가."

라울은 여자의 입에서 새어나온 그 두 마디 말을 어렴풋이 듣고는 곧장 다그쳐 물었다.

"당신 어머니라면, 첩자였다는 여자? 저 칼리오스트로가의 내력 모두를 조작했다는 그 여자?"

"그래요. 하지만 너무 몰아치진 말아요. 나를 참 많이 사랑해주신 분이에요. 단지 살아생전 성공하지 못했을 뿐. 어머니는 결국 가난하고 비참해졌지요. 대신 딸인 내가 성공하길 비셨어요. 그래서 난 부자가 됐고요."

"하지만 당신은 아름답지 않소? 여성에게 미모란 더없이 값진 재화나 다름없어. 아름다움 하나만으로도 충분하단 말이오."

"아름다운 거야 어머니도 마찬가지셨어요. 이봐요, 라울, 하지만 그 미모가 아무런 소용이 없었답니다."

"당신, 어머니와는 많이 닮았나요?"

"서로 혼동할 정도로요. 실은 바로 그 점 때문에 내가 이 지경이 된 거예요. 어머니 스스로 품었던 원대한 이상을 내가 계속 이어가주기를 바라게 되셨으니까. 칼리오스트로가의 대를 이은 업보라고나 할까."

"그와 관련해 무슨 문서가 있긴 합니까?"

"작은 쪽지 한 장이 전부죠. 네 개의 수수께끼가 적힌 종이였는데, 친지들 중 한 분이 어느 고서 안에서 발견했지요. 틀림없는 칼리오스트로의 필체처럼 보였습니다. 어머니는 그 쪽지 한 장에 푹 빠지셨어요. 그 때문에 외제니 황후의 눈에 들기도 한 거죠. 그러니 나 역시 그 길을 가야만 할 운명이었어요. 아주 어렸을 적부터 어머니는 내 머릿속에 그런 생각을 주입해주었지요. 오로지 그 생각 하나로만 머릿속이 똘똘 뭉치도록 말이에요. 그것만이 내가 살 길이나 마찬가지였어요. 나의 숙명…… 어차피 나는 칼리오스트로의 딸이란 거였죠. 그야말로 칼리오스트로 부부의 인생을 고스란히 물려받은 꼴이었습니다. 소설 속에서 묘사된 것처럼 휘황찬란하고 파란만장한 인생을 말이죠. 만인으로부터 칭송받고 세상을 호령하는 여장부로서의 삶! 조금의 거리낌도 없고, 양심도 없는 행태…… 아울러 어머니 자신이 곤욕을 치른 모든 일들에 대한 복수까지 담당해야 했습니다. 심지어 어머니가 돌아가실 때 내게 남긴 한마디 말은 이거였어요. '복수해다오!'"

라울은 한동안 깊은 생각에 잠기더니 이렇게 말했다.

"아무리 그렇다 쳐도 살인은 또 어찌 된 거요? 굳이 사람을 죽일 필요가?"

라울은 그에 대한 대답을 포함해, 다음과 같이 다그친 데 대한 대구도 제대로 알아들을 수가 없었다.

"조진, 당신은 어머니 손에서만 자란 것도 아니오. 어머니만 당신을 악해지도록 유도한 게 아니란 말이오. 대체 당신 아버지는 어떤 분이셨소?"

언뜻 레오나르의 이름을 들은 것 같긴 한데…… 설마 레오나르가 자기 아버지라는 말이었을까? 레오나르가 그 당시 여자 첩자와 더불어 프랑스 땅에서 추방당한 바로 그 남자(사실 이 점은 충분히 수긍이 갈 만했다)라는 얘기인가? 아니면 레오나르가 사람을 죽이게끔 자신을 훈련시켰다는 얘기인가?

라울은 더 이상을 꿰뚫어 볼 수가 없었다. 여자의 사악한 본능이 형성된 곳, 모든 비정상적이고, 불균형하며, 지리멸렬한 성향, 모든 악덕과 허영, 피를 부르는 취향, 보통 사람의 한계를 훌쩍 뛰어넘을 만큼 잔혹하면서도 만족을 모르는 격정, 이 모든 것이 무르익어온 저 애매모호한 영역을 도무지 파고들 수가 없는 것이었다.

더 이상의 질문도 없었다.

여자는 소리 없이 울고 있었다. 그러면서 결사적으로 라울의 손등에 매달려 눈물과 입맞춤으로 뒤덮었고, 마음이 약해진 라울은 차마 그것을 뿌리칠 수가 없었다. 일말의 동정심이 알게 모르게 그의 마음속을 적셨다. 그에 따라 사악한 존재가 어느새 인간적인 존재로 탈바꿈했다. 병적인 본능에 휘둘리고, 도저히 저항할 수 없는 자연의 횡포 앞에 속수무책 당해온, 아무래도 너그러이 봐줘야 할 한 여인으로 말이다!

여자는 연신 중얼거렸다.

"날 내치지 말아요. 당신은 나를 악에서 구해낼 이 세상에 둘도 없는 존재예요. 방금 그걸 절감했어요. 당신 안에는 무언가 건강하고 건전한 기운이 살아 숨 쉬고 있단 말이에요. 아! 사랑을, 제발 사랑을 주세요. 나를 안정시킬 것은 오로지 그것밖엔 없어요. 나 역시 당신 이외엔 사랑해본 사람이 없어요. 당신이 나를 버리면……."

손등에 부벼대는 그윽한 입술의 움직임은 라울을 가없는 나른함에 빠져들게 했다. 사내의 의지를 일거에 허물어뜨리는 이 위험천만한 연민의 정을, 뜨거운 욕정과 탐욕이 어느새 가세해 제멋대로 치장하고 있었다.

만약 칼리오스트로가의 이 여인이 그 정도의 소박한 애무로만 그쳤다면, 아마 라울은 머지않아 스스로 허물어져 그녀에게 몸을 기울이고 다시 한번 열에 들뜬 그 입술을 받아들였을 것이다. 그러나 별안간 고개를 번쩍 쳐든 여자는 남자의 어깨에 스르륵 팔을 두르고 목덜미를 감싸면서 잔뜩 농염한 눈빛으로 바라보고 있었다. 라울은 그 눈빛 속에서 더 이상 애원하는 여인이 아니라, 남자를 유혹하고 자신의 눈빛과 입술의 매력을 한껏 이용하려 드는 여자의 모습을 퍼뜩 알아보았다.

자고로 눈빛이야말로 연인 사이를 이어주는 최고의 매개체인 법이다. 그러나 라울은 지금 이 눈빛의 매혹적이고도 순수한, 그리고 고통스러운 표정 저 뒤에는 과연 무엇이 도사리고 있을지 너무도 훤히 파악하고 있었다. 거울이 깨끗하다고 해서 그 위에 비친 온갖 추함과 오욕의 얼룩진 이미지가 상쇄되는 것은 아니었다.

그는 조금씩, 조금씩 평정을 되찾아갔다. 유혹의 손길로부터 초연해졌고, 은근슬쩍 휘감아들려는 사이레네스의 손길을 과감하게 뿌리쳤다.

"당신도 기억하겠지만 언젠가 바지선에서…… 서로 목을 조르려는 것처럼 상대를 믿지 못해 경계하던 순간이 있었지. 오늘도 그와 마찬가지야. 내가 당신 품 안에 떨어지면 나는 망해. 아마 내일이나 모레쯤에는 아예 죽어 있겠지."

남자의 말이 떨어지기가 무섭게 여자는 심술 사나운 노기를 가득 띤 채 벌떡 일어섰다. 다시금 상처받은 자존심이 그녀의 내면을 후벼 팠고, 둘 사이에는 갑작스러운 폭풍우가 휘몰아쳤다. 두 사람 다 사랑의 추억 속에 잠기는 몽롱한 침상에서 뛰쳐나와 곧장 증오와 싸움이 판을 치는 황량한 들판으로 치달았다.

라울은 다시 말을 이었다.

"아무렴! 사실 처음부터 우리의 인연은 서로에게 혹독한 적이 되는 것이었소. 우리는 서로 상대방의 패배만을 염두에 둘 뿐이었지. 특히 당신은 더더욱 그랬어! 나는 한낱 불청객에다 경쟁자일 따름이었지. 당신의 머릿속에서 나의 이미지는 항상 죽음이라는 개념과 뒤섞이곤 했다고. 의도적이었든 아니었든, 당신은 나를 어떻게든 처단할 대상으로 점찍은 거야."

여자는 거칠게 고개를 가로저으며 극렬한 어조로 내뱉었다.

"지금까지는 아니었어!"

"하지만 이제부터는 그렇겠지? 단지 새로운 사실이 하나 드러났으니까 말이야. 즉, 지금부터는 내가 조제핀, 당신을 내려다보게 됐다는 사실. 청출어람이라고나 할까. 당신을 이곳까지 끌어들여서 싸움을 재개한 것도 다 그 점을 증명하기 위함이지. 나는 당신이 패거리를 이끌고 한꺼번에 날리는 타격 앞에 나 자신을 고스란히 드러내놓고 있는 입장이야. 그런데도 지금 이렇게 대결하는 마당에 당신은 나한테 그 어떤 해악도 입힐 수가 없어. 매사가 뒤틀려버리고 말았으니까 당연하지. 클라리스는 멀쩡히 살아 있고, 나는 이렇게 자유의 몸이고. 자자, 이 어여쁜 여인아. 그러니 이제 내 인생에서 사라져줘! 당신은 내 앞에서 완전히 뻗은 거야. 이젠 딱하게 보일 뿐이라고."

그가 상대의 얼굴을 똑바로 바라보며 내뱉은 이 모욕적인 말은 마치 면상에다가 가래침을 냅다 뱉는 것과 같았다. 여자의 얼굴은 더없이 창백하게 질렸다. 표정이 점점 허물어졌고, 그 불변할 것 같던 미모도 처음으로 시들시들해져 쇠락의 몇몇 징표를 노출하기 시작했다.

여자 입에서 그르렁대는 소리가 튀어나왔다.

"복수하고 말 거야."

"불가능할걸!"

라울은 여전히 빈정대는 투였다.

"내가 이미 그 날카롭던 발톱을 모조리 제거해놨으니 말이야. 당신은 이제 나를 두려워해. 바로 그 점이 기가 막힐 노릇이지. 오늘에 이른 나의 위대한 업적이라고나 할까. 바로 당신이 나를 겁내고 있다는 사실!"

"내 전 생애를 바쳐 복수할 거야."

"별로 할 수 있는 일이 없을 텐데. 당신의 모든 수법은 이미 알 만한 사람은 다 아는 형편인 데다, 완전히 패퇴했으니 이젠 끝난 게임이야."

여자는 악착같이 고개를 가로저었다.

"내겐 또 다른 수단들이 많아."

"뭔데?"

"저 헤아릴 수 없는 재산! 내가 확보해놓은 엄청난 재력 말이야!"

라울은 툭 던지듯 호쾌하게 물었다.

"그게 다 누구 덕으로 얻은 거지? 배배 꼬인 모험의 질곡에서 시원스러운 날갯짓을 쳐서 오를 수 있었던 게 다 내 덕분 아니었을까?"

"그야 그럴 수도 있겠지. 하지만 정작 행동에 나서서 목표를 거머쥔 건 나야. 그게 중요한 거지. 말이야 당신이 쉴 새 없이 떠든 거고, 이런 경우엔 **행동**이 무엇보다 중요하거든. 근데 내가 바로 그 행동을 실행에 옮겼어. 당신은 클라리스가 살아 있고, 당신 자신도 멀쩡하다며 승리를 외치고 있어. 하지만 말이야, 클라리스의 목숨이나 당신의 자유 같은 건 정작 우리 대결의 관건이었던 어마어마한 보석들에 비하면 아주 사소한 것일 뿐이야. 진짜 싸움은 바로 거기에 있는 거지. 그런데 보물이 내 손안에 들어왔으니까, 결국 그 싸움에선 내가 이긴 것 아니겠어?"

"글쎄, 과연 그럴까?"

라울은 한껏 야유 섞인 어조로 되받았다.

"그야 물론이지! 내 손아귀에 얌전히 들어와 있으니까! 내 손으로 직접 가방 속에 보석들을 욱여넣은 데다, 내가 보는 앞에서 끈으로 단단히 묶고 봉인까지 한 다음, 베르뤼장호 바닥에 놓아두었다가 배를 폭파시키기 직전에 역시 내 손으로 도로 꺼내왔거든. 지금은 런던에 있지. 은행금고 안에 처음과 똑같이 봉인된 상태로 말이야."

여자의 말에 라울은 건성으로 수긍한다는 태도를 보이며 대꾸했다.

"그래, 맞아. 그 끈이 아주 새것인 데다, 팽팽하고 깨끗하지. 봉인은 보랏빛 밀랍으로 모두 다섯 군데 했고, 'J.B.'라는 이니셜, 즉 조제핀 발자모라 찍혀 있지. 아 참, 가방으로 말하자면 버들가지를 엮어 만든 건데, 가죽띠와 가죽 손잡이가 부착되어 있고…… 사람들 시선을 그다지 끌지 않는 비교적 간단한 스타일이었어."

칼리오스트로 백작부인의 두 눈이 휘둥그레졌다.

"아니, 어떻게 그걸? 어떻게 그걸 다 알지?"

"적어도 몇 시간 동안은 그 가방과 내가 함께 지낸 사이거든!"

라울이 히죽 웃자, 여자는 길길이 날뛰었다.

"거짓말! 되는대로 말하고 있어. 메닐수쥐미에주의 목초지로부터 은행금고에 이를 때까지 그 가방은 내 곁을 단 1초도 떠난 적이 없단 말이야!"

"천만에. 당신이 가방을 베르뤼장호 바닥에 모셔놓았을 때는 제외해 야지."

"하지만 그때도 바닥을 덮은 철문 위에 내가 앉아 있었고, 내 부하 한 명이 혹시나 몰라 배의 현창에서 눈을 떼지 않고 있었단 말이야. 르아 브르 항에 정박하고 있는 내내 그러고 있었다고!"

"그건 나도 알아."

"아니, 그건 또 어떻게?"

"당시 내가 배 바닥에 있었으니까 알지."

엄청난 얘기였다! 라울은 똑같은 말을 되풀이하더니, 어안이 벙벙해 있는 조제핀 발자모에겐 아랑곳 않고 스스로의 얘기로 흥에 겨워 떠들 어댔다.

"메닐수쥐미에주의 산산조각 난 경계석을 앞에 두고 내 머릿속에선 이런 생각이 착착 진행되고 있었지. '지금부터 저 잘난 조제핀 발자모 를 무턱대고 찾아다니다가는 끝내 붙잡지 못할 것이다. 그럼 어떻게 하 느냐…… 날이 저물 무렵, 그녀가 가 있을 만한 곳을 미리 점찍어서 내 가 먼저 가 있는 거다. 그래서 그녀가 도착하고 나면 기회를 봐뒀다가 보석을 냉큼 가로채는 거야.' 그런데 이제는 경찰한테도 쫓기고 내게 도 한시바삐 도망쳐 보물을 안전하게 확보해야 할 당신 입장에서는, 어쩔 수 없이 이 땅에서 영영 줄행랑을 치는 수밖에 달리 도리가 없겠더라고! 즉, 외국으로 도망친다는 거지. 어떻게? 바로 당신의 그 베르튀장호라는 배를 타고 말이야! 정오쯤 되어서 난 르아브르 항에 도착했지. 오후 1시에 당신 부하 세 명이 커피를 들기 위해 우르르 몰려가더군. 나는 이때다 싶어 갑판을 뛰어넘어 배 밑바닥을 파고들었어. 나무궤짝들과 통들, 식량 포대들을 잔뜩 쌓아둔 뒤쪽에 진을 치고 들어앉았지. 저녁 6시가 되자, 당신이 나타나더군. 밧줄에 가방을 매달아 조심스럽게 내려놓았지. 결국에는 내 손아귀에 말이야."

"거짓말, 거짓말을 하고 있어!"

칼리오스트로가의 여인은 안달이 난 목소리로 연신 더듬댔고, 남자는 계속해서 몰아붙였다.

"밤 10시가 되자, 레오나르가 합류하더군. 그는 당일 석간신문을 읽고서야 보마냥의 자살에 대해 알게 되었지. 밤 11시에 닻을 올렸어. 자정이 되자 바다 한가운데에서 또 다른 배 한 척이 다가왔지. 사정인즉, 갑자기 라보르네프 공작으로 변신한 레오나르가 이사작전을 통솔하기로 한 거였어. 일단 선원 전부와 값나가는 짐들이 이쪽 갑판에서 저쪽 갑판으로 부산하게 옮겨가더군. 물론 당신은 무엇보다 그 보석가방부터 배의 바닥에서 조심스레 끌어 올렸지. 그런 다음 베르튀장호는 아예 될 대로 되라는 꼴이더군! 솔직히 고백하건대 내게는 좀 고약한 시간이었지. 배 전체를 통틀어 나 혼자였고, 다른 승무원은 아무도 없었어. 배는 방향도 없이 떠돌고 있었지. 베르튀장호는 마치 술 취한 사람이 키를 붙들고 늘어지며 제멋대로 운전하는 것처럼 느껴졌어. 왜 있잖아, 아이들 가지고 노는 장난감 배. 태엽을 감으면 제자리에서 빙글빙글 돌기만 하지. 그런 와중에 퍼뜩 당신의 음흉한 계획이 뇌리를 스치고 지나가더군. 배 어딘가에 폭탄을 장착해서 그 시한장치가 작동하는 대로 꽝! 폭발하겠지. 순간 온몸에 진땀이 솟더군. 물에 뛰어들어야 하나? 막 결단을 내리려는 찰나, 퍼뜩 눈에 띄는 뭔가가 있더군! 나는 기뻐 어쩔 줄 몰랐지. 다름 아니라 웬 보트 하나가 베르뤼장호의 뒤꽁무니에 닻줄로 매어진 채 하얀 바다 거품 속에서 뒤뚱거리고 있는 게 아니겠어! 살았다 싶더라고! 그로부터 10여분 후, 나는 보트 안에 얌전히 앉아 한 수백여 미터는 떨어진 어둠 저 멀리 불길이 치솟는 걸 바라보았지. 아울러 마치 천둥처럼 수면을 뒤흔드는 엄청난 폭발음 또한 들려오더군. 베르뤼장호가 장렬한 최후를 맞이하는 광경이었지. 다음 날 밤이 되어서야 한참을 파도에 흔들거리던 보트가 드디어 해안이 저만치 보이는 지점까지 떠밀려온 걸 알았지. 앙티페르 갑에서 그리 멀지 않은 곳이었어. 나는 지체없이 물에 뛰어들어 결국 뭍을 밟았고, 그날로 이곳에 출두했지. 우리 사랑스러운 조제핀께서 낚시는 걸 맞이하러 말이야."

칼리오스트로 백작부인은 비교적 차분한 태도로 잠자코 얘기에 귀를 기울였다. 그러면서도 정작 많은 얘기는 필요 없다는 태도였다. 중요한 건 오로지 가방에 관한 것! 라울이 배 밑바닥에 숨어 있었건 참사를 용케 피했건, 그런 것은 하등 중요하지 않았다.

하지만 결정적인 질문을 던질 엄두는 좀처럼 나지 않는 모양이었다. 무엇보다 라울이라는 인물이 결코 몸만 무사히 빠져나오는 것 이외의 성과 없이 그런 모험을 감행할 위인이 아니라는 것을 잘 알고 있기 때문이었다. 그래서인지 여자의 안색이 점점 창백해졌다.

마침내 입을 연 사람은 라울이었다.

"자, 내게 궁금한 게 아무것도 없어?"

"뭘 궁금해야 하는데? 당신이 이미 다 말했잖아! 내가 다시 그 가방을 끌어 올렸다고. 물론 난 그 이후 안전한 곳에 가방을 보관해두었어."

"하지만 확인은 안 한 모양이야?"

"어머나, 그거야 당연하지! 뭣 때문에 가방을 열어보겠어? 끈하고 봉인이 처음 그대로 멀쩡했는데."

"그럼 가방 옆구리, 버들가지 매듭 사이를 째놓은 틈새는 발견하지 못했군."

"틈새라니?"

"맙소사! 그럼 내가 물건을 덩그러니 앞에 둔 채 아무 짓도 안 하고 무려 두 시간 동안을 멍청히 앉아 있었으리라 보는 건가? 이봐요, 조제 핀, 나는 그 정도로 바보가 아니오."

"그, 그러면……."

이미 여자의 목소리에는 기운이 빠질 대로 빠져 있었다.

"딱한 친구 같으니라고. 차근차근 인내심을 가지고 가방의 내용물을 하나하나 빼냈지 뭐! 그러고 나서는……."

"그러고 나서는?"

"당신이 훗날 가방을 열어보았을 때, 그리 값나가는 건 아니지만 비슷한 무게만큼의 곡식 낟알들을 구경할 수 있도록 대신 채워 넣는 거지. 별수 없었어, 그때 내 수중에 있는 거라곤 그런 것들뿐이었으니까. 배 바닥에 나와 함께 식량 포대들도 즐비했다고 말했지? 강낭콩 몇 파운드하고 렌즈콩도 조금 섞었어. 하긴 당신이 런던까지 가서 은행금고의 임대료를 지불해가며 보관할 만큼 가치가 있는 상품은 못 되겠지만 말이야."

여자는 어떻게든 인정하지 않으려고 악착같이 중얼거렸다.

"사실이 아니야. 그랬을 리가 없어."

라울은 벽장 꼭대기로 팔을 뻗어 자그마한 나무 사발을 하나 내리더니 손바닥에다 20~30여 개의 다이아몬드와 루비, 사파이어 보석알들을 쏟아붓고는, 무심코 이리저리 가지고 놀듯 반짝거리게 뒤섞었다.

"이것 말고도 물론 더 있었지만 폭파 시점이 임박한 바람에 전부 가지고 나올 수는 없었어. 결국 수도승의 보물은 상당량이 바닷물 속에 흩어져 버린 셈이지. 하지만 어찌 됐든, 아직 젊은 나이의 사내로서는 충분히 인내심을 갖고 도전해볼 만한 일이었어. 어떻게 생각해, 조진? 왜 아무 대답이 없지? 이런 제기랄! 왜 그러는 거야? 설마 또 기절하려는 건 아니겠지? 아! 빌어먹을 여자들이란, 그깟 10억 프랑 날렸다고 꼭 눈이 돌아가야만 해? 한심스러운 친구들 같으니!"

조제핀 발자모는 라울이 우려하듯 기절까지는 가지 않았다. 대신 허옇게 질린 얼굴로 벌떡 일어나 쭉 내민 두 팔을 속절없이 허우적거렸다. 원수를 해코지하고 싶어서 안달이 난 분위기였다. 남자를 후려 패고 싶은 마음이 물씬 배어났다. 하지만 본인이 먼저 숨이 턱 막히는 모양이었다. 흡사 물에 빠진 사람이 허우적거리듯 두 손으로 한동안 허공만 휘젓더니 거친 신음과 함께 침대 위로 맥없이 쓰러지는 것이었다.

라울은 조금의 동요도 없이 상대의 발작이 끝나기만을 조용히 기다렸다. 아울러 아직 못다 한, 분명히 못 박아둘 얘기를 빈정대는 투에 담아 내뱉었다.

"자자, 이제는 깨끗하게 무너지신 건가? 우리 마나님의 어깨가 완전히 땅에 닿은 거야? 케이오당한 거냐고? 철두철미하게 와해된 것 맞아? 바로 그런 상태를 당신이 절감했으면 좋겠어, 조제핀. 나한테는 도저히 상대가 안 되며, 그나마 이제부터는 그따위 조잡한 장난일랑 아예 단념하는 게 최선이라 명심하면서 당신은 이 자리를 물러나야만 할 거야. 당신의 농간에도 불구하고 나와 클라리스는 행복하게 살 테니까. 아이도 많이 낳고 말이지. 이제 당신은 얌전히 수긍하는 수밖에 없어."

라울은 방 안을 이리저리 서성대면서 갈수록 쾌활하게 말을 이어갔다.

"하기야 어쩌겠어, 워낙에 당신한테 운이 따라주지 않은걸. 딱한 아가씨야, 당신은 자신보다 훨씬 더 강하고 약삭빠른 젊은이와 한판 대결을 벌였던 거라고. 나 스스로도 나 자신의 힘과 기지에 어안이 벙벙할 지경이라니까! 세상에나! 이 얼마나 경이적인 수완이며 재치이고, 직관력과 박력, 명쾌한 혜안을 제 마음대로 부리는 자란 말인가! 그야말로 진짜 천재가 납신 거지! 아무것도 내 사정권에서 무사히 빠져나갈 수 없어. 내게 대적하는 상대의 머릿속까지 마치 책을 펼쳐놓은 듯 두루두루 꿰뚫는다고. 제아무리 몰래 품은 생각까지도 죄다 끄집어낼 수가 있지. 지금도 그래서 일부러 내게 등을 돌리고 있는 거잖아? 침대에 그렇게 납죽 엎드려서 내가 당신의 그 매혹적인 표정을 읽지 못하게 하려고 말이야. 옳거니! 지금 은근슬쩍 블라우스 속에 손을 넣어 권총을 끄집어내려 한다는 것 누가 모를 줄 알고?"

말이 채 끝나기가 무섭게 칼리오스트로가의 여걸은 손에 권총을 쥔 채 후닥닥 몸을 돌렸다.

동시에 요란한 총성이 울렸지만, 이미 대처를 단단히 하고 있던 라울이었다. 잽싸게 상대의 팔뚝을 움켜잡고 비튼다는 것이 그만 총구가 조제핀 발자모를 향한 상태였다. 결국 여자는 가슴께에 총상을 입고 그 자리에 풀썩 쓰러졌다.

워낙에 급작스러운 상황인 데다 전혀 예기치 못한 결과였으므로, 라울은 하얗게 질린 얼굴로 바닥에 축 늘어진 여자의 몸뚱어리 앞에서 멍하니 서 있었다.

그러면서도 마음을 들었다 놓는 불안감 같은 것은 왠지 느끼지 못했다. 솔직히 여자가 죽으리라고는 생각도 안 했고, 실제로 몸을 숙여 확인을 해본 결과 심장이 규칙적으로 뛰었다. 라울은 가위를 갖고 여자의 블라우스 앞섶을 V 자형으로 갈랐다. 비스듬히 발사된 총알이 우측 가습 바로 위쪽 살점에 약간의 상처만 남기면서 살짝 빗나간 상태였다.

"그다지 심한 상처는 아니군."

솔직히 이런 존재는 죽어 마땅하다는 생각을 하면서도 라울은 그렇게 중얼거렸다.

그는 가위의 뾰족한 끝을 앞으로 향한 채 그대로 어중간히 쥐고 있었는데, 문득 이렇게 지나칠 정도로 완벽한 아름다움을 아예 못쓰게 만드는 것, 그 살점을 가차 없이 베어서 사악한 요정이 더 이상 만행을 일삼지 못하도록 하는 것이야말로 자신의 사명이 아닐까 하는 생각이 뇌리를 스치고 지나갔다. 얼굴 한복판을 가로질러 깊숙한 십자형 상처를 만들어놓는다면, 그래서 지워지지 않는 흉터가 퉁퉁하게 부은 피부를 통해 언제나 드러나 있다면, 본인한테는 그야말로 더없이 공정한 형벌인데다, 타인에게는 유용한 접근 금지표시가 되어주지 않겠는가! 그로 인해 얼마나 많은 사람이 불행을 피해갈 수 있을 것이며, 숱한 범죄행각이 미연에 방지될 수 있을 것인가!

하지만 그럴 용기도 없었고, 그렇게 할 권리를 주장하고 싶지도 않았다. 더군다나 한때 너무도 사랑했던 여인이 아니던가.

라울은 한동안 꼼짝 않고 여자를 물끄러미 바라보고만 있었다. 그러다 보니 한없는 슬픔이 물밀어 오는 게 느껴졌다. 이제 싸움이라면 지쳤다. 씁쓸한 기분과 역겨운 느낌만이 온몸 가득 차올랐다. 그래도 난생처음 경험해보았던 엄청난 사랑이었는데…… 그토록 푸근한 추억과 신선한 감흥에 젖어 들게 해주던 사랑의 감정이 앞으로는 원한과 증오만으로 다가올 것 같았다. 이제 입가에는 환멸의 냉소적인 주름을, 영혼 속에는 쇠락의 암울한 낙인만을 평생토록 간직하며 살아야 하리라.

문득 여자가 숨을 크게 들이쉬며 눈을 떴다.

남자는 더 이상 여자를 바라보지도 말고, 떠올리지도 말아야겠다는

결정판 아르센 뤼팽 전집

생각에 저도 모르게 휩싸였다.

벌떡 일어나 창문을 열고 귀를 기울였다. 벼랑 쪽으로부터 발소리가 다가오는 것 같았다. 해변에 도착해서야 이번 작전이 고작 인형을 납치한 데 불과하다는 걸 깨달은 레오나르가 조제핀 발자모의 안위가 걱정되어 급히 돌아오는 모양이었다.

라울은 속으로 중얼거렸다.

'그래, 어서 와서 데리고 가거라! 목숨이 붙어 있든, 숨이 끊어지든! 행복하게 살아가든, 불행하게 연명하든! 쳇, 될 대로 되라지. 더 이상 이 여자에 대해서는 알 바 아니니까. 이젠 지겨워! 지옥 같은 이 상황이 지겹다고!'

그러고는 자신을 향해 두 팔을 벌리며 간절히 애원하는 여자에게는 말 한마디, 시선 한 번 주지 않고 곧장 자리를 박차고 나왔다.

다음 날 아침, 라울은 드디어 클라리스 데티그를 직접 방문했다.

지금까지는 여전히 민감할 마음의 상처를 도지게 만들지 않으려고 직접 얼굴을 보는 걸 어떻게든 피해왔었다. 하지만 젊은 여자 쪽에서 이미 사내가 와 있는 것을 알아챘고, 곧이어 남자 쪽에서도 시간이 무르익었다는 판단을 내린 것이다. 여자는 이전보다 더 발그스레한 볼과 희망으로 반짝이는 눈동자를 하고 있었다.

"클라리스, 처음 우리가 만났을 때부터 당신은 나의 모든 것을 용서하리라 약속했었소."

남자가 말을 건네자, 아버지를 염두에 두면서 여자가 잘라 말했다.

"나로선 당신을 용서하고 말고 할 자격도 없어요, 라울."

"아니요. 클라리스. 난 당신에게 너무도 많은 잘못을 저질렀소. 아울러 나 자신한테도 잘못을 많이 범했다오. 그래서 나는 지금 당신의 사랑뿐만 아니라, 당신의 배려와 보살핌까지도 바라는 것이오. 오, 클라리스. 이 모든 끔찍한 기억을 잊어버리고, 삶에 다시금 믿음을 갖기 위해서 나는 당신이 필요해요. 내 안에 도사리면서 결코 가고 싶지 않은 구렁텅이로 나를 끌고 들어가려는 온갖 고질적인 성향들과 투쟁하기 위해 당신이 필요하단 말이오. 당신만 도와준다면 나는 정직한 인간이 될 수 있을 거라 확신하오. 그리고 진심으로 약속하건대 당신 또한 행복해질 것이오. 클라리스, 나의 아내가 되어주겠소?"

여자는 조용히 손을 내밀었다.

에필로그

라울이 예상했던 대로, 역시 엄청난 보물을 둘러싸고 벌어진 광대한 암투와 음모의 전모는 어둠 속에 그대로 방치되었다. 보마냥의 자살과 펠레그리니라는 성을 가진 여자의 온갖 난행들, 칼리오스트로 백작부인의 신비스러운 정체, 그녀의 도주와 베르뤼장호의 침몰 등 숱한 사건들에 관해 사법당국은 그 상호 간의 관련성을 증명할 수도 없었고, 또 그러길 원하지도 않았다. 추기경의 비망록도 파기되거나 아예 사라져 버린 상황이었다. 보마냥의 주위로 결집되었던 회합도 즉각 해체되었고, 그 구성원들은 하나같이 침묵을 지켰다. 아무도 무엇이 어찌 된 건지 알지 못했다.

하물며 사건 전체에 걸친 라울의 역할이 추적당할 리 만무했고, 그의 결혼도 그냥 묻혀버렸다. 그나저나 어떤 기적 같은 조화를 부렸기에 그가 당드레지 자작이라는 버젓한 이름을 달고 결혼에 성공할 수 있었을까? 모르긴 몰라도 보물 가운데 움켜쥔 두어 주먹 분량의 보석들 덕분에 그런 고난도의 재주를 부릴 수 있었을 거라 추정하는 게 옳으리라. 웬만한 공모관계는 그 정도 위력으로 얼마든지 사들일 수 있을 테니 말이다.

이와 마찬가지 경로로 뤼팽이라는 성 역시 어느 날 감쪽같이 사라져버렸다. 그 어떤 호적장부나 공문서에도 아르센 뤼팽이나 그 아버지인 테오프라스트 뤼팽의 이름은 더 이상 등재되어 있지 않았다. 합법적으로 유일하게 확인되는 건, 라울 당드레지 자작이 처녀명이 클라리스 데티그인 자작부인과 함께 전 유럽을 대상으로 한 여행길에 올랐다는 사실뿐이다.

그즈음 두 가지 중요한 사건이라면 사건이 일어났다. 우선 클라리스가 딸을 유산했다는 것. 그리고 몇 주가 지난 다음 그녀 아버지의 부음을 전해 들었다는 사실.

고드프루아 데티그와 그의 사촌인 베네토가 선상 유람 중에 사망했다는 것이다. 사고였을까? 아니면 자살이었을까? 인생의 말년을 광인으로 취급받으며 살았던 두 사촌지간이 급기야는 서로를 죽였다는 설이 일반적으로 받아들여지는 견해이긴 하다. 누군가의 의도적 범죄행각의 결과라는 설도 있는데, 어떤 유람용 요트가 두 사촌지간이 탄 배를 들이받고는 뺑소니를 쳤다는 얘기가 그것이다. 물론 물증은 없다.

어찌 됐든 클라리스는 아버지의 재산에 손끝 하나 대기조차 거부했다. 결국 자선단체에 몽땅 기부해버렸다.

이후, 감미롭고도 무사태평한 세월이 조용히 흘러갔다.

라울은 클라리스에게 한 약속들 중에서 하나만큼은 확실히 지켜주었는데, 여자가 몹시도 행복해했던 것이다.

다만 또 다른 약속 하나는 그만 지키질 못했다. 정직한 사람은 되지 못한 것이다.

사실 그것만큼은 아무래도 역부족이었다. 그는 뭔가를 훔치거나, 조작하고, 남을 등쳐먹는 걸 재미있어하는 성향이 아예 핏속 깊이 녹아 있는 듯했다. 본능적으로 밀수꾼이자 소매치기였고, 도둑임과 동시에 강도이면서, 모사꾼인 데다 무엇보다 패거리의 왕초였다. 게다가 칼리오스트로 백작부인의 조직에 몸담는 동안, 보란 듯이 터득했던 비범한 자질들이야말로 그를 둘째가라면 서러울 만큼의 기린아로 만들어준 터였다. 그는 자신의 천재성을 믿어 의심치 않았다. 또한 동시대를 살아가는 보통 사람들과는 판이한, 기상천외하고도 황당무계한 숙명의 기득권을 스스로에게 부여하고 있었다. 말하자면 모든 사람들 위에 군림할 운명이었고, 대가가 될 팔자였다.

클라리스가 전혀 눈치채지 못하게 하면서 그는 나름대로 일들을 만들어갔고, 일련의 활극들을 멋들어지게 해치우면서, 자신의 권위는 물론, 실제로 초인적이라고밖엔 할 수 없는 온갖 재능들을 확대시켜나갔다(칼리오스트로의 4대 수수께끼 중 하나인 '기암성'의 아지트와 프랑스 제왕의 보물을 발견한 것도 바로 이 시점이며, 그로부터 15년 후 그곳에서 물러나는 과정을 다룬 것이 바로 『기암성』의 줄거리이다―옮긴이).

하지만 그의 머릿속에서는 늘 클라리스의 행복과 안락이 우선이었다는 것 또한 틀림없는 사실이다. 기본적으로 그는 아내를 존중하는 남자였다. 아내가 어떤 사람이건 스스로를 어떻게 여기건, '도둑의 아내'라는 점만큼은 결코 용인하지 않았다.

부부의 행복은 5년간 아무 문제없이 지속되었다. 다만 6년째 되던 해, 클라리스가 그만 분만 후유증으로 사망하고 말았다. 남겨진 아들의 이름은 장이었다.

이틀 뒤 그 아들이 또 사라지는 일이 발생했다. 라울조차도 누가 감히 오퇴이유 가의 아담한 가옥을 침입했으며, 어떤 방법으로 그랬는지 가늠할 만한 어떤 단서도 찾을 수 없었다.

그럼에도 불구하고 도발의 진원지를 파악하는 일에서는 조금도 주저할 필요가 없었다. 이미 두 사촌지간의 익사사건부터 칼리오스트로라는 성을 떠올렸으며, 그 이후로도 도미니크가 독살을 당한 사실을 전해 들은 바 있는 라울로서는, 칼리오스트로 백작부인이 납치작전을 주도했음을 기정사실로 간주할 수밖에 없었던 것이다.

결국 아들을 도둑맞은 비탄의 심경이 사람을 확 바꿔놓기에 이르렀다. 의지할 아내도, 아들도 사라진 상태에서 그는 강력한 유인력으로 자신을 빨아들이는 위험천만한 길에 본격적으로 뛰어든 것이다. 즉, 순식간에 아르센 뤼팽이 되어버렸다! 이제 더는 점잖을 떨 이유도, 조심스러울 필요도 없었다. 천만에! 스치고 가는 곳곳마다 떠들썩한 소동이요, 도발이요, 대범무쌍(大汎無雙), 화려무비(華麗無比), 호탕하기 그지없는 활약상이 판을 쳤다! 벽이면 벽마다 휘갈긴 이름과 텅 빈 금고 안에 어김없이 남겨진 명함 한 장 등 과연 아르센 뤼팽이었다!

그러나 직접 그 이름으로 움직이든, 여타 즐겨 차용하는 다른 많은 이름들, 예컨대 베르나르 당드레지 백작(외국에서 사망한 친척 중 한 명의 신분 증명서류를 잽싸게 빼돌렸다), 오라스 벨몽, 스파르미엔토 대령, 혹은 샤르므라스 공작이나 세르닌 공작, 아니면 돈 루이스 페레나에 이르기까지 다양한 가명들로 활동을 하는, 모든 변신과 가면 속에서 그의 열에 들뜬 두 눈동자는 언제 어디서나 칼리오스트로가의 여인을 추적했고, 아들 장을 찾아 헤맸다.

그러나 아들도 못 찾았고, 조제핀 발자모도 두 번 다시 보지 못했다.

그녀가 살아 있기나 한 걸까? 감히 이곳 프랑스 땅에서 위험을 무릅쓴 행각을 또다시 저질렀을까? 여전히 폭력과 살인을 일삼는다는 말인가? 결별의 그 순간부터 시작된, 끝이 없을 것 같은 위협의 조짐이 결국 아들의 납치보다 더 잔혹한 복수로 귀결될 거라고 과연 인정해야 하는 것일까?

황당무계한 활극과 초인적인 시련들, 미증유의 승리와 가공할 열정, 그리고 엄청난 야심으로 점철된 아르센 뤼팽의 일생은, 이제 일련의 사건들로 인해 위와 같은 곤혹스러운 의문점이 저절로 답을 얻기 이전까지 처절하고도 화려하게 전개될 운명이었다.

요컨대 지금까지 살펴본 최초의 모험은 무려 사반세기라는 시간을 건너뛰어, 오늘날 자신의 마지막 활약상이라 기꺼이 내세우는 최후의 모험(마지막 작품 『백작부인의 복수』를 암시한다—옮긴이)으로까지 이어지게 된다.

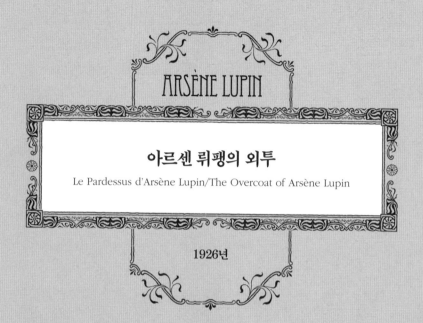

아르센 뤼팽의 외투

Le Pardessus d'Arsène Lupin/The Overcoat of Arsène Lupin

1926년

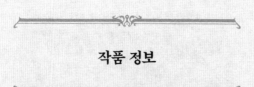

작품 정보

「아르센 뤼팽의 외투(Le Pardessus d'Arsène Lupin/The Overcoat of Arsène Lupin)」(1926. 10. 7) 또한 '결정판'을 통해 국내 처음 소개되는 작품이다. 이 작품에 얽힌 사연 또한 조금은 복잡하다. 르블랑은 뤼팽 시리즈와 무관한 단편 「에르퀼 프티그리의 이빨(La Dent d'Hercule Petit Gris)」을 1924년 『레쾨브르 리브르(Les Œuvres libres)』라는 잡지에 발표한다. 그리고 2년 뒤인 1926년 10월 7일 뉴욕에 발간하는 잡지 『더 포퓰러 매거진(The Popular Magazine)』에 이를 일부 수정한 또 다른 원고를 영역하여 발표하는데, 그것이 바로 「아르센 뤼팽의 외투(The Overcoat of Arsène Lupin)」다. 그러니까 이 역시 「암염소 가죽옷을 입은 사나이(A Tragedy in the Forest of Morgues)」나 「백조의 자태를 지닌 여인(Edith Swan-Neck)」, 「지푸라기(The Invisible Prisoner)」의 경우와 마찬가지로 프랑스보다 영어권 국가에서 먼저 발표되었다는 얘기다.

스포일러라 대놓고 거론할 순 없지만, '수정한' 부분이 원작을 뤼

「아르센 뤼팽의 외투」가 발표되었던 1926년 10월 7일 『더 포퓰러 매거진』

팽 시리즈로 귀속시키는 결정적 요인이었음은 물론이다. 애당초 르 블랑의 계획은 이 작품을 다른 단편들, 예컨대 「에메랄드 보석반지(Le Cabochon d'Émeraude)」(1930), 「암염소 가죽옷을 입은 사나이」(1912) 등 과 함께 '에메랄드 보석반지'라는 제목의 작품집으로 묶는 것이었으나 실행에 옮기지는 못했다. 결국 프랑스어로 된 「아르센 뤼팽의 외투(Le Pardessus d'Arsène Lupin)」는 모리스 르블랑의 유고함 속에 81년을 잠들 어 있다가, 2007년 전자책을 통해 비로소 전 세계에 공개되었다.

결정판 아르센 뤼팽 전집

뒷짐 진 손, 잔뜩 추어올린 모닝코트 깃, 생각으로 일그러진 신랄한 표정의 장 루발은 지시가 떨어지기를 기다리는 집사장을 문 앞에 놔둔 채, 드넓은 장관실을 빠른 걸음으로 서성이고 있었다. 수심 가득한 주름이 그의 이마를 파고들었다. 부자연스러운 동작들은 일생일대의 극적인 순간을 맞아 사정없이 흔들리는 그의 극단적인 심리상태를 드러내고 있었다.

갑자기 멈춰 선 그가 단호한 말투로 말했다.

"나이 지긋한 신사 한 분과 숙녀 한 분이 곧 나타날 걸세. 그분들을 우선 응접실로 모시고, 젊은 남자가 한 명 더 오면, 그 사람은 회의실로 모시도록. 서로 마주치거나 말을 섞지 않게끔 각별히 주의하게, 알겠지? 그리고 곧장 내게 와서 보고하도록."

"알겠습니다, 장관님."

장 루발은 강력한 에너지와 치밀한 지성으로 정평이 나 있는 정치

가였다. 부임하자마자 두 아들을 여의고 아내마저 슬픔 속에 떠나보낸
뒤, 오직 그 원한을 갚는 심정으로 수행한 전쟁은 그를 규율과 권위, 의
무에 과도할 만큼 집착하는 사람으로 만들어버렸다. 그는 어떤 사태에
직면해서든 가급적 자신의 책임하에 모든 일을 처리하겠다는 입장을
고수했고, 그런 과정에서 또한 최대한의 권리를 자기 것으로 삼아왔다.
조국에 대한 그의 사랑은 일종의 광기 어린 열정을 품은 것이어서, 종
종 자의적인 결정을 동반한 행위마저 충분히 정당하게 느껴졌다. 그런
연유로 동료들은 그를 높이 평가하면서도 다른 한편으로는 그 과격한
성정을 불안하게 바라보기도 했다. 혹여나 그가 내각을 쓸데없는 분란
으로 몰아가지는 않을까 늘 걱정인 게 사실이었다.

그는 시계를 들여다보았다. 20분 전 5시. 지금의 불안을 유발한 엄청
난 사건에 관한 서류를 한 번 더 훑어볼 시간이 있다는 뜻이다. 한데 바
로 그 순간 전화벨이 울렸다. 그가 수화기를 들었다. 총리 관저로부터
직접 통화를 요청해오는 전화였다.

기다리는 시간이 다소 길게 느껴졌다. 마침내 연결되자 그가 말했다.

"네, 접니다, 총리 각하."

수화기에 귀 기울이는 그의 표정에 언뜻 긴장이 감도는가 싶더니, 다
소 까칠한 어투로 말했다.

"각하, 보내신 수사관을 만나는 보겠습니다만, 우리가 찾는 물증을
저만 확보하고 있다고 혹시 생각하시는 건 아니죠……? 아무튼 각하
말씀도 있고, 그 에르킬 프티그리라는 자가 수사의 달인이라고 하니,
제가 준비한 대질신문에 입회시키도록 하지요…… 여보세요……? 그
렇습니다, 각하, 이 모든 것이 실로 심각한 사태고, 특히나 슬슬 돌기
시작하는 소문 때문에 더 그렇습니다…… 제가 신속하게 이 문제를 해
결하지 못하거나, 우려했던 점이 사실로 밝혀지는 날엔, 그야말로 끔찍

한 파국이자 국가적 재앙이 아닐 수 없습니다…… 여보세요…… 네, 네. 안심하셔도 됩니다, 각하. 무슨 일이 있어도 처리하겠습니다…… 꼭 해내겠습니다…… 반드시 그래야만 하고요…….”

몇 마디 말이 더 오간 다음, 루발은 전화를 끊었다. 그는 잇새로 이렇게 중얼거렸다.

“그래…… 반드시…… 반드시 처리해야만 해…… 이런 사건은…….”

그러면서 무슨 방법이 있을까 고심하는 사이 문득 누군가 가까이 다가선 느낌이 들었다. 방해가 될까 싶어 조심하는 눈치였다.

고개를 돌리는 순간 멍하니 바라만 볼 수밖에 없었다. 네 발짝쯤 떨어진 곳에, 어디서 굴러먹던 자인지 모를, 참으로 궁색한 행색의 사내가 모자를 손에 쥐고 우두커니 서 있는데, 그야말로 한 푼 구걸이라도 하는 듯 다소곳한 태도였다.

“거기서 뭐하는 거요? 여긴 어떻게 들어왔고?”

“문으로 들어왔는데요, 장관님…… 집사장이 사람들을 이리저리 안내하느라 바쁜 것 같기에, 저는 그냥 알아서 들어왔습니다.”

사내는 고개를 꾸벅하며 인사한 뒤 자신을 소개했다.

“에르퀼 프티그리라고 합니다…… 아울러 총리 각하께서 방금 말씀하신 바로 그 ‘달인’이기도 하고요, 장관님…….”

“아, 엿들은 겁니까……?”

루발은 다소 언짢은 어조로 말했다.

“장관님이라도 그러지 않으셨을까요?”

머리 모양, 수염, 코, 앙상한 볼, 축 늘어진 입가, 우울한 표정 등 전체적으로 허약하고 딱해 보이는 몰골이었다. 두 팔은 마치 어깨에 걸쳐 있지 않은 듯 보이는 빛바랜 초록색 외투를 따라 맥없이 내려뜨린 상태였다. 음성은 격식을 갖추되 생기가 없었는데, 하층민의 말투가 그렇듯, 이따금 일부 음절을 뭉개는 발음이었다. 그는 계속해서 말을 이었다.

"총리 각하, 심지어 저를 '수사관'이라 부르신 것도 들었습니다. 천만에요! 저는 결코 수사관이라고 할 수 없습니다. '따분한 성격에 술고래인 데다 게을러빠져' 경시청에서 해임된 신세인걸요."

루팽은 어이없다는 표정을 숨길 수 없었다.

"이해할 수가 없군. 총리 각하께선, 사람을 놀라게 하는 명민함과 능력을 갖추고 있다며 당신을 추천하던데."

"장관님, '사람을 놀라게 하는'이란 표현은 맞는 말입니다. 그래서 보통 아무도 해결을 못했거나 하기 어려워 보이는 사건의 경우, 제 소소한 악습을 엄히 따지지 않고 높은 분들이 저라는 사람을 쓰려고 하는 거죠. 그래도 어쩝니까, 착실하지 못한 건 분명한데요. 목이 컬컬하면 한잔해야죠, 툭하면 카드놀음에 빠지죠. 성격은 또 어떻고요, 그 정도는 약과죠. 다들 제가 뻥이 심하고 상관들 앞에서 무례하다고는 안 하던가요? 또 뭐가 있더라, 옳지, 어쩌다가 그들이 헤매고 제가 멀쩡할 땐, 감히 그걸 꼬집으면서 비아냥댄다고 하죠? 근데 말입니다, 장관님, 누가 돈을 준대도 저는 남 비웃는 거 하나 포기 못할 놈이거든요. 요즘 그 사람들 하는 짓도 얼마나 웃기는지 몰라요! 만날 멀뚱하니 앉아서……."

축 처진 얼굴에서 음울한 콧수염 바로 아래, 왼쪽 입가가 살짝 치켜 올라가는가 싶더니, 소리 없는 미소 속에 마치 야수의 그것과도 같은 송곳니가 슬그머니 드러났다. 불과 1~2초 사이, 싸늘한 악마적 분위기가 그를 지배했다. 그런 이로는 사람이라도 얼마든지 물어뜯을 법했다.

물어뜯기는 걸 두려워할 루팽은 아니었다. 다만 상대가 하는 말에 도무지 신뢰가 가지 않으니, 총리가 그처럼 자신 있게 추천하지만 않았어도 당장 내쳤을 것이 분명했다.

"거기 앉으시오."

장관은 마지못해 퉁명스럽게 말했다.

"나는 지금 이곳에 온 세 사람을 대질신문하려고 하오. 혹시 당신이 보기에 뭔가 덧붙일 의견이 있으면, 즉시 나한테 얘기를 하시오."

"즉시 그러겠습니다, 장관님."

그리고 낮은 목소리로 이렇게 덧붙였다.

"높으신 분이 헤맬 때 늘 그래왔듯이 말이죠……."

루발이 눈살을 찌푸렸다. 일단 누가 적절한 거리를 무시하고 들이대는 것을 그는 질색했다. 아울러 많은 행동가가 그러하듯 욱하는 성격이라, 남의 놀림감이 되는 것을 참지 못했다. 그런 그에게 '헤매다'라는 표현을 썼으니 도저히 용납하기 어려운 무례이자 의도적인 도발이 아닐 수 없었다. 하지만 이미 호출벨을 울린 상태여서, 집사가 들어오고 있었다. 그는 지체 없이 세 사람을 들이도록 지시했다.

에르퀼 프티그리는 빛바랜 초록색 외투를 벗어 조심스레 접어놓고 의자에 앉았다.

신사와 숙녀가 먼저 나타났다. 둘 다 상복 차림에 지체 높은 거동이었다. 여자는 큰 키에 아직 젊고 무척 아름다웠으며, 살짝 회색빛 나는 머리와 창백한 안색이 진지한 인상을 가미했다. 키가 더 작은 남자는 마르고 우아한 체구에 거의 하얗게 센 콧수염을 기른 모습이었다.

장 루발이 남자에게 물었다.

"부아베르네 백작 맞으시죠?"

"네, 장관님. 저희 부부에게 호출장이 와서 내심 놀라고 있습니다. 부디 나쁜 일로 부르신 건 아니길 바랍니다만…… 제 아내가 워낙에 힘들어해서요."

그러면서 남자는 애정과 걱정이 뒤섞인 눈길로 여자를 바라보았다. 루발은 자리를 권하면서 대답했다.

"모든 문제가 좋게 해결되리라 믿습니다. 부인께서도 잠시 불편함을 양해해주셨으면 하고요."

그때 다시 문이 열리고, 스물다섯에서 서른 살쯤 되어 보이는 사내가 들어왔다. 수수한 차림에 별로 신경을 안 쓴 행색인데, 서글서글하고 호의적인 인상임에도 어딘지 쇠약하고 지쳐 보이는 분위기가 그처럼 젊고 건장한 사내에게는 어울리지가 않았다.

"당신은 막심 레리오 맞죠?"

"그렇습니다, 장관님."

"여기 계신 두 분과는 모르는 사이죠?"

"모릅니다."

백작 부부를 찬찬히 살펴보면서 사내가 대답했다.

"우리도 저분을 모릅니다."

루발의 질문에 부아베르네 백작도 같은 대답을 했다.

순간 루발의 입가에 미소가 스쳤다.

"대화 시작부터 제 생각과는 다른 방향의 말들이 나와 유감스럽군요. 하지만 적당한 시점이 오면 이런 사소한 문제는 다 해소될 걸로 봅니다. 천천히 가보도록 하죠. 중요하지 않은 문제 가지고 시간을 지체할 필요는 없으니까요. 자, 슬슬 시작하겠습니다."

그는 책상에 펼쳐진 서류를 집어 들더니 막심 레리오를 향해 다소 적의가 느껴지는 목소리로 말했다.

"선생부터 시작하겠습니다. 당신은 돌랭쿠르, 외르에루아르에서 건실한 농부의 아들로 태어났습니다. 아버지는 자식 뒷바라지를 하느라 온갖 고생을 마다하지 않으셨고요. 물론 당신도 그 노고에 보답하려고 열심히 노력했습니다. 치열하게 공부했고, 품행 또한 방정하며, 아버지에 대한 섬세한 효심까지, 모든 점에서 훌륭한 아들이자 나무랄 데 없는 학생이었지요. 그러던 중 군에 소집되어 보병으로 복무를 하게 됩니다. 4년 후 당신은 특무상사로서 다섯 건의 표창과 함께 무공훈장 수여자가 되지요. 직업군인이 되기로 한 당신의 1920년 근무지는 베르됭입니다. 여전히 건실한 생활태도를 유지하고요. 당신의 기록을 보면 훌륭한 장교의 자질을 갖추었다고 되어 있지요. 당신 스스로도 진급시험에 응할 생각으로 있고요. 그런데 올해 11월 중순, 놀라운 사건이 발생합니다. 샴페인을 열 병 마신 당신은 완전히 취한 상태에서 아무 이유 없는 실랑이를 벌이다가, 그만 권총을 뽑습니다. 현장에서 검거되어 연행된 당신의 소지품을 조사하자, 10만 프랑의 현찰이 발견됩니다. 그 돈이 어디서 난 건지 묻자, 당신은 적절한 설명을 하지 못합니다."

순간 막심 레리오가 반발했다.

"죄송합니다만, 장관님, 저는 신원을 밝히길 원치 않는 누군가로부터 그 돈을 보관해달라는 부탁을 받았을 뿐이라고 이미 진술했습니다."

"그런 진술은 효력이 없습니다. 아무튼 군 당국에 의한 심리가 열렸으나, 결론이 나지를 않았습니다. 그렇게 6개월이 지나고 복무가 해제된 당신은 또 다른 말썽의 주인공이 됩니다. 이번에는 당신 가방에서 4만 프랑어치의 국방부 채권이 발견되지요. 그에 관해서도 당신은 의심스러운 침묵으로 일관합니다."

이제 레리오는 굳이 대꾸하려고도 하지 않았다. 이 사안들을 완전히 사소한 것으로 치부하는 인상이었고, 그 밖에 비슷한 성격의 또 다른 두 사건을 거론한다 해도 더는 신경 쓰지 않겠다는 투였다.

루발의 발언이 이어졌다.

"결국 아무런 설명이 없는 거로군요? 그 이후 어떻게 해서 방탕한 삶으로 전향한 것인지 우리에게 그 어떤 설명도 못하시겠다? 마땅한 일자리도 없고, 내세울 만한 재원도 갖추지 못한 상태에서 마르지 않는 샘물처럼 당신 수중에는 돈이 넘쳐나는데 말입니다."

"저에겐 친구가 많습니다."

막심 레리오가 중얼거렸다.

"어떤 친구 말이오? 당신 친구를 안다는 사람이 아무도 없는데. 당신이 데리고 다니며 유흥가를 누비는 패거리들은 끊임없이 얼굴이 바뀌고, 그나마 옆에 붙어 있는 자들은 하나같이 당신 돈으로 연명하는 판국이잖소. 지금껏 당신을 전담해온 수사관들이 아직 아무것도 밝혀내지 못한 상태에서, 당신은 계속 인생의 내리막길을 걷고 있소. 단 한 번 발을 헛딛거나 재수가 없으면 당신 인생은 끝장이란 말이오. 지금 이 사태도 그중 하나요. 하루는 무명용사 묘소에서 그리 멀지 않은 개선문 아래서 매일 기도를 바치러 오는 한 부인에게 어떤 남자가 접근해 이런 말을 하지. '나는 내일 당신 남편이 보내올 물건을 기다리고 있소. 가서 그렇게 전하시오. 그렇지 않으면⋯⋯.' 말투는 위협적이었고, 태도 또한 거칠고 사나웠소. 부인은 당황해 허겁지겁 차에 올랐지. 이상 등장인물 중 한 명이 바로 막심 레리오 당신이고 다른 한 명이 부아베르네 백작부인임을 굳이 내 입으로 말해야 할까? 방금 전에 서로를 모른다고 잡아뗀 두 사람 말이야!"

루발은 느닷없이 끼어들려는 백작을 두 손 번쩍 치켜들어 제지하며 말을 이었다.

"부탁인데, 증거를 부인하지 마십시오! 제가 지금 이야기하는 것은 추론이나 가설의 결과가 아닙니다. 대충 버무린 해석이 아녜요. 직접 조사하고 파악한 사실들을 말하는 겁니다. 당신이 전쟁에서 아들을 잃

결정판 아르센 뤼팽 전집

었고, 부아베르네 부인이 매일 무명용사 묘소에 가서 기도를 드린다면, 저 역시 아들 둘을 잃었고 단 한 주도 빠지지 않고 그곳에 들러 무명용사들과 시간을 보내는 사람입니다. 그런 제 눈앞에서 바로 그런 장면이 벌어졌단 말입니다. 말하는 소리를 직접 들었어요. 그래서 방금 언급한 사건들에 관해서는 아직 아무것도 모르는 상태에서 직접 조사에 나섰습니다. 도대체 그렇게 이야기한 자의 정체가 무엇이며, 그런 협박을 당하고 있는 사람은 또 누구인가를 캐내기 시작한 겁니다."

백작은 잠자코 있었고 그의 아내는 꼼짝 않고 있었다. 한쪽 구석에서 고개를 끄덕이고 있는 에르퀼 프티그리는 신문자의 태도에 긍정을 표시하는 것처럼 보였다. 곁눈질로 그 모습을 포착한 장 루발은 마음이 놓였다. 입가로 송곳니가 튀어나오지 않고 있는 것이다. 그렇다면 모든 게 잘되어가고 있다는 뜻! 그는 더더욱 고삐를 바짝 틀어쥐었다.

"우연한 기회로 발을 들인 이 사건이, 하필 그런 장소에서 벌어진 일이었기에 더더욱 심상치 않은 의미로 다가왔습니다. 제대로 이해한 건지 아닌지는 몰라도, 그 기억이 저의 모든 사고를 지배하면서 무의식적으로 조사를 좌지우지하는 것이었어요. 그건 도저히 저항할 수 없는 어떤 직관 같은 것이었습니다. 말하자면 막심 레리오라는 사람에게서 오늘의 그가 보이는 것이 아니라, 과거의 군인이 보이는 겁니다. 그의 현재보다 과거가 저의 관심을 끌었죠. 그런데 서류를 훑어보던 중 두 가지 사항 즉, 이름과 날짜가 유독 눈에 부닥치지 뭡니까. 막심 레리오가 베르당에 있었고, 그 시점이 1920년 11월이었다는 사실! 아들을 잃고 그리워하는 아비 입장에서 그 이름과 날짜는 어딘지 특별하게 다가왔습니다. 아니나 다를까, 그 둘을 접근시키자 즉각적인 의미가 떠오르더군요. 부아베르네 부인이 개선문 아래로 매일 기도를 드리러 가고, 저 역시 그토록 열심히 그곳을 찾는다면, 그것은 종전기념일인 1920년

11월 11일을 하루 앞둔 날 그 신성한 광장 지하에서 가장 엄숙한 의식이 거행되었기 때문입니다. 자, 거기까지를 기정사실로 칠 때, 1920년 11월 베르됭에서 보병 특무상사로 근무 중인 막심 레리오가 개선문 아래에 와 있다는 사실은 어떻게 해석해야 할까요? 저는 즉각 조사에 나섰습니다. 어렵지도, 오래 걸리지도 않았어요. 그의 예전 대대장을 찾아 도움을 청하자, 당시 자신이 직접 서명한 명령서를 보여주는 것이었습니다. 그걸 읽는 순간 한 줄기 섬광이 머릿속을 꿰뚫고 지나가더군요. 전선의 서로 다른 여덟 곳으로부터 신원미상 전사자 시신 여덟 구를 실어 나르는 운구트럭 여덟 대 중 한 대의 운전을 다름 아닌 특무상사 레리오가 맡았다는 사실입니다. 그 시신들 중에서 우리의 무명용사 한 분의 시신을 선정하게 되어 있고 말이죠."

장 루발은 문제의 서류를 주먹으로 두드렸다. 그러고는 인상을 잔뜩 찌푸린 채 상대를 찍어 누를 기세로 뚝뚝 끊어 말했다.

"바로 당신, 막심 레리오! 역사적인 의식이 거행되는 그 지하회랑, 의장대를 구성하는 군인들 사이에, 바로 당신 막심 레리오가 있었어. 당신의 화려한 헌병력, 군인으로서의 명성이 그 번쩍거리는 성소의 벽을 장식한 무구들과 삼색기들 속에 영광스러운 자리를 차지하고 설 군인들 중 한 명으로 당신을 치켜세워준 것이지. 그래요, 당신은 그날 바로 그 현장에 있었소. 그리고……."

격해진 감정 때문에 루발의 말이 끊어졌다. 하긴 그의 가려진 내심을 사람들이 가늠하려면 보다 정교한 발언이 필요하긴 했다. 반면 에르퀼 프티그리는 긍정의 노골적인 표시로 여전히 고개를 끄덕이고 있어, 장관의 자신감을 과도하게 부추기고 있었다.

전직 특무상사는 말 한마디 하지 못하고 있었다. 포위당한 적을 에워싼 군대처럼, 처음에는 조심스러웠던 루발의 말들이 갈수록 집요함과

결정판 아르센 뤼팽 전집

논리력을 더해, 적절한 방어태세를 미처 갖추지 못한 상대의 진영을 조여오고 있었다. 그런가 하면 귀를 기울이던 백작은 이제 걱정스러운 눈빛으로 아내의 기색을 살피는 중이었다.

루발이 낮은 목소리로 다시 입을 뗐다.

"거기까지만 해도 제 가장 깊은 마음속에서는 모호한 예감이 전부였습니다. 아직 명백하게 이렇다 할 의심을 가졌던 건 아니었어요. 솔직히, 알아가는 게 두렵기까지 했습니다. 바로 그런 두려운 마음을 품은 채, 저는 알고 싶지도 않은 무언가의 증거들을 찾아 나선 것입니다. 그야말로 움직일 수 없는 증거들이었어요. 이제부터 그것들을 다른 설명 없이 하나하나 시간순으로 열거하겠습니다. 그냥 제시하는 것만으로도 일련의 사실들과 그 속에서 이루어진 행위들이 적나라하게 밝혀질 것입니다. 먼저 다음 사실입니다. 만성절과 그 뒤에 11월 3일, 4일, 5일. 특무상사 레리오는, 제가 일상생활을 꼼꼼하게 재구성해본 즉, 날이 저물 무렵 어느 외딴 오베르주(음식점을 겸하는 숙박업소―옮긴이)를 찾아가 한 남자와 여자를 만납니다. 그는 그들과 함께 저녁식사를 할 때까지 뭔가를 의논하지요. 남자와 여자는 인근 대도시에서 자동차를 타고 온 것으로 보이며, 그들이 체류한 호텔의 주소를 제가 입수했습니다. 저는 그곳을 찾아가 장부를 요구했지요. 1920년 11월 1일에서 11일까지 그 호텔에 부아베르네 백작부처가 체류한 것으로 나오더군요."

적막이 흘렀다. 백작부인의 창백한 얼굴이 움푹 꺼져가는 듯했다. 루발은 서류철을 펼쳐 문서 두 장을 꺼냈다.

"이것은 두 건의 출생증명서입니다. 하나는 막심 레리오의 것으로, 1895년 돌랭쿠르, 외르에루아르 출생으로 되어 있습니다. 바로 당신, 막심 레리오의 출생증명서죠. 다른 하나는 쥘리앵 드 부아베르네의 것으로, 1895년 돌랭쿠르, 외르에루아르 출생으로 되어 있습니다. 므슈 부아베르네, 바로 당신 아들의 것이죠. 다시 말해서 두 사람의 출생지와 나이가 동일한 셈입니다. 이 점은 논란의 여지가 없는 사실 그 자체입니다. 자, 이제 돌랭쿠르 시장이 보내온 편지를 소개합니다. 두 젊은이가 같은 유모의 손에서 자랐다는 내용입니다. 둘은 유년시절 내내 친구관계를 유지했고, 같은 시기에 군에 입대합니다. 이 또한 확인된 사실입니다."

루발은 계속해서 문서를 들추는 가운데 틈틈이 말했다.

"여기 이것은 쥘리앵 드 부아베르네의 사망신고서, 1916년 베르당에서 사망입니다. 그리고 이것은 두오몽 공동묘지의 매장확인서 사본입니다. 이것은 특무상사 레리오가 제출한 보고서 발췌문입니다. '플뢰리에서 브라에 이르는 도로를 따라 조성된 참호 안, 예전 응급구호소 근방에서 신원미상 보병의 시신 한 구가 훼손되지 않은 상태로 발견되었다'는 내용이지요. 마지막으로 이것은 해당지역 지형도면입니다. 응급구호소의 위치는 이곳, 쥘리앵 드 부아베르네가 매장된 공동묘지에서 500킬로미터 떨어져 있지요. 제가 직접 그 두 곳을 가보았습니다. 그리고 땅을 파보았습니다. 무덤이 비어 있더군요. 쥘리앵 드 부아베르네의 관이 대체 어떻게 된 걸까요? 누가 그걸 두오몽 공동묘지에서 빼내간 걸까요? 쥘리앵의 친구이며, 부아베르네 백작부처의 친구이기도 한 바로 당신, 막심 레리오가 아니라면 도대체 누가 그런 짓을 했을까요?"

루발이 하는 말 한마디 한마디가 명백한 증거에 준하는 진실을 뒷받침하고 있었다. 반박하기 어려운 주장들이 상대를 서서히 조여가고 있었다. 이젠 인정하는 길밖에 없어 보였다.

루발은 레리오에게 한발 다가가, 두 눈을 똑바로 응시하며 말했다.

"몇 가지 점들이 아직 애매합니다. 그마저 낱낱이 밝혀야 할까요? 당신의 임무수행 중에 일어난 일들을 시간별로 확인하는 일이 과연 필

결정판 아르센 뤼팽 전집

요합니까? 활짝 펼친 책의 낱장들 속에 음험한 사건이 그대로 적혀 있는 형국입니다. 당신과 함께 성장한 젖형제는 원래 안치된 두오몽 공동묘지에서 파묘되어 참호까지 이동해왔습니다. 다른 누구도 아닌 당신이 신원미상 전사자의 시신을 추스를 임무를 띠고 파견된 바로 그곳으로 말이죠. 우리는 그 일을 한 사람이 당신이라는 걸 알고 있습니다. 베르당의 토치카 안에 있던 다른 전사자들 곁에 당신이 그 시신을 옮겨다 놓았다는 걸 우린 알고 있어요. 자, 여기까지 동의합니까? 그리고 이어서, 여덟 명의 무명용사 가운데 포함될 1인의 최종지명을……."

루발은 말을 잇지 못했다. 그는 이마에 맺힌 땀을 훔쳤다. 이전의 진중한 억양으로 돌아오려면 약간의 시간이 필요했다.

"차마 내 입으로는 그 장면을 떠올리기가…… 이 문제에 관해서 의혹을 제기하는 모든 발언은 그야말로 불경죄에 해당합니다. 더구나 의혹이라기보다는 확실성이 넘치는 사안 아닌가 말이지. 아! 참담한지고! 의장대 소속 병사들 중 한 명에게 내려지는 지침이 생각나는군. '병사, 여기 전장에서 거둔 꽃다발을 줄 테니, 그것을 이 관들 중 하나를 정해 그 위에 갖다 바쳐라. 프랑스 국민은 그 관의 주인공인 용사를 호위하여 개선문까지 행진할 것이다……' 당신도 분명 그 신성한 국가의 명령을 들었을 것이오. 그걸 들으며, 아마도 다른 사람들처럼 당신도 눈물을 흘렸겠지. 그럼에도 불구하고 감히 흉악한 역심을 품고서…… 도대체 어떻게 그런 마음이 일어날 수 있단 말이오! 그런 파렴치한 속임수가 어떻게 맞아떨어질 수 있어……! 무작위로 지목되는 병사 입장에서 자신의 선발 가능성을 당신에게 미리 팔아치웠을 리도 없고, 꽃다발을 놓는 순간 손이 조종을 당했을 리도 없고. 그렇다면……? 그렇다면 도대체 어찌 된 거냐고…… 어서 대답해보십시오!"

한데 장 루발의 추궁에는 어쩐지 자백을 듣는 것 자체에 대한 두려움이 섞인 듯했다. 진실을 이끌어내려는 강력한 어조가 아니었다. 불안과 불편이 짓누르는 긴 적막이 따랐다. 마담 드 부아베르네가 남편이 건넨 각성제를 흡입했다. 그녀는 매우 허약해 보였고 금방이라도 기절할 것만 같았다.

급기야 막심 레리오가 두서없는 해명을 시도했다.

"사실상 장관님 보시기에는…… 그렇게 생각을 하실 수도…… 하지만 착각과 오해가 있는 것도 사실입니다……."

혼자 힘으로는 그 착각과 오해를 일소할 수 없다는 듯, 그는 백작을 돌아보며 도움을 청하는 눈치였다. 그런가 하면 백작은 위험한 싸움에 정녕 뛰어들어야 하는지 결정을 못 내리는 남자처럼 아내를 쳐다보았다. 상대의 도전을 어느 지점에서 받아들여야 할지 난감한 표정이었다.

"장관님, 질문 하나만 해도 되겠습니까?"

"물론입니다."

"이 면담에 임하시는 장관님의 태도로 보아, 아무래도 우리 세 사람이 이곳에 용의자로서 출두한 것 같습니다. 아직 나는 영문을 모르겠습니다만, 우리를 겨냥한 혐의점들에 대한 반론을 펴기 전에 우선 묻고 싶군요. 장관님이 무슨 자격으로 우리를 신문하는 것인지, 무슨 권리로 대답을 강요하는 것인지 먼저 말씀해주셨으면 합니다."

루발이 말을 받았다.

"그야 장관으로서, 사안이 공개될 경우 이 나라에 가늠하기 어려운 파장을 불러올지 모를 문제를 사전에 정리하자는 뜻입니다."

"하지만 장관님이 설명하신 그런 사안이라면, 굳이 공개되리라는 걱정을 할 이유가 없는 사안 같습니다."

"그렇지 않습니다. 막심 레리오가 이미 술기운에 무슨 얘기를 했는데, 그게 정확히 알아들을 수는 없지만, 여러 억측과 소문을 낳을 수 있는 발언이었단 말입니다…….”

“그래봤자 헛소문입니다, 장관님.”

“상관없어요! 나는 깔끔하게 처리하길 원합니다.”

“어떻게 말입니까?”

“막심 레리오는 프랑스를 떠날 겁니다. 알제리 남부에 적당한 일자리를 찾아놓았어요. 그때까지 당신이 그에게 필요한 자금지원을 해줄 것으로 믿겠습니다.”

“그럼 우리는 어떻게 되는 겁니까?”

“두 분 내외도 떠나십시오. 프랑스에서 되도록 멀리 떨어진 곳으로. 그래야 국민의 원성과 협박에서 자유로울 수 있습니다.”

“그럼, 유배되는 건가요?”

“그렇습니다. 몇 년 정도 그렇다고 보면 됩니다.”

백작은 다시 아내를 바라보았다. 비록 안색은 창백하고 야위었지만, 그녀는 오히려 기개와 집중력으로 똘똘 뭉친 표정이었다. 드디어 백작부인이 결연한 태도로 일어섰다.

“단 하루도 안 됩니다. 단 한 시간도 나는 이곳 파리를 벗어나지 않을 거예요.”

“이유가 뭡니까?”

“**그 애가 이곳 무덤에 있으니까요!**”

단순하지만 가장 명백하고 치명적인 자백이었다. 위태로운 적막 속에 던져진 음절 하나하나가 죽음과 애도의 메시지를 메아리처럼 되풀이해 들려주는 것 같았다. 지금 부아베르네 부인에게선 불굴의 의지 너머 누구든 닥치는 대로 쳐부수겠다는 도발까지 엿보였다. 분명, 그 어떤 싸움도 두렵지 않다는 자신감이 내비쳤다. 자기 아들이 신성한 묘소에 안장되지 못할 이유가 없으며, 세상 그 어떤 힘으로도 아들의 숭고

한 영면을 방해할 수 없다는 뜻이 분명했다.

루발은 절망적인 몸짓으로 머리를 감싸 쥐었다. 직전까지만 해도, 그는 모든 증거에도 불구하고 일말의 환상을 품고 있었으며, 불가능하게만 보이는 변론이지만 은근히 기대를 하고 있었다. 한데 방금 터져나온 자백이 판을 엎어버린 거다.

장관의 입에서 중얼거림이 새어나왔다.

"결국…… 사실이었어…… 그렇게 생각하지는 않았는데…… 인정할 수가 없었는데…… 이건 도저히 있을 수 없는 일인데……."

부아베르네 씨는 부인 앞을 가로막으며 의자에 다시 앉히려고 했다. 백작부인은 남편의 손길을 뿌리치고, 도발적인 태도를 고수한 채 당장이라도 싸움에 뛰어들 기세였다. 어쩔 수 없는 대결, 한 치의 양보도 허용될 수 없는 대치상황. 백작과 막심 레리오는 한낱 엑스트라로 전락해버렸다.

자고로 급격하게 치솟는 긴장국면은 오히려 짧게 끝나는 법이다. 처음 맞붙는 순간 온 힘을 다해 격돌하는 칼싸움이 으레 그러하듯 말이다. 결투의 폭력성이 걷잡을 수 없는 지경에 이르는 것은, 처음 조용히 시작해 거의 눈치채지 못할 만한 정중동의 흐름으로 싸움이 진행되는 경우다. 이런 싸움에서는 요란한 고함도, 눈에 띄는 분노도 찾아볼 수 없다. 간단하지만 묵직한 감정이 실린 말 몇 마디가 오갈 뿐. 장황하진 않지만, 지금 루발의 입에서 나오는 무겁게 가라앉은 말투가 그런 식이었다.

"감히 어떻게…… 어떻게 그런 생각을 하면서 살 수가 있습니까? 나 같으면 자식을 위한답시고 그런 행동을 저지르느니, 마음의 온갖 고통을 감내하는 편을 택하겠습니다. 그건 오히려 죽은 자식을 불행하게 만드는 꼴이라는 것을 왜 모를까…… 죽어서까지 자기 것이 아닌 자리를 차지하게 만들어서 도대체 어쩌자는 건가! 누군가의 관을 향해 내려앉을 그 모든 기도와 눈물, 모든 염원의 방향을 억지로 자기 자식에게로 돌려놓다니……! 이 얼마나 추악한 짓인가! 정녕 당신은 그걸 못 느낀단 말이오?"

장 루발은 자기 앞에 버티고 선 여인의 창백한 얼굴을 찬찬히 살펴보았다. 그러고는 보다 강한 어조로 말을 이었다.

"아들이나 남편이 그 자리를 차지했으면 하는 마음을 갖고 사는 어머니와 아내가 수천 수만에 이릅니다. 부인과 똑같은 괴로움 속에 신음하는, 똑같이 소중한 권리를 가진 그분들이 지금 쥐도 새도 모르게 그 권리를 도둑맞은 겁니다…… 네, 그래요, 도둑맞은 셈이에요."

백작부인은 쏟아지는 모욕과 경멸을 온몸으로 버티며 창백한 몰골로서 있었다. 지금 그녀는 단 한순간도 자신이 저지른 행위를 있는 그대로 들여다보거나, 그 윤리적 무게를 가늠할 생각이 없었다. 어느 날 갑자기 빼앗겨버린 자식을 조금이라도 되찾고 싶어 하는 어미의 뼈아픈 고통만이 그녀의 사고와 행동을 지배할 뿐, 다른 것은 안중에 없었다.

그녀의 입술이 중얼중얼 움직였다.

"내 아이는 누구의 자리를 훔친 것이 아닙니다…… 그 아이는 엄연히 무명용사예요…… 다른 모든 이를 위해서, 모두를 대표하여 그 자리에 누운 것뿐입니다……."

순간 루발은 상대의 팔을 덥석 붙잡았다. 백작부인의 발언은 그의 머리에 피를 치솟게 하고도 남았다. 공식 장례기간에 맞춰 거의 시신을 찾아내는가 싶었으나, 이제는 영영 깊이를 알 수 없는 심연 속으로 잊혀간 자기 자식들이 생각났던 것이다. 과연 기도는 어디 가서 해야 하는가. 사라져버린 가여운 혼령들과의 만남을 어떤 방식으로 가져야 하는가.

그런데도 백작부인은 웃고 있었다. 가슴속에서 전율하며 일어나는 행복감에 얼굴마저 환하게 빛나고 있었다.

"세상 흘러가는 이치가 그 많은 사람들 가운데 그 아이를 선택했다고 봐야 합니다. 나의 의지보다 더 강력한 의지가 작용하지 않았다면, 내가 아무리 내 자식을 거기 놓으려 했어도 아무 소용없었을 거예요. 정말 무작위로 선정했다면, 살았든 죽었든 그 자리에 갈 자격이 없는 병사가 뽑혔을지도 모르는 일이고요. 반면, 내 아들은 보상을 받을 자격이 충분한 아이입니다."

루발이 즉각 발끈했다.

"그런 자격은 모두에게 있는 겁니다. 심지어 살아생전 누구보다 어둡고 가련한 존재였다 해도, 운명이 그를 선택한 순간부터는 가장 고귀한 존재와 어깨를 나란히 할 수 있는 거예요."

여자는 고개를 가로저었다. 그녀의 눈빛은 상대를 무시하는 듯한 자신감을 내비치고 있었다. 자기 아들을 명예와 영광에 특별히 걸맞은 존재로 만들어줄 영웅의 계보, 선조의 혈통이라도 줄줄이 늘어놓을 기세였다.

"장관님, 이대로 다 잘된 겁니다. 자신 있게 말씀드리지만, 저는 그 어떤 눈물도 기도도 가로채지 않았어요. 무덤 앞에 무릎 꿇고 우는 세상 모든 어미는 죽은 자기 자식을 위해 기도합니다. 어차피 사정을 모르는 판에, 그것이 제 자식인들 달라질 게 무엇이겠어요?"

여자의 말에 루발이 반발했다.

"내가 알고 있습니다. 그 어머니들 역시 알게 될 거고요! 그렇게 될 경우…… 그럴 경우, 봇물처럼 터져나올 분노가 어떨지 생각해보셨습니까? 세상 그 어떤 악행도 그보다 더한 격분을 불러일으키지 못할 겁니다. 아시겠어요?"

결정판 아르센 뤼팽 전집

그의 자제심이 갈수록 흔들리고 있었다. 이 여자에 대한 그의 감정은 증오 그 자체였다. 그녀를 이 땅에서 추방하는 것만이 위험요인을 없애고 자신의 불편한 심기도 잠재우는 유일한 길처럼 보였다. 그는 단호한 목소리로 전혀 에두름 없이 내뱉었다.

"당신은 사라져야 합니다, 부인. 무덤에 당신이 얼씬하는 것 자체가 다른 모든 여성에 대한 모욕입니다. 떠나십시오."

"싫어요."

"떠나야 합니다. 당신이 사라져야, 다른 어머니들이 권리를 되찾을 수 있고 그곳에 잠든 청년도 다시금 무명용사가 될 수 있어요."

"싫어요, 싫어요, 싫어요! 당신은 지금 불가능한 일을 요구하고 있어요. 나는 결코 내 아들을 떠나 살 수 없습니다. 내가 아직도 살아 있는 것은 오로지 그 애가 거기 있기 때문입니다. 매일 그곳에 가서 아들을 만나 이야기하고, 그 아이의 말에 귀 기울일 수 있기 때문이에요. 아! 당신은 내가 그곳으로 몰려드는 사람들 속에서 무얼 느끼는지 알지 못합니다! 프랑스 방방곡곡에서 꽃을 들고 몰려든 사람들이 두 손 모아 기도를 드리고 있어요. 바로 내 아들을 영광스럽게 해주려고 거기 모이는 겁니다! 온 세상이 그 아이 앞에 도열해 있어요. 그가 곧 전쟁이고 승리입니다. 아! 그렇게 솟구치는 행복감과 자부심에 이 몸을 맡기는 동안은 내 자식이 죽었다는 사실을 잊어버립니다. 개선문의 천장 아래 그가 살아나 서 있는 것이 보여요. 그 앞에서 나는 무릎을 꿇습니다. 그런데 당신은 나더러 그 모든 걸 포기하라고요? 그건 사랑하는 나의 아들을 두 번 죽이라는 말입니다!"

루팡은 두 주먹을 불끈 쥐었다. 좀처럼 다루기 어려운 난적이라는 생각이 들었고, 완력이라도 쓸 수 있었으면 좋겠다는 심정이었다. 그는 상대의 눈을 노려보며 한껏 위협적인 자세로 말했다.

"나도 내 직무가 허락하는 한 끝까지 갈 거요······ 당신이 순순히 떠나지 않으면, 내 장담하건대······ 맹세코 당신을 고발할 것이오······ 그래, 반드시 그렇게 할 겁니다. 이런 가증스러운 사태를 방관하느니······."

여자는 비웃는 표정이었다.

"나를 고발한다고? 과연 그게 가능할까요? 어디 해보시죠, 장관님. 당신을 벌벌 떨게 만들고 있는 이 일을 대중에게 공개하세요!"

"어차피 나의 직무가 명하는 일이오. 끝까지 가봅시다. 이런 일을 방치한 채 살아갈 순 없는 일이니까······ 당신이 떠나지 않으면, 그가 떠나게 될 거요······ 바로 당신 아들의 시신이······."

순간 여자가 부르르 몸서리를 쳤다. 미처 생각지 못한 강공이라 적잖이 놀란 모양이었다. 무덤에서 들어내 어딘가로 버려지는 아들의 시신이라니······ 그 끔찍한 광경은 도저히 감내할 자신이 없었다. 그녀는 얼굴이 일그러지면서 자기도 모르게 가슴을 짚었다. 고통스러운 신음이 터져나왔다. 부아베르네 씨가 얼른 아내를 부축했다. 하지만 여자는 그만 허물어지듯 바닥에 쓰러졌다.

두 사람의 대결은 그렇게 끝났다. 가슴 깊이 후벼 파는 공격을 당했으나, 굴복하지 않았기에 당당한 백작부인은 부아베르네 씨와 레리오 그리고 에르퀼 프티그리의 부축을 받아 디방에 몸을 뉘었다. 그녀는 이를 앙다문 채 거친 숨을 몰아쉬고 있었다.

그 모습을 바라보던 백작이 중얼중얼 말했다.

"아, 장관님······ 이게 다 무슨 짓입니까?"

루발은 변명도 사과도 하지 않았다. 성격 자체가, 무언가를 너무 오래 참다 보면 극단적으로 치고 나가는 타입이라, 이제는 자제도 인내도 할 여유가 없었다. 이런 경우야말로 그가 격노하기에 딱 적당한 상황이었다. 아무리 과격해 보이는 해결책이어도 마다하지 않을 만큼 지금 상황은 돌이키기가 어렵게 느껴졌다. 이를테면 당장 총리께 알리는 것? 까짓, 못할 게 무언가. 행동에 나서야 한다. 오직 행동에 나서야 한다는 생각뿐이었다. 마치 복수의 칼을 뽑아 드는 심정으로, 그는 곧장 전화기를 들었고, 통화가 연결되자마자 다급한 목소리로 말했다.

"네, 접니다, 총리 각하…… 지체 없이 보고드릴 사안이 있습니다…… 여보세요, 30분 후에야 시간이 나신다고요? 그럼 30분 후에 뵙겠습니다. 매우 심각한 상황입니다…… 긴급하게 결정할 사안입니다……."

그러는 사이 백작부인을 둘러싼 사람들의 움직임이 다급해지고 있었다. 남편이 여러 가지 약상자와 약병을 휴대하고 있는 걸 보면, 여자의 상태가 원래 좋지 않은 모양이었다. 백작이 외투를 벗어 던지고 무릎을 꿇더니, 걱정스러운 표정으로 아내의 이곳저곳을 짚어보기 시작했다. 그가 아내에게 묻는 질문들은, 비통한 심경에 목이 잠겼는지 좀처럼 알아듣기가 힘들었다.

"여보, 또 심장이지……? 심장이 안 좋은 거야……? 괜찮아질 거야, 여보…… 벌써 나아지고 있어. 볼에 혈색이 돌아오고 있어…… 이제 곧 괜찮아질 거요. 어때, 괜찮지?"

잠깐 정신을 잃은 모양이었다. 부아베르네 부인은 깨어나자마자 루발을 보더니 맥없이 중얼거렸다.

"여보, 우리 여기서 나가요…… 어서요…… 여기 있고 싶지 않아요……."

"여보, 진정해…… 일단 안정을 취한 다음에……."

"싫어요! 어서 나가요…… 여기 있고 싶지 않아……."

잠시 실랑이가 있었다. 마침내 백작의 부탁을 받은 막심 레리오가 여자를 부축해 밖으로 나갔다. 황망한 태도로 그 뒤를 따라나서는 부아베르네 씨의 등에 에르퀼 프티그리가 외투를 다시 걸쳐주었다.

루발은 꿈쩍도 하지 않았다. 바로 눈앞에서 벌어지는 상황이 그와는 아무 상관 없는 것처럼 보였다. 원래 혐오스러운 악행을 저지른 사람에게는 오로지 적대감밖에 느끼지 못하는 그였다. 백작부인 같은 여자에게 동정심을 품고 도움의 손길을 내밀 그가 아니었다. 그는 차가운 유리창에 이마를 기댄 채, 앞으로 펼쳐질 상황 속에서 어떤 행동을 취해 나가는 것이 가장 적절할지 차근차근 검토하고 있었다. 총리와 굳이 면담할 필요가 있을까? 그냥 장관 선에서 결정해, 검찰에 사안을 넘기는 것이 낫지 않을까?

그는 혼잣말로 중얼거렸다.

"좋아, 사고 한번 저지르는 셈 치지 뭐. 어찌 됐든, 냉정하게 처신해야 해."

그는 총리 관저까지 걸어서 가기로 했다. 상쾌한 공기 맞으며 걷다 보면 흥분도 가라앉겠지. 그는 벽장 속에서 모자를 꺼내 들고 문으로 향했다.

그런데…… 순간 기겁을 하고 마는 장 루발. 출입구 근처 의자에 느긋한 자세로 앉아 있는 프티그리 씨와 갑작스레 맞닥뜨린 것이다. 저 인간 때문에 간 떨어질 뻔한 게 벌써 두 번째다.

루발이 짜증 섞인 말투로 내뱉었다.

"맙소사, 또 당신? 아직 여기 있었소?"

"네, 장관님. 외람되지만 잠시 제게도 시간을 내주셨으면 합니다."

루발은 얼굴을 찡그리면서, 난데없이 친한 척하는 이자의 태도를 내치려고 했다. 순간 움찔하는 느낌이 온몸을 훑고 지나갔다. 수사관의 비죽이 올라간 입술 왼쪽 귀퉁이로 또다시 그 송곳니가 날카롭게 드러나 보이는 것이었다. 그 어떤 예상치 못한 상황에 부닥쳐도 이보다 더

심기가 불편하진 않았을 터다. 그 날카롭고 새하얀 그리고 야수의 이빨처럼 긴 송곳니가 드러날 때, 그것이 무례와 비아냥을 의미한다는 것을 그는 알고 있었다.

'제기랄, 나는 전혀 헤매지 않았어……'

루발은 심지어 프티그리가 즐겨 사용하는 표현까지 떠올리며 머릿속에서 중얼거렸다.

그는 찜찜한 생각일랑 단호하게 떨쳐버렸다. 사람이든 일이든 수없이 다루어본 한 나라의 장관은 결코 헤매는 법이 없다. 사태를 바라보는 그의 관점은 명확하다. 그가 선택하는 길은 곧장 목표로 직진하며, 속인이나 걸려들 하찮은 덫은 그가 내딛는 발걸음을 잡아챌 수 없다. 하지만, 그럼에도 불구하고 저놈의 송곳니는 왠지 심기를 거스른다. 왜 저 이빨이 마음에 걸리는 걸까? 이 판국에 저 이빨의 의미는 대체 무얼까?

그러면서도 문제가 자신이 아닌 프티그리에게 있다고 생각을 고쳐먹자, 일순 마음이 편해졌다.

'둘 중 헤매는 이가 있다면, 내가 아니라 바로 이 녀석이야. 그만큼 이번 사건은 명백하니까. 초등학생도 아마 잘못 판단하지 않을걸.'

필시 명백한 사건인 건 맞지만, 그는 일단 면담 요청을 받아들였다. 그리고 퉁명스러운 어조로 물었다.

"지금 바쁩니다. 대체 무슨 용건이오? 말해보시오."

"말하라고요? 제가 딱히 드릴 말씀은 없습니다, 장관님."

"뭐요? 내게 할 말이 없다고? 할 말도 없으면서, 설마 여기서 눌러 지낼 생각은 아닐 거 아니오?"

"물론 그건 아닙니다, 장관님."

"그렇다면?"

"기다리고 있습니다."

"기다리다니, 당신이 뭘?"

"앞으로 일어날 어떤 일."

"어떤 일?"

"기다려보세요, 장관님. 저보다 더 호기심이 많으신 것 같군요. 오래 걸리진 않을 겁니다. 길어야 몇 분…… 한 10여 분 정도…… 그래요, 대략 10분……."

"아무 일도 일어나지 않을 거요! 저들의 자백만으로도 모든 게 명명백백하니까."

루발이 버럭 고함을 치자, 수사관이 말했다.

"자백이라뇨?"

"맙소사, 레리오와 백작과 그 부인이 한 자백 말이오."

"백작부인은 어쩌면 자백을 한 것일 수도 있겠죠. 하지만 백작은 자백을 하지 않았습니다. 레리오는 더더욱 아니고요."

"지금 무슨 헛소리를 하는 거요?"

"헛소리가 아닙니다, 장관님. 사실이 그렇다는 거죠. 두 남자는 사실상 아무 발언도 하지 않았습니다. 요컨대, 한 사람이 혼자서 다 떠들어댄 셈이죠, 바로 장관님 말입니다."

그리고는 루발의 위협적인 태도엔 아랑곳하지 않고 단호하게 말을 이어가는 프티그리.

"제가 듣기에도 아주 그럴듯하고 멋진 연설이었습니다! 거의 웅변에 가까웠어요! 의회 연단에서였다면 엄청난 호응을 얻으셨을 겁니다! 환호와 갈채, 기사까지 아주 대단했을 거예요. 문제는, 아까 그 국면과는 전혀 어울리지 않는다는 점이죠! 용의자를 구워삶아야 할 때는 일방적으로 연설을 퍼부어대선 안 됩니다. 그 반대죠! 이리저리 묻고, 말을 이끌어낸 다음, 잘 귀 기울여 들어줘야 합니다. 소위 심리(審理)라는 게 바로 그런 거죠. 아마 장관님께선 프티그리인가 뭔가 하는 작자가 한쪽 구석에서 실컷 졸았으려니 했을 겁니다. 천만에요! 프티그리는 그 두 사내에게서 한시도 눈을 떼지 않았습니다. 특히 부아베르네를 주시했지요. 바로 그래서 장담해드리는 겁니다. 장관님. 앞으로 8분이 지나면 누군가 나타날 것이고 어떤 일이 벌어질 거라고 말이죠…… 이제 7분 30초가 남았군요……."

루발의 태도가 왠지 다소곳해졌다. 그렇다고 프티그리가 장담하는 말, 앞으로 일어날 거라는 일의 신빙성에 무게를 두는 것은 결코 아니었다. 다만 그 인간의 완강한 태도, 끈기 앞에서 기가 한풀 꺾였다고나 할까. 무엇보다 저 이빨, 사납고, 고약하고, 무례하며, 수수께끼 같은 저 송곳니…… 루발은 뒤로 물러섰다. 자리로 돌아간 그는 나무 펜대로 책상을 다급하게 두들기면서, 이따금 추시계를 쳐다보거나 프티그리를 슬금슬금 살폈다.

프티그리가 몸을 움직인 건 딱 한 번. 벌떡 일어난 그가 다짜고짜 루발의 펜을 빌리더니, 메모지철에서 종이 한 장을 뜯어내 뭔가를 빠르게 끼적이는 것이었다. 그는 종이를 네 번 접어 봉투에 넣고는 책상 끄트머리에 아무렇게나 놓여 있던 『저명인사 인명록』 밑에 밀어 넣은 다음, 다시 자리에 앉았다. 도대체 이게 다 무슨 뜻인가? 무슨 비밀스러운 이유가 있어, 저 기분 나쁜 송곳니는 저렇게 집요한 냉소를 내비치고 있는가?

3분. 2분. 루발은 욱하는 심정을 이기지 못하고 의자를 밀치며 일어섰다. 그는 고삐가 풀린 듯 방 안을 이리저리 돌아다녔고, 지나간 곳을 다시 되밟아가며 서성거렸다. 그러는 가운데 의자가 발에 부닥쳤고 가구에 놓인 잡동사니가 흔들렸다. 모든 일이 짜증스럽게 돌아가고 있었다. 저 프티그리라는 작자와 그의 악마 같은 송곳니, 더는 참을 수가 없었다.

순간, 수사관이 다급히 손을 내저으며 말했다.

"쉿! 들어봐요……."

"무얼 들으란 거요?"

"발소리. 자, 노크합니다……."

진짜 문 두드리는 소리가 났다. 집사의 조심스러운 노크 소리를 루발은 즉시 알아보았다.

"혼자가 아닐 겁니다."

프티그리가 단언했다.

"그걸 당신이 어떻게 알아?"

"제가 말씀드린 일이 일어나려면 혼자일 수가 없으니까요. 누군가의 개입이 있어야만 그 일이 일어납니다."

"맙소사, 도대체 무슨 일이 일어난단 말이오?"

"진실이죠, 장관님. 세상에는 말입니다, 때가 무르익으면 드러날 수밖에 없는 진실이 있는 법이죠. 그것은 문이 잠겨 있으면 창문을 통해서라도 들어오고야 맙니다. 한데 이번 사안에서는 그 문조차 제 손 닿는 곳에 있더군요. 설마 그 문을 열지 말라고 하시진 않겠죠, 장관님?"

루발은 발끈하며 직접 문을 열었다. 집사가 얼굴을 슬그머니 들이밀며 말했다.

"장관님, 아까 숙녀분과 함께 나가신 분이 본인 외투를 달라고 하십니다."

"본인 외투라니?"

"네, 장관님. 아마 잊고 나가셨거나 옷이 바뀐 모양입니다."

에르킬 프티그리가 설명에 나섰다.

"맞습니다, 장관님. 뭔가 착오가 생긴 것 같더라고요. 그분이 자기 외투를 여기 놔두고 제 외투를 입고 나갔습니다. 그분을 들어오시게 해야 할 것 같은데요…….”

그제야 루발도 수긍했다. 집사가 나가자, 얼마 안 있어 부아베르네 씨가 들어왔다.

외투 교환이 이루어졌다. 백작은 짐짓 정신없는 척하는 루발에게 작별인사를 하고는, 문으로 다가가 손잡이를 붙잡았다. 순간, 잠시 머뭇거리며 뭔가 알아들을 수 없는 말을 웅얼거리던 그가 급기야 방 한복판으로 되돌아왔다. 그러는 사이 프티그리는 이렇게 중얼거리고 있었다.

“10분이 흘렀습니다, 장관님. 이제, 아까 말한 그 일이 벌어질 겁니다.”

루발은 잠자코 기다렸다. 사태가 수사관이 예상한 대로 흘러가는 눈치였다.

“원하시는 게 또 있습니까?”

장관의 질문에 한참을 망설이던 부아베르네 씨가 입을 열었다.

“장관님, 진정 저희들을 당국에 고발조치할 계획입니까……? 그런 조치가 낳을 여파는 대단히 심각할 겁니다. 부디 신중을 기하시기를 바랍니다…… 그 엄청난 파장, 대중의 분노를 생각하셔야죠…….”

루발이 당장 발끈했다.

“이보시오, 선생! 내가 달리 어떻게 할 수 있겠소?”

“네, 할 수 있습니다…… 꼭 해야만 하고요…… 장관님과 저 사이에서 모든 걸 마무리해야만 합니다. 지극히 정상적인 절차에 의거해서요…… 우리끼리 타협을 보지 못할 이유가 전혀 없어요…….”

“타협이라면 내가 이미 제안을 했소. 부아베르네 부인이 응하지 않은 것이지.”

“그 사람은 그랬죠. 하지만 저는요?”

순간, 루발은 적잖이 놀란 눈치였다. 이 부부를 별개의 두 인간으로 나누어 본 것은 이미 프티그리의 통찰이 아니었던가.

"어디 얘기나 한번 들어봅시다."

백작은 다소 흥분한 기색이었다. 안정되지 않은 태도로, 말끝마다 뜸을 들여가며 더듬더듬 얘기를 이어가기 시작했다.

"장관님, 저는 제 아내에게 무한한 애정을 가지고 있답니다…… 그래서 어쩔 수 없이 우유부단하게 끌려다니기도 하고…… 위험한 일을 저지르기도 하지요. 이번 일도 바로 그래서 일어난 겁니다. 저희 가여운 아들의 죽음으로 인해 아내는 두 번이나 자살을 시도했어요. 종교적 신심이 깊은 여자인데도 말입니다. 이제는 자살 시도가 아주 강박적이 되었습니다. 제가 암만 감시를 해도, 언젠가는 그 끔찍한 기도를 실행에 옮기고 말 것이 확실해요. 그러던 중 막심 레리오의 방문을 받은 것입니다. 서로 대화를 나누는데, 문득 그런 생각이 들더군요…… 이번 일을……."

그는 결정적인 대목에서 슬그머니 뒤로 물러났다. 루발은 점점 안달을 내며 몰아붙였다.

"지금 시간 낭비를 하고 있소. 어차피 당신네들 노리는 목표야 뻔한 거 아니오. 그게 중요한 거지."

"그게 중요하기 때문에 제가 이렇게 장관님을 붙잡고 이야기하는 겁니다. 저희 부부의 계획을 적발했다는 것만으로, 마치 그 계획이 실현된 것마냥 지레 결론을 내리고 있어요. 하지만 결코 그렇지가 않습니다."

루발은 무슨 말인지 이해할 수가 없었다.

"그렇지가 않다니? 하지만 당신도 부인한 건 아니지 않소?"

"부인할 수가 없었던 겁니다."

"왜죠?"

"아내가 원하던 거였으니까요."

"하지만 부아베르네 부인 스스로 자백한 사실 아니오?"

"그랬죠. 하지만 저는 아닙니다. 제 입으로 자백을 했다면 그건 거짓 자백이 되었겠죠."

"거짓자백이라니! 엄연한 사실이 있는데? 시신도굴과 레리오와의 회동 등등, 지금까지 수집한 증언들과 신문조서, 증거자료를 다시 읽어드려야 되겠소?

"장관님, 다시 말씀드리지만 그런 것들은 계획의 초기과정만을 보여줄 뿐입니다. 계획이 실현되었음을 말해주진 않죠."

"그렇다면……?"

"맞습니다. 막심 레리오와 회동한 건 맞고, 시신을 도굴한 것도 맞습니다. 하지만 저는 그런 행동을 저지를 생각을 해본 적이 없습니다. 그런 행동은 저라도 도저히 용납할 수 없는 신성모독이라 생각했을 테고, 막심 레리오 역시 그런 일에는 결코 동의하지 않았을 테니까요……."

"그렇담 당신 입장은 대체 무엇이오?"

"간단합니다. 아내에게……."

"아내에게……?"

"환상을 심어주는 겁니다. 장관님."

"환상을 심어줘?"

이쯤 되자 루발의 머릿속에도 서서히 사건의 실상이 그 형태를 갖추기 시작했다.

"그렇습니다. 아내를 지탱하고 삶의 의욕을 북돋워줄 환상이지요…… 지금 이 순간까지도 실은 그 환상 덕분에 버텨온 겁니다. 아내는 진짜로 믿고 있습니다, 장관님. 이 모든 것이 그녀에게 무얼 의미하는지 아시겠습니까? 아내는 지금 아들이 신성한 묘역에 안장되어 있다고 믿고 있습니다. 믿음만으로 충분한 거죠."

루팽은 고개를 숙이고는 손으로 이마를 훔쳤다. 워낙 뜻밖에 치고 들어오는 희열의 감정이라, 혼란스러운 표정을 들키고 싶지 않았던 것이다.

그는 무표정을 가장하며 말했다.

"아, 그렇게 된 거로군요? 그러니까 가짜로 그러셨다……? 하지만 모든 증거가……."

"그건 아내가 일말의 의구심도 갖지 않게끔 제가 일일이 모아둔 겁니다. 아내는 모든 걸 자기 눈으로 본 것이죠. 모든 현장에 직접 참여하길 바랐습니다. 시신을 발묘할 때도, 운구차로 이동할 때도…… 그러니 어떻게 의심하겠습니까? 그 운구차가 베르당의 토치카까지 가지 않았고, 우리 가여운 아들이 한참 떨어진 시골 무덤에 묻혀 있다는 걸 어떻게 짐작이나 하겠느냔 겁니다! 이 아비 혼자 가끔 찾아가 무릎을 꿇고 기도하는 그곳…… 같이하지 못하는 어미를 대신해 자식에게 용서를 구하는 그 쓸쓸한 시골 무덤에 말입니다……."

백작이 진실을 이야기하고 있음을 루팽은 분명히 느낄 수 있었다. 사실을 있는 그대로 고백하는 말들 앞에서 그 어떤 시비도 더 이상 걸 수가 없었다. 루팽이 말했다.

"그럼 막심 레리오는 무슨 역할을 한 겁니까?"

"그는 제 지시를 따랐을 뿐입니다."

"하지만 그동안 보인 행실이……?"

"아…… 제가 내민 돈 때문에 그 사람 삶이 흔들리고 무너져버린 겁니다. 그래서 제 마음이 몹시 아파요. 돈을 더 많이 건넬수록 그는 더 많이 요구했지요. 그러다 보니 제 아내에게 모든 걸 폭로하겠다고 협박

결정판 아르센 뤼팽 전집

한 겁니다. 하지만 장담컨대, 정말로 성실하고 정직한 사람입니다. 저에게 떠나겠다고 약속했고요."

"조금 있다가, 당신의 그 모든 발언의 절대적인 진실성을 확인해주실 수 있겠습니까?"

"물론입니다. 단, 아내가 아무것도 모른 채 계속 믿음을 유지할 수 있게만 해주신다면요."

"그 점은 염려 마십시오. 비밀은 보장될 겁니다. 제가 약속하죠."

루발은 종이 한 장을 꺼내 백작에게 자필로 확인해주기를 부탁했다. 한데 그 순간 에르퀼 프티그리가 검지를 들어 어딘가를 가리키더니 낮은 목소리로 말했다.

"장관님, 거기…… 책 밑에…… 그 책 밑을 보시면 있을 겁니다."

"뭐가 있단 말이오?"

"확인서요…… 제가 미리 작성해두었습니다."

"그럼 알고 있었단 말이오?"

"그야 당연하죠! 백작님은 거기 서명만 하면 됩니다."

루발은 수사관이 지목한 책을 치우고 그 밑에 얌전히 놓인 종이를 집어 들었다. 내용은 다음과 같았다.

아래 서명한 부아베르네 백작은 다음과 같은 사실을 인정합니다.

본인은 레리오 씨와 공모하여, 아내로 하여금 개선문 아래 아들이 안장되었음을 믿도록 하기 위한 일련의 일을 꾸몄습니다. 그럼에도 불구하고 본인과 레리오씨는, 무명용사의 자리를 본인의 불행한 자식에게 할애하기 위한 그 어떤 실질적 시도도 감행하지 않았음을 명예를 걸고 맹세합니다.

루발이 입을 다물고 있는 반면, 그와 마찬가지로 놀란 듯 보이는 백작은 문서의 글을 단어 하나하나 힘주어, 큰 목소리로 침착하게 다시 읽었다.

"좋습니다. 더 보태거나 뺄 말이 없군요. 직접 작성한다 해도 이와 다른 글은 나오지 않을 겁니다."

그는 결연한 동작으로 서명했다.

"저는 장관님을 믿습니다. 아주 작은 의심이라도 파고드는 순간, 자식을 너무 사랑한 죄밖에 없는 한 어머니가 세상을 하직하고 말 겁니다…… 약속해주실 수 있는 거죠……?"

"두 번 말하지 않습니다. 저는 분명히 약속했습니다. 그걸 지킬 거고요."

루발은 부아베르네 씨와 의례적으로 악수를 하고는 아무 말 없이 배웅을 한 다음, 돌아와 창문에 다시금 이마를 기댔다.

결국 프티그리가 진실을 꿰뚫어 본 것이다! 온갖 장애물과 함정이 잠복해 있는 어두운 혼돈을 뚫고서, 목적지로 이끌 보이지 않는 오솔길을 끝내 찾아내고야 만 것이다! 그 점이 루발은 황당하고도 화가 났다. 이 사건을 전혀 새로운 시각에서 바라보게 되었다는 기쁨마저 그 사실 때문에 반감되는 느낌이었다. 그런데 문득 등 뒤에서 킥킥대는 웃음소리가 가느다랗게 들리는 것이었다. 수사관에게서 새어나오는 것이 분명한 그 소리는 필시 승리의 쾌감을 표현하고 있었다. 뾰족한 송곳니, 으스스하게 기분 나쁜 그 치아가 불현듯 머릿속에 떠올랐다.

'나를 비웃고 있는 거야. 처음부터 그랬지. 골탕 좀 먹어보라는 심보로, 나 혼자 헤매게 내버려두었던 거라고. 일찌감치 귀띔해줄 수도 있었던 건데, 일부러 그러질 않았어. 못 돼먹은 놈 같으니!'

루발은 속으로 그렇게 중얼거렸다.

장관으로서의 위신 때문이라도 그는 도저히 이런 굴욕을 그대로 감수할 수 없었다. 별안간 획 돌아서서 한마디 내질렀다.

"뭐가 그리 우스운데? 우연히 때려 맞힌 거에 불과해! 어쩌면 무슨 단서를 미리 찾아냈을 수도 있고…….."

상대 입장을 봐줄 생각이 없는지, 프티그리는 계속 빈정대는 투였다.

"단서라뇨, 그런 게 있을 턱이 있나. 있을 필요도 없고 말이죠. 그저 판단력 요만큼하고, 식견 쪼끔만 있으면 그만이죠."

그러고는 더욱 약을 올리듯 친밀감을 과장하며 말했다.

"뭐, 그만큼 장관님의 이론이 허무맹랑했다는 얘기가 되겠죠! 얼토당토않은 궤변 일색이었다고나 할까. 서로 모순되고, 여기저기 허점투성이인 데다, 말도 되지 않는 가정들. 그 하나하나를 제가 낱낱이 보여드리도록 하겠습니다! 그야말로 처참한 수준의 각본이었다고 할 수 있어요! 그 정도 각본에 백작부인이 발끈한 건, 뭐 그렇다고 칩시다. 하지만 명색이 장관인 분께서…… 살아 있는 시체들 가지고 장난치는 것도 아니고, 이게 뭡니까! 무명용사를 그야말로 '이름값 못하는 군인' 신세 만들려고 모든 걸 조작했다는 얘긴데. 운구차부터 시작해, 공무원, 장군, 원수, 장관에 이르기까지 모조리 구워삶아서 말이죠. 단지 돈푼깨나 만지는 양반 하나가 모두를 돈으로 농락해 개선문 아래 성지를 영구적으로 차지했을 거라 믿다니! 이렇게 순진할 수가! 물론 황당한 일인 건 분명하나, 그 정도까지는 아니죠!"

루발은 꾹 참고 있었다.

"하지만 증거가 넘치니…….."

"증거라…… 그래봤자 아이들 놀음 수준이죠. 이 프티그리는 당장 이런 생각부터 들더군요. '일단 백작이란 사람이 개선문 성지를 돈으로 살 순 없었을 테고. 그럼 레리오와 작당해서 무얼 노렸을까?' 그러고 나서 아내를 바라보는 그의 시선을 관찰하자 곧바로 사태가 이해되더라고요. '오호라, 제법 교활한 양반이로군! 마나님 한번 제대로 챙겨주겠다고, 터무니없는 일을 꾸미셨어! 다만 그대 역시 기가 약해, 여기 계신 이 장관 나리가 노발대발 협박을 가하면 금세 꼬리를 내릴 것 같은 분위기야…….' 이상이 사태의 전말입니다, 장관님. 당신이 화를 내며 협박하자, 므슈 부아베르네가 꼬리를 내린 것이죠."

"좋아요. 하지만 그가 되돌아올 것까지 당신이 미리 안 건 아니지 않소? 말하자면, 어쩌다 보니 그리 맞아떨어진 거지."

"무슨 말씀! 그럼 외투는 뭔가요?"

"외투라니?"

"맙소사! 그 양반, 외투 아니었다면 되돌아올 생각 절대 못했을 겁니다. 부인 놔두고 혼자 와서, 일이 더 커지기 전에 사태수습을 하게 만들려면, 이쪽에서 먼저 적당한 핑계거리를 던져주어야 했어요."

"그렇다면……?"

"네. 그가 떠나려고 할 때, 제가 슬그머니 그의 외투 대신 제 외투를 걸쳐준 겁니다. 당시 정신없던 그로서는 아무것도 분간할 수 없었죠. 밖에 나가 차에 오르고 나서야, 제 헌옷을 발견하고 즉시 되돌아올 핑계를 낚아챈 거예요! 어떻습니까, 기가 막힌 술책 아닌가요? 아, 물론 저야 이보다 훨씬 눈부신 계략으로 훌륭한 성과를 거둔 적이 많은 몸입니다만…… 이번 건 좀 더 기민했다고나 할까요. 꼼짝하지 않고 승리를 거머쥔 셈입니다! 손도 대지 않고 시원하게 코 푼 격이 되었어요! 이런 걸 두고 눈부신 활약이라고들 하죠?"

루발은 입을 꾹 다물고 있었다. 진정 힘 하나 들이지 않고 교묘하게 사태를 풀어가는 에르퀼 프티그리의 솜씨가 그저 놀랍고도 불편할 따름이었다. 구석에 혼자 처박혀 단 한 차례도 끼어들거나 질문하지 않고, 사건에 대해서도 루발이 이야기해준 것 말고는 딱히 아는 게 없는 사람이 사실상 상황을 의도대로 이끌어가, 결국 그 전모를 백일하에 드러내고, 아주 간단하면서도 놀랍도록 교묘한 행동 하나로 결정적인 해결점을 도출해내다니! 정말이지 수사의 달인, 사건해결의 귀재가 아닌가 말이다! 고개가 숙여질 수밖에 없었다.

루발은 서랍에서 지폐 한 다발을 집어 들었다. 그런데 날카롭게 파고든 말 한마디로 인해 얼어붙듯 동작을 멈추고 말았다.

"도로 넣어두시죠, 장관님! 보수는 이미 받았습니다."

에르퀼 프티그리의 송곳니가 번득였다. 아울러 킥킥거리는 웃음소리가 다시 그의 목구멍에서 새어나왔다. 그리고 예리한 표정…… 이 상황에서, 빈정대던 그의 말들을 어떻게 다시금 떠올리지 않을 수 있겠는가!

'어쩌다가 그들이 헤매고 제가 멀쩡할 땐, 감히 그걸 꼬집으면서 비아냥댄다고 하죠? 근데 말입니다, 장관님, 누가 돈을 준대도 저는 남 비웃는 거 하난 포기 못할 놈이거든요. 요즘 그 사람들 하는 짓도 얼마나 웃기는지 몰라요……!'

우연히 루발의 눈이 거울 속 자신의 눈과 마주쳤다. 프티그리의 태도가 결코 과하지 않다는 사실을 도저히 부정할 수가 없었다. 그러면서도 속이 부글부글 끓었다.

에르퀼 프티그리는 한껏 비아냥대는 태도로, 마치 아랫사람을 타이르듯 말했다.

"너무 충격받으실 필요 없습니다, 장관님. 저는 이보다 더 어처구니없는 경우도 많이 보았어요. 장관님의 가장 큰 잘못은 오로지 논리만을 좇아 사건을 처리했다는 사실에 있습니다. 사람이 눈으로 보고 듣는 일에서 논리라는 것은 일종의 바이러스처럼 늘 조심해야 할 요소지요.

진실은 그 저변에 마치 지하수처럼 잠복해서 흐르는 무엇입니다. 그걸 절대 놓쳐선 안 돼요. 눈에 잘 보이지 않는다고 해서, 시선을 떼면 큰 일 납니다! 그런데 이번 일에서 장관님은, 한마디로 정신줄을 놓으셨어 요. 베르당 토치카의 병사 여덟 명과 장례의식 자체를 꼼꼼하게 검토해 보는 대신, 당신은 논리의 베일로 시야를 가려버렸어요! '차마 내 입으 로는 그 장면을 떠올릴 수가 없다'고 하셨죠. '모든 발언은 불경죄가 될 것'이라고 말입니다. 오, 장관님! 그래선 안 되죠. 오히려 더욱 철저하 게 따져보았어야죠! 그랬으면 속임수가 개입될 일말의 여지도 없다는 걸 깨달았을 겁니다. 이 에르퀼 프티그리가 장관님 집무실에서 이렇게 훈계를 늘어놓을 이유도 없었을 거고요!"

그는 자리에서 일어나 빛바랜 초록색 외투를 팔에 걸쳤다. 송곳니가 점점 더 뾰족해지고 있었다. 그대로 두고 보자니 당장이라도 물릴 것만 같은 느낌이었다. 루발은 놈에게 달려들어 멱살을 부여잡아 목을 조르 고 싶었다.

하지만 점잖게 문을 열어주며 이렇게 말했다.

"그쯤 해둡시다. 당신이 공헌한 내용은 내가 총리께 보고 드리도록 하지요."

그러자 수사관이 말을 막았다.

"그러실 필요 없습니다. 제가 직접 하는 게 낫지요."

"이보시오!"

마침내 폭발한 루발이 버럭 고함을 내질렀다.[1]

---

1) 다음 문장부터, 해설에서 설명한 이 작품의 원작 「에르퀼 프티그리의 이빨」(1924)과 달라지 는 부분들이 나타난다. 즉, 역자가 고딕체로 표기한 문장들이 1926년에 영어로 개작된 부분이며, 프랑스어로 쓰인 원작의 내용은 아래와 같다.

"네, 또 뭡니까, 장관님? 하긴, 이번 사건에서 총리 각하도 헤매기는 마찬가지였죠. 설마 제가

"네, 또 뭡니까, 장관님?"

걸음을 멈춘 프티그리는 아까와 분명 다른 느낌이었다. 조금은 비굴해 보이는 태도에 볼품없는 모습이 더 이상 아니었다. 안정감이 느껴지는 사내가 당당히 버티고 서 있었다.

그는 엄지와 검지로 자신의 큼직한 송곳니를 조심스레 집어, 마치 장신구라도 되듯 가볍게 떼어냈다. 얼굴의 윤곽 자체가 새롭게 살아나는 느낌이었다. 웃을 때마다 비죽거리던 입 모양은 온데간데없었다. 얼굴이 정상으로 돌아왔고, 생동감 넘치면서 자신 있는 표정이 피어나고 있었다.

루발이 더듬더듬 물었다.

"이건 또 뭐야? 당신 누구요?"

"내가 누구인지는 중요치 않소. 까짓, 아르센 뤼팽이라 해둡시다. 당신의 이 소소한 실패담을 기억에서 꺼낼 때마다 프티그리보다는 아르센 뤼팽이라는 이름을 떠올리는 것이 그나마 기분 덜 상할 테니까."

루발의 떨리는 손끝이 밖으로 나가는 출입로를 가리켰다. 아무렇지도 않게 그 앞을 지나쳐, 경쾌한 발걸음을 옮기던 사내가 다시 입을 열었다.

"그럼 또 봅시다, 장관 나리. 아, 그리고 충고 한마디 더 드리죠. 행여 본인의 영역 밖을 넘볼 생각일랑 관두시는 게 좋습니다. 사람은 각자 자기 노는 분야가 있는 법이에요. 그냥 법률만 다루고, 정치놀음이나 열심히 하세요.

그 양반 놀려먹을 좋은 기회를 포기할 거라 생각진 않으시겠죠? 정말이지, 사는 게 그리 녹록지가 않아요!"

신이 난 에르퀼 프티그리의 큼직하게 드러난 송곳니가 보란 듯 반짝였다.

루발이 나가는 방향을 가리키자, 에르퀼 프티그리는 마치 엉덩이라도 걷어차일까 걱정하는 사람처럼 쏜살같이 장관 앞을 지나치더니, 또 입을 놀렸다.

"그럼 또 뵙겠습니다, 장관님. 아, 그리고 충고 한마디 더 드리죠. 행여 본인의 영역 밖을 넘볼 생각일랑 관두시는 게 좋습니다. 사람은 각자 자기 노는 분야가 있는 법이에요. 그냥 법률만 다루고, 정치놀음이나 열심히 하세요. 그 밖에 범인 때려잡는 일은 나 같은 별종한테 맡기시란 말입니다!"

그 밖에 범인 때려잡는 일은 나 같은 전문가에게 맡기시고!"

서너 걸음 그대로 가는가 싶던 그가 또 걸음을 멈추었다. 이대로 끝낼 것인가? 아니다. 그는 대담하게도 걸음을 되돌려 루발 앞으로 걸어와 다시 멈춰 섰다. 그리고 이번에는 더없이 진지한 말투로 이렇게 말했다.

"그런데 말입니다, 장관님이 맞을 수도 있긴 합니다…… 그렇다면 제가 헤맨 꼴이 되겠죠. 냉정하게 따져볼 때, 백작이 그 정도 선에서 멈추고 작전을 포기했다는 명확한 증거가 어디에도 없으니 말입니다. 그 어떤 일도 가능합니다. 그가 계획한 속임수가 제법 정교한 건 사실이거든요! 만약 그렇다면, 제가 엉터리인 거겠죠. 자, 그럼 이만 실례하겠습니다."

이제는 정말 남은 할 말이 없는 것 같았다. 그는 모자를 고쳐 쓴 다음, 배웅에 나선 집사에게 인사를 던진 뒤 씩 웃으며 밖으로 나갔다.

그제야 루발은 무거운 생각에 짓눌린 채 집무실 책상 앞으로 돌아왔다. 사내의 마지막 말들이 특히 마음에 걸렸다. 독액을 뚝뚝 흘리는 놈의 악마 같은 송곳니에 방금 물린 것처럼 아차 싶었다. 도무지 갈피를 잡을 수 없는 가운데, 이번 사건의 진실이 영영 어둠 속에 방치된 채, 깊은 의식 속에서 의심의 독을 스멀스멀 뱉어낼 거라는 생각이 들었다. 이제 와 엉뚱한 생각이라는 걸 그도 모르지는 않았다. 하지만…… 하지만…… 증거로 볼 수 있는 일들이 너무 많지 않은가……! 시신…… 운구차…….

"우라질! 빌어먹을 놈 같으니! 언제든 제대로 걸리기만 해봐라. 그땐 정말……."

루발은 치미는 화를 이기지 못해 혼자 소리쳤다.[2]

그러면서도 프티그리가 결국 아르센 뤼팽 바로 그자임이 분명하며, 아르

결정판 아르센 뤼팽 전집

센 뤼팽은 자기 같은 사람에게 제대로 걸릴 만큼 호락호락한 상대가 아니라는 생각이 갈수록 또렷해지는 것이었다.

---

2) 이다음부터 마지막 문장까지도 역시 1926년 영어로 개작된 부분이다. 원작 「에르퀼 프티그리의 이빨」은 다음과 같이 끝난다.

그러면서도 프티그리가 자기 같은 사람에게 제대로 걸릴 만큼 호락호락한 상대가 아니라는 생각이 갈수록 또렷해지는 것이었다.

초록 눈동자의 아가씨

La Demoiselle aux Yeux Verts

1926년

작품 정보

『초록 눈동자의 아가씨(La Demoiselle aux Yeux Verts)』(1926. 12 .8.~1927. 1. 18)는 시적이고 몽환적인 분위기가 돋보이는 작품이다. 처음 사건의 발단으로부터 우연과 숙명의 연결 고리가 중첩되면서, 아득한 과거와 전설 속의 비밀로 수렴되어가는 스토리 전개 방식이 모리스 르블랑 특유의 체취를 물씬 풍긴다. 일찍이 고향을 떠나 자유분방한 여배우의 삶을 살아가던 여동생 조르제트(Georgette Leblanc. 1869~1941)를 모델로 쓴 이 작품은, 남성적인 대결구도의 선 굵은 박진감 대신에, 복잡하게 뒤얽힌 수수께끼들을 한꺼번에 풀어놓고 그 하나하나를 퍼즐처럼 맞춰가는 묘미가 감상의 포인트라 할 수 있다.

전혀 예상치 못한 비밀의 소재가 밝혀지는 종반의 하이라이트도 감탄할 만하지만, 여성에 대한 완벽에 가까운 신사적(紳士的) 이미지와 소위 "불 좀 빌립시다(Un peu de feu, s'il vous plaît)!"의 명언(名言)으로 대표되는 신출귀몰 뤼팽의 카리스마가 압권이다. 『르 주르날』에 연재가

『초록 눈동자의 아가씨』 1927년 단행본 초판

끝난 1927년 6월 라피트 사에서, 지금까지는 표지만 주로 제작해오던 로제 브로데르스가 삽화까지 담당해 단행본으로 나오자, 초판 8,000부가 금세 소진될 정도로 인기였다.

결정판 아르센 뤼팽 전집

1
푸른 눈동자의 영국 여자

　라울 드 리메지는 대로변을 따라 산책을 즐기고 있었다. 4월의 화창한 나날, 경쾌하게 발걸음을 옮기는 그 풍모는 파리가 선사하는 매혹적인 풍경과 가벼운 흥밋거리를 감상하는 것만으로도 삶이 즐거운 여느 행복한 사내의 모습이었다. 남자는 중키의 신장에 약간 야윈 듯하면서도 강건해 보이는 체격이었다. 이두박근 부위의 옷소매가 탱탱하게 튀어나왔고, 유연하고 날씬한 허리 위 당당한 상체가 떡 벌어져 보기에도 근사했다. 그뿐만 아니라, 복장의 재단이나 색조 등을 볼 때 자신의 몸에 걸치는 옷감 선택에도 대단히 민감한 타입이라는 사실이 훤히 드러났다.

　짐나즈 극장 앞을 지나칠 때였다. 문득 자기 옆쪽에서 걷는 한 신사가 어떤 귀부인을 뒤따르고 있다는 느낌이 들었고, 이내 사실이 그렇다는 걸 확인했다.

　한 남자가 한 여자를 몰래 미행하고 있다는 사실이 라울에게는 무척

우스꽝스럽고 재미나게 다가왔다. 결국 그 역시 여자를 미행하는 남자 뒤를 밟기 시작했고, 그렇게 셋이서 일정한 거리를 둔 채 일렬로 북적 대는 대로변을 걸었다.

사실 남자가 저 여자를 미행하고 있다는 걸 넘겨짚기 위해서는 리메지 남작이 지금껏 살며 경험해온 바를 총동원해야만 했다. 그만큼 남자는 여인이 전혀 눈치채지 못하도록 신사로서의 조심성을 극도로 발휘하고 있었다. 라울 드 리메지 역시 그런 유의 조심성이라면 이력이 난 마당. 여타 행인들 속으로 뒤섞이면서도 특히 두 사람을 시야에 꼭 붙들어두기 위해 그는 발걸음을 재촉했다.

미행하는 신사는 등 쪽에서 보아도 확연히 드러나는 가르마가 포마드를 바른 검은 머리를 정확히 반으로 가른 모습이었고, 널찍한 어깨선과 훤칠한 신장을 돋보이게 하는 복장이었다. 앞쪽에서 바라본 모습은 정성스레 다듬은 턱수염과 상큼하게 상기된 안색의 반듯한 얼굴이었다. 확고한 걸음걸이, 진중한 동작들, 약간 세월의 때가 탄 용모, 손가락의 반지, 그리고 피우는 담배 끄트머리의 금테 등으로 미루어보아 나이는 한 서른쯤 되었을까?

라울은 다소 걸음을 빨리했다. 여자는 늘씬한 신장에 품위 있고 단호한 걸음걸이로, 영국 여인 특유의 발을 보도 위에 찍어누르는 듯한 자세로 걷고 있었는데, 섬세한 발목과 우아한 각선미 때문에 그럴듯하게 보이는 귀부인이었다. 얼굴은 매우 아름다운 편이었으며 숱이 많은 금발 머리와 눈부신 푸른 눈동자로 한층 더 돋보이는 느낌이었다. 한마디로 지나치던 사람들이 걸음을 멈추고 힐끔 돌아다볼 정도였지만, 정작 여인은 대중의 즉각적인 찬탄의 눈길에는 아랑곳하지 않는 분위기였다.

라울은 속으로 중얼거렸다.

결정판 아르센 뤼팽 전집

'저런, 귀티가 철철 흐르는군! 아무래도 꽁무니 따라다니는 저 포마드 바른 친구한테는 어울리지 않는 여자인걸. 저 남자, 대체 뭘 원하는 걸까? 의처증에 사로잡힌 남편? 거절당한 구혼자? 아니면 무슨 건수가 없나 하고 아무 데나 껄떡대는 뺀질이? 옳거니! 아마 그럴 거야. 보아하니 돈푼깨나 있는 얼굴인데, 자기라면 거부하지 못할 거라 철석같이 믿고 있는 눈치야.'

그러는 사이 여자는 혼잡을 이루는 교통을 전혀 개의치 않고 오페라 광장을 가로질렀다. 문득 대형 짐마차 한 대가 언뜻 앞길을 가로막으려는 찰나, 여자는 침착하게 말의 고삐를 붙잡아 손수 마차를 저지했다. 버럭 화가 난 마차꾼이 좌석에서 훌쩍 뛰어내려 다짜고짜 얼굴을 들이대며 욕을 퍼부었다. 순간 여자의 앙증맞은 주먹이 사내의 코에 명중했고 코피를 찔끔 쏟게 만들었다. 즉시 근처에 있던 경찰관이 다가와 어찌 된 거냐 자초지종을 물었지만 여자는 말 한마디 없이 횡하니 등을 돌리고는 태연하게 멀어져 갔다.

그러고는 오베르 가. 이번에는 앞길에서 서로 씩씩대며 실랑이를 벌이던 두 소년의 목덜미를 냉큼 붙잡아 10여 보쯤 저만치 나뒹굴게 하더니 금화 두 닢을 훌쩍 던져주었다.

이제는 오스망 대로. 여자는 제과점 안으로 들어섰고 라울은 그녀가 한 테이블 앞에 자리를 잡는 걸 멀찌감치 지켜보았다. 뒤따르던 사내가 따라 들어가지 않는 것을 보고 라울은 선뜻 안으로 파고들어 여자의 시선이 닿지 않는 자리를 골라 착석했다.

여자는 차 한 잔과 토스트 네 쪽을 시키더니 화사한 치아를 드러내며 순식간에 먹어치웠다.

그 모습을 주위에 앉은 다른 손님들이 휘둥그레 바라보았다. 여자는 전혀 흔들림 없이 꿋꿋하게 토스트 네 쪽을 추가로 주문했다.

그런데 좀 떨어진 테이블을 차지하고 있는 또 다른 젊은 아가씨가 느닷없이 라울의 호기심을 끌어당기기 시작했다. 그녀는 영국 여자와 똑같은 금발을 가운데 가르마를 타서 웨이브 지게 늘어뜨렸고, 차림새는 그보다 다소 검소했지만 훨씬 더 확실한 파리지엔의 티를 풍겼다. 다소 남루한 차림의 아이들 세 명을 둘러 앉혀놓고 과자와 석류 시럽을 부지런히 나눠 먹이는 중이었다. 아까 가게 안으로 들어서다 문간에서 마주친 아이들이었는데, 아가씨는 그 아이들이 눈동자를 반짝이면서 양 볼에 크림을 덕지덕지 묻히도록 맛나게 먹는 모습을 마냥 흥겹게 바라보았다. 아이들은 이것저것 잔뜩 목구멍에 욱여넣느라 한마디도 말할 엄두를 내지 않았다. 반면 어쩌면 그들보다 더 앳된 분위기의 아가씨는 덮어놓고 싱글벙글, 저 혼자서 종알대는 것이었다.

"자, 이럴 땐 뭐라고 해야 하지? 좀 더 크게 말해봐. 안 들리잖니. 그게 아니지, 난 마담이 아니라…… 그렇지, 마드무아젤. '고맙습니다, 마드무아젤!'이라고 해야지."

라울 드 리메지는 별안간 그 아가씨의 두 가지 점에 마음이 온통 사로잡혔다. 우선 얼굴에서 풍기는 자연스럽고 마냥 행복해 보이는 쾌활한 표정. 그리고 금빛이 살짝 감도는 비취 빛깔의 초록 눈동자. 특히 한번 마주치면 도저히 시선을 뗄 수 없을 것 같은 눈빛의 그윽한 매력은 정말이지 뿌리치기 어려운 유혹이었다.

그런 눈동자는 대개 생각이 깊으면서 어딘지 우울하고 뭔가 기이한 느낌을 유발하기 마련인데, 모르긴 몰라도 그 아가씨의 눈빛 역시 평소에는 그랬을 것이다.

하지만 지금 이 순간만큼은 얼굴의 나머지 다른 부분들, 즉 장난스러운 입술과 파르르 떨고 있는 콧구멍, 보조개가 살짝 핀 채 배시시 미소를 짓는 양 볼 모두가 강렬한 삶의 광채를 가득 뿜어내고 있었다.

'아주 유쾌하거나 극도로 고통스러워하고 있어. 저런 타입한테는 그 중간이란 있을 수 없지.'

속으로 중얼거리던 라울은 아가씨가 느끼고 있을 즐거움에 영향을 미치든지, 아니면 고통에 대항해서 싸워주고 싶은 마음이 불쑥 치밀었다.

다시 영국 여자에게 시선을 돌려보았다. 과연 단아하게 균형이 잡힌 강력한 미모를 한껏 드러낸 자태였다. 하지만 라울의 마음은 왠지 초록 눈동자의 아가씨 쪽으로 좀 더 끌렸다. 한 여자의 미모에는 감탄을 마다하지 않는 반면, 다른 여자에 대해서는 좀 더 알고 싶고, 그 삶의 내면까지 파고들고 싶다는 욕구가 이는 것이었다.

그러나 막상 초록 눈동자의 아가씨가 계산을 마치고 아이들과 밖으로 나서는데도 라울은 머뭇거렸다. 따라가볼까? 그냥 조신하게 있어야 하나? 어느 쪽을 선택해야 하지? 초록 눈동자? 아니면 푸른 눈동자?

라울은 벌떡 일어나 카운터에 돈을 던지듯 내밀고는 밖으로 뛰쳐나왔다. 결국 초록 눈동자가 이긴 것이었다.

그 순간, 대뜸 예기치 않은 광경에 맞닥뜨리고 말았다. 초록 눈동자의 아가씨가 보도 위에서 약 반 시간 전까지만 해도 질투심에 사로잡힌 소심한 애인처럼 영국 여자를 미행하던 뺀질이와 뭔가 얘기를 나누는 것이 아닌가! 양쪽 모두 다소 열에 들떠 활발하게 떠들어대는 게 흡사 논쟁이라도 벌이는 분위기였다. 젊은 여자는 자꾸만 지나가려는데 남자가 앞을 가로막는 게 분명했다. 라울로서는 다소 물의가 있더라도 불쑥 다가들어 개입하지 않으면 안 될 참이었다.

하지만 그럴 여유조차 없었다. 느닷없이 택시 한 대가 제과점 앞에 멈추더니 그 안에서 한 신사가 내렸다. 신사는 보도 위에서 실랑이하는 남녀를 보자마자 지팡이를 치켜들고 냅다 달려와 포마드를 바른 뺀질이의 모자를 저만치 날려버렸다.

　순간적으로 어리둥절해 뒷걸음질을 친 사내는 주위로 구경꾼들이 몰려드는 것도 아랑곳하지 않고 와락 달려들며 소리쳤다.

　"당신 미쳤소? 완전히 돌았군!"

　그보다 약간 키가 작고, 나이는 더 많은 신사는 지팡이를 잔뜩 그러쥔 채 방어자세에 들어가며 역시 고래고래 악을 썼다.

　"이 아가씨한테 말 걸지 말라고 내가 그렇게 일렀거늘! 아비 되는 사람으로서 분명히 말하건대 당신은 몹쓸 인간일 뿐이야! 아무렴, 그렇고말고! 아주 하찮고 몹쓸 인간이지!"

　두 사람은 서로를 향한 증오심으로 온몸을 부들부들 떨었다. 한껏 모욕을 당한 뺀질이는 난데없이 끼어든 노인을 향해 당장이라도 달려들 듯한 기세였고, 젊은 여자는 부랴부랴 신사의 팔뚝을 부여잡아 택시 쪽으로 끌고 가려 낑낑대고 있었다. 뺀질이는 이내 두 부녀 사이를 거칠게 떼어놓고 신사의 지팡이마저 냉큼 빼앗아 들었다. 바로 그때였다. 땅에서 불쑥 솟은 듯 갑자기 두 사람 사이를 비집고 들어온 남자가 있었다. 전혀 모르는 얼굴의 이 사내는 빈정대는 듯한 입술 한 켠으로 궐련을 비딱하게 문 채, 오른쪽 눈을 신경질적으로 깜빡거리는 묘한 인상이었다.

다름 아닌 라울이 그렇게 뻗대고 서서 거친 목소리로 툭 내뱉는 것이었다.

"실례지만 불 좀 빌립시다."

정말이지 엉뚱하기 짝이 없는 요구가 아닌가. 대체 이 불청객은 뭘 바라고 이러는 걸까? 포마드 바른 남자는 일단 버티고 봤다.

"불 따윈 없으니 얌전히 지나가시오."

"천만에! 아까만 해도 담배를 태우시던걸!"

불청객은 완강한 어조로 말을 받았다.

안달이 난 뺀질이 신사는 억지로 상대를 내치려 했다. 하지만 내치기는커녕 자신의 팔조차 마음대로 움직일 수 없다는 걸 깨닫자, 대체 어찌 된 일인가 싶어 얼른 아래를 내려다보고 기겁을 했다. 상대가 자신의 팔목을 움켜쥔 모습이 도저히 벗어날 수 없을 형국이었던 것이다. 아마 무쇠 바이스로 손목을 고정시킨다 한들 이보다 더하지는 못했을 정도였다. 불청객은 여전히 집요한 말투로 뇌까렸다.

"미안하지만 불 좀 빌려달라니까. 불 하나 빌리겠다는 걸 거부해봤자 별로 좋은 꼴 못 볼 텐데."

주위에 몰려든 사람들 사이에선 어느새 웃음소리가 새어나오고 있었다. 바짝 약이 오른 뺀질이도 악착같이 악을 써댔다.

"이거 놓으시오! 불이 없다고 분명히 말했잖소!"

남자는 안됐다는 표정으로 고개를 설레설레 저으며 말했다.

"당신, 정말 예의가 없는 사람이로군. 이렇듯 점잖게 불 좀 빌려달라는 사람한테는 거절하는 법이 아닌데. 하지만 정 그리 야박하게 나오시겠다면야."

그러면서 손목을 놓아주었다. 비로소 거동이 자유로워진 뺀질이는 허겁지겁 서둘렀지만 이미 자동차는 초록 눈동자의 아가씨와 그 아버지를 태운 채 저만치 달아났다. 포마드 바른 남자가 쫓아가봐야 허사라는 건 자명해 보였다.

'내가 지나치게 나선 것 같은데.'

라울은 남자가 헐레벌떡 달려가는 모습을 바라보며 생각했다.

'알지도 못하는 초록 눈동자의 아가씨를 위해 돈키호테처럼 실컷 기분만 내놓고, 정작 도망치는 여자한테서 이름이나 주소도 알아놓지 않다니 말이야. 결국 또 볼 수 있다는 기약은 없다는 얘기로군. 자, 그렇다면?'

그렇다면, 다시 영국 여자에게 돌아갈 수밖에. 하지만 그녀도 소동을 한참 구경하고는 곧바로 자리를 떠나 멀어져 가고 있었다. 라울은 여자 뒤를 밟기 시작했다.

요즈음 라울 드 리메지는 과거와 미래 사이에서 인생이 왠지 모르게 정지된 것 같은 시기를 겪고 있었다. 그에게 과거란 온갖 사건들로 점철된 시간이었고, 미래 역시 그와 크게 다르지 않을 거라는 걸 예고했다. 그럼 그 중간인 지금은? 아무것도 없는 상태였다! 서른네 살 남자의 경우, 이런 애매한 시기일수록 운명의 열쇠는 여자의 손에 쥐어져 있기 십상이라는 점을 간과해선 안 될 것이다. 지금의 라울도 바로 그렇기 때문에 초록 눈동자가 사라지자, 곧장 푸른 눈동자의 광채에 의존해 자신의 불안정한 보조를 맞춰가려는 것이 아닌가.

라울은 얼마 안 가서 살짝 다른 길로 새는 척하다가 자기가 걸어온

결정판 아르센 뤼팽 전집

길을 슬그머니 되밟아보았다. 아니나 다를까, 포마드를 바른 그 빼질이 역시 잠시 중단했던 미행을 재개하고 있었다. 그 역시 어느 한쪽에게서 바람을 맞은 뒤 나머지 한쪽에 매달리는 셈이었다. 그렇게 세 사람은 다시금 도심의 산책을 이어갔다. 물론 영국 여자는 두 남자가 무슨 꿍꿍이속을 벌이고 있는지 전혀 알 도리가 없었다.

여자는 번잡한 보도를 한가로이 거닐면서 진열장마다 잔뜩 관심을 보이면서도 자기에게 쏠리는 사람들의 눈길에는 털끝만큼도 개의치 않았다. 여자의 발길은 마들렌 광장을 지나 루아얄 가를 경유해 포부르 생토노레에 닿았고, 마침내 콩코르디아 호텔에서야 멈추었다.

빼질이 역시 미행을 멈추었고, 잠시 주변을 이리저리 서성대더니 담배 한 갑을 산 뒤 호텔 안으로 파고들었다. 라울은 그자가 호텔 관리인과 애기를 나누는 걸 가만히 지켜보았다. 그로부터 3분쯤 경과하자 그가 자리를 떴고, 이번에는 라울도 관리인에게 다가가 푸른 눈동자의 영국 여자에 관해 이런저런 질문을 했다. 그런데 때마침 그 여자가 불쑥 현관을 가로질러 나가더니 자그마한 가방을 실어놓은 자동차에 올라탔다. 어디 여행이라도 떠나는 것일까?

라울은 얼른 택시를 잡아타고 내뱉었다.

"기사 양반, 저 차를 따라갑시다."

영국 여자는 얼마간 쇼핑을 한 뒤 저녁 8시쯤 파리-리옹 역 앞에서 내렸고, 구내식당에 들러 식사를 주문했다.

라울은 약간 거리를 두고 자리를 잡았다.

식사를 끝내고 나서 여자는 담배를 연거푸 두 대 피웠고, 밤 9시 반이 되어서야 창구로 다가가 컴퍼니 쿡(영국인 토머스 쿡이 1841년 설립한 여행 전문회사—옮긴이)의 직원에게 기차표와 수화물표를 건네받았다. 마침내 여자는 밤 9시 46분발 특급열차에 몸을 실었다.

초록 눈동자의 아가씨

435

라울은 얼른 바로 그 직원에게 다가가 말했다.

"아까 그 부인의 이름을 대주면 50프랑 드리리다."

"베이크필드 부인이십니다."

"어디로 간답니까?"

"몬테카를로인데요, 므슈. 5번 차량에 탑승했습니다."

라울은 잠시 생각에 잠기고는 이내 결정을 내렸다. 푸른 눈동자를 위해서는 그만한 이동쯤 해볼 만도 하다는 판단이 든 것이다. 따지고 보면 푸른 눈동자를 좇느라 초록 눈동자도 알게 된 터였다. 혹시 그 영국 여자를 통해서 뺀질이를 다시 만날 수 있게 되고, 그로 인해 궁극적으로는 초록 눈동자에게로 선이 닿을 수도 있을 게 아닌가.

라울은 몬테카를로행 기차표를 끊자마자, 곧장 플랫폼으로 달려들었다.

영국 여자가 객실 계단 끝에 거의 다 올라선 모습이 얼추 보였고, 이내 승객들 틈으로 사라졌다가 다시 창문 너머에서 망토를 벗는 모습이 들여다보였다.

사람은 비교적 한산한 편이었다. 전쟁이 일어나기 불과 몇 해 전의 4월 말, 침대칸도 식당칸도 구비되어 있지 않은 꽤나 열악한 특급열차였기에 남프랑스 지방으로 향하는 1등칸 승객이라고 해봐야 얼마 되지 않았다. 라울이 보기에는 5번 차량의 앞쪽 객실에 자리를 잡은 사람들은 고작 두 명에 불과한 것 같았다.

일단 그는 열차에서 충분히 거리를 둔 채 플랫폼을 느긋하게 걸었다. 그러면서 차례차례 베개 두 개와 이동서가에서 신문과 소책자 몇 권을 구입한 뒤, 기적 소리와 동시에 몸을 날리다시피 계단을 뛰어올라 마치 가까스로 제시간에 맞춰 당도한 승객인 양 헐레벌떡 세 번째 객실 안으로 들이닥쳤다.

결정판 아르센 뤼팽 전집

영국 여자는 창가에 홀로 앉아 있었다. 라울은 그 맞은편 긴 의자의 복도 쪽에 자리를 잡고 앉았다. 여자는 잠시 눈을 들어 가방도 꾸러미도 갖추고 있지 않은 이 난데없는 침입자를 살펴보았다. 그러고는 별 동요 없이 무릎 위에 활짝 열어놓은 큼직한 상자에서 통통한 초콜릿을 집어 들고 먹기 시작했다.

검표원이 지나다니면서 표에 구멍을 뚫었다. 기차는 교외를 향해 속력을 내고 있었고, 그럴수록 파리의 불빛은 드문드문 사라져갔다. 라울은 신문을 무심코 눈으로 훑다가 이내 흥미를 잃은 듯 아무렇게나 팽개치면서 생각했다.

'별 사건도 없군. 충격적인 범죄가 일어나지도 않았고 말이야. 아무래도 저 싱싱한 여인이 훨씬 흥미롭겠어.'

이처럼 밀폐된 작은 공간 안에 저토록 어여쁜 미지의 여인과 거의 나란히 누워 잠을 청하면서 밤을 보낼 처지가 된 것이야말로, 평소에도 그가 늘 즐기던 아리송한 세상 이치가 아닌가 싶었다. 그리고 이럴 바에는 더 이상 독서를 하거나, 멍청한 생각에 잠겨 몰래몰래 곁눈질하느라 시간 허비할 필요가 없다는 생각이 들었다.

남자는 은근슬쩍 자리를 접근해보았다. 필시 영국 여자는 이 동반 여행객이 뭔가 말을 붙이려는 수작임을 짐작했을 법했다. 하지만 이쪽으론 전혀 관심을 두지 않는 만큼 동요하는 기색 또한 없었다. 결국에는 라울 혼자 일방적인 노력을 기울여 어떻게든 관계의 실마리를 만드는 수밖에 없었다. 하긴 뭐 그리 어려운 일도 아니었다. 그는 한없이 예절 바른 어조로 입을 열었다.

"이런 태도가 어쩌면 부적절할지도 모르겠으나, 당신한테 중요할 수도 있는 일 한 가지를 알려드렸으면 하는데요? 괜찮으시겠습니까?"

또 하나의 초콜릿을 고른 여자는 고개를 돌리지도 않은 채 간단하게 끊어 대꾸했다.

"부디 얘기가 길지 않게 해주십시오, 므슈."

"그러죠, 마담."

여자가 발끈하듯 말했다.

"마드무아젤입니다."

"네, 마드무아젤. 하루 종일 누군가 매우 수상쩍은 방법으로 당신 뒤를 미행하며 다닌다는 걸 우연히 알게 되었는데 말입니다."

또다시 여자가 말을 막았다.

"그러고 보니 당신의 지금 그 태도는 프랑스인치고 정말 부적절하군요. 내 뒤를 미행하는 사람이 누구든 당신이 그걸 조사하며 다닐 임무까지는 없을 텐데요?"

"워낙에 수상쩍은 구석이 보이기에……."

"당신한테 수상쩍게 보인 그 신사는 작년에 이미 나와는 통성명을 한 므슈 마레스칼이라는 분입니다. 그나마 누구처럼 불쑥 객실 안으로 침범하지 않고, 멀찌감치 떨어져서 미행하는 에티켓을 갖추신 분이시죠."

불시에 일격을 당했다는 심정에 라울은 꾸벅 인사를 하며 말했다.

"브라보, 마드무아젤! 이거 된통 한 방 먹었습니다! 아무래도 입을 다물어야만 할 것 같군요."

"그렇죠. 바로 다음 정거장에서 내리시기 전까지 입을 다물고 계시는 게 좋을 겁니다."

"그건 유감인걸요. 몬테카를로에 일이 있는 몸이라서."

"아마 내가 그리로 간다는 걸 알아낸 다음부터 생긴 '일'이겠죠."

"그건 아니고요."

라울은 속 시원히 털어놓았다.

"오스망 대로변 제과점에서 처음 당신을 보았을 때부터 일이 생긴 거라 할 수 있지요."

여자의 즉각적인 대꾸가 튀어나왔다.

"보다 정확한 얘기는 그게 아니겠죠. 만약 한바탕 소동이 벌어진 후에 사정만 허락됐다면 당신은 멋진 초록 눈동자의 아가씨에 홀딱 반해서 그 여자 뒤를 따라갔을 겁니다. 하지만 그러지 못하자 당신은 대신 내 뒤를 밟았고, 방금 '수상쩍다'고 내게 일러바친 작자와 마찬가지로 콩코르디아 호텔까지 쫓아온 다음, 급기야는 역시 역 구내식당까지 따라왔죠."

라울은 재미있다는 투를 숨기지 않았다.

"내 일거수일투족이 당신의 사정권을 벗어나지 못했다니 기분이 흐뭇하군요, 마드무아젤."

"네, 나의 사정권을 한 치도 벗어나지 못했지요, 므슈."

"그만하면 알겠습니다. 이러다가 자칫하면 내 이름까지 대시겠군요?"

"라울 드 리메지, 탐험가이고 최근에 중앙아시아와 티베트 등지로부터 귀국한 상태."

라울은 놀라 두 눈이 휘둥그레지지 않을 수 없었다.

"이거 점입가경이 따로 없습니다! 혹시 어떻게 그 모든 걸 조사해냈는지 여쭤봐도 되겠습니까?"

"조사랄 것도 없습니다. 다만 어떤 숙녀이든 난데없이 시간에 쫓겨, 그것도 가방 하나 없이 자기가 있는 객실 안으로 뛰어 들어온 웬 신사와 맞닥뜨렸다면, 여자로서 그를 유심히 관찰해야만 하는 게 마땅한 일이죠. 그런데 가만히 보자니 당신이 읽고 있던 책자 두세 쪽에 명함을 끼워 넣더군요. 나는 잽싸게 그 명함을 읽어냈지요. 그러자 최근 라울 드 리메지라는 인물의 인터뷰 기사에서 지난 탐험 경험을 술회한 내용이 덜컥 떠오르더군요. 아주 간단하죠."

"정말 간단하군요. 하지만 시력도 보통이 아니어야 하겠어요."

"내 눈은 상당히 좋은 편이랍니다."

"그래도 당신은 줄곧 그 과자 상자에서 눈길을 떼지 않았던 것 같은데. 아마 열여덟 개째던가요, 그 초콜릿이?"

"일부러 고개를 돌리지 않아도 보이는 게 있고, 골똘히 머리를 굴리지 않아도 감 잡을 게 있는 법입니다."

"감을 잡다니, 그건 또 무슨 뜻인지요?"

"이를테면 당신의 진짜 이름이 라울 드 리메지가 아닐 것이라는 정도."

"말도 안 돼!"

"이보세요. 만약 그렇지 않다면, 당신 모자 속에 새겨진 이니셜이 H와 V일 리가 없지요. 당신이 친구 모자를 빌려 쓰고 다니는 게 아니라면 말이죠."

라울은 슬슬 짜증을 느끼기 시작했다. 누군가와의 대결에서 번번이 우위를 내주는 싸움은 질색인 그였다.

"좋아요. 그렇다면 당신 생각에 그 H와 V가 뜻하는 것은 무어라고 보시나요?"

여자는 열아홉 개째 초콜릿을 바스락 깨물면서 아무렇지도 않은 듯 내뱉었다.

"그 두 글자가 함께 뭉친 이름 이니셜은 그리 흔하다곤 볼 수 없는 것이죠. 사실 그 이니셜을 보면서 언제부터인가 내 머릿속에 각인되어온 두 개의 이름 이니셜과 무의식중에 비교를 했답니다."

"그 이름이 무엇인지 물어도 되겠소?"

"그래봤자 소용없을 거예요. 당신은 전혀 모르는 이름일 테니까."

"그래도 어디 한번 들어나 봅시다."

"오라스 벨몽(Horace Velmont)."

"오라스 벨몽이라…… 그게 대체 누굽니까?"

"오라스 벨몽이라는 이름도 사실은 숨어 지내느라 두르고 다니는 여러 이름 중 하나에 불과하지요."

"숨어 지내다니, 누가 말이오?"

"바로 아르센 뤼팽 말입니다."

"우하하하하. 내가 아르센 뤼팽이라고?"

라울이 느닷없이 웃음을 터뜨리자, 여자는 손사래를 치며 대꾸했다.

"어머나, 당치 않으신 말씀! 난 그저 당신 모자 속 이니셜이 내 머릿속에 엉뚱하게 연상시키는 이름들을 댔을 뿐인걸요. 그리고 또 이런 한심한 생각도 해봤답니다. 당신의 그 앙증맞은 라울 드 리메지라는 이름이 역시 아르센 뤼팽의 가명 중 하나인 라울 당드레지와 너무도 닮았다고 말입니다."

"대답 한번 멋지십니다! 하지만 만에 하나 내가 아르센 뤼팽이라면 과연 지금처럼 당신 면전에서 이토록 멍청한 꼴을 당하고 있겠습니까? 이 순진한 리메지를 당신은 참으로 이리저리 잘도 가지고 노십니다."

여자는 과자 상자를 쓱 내밀며 말했다.

"대신 위안 삼아 이거나 좀 드시지요. 이 몸은 이제 잠 좀 자두어야겠습니다."

라울은 애원조로 매달렸다.

"아니, 우리의 대화를 이 정도에서 끝내자는 겁니까?"

"그렇습니다. 항상 다른 이름 뒤에 숨어 다니는 사람이라면 몰라도 순진한 리메지는 별로 흥미가 없으니까요. 가명을 달고 다니는 사람들…… 과연 사연이 무엇일까요? 왜 자기를 감추는 걸까요? 하긴 좀 짓궂은 호기심이긴 하죠."

"그거야 베이크필드 같은 이름을 달고 다니는 여자라면 능히 가질 만한 호기심이죠."

라울은 제법 묵직한 말투로 내뱉더니 곧이어 이렇게 덧붙였다.

"자, 보시다시피 나 역시 당신 이름을 알고 있습니다."

"그야 컴퍼니 쿡의 직원도 알고 있는 이름이죠."

여자는 살그머니 미소를 지으며 대꾸했다.

"허어, 그것참! 이만 졌소. 하지만 기회가 닿는 대로 되갚아줄 것이오."

"기회란 쫓아다니지 않을 때 비로소 다가오기 마련이지요."

영국 여자가 결론을 내리듯 잘라 말했다.

그러면서 처음으로 그녀는 그 아름다운 푸른 눈동자를 들어 상대를 빤히 바라보았다. 라울은 온몸에 전율이 휩쓸고 지나가는 걸 느꼈다.

"신비스러울 만큼 참으로 아름답군……."

남자가 자기도 모르게 중얼거리는 것을 듣고 여자가 대뜸 말했다.

"신비스러울 것 하나도 없습니다. 내 이름은 콘스탄스 베이크필드라고 합니다. 몬테카를로로 가서 아버지이신 베이크필드 경과 합류해 함께 골프를 치기로 되어 있고요. 워낙 모든 운동을 좋아하는 편이지요. 골프 치는 일 말고는 독립적인 생활을 누리기 위해 신문에 기고를 한답니다. 사실 리포터라는 직업을 가지고 있다 보니까 정부 고위인사나 장군들, 산업 분야의 굵직굵직한 인사들, 또 유명한 예술가들이나 악명 높은 도둑들까지 온갖 인물군상에 관한 따끈따끈한 정보를 매일같이 주무르며 지내지요. 자, 그럼 이만 실례하겠습니다, 므슈."

여자는 이미 숄의 양쪽 끄트머리를 가지런히 포개 얼굴을 가리고 눈부신 금발 머리를 베개에 묻었다. 그러고는 내처 담요를 펼쳐 어깨를 덮으면서 두 다리를 긴 좌석 위에 가지런히 뻗었다.

'도둑'이라는 가시 돋친 듯한 말 한마디에 움찔한 라울은 몇 마디 두서없는 넋두리를 늘어놓았지만 전혀 반응이 없었다. 아무래도 일단은 잠자코 후일을 기약하는 게 나을 것 같았다.

비록 일이 뒤틀리는 바람에 구석에 처박힌 채 입도 뻥긋하지 못하는 처지가 되었지만, 왠지 가슴 저 깊은 곳에서는 황홀한 기분과 희망찬 감정이 몽실몽실 솟아오르기도 했다. 지금 눈앞에 있는 저 여인…… 그 얼마나 독특하고 매혹적이며, 신비스러우면서도 어쩌면 저렇게 솔직담백한가! 게다가 관찰력은 또 얼마나 예리하고! 남자의 깊은 속까지 한순간에 죄다 꿰뚫어버리지 않았는가! 가끔 위험의 여지를 간과하다가 덜컥덜컥 저지르고 마는 사소한 실수를 영락없이 짚어내다니……. 하필 모자에 새겨진 이니셜이 눈에 띌 건 또 뭐란 말인가!

남자는 모자를 집어 들고 안쪽의 비단 천을 거칠게 뜯어내 복도 창문 밖으로 내던져버렸다. 그는 다시 객실로 돌아와 여자와 마찬가지로 준비해온 베개 두 개 사이에 몸을 파묻고 이런저런 상념에 빠져들었다.

가만히 보면 인생이 그처럼 매혹적으로 다가올 수 없었다. 일단 그는 젊다. 그리고 손쉽게 휘어잡은 은행권 지폐 다발이 지금 지갑 속을 두둑이 채우고 있다. 머릿속은 확실하게 처리할 일들과 풍부한 수입에 대한 계획들로 늘 가득하다. 더군다나 내일 아침이면 잠에서 부스스 깨어 일어날 아리따운 아가씨의 가슴 벅차고 열에 들뜬, 멋진 모습을 눈앞에 대하게 될 것이다.

라울은 뿌듯한 심정으로 그런 생각을 굴리고 있었다. 나른한 반수면 상태 속에서 그는 벽공(碧空)의 아름다운 눈동자를 떠올렸다. 한 가지 이상한 점은 그 눈동자가 점점 예기치 않은 색조를 띠어가더니 어느새 파도와 같은 녹색의 기운에 휩싸이는 것이었다. 그러다가 결국에는 이 흐릿한 조명 아래 자신을 물끄러미 내려다보고 있는 것이 영국 여자의 눈동자인지, 파리 아가씨의 눈동자인지 알 수 없는 지경이 되고 말 았다. 그래, 분명 파리지엔이 상냥한 미소를 보내오고 있었다. 급기야 는 바로 앞에서 잠을 자고 있는 여인이 바로 그 파리의 아가씨인 것 같 았다. 그렇게 라울은 입가에 미소를 머금고 평온히 잠에 빠져들었다.

자고로 뱃속이 편안하고 내면 전체가 평온한 상태에서 꾸는 아련한 꿈이란 철로의 요란한 진동에도 그다지 방해받지 않는 법이다. 푸른 눈 동자와 초록 눈동자가 반짝거리며 흘러다니는 나른한 나라를 라울은 두둥실 떠다녔다. 그 여행이 어찌나 감미로운지 그는 정신의 극히 일부 라도 깨워서 자기 몸 밖에 보초를 세워두는 조심성을 미처 발휘하지 못 했다.

정말이지 큰 실수였다. 모름지기 이동 중인 기차 안에서, 특히 사람 이 얼마 없을 때엔 항상 주위를 경계해야 할 필요가 있는 법이다. 라울 은 결국 전방 차량(즉 4호 차량)과의 연결통로 문이 슬그머니 열리면서, 기다란 회색 작업복에 복면을 한 세 명의 남자가 소리 없이 다가와 객 실 앞에 멈춰 선 것을 까마득히 알아채지 못했다.

하나의 실수가 더 있었는데, 바로 둥근 전등 불빛을 가려두지 않았다 는 점이다. 불빛을 커튼 자락으로 가렸더라면 낯선 침입자들이 음흉한 의도를 실행에 옮기기 위해 따로 불을 켜야만 했을 테고, 그 바람에 라 울이 펄쩍 잠에서 깨어날 수도 있었을 터였다.

하지만 현재 그는 세상 모른 채 곯아떨어져 있었다. 남자들 중 한 명 은 손에 권총을 쥔 채 복도에서 망을 보았고, 나머지 두 명은 서로 신호 를 하면서 각자 맡은 바 작업에 들어갔다. 즉, 주머니에서 곤봉을 하나 씩 빼 들었고 당장이라도 두 여행객을 가격할 태세였다.

마침내 누군가의 입에서 공격지시가 튀어나왔다. 무척 나지막한 목 소리였는데도 불구하고 그 중얼거림에 라울의 귀가 반응을 했고, 즉각 잠이 깬 그의 수족에 바짝 힘이 들어갔지만…… 방어해봐야 이미 소용 없었다. 곤봉은 정확히 이마에 명중했고, 그는 단숨에 무너졌다. 그나마 연달아 누군가의 억센 손이 목을 감아쥐는 느낌과 그림자 하나가 앞을 지나쳐 미스 베이크필드 쪽으로 달려가는 것을 가까스로 느꼈을 뿐이다.

그때부터는 모든 게 캄캄한 암흑이었다. 마치 물에 빠져 허우적거리는 사람처럼 깊숙한 어둠 속에서 발버둥치는 동안, 감지되는 것이라곤 나중이 되어서야 의식의 수면 위로 떠올라 현실을 재구성할 수 있게 해줄 온갖 지리멸렬하고 고통스러운 느낌들뿐이었다. 우선 누군가 팔다리를 묶었고, 우악스레 재갈을 물렸으며, 까칠한 천으로 머리를 뒤집어 씌웠다. 물론 그 와중에 지갑 속의 은행권 지폐 다발이 무사할 리는 없었다.

"음, 괜찮구먼."

목소리 하나가 속닥였다.

"하지만 이 모든 건 그저 '맛보기'에 불과해. 자, 저쪽도 잘 묶었겠지?"

"곤봉으로 된통 얻어맞아서 좀처럼 깨어나기 쉽지 않을 거야."

실상은 충분히 그러지 못한 모양이었다. 맞은편 좌석에서 난데없는 욕설과 요란한 몸싸움이 벌어진 걸 보면 아마도 순순히 결박이 이루어지지 못한 게 분명했다. 그리고 들려오는 여자의 비명 소리…….

"제기랄! 이거 웬 고약한 왈패가 여기 있어? 할퀴고 물고 난리도 아닌걸! 이봐, 자네? 이 여자, 알아보겠어?"

"맙소사! 그건 내가 물을 소리인데!"

"일단 저 주둥아리부터 좀 막아야겠어!"

어떻게 했는지는 모르지만 점차 여자의 발악이 잠잠해지는 분위기였다. 악착같던 비명이 헐떡이는 숨소리와 신음 소리로 차츰 잦아들었다.

초록 눈동자의 아가씨

그러면서도 몸부림만큼은 바로 곁에 있는 리메지에게 미미하게나마 피부로 느껴질 정도로 계속 이어졌다. 마치 악몽을 꾸듯 그는 사내들의 폭행과 여자의 악착같은 저항을 고스란히 감지했다.

그러다 어느 한순간 모든 상황이 종료되었다. 지금까지 바깥 복도에서 망을 보던 세 번째 남자의 숨죽인 목소리가 이렇게 지시를 내린 것이다.

"중지! 여자를 풀어줘라! 설마 죽인 건 아니겠지?"

"젠장, 그렇지 않아도 걱정이야. 어쨌든 몸을 뒤져봐야……."

"멈추라니까! 그리고 입 닥치고."

씩씩대던 사내 두 명이 밖으로 나갔고, 복도로부터 약간의 말다툼 소리가 새어 들어왔다. 한편 막 정신이 들면서 기운을 추스르기 시작한 라울의 귀에 이런 얘기가 걸려들었다.

"맞아. 더 가서…… 끄트머리 객실에…… 빨리빨리…… 검표원이 또 지나다닐지 모른다고……."

그중 한 명이 느닷없이 허리를 숙여 바짝 얼굴을 들이밀고 속삭였다.

"이봐, 내 말 잘 들어. 조금이라도 꿈지럭대다간 죽은 목숨인 줄 알아. 얌전히 있으라고."

삼인조는 복도 반대편 끝, 다시 말해 라울이 아까 승객 두 명이 있는 걸 확인한 객실로 물러났다. 그러는 동안 라울은 결박을 풀기 위해 안간힘을 썼고, 턱을 마구 움직여 재갈을 느슨하게 했다.

바로 가까이 영국 여자가 신음을 흘리고 있었는데, 점점 희미해지는 그 소리가 남자의 가슴을 아프게 저몄다. 모든 노력을 다해 그는 여자를 구출하고 싶었다. 자칫 시기가 늦으면 아무 소용도 없게 될 거라는 걱정이 자꾸 마음을 급하게 만들었다. 하지만 노끈은 질겼고, 매듭도 단단했다.

결정판 아르센 뤼팽 전집

다만 얼굴을 가리고 있던 천이 약간 허술했는지 갑자기 맥없이 흘러 내렸다. 무릎을 꿇고 팔꿈치를 좌석에 괸 채 초점 없는 시선을 자신에 게 향하는 여자의 퀭한 몰골이 시야에 제일 처음 들어왔다.

그 순간, 느닷없는 총성이 들려왔다. 끄트머리 객실 안에서 두 명의 승객과 복면 쓴 삼인조 사이에 격투가 벌어진 듯했다. 그와 거의 동시 에 삼인조 중 한 명이 작은 손가방 하나를 달랑 들고 허겁지겁 복도를 지나쳐가는 모습이 보였다.

실은 약 1~2분 전부터 기차가 서행하는 중이었는데, 아마도 선로 어 딘가의 수리공사 때문에 속도를 늦출 수밖에 없는 듯했다. 도발은 바로 그 틈을 노린 것이 분명했다.

라울은 필사적으로 몸부림을 쳤다. 완강하기 그지없는 결박에 온몸 으로 저항하면서 그는 여자를 향해 재갈 너머로 간신히 말을 내뱉었다.

"부디 조금만 견디시오. 내가 곧 돌봐드리리다. 그나저나 대체 무슨 일이 일어난 거요? 몸은 좀 괜찮습니까?"

강도들이 여자의 목을 너무 세게 졸라서 심상치 않은 상해를 입힌 모 양이었다. 얼굴 곳곳에 경련이 일고 시커먼 반점이 퍼지는 게, 가사 상 태에 해당하는 모든 증상이 고스란히 드러나고 있었다. 여자가 거의 죽 음 직전이라는 판단이 즉각적으로 라울의 뇌리를 스쳤다. 과연 머리끝 에서 발끝까지 단말마의 고통으로 부르르 떨고 있었다.

여자의 상체가 남자한테 풀썩 수그러졌다. 거친 호흡과 잦아드는 신 음 속에 뒤섞인 몇 마디 중얼거림이 영어로 들려왔다.

"므슈, 내 말을 잘 들어요. 나는 이제 죽습니다……."

라울은 안절부절못하며 대꾸했다.

"천만에! 몸을 일으켜봐요! 일단 저기 저 경보벨에 손이 닿도록 해보 세요!"

하지만 여자의 몸에 남은 힘이라곤 없었다. 제아무리 초인적인 완력의 소유자인 라울 또한 결박을 벗어날 가능성이 도무지 없어 보였다. 항상 자신의 의지가 현실에서 먹혀 들어가는 데 익숙했던 그로서는 이처럼 끔찍한 죽음을 무기력하게 관망해야 한다는 사실이 엄청난 고통으로 폐부를 찔렀다. 모든 사태가 자신의 수중을 벗어나 마치 회오리 폭풍처럼 주변을 휩쓰는 것 같은 참담한 느낌이었다.

한편 복도에는 복면을 쓴 두 번째 괴한이 역시 손에 여행용 가방 하나와 권총을 쥔 채 후닥닥 지나갔고, 그 뒤로 세 번째가 따라붙었다. 아마도 그쪽의 두 승객도 맥없이 당한 모양이었다. 이제 점점 더 기차의 속도는 느려질 것이고, 산만한 수리공사 분위기를 틈타 삼인조 살인강도는 유유히 현장을 벗어날 터였다.

그런데 어느 한순간 놀랄 만한 일이 벌어졌다. 요란스레 복도를 빠져나가던 놈들이, 마치 코앞에 어떤 장애물과 맞닥뜨리기라도 한 것처럼 그 자리에 흠칫 멈춰 서는 게 아닌가! 누군가 차량들 간의 연결통로에서 불쑥 들이닥친 게 분명했다. 분명 순찰 중인 검표원이리라.

곧장 고함 소리가 터져나왔고, 싸움이 일었다. 제일 앞에 있던 괴한은 손에 든 권총을 사용해볼 틈도 없이 떨어뜨리고 말았다. 그와 동시에 제복 차림의 직원이 몸을 날렸고, 둘이 한데 뒤엉켜 바닥을 구르는 동안 검은 무명 복면에 머리보다 큰 챙 모자를 푹 눌러쓴, 피 묻은 회색 작업복의 왜소한 두 번째 사내가 둘을 떼어내려고 버둥거렸다.

"기운을 내시오, 검표원 나리!"

라울은 버럭 소리를 질렀다.

"드디어 구원의 손길이 미치는군!"

그러나 얼마 안 가서 왜소한 사내의 적극적인 가세로 한쪽 팔이 무력화된 검표원이 열세를 면치 못하는 분위기였다. 설상가상으로 위에 올라탄 상대가 검표원의 얼굴에 소나기 펀치를 퍼붓기 시작했다.

그 틈에 왜소한 쪽도 부리나케 몸을 일으켰는데, 마침 얼굴을 덮고 있던 복면과 헐렁한 챙 모자가 후딱 벗겨지고 말았다. 물론 잽싸게 둘 다 다시 착용했지만 순간적으로 라울의 눈에 비친 뭔가가 있었다. 다름 아닌 금발의 아리따운 얼굴…… 기겁을 했는지 창백하게 굳은 표정이 었지만, 분명 오후에 오스망 대로변의 제과점에서 마주쳤던 바로 그 초록 눈동자의 아가씨가 틀림없었다!

어쨌든 난투극은 그로써 끝이 났고, 두 괴한은 열차를 무사히 탈출했다. 어안이 벙벙해진 라울은 쓰러진 검표원이 사력을 다해 좌석을 딛고 일어나, 비틀비틀 경보벨을 울리는 한참 동안을 그저 넋 놓고 바라만 볼 수밖에 없었다.

한편 영국 여자는 이제 거의 단말마의 혼수상태를 헤매고 있었다. 마지막 숨결에 뒤섞인 어지러운 중얼거림이 입가로 더듬더듬 새어나오고 있었다.

"제발…… 제발 부탁입니다…… 가져가주세요…… 가져가야 합니다……."

"뭘 말입니까? 약속하겠소. 뭔지 말해보시오."

"제발…… 내 손가방을 가져가요…… 거기 있는 서류들을 처리해줘요…… 아버지가 알게 해선 안 됩니다……."

그 말을 끝으로 여자는 고개를 젖히고 숨을 멈추었다. 같은 순간 기차도 정지했다.

2
초동수사

사실 미스 베이크필드의 죽음이나 복면을 한 삼인조 괴한들의 난입과 폭행, 살해당했을지도 모르는 두 명의 승객, 그리고 돈다발을 강탈당한 것 모두 합해도 단 하나, 마지막 순간에 라울의 뇌리에 깊이 각인된 도저히 믿어지지 않는 광경만큼 충격적이지는 않았다. 다름 아닌 초록 눈동자의 아가씨가 난데없이 출연하다니! 이 세상에서 만나본 여자 중 가장 우아하고 매혹적인 여성이 하필 범죄로 얼룩진 구석에서 불쑥 모습을 나타내다니! 더없이 찬란한 얼굴이 살인과 절도의 가증스러운 복면 너머로 얼핏 드러나다니! 사내의 본능이 이끄는 대로 처음부터 무턱대고 뒤를 따랐던 그 비취빛 눈동자의 아가씨가 피로 얼룩진 잿빛 작업복 차림에 광기 어린 얼굴을 하고, 끔찍한 두 명의 살인범과 더불어 죽음과 공포를 사방에 흩뿌리며 다니고 있다니!

여태껏 대단한 협객으로 살아오면서 끔찍하고 험악한 일을 무수히 겪으며, 그 어떤 충격적인 광경 앞에서도 눈 하나 깜짝하지 않을 배포

결정판 아르센 뤼팽 전집

가 있다 자신하는 라울이지만(이번 모험에서 아르센 뤼팽이 사용한 이 이름으로 부득이 계속해서 그를 불러야겠다), 도저히 있을 것 같지 않던 아까 그 광경 앞에서는 아연실색하지 않을 수가 없었다. 심지어 숨까지 턱턱 막힐 정도로 상상을 초월하는 사태였다.

밖에서는 일대 소란이 일어났다. 거리상 가장 가까운 보쿠르 역에서 선로 보수공사에 투입될 노동자들과 철도 직원들이 우르르 몰려드는 모양이었다. 여기저기 고함 소리가 들렸고, 비상벨 소리가 어디에서 비롯되었는지 너도나도 찾아 나서는 분위기였다.

한편 라울의 자초지종을 들으면서 꽁꽁 묶은 끈을 끊어주던 검표원은 복도 창문을 활짝 열고 사람들에게 신호를 보냈다.

"이쪽입니다! 이쪽이에요!"

검표원이 다시 라울에게 돌아와 말했다.

"저 아가씨는 죽은 겁니까?"

"그렇소. 목이 졸렸어요. 그뿐만 아니라, 반대편 끝에도 승객 두 명이 당했을 겁니다."

두 사람은 허겁지겁 복도 끝으로 달려가보았다.

아니나 다를까, 마지막 객실에 두 구의 시체가 널브러져 있었다. 별로 어지른 흔적은 없는 반면, 그물선반 위엔 가방이든 궤짝이든 아무것도 없었다.

마침 철도 직원들이 몰려와 이쪽 객실로 바로 통하는 문짝을 열기 위해 낑낑대고 있었다. 아마도 막혀 있는 모양인데, 그러자 삼인조 강도가 왜 복도를 그렇게 오갔으며, 굳이 첫 번째 출구로 줄행랑을 쳤는지 알 것 같았다.

하지만 알고 보니 문이 잠겨 있지는 않은 듯했다. 사람들이 일거에 우르르 밀려들었고, 객실 간 연결통로 문으로 쏟아져 들어오는 사람들도 있었다. 삽시간에 두 개의 객실이 사람들로 북적댔다. 그 순간, 어느 강직한 목소리가 위압적인 말투로 버럭 외쳤다.

"아무것도 건드리지 마시오! 이봐요, 거기! 그 권총 그대로 놔두세요! 더없이 중요한 증서물입니다. 사사, 모두들 나가주시는 게 낫겠습니다. 차량부터 따로 분리한 다음 열차는 다시 출발할 겁니다. 그렇죠, 역장님?"

보통 모두가 혼비백산해 어수선한 현장일수록, 누군가 의도를 분명히 하고 나서서 간명하게 발언을 하면 그게 대장 말인 줄 알고 모두들 주섬주섬 따르기 마련이다. 지금이 바로 그런 식이었는데, 마치 군림하는 데 익숙한 사람처럼 누가 강력하게 나서고 있었다. 그런데 누군가하고 힐끔 바라본 라울은 그만 소스라치게 놀라지 않을 수 없었다. 다름 아닌 미스 베이크필드를 졸졸 따라다니다가 초록 눈동자의 아가씨한테도 집적댔던, 그래서 담뱃불 시비를 초래한 바로 그자, 포마드 바른 뺀질이가 활개를 치고 있는 것이 아닌가! 영국 여자가 얘기한 마레스칼 선생인가 뭔가 하는 바로 그치 말이다. 여자가 죽어 있는 객실 입구에 떡 버티고 선 그는 몰려드는 사람들을 열린 문밖으로 연신 밀쳐냈다.

"역장님께서는 조차(操車)작업을 감독해주시겠습니까? 일단 직원분들을 데리고 나가주십시오. 그리고 가장 가까운 헌병대에 연락을 취해주시고, 의사도 불러주십시오. 로밀로 검찰지청에도 알려야 합니다. 이건 살인사건이에요."

남자의 말에 검표원이 거들었다.

"무려 세 건이나 살인이 저질러졌어요. 두 명의 복면을 한 강도들한테 저 역시 당했습니다."

"알고 있소. 선로에서 작업을 하던 인부들이 정체불명의 괴한들을 목격하고 추격 중이라고 합니다. 저쪽 비탈 꼭대기에 소규모 숲이 형성되어 있는데, 그곳을 중심으로 한 지역과 국도를 따라 죽 수색이 진행 중일 겁니다. 성과가 나오면 이쪽에서 즉각 알 수 있을 거예요."

또박또박 말을 내뱉는 마레스칼은 다분히 권위적이고 절도가 있었다.

갈수록 놀라울 뿐이던 라울도 문득 냉정을 되찾는 기색이었다. 도대체 저 포마드 바른 남자가 여기서 무얼 하는 걸까? 저 믿을 수 없을 만치 침착한 태도는 과연 어디서 오는 걸까? 저런 부류들이 내세우는 태연자약한 태도라는 것은 대부분 그럴듯한 외양 뒤로 무언가 감출 게 있기에 가능한 것이 아닐까?

더구나 오후 내내 바로 저 마레스칼이 미스 베이크필드를 미행했고, 출발 직전까지 감시를 하고 있었으며, 아마도 범죄가 일어나는 동안 4호 차량쯤에 둥지를 틀고 있었으리라는 걸 어찌 간과할 수 있겠는가! 알다시피 열차의 각 차량 사이에는 연결통로가 존재한다. 바로 그 통로를 통해 세 명의 강도가 불쑥 나타났으니, 같은 통로로 셋 중 한 명, 즉 첫 번째 놈이 충분히 돌아올 수도 있을 터였다. 혹시 지금 저렇게 잔뜩 허세를 부리면서 제멋대로 호령을 하는 저자야말로 바로 그 강도가 아닐까?

차량 안에 있던 사람들이 빠른 속도로 빠져나갔다. 남아 있는 사람은 검표원뿐이었다. 라울은 원래 있던 자리로 돌아가려 했으나 제지당하고 말았다.

마레스칼이 자신을 알아보지 못했다고 확신한 그가 말했다.

"이보십시오, 왜 안 된다는 겁니까? 나도 현장에 있던 사람이오. 당연히 입회할 자격이 있단 말입니다."

마레스칼의 대답은 차가웠다.

"안 됩니다. 범행이 일어난 현장은 전적으로 사법당국의 관할입니다.

허가 없이는 아무도 접근할 수가 없습니다."

그러자 검표원이 끼어들었다.

"이 승객도 희생자 중 한 분입니다. 놈들이 온몸을 결박하고 소지품을 털어갔어요."

"유감이로군요. 하지만 명령은 어디까지나 명령입니다."

"명령이라니, 누구의 명령이란 말이오?"

라울이 버럭 짜증을 내자, 마레스칼은 덤덤하게 내뱉었다.

"바로 내 명령이오."

안 되겠다 싶었는지 라울은 팔짱을 긴 채 깐깐한 말투를 동원했다.

"가만, 이것 보시오. 대체 당신이 무슨 권리로 이러는 거요? 보자보자 하니 아주 대놓고 이래라저래라 하는데, 다른 사람들은 따를지 몰라도 나는 전혀 그럴 기분이 아닙니다!"

뺀질이는 명함 한 장을 척 꺼내 내밀면서 한껏 태깔을 부린 목소리로 내뱉었다.

"로돌프 마레스칼. 내무부 산하, 국제정보수사과장."

마치 이만한 직함 앞에서는 그저 끔벅 죽어야 마땅하다는 투였다. 그가 또 덧붙였다.

"내가 이렇게 나서서 상황을 수습하는 건 어디까지나 역장의 동의에 입각했음은 물론, 내 특수한 직능상 당연히 그럴 권리가 있는 겁니다."

약간은 할 말이 궁해진 라울은 일단 참기로 했다. 아울러 그다지 주의를 기울이지 않았던 마레스칼이라는 이름이 불현듯 일련의 사건들을 기억 속에 떠올려주었는데, 하필 바로 그 수사과장이라는 작자의 탁월한 능력과 통찰력이 유감없이 발휘된 사례였다. 어쨌든 정면으로 대항해봐야 별로 이로울 게 없는 셈이었다.

라울은 생각을 굴렸다.

'내가 실수한 거야. 계속해서 영국 여자 곁에 머물면서 마지막 부탁을 진지하게 이행했어야 하는 건데. 공연히 그 복면 쓴 여자 때문에 허둥대느라 아까운 시간만 버렸으니…… 하지만 내 머지않아 슬그머니 우회해서 빼질이, 네놈의 뒷덜미를 낚아채고야 말 테니 두고 봐! 그리고 네놈이 무슨 수로 제때에 이 열차를 탈 수 있었는지, 이전에 마주친 두 미녀가 활개를 친 이 사건을 어떻게 도맡게 된 건지 내 속속들이 밝혀내고야 말 것이다. 그때를 기약하며 까짓 지금은 얌전히 물러나주지.'

마치 고관대작의 난데없는 출현에 잔뜩 주눅이 든 것처럼, 그는 공손함이 물씬 배어나는 말투로 대답했다.

"아이고, 이거 실례했습니다. 므슈. 제가 비록 파리에 체류하기보단 국외에 주로 머무는 입장입니다만, 가는 곳마다 당신의 높은 명성이 자자하더군요. 그중에서도 특히 귀걸이에 얽힌 사연이 기억에 생생합니다."

마레스칼은 거드름을 피우며 대꾸했다.

"아, 그거, 라우렌티니 공주의 귀걸이였죠. 솔직히 나쁘진 않았답니다. 하지만 오늘은 그보다 훨씬 더 잘해내야 하겠죠. 솔직히 헌병대나, 특히 수사판사가 도착하기 전에 어느 정도까지는 조사를 진행해야……."

"그쪽 사람들이 당도해도 마무리할 일밖에는 남아 있지 않을 정도까지 해치우시겠단 말씀이죠?"

라울은 곧장 맞장구를 쳐주며 은근히 덧붙였다.

"지당하신 말씀이십니다. 아울러 제가 남아 있는 게 좀 도움이 된다면 개인 일정을 내일까지 미루어서라도……."

"아, 도움이 되다마다요. 고맙습니다."

한편 검표원은 알고 있는 사실을 모두 진술한 뒤 다시 출발해야 할 처지였다. 마침내 차량이 대피 측선(側線)으로 배치되었고, 열차는 원래 가던 길로 멀어져 갔다.

마레스칼은 조사를 시작했고, 라울을 되도록 멀리 떨어뜨리려는 의도가 확연히 드러나게끔 역까지 달려가 시체를 덮을 거적이라도 좀 갖다달라고 부탁했다.

어쩔 수 없이 부리나케 차량에서 뛰어내린 라울은 차체를 따라 걷다가, 복도 세 번째 창문에 이르면서 별안간 몸을 곧추세워 안을 엿보았다.

'내 그럴 줄 알았다니까. 저 포마드 바른 작자가 혼자 있고 싶었던 거야. 사전에 약간의 수작을 부리려는 거겠지.'

과연 마레스칼은 젊은 영국 여자의 몸을 약간 들어 올리더니 여행용 망토 자락을 슬그머니 펼쳐 열었다. 여자의 허리춤에 붉은 가죽 손가방이 매여 있었다. 사내는 아무 거리낌 없이 가죽끈을 풀고 손가방을 낚아채 뚜껑을 열었다. 서류들이 나타났고, 사내는 얼른 읽기 시작했다.

공교롭게도 등을 진 위치에서 바라보는 터라 표정으로 그의 반응을 읽을 수가 없자, 라울은 투덜거리면서 걸음을 옮겼다.

"아무리 그렇게 부지런 떨어봐야 소용없다, 이놈! 목표에 접근하기도 전에 내가 따라잡을 테니까. 그 서류들은 애당초 내게 위탁된 것들이야. 내게 권리가 있는 물건이라고."

결국 심부름을 완수한 라울이 고인을 위한 밤샘기도를 하겠다며 나선 역장 마누라와 모친을 대동하고 돌아오자, 마레스칼은 덤불숲 속으로 숨어든 두 놈을 포위 중이라며 귀띔을 해주었다.

"또 다른 정보는 없습니까?"

혹시나 하는 마음에 라울이 묻자 마레스칼은 흔쾌히 털어놓았다.

"전혀요. 단지 그들 중 한 명이라 추측되는 놈이 다리를 저는 모양인데, 지나간 길목 나무뿌리 틈에서 웬 구두 뒤축이 처박혀 있는 게 발견되었다는군요. 그런데 그게, 글쎄 여자용 신발이라지 뭡니까."

"그건 아무 관련이 없는 거고요."

"그렇죠. 전혀 이 일과는 무관한 것이죠."

한편 사람들이 영국 여자를 반듯하게 누이는 동안, 라울은 마지막으로 이 예쁘장하면서 불운했던 여행 동반자를 물끄러미 바라보며 속으로 중얼거렸다.

'내가 반드시 복수해주겠소, 미스 베이크필드. 진작에 당신을 지켜내고 목숨을 구하지 못한 대신, 살인범들은 절대로 가만두지 않겠다고 약속하오.'

그런 생각과 함께 라울은 물론 초록 눈동자의 아가씨를 떠올렸다. 신비스러운 여인을 향한 증오와 복수의 맹세를 그는 입안에서 수없이 되뇌었다. 그리고 싸늘하게 식은 여인의 눈꺼풀을 내려주면서 그 창백한 얼굴 위로 거적을 끌어다 덮었다.

"정말 아름다운 여인이었습니다. 혹시 이 여자 이름은 모르십니까?"

라울의 찬찬한 질문에 슬그머니 외면하는 눈치가 역력한 마레스칼이 내뱉었다.

"내가 그걸 어떻게 알겠습니까?"

"거기 손가방이 있긴 한데……."

"오, 이건 검찰 관계자의 입회하에만 열어볼 수 있습니다."

마레스칼은 얼른 가방 멜빵을 어깨에 두르면서 덧붙였다.

"놈들이 이걸 놔두고 간 게 정말 의외로군요."

"그나저나 그 안에 서류들이 들어 있을 텐데……."

라울의 왠지 개운치 않은 표정에 수사과장은 거듭 잘라 말했다.

"우린 검찰을 기다려야 합니다. 그런데 놈들이 당신 물건은 죄다 털어갔으면서도 이 여자 것은 손 하나 안 댄 것 같군요. 여기 이 팔찌 시계도 그렇고, 브로치나 목걸이도 그렇고 말입니다."

라울은 당시 벌어졌던 상황을 이야기하기 시작했는데, 진정으로 진실을 규명하고 싶어 했기에 처음에는 되도록 정확을 기하려고 노력하는 모습이 역력했다. 하지만 점점 얘기를 진행할수록 뭔지 모를 충동이 자꾸만 일면서 일부 사실들을 왜곡하게끔 부추기는 것이었다. 그래서 제3의 공범에 대해서는 전혀 언급을 하지 않았고, 나머지 두 명에 대해서도 지극히 모호한 인상착의만을 제공할 뿐, 그중 한 명이 여성이라는 사실은 철저하게 덮어두었다.

잠자코 듣던 마레스칼은 몇 가지 질문을 늘어놓더니 보초 한 명을 남기고는, 라울과 더불어 두 명의 희생자가 뻗어 있는 객실로 이동했다.

두 희생자는 한쪽이 훨씬 젊었을 뿐 무척이나 닮아 보였다. 둘 다 짙은 눈썹의 똑같이 천박한 인상인 데다, 재단이 형편없는 잿빛 옷가지를 걸친 모습이었다. 젊은 친구는 이마 한복판에, 나머지는 목 부위에 각각 총알 한 방씩을 맞은 상태였다.

마레스칼은 새삼스레 지극히 삼가는 태도를 꾸미면서 한참 동안 사체를 검사하더니, 위치는 전혀 흐트러뜨리지 않은 채 호주머니를 뒤져보고는 거적으로 둘 다 덮어버렸다.

평소 마레스칼의 허세와 거드름을 잊지 않은 라울이 건드려보았다.

"저, 수사과장님, 제가 보기엔 이미 진실의 도정(道程)에 확실히 발길을 들여놓으신 것 같은데요. 과연 전문가다운 태도가 느껴집니다. 뭐든 좀 말씀해주실 수 없겠습니까?"

"뭐 안 될 것 없죠."

마레스칼은 즉시 라울을 또 다른 객실로 데리고 가며 말했다.

"이제 곧 헌병대에서 사람이 들이닥칠 거고, 의사도 이내 나타날 거요. 그 전에 내 위치를 분명히 하고 기득권을 확실히 하기 위해서라도 지금까지 거둔 초동수사의 결과를 미리 약간은 공개하는 데 전혀 이의는 없소."

'그래, 오냐! 어서 털어놔 보시지, 뺀질이!'

라울은 속으로 중얼거렸다.

'나만큼 네 이야기를 경청해줄 사람 찾기도 쉽진 않을 거다.'

그러면서 겉으로는 마치 횡재를 만난 것처럼 허둥댔다. 이 어인 영광이요, 기쁨이란 말인가! 수사과장은 일단 상대를 앉으라고 권한 뒤 얘기를 시작했다.

"물론 일부 모순되는 사항들도 없지 않아 있고, 아주 세부적으로 들어가다 보면 헷갈리는 부분도 있지만, 그런 것에 개의치 않고 일단 다음 두 가지 요점만은 어떻게든 자명한 진실임을 주장하는 바입니다. 우선 이겁니다. 여자는 순전히 착각 때문에 희생당했다는 사실입니다. 네, 완전히 착각이었죠. 아니라고는 하지 마십시오. 증거가 있으니까요. 예정된 대로 열차가 감속을 시작하는 시각에 맞춰, 후속 차량에 이미 탑승해 있던 강도들은(실은 멀찌감치서 언뜻 그들을 본 기억이 납니다. 내 생각엔 전부 합해 세 명인 줄 알았습니다만……) 당신을 습격하고 금품을 강탈했지요. 아울러 함께 있는 사람도 당연히 공격했고 결박하려 했습니다. 그러다 갑자기 모든 걸 그대로 방치한 채 더 멀리 가서 복도 끝 객실까지 파고든 겁니다. 도대체 왜 갑자기 진로를 바꾼 걸까요? 이유가 뭐겠습니까? 바로 중간에 자신들이 착각을 했다는 걸 깨달았기 때문이지요. 여자가 담요를 덮고 있었기 때문에 사람을 잘못 본 겁니다. 그들은 남자 둘을 습격한다고 믿었는데, 자세히 보니 한 명이 여자인 거예요. 당연히 기겁을 했겠죠. '제기랄! 이거 웬 고약한 왈패가 여기 있어?'라고 했다면서요? 그러고는 부랴부랴 자리를 옮긴 겁니다. 그들은 계속해서 복도를 따라 기웃거리다가 마침내 한 객실에서 찾고 있던 두 명의 사내를 발견했습니다. 하지만 저항도 만만치 않았고, 결국 두 명 다 권총으로 살해하고 맙니다. 물론 소지품은 하나도 남김없이 몽땅 털었고요. 가방이든 꾸러미든, 심지어 쓰고 있던 챙 모자까지 모조리 말입니다. 이렇게 해서 첫 번째 요점은 깨끗이 정립된 겁니다, 그렇죠?"

라울은 내심 놀랐다. 그 자신도 애당초 신빙성을 두고 있던 가설 자체가 놀라워서가 아니라, 마레스칼이라는 작자가 그만치 논리적이고 예리하게 그런 가설에 도달할 수 있었다는 사실이 참으로 의외였던 것이다.

"그럼 두 번째 요점은 뭐냐……."

상대의 감탄 어린 시선에 자못 우쭐해진 이 공무원은 라울에게 섬세한 세공 솜씨가 돋보이는 자그마한 은제 케이스를 내밀며 말을 이었다.

"좌석 뒤쪽에서 이걸 주웠습니다."

"뭡니까? 코담뱃갑인가요?"

"그렇소. 꽤 오래된 코담뱃갑이죠. 하지만 실은 그냥 궐련을 넣어두는 담뱃갑으로 활용해온 겁니다. 보시다시피 일곱 개비쯤 들어가면 딱 알맞죠. 여성용 순한 담배들로 말입니다."

"혹은 남자용 담배가 들어갔을 수도 있겠죠."

라울은 빙그레 웃으며 말했다.

"강도들은 전원 남자들뿐이었으니까요."

"아니, 나는 여자용 담배를 말하고 있는 겁니다."

"말도 안 돼!"

"냄새를 한번 맡아보세요."

그러면서 담뱃갑을 통째로 라울의 코밑에 바짝 들이댔다. 하는 수 없이 몇 번 킁킁거린 라울은 순순히 수긍하지 않을 수 없었다.

"음, 정말 그렇군요! 핸드백 속에 손수건이랑 화장분, 휴대용 향수 분무기 등과 함께 담뱃갑을 넣어가지고 다니는 여자의 향내가 고스란히 느껴져요. 아주 독특한 향기입니다."

"자, 그렇다면 대체 어찌 된 걸까요?"

"그야 모르죠. 현장에 죽어 나자빠진 두 명의 사내하고 그들을 살해한 뒤 줄행랑을 친 또 다른 사내 두 명이라……."

"사내 두 명이 아니라 남자 하나, 여자 하나는 아닐까요?"

"네? 여자가 한 명이라고요? 강도들 중 하나가 여자란 말씀입니까?"

"담뱃갑이 그걸 말해주고 있지 않소?"

"불충분한 증거예요."

"또 다른 증거도 있습니다."

"뭐죠?"

"바로 구두 뒤축…… 숲 속 나무뿌리 사이에서 발견한 여성용 구두 뒤축 말입니다. 이만하면 '두 명의 습격자는 남녀 혼성조였다'라는 두 번째 요점을 증명하기에 비교적 든든한 증거가 갖춰지는 셈 아닌가요?"

솔직히 마레스칼의 예리한 통찰력에 라울은 다소 당황했다. 물론 그런 기색을 내비칠 수는 없는 노릇이라, 그는 어쩔 수 없이 감탄이 비어져 나오는 것처럼 잇새로 중얼거렸다.

"정말 대단하십니다!"

라울은 곧장 이렇게 덧붙였다.

"그게 다입니까? 또 달리 발견한 사항은 없나요?"

상대는 배시시 웃으며 말했다.

"어허, 이거 왜 이러시나. 숨 좀 돌리고 합시다."

"아니, 그럼 밤새 여기 이러고 있을 생각이세요?"

"최소한 도망치다 잡힌 두 명을 이리로 데려올 때까진 자리를 지키고 있어야죠. 내 지시를 그대로 이행하고 있다면 아마 곧 줄줄이 들이닥칠 겁니다."

라울은 자신의 능력을 훌쩍 벗어난 사건 해결을 상대에게 전적으로 의존하는, 그저 우스꽝스럽기만 한 호인 같은 얼굴을 하고서 마레스칼이 연신 잘난 척하며 떠들어대는 입방정을 잠자코 들었다. 마침내 그는 고개를 끄덕이면서 입을 헤벌리고 말했다.

"아무튼 수사과장님은 그럼 실컷 재미 보십시오. 저는 솔직히 말해 이번 일로 하도 정신이 왔다 갔다 해서 그만 녹초가 되었답니다. 한두 시간쯤 푹 쉬어두어야 할 것 같아요."

마레스칼은 선뜻 대꾸했다.

"그러시오. 객실 어디든 들어가서 눈이나 붙이세요. 음, 여기 이곳이 괜찮겠군. 아무도 방해하지 않도록 내가 조치하리다. 일이 일단락되면 그땐 내가 좀 와서 쉬어야겠소."

라울은 객실 문을 닫고 커튼을 쳤다. 역시 둥그런 램프가 환하게 붉을 밝히고 있었다. 당장 무엇을 어찌해야 할지 생각이 떠오르는 것은 아니었다. 사태가 워낙에 복잡하게 꼬여 있는 데다 아직은 심사숙고할 만한 해결 전망이 보이지도 않는 터라, 그저 마레스칼의 꿍꿍이속이 무엇인지 염탐하고 그의 수수께끼 같은 행동거지를 밝혀내는 것으로 만족하는 수밖에 없었다.

속으로 연신 이렇게 중얼거리면서 말이다.

'요 뺀질이 녀석, 어디 두고 보자. 네놈은 마치 우화에 나오는 까마귀와도 같아. 잔뜩 칭찬을 해주니까 부리가 떡 벌어지는 꼴이라고. 그래, 눈썰미 하나는 그럴듯하다고 내 인정해주지. 하지만 너무 입방정이 심하거든. 여자와 그 공범을 사로잡았다면 꽤 의외의 성과라 할 만하지. 그거야말로 내가 혼자 나서서 처리해야 할 일이니까.'

그런데 역 방향에서 갑자기 사람 목소리가 들리는 듯하더니 순식간에 일대 소란으로 번져오는 것이었다. 라울은 바짝 긴장한 채 귀를 기울였다. 마레스칼이 복도 창문으로 고개를 내밀고 접근하는 사람들에게 뭐라 소리 지르고 있었다.

"무슨 일인가? 아, 드디어 헌병대가 도착했군. 어때, 내 말이 맞지?"

저쪽에서 곧바로 대답이 돌아왔다.

"역장님께서 일단 저를 보내셨습니다, 수사과장님."

"오, 당신이 반장이오? 그래, 용의자 검거는 이루어진 거요?"

"네, 하지만 한 명만 검거했습니다. 여기서 1킬로미터쯤 간 대로변 덤불숲에 기진맥진해서 쓰러져 있더군요. 나머지 한 명은 가까스로 도망친 것 같습니다."

"의사는 도착했소?"

"오는 도중에 보니까 말을 매고 있던데요. 도중에 한 군데 왕진할 곳도 있다더군요. 아마 40여 분 지나면 도착할 겁니다."

"그나저나 반장, 검거한 친구는 둘 중 체구가 작은 쪽이겠죠?"

"네. 자그맣고 얼굴이 창백하고요. 헐렁한 챙 모자를 쓰고 있었습니다. 게다가 연신 훌쩍거리면서 이러는 겁니다. '죄다 말하겠어요. 단, 판사님한테만 말할 겁니다. 판사님, 어디 계세요?' 하고 말입니다."

"그래, 그 자그마한 친구, 역에다 두고 온 거요?"

"철저하게 지키라고는 해놨습니다."

"내가 한번 가보겠소."

"그야 뭐 불편하시지 않다면 얼마든지요, 수사과장. 하지만 그 전에 열차 안 상황을 좀 살펴봤으면 좋겠습니다."

헌병반장은 또 한 명의 헌병대원과 함께 기차에 올랐고, 마레스칼은 계단 위에서 그들을 맞아 곧장 영국 여자의 시체가 있는 곳으로 안내해갔다.

대화 내용을 빠짐없이 접수한 라울은 속으로 중얼거렸다.

'좋았어, 다 잘되어가고 있군. 저 포마드 바른 뺀질이가 한번 입을 열기 시작하면 장광설이 끝날 때까지 시간깨나 들일 테니까 말이야.'

이번에야말로 그는 어지러운 정신 속에서 뭔가를 명확히 보는 느낌이었다. 정말이지 예기치 못한 결심이 자신도 모르는 사이에 불쑥 솟아오르는 걸 감지했는데, 도무지 왜 이런 행동을 취하는지 그 수수께끼 같은 동기만큼은 스스로도 정확히 알 수가 없었다.

그는 기차의 큼직한 유리창을 조용히 내렸고, 몸을 기울여 물끄러미 두 줄의 선로 위를 눈으로 더듬었다. 아무도 없었고 불빛 하나 안 보였다.

홀쩍, 가볍게 그는 뛰어내렸다.

3
어둠 속의 입맞춤

보쿠르 역은 민가에서 멀리 떨어진 탁 트인 벌판에 위치했다. 기차 선로와 직각으로 만나는 도로는 역과 보쿠르 마을을 연결하고 있으며, 이어서 헌병대가 위치한 로밀로와 사법관들이 오기만을 기다리고 있는 옥세르까지 닿아 있었다. 그리고 이 길과 다시 직각으로 만나는 국도가 있었는데, 그 국도는 철도와는 500여 미터 거리를 두고 나란히 뻗어 있었다.

역의 플랫폼에는 램프나 촛불, 전등, 각등(角燈) 등 모든 동원 가능한 조명기구들을 총동원한 상태라 라울은 극도로 조심조심 나아가야만 했다. 역장과 역무원, 그리고 인부 한 명이 보초를 서고 있는 헌병과 뭔가 대화를 나누고 있었는데, 키가 훤칠한 헌병은 급행화물 처리를 위해 마련된 창고의 활짝 열린 입구를 떡하니 가로막고 있었다.

창고의 어둠침침한 내부에는 작은 상자들과 바구니들이 층을 이루며 쌓여 있었고, 이런저런 소포 꾸러미들이 제멋대로 흩어져 있었다. 천천히 다가가는 라울의 눈에는 그 화물들 위에 꼼짝 않고 웅크리고 앉은 어떤 사람의 윤곽이 어슴푸레 잡혔다.

그는 속으로 중얼거렸다.

'그 여자일 거야. 초록 눈동자의 아가씨 말이야. 뒷문은 열쇠로 잠갔을 테고, 하나 남은 출구는 간수가 지키고 있으니 완벽한 감옥이 따로 없겠어.'

만약 마레스칼과 헌병반장이 예상보다 일찍 당도해 뜻하지 않은 장애에 부닥치지만 않는다면 상황이 그리 나빠 보이지는 않았다. 역사를 빙 돌아 달려서 뒤쪽에 도착하는 동안 살아 있는 개미 새끼 한 마리 마주치지 않았다. 때는 자정 조금 지난 시각. 더 이상 정차하러 들어오는 열차도 없었고, 플랫폼에 그저 몇 사람 모여서 수다를 떠는 게 고작일 뿐 아무도 지나다니는 사람이 없었다.

라울은 곧장 수하물 등록소로 들어섰다. 좌측으로 문 하나를 통과하면 계단을 마주한 현관이 있을 테고, 그 우측으로 또 하나의 문이 있을 터였다. 건물 구조상 틀림없이 그런 식일 것이었다.

라울 같은 사람에게 자물쇠란 그다지 장애가 될 수 없었다. 언제나 수중에 네다섯 개의 정교한 도구들을 가지고 다니는 그는 제아무리 완강한 문짝도 문제없이 열어젖혔다. 물론 이번에도 첫 번째 시도만으로 문이 열렸다. 살그머니 문짝을 밀어보자 불빛 한 점 없는 게 느껴져서, 내처 문을 열고 몸을 잔뜩 낮춘 채 안으로 들어섰다. 바깥에 서 있는 사람들은 물론 안에서 이따금 흐느끼는 포로도 누군가 잠입했다는 사실은 전혀 감지하지 못했다.

지금 인부는 숲 속의 추격작전에 대해 신나게 떠들어대고 있었다. 아마도 그가 바로 덤불숲 속에서 각등을 높이 치켜들고 '사냥감'을 포획한 장본인인 모양이었다. 그의 말에 의하면 나머지 불한당 녀석은 비쩍

마르고 훤칠한 친구였는데, 마치 산토끼처럼 줄행랑을 치더라는 것이었다. 자기로선 하는 수 없이 발길을 돌려 우선 작은 친구라도 끌고 와야만 했으며, 솔직히 너무 어두워 더 이상의 추격도 여의치가 않았다고 말을 맺었다.

"아, 근데 저기 있는 저 꼬마 녀석이 덮어놓고 꿍얼대기 시작하는 거예요. 꼭 계집애 같은 목소리에 훌쩍거리기까지 하면서 말입니다. '판사님을 뵙게 해주세요. 그러면 모든 걸 얘기하죠. 수사판사 앞으로 데려가달란 말입니다' 하면서요!"

그 이야기에 사람들 입에서 금세 실소가 터져나왔다. 라울은 그 틈을 타서 두 줄로 쌓여 있는 상자들 사이로 고개를 들이밀어 시야를 확보했다. 결국 포로가 맥없이 늘어져 있는 소포 더미들 바로 뒤로 고개를 내민 꼴이었다. 이쯤 되자 여자가 뭔가 인기척을 느꼈는지 흐느낌을 뚝 그쳤다.

라울은 조심스레 속삭였다.

"두려워하지 마시오."

아무 반응을 보이지 않아 다시 속삭였다.

"두려워 마시오. 난 친구입니다."

여자는 아주 나지막이 반문했다.

"기욤?"

도망친 공범 생각을 하는 게 분명했다. 라울은 이렇게 대답했다.

"아니요. 그냥 저들로부터 당신을 구하러 온 사람이라고만 알아두시오."

여자는 잠자코 있었다. 혹시 무슨 함정일지도 모른다고 생각할까 봐 라울은 내처 힘주어 말했다.

"당신은 지금 사법당국의 수중에 처해 있소. 내가 하자는 대로 따르지 않으면 감옥에 들어갔다 중죄재판에 회부될 것이며……."

"아니에요. 수사판사는 나를 풀어줄 겁니다."

여자의 말에 남자는 더욱 바짝 다그쳤다.

"결코 그런 일은 일어나지 않을 거요. 사람이 죽었습니다. 당신 작업복은 피로 얼룩져 있고요. 자, 이리로 와요. 조금이라도 망설이면 끝장입니다. 어서!"

잠시 묵묵부답이던 여자가 중얼거렸다.

"손이 묶여 있어요."

여전히 몸을 낮춘 상태로 라울은 단도를 빼 들어 묶인 끈을 끊어준 뒤 물었다.

"저쪽에서 당신을 빤히 바라볼 수 있습니까?"

"헌병 한 사람은 돌아서기만 하면 볼 수 있어요. 다만 이쪽이 어두워서 훤히 분간하기는 힘들 거예요. 나머지 사람들은 너무 왼쪽으로 치우쳐 있고요."

"좋아요. 아, 잠깐! 이 소리는……."

플랫폼에서 사람 발소리가 접근하는가 싶더니 이내 마레스칼의 목소리가 들려왔다. 라울은 다급하게 지시했다.

"꼼짝 말아요! 예상보다 놈들이 일찍 당도했군. 저 소리 들리죠?"

"오, 무서워요. 저 목소리는…… 세상에, 이럴 수가!"

여자는 졸지에 입에 딱 벌어지는 모양이었다.

"그렇소, 바로 당신과 앙숙인 자요. 하지만 무서워할 것까진 없어요. 전에 대로변에서 당신과 그가 실랑이를 벌이고 있을 때 누군가 불쑥 끼어들었던 것 기억하나요? 그게 바로 나였소. 그러니 이번에도 두려워할 필요 없습니다."

"하지만 저러다가 곧 들이닥칠 거예요."

"아뇨. 반드시 그럴 거라 장담할 순 없습니다."

"만약 그러면요?"

"그냥 자는 척하든지, 아예 기절한 척하세요. 두 팔로 머리를 푹 감싸고 있어요. 그리고 꼼짝달싹하지 않는 겁니다."

"내 얼굴을 들여다보려 하면 어떡해요? 만약 나를 알아보면?"

"일단 아무 반응도 보여선 안 됩니다. 무슨 일이 있어도 입을 열어선 안 돼요. 그러기만 하면 마레스칼이 당장 어떤 조치를 내리지는 않을 겁니다. 우선 곰곰이 생각부터 할 거예요. 그럼 그때 가서……."

말은 그렇게 했지만 라울은 사실 속이 편치 않은 상태였다. 아마도 마레스칼은 자신의 판단을 확인하려 들 것이고, 붙잡힌 강도가 정말로 여자인지 무척 궁금해할 것이다. 모르긴 해도 즉결신문이라도 벌이려 할 테고, 최소한 현재의 방비가 부실하다며 직접 감옥의 보안 상태를 점검하려고 나설 것이 뻔했다.

아니나 다를까, 바깥에서는 수사과장의 호쾌한 목소리가 곧바로 터져나왔다.

"아, 역장님, 이거 대단한 뉴스거리 아닙니까? 용의자가 이 역사 안에 감금되다니요! 그것도 어디 보통 용의자입니까? 이제 보쿠르 역은 유명해질 일만 남았습니다. 그리고 반장, 장소가 아주 잘 선택된 것 같아요. 더 이상 적절한 장소가 없을 것 같습니다. 하지만 신중을 기하는 뜻에서 나도 한 번 직접 둘러볼까 합니다만."

그러고는 라울이 예상했던 대로 다짜고짜 안으로 저벅저벅 걸어 들어왔다. 이제 곧 저 사내와 여자 사이에 끔찍한 대면이 이루어질 참이었다. 만약 단 한 마디, 단 한 동작만이라도 섣불리 노출된다면 초록 눈동자의 아가씨는 돌이킬 수 없는 운명에 처하고 말 것이다.

라울은 이대로 물러날까도 생각해보았다. 하지만 그것이야말로 앞으로의 모든 희망을 접는 격이고, 온갖 적들한테 자신마저 추적의 대상이 되게 해서 다시는 어떤 일도 도모하지 못하고 마는 걸 의미했다. 결국 라울은 모든 걸 운에 맡기기로 마음을 정했다.

마레스칼은 안으로 걸어 들어오면서도 바깥의 사람들을 향해 계속해서 지껄였다. 그러고는 전혀 움직임이 없는 먹잇감을 자신만 관찰할 수 있도록 은근슬쩍 시야를 가렸다. 라울은 마레스칼의 시선이 닿지 않게 충분한 장애물 뒤로 숨으면서 사태를 잠자코 관망했다.

마침내 걸음을 멈춘 수사과장이 큰 소리로 외쳤다.

"자고 있는 것 같군. 어이, 친구? 우리끼리 약간의 잡담 좀 나눌 방도가 어디 없을까?"

그는 호주머니에서 손전등을 꺼내 스위치를 누른 뒤 가차 없이 빛 다발을 쏘아댔다. 하지만 완강하게 모은 두 팔과 헐렁한 챙 모자만 시야에 들어오자, 억지로 팔을 벌리고 모자를 살짝 들어 올렸다.

이번에 그의 목소리는 아주 나지막했다.

"그럼 그렇지. 여자였어. 금발 여자 말이야! 이봐, 어디 그 귀여운 얼굴 좀 보여주지?"

역시 강제로 머리를 붙들고 힘으로 돌려놓는 순간, 그의 눈앞에 부닥친 모습이 너무도 뜻밖이어서 도저히 그 현실성을 받아들일 수 없을 정도였다!

"아니야. 이게 아니라고. 도저히 이럴 수는 없어."

사내는 연신 더듬대면서 출입구 쪽을 힐끔힐끔 살폈다. 다른 사람들이 안으로 들어올까 봐 마음을 놓지 못하는 기색이었다. 그러더니 갑자기 신열에 들뜬 듯 후다닥 챙 모자를 낚아챘다. 그 바람에 이제는 뭐 하나 가릴 것 없이 얼굴 전체가 환한 손전등 불빛 속에 드러나고 말았다.

"이 여자, 이 여자는…… 아니야, 내가 정신이 어떻게 됐나 봐. 이,

결정판 아르센 뤼팽 전집

이건 정말 믿을 수가 없어. 이 여자가 여기 있다니! 살인자라니! 이 여자가…… 아, 어떻게 이럴 수가!"

사내는 연신 중얼대면서 더욱 바짝 몸을 기울여 들여다보았다. 여자는 입도 뻥긋하지 않았고, 창백하게 질린 얼굴에 경련 한 줄기 일지 않았다. 마레스칼은 가쁜 숨소리가 뒤섞인 목소리로 여자의 면전에다 내뱉었다.

"정말 당신이란 말인가! 이런 조화가 있나! 그래, 당신이 죽었다고? 그래서 헌병대가 나서서 이렇게 잡아들인 거야? 아, 이럴 수가! 당신이 여기 이러고 있다니."

정말로 여자는 잠이라도 자고 있는 것 같았다. 마레스칼은 그만 입을 다물어버렸다. 여자가 진짜 곯아떨어져 있는 것일까? 결국 사내는 이렇게 말했다.

"그래, 좋아. 꼼짝 말고 있도록 하오. 우선 다른 사람들을 멀찌감치 떨어뜨린 다음 다시 오겠소. 한 시간 후에 돌아오리다. 그때 가서 어디 얘기 좀 해봅시다. 이봐요, 아가씨. 그땐 정말이지 고분고분해줘야만 해."

대체 무슨 말을 하는 것인가. 무슨 가증스러운 거래를 제안하려는 것인가. 라울이 짐작하기로는 그에게 딱히 결정된 복안이 있는 것 같지는 않았다. 워낙에 불시에 들이닥친 사태라 지금쯤 거기서 어떤 이득을 끌어낼 수 있을지 곰곰이 머리나 굴리고 있을 터였다.

사내는 얼른 챙 모자를 다시 눌러씌운 다음 밖으로 비어져 나온 금발 머리를 억지로 욱여넣었다. 그러고 나서 작업복을 열고 웃옷 호주머니를 뒤지기 시작했다. 거기서 아무것도 찾아내지 못하자 그는 벌떡 일어섰다. 하도 경황이 없어서 창고를 둘러보거나 문을 점검한다는 생각은 떠오르지도 않았다.

그는 바깥의 일행에게 돌아가며 소리쳤다.

"아주 풋내기잖아! 스무 살도 채 안 된 것 같더군. 공범이라는 놈 때문에 철부지 장난꾸러기 녀석 하나 버리게 생겼어."

사내는 연신 입을 놀렸는데, 그게 거의 넋 놓고 횡설수설하는 수준이라 지금 얼마나 머릿속이 혼란스럽고 그만큼 생각할 시간이 필요한지 짐작이 갔다.

"내 생각에는 지금까지 진행한, 조촐한 초동수사가 검찰 쪽 사람들한테도 상당히 도움이 될 거라 봅니다. 아무튼 그들이 당도할 때까지 여기서 헌병반장, 당신과 함께 보초를 설까 합니다만. 아니면 나 혼자 해도 괜찮고. 난 상관없으니 당신 쉬고 싶으면 얼마든지 쉬시오."

한편 라울은 라울대로 서두르고 있었다. 일단 소포 꾸러미들 가운데서 재질이 여자의 작업복과 유사하게 보이는 세 개의 포장된 자루를 끄집어냈다. 그리고 그중 하나를 들이밀면서 속삭였다.

"당신 다리부터 내 쪽으로 빼세요. 그 대신 그 자리에 이걸 갖다 대는 겁니다. 살짝 움직이는 거 알죠? 그다음으로 천천히 상체를 옮기세요. 마지막으로 머리를 이쪽으로 하고."

라울은 얼음장 같은 여자의 손을 붙잡았다. 별 반응을 보이지 않기에 다시금 지시사항을 반복했다.

"제발 내 말을 따르세요. 마레스칼은 무슨 짓이든 저지를 위인입니다. 일단 당신 때문에 모욕을 당한 처지예요. 이제 이렇게 당신이 꼼짝 못하는 입장이니 어떻게든 앙갚음을 하려 들 거란 말이오. 자, 어서 다리를 이쪽으로 빼요."

그제야 여자는 조금씩 움직이기 시작했는데, 거의 변화를 감지하기 어려울 정도로 꾸물대는 바람에 다 움직이는 데 최소한 3~4분은 걸린 것 같았다. 결국 예정된 모든 동작이 마무리되었을 때는 그녀가 실제 있는 곳 바로 앞에, 잿빛 자루들이 마치 웅크린 사람 모습처럼 쌓이게 되었다. 과연 마레스칼이나 헌병반장이 얼추 보아서는 포로가 얌전히 웅크리고 있는 모습이라 착각할 만했다.

"자자, 저들이 완전히 이쪽을 등지면서 큰 소리로 떠들어대는 순간을 틈타 단번에 몸을 빼는 겁니다."

라울은 동그랗게 말리다시피 웅크린 여자의 몸을 그대로 품에 안아 빠끔히 벌어진 짐 더미 틈새로 빼내는 데 성공했다. 계단 앞 현관으로 나오고서야 여자는 제 발로 일어설 수 있었다. 서둘러 자물쇠를 원상복귀 해놓고 두 남녀는 부랴부랴 역사를 가로질렀다. 그런데 건물 앞 공터로 막 발을 내디디려는 찰나, 여자가 그만 휘청대면서 거의 무릎을 꿇다시피 하는 게 아닌가.

"아무래도 힘들 것 같아요…… 도저히……."

라울은 여자의 신음에 개의치 않고 그녀의 몸을 번쩍 들어 어깨에 짊어지고는, 로밀로와 옥세르로 뻗은 길가의 나무숲을 향해 힘차게 내달리기 시작했다. 먹이를 낚아챘다는 생각, 미스 베이크필드의 살해범을 드디어 손아귀에 거머쥐었다는 생각이 라울의 마음을 들뜨게 했고, 결과적으로 사회가 담당해야 할 몫을 대신 나서서 처리한다는 생각에 기분이 뿌듯했다. 실제로 이제 어떻게 할지는 별로 중요한 게 아니었다. 현재 그는 정의의 위대한 부름에 응해 행동하고 있으며, 어떤 벌을 내릴지는 그때그때 상황에 따라 결정하면 그만이라는 확신에 취해 있었다.

라울은 약 200여 보를 걷다가 문득 걸음을 멈췄다. 기운이 딸려서가 아니었다. 뭔가 이상한 소리를 감지한 그는 자잘한 밤 짐승의 재빠른 움직임과, 나뭇잎 바스락대는 소리가 간질이는 밤의 거대한 적막에 귀를 기울였다.

여자가 불안한 듯 물었다.

초록 눈동자의 아가씨   473

"무슨 일이죠?"

"아무것도 아니오. 불안해할 것 없어요. 그저 멀리서 말발굽 소리가 들려오는군요. 사실 바라던 바이지. 아주 잘된 거요. 당신 이제 살았어."

그제야 라울은 여자를 어깨에서 내려 마치 아이를 안듯 양팔에 걸쳐 안았다. 또다시 경쾌한 걸음으로 한 300~400미터 더 가자, 우거진 가로수들 아래로 국도 교차로가 허옇게 드러나 보였다. 주변 풀들이 밤이슬을 머금어 축축했기에 라울은 도로변 비탈 중간쯤에 걸터앉으며 말했다.

"이 무릎 위에 편히 앉아서 내 말 잘 들으시오. 지금 소리가 들리는 저 마차는 사람들이 부르러 보낸 의사입니다. 이제 저자를 끌어내려 나무에 얌전히 묶은 다음, 우리가 대신 마차를 몰고 밤새도록 달려 다른 기차 노선이 통과하는 아무 역에나 당도할 것이오."

여자는 전혀 반응이 없었다. 심지어 제대로 듣고 있는지조차 모호했다. 대신 손에 열이 올라 펄펄 끓고 있었다. 그러다 여자 입에서 횡설수설 이런 말들이 새어나왔다.

"나, 나는…… 죽이지 않았어. 난…… 죽이지…… 않았다고……."

"닥치시오! 나중에 다시 얘기합시다."

라울이 대뜸 일갈했고, 둘은 깊은 침묵 속으로 빠져들었다. 잠든 들판의 거대한 적막이 두 사람을 평화롭게 감싸는 가운데, 캄캄한 어둠 저 멀리 말발굽 소리만 간간이 들려오고 있었다. 아울러 거리를 가늠하기 어려운 어느 지점에서 마차 전면의 램프가 말똥말똥한 두 눈처럼 두세 차례 깜빡거렸다. 역 방향에서는 어떤 소란이나 위협적인 움직임도 느껴지지 않았다.

참으로 기이한 상황이라는 생각이 들었다. 격렬한 심장박동마저 생생히 느껴지는 이 수수께끼 같은 살인자의 이미지 너머로, 약 여덟아홉

결정판 아르센 뤼팽 전집

시간 전만 해도 그토록 행복하게 보였던 파리지엔의 모습이 자꾸만 떠오르는 것이었다. 서로 너무도 다른 두 이미지가 어지러이 뒤섞여 영국 여자를 죽인 이 살인자에 대한 증오심마저 기억 속의 찬란한 영상으로 점차 희석되는 듯했다. 그나저나 이 여인을 진짜 증오하고나 있는 걸까? 라울은 곰곰이 생각에 잠겼다.

'어쨌든 미워하고는 있어. 아무리 변명을 늘어놓아도 죽인 건 죽인 거 아냐? 영국 여자가 죽은 건 바로 이 여자와 그 공범 탓이라고. 빌어먹을, 미스 베이크필드의 죽음에 복수를 해야 해.'

하지만 입 밖으로 이런 말을 내뱉은 건 결코 아니었고, 오히려 부드러운 말투가 새어나오는 것을 어쩌지 못했다.

"원래 불행이란 생각지도 않을 때 들이닥치는 법 아닙니까? 좌우간 지금은 다행입니다. 이렇게 살아 있으니까요. 험악한 범죄행위는 지난 얘기지요. 이젠 모든 게 잘 정리될 겁니다. 날 믿으세요. 모두 진정될 테니까."

라울은 자기도 모르게 점점 차분한 기분에 젖어드는 걸 느꼈다. 여자 역시 온몸을 부들부들 떨던 경련에 더는 시달리지 않는 눈치였다. 한마디로 악의 기운이 가라앉았다고나 할까. 악몽과 불안, 공포 등 죽음과 밤이 지배하던 흉한 세계가 점차 세력을 잃어가고 있었다.

라울은 혼란의 와중에서 제 궤도를 이탈해 떠도는 존재들에게 일종의 자력처럼 영향력을 행사하고, 결국에는 평정을 되찾아주어 끔찍했던 현실의 한순간을 영영 잊게 만드는 자신의 대견한 모습을 맛 좋게 음미하고 있었다.

사실 그 자신 역시 격하게 돌아가는 현실에서 어느 정도 떨어져 나온 감도 없지 않았다. 죽은 영국 여자는 어느새 기억 속에 가물가물해졌고, 지금 이렇게 껴안다시피 하고 있는 피투성이 작업복의 여인은 마냥

우아하고 아리따운 파리의 아가씨처럼만 느껴지는 것이었다. 속에서 아무리 다음과 같은 생각이 꿈틀댄다 한들 소용이 없었다.

'여자를 벌해야 해. 이 여자는 응분의 대가를 치러야 한다고.'

하긴 이처럼 가깝게 다가온 여인의 입술에서 뿜어져 나오는 싱싱한 숨결을 고스란히 느끼면서 어찌 심경에 변화가 일어나지 않겠는가.

마차의 램프는 점점 커져가고 있었다. 이대로 가면 한 8~10분 정도면 코앞까지 도착할 것 같았다.

라울은 속으로 중얼거렸다.

'가만있자. 그러면 나부터 이 여자와 완전히 떨어져 처신해야 할 텐데. 그럼 모든 게 끝나는 거야. 다시는 지금처럼 이 여자와 가까이 할 순간은 오지 않겠지.'

라울은 여자에게 좀 더 몸을 기울여 가만히 들여다보았다. 눈꺼풀을 다소곳이 내리깐 상태로 여자는 완전히 남자의 보호에 자신을 맡기고 있었다. 모든 게 잘 되어가고 있다 생각하는 모양이었다. 그렇게 위험은 사라져가고 있었다.

라울은 갑자기 고개를 한껏 숙여 여자의 입술을 훔쳤다.

미약하게나마 거부의 몸짓을 하던 여자는 그저 한숨을 길게 내쉬었을 뿐, 아무 말도 하지 않았다. 남자가 느끼기에 분명 받아들이는 분위기였고, 고개를 약간 빼긴 했지만 그윽한 키스의 맛에 입술을 여는 기색이었다. 그렇게 시간이 흐르기를 몇 초. 별안간 펄쩍 뛰듯이 몸을 사리면서 여자는 있는 힘껏 팔을 뻗어 몸을 떼더니 신음처럼 내뱉었다.

"아, 끔찍해라! 이렇게 수치스러울 수가! 나를 놔줘요! 놔달란 말이에요! 어쩜 이렇게 비열한 짓을."

난데없이 기분이 상한 남자는 매몰차게 비웃어주고 싶었다. 하지만 딱히 적당한 말을 찾을 수가 없었고, 그러는 사이 여자는 후닥닥 떨치

결정판 아르센 뤼팽 전집

고 일어나 캄캄한 어둠 속으로 꽁무니를 뺐다.

라울은 어쩔 줄 모르고 나지막이 중얼거렸다.

"대체 이건 또 뭐하는 짓이지? 갑자기 순진해졌다는 건가? 젠장, 누가 보면 내가 무슨 추행이라도 저지른 것 같잖아."

역시 자리를 털고 일어난 그는 비탈을 거슬러 올라 여자를 찾기 시작했다. 도대체 어디로 내뺐을까? 덤불숲이 너무 우거져서 도무지 종적을 찾을 수가 없었다. 어디로 갔든 따라잡는다는 건 불가능해 보였다.

라울은 있는 욕, 없는 욕 다 해가며 실컷 투덜댔다. 지금이야말로 그의 가슴속에는 우롱당한 사내의 앙심밖에는 남은 게 없었고, 당장 역으로 돌아가 여자가 도망쳤다면서 발칵 뒤집어놓겠다는 잔혹한 계획을 적극 고려하고 있었다. 얼마간 거리가 느껴지는 곳에서 날카로운 비명 소리가 들린 건 바로 그때였다. 길 쪽에서 들려온 소리였는데, 지금쯤 마차가 다가오고 있을 법한 구릉 너머의 어느 지점 같았다. 부랴부랴 달려가보니 예상대로 마차 앞의 램프 두 개가 눈에 들어왔다. 그런데 갑자기 그게 주춤하는가 싶더니 홱 방향을 바꾸는 게 아닌가! 마차는 분명 다급하게 거리를 벌렸고, 더 이상 말발굽 소리도 가볍고 편안한 걸음걸이가 아니라 매서운 채찍에 시달리는 격한 짐승의 그것으로 변해 있었다. 2분쯤 더 지나자 난데없는 비명 소리가 들렸다. 소리에 이끌려 달려온 라울의 시야에 가시덤불 속에 곤두박질쳐져 꿈틀거리는 한 남자의 윤곽이 침침하게 잡혔다.

"혹시 로밀로에서 오신 의사 선생 아니십니까? 나는 역에서 마중을 나온 사람입니다. 무슨 불미스러운 일을 당하신 듯한데요?"

라울이 대뜸 소리쳐 묻자, 상대가 숨 가쁘게 대답했다.

"그렇소! 누가 길 한가운데에서 방향을 묻기에 마차를 세웠는데, 그만 덥석 목을 낚아채서 동댕이치더니 이렇게 꽁꽁 묶었습니다!"

"그놈은 마차를 빼앗아 타고 도망쳤고요?"

"그래요."

"혼자였습니까?"

"아뇨, 한 명 더 있었습니다. 그래서 내가 비명을 지른 겁니다."

"남자였나요, 여자였나요?"

"정확히 보지는 못했어요. 거의 말이 없었을 뿐 아니라 그나마 아주 나지막이 목소리를 낮추는 바람에 영…… 아무튼 둘이 그렇게 출발하자마자 또 냅다 비명을 질러댄 겁니다."

라울은 가까스로 의사 선생을 끄집어내준 뒤 물었다.

"재갈 물릴 생각도 안 한 모양이죠?"

"웬걸요! 단지 허술하게 물려서……."

"뭘로 재갈을 물렸단 말입니까?"

"바로 내 목도리로 말입니다."

"하긴 재갈 물리는 방법을 제대로 아는 사람이 별로 없지요."

라울은 그렇게 말하면서 문제의 목도리를 덥석 낚아챔과 동시에 의사를 벌러덩 나자빠지게 한 뒤 굳이 어떻게 하는지 시범을 보였다.

그뿐만 아니라, 기욤이 사용한 말고삐와 거적을 그대로 다시 사용해 (여자에게 합세한 자가 기욤이라는 데는 의심의 여지가 없었다), 보다 완벽하게 결박하는 방법 또한 손수 세세하게 재현해주었다.

"어떻소, 박사? 그리 아프지는 않지요? 아무튼 미안하게 됐소. 그래도 가시넝쿨이나 쐐기풀에 계속해서 시달리는 건 모면했으니 다행 아니오?"

라울은 의사를 어딘가로 끌고 가면서 또 덧붙였다.

"자자, 이쯤이면 당신이 밤을 보내기에 그리 나쁜 장소는 아닐 것이오. 바짝 마른 걸 보니 이끼도 햇볕에 다 타버린 것 같고. 오호, 그렇다고 감사해할 것까진 없어요, 박사. 나도 굳이 이러지 않을 수만 있다면……."

지금 라울 드 리메지는 구보를 해서라도 두 도망자를 붙잡아내고야 말겠다는 심산이었다. 한마디로 뒤통수를 된통 얻어맞은 더러운 기분이었다. 어떻게 그처럼 멍청할 수 있었는지…… 손아귀에 완전히 먹잇감을 그러쥐고서도 모가지를 비틀어버릴 생각은 않고 말랑말랑 가지고 노는 데만 정신이 팔리다니! 이런 마당일수록 명쾌한 사고를 견지해야 했거늘!

하지만 그날 밤 라울 드 리메지의 의도는 자꾸만 엉뚱한 행동으로 귀결되었다. 의사 곁을 떠나자마자 처음 계획을 고집하면서도 실제 발길은 역 쪽으로 향했던 것이다. 즉, 일단 헌병대의 말 한 필을 훔쳐 타고서 보다 확실하게 일을 처리할 요량이었다.

철도작업 인부 한 명이 지키고 선 헛간 앞에 다행히 기마대 소속 말세 필이 나란히 서 있는 게 라울의 눈에 들어왔다. 인부는 순찰용 각등을 놓고 꾸벅꾸벅 졸고 있었다. 당초 세 마리 중 한 마리만 끈을 잘라 끌어낼 생각으로 단도를 꺼냈지만, 라울은 극도의 조심성을 발휘해가며 세 마리 모두의 가죽 뱃대끈과 고삐들에 칼집을 냈다.

초록 눈동자의 아가씨가 사라진 걸 알아차린 다음에도 즉각적인 추격이 불가능하게 만들자는 계산이었다.

라울은 원래 있던 객실로 돌아가며 속으로 중얼거렸다.

'지금 내가 무슨 짓을 하고 있는 거지? 분명 그놈의 계집을 끔찍이 싫어하는 것 같긴 한데…… 그년을 사법당국에 넘겨버려서 복수의 다짐을 지키는 것 이상으로 기꺼운 일이 없단 말이거든. 하지만 실제로 모든 행동은 그 여자를 살려주는 쪽으로 하고 있으니…… 도대체 내가 왜 이러는 걸까?'

초록 눈동자의 아가씨

대답은 라울 자신이 너무나도 잘 알고 있었다. 애당초 그 여자의 비취빛 눈동자에 흥미를 가졌던 데다, 혼절하다시피 한 그 몸을 그토록 가깝게 끌어안고 입술까지 맞댄 상황이니 어찌 감싸고 돌 마음이 일어나지 않겠는가! 한 번 입을 맞춘 여자를 그럼 내동댕이쳐야 하겠는가? 좋다, 살인자라고 치자! 하지만 분명히 이 품 안에서 가련하게 떨고 있던 여자가 아닌가! 라울은 이제 세상 그 무엇도, 어떠한 위험에서도 여자를 보호하겠다는 자신의 뜻을 막지 못하리라는 걸 뚜렷이 자각했다. 그에게는 간밤에 나눴던 뜨거운 입맞춤이 다른 모든 문제보다 중요했고, 본능적으로든 이성적으로든 취해야 할 모든 결의에 선행하는 것이었다.

라울 드 리메지가 다시금 마레스칼을 만나 수사 결과에 대해 좀 더 알아보고, 콘스탄스 베이크필드로부터 위탁받은 손가방을 기필코 확인해보리라 생각한 것도 모두 다 그런 맥락에서 나온 결정이었다.

따로 덩그러니 떨어진 객실에서 두어 시간 기다리자, 마레스칼이 피로로 지친 몸을 이끌고 들어와 맞은편 좌석에 풀썩 쓰러지듯 주저앉았다. 라울은 소스라치듯 일어서면서 후닥닥 불부터 켰다. 엉망으로 헝클어진 가르마와 맥없이 늘어진 콧수염, 일그러진 얼굴의 수사과장이 시야에 들어왔다.

"무슨 일이십니까, 수사과장님? 얼굴이 못 알아보게 상했습니다!"

라울이 호들갑을 떨자, 마레스칼이 대답했다.

"그럼 모르고 있단 말이오? 아무 소리 못 들었어요?"

"전혀요. 당신이 문 닫고 나간 뒤로는 아무 소리도 못 들었는데요."

"도망쳤소!"

"네?"

"살인자 말이오!"

"그럼 진짜 붙잡긴 했었단 말입니까?"

"그렇소."

"둘 중 누구를 말입니까?"

"여자 쪽이오."

"그럼 역시 여자였단 말이군요?"

"그렇소."

"그런데 어떻게…… 누가 지키지도 않았나요?"

"지키기야 지켰지. 다만……."

"다만 뭡니까?"

"나중에 보니 헝겊 꾸러미만 덩그러니 놓여 있더군요."

두 명의 도망자들에 대한 추적을 사실상 단념하면서 라울은 분명 어딘가 분풀이를 하려는 즉각적인 욕구에 사로잡혔다. 한 번 우롱을 당한 입장인만큼 이번엔 자기 쪽에서 누군가를 우롱하고 싶었고, 남이 자기를 농락한 것처럼 또 다른 누군가를 농락해줄 생각이었다. 그런데 마침 마레스칼이 희생제물로 떠올랐고, 그에게서 또 다른 정보를 끌어낼 계획이었다가, 그만 대책 없이 허물어지는 모습을 대하자 묘한 흥분 상태에 빠져드는 것이었다.

"그것참 충격이었겠군요."

넌지시 건넨 말에 수사과장은 강조하듯 되풀이해 말했다.

"정말 충격이었죠."

"그래, 어떤 낌새도 없었단 말입니까?"

"눈곱만치도 없었습니다."

"공범이 다녀간 흔적은요?"

"공범이라뇨?"

"애당초 함께 도망친 놈 말입니다."

"아, 그 나머지 한 놈은 이 일과 아무 상관이 없습니다. 우린 저기 숲을 중심으로 온통 찍혀 있는 놈의 신발 자국이 어떤지 알고 있어요. 그런데 역에서 나오는 지점의 진흙 구덩이에서 발견된 자국은 뒤축 없는 여자용 구두 발자국과 함께 그와는 또 다른 발자국인 거예요. 더 작고, 앞도 훨씬 뾰족한 구두창이던데."

라울은 진흙으로 얼룩진 반장화를 신은 발을 좌석 밑으로 가능한 한 바짝 끌어당기면서 매우 흥미가 당긴다는 표정으로 물었다.

"그렇다면 그 밖에 다른 누군가가 있었다는 얘긴데."

"틀림없이 그럴 겁니다. 내 생각에는 누군지 몰라도 어떤 놈이 그 살인자를 데리고 의사의 마차를 이용해 도망친 것 같아요."

"의사의 마차라뇨?"

"그런 게 아니라면 지금쯤 의사가 당도하고도 남았을 시간 아닙니까? 아직까지 감감무소식인 걸 보면, 분명 마차에서 강제로 끌어 내려져 어디 구덩이 속이라도 처박혀 있는 게 아니겠느냐고요!"

"그까짓 마차야 금세 따라잡힐 겁니다."

"어떻게 말이오?"

"그야 우리 헌병 기마대에도 말들이 있지 않습니까?"

"아닌 게 아니라, 다짜고짜 말들이 있는 헛간으로 직행했지요. 그중 한 필에 훌쩍 올라탔는데, 그만 안장이 훌러덩 벗겨지면서 땅바닥에 곤두박질치고 말았지 뭡니까!"

"설마 그럴 리가!"

"말들을 지키고 있던 자가 졸고 있는 동안 누군가 잠입해서 안장을 고정시키는 뱃대끈과 고삐를 잘라놓았던 모양입니다. 그런 상황에서 추적은 불가능하지요."

이쯤 되자, 라울은 비집고 나오려는 웃음을 도저히 참을 수가 없었다.

"푸훗. 그것참. 이제야말로 당신의 호적수가 나타난 모양입니다!"

"호적수 정도가 아닙니다. 한번은 아르센 뤼팽과 가니마르가 대결한 사건을 세세하게 검토해본 적이 있는데, 간밤의 경우는 그와 유사한 솜씨로 자행된 느낌이에요."

라울은 가혹하리만치 집적거렸다.

"정말이지 이건 재앙입니다. 이번 검거작전에 당신 장래를 걸다시피 하지 않았습니까?"

마레스칼은 한번 무너지자, 자꾸만 속내를 속절없이 털어놓았다.

"엄청 그랬죠. 사실 나는 내무부 안에 숱한 적을 가지고 있는 몸입니다. 그런데 이번에 여자를 신속하게 체포하기만 하면, 그 모두를 떨치고 일어나는 데 상당한 도움이 되어줄 것이었어요. 한번 생각을 해보라고요! 이 사건이 얼마나 큰 반향을 불러일으킬지! 예쁘장한 처녀가 변장을 하고 흉악범죄를 저지르고 다녔단 말입니다! 사건을 해결한 나는 졸지에 세간의 주목을 받을 수밖에 없지요. 그러고 나면……."

"그러고 나면?"

마레스칼은 잠시 주저하는 기색이었다. 누구에게나 어떤 이유로든 자신의 깊은 속내를 이야기하지 않고는 배기지 못할 때가 한 번쯤은 있는 법이다. 설사 나중에 가서 후회하는 한이 있더라도 말이다. 지금 이 사내의 심정 또한 그랬다.

"그러고 나면 이와는 상반되는 진영에 대해 내가 거둔 또 다른 승리의 값어치가 두 배, 세 배로 폭등하는 셈이랍니다."

"또 다른 승리라뇨?"

라울은 감탄의 눈빛을 반짝이며 물었다.

"게다가 이건 아주 결정적인 승리라 할 수 있죠."

"결정적이라고요?"

"물론이지요. 결코 그 승리만큼은 누구도 내게서 빼앗아갈 수 없을 거요. 왜냐하면 이번엔 아예 상대가 죽었으니까."

"그럼 혹시 영국 여자 얘기를 하는 겁니까?"

"그렇소. 그 죽은 영국 여자."

라울은 다소 빈정대는 듯한 태도는 그대로 유지한 채, 상대의 화끈한 무용담에 잔뜩 열을 올리기라도 하는 것처럼 다그쳐 물었다.

"부디 자초지종을 좀 설명해주시겠습니까?"

"까짓 못할 것도 없죠! 이렇게 되면 당신은 사법관들보다 두 시간 먼저 진상을 파악하게 되는 셈입니다!"

피로감에 몽롱해진 정신 상태에다 머릿속이 당최 어지러운 바람에, 마레스칼은 평소와는 달리 풋내기 수사관처럼 쓸데없는 말이 많아지고 있었다. 그는 라울한테 바짝 다가들며 말했다.

"그 영국 여자가 누구인지 아십니까?"

"그럼 수사과장님은 알고 있나요?"

"알다마다요! 친한 친구 사이였는걸요! 그런 내가 그녀의 그림자를 밟으면서 이런저런 불리한 증거들을 찾아 헤맨 지가 이제 6개월이 된답니다."

"불리한 증거라뇨?"

"그렇소, 그녀에게 불리한 증거! 한편으로는 영국 대귀족이자 거부인 베이크필드 경의 따님이자, 다른 한편으론 재미 삼아 패거리를 이끌고 다니면서 여관이나 터는 국제 절도범 레이디 베이크필드(레이디(Lady)는 영국의 귀부인 앞에 붙이는 호칭 — 옮긴이)에게 불리한 증거 말이오! 게다가 대단한 바람둥이이기도 한 그녀는 언젠가 내게 자기 정체를 까발렸는데, 항상 얘기를 나누다 보면 매우 냉소적이고 자신만만한 여자라는 게 느껴졌답니다. 네, 틀림없는 도둑이었어요! 물론 나는 이미 상부에 보고를 해둔 상태이지요. 문제는 그녀를 어떻게 엮어 넣느냐 하는 겁니다. 그러던 중 바로 어제부터 덜미를 잡아가기 시작했지요. 그녀가 묵는 호텔에서 우리 쪽 요원이 알려온 바에 의하면, 어제 미스 베이크필드에게 니스에서 지도 한 장이 배달되었는데, 그게 바로 도둑질할 목표물인 별장 도면이라는 겁니다. 함께 첨부해온 편지에는 그냥 '모(某) 별장'이라고만 되어 있었는데, 여자는 그걸 받아 들자마자 곧장 가죽 손가방 안에 그 지도와 편지는 물론, 무척이나 수상쩍은 일부 문서들을 한 묶음 챙겨 넣고 남프랑스 쪽으로 떠났다고 합니다. 그 즉시, 나도 같은 여정에 올랐죠. '잘하면 현행범으로 체포를 하든지, 적어도 손가방 속의 문서를 낚아챌 수 있겠지!' 뭐, 이런 생각을 한 겁니다. 다행히 결과는 그리 오래 기다리지 않아도 제 발로 찾아오더군요. 뜻하지 않게 노상강도 떼가 여자를 이 손에 넘겨준 꼴이 되었으니 말입니다."

"그래, 그 손가방은 찾았나요?"

"옷 속에 감추고는 가죽끈으로 단단히 몸에 동여매기까지 해놓았더라고요. 지금은 물론 이 손 안에 있습니다."

마레스칼은 반코트의 허리춤 정도 높이를 툭툭 두드리며 호기롭게 외쳤다.

"아직은 얼핏 훑어볼 시간밖엔 없었지만, 대충 봐도 완벽한 증거자료라는 것을 알 수 있었습니다. 예컨대 별장 도면이라든가…… 아참, 거기에다 푸른색 친필로 4월 28일이라는 날짜까지 부기해놓았더군요. 4월 28일이면 모레, 수요일이지요."

라울은 솔직히 적잖은 배신감을 느꼈다. 비록 하루 저녁이었지만 함께 여행을 했던 아리따운 동반자가 하필 도둑이라니! 세세한 증거들을 내세우며 지목을 하는 것에 대해 별로 반박할 수도 없는 데다, 영국 여자가 자신에 관해 얼마나 훤히 꿰뚫고 있었을까를 생각하자 더더욱 배신감에 사무쳤다. 국제적인 도둑집단과 연계된 입장이라면 이런저런 인물들에 대한 알짜배기 정보들을 적잖이 부려왔을 터, 당연히 이 라울 드 리메지의 거죽 너머에 도사리고 있는 아르센 뤼팽의 정체쯤 얼마든지 간파하고도 남았을 게 아닌가!

그렇다면 죽어가는 순간 힘겹게 내뱉으려고 그토록 애를 쓴 말이야말로 이 뤼팽을 향해 간절하게 남긴 죄인의 마지막 호소이자 고백이 아니었을까.

'내가 죽은 뒤의 명예를 지켜주세요. 아버지가 알지 못하도록…… 내 서류들을 파기해주세요!'

라울은 단말마의 순간에 영국 여자가 남긴 얘기를 머릿속에 떠올리며 말했다.

"수사과장님, 이 일은 베이크필드처럼 귀한 가문의 입장에서 엄청난 불명예가 될 텐데요?"

"어쩔 수 없는 일이죠!"

마레스칼이 어깨를 으쓱하자, 라울이 거듭 말했다.

"아무래도 좀 께름칙한 발상 아닙니까? 마찬가지로 방금 우리 손아귀에서 벗어난 여자 같은 새파란 아가씨를 사법당국에 넘긴다는 생각도 어쩐지 좀 그렇습니다. 아직 그토록 젊은 나이인데 말입니다."

"젊고 또 아주 예쁘죠."

"그런데도 강행하실 겁니까?"

"이보시오. 그뿐만 아니라, 다른 어떤 고려를 해준다 해도 나의 주어진 의무를 이행하는 일만은 절대로 양보할 수가 없습니다."

그는 자신의 값어치를 보상받으려고 기를 쓰면서도 직업의식이 다른 모든 사고에 앞서는 사람처럼 말했다.

"말이야 바른 말씀이로군요."

라울은 일단 수긍하면서도 이 마레스칼이라는 작자야말로 온갖 야심과 앙심을 품고 뛰어드는 잡다한 일과 자신의 고유 의무를 쉽사리 혼동하는 타입이라는 걸 직감했다.

마레스칼은 시계를 슬쩍 보고 검찰이 당도하기 전까지 약간의 여유 시간이 남았음을 확인하고는 반쯤 느긋하게 누운 채 수첩을 꺼내 뭔가를 긁적이기 시작했다. 하지만 얼마 지나지 않아 수첩이 무릎 위로 힘없이 떨구어졌다. 수사과장은 어느새 곯아떨어져 있었다.

라울은 맞은편에 앉아 수 분간 가만히 그 모습을 들여다보았다. 처음 기차 안에서 마주친 이래 그의 머릿속에는 마레스칼에 대한 기억들이 차츰차츰 또렷한 윤곽을 갖추고 모여들었다. 우선 매우 협잡에 능한 경찰관 같은 모습에서부터 시작해, 그저 재미 삼아, 혹은 개인적인 흥미와 열정을 충족시키려고 경찰업무를 도맡아온 부유한 호사가에 이르기까지 중구난방의 이미지가 출몰했다. 분명 여복이 다분한 사내인 것만은 틀림없으며, 허구한 날 뻔뻔스럽게 여자 꽁무니를 따라다니다 보니 특히 급성장한 경력의 배경마다 주변 여성들의 이런저런 도움이 결정적으로 작용했을 법한 위인이었다. 그 자신의 입으로도 말하지 않았던가. 내무부 장관 댁에 자신은 자유로이 드나들 수가 있으며, 그 사모님으로부터 분에 넘치는 호의를 받은 바 있다고 말이다.

라울은 떨어진 수첩을 집어 들고, 잠든 마레스칼의 눈치를 계속 살피면서 이렇게 적었다.

로돌프 마레스칼 관련 관찰기록.

뛰어난 수사요원임. 머리도 명석한 편이고 일에 대한 추진력도 상당함. 단지 너무 입이 가벼움. 처음 마주치는 사람한테 이름조차 묻지 않은 데다, 구두를 검사한다거나 심지어 상대의 얼굴을 자세히 들여다봐서 인상을 기억해두려는 시도도 하지 않은 채 쉽게 속 얘기를 비추는 편이다.

버르장머리는 별로 없게 자란 것 같다. 예컨대 오스망 대로의 제과점 문 앞에서 혹시 아는 여자라도 마주치면 다짜고짜 바짝 다가들어 싫다는데도 억지로 말을 붙인다. 그런가 하면 몇 시간 후, 온통 피범벅이 된 작업복 차림에다 변장까지 한 바로 그 여자를 헌병대의 협조하에 잡아들여놓고도, 자물쇠가 제대로 되어 있는지, 또 혹시 객실 안에 남겨둔 아무개 씨가 우편 수하물 꾸러미들 뒤에 웅크리고 숨어 있는 건 아닌지 도통 확인할 생각을 못하는 타입이다.

따라서 그처럼 중대한 잘못을 딛고 아무개 씨는 자신의 소중한 익명성을 계속해서 간직하기로 했으며, 증인이자 치사한 제보자의 역할을 과감히 탈피해 이 기묘한 사건을 본격적으로 떠맡기로 했다는 사실을 밝히는 바이니 너무 놀라시지 말기를. 아울러 손가방 속의 서류들을 직접 접수해 가엾은 콘스탄스와 베이크필드가(家)의 명예를 적극 수호하고, 총력을 기울여 저 초록 눈동자를 지닌 미지의 여인을 끝까지 추적해 반드시 징벌할 것임을 공포하는 바이다. 아, 그렇다고 아무개 씨 아닌 다른 누가 그녀의 금발 한 오라기라도 건드리거나 그 아리따운 손에 묻은 더러운 핏자국에 대해 왈가왈부하는 걸 허용한다는 건 아니니, 부디 쓸데없는 오해가 없기를.

마지막 서명을 할 때가 되자, 라울은 문득 제과점 앞에서 마레스칼과 처음 조우했던 때가 떠올랐다. 그는 서명 대신 안경을 끼고 궐련 한 개를 삐딱하게 입에 문 남자 얼굴을 그려놓더니 그 밑에 다음과 같이 휘갈겼다.

불 좀 있는가, 로돌프?

수사과장은 아예 코를 골고 있었다. 라울은 수첩을 다시 그의 무릎 위에 올려놓고, 자기 호주머니에서 자그마한 약병을 꺼내 뚜껑을 열더니 마레스칼의 코밑에 바짝 들이댔다. 아주 강력한 클로로포름 냄새가 훅 하고 코를 찔러왔고, 이미 축 처져 있던 마레스칼의 고개는 아까보다 더더욱 맥없이 늘어졌다.

그제야 라울은 천천히 상대의 외투 깃을 열고 손가방의 가죽끈을 끄른 다음, 자기 웃옷 속 허리춤에 비끄러맸다.

때마침 화물열차 한 대가 느린 속도로 지나치고 있었다. 얼른 창문을 내린 그는 남의 눈에 띄지 않게 저쪽 계단 위로 사뿐히 뛰어넘었고, 감자로 가득한 화물칸 방수포 아래 아늑하게 자리를 잡았다.

'사망한 여자 도둑과 이 갈리는 여자 살인마라…… 그 정도면 이 몸이 손수 나서서 보호를 해줄 만한 재목들은 되는 셈이지. 맙소사! 대체 내가 어쩌다 이 일에 끼어들게 된 거지?'

라울은 부질없는 상념에 잠기기 시작했다.

4
별장을 털다

"내가 항상 철저하게 준수하는 원칙은 말일세."

그로부터 꽤 오랜 세월이 지난 어느 날, 초록 눈동자의 아가씨에 관한 이야기를 들려주면서 아르센 뤼팽은 내게 이렇게 말했다.

"적절한 때가 되기 전에는 서둘러 어떤 문제 해결을 도모하지 않는다는 것이지. 일련의 수수께끼를 상대하기 위해서는 우연에 의해서든 자신의 솜씨에 의해서든, 먼저 제반 사실들이 충분히 집적될 때까지 기다리는 게 우선이야. 아무리 진실을 향한 길이라 해도 어디까지나 사태의 진전에 발맞춰 한 발 한 발 신중하게 나아가야만 하는 거라네."

하물며 서로 어떤 연관성도 찾아볼 수 없이 지리멸렬한 요소들이 제멋대로 얽혀 있는 사안에 있어서는 두말할 것 없이 타당한 원칙이라 하겠다. 어떤 통일성도 찾아보기 어렵고, 일관된 추론조차 불가능한 경우…… 그저 모든 사항들이 제각각 따로따로 노는 듯한 분위기…… 정말이지 라울은 이런 유의 모험일수록 조급함을 삼간다는 게 얼마나 중요한지 이토록 절실하게 느껴본 적이 없었다. 추리와 직관, 분석과 시험 등 섣불리 발길을 들여놓아서는 안 될 함정들이 곳곳에 잠복해 있는 느낌이었다.

라울은 태양이 작열하는 들판을 가로질러 열차가 남으로, 남으로 달리는 하루 온종일 화물칸 방수포 아래서 지냈다. 그러면서 나른한 몽상에 한껏 젖었고, 밀려드는 허기는 가끔씩 손에 잡히는 감자를 씹어가며 달랬다. 단 아리따운 아가씨에 대해, 그녀의 끔찍한 살인행각이나 음험한 영혼에 관해 세워봐야 빈약한 가설들에는 조금도 시간을 허비하지 않되, 더없이 달콤하고 그윽했던 입맞춤만큼은 한없이 반추하고, 또 반추하는 것이었다. 현재 그의 머릿속에 분명한 사실로 못 박힌 건 단 한 가지, 영국 여자의 복수를 해준다는 것이었다. 즉, 범인을 잡아 징벌하고, 제3의 공범도 처단할 것이며, 당연히 강탈당한 돈도 되찾는 것이다. 하지만 그와 동시에 초록 눈동자의 아가씨와 재회해 그 헤벌어진 입술을 다시 맛본다는 것 또한 얼마나 감미로운 일이겠는가!

손가방은 뒤져보았지만 별로 신통한 결과를 얻지는 못했다. 단지 부하들 목록이나 방방곡곡에 퍼져 있는 동업자들과의 교신자료 정도. 세상에! 난다 긴다 하면서도 제대로 파기하지 못한 이 숱한 증거들이 '미스 베이크필드는 도둑년이오!' 하며 일제히 떠들어대는 꼴이 아닌가! 베이크필드 경으로부터 온 편지들도 있었는데, 하나같이 점잖고도 다정다감한 부정이 느껴지는 내용이었다. 하지만 이번 사건에서 그녀가 어떤 역할을 차지하고 있는지, 이 영국 여자의 모험과 세 명의 강도들이 저지른 범행 사이에, 즉 미스 베이크필드와 살인마녀 사이에 과연 어떤 관계가 존재하는지에 대해선 아무런 단서도 발견할 수가 없었다.

마레스칼이 슬쩍 내비쳤던 문서, 즉 문제의 '모 별장'을 터는 일과 관련해 영국 여자에게 발송된 편지는 딱 하나, 바로 이것이었다.

니스에서 시미에로 뻗은 도로 우측, 로마식 원형경기장 너머로 보면 바로 모 별장이 보일 것입니다. 벽으로 둘러쳐진 넓은 정원 안에 아주 단단하게 지어진 건물이지요.

매달 넷째 수요일만 되면 늙은 아무개 백작은 하인 한 명과 하녀 둘, 그리고 다양한 장바구니들을 겸비한 채 으리으리한 사륜마차를 타고 니스로 행차한답니다. 결국 그날 3시에서 5시까지는 집 안이 텅 비는 셈이지요.

일단 정원을 에두르는 벽을 따라 파이용 협곡 방향으로 돌출한 지점까지 가십시오. 벌레 먹어 낡아빠진 나무 문이 하나 나타날 텐데, 이 우편물에 동봉한 열쇠로 열 수 있습니다.

평소 가정생활이 원만치 않았던 백작은 죽은 아내가 생전에 숨겨놓은 유가증권 뭉치를 틀림없이 발견하지 못했을 겁니다. 그런데 고인이 친구에게 남긴 편지에는, 쓰지 않는 물건을 쌓아둔 망루 안의 여러 잡동사니들 중 유독 부서진 바이올린 케이스 얘기가 나오고 있지요. 왜 그런 엉뚱한 언급을 내비쳤을까요? 어쨌든 편지를 손에 쥔 바로 그날 여자친구도 세상을 하직했고, 그 이후 편지의 행방이 묘연해졌다가 2년 뒤 바로 이 손안에 떨어졌답니다.

이에 그 집 정원 도면과 건물 설계도를 동봉합니다. 문제의 망루는 거의 폐허나 다름없으며 계단 꼭대기에 위치해 있습니다. 작전에는 최소한 두 명 이상의 인원이 필요합니다. 이웃에 사는 세탁소 아낙네가 종종 정원의 또 다른 출입구를 열쇠로 따고 드나들기 때문에 한 명은 지속적으로 망을 봐야 하거든요.

그럼 날짜를 정하십시오(아닌 게 아니라, 종이 여백에 푸른색 색연필로 4월 28일이라고 적혀 있었다). 그리고 같은 호텔에서 만날 수 있도록 미리 연락 주시기 바랍니다.

추신: 일전에 말씀드린 대형 수수께끼에 관련한 정보는 여전히 모호한 상황입니다. 과연 그것이 어마어마한 보물에 관한 걸까요, 아니면 무슨 과학적인 비밀에 연루된 것일까요? 아직은 캄캄한 형편입니다. 그럴수록 이번 원정이 결정적인 역할을 하겠지요. 아무튼 당신이 직접 움직여준다니 얼마나 고무적인지 모르겠습니다!

솔직히 새로운 국면이 전개되기 이전까지 라울은 이 다소 묘한 '추신' 부분을 거의 무시했었다. 평소 즐겨 쓰는 표현을 빌리자면, 그건 위험천만한 추측과 해석을 통해서만 억지로 헤쳐 들어갈 수 있을 '우거진 밀림'과도 같은 내용이었으니까. 반면 별장을 터는 일이라면!

이번 절도 건은 그에게 갈수록 특별한 흥밋거리로 다가왔고, 틈만 있으면 그에 대한 생각에 생각을 거듭했다. 물론 본론에서는 약간 벗어난 맛보기에 불과한 일이다. 하지만 그날의 주메뉴보다 먼저 나오는 전채 요리가 더 기막힌 경우도 있는 법. 하물며 현재 진행 방향이 어차피 남프랑스 쪽인 바, 이런 절호의 기회를 저버린다는 건 도저히 있을 수 없는 일이었다!

이튿날 밤 마르세유 역을 지나칠 때쯤 라울은 화물열차에서 뛰어내렸고, 곧바로 급행열차로 옮겨 탔다. 그리고 4월 28일 수요일 아침, 같은 열차에 탑승한 어느 선량한 부르주아의 속주머니에서 그럴듯한 가방과 깨끗한 속옷 및 말끔한 옷가지, 그리고 시미에에 소재한 마제스틱 팔라스 호텔 방 하나를 확보할 만큼의 두둑한 자금을 슬쩍한 뒤 니스에서 홀가분하게 내렸다.

그곳에서 점심을 들면서 라울은 니스행 특급열차 살인강도 사건에 관한 그 지역 신문들의 황당무계한 기사 내용을 주욱 훑어보았다. 오후 2시쯤 거리로 나선 라울의 모습은 복장이며 얼굴 모두가 마레스칼이 더는 알아보지 못할 만큼 완벽하게 변해 있었다. 하긴 마레스칼이 무슨 수로 자신을 농락한 이 엉뚱한 사내가 미스 베이크필드를 대신해 이미 계획이 폭로된 것과 다름없는 별장 절도 건에 뛰어들리라 짐작이나 하겠는가.

하지만 라울의 생각은 달랐다.

'과일이 무르익으면 따는 게 순리야. 이 별장이 내가 보기에는 딱 그 꼴이거든. 그걸 손대지 않고 방치한다는 건 정말 바보짓이지. 무엇보다 가엾은 미스 베이크필드가 나를 용서하려 들지 않을 거라고.'

저만치 도로변에는, 올리브나무가 무성하고 기복이 심한 광대한 영지를 굽어보며 파라도니 별장이 자리 잡고 있었다. 담벼락들 주변으로는 인적이 뜸한 돌투성이 길들이 에둘러 뻗어나갔다. 꼼꼼히 살피면서 걷던 라울은 급기야 벌레 먹은 작은 나무 문과 함께 좀 더 떨어진 곳에 쇠창살로 된 또 다른 문을 발견했다. 아울러 바로 인접한 구역에 세탁부의 거주지가 분명한 아담한 가옥이 눈에 띄었다. 다시 큰길 주변으로 나오자 때마침 낡은 사륜마차 한 대가 니스 방향으로 멀어져 가고 있었다. 파라도니 백작이 사람들을 몇몇 데리고 장을 보러 가는 모습이었다. 때는 정확히 오후 3시.

'집이 비었단 얘기로군.'

라울은 속으로 중얼거렸다.

'미스 베이크필드에게 편지를 보낸 작자도 지금쯤 동료가 살해당했다는 사실을 모를 리 없을 테니 언감생심 무모한 모험을 강행하지는 못할 게 분명하고. 그렇다면 망가진 바이올린 케이스는 이 손안에 있는 거나 다름없으렷다!'

결정판 아르센 뤼팽 전집

다시 낡은 나무 문으로 다가간 라울은 벽이 무척이나 우툴두툴해서 손쉽게 타고 넘을 수 있다는 걸 깨달았다. 실제로 단번에 월장을 한 그는 거의 방치되다시피 한 오솔길을 통해 건물로 접근해갔다. 1층의 모든 창문 겸용 문짝이 활짝 열린 상태였다. 그중 현관 유리문을 통해 그는 망루로 인도하는 계단 앞에 당도했다. 그런데 계단 위에 발을 올려놓기가 무섭게 전동벨이 요란하게 울리는 것이 아닌가!

'이런, 젠장! 집에 함정을 파놓았나? 백작이 눈치를 챘던 거야?'

소름 끼치도록 줄기차게 울리던 벨소리는 라울이 살짝 움직이자 곧장 멈추었다. 도대체 어찌 된 일인지 알아보기 위해 그는 건물 천장 근처에 고정된 벨에서 시작해 쇠시리를 따라 이어진 전선을 눈길로 더듬다가, 결국 밖에서부터 그 선이 뽑아져 들어왔다는 걸 확인했다. 그렇다면 라울이 뭘 잘못해서 벨이 울렸다기보다는 무언가 외부로부터의 작용에 의해 동작했다는 얘기였다.

라울은 후닥닥 뛰쳐나갔다. 전선은 허공 높이 나뭇가지에서 나뭇가지로 이어졌고, 라울이 이리로 접근해왔던 바로 그 방향으로 뻗어나가 있었다. 순간 그의 가슴에 단단한 확신이 전광석화처럼 자리 잡았다.

'누구든 저 벌레 먹은 작은 문을 열려고 하면 벨이 작동하도록 되어 있는 거야. 그러니까 누군가 문으로 침투하려다가 멀리서 울려대는 벨소리에 질겁해 포기한 거지.'

라울은 재빨리 좌측으로 빠져서 제법 풀숲이 우거진 언덕 꼭대기로 잠입했다. 거긴 건물을 포함해 올리브나무가 즐비한 들판, 그리고 벽체 일부가 시야에 들어오는 곳이었다. 특히 나무 문 주변이 빤히 내려다보였다.

라울은 숨을 죽이고 기다렸다. 잠시 후 문 쪽에서 두 번째 시도가 있었는데, 이번엔 전혀 의외의 방식이었다. 웬 남자 하나가 라울이 월장했던 바로 그곳을 통해 고개를 쑥 내밀었고, 담벼락 꼭대기에 걸려 있던 전선을 제거한 뒤 훌쩍 넘어 들어오는 것이었다.

문은 이제 아무런 방해도 받지 않고 안에서 밖으로 열렸고, 거길 통해 이번엔 웬 여자가 불쑥 들어섰다.

자고로 내로라하는 모험가들의 삶에서는, 특히 그 초기 단계일수록 우연이 진정한 협력자가 되기도 하는 법이다. 하지만 제아무리 기이한 우연의 장난이라 해도, 하필 초록 눈동자의 아가씨가 그것도 기욤 선생임에 틀림없을 작자를 동반하고 지금 이 자리에 나타난 걸 순전히 우연의 소산이라 생각할 수 있겠는가? 그토록 신속하게 도주해 4월 28일이라는 날짜에 맞춰 정확히 오후 이 시각에 이 정원 안으로 침입한다는 것은, 결국 저들 역시 라울과 마찬가지로 사건 전모에 관해 알 만큼 알고 있으며, 똑같은 확신을 품고 목표를 향해 돌진해왔다는 얘기가 아닌가! 그뿐만 아니라, 지금까지 라울이 궁금해했던 저 희생된 영국 여자의 수수께끼 같은 사업과 프랑스 살인마녀 사이에 모종의 관계가 분명 존재한다는 게 이로써 어느 정도 증명된 셈이 아닐까? 저들은 분명 돈은 그대로 지니되, 짐들은 모두 파리로 탁송하고는 원정길을 계속해왔던 것이리라.

두 남녀는 올리브나무들이 줄지어 있는 길을 따라 건물 쪽으로 접근해갔다. 남자는 어딘지 어리숙한 배우 같은 분위기에 깡마른 체격이었는데, 손에는 지도를 든 채 연신 주위를 경계하며 조심조심 걷고 있었다.

그리고 저 젊은 여자는…… 정녕 맞긴 하지만…… 라울은 왠지 모르게 얼굴을 잘 알아볼 수가 없었다. 불과 며칠 전만 해도 오스망 대로의 제과점에서 그토록 눈길을 호렸던 행복하고 화사한 아가씨는 어디 가고, 어찌 저리도 변했단 말인가! 그렇다고 특급열차의 어둠침침한 복도에서 마주친 비장한 얼굴도 더는 아니었다. 그저 바라보기에도 거북스러울 정도로 두려움과 고통으로 일그러진 딱한 얼굴을 하고 있었다. 복장이라고는 잿빛의 지극히 간단한 드레스에 금발 머리를 가린 밀짚 모자가 전부였다. 한편 언덕을 끼고 두 남녀가 걸어가는 동안, 수풀 속에 납작 엎드린 채 감시의 눈길을 번득이던 라울의 시야에 마치 번갯불처럼 퍼뜩 지나친 광경이 있었으니, 두 사람이 침투한 담벼락 바로 그 지점에 또 하나의 남자 머리가 불쑥 솟았다 가라앉는 것이 아닌가! 모자도 안 쓴 검은색 더벅머리에 좀 천박하게 생긴 인상. 불과 1초도 안 되는 짧은 순간 나타났다 사라진 그 얼굴의 정체는?

길목을 지키기로 한 제3의 공범이라도 되는 걸까?

한편 두 남녀는 언덕에서 조금 더 간 지점, 그러니까 나무 문에서 뻗어나온 길과 철책문에서 시작된 길이 서로 합쳐지는 곳에 당도해서 걸음을 멈추었다. 거기서 다시 기욤은 여자를 혼자 놔두고 건물 쪽으로 달려갔다.

그쪽과는 기껏해야 50여 보쯤 거리를 두고 있는 라울은 여자를 열심히 뜯어보았고, 그러면서도 벌레 먹은 나무 문 틈으로 또 다른 남자가 마찬가지로 여자 쪽을 집요하게 주시하고 있는 모습을 놓치지 않았다. 대체 어떻게 해야 하는 건가? 여자에게 경고라도 해주어야 하나? 보쿠르에서처럼 반강제로 끌어내 정체불명의 위협으로부터 빼내오기라도 해야 하는 걸까?

참을 수 없는 호기심이 라울의 마음속에 차올랐다. 그는 진상을 알고 싶었다. 서로의 주도권이 얽히고설킨 데다 각자 방향이 다른 세력이 충돌하는 이 애매하고 답답한 상황의 한복판에서 라울은 뭔가 해결의 실마리가 나타나주기만을 고대했다. 그저 복수의 집념이나 연민의 충동에 의해 임의로 행동하는 게 아니라, 어느 결정적인 한순간 최대한 확실한 길을 명쾌히 선택할 수 있는 판단의 단초가 나타나주기만을 말이다.

그런 사정을 아는지 모르는지 여자는 나무에 기대선 채 비상시 사용하기로 되어 있는 호루라기만 무심코 만지작거리고 있었다. 스물은 넘었을 텐데도 거의 어린애 인상이나 다름없이 앳되어 보이기만 하는 여자의 얼굴을 라울은 신기하다는 눈빛으로 바라보았다. 약간 뒤로 젖혀진 밀짚 모자 아래로 조금씩 비어져 나온 머리카락이 마치 금속처럼 반짝이면서 쾌활한 빛을 얼굴 주위로 뿌려주고 있었다.

얼마간의 시간이 흘러갔다. 갑자기 라울의 귀에 언덕 이쪽 방향에서 철책문 삐거덕거리는 소리가 들리는가 싶더니, 어떤 시골 아낙네가 콧노래를 흥얼거리며 건물 쪽으로 걸어오는 모습이 보였다. 팔뚝에는 속옷 바구니를 걸치고 있었다. 초록 눈동자의 아가씨도 사람이 다가오는 소리를 들은 모양이었다. 금세 주춤주춤 나무 뒤로 숨더니 거의 땅에 닿을 만큼 납죽 엎드렸다. 세탁부는 두 길의 합류점이 되는 곳, 관목숲 뒤로 무너지듯 숨어드는 여자의 실루엣은 전혀 의식하지 못한 채 제 갈 길만 꾸준히 걸어갔다.

그야말로 곤혹스러운 시간이 흐르고 있었다. 지금쯤 한참 도둑질에 여념이 없을 기욤은 갑작스레 들이닥칠 저 뜻밖의 훼방꾼 앞에서 도대체 어찌 대처할 것인가? 그러나 뜻밖에도 세탁부가 하인 전용 뒷문을 통해 건물로 들어서는 바로 그 순간, 기욤은 임무를 완수하고 모양으로 보아 바이올린 케이스가 분명한 뭔가를 신문지로 싼 채 밖으로 빠져나오고 있었다. 우려했던 것처럼 서로 마주치는 일은 일어나지 않았던 것이다.

한편 나름대로 관목숲에 바짝 엎드려 숨어 있던 여자 쪽에서는 그런 광경이 보이지 않았다. 그래서인지 공범이 살금살금 잡풀을 밟으며 다

결정판 아르센 뤼팽 전집

가오는 동안, 그녀의 얼굴에는 보쿠르에서의 그 겁에 질린 표정, 미스 베이크필드와 두 남자를 연거푸 살해했을 당시의 혼비백산한 기색이 넘쳐났다. 라울이 무척 싫어하는 얼굴이었다.

마침내 재회한 두 남녀 사이에 방금 벌어질 뻔한 위험한 상황이 간단하게 설명되었고, 이번에는 기욤이 어쩔 줄 몰라 하며 두 사람 다 퍼렇게 질린 얼굴로 언덕 발치를 따라 발길을 재촉했다.

라울은 그 모습을 바라보며 생각했다.

'옳거니! 저 담벼락 넘어 잠복해 있는 친구가 마레스칼이거나 그 수하라면 오히려 잘된 일이야! 이참에 아예 통째로 잡아 가두라고 하지 뭐!'

그즈음 라울의 일진은 계속해서 예상과는 빗나간 상황에 처하든지, 깊은 생각 없이 어쩔 수 없는 행동을 강요받는 식으로 뒤틀려 전개되기 일쑤였다. 이번에도 역시 예외는 아닌 듯했다. 아까 라울이 누군가 숨어 있는 걸 본 담벼락 지점에서 약 20여 보쯤 떨어진 덤불숲에서 바로 그 의문의 남자가 후닥닥 뛰쳐나오는가 싶더니, 다짜고짜 기욤의 턱에 주먹 한 방을 날려 쓰러뜨리는 게 아닌가! 놈은 이어서 여자를 마치 짐짝처럼 옆구리에 끼고 바이올린 케이스마저 집어 들고는, 올리브나무들 사이를 가로질러 곧장 건물과 반대 방향으로 내달렸다.

마침내 라울도 자리를 박차고 달려나갔다. 경쾌해 보이면서도 제법 다부진 체격의 사내는 무척 다리가 빠른 데다 뒤도 한 번 돌아보지 않았다. 마치 이 세상 그 누구도 자신이 목표를 거머쥐는 걸 방해할 수 없다는 절대 확신이라도 있는 사람 같았다.

사내는 레몬나무가 듬성듬성 심어진 마당을 쏜살같이 건너뛰더니, 기껏해야 1미터 정도밖에 안 되는 담장이 바깥쪽으로 도독한 성토(盛土)처럼 돋우어진 지점까지 달려나갔다.

거기서 그는 여자를 내려 그 손목을 붙잡고 바깥으로 미끄러뜨리듯 내보내고, 이어서 바이올린 케이스도 던진 뒤 마지막으로 자신도 뛰어 내렸다.

라울은 속으로 중얼거렸다.

'히야, 멋진 솜씨인걸! 아마도 저쪽과 면한 외딴 길목 어딘가에 자동 차라도 대기시켜놓은 모양이야. 고집스럽게 감시만 하다가 기회가 닿 자 냅다 달려나와 여자를 낚아챈 다음, 출발지점으로 되돌아와서 맥없 이 늘어진 먹잇감을 자동차 시트에 가볍게 내려놓을 테지!'

과연 가까이 다가가 본 결과 라울의 예상이 틀리지 않았다. 넉넉한 무개(無蓋) 차량 한 대가 버티고 있었던 것이다.

출발은 신속하게 이루어졌다. 크랭크를 두어 번 돌렸을까. 곧장 시동 이 걸렸고, 사내는 부랴부랴 여자 옆좌석으로 기어올라 즉시 기어를 풀 었다.

워낙에 길이 울퉁불퉁하고 돌투성이인지라, 차가 굴러가긴 했지만 엔진이 무척이나 힘겨워했다. 거칠 것 없이 길 위로 훌쩍 뛰어내린 라 울은 어렵지 않게 차를 따라잡았고, 뒤로 접은 덮개를 사뿐히 넘어 차 의 뒷좌석 밑에 바짝 엎드린 채 늘어진 시트 자락으로 몸을 가리는 데 성공했다. 아까부터 단 한 번도 뒤돌아보지 않은 데다, 지금은 무섭게 덜컹거리는 차체에만 신경 쓰는 사내는 설마 누군가 무임승차했으리라 고는 꿈에도 생각지 않는 눈치였다.

별장 부지의 외벽을 따라 끙끙대며 진행하던 자동차는 이내 대로로 빠져나갔다. 그쯤에서 사내는 여자의 목덜미에 자신의 투박하고 완강 한 손을 얹으며 그르렁거렸다.

"조금이라도 꼼짝해봐. 그대로 골로 가는 수가 있어. 그때 그 여자 한테 했듯이 이렇게 목을 붙들고 있을 테니까. 내 말 무슨 뜻인지 잘 알겠지?"

그러고는 빈정대는 투로 덧붙였다.

"하긴 나나 당신이나 어디다 도와달라고 소리칠 입장은 못 되지. 안 그래, 아가씨?"

도로상에는 농부들이나 산책자들이 제법 지나다녔다. 그사이를 자동차는 줄기차게 빠져나가 마침내 니스를 벗어난 산악지대로 달렸다. 여자는 글자 그대로 손가락 하나 까딱하지 않았다.

그나저나 지금까지 튀어나온 말들과 벌어진 사태만으로 과연 라울이 어떠한 논리적인 의미를 건져낼 수 있을까? 도저히 서로 마디가 이어지지 않을 것 같은 사건들의 지리멸렬한 뒤엉킴. 그 속에서 어느 순간, 퍼뜩 뇌리를 스치는 생각 하나를 라울은 놓치지 않고 덥석 부여잡았다. 다름 아니라 지금 이자가 바로 열차 안에 있었던 제3의 강도일 거라는 사실, '그때 그 여자' 즉, 미스 베이크필드의 목을 졸랐던 장본인일 거라는 사실 말이다!

'그래, 바로 그거야! 굳이 복잡하게 생각하거나 논리적으로 따지고 들 필요도 없겠어. 일이 그렇게 된 거라고! 결국 미스 베이크필드가 꾸미던 일과 세 명의 떼강도가 노리던 일이 서로 관련 있다는 또 하나의 증거가 추가된 셈이지. 아마도 영국 여자가 실수로 살해되었다고 본 마레스칼의 생각이 옳기는 할 거야. 하지만 그 모든 이들이 한데 뒤엉켜 니스로 향하고 있었던 것만은 사실이고, 그것도 바로 저 별장을 턴다는 공통된 목표를 가지고 있었다는 점 또한 명백한 사실이지. 별장털이 작전은 아마 기욤이 전담해서 고안했을 거야. 문제의 편지에 G라고 서명을 한 게 그일 테니까. 애당초 여기 이 두 명과 한패인 그는 영국 여자와 더불어 절도행각을 계획하는가 하면, 그와 동시에 편지 추신에서 언급한 엄청난 수수께끼의 해결을 도모해왔겠지. 그 정도야 뻔한 얘기 아냐? 그러다가 어이없게 영국 여자가 죽어나가자 기욤은 이왕 계획한 일이니 끝내 실행에 옮기고 싶었고, 아쉬우나마 친구인 초록 눈동자의 아가씨를 대신 참여시키기로 한 거지. 어쨌든 인원이 둘이어야만 하는 일이었으니까. 만약 세 번째 강도가 두 사람을 감시하다가 느닷없이 튀어나와 초록 눈동자를 납치하고 전리품을 가로채는 일만 없었더라면 작전은 완벽한 성공이었을 거야. 그나저나 이 녀석은 무슨 꿍꿍이속으로 이러는 걸까? 두 남자 사이가 연적관계라도 되는 건가? 좌우간 지금으로선 잠자코 지켜볼 수밖에.'

몇 킬로미터를 더 달리던 자동차는 갑자기 우회전해서 급격하게 굽은 도로로 내달리기 시작했고, 곧이어 르뱅스행 도로로 내처 달렸다. 거기서부터는 한쪽으론 바르 지방으로 들어서는 협곡 어귀와 다른 한쪽으론 고산준령 지대 어디든 골라 진입할 수 있었다(이상은 모두 니스 남쪽, 알프스 산맥 인근 지역들이다—옮긴이). 자, 이제 어떻게 한다?

'이 길의 끝이 만약 도적떼의 소굴이라면 어떻게 하지? 과연 초록 눈동자의 아가씨를 앞에 두고 대여섯 명의 흉포한 무리와 단신으로 맞닥뜨릴 때까지 잠자코 기다려야만 하는 걸까?'

그 해답은 갑작스러운 돌발사태로 인해 저절로 도출되었다. 이판사판이라 생각했는지 여자가 느닷없이 몸을 빼 달아나려 했던 것이다. 물론 너무나도 우락부락한 손아귀에 맥없이 붙들리고 말았다.

"바보 같은 짓 하지 말라고 했지! 그렇게 죽어야 하겠으면 내 이 손으로 정해진 때에 맞춰 죽으라고. 특급열차에서 기욤과 당신이 그 두 형제를 요절내기 전에 내가 한 말 명심하란 말이야. 내 다시 한번 충고하지만……."

그러나 어차피 다 맺지 못할 말이었다. 자동차가 두 번 연거푸 커브를 도는 사이, 여자 쪽으로 호기 있게 고개를 돌린 사내의 눈앞에는 기대했던 여자의 가련한 자태가 아니라, 잔뜩 찡그린 얼굴에 당당한 가슴

결정판 아르센 뤼팽 전집

팍을 보란 듯이 내밀며 자신을 한쪽 구석으로 밀쳐내는 웬 남자의 모습이 불쑥 들이닥친 것이다. 아울러 빈정대는 목소리가 면상을 향해 곧장 튀어나왔다.

"어때, 재미 좋은가, 친구?"

사내는 그만 기겁을 했다. 심지어 차체가 심하게 요동치는 바람에 세 사람 다 움푹한 흙구덩이로 곤두박질칠 뻔했다.

"이런 우라질 일이 있나! 대체 이 녀석은 또 뭐야? 갑자기 어디서 솟은 거냐고?"

사내의 일갈에 라울은 의외라는 표정으로 되받았다.

"저런! 나를 못 알아보겠다는 건가? 특급열차 얘기를 하는 걸로 봐선 기억할 만도 한데 말이야. 처음 보자마자 자네가 쥐어박은 친구 생각 안 나나? 자네가 무려 스물세 장에 달하는 지폐를 날치기해간 바로 그 가엾은 녀석을 벌써 잊었는가 말일세. 여기 이 아가씨는 날 알아보겠지? 어때요, 마드무아젤? 그날 밤 기껏 이 든든한 품에 안고 사지에서 데리고 나와줬더니 쌀쌀맞게도 금세 따돌리고 떠나버렸죠. 그래, 이 사람을 알아는 보시겠습니까?"

여자는 밀짚 모자를 꾹 눌러쓴 채 아무 말도 하지 않았다. 반면 우락부락한 강도는 여전히 어리둥절한 표정으로 더듬거렸다.

"도대체 요 잡새가 어디서 날아든 거냐고, 대체?"

"굳이 답하자면 자네의 일거수일투족을 눈여겨보고 있던 파라도니 별장에서 이 차 안으로 날아든 셈이지. 그리고 지금은 일단 이 차를 세워야만 하고 말이야. 왜냐하면 숙녀께서 그만 하차하고 싶으신 모양이거든."

하지만 사내는 아예 입을 봉한 채 오히려 가속 페달을 더욱 밟아대는 것이었다.

라울 드 리메지는 더욱 드세게 떠들어댔다.

"오호라, 심술을 부려보겠다 이건가? 이 친구야, 그러면 곤란하지. 내가 자네를 그래도 꽤 배려해줬다는 걸 신문에서 읽었을 텐데. 자네 얘기는 일언반구 내비치지 않았잖아? 심지어 나를 도적떼의 우두머리로 모는 얘기가 나돌 정도로 말이야. 온 세상을 구원할 욕심밖에 없는, 이 순하디 순한 떠돌이를 말일세. 자자, 이제 그만 브레이크를 밟고 속도를 늦추라고."

그러는 동안 자동차는 깎아지른 절벽 옆구리를 따라 사납게 굽이치는 급류를 아슬아슬하게 굽어보는 협로로 구불구불 나아가고 있었다. 워낙에 비좁은 길이라 저쪽에서 뻗어온 기차 선로와 거의 중복이 될 지경이었다. 라울은 그런 상황이 오히려 유리하다는 판단을 내렸다. 그는 반쯤 일어서서 각 모퉁이마다 트이다 만 제한된 시야를 재빨리 가늠해보았다.

그러고 나더니 느닷없이 벌떡 일어나서 몸을 옆으로 비틂과 동시에 두 팔을 활짝 벌려 이 막무가내 운전자의 양 옆구리로 슬쩍 밀어 넣었다. 즉, 완전히 뒤에서 껴안은 꼴로 몸을 밀착시킨 셈인데, 목적은 그 사이로 양손을 뻗어 운전대를 장악하자는 것이었다.

사내는 당황하면서 기를 쓰고 난리를 피우기 시작했다.

"이, 이런 젠장! 미쳤어! 아, 제기랄! 이러다간 낭떠러지로 곤두박질치겠다고! 이거 놓지 못해, 죽일 놈!"

그는 몸을 빼려고 안간힘을 썼지만, 워낙에 죔쇠처럼 완강하게 버티고 있는 라울은 히죽 웃으며 이렇게 대꾸할 뿐이었다.

"그러니까 둘 중 하나 선택하라고. 골짜기에 처박히느냐, 아니면 기차와 충돌하느냐! 오호라, 마침 저기 네놈을 마중하러 기차가 납시는구면. 자, 이제 차를 멈출 수밖에 없을걸. 그렇지 않으면……."

과연 한 50여 미터 전방에 육중한 물체가 불쑥 모습을 드러냈다. 이런 식이라면 지금 당장 차를 정지시켜야 큰일을 피할 수 있을 터였다. 사내도 그 점만큼은 금세 눈치챘는지 즉시 브레이크를 밟았고, 그와 동시에 라울은 운전대를 악착같이 지탱해서 선로 바로 위에 반듯하게 차를 정지시켰다. 결국 달려오던 기차와 자동차는 서로를 마주 본 채 아슬아슬하게 멈춰 선 꼴이었다.

사내는 있는 대로 악을 썼다.

"이런 우라질! 도대체 이 녀석 누구야? 정말이지 어디 두고 보자, 이놈!"

"얼마든지 두고 보게나. 그래, 돋보기는 가지고 있겠지? 뭐, 그것도 아니야? 쳇, 그럼 일단 저 기차 앞에 드러누워 대차게 잠이라도 퍼질러 잘 게 아니라면, 얼른 길부터 피해주는 게 좋을 걸!"

한편 여자는 라울이 부축하느라 내민 손을 뿌리치고는 길 위에 내려서서 사태가 정리되기를 우두커니 기다렸다.

기차의 승객들이 서서히 안달을 내기 시작했고, 기관사 역시 고래고래 소리를 질렀다. 마침내 길이 트이자 기차는 다시금 덜컹거렸다.

라울은 사내를 도와 자동차를 밀면서 다소 위압적인 목소리로 말했다.

"자, 이제 내 솜씨를 충분히 보았을 것이네, 친구. 그러니 아직도 저 아가씨를 귀찮게 굴 생각이라면 이번엔 아예 사법당국에 자넬 끌고 가서 동댕이쳐버리겠어. 특급열차를 습격해 영국 여자를 교살시킨 장본인으로 말이야."

사내는 창백하게 질린 얼굴로 홀쩍 돌아보았다. 털이 덥수룩한 데다 벌써 주름이 사방으로 쭈글쭈글한 얼굴의 그가 덜덜 떠는 입술로 더듬댔다.

"터, 터무니없는 소리! 난 손끝 하나 안 댔어."

"웃기지 마! 바로 자네라는 증거를 가지고 있어. 자넨 붙잡히면 그냥 기요틴으로 직행이라고. 그러니 이쯤에서 줄행랑을 치는 게 이로울걸. 자네의 이 고물차는 내게 맡기고 말이야. 숙녀와 함께 니스에 당도하려면 이거라도 있어야 하니까. 자, 어서어서!"

그는 차 안으로 훌쩍 뛰어들면서 거세게 상대를 어깨로 들이받았다. 그러나 바이올린 케이스를 집어 드는 순간 라울의 입에서 한숨 섞인 탄식이 새어나왔다.

"젠장! 여자가 튀었어!"

초록 눈동자의 아가씨가 온데간데없이 사라진 것이다. 반면 기차는 저만치 사라져가고 있었다. 두 남자가 공연한 입씨름에 정신을 파는 사이 여자가 저 속으로 피신한 게 분명했다.

라울의 분노는 자연스레 사내에게 쏟아졌다.

"이놈아, 대체 넌 누구냐? 너, 저 여자 알지? 저 여자 이름이 도대체 뭐야? 네놈 이름은 또 뭐고? 도대체 일이 어떻게 된 거야?"

하지만 마찬가지로 울화통이 치밀어 어쩔 줄 몰라 하던 사내는 라울의 손에서 바이올린 케이스를 빼앗으러 달려들었고, 둘 사이에 격렬한 몸싸움이 개시되었다. 그때 또 다른 기차가 지나갔다. 라울은 혼자 시동을 걸기 위해 기를 쓰는 사내를 팽개친 채 달리는 기차에 훌쩍 몸을 실었다.

마침내 라울은 식식거리며 호텔로 돌아왔는데, 그나마 파라도니 백작부인의 유가증권을 손에 넣었다는 생각에 어느 정도 기분이 풀어졌다.

우선 그는 바이올린 케이스를 싸고 있는 신문지부터 벗겨냈다. 목도 달아나고, 그 밖의 보조장치까지 다 제거된 바이올린치고는 무게가 상당히 나가는 편이었다.

가만히 살펴보니 바이올린의 횡판(橫板) 일부가 개봉되었다가 다시

잇대 정교하게 부착된 흔적이 있었다.

라울은 즉시 그곳을 뜯어보았다.

안에는 낡은 신문지 몇 장밖에는 아무것도 없었다. 이는 분명 백작부인이 재산을 다른 데로 빼돌렸거나, 아니면 백작이 직접 은닉처를 알아낸 다음 부인 몰래 내용물을 야금야금 탕진했다는 얘기였다.

라울은 으르렁댔다.

"이거 얼굴 들이미는 곳마다 낭패로군! 아, 정말이지 이젠 초록색 눈을 한 새침데기 때문에 슬슬 짜증이 나기 시작해. 아예 내 도움 따윈 필요 없다는 태도가 아닌가. 내가 그깟 입술 한 번 훔쳤다고 저러는 거야? 얄미운 여자 같으니라고, 쳇."

5
충견

일주일 내내 어디다 싸움을 걸어야 할지 모른 채, 라울은 특급열차에서 벌어진 세 건의 살인사건에 관한 신문기사들을 한데 모아 주의 깊게 검토했다. 이젠 너무도 많이 알려져 있는 사실들과 그에 대한 추론들, 잘못 저지른 실수들과 그간 밟아온 궤적 등에 관해 세세히 거론할 필요는 없을 것이다. 지극히 수수께끼 같은 후광을 두르면서 그토록 온 세상 사람들을 흥분시켰음에도 불구하고, 이제 그 사건은 아르센 뤼팽이 적극 개입했다는 사실과 결국엔 우리도 명확하게 정리할 수 있게 된 진실의 발견에 그가 지대한 공헌을 했다는 점 때문에만 오늘날까지 세간의 관심이 되고 있을 따름이다. 사정이 그러할진대 뭐하러 지루하고 구차한 사실들 때문에 더 이상 골치를 썩이고, 부차적으로 치부된 사실들에 군이 조명을 들이대겠는가?

더구나 뤼팽, 아니 라울 드 리메지는 그간의 조사 결과가 어떤 점들로 간추려지는지를 단박에 파악하고, 그걸 다음과 같이 정리한 바 있다.

첫째, 제3의 공범, 즉 방금 초록 눈동자의 아가씨를 그 마수로부터 빼내온 불한당이 철저하게 어둠 속에 가려져 있는 데다, 아무도 그자의 존재 자체를 짐작조차 못하는 실정에서 경찰이 보기에 이 낯선 떠돌이, 즉 나야말로 사건의 주모자로 의심받기 딱 알맞게 되어 있다. 보나 마나 가증스럽게 여겨졌을 게 뻔한 내 일련의 공작행위 때문에 충격을 받은 마레스칼의 적극적인 주장으로, 나라는 사람은 이미 모든 음모의 배후인물이자, 참극을 주도한 악마적인 존재가 되어 있을 것이다. 원래는 모두가 내 수하인 강도들한테 겉으로만 희생자인 척 결박당하고 재갈이 물렸을 뿐, 실상은 그들을 오히려 배후 조종하고 구조까지 해갔으며, 오로지 남긴 거라곤 반장화 발자국이 전부인 신출귀몰한 존재가 바로 나로 되어 있는 것이다.

둘째, 나머지 공범 두 명에 대해서는 의사의 증언에 의거해, 바로 의사의 마차를 빼앗아 타고 도주했다는 사실이 인정되었다. 하지만 어디까지 도망을 친 걸까? 이튿날 새벽 말이 마차를 끌고 들판을 가로질러 돌아오긴 했다. 이에 대해 마레스칼은 조금도 주저 없이 일련의 조치를 취했다. 우선 도주한 두 명 중 나이가 어린 자의 정체를 가차 없이 까발려서, 그가 실은 젊고 아리따운 여성이라는 사실을 공개한 것이다. 물론 언젠가 자신이 나서서 체포했을 때 그 충격적인 효과를 노리기 위해 세세한 인상착의까지 제시한 것은 아니었지만.

셋째, 살해당한 두 남자의 신원은 곧장 확인되었다. 둘은 형제 사이로 아르튀르 루보와 가스통 루보인데, 어느 샴페인 상표에 대해 공동으로 투자한 처지이며, 둘 다 센 강 유역 뇌일리에 거주하고 있었다.

넷째, 이건 무척 중요한 점인데, 위의 두 형제를 살해하는 데 사용되었고, 열차 복도에서 발견된 권총이야말로 움직일 수 없는 증거와 다름없다는 사실이었다. 보름 전에 그 권총을 구입한 손님들은 키가 훤칠하고 깡마른 젊은이와 그를 기욤이라 부르던 베일 쓴 여자였다는 것이다.

다섯째, 미스 베이크필드 문제이다. 이렇다 할 증거를 구비하지 못한 마레스칼은 공연한 모험을 시도하지 않기로 했고, 신중한 침묵을 지켰다. 그 바람에 그녀에 대해서는 아무런 혐의를 제기하는 사람이 없었다. 런던과 리비에라에 걸쳐 광범위한 사교계를 주름잡는 그녀는 이번에 단순한 여행객으로서 몬테카를로에 있는 부친을 만나러 가는 길이었을 뿐이다. 그럼 그녀는 정녕 착오 때문에 목숨을 잃었을까? 충분히 가능한 일이다. 하지만 루보 형제가 살해당한 이유는 무엇일까? 그 점을 위시한 다른 모든 나머지 사항에 관해서는 그저 모순과 암흑만이 버티고 있을 뿐이었다.

결국 라울은 이런 결론을 내렸다.

"아, 더 이상 머리 싸매고 고민할 기분이 아니니 아예 생각을 말아야겠다! 그냥 경찰더러 멋대로 처리하라지 뭐. 나는 나대로 처신하면 그뿐!"

사실 라울이 이렇게 말하는 건 대충 어떤 방향으로 행동하면 될 거라는 점이 파악됐다는 얘기였다. 즉, 지역 신문에 이런 짧은 기사가 실린 걸 본 것이다.

이 지역의 귀한 손님 베이크필드 경께선 불행한 여식의 장례식에 참석한 뒤, 다시 우리 곁에 돌아오셨다. 그는 습관대로 이 계절의 말미를 몬테카를로의 벨르뷔 호텔에서 보낼 예정이다.

당장 그날 저녁, 라울 드 리메지는 영국인이 투숙한 벨르뷔의 세 칸짜리 객실에 바로 접한 방 하나를 얻었다. 세 칸짜리 객실은 1층의 다른 모든 방들과 마찬가지로 호텔 뒤쪽에 펼쳐진 널찍한 정원을 굽어보고

결정판 아르센 뤼팽 전집

있으며, 그리로 통하는 개별 현관을 갖추고 있었다.

다음 날, 그는 문제의 영국인이 방에서 내려오는 모습을 보았다. 아직은 제법 젊은 편인 데다 약간 둔중해 뵈는 인상이었는데, 다소 신경질적인 동작 속에서 딸의 사망으로 인해 얼마나 상심하고 있는가가 여실히 드러났다.

그로부터 이틀 후, 이젠 보다 긴밀한 만남을 청하기 위해 그에게 일단 명함을 건네야겠다 생각하던 차에 문득 호텔 복도에서 그쪽 객실 문을 노크하고 있는 사람을 보게 되었다. 다름 아닌 마레스칼이었다.

사실 그리 놀랄 만한 일까진 아니었다. 자신도 이쪽 방면의 정보를 어렵지 않게 입수한 마당에 마레스칼이 콘스탄스의 부친으로부터 무언가 캐낼 게 없나 기웃거리는 건 어찌 보면 당연한 일이었다.

라울은 즉시 인접한 방과의 경계나 다름없는 이중문의 속을 댄 문짝

하나를 살그머니 열어보았다. 하지만 이렇다 할 대화 소리는 전혀 들을 수 없었다.

다음 날에도 같은 상황이 벌어졌다. 이번에는 사전에 용케 영국인의 객실에 침입해 들어갈 기회가 있어서 그쪽의 벽걸이 천으로 가려진 이 중문의 빗장을 살짝 빼놓은 뒤였다. 라울은 자기 방에서 둘째 문까지 살그머니 열어 귀를 기울여보았다. 하지만 또다시 실패였다. 두 사람은 어찌나 소곤소곤 대화를 나누는지 단 한 마디도 알아들을 수가 없었다.

그러다 보니 영국인과 수사관이 흥미진진한 밀담을 나누느라 들인 사흘 동안을 라울은 고스란히 낭비한 꼴이 되고 말았다. 도대체 마레스칼의 꿍꿍이속은 무엇일까? 베이크필드 경 앞에서 따님이 도둑이었다는 사실을 까발린다는 것은 아마 털끝만큼도 고려하고 있지 않을 터이다. 그렇다면 이 면담을 통해 사건 해결을 위한 순수한 단서 이외의 다른 무엇을 노리는 거라고 봐야 하지 않을까?

급기야 어느 날 아침, 그때까지만 해도 저쪽 방에서 베이크필드 경이 몇 차례 받은 전화 내역에 대해선 완전히 캄캄했던 라울의 귀에 난데없는 통화 내용 끝자락이 용케 흘러 들어왔다.

"알겠소이다. 호텔 정원에서 오늘 오후 3시. 돈은 준비될 것입니다. 내 비서가 당신이 말한 편지 네 통과 돈을 교환하러 나갈 겁니다."

라울은 즉시 머리를 굴렸다.

'편지 네 통이라…… 그리고 돈을…… 어딘지 공갈을 부린 냄새가 나. 이 경우 퍼뜩 떠오르는 상습 공갈범이라면 당연히 기욤 선생이시지. 미스 베이크필드와 공모관계에 있던 그가 근방을 어슬렁거리다가 이제 와서 그녀와 주고받은 그간의 편지들을 현금과 맞바꾸려는 것 아니겠어?'

거기까지 생각이 미치자, 라울은 마레스칼이 보인 태도 역시 뻔하게 읽어낼 수 있을 것 같았다. 기욤의 협박에 시달리던 베이크필드 경의 요청을 받고 달려온 마레스칼은 아마도 젊은 용의자를 엮어 넣을 함정을 파놓고 기다리고 있는 게 틀림없다. 좋았어! 라울로서는 쾌재를 부르지 않을 이유가 없는 상황이다. 다만 궁금한 건, 초록 눈동자의 아가씨가 이번 모의에 가담해 있느냐 하는 문제였다.

그날은 베이크필드 경이 수사과장을 붙들고 점심식사를 함께했다. 식사가 끝나고서는 둘이 함께 밖으로 자리를 옮겨 활발히 담소를 나누며 몇 바퀴 정원을 돌았다. 그러다 오후 2시 45분, 마레스칼은 건물 안으로 돌아갔다. 한편 베이크필드 경은 밖으로 통하는, 활짝 열린 철책문에서 빤히 들여다보이는 벤치에 자리를 잡고 앉았다.

라울은 또 라울대로 자기 방 창문을 통해 조심스레 내다보고 있었다.

"만약 여자도 나타난다면 정말 유감스러운 일이야. 할 수 없는 일이지. 이제 나는 그녀를 돕는 일엔 손가락 하나 까딱하지 않을 테니까."

그렇게 중얼거리고 있는데 문득 기욤이 혼자 나타나자, 라울은 한시름을 놓았다. 기욤은 조심스레 철책문 쪽으로 다가오고 있었다.

결국 두 사람이 서로 마주했다. 거래 조건은 사전에 이미 조정되었기에 만남 자체는 그리 오래 걸리지 않았다. 두 사람은 아무 말 없이 함께 건물 쪽으로 발길을 옮겼다. 기욤의 모습은 어딘지 불안하고 초조해 보였고, 베이크필드 경 역시 신경질적으로 안절부절못하는 기색이었다.

현관 계단을 다 오르자, 영국인이 입을 열었다.

"들어오시죠. 나는 이런 더러운 일엔 일체 관여하고 싶지 않소. 이런 일은 내 비서가 능통하죠. 당신 말대로 편지 내용이 그런 거라면 순순히 대가는 지불될 것이오."

말을 마친 영국인은 홀쩍 자리를 피해버렸다.

라울은 즉시 이중문 쪽으로 바짝 다가들어 그 너머를 엿보기 시작했다. 사실 뭔가 엄청난 광경이 벌어지길 기대했으나, 문득 기욤은 마레스칼을 모른다는 사실이 떠올랐다. 그렇다면 이 수사관이 기욤의 눈에는 영락없는 베이크필드 경의 비서로 보일 게 뻔한 이치였다. 아니나 다를까, 거울을 통해 언뜻 비치는 마레스칼은 분명 이렇게 내뱉고 있었다.

"여기 1000프랑짜리 지폐 50장과 런던에서 같은 액수로 현금화가 가능한 수표 한 장이 있습니다. 편지는 가져오셨는지요?"

"아니요."

기욤의 대답이었다.

"아니라뇨? 그렇다면 아무것도 이루어진 게 없는 겁니다. 제가 받은 지시사항은 어디까지나 현장 맞교환을 하라는 것이었습니다."

"편지는 우편으로 추후에 보내주겠소."

"아무래도 제정신이 아닌 것 같군요. 아니면 의도적으로 우릴 가지고 놀려는 거든지."

아차 싶었는지 기욤은 결연한 태도로 나왔다.

"그게 아니라 분명 편지는 있습니다. 다만 당장 내 수중에 있지는 않다는 얘기요."

"그럼 어디 있다는 겁니까?"

"내 동료가 가지고 있소."

"그가 어디 있는데요?"

"호텔에 있는데, 내가 데리고 오겠소."

"흠, 그럴 필요는 없을 것 같소."

그쯤에서 상황을 대강 파악한 마레스칼은 일거에 모든 걸 서두르기 시작했다.

그는 즉시 호출벨을 울렸고, 하녀가 달려오자 이렇게 말했다.

"지금 복도에서 기다리고 있을 젊은 여자 한 분을 데리고 오시오. 므슈 기욤이 보잔다고 해요."

기욤은 소스라치게 놀랐다. 이자가 어떻게 자기 이름을 알고 있나 하는 눈치였다.

"대체 뭐하는 짓이오? 이건 베이크필드 경과의 약속이 아니지 않소? 그 기다린다는 사람이 이 일과 무슨 상관이 있다고."

그는 허둥대며 밖으로 빠져나가려고 했다. 하지만 마레스칼은 잽싸게 그 앞을 가로막았고, 동시에 안쪽 문을 활짝 열어 초록 눈동자의 아가씨에게 길을 터주었다. 주춤주춤 안으로 들어선 여자는 느닷없이 뒤에서 문이 요란하게 닫히고, 열쇠 돌아가는 소리까지 차갑게 들리자 질겁하며 비명을 질렀다.

그 순간, 여자의 어깻죽지를 덥석 붙잡는 손.

"마레스칼!"

여자의 신음 같은 외마디가 다 새어나오기도 전, 기욤은 다소 혼란한 틈을 타서 마레스칼이 미처 신경 쓸 여유도 없이 부리나케 정원으로 달려나갔다. 수사과장은 오로지 여자에게만 주의를 기울이고 있었다. 비틀비틀, 황망한 태도로 방 한가운데까지 들어선 여자에게서 그는 손가방을 거칠게 낚아채며 일갈했다.

"아, 이 요망한 여자 같으니! 이번에는 아무도 그대를 구해주지 못할 것이야! 아주 제대로 함정에 빠진 거라고, 안 그래?"

사내는 손가방부터 닥치는 대로 뒤지면서 마구 투덜댔다.

"아니, 어디 있는 거야, 그놈의 편지들? 그래, 이젠 아예 그걸로 공갈을 부려? 어쩌다 그 지경까지 됐는지 모르지만, 참 한심하군!"

여자는 의자에 털썩 주저앉았고, 여전히 아무것도 발견하지 못한 마레스칼은 더더욱 험하게 윽박지르기 시작했다.

"편지 말이야! 당장 편지를 내놓으라니까! 도대체 어디 있는 거야? 옷 속에 감춰두기라도 했나?"

그는 한쪽 손으로 미친 듯이 여자 옷자락을 부여잡고 마구 욕설을 내뱉으면서, 다른 한 손으로는 몸을 더듬어 들어가려고 했다. 그런데 갑자기 마레스칼이 동작을 멈추면서 눈이 휘둥그레졌다. 바로 코앞에 느닷없이 나타나 빈정대며 웃는 듯한 입술 한 귀퉁이로 궐련을 꼬나 문 채 살짝 윙크를 하는 저 남자는!

"불 좀 있는가, 로돌프?"

'불 좀 있는가, 로돌프?'라니. 파리에서도 들었고 수첩에도 휘갈겨 있었던, 저 당혹스럽기 그지없는 질문! 도대체 무슨 뜻으로 저러는 걸까? 난데없는 저 반말투, 저 깜빡이는 눈은 또 뭐고?

"다, 당신 대체 누구요? 정체가 뭐야? 특급열차에 있던 그 사람 아닌가? 세 번째 공범이야? 설마 그럴 리가?"

마레스칼은 겁쟁이는 아니었다. 수많은 경우에서 그는 보통을 뛰어넘는 담력을 증명해 보인 바 있으며, 두셋 정도의 상대와 겨루는 걸 별로 겁내지 않는 위인이었다.

그러나 지금 이자는 아직까지 맞서볼 기회가 없었던 종류의 상대 같았고, 항상 특별한 수단들을 휘몰아가며 출몰해서 끊임없이 기가 질리게 만들었다. 결국 그는 일단 방어태세를 유지하기로 했고, 그동안 라울은 그지없이 침착함을 유지하며 여자 쪽에다 간명하게 일렀다.

"벽난로 구석에 당신이 가져온 편지 네 통을 올려놓으시오. 그 봉투 안에 네 장 다 들어 있는 거요? 하나, 둘, 셋, 넷, 좋아요. 그럼 이제 복도로 즉시 달아나시오. 잘 가시오! 부디 다시는 우리가 서로 마주치지 않을 거라 믿겠소. 자, 그럼 행운을 비오!"

젊은 여자가 아무 말 없이 방을 빠져나가자, 라울이 말을 이었다.

"자, 로돌프 자네도 본 것처럼 나는 저 초록 눈동자의 아가씨에 대해 별로 아는 게 없는 처지이네. 물론 날 두려워하는 게 자네 신상에 도움은 되겠으나, 적어도 날 저 여자의 공범이나 살인자로 몰아가진 말게. 천만에! 그저 자네의 그 포마드 바른 상판대기가 처음부터 마음에 들지 않은 데다, 자네의 먹잇감을 빼돌리는 데 재미가 든 선량한 떠돌이에 불과하지. 솔직히 나는 저 여자, 더 이상 관심 없다네. 이제부터는 상관 안 하기로 작정했지. 하지만 자네가 대신 저 여자한테 집적대는 건 원치 않아. 각자 자신의 길에만 정진하도록 하자는 걸세. 자네가 갈 길이 오른쪽이라면 저 여자의 길은 왼쪽, 내가 가야 할 길은 정 가운데라고나 할까? 이제 내 생각 알겠지, 로돌프?"

로돌프는 권총이 들어 있는 호주머니 쪽으로 슬쩍 손을 움직이려 했지만 역시 그만둘 수밖에 없었다. 라울이 먼저 권총을 뽑아 들고는 상대를 꼼짝달싹 못하게 할 만큼 강력한 기세로 노려보았기 때문이다.

"자, 우리 보다 허심탄회하게 얘기를 나누기 위해 옆방으로 한번 가 보실까?"

그는 손에 권총을 쥔 채 자기가 묵는 방으로 상대를 이끈 다음 철컥 문을 닫았다. 아울러 느닷없이 탁자 위의 테이블보를 집어 들어 후닥닥 마레스칼을 덮어씌웠다. 마레스칼은 이 기상천외한 인간 때문에 아예 기가 질렸는지 별 저항의 움직임도 보이지 않았다. 누군가에게 도움을 요청한다든가 호출벨을 울리거나, 혹은 적극적으로 몸싸움을 벌인다는 것은 아예 생각조차 하지 않았다. 그 모든 것에 대한 반격이 얼마나 엄청날지 지레 인정하고 들어오는 듯했다. 그저 사정없이 덮쳐와 온몸을 돌돌 말아대는 거적때기 세례 속에 숨이 턱턱 막히고 옴짝달싹 못하면서도 순순히 나 죽었소 하는 것이었다.

작업이 다 끝나자, 라울이 말했다.

"다 됐어! 이제야 서로 뜻이 통하는 것 같군. 내가 보기에 내일 아침 9시쯤에는 이 꼴을 면할 수 있을 것이네. 그 정도면 시간적 여유는 충분해. 자네에겐 좀 차분히 생각을 되짚어볼 여유일 테고, 아가씨나 기욤, 그리고 나한테는 각자의 구석으로 돌아가 안전하게 피신할 수 있는 기회가 되겠지."

그는 조금도 서두르는 기색 없이 가방을 꾸린 다음, 성냥불을 그어 영국 여자의 편지 네 통을 몽땅 태워버렸다.

"아, 그리고 로돌프, 한마디만 더 하지. 부디 베이크필드 경을 성가시게 하지 말게나. 자넨 그분 여식에 관한 증거를 하나도 가지고 있지 않고, 앞으로도 절대 불가능해. 대신 내가 노란 가죽 손가방에서 찾아낸 미스 베이크필드의 일기장을 자네한테 넘기겠네. 차라리 신이 보낸 사람인 양 처신할 겸, 그 양반에게 딸의 유품이라며 그거나 얌전히 전해드리도록 하라고. 그럼 아버지는 자기 딸이 이 세상 모든 여자 중에 가장 고결하고 정직한 삶을 살았노라며 뿌듯해할 것이네. 자네도 그럴듯한 선행을 쌓는 셈이고 말이야. 그것만 해도 대단한 일이지. 기욤과 그 공범에 대해서는 영국인에게 이렇게 말하게. 자네가 그만 착각을 했으며, 이번 협박 건은 특급열차 살인사건과 하등의 관계가 없는 단순 공갈이어서 그냥 훈방조치 해주었다고 말일세. 요컨대 이 사건은 자네 수준에는 너무 복잡하니 그만 손을 떼는 게 좋겠단 얘기야. 아무리 붙잡고 늘어져봐야 자네에겐 처량한 상처만 남을 거라고. 그럼 잘 있게, 로돌프!"

말을 마친 라울은 열쇠를 소지한 채 곧장 방을 나서 호텔 카운터로 내려갔다. 거기서 계산서를 요구한 뒤 이렇게 말했다.

"내 방은 내일까지 있는 걸로 해주시오. 혹시 제시간에 못 돌아올 걸 대비해서 값은 미리 지불하리다."

밖으로 나온 그는 사태가 돌아가는 형국을 가늠하며 쾌재를 불렀다.

이제 그의 역할은 끝난 거나 다름없다. 애당초 초록 눈동자의 아가씨가 의도했듯이 스스로 일을 헤쳐나가든 말든, 더는 그와 상관없는 일이다.

그런 결의가 하도 확고했기에 라울은 오후 3시 50분발 파리행 특급 열차에 올랐을 때, 그 여자를 다시 보았음에도 굳이 알은척하지 않고 자리를 피했다.

그녀는 마르세유에서 노선을 바꿔 툴루즈행 기차로 갈아탔는데, 일 군의 배우인 듯한 무리들과 안면이 있는지 함께 동행했다. 한편 어디서 갑자기 나타났는지 기욤도 그 그룹에 뒤섞여 들어갔다.

라울은 속으로 중얼거렸다.

'안녕히 가시게들! 저 얄궂은 커플과 다시는 관계를 맺지 않을 생각을 하니 기분이 다 후련하군! 제발 이제 다른 곳으로 멀리멀리 떨어져서 목을 매든지 말든지 마음대로 하기를.'

그러나 마지막 순간, 라울은 잘 있던 객실 문을 박차고 튀어나와 여자와 같은 열차로 옮겨 탔다. 그러고는 다음 날 아침, 툴르즈에서 여자가 내릴 때 얼른 뒤따라 내렸다.

특급열차에서의 살인사건 이후, 파라도니 가문의 별장 절도사건과 벨르뷔팔라스 호텔 공갈 사기사건, 연달아 벌어진 두 건의 급작스럽고도 긴박하며 격렬한 에피소드는, 마치 관객에게 뭐가 뭔지 그 맥락을 이해할 여유조차 주지 않고 제멋대로 연출된 연극공연의 장면들과도 같은 것이었다. 이제 그 세 번째 장은 훗날 뤼팽이 자신의 구원자 삼부작이라며 떠벌리던 일련의 사태를 총결산하는 것으로, 다른 에피소드와 마찬가지로 혹독하고 거친 양상을 보여준다. 그런가 하면 이것 역시 불과 수 시간 만에 그 절정에 도달할 사건이며, 일체의 심리적 뉘앙스를 배제한 채 겉으로는 모든 논리성마저 탈피한 방식으로 전개될 이야기이다.

툴루즈에서 라울은 여자가 일행과 더불어 둥지를 튼 호텔 종업원들을 상대로 이런저런 탐문조사를 진행했고, 그 결과 방금 떠들썩하게 몰려든 여행객들이 오페레타 가수인 레오니드 발리의 순회공연에 출연 중인 배우들이며, 바로 오늘 저녁 시립극장에서 「베로니크」가 공연될 예정이라는 사실을 알아냈다(「베로니크」는 조르주 뒤발, 알베르 반루 극본, 앙드레 메사제 음악의 실재 오페레타 작품으로 1898년 12월 초연되어 굉장한 인기몰이를 했다―옮긴이).

라울은 호텔 앞에서 진을 쳤다. 오후 3시, 무척 흥분한 기색으로 호텔을 빠져나오는 여자의 모습이 포착됐다. 자꾸만 뒤를 돌아보는 게 누군가 뒤따라 나와 염탐하는 건 아닐까 무척 걱정하는 모양이었다. 동료인 기욤을 경계하는 것일까? 여자는 즉시 우체국까지 달려갔고, 거기서 부들부들 떠는 손을 가까스로 진정시키며, 다음과 같은 전보 한 장을 세 번이나 고쳐 썼다.

뤼즈(오트피레네 지방) 시 소재 미라마르 호텔.
내일 아침 첫차로 도착할 예정임.
집에 기별해주시길.

"맙소사, 이 아가씨가 그런 첩첩산중에서 이제 무슨 짓을 하려는 거지? '집에 기별'이라…… 뤼즈에 거주하는 가족이라도 있다는 거야?"

그렇게 중얼거리며 라울은 계속 조심조심 여자를 미행했고, 여자는 극단이 공연 리허설에 여념이 없을 시립극장으로 들어갔다.

그날 남은 오후 시간을 라울은 아예 극장 부근을 감시하는 데만 쏟아부었다. 하지만 여자는 안에서 꼼짝도 하지 않았고, 동료인 기욤 역시 눈에 띄지 않는 건 마찬가지였다.

날이 저물면서 라울은 슬슬 박스 좌석 깊숙이 스며들었는데, 외마디 탄성이 터져나오는 걸 간신히 참았다. 베로니크 역으로 노래를 부르는 여배우가 다름 아닌 초록 눈동자의 아가씨, 바로 그녀가 아닌가!

'레오니드 발리라더니, 그럼 그게 저 여자 이름이란 말인가? 저 여자가 지방 오페레타 가수였어?'

라울은 도저히 정신을 차릴 수가 없었다. 저 비취빛 눈동자를 지닌 여자에 관해 지금껏 추측해온 모든 사실들을 일거에 초월하는, 전혀 뜻밖의 사태를 맞이한 것이다.

지방 출신이건 파리 출신이건, 그녀는 더없이 능란한 배우 기질과 담백하면서도 감동적이고, 다정다감하면서 또 쾌활한 매력과 순수함이 동시에 묻어나는 가창력을 유감없이 발휘했다. 배우로서의 모든 재능과 미모를 갖추고 있음은 물론, 매우 뛰어난 순발력과 더불어 실제 무대 경험은 그리 많아 보이지 않는 점 또한 오히려 매력으로 작용하고 있었다. 문득 오스만 대로에서의 첫인상이 머릿속에 떠오르자, 어딘가 앳되어 보이면서도 비장한 분위기가 감도는 그 얼굴로 두 개의 판이한 운명을 살아왔을 거라는 생각이 불쑥 들기도 했다.

라울은 글자 그대로 황홀경에 빠진 채 무려 세 시간을 보냈다. 예쁘장한 이미지로 마주쳤던 첫날부터 번개처럼 스치는 순간의 섬광에 의존해, 때로는 공포와 혐오의 극단을 오고 가며 어렴풋이 가늠해오기만 했던 저 기이한 존재를, 라울은 지금 지칠 줄 모르는 감탄의 눈으로 바라보고 있었다. 저것은 분명 전혀 다른 여성일 터, 모든 구석구석 조화와 기쁨만이 살아 숨 쉬는 분위기를 두르고 있는가 하면, 살인과 절도라는 끔찍한 범죄행위를 저지른 장본인이 또한 저 여자라니. 무엇보다 저 여자는 기욤의 각별한 동료가 아닌가!

그토록 상반된 두 개의 이미지 가운데 어느 쪽을 진짜로 간주해야 할까? 나름대로 곰곰히 저울질해보았지만 헛수고였다. 그럴 때마다 난데없이 제3의 여인상이 그 둘 위로 겹치면서 각각을 하나의 강렬하면서도 동시에 가슴 뭉클한 인생 속에 융합시키는 것이었다. 즉, 저 극중 주인공 베로니크의 인생 말이다. 하지만 웬만큼 예리한 눈썰미라면, 다소 신경질적인 몇몇 동작들과 이상하게 비집고 들어오는 일부 표정에서 여주인공 너머에 웅크리고 있는 한 여인의 모습을 알아볼 수 있을 것이었다. 이를테면 맡은 배역의 틀을 눈에 띄지 않게 일그러뜨리고 있는 뭔가 특별한 영혼의 존재가 은연중에 드러난다고나 할까.

라울은 곰곰이 머리를 굴렸다.

'뭔가 새로운 변수가 생긴 게 분명해. 정오에서 오후 3시 사이에 어떤 심각한 사태가 벌어져서 여자를 우체국까지 달음질치게 만든 거야. 지금 저렇게 연기력마저 삐걱거리는 것도 그 사태의 여파가 심상치 않음을 드러내는 거지. 아마도 현재 저 머릿속에는 온통 그에 대한 초조한 생각만이 들끓고 있을 게 분명해. 혹시 문제가 된 사태가 갑자기 증발한 기욤과 관련 있는 건 아닐까?'

마침내 막이 내려지고 여자가 인사를 하자 우레와 같은 갈채가 터져나왔고, 일부 호기심 많은 무리는 배우 전용 출입구 주변으로 구름같이 몰려들었다.

한편 말 두 필이 끄는 유개(有蓋) 사륜마차가 극장 문 앞까지 와서 대기하고 있었다. 다음 날 아침 뤼즈에서 가장 가까운 피에르피트네스탈라스 역에 데려다줄 유일한 밤기차는 0시 50분에 출발하기 때문에, 일단 짐부터 역으로 발송하되 당장 몸을 이동하지는 않을 게 틀림없었다. 라울 역시 여행가방을 미리 그쪽으로 부쳐놓은 터였다.

아니나 다를까, 0시 15분이 되어서야 여자는 마차에 올랐고 곧 흔들거리면서 역으로 향했다. 여전히 기욤의 모습은 보이지 않았고, 이대로 가면 그 없이 출발할 수밖에 없는 상황이었다.

그렇게 한 30여 초나 흘렀을까. 역으로 향하던 라울의 뇌리에 뭔가 갑작스러운 생각이 퍼뜩 스쳤다. 그는 부랴부랴 달려가 고풍스러운 대로상에서 마차를 따라잡았고, 악착같이 어딘가를 붙잡고 매달렸다.

과연 라울의 뇌리를 스친 생각은 곧장 현실로 드러났다. 역 앞 도로로 접어들어야 할 즈음, 갑자기 오른쪽으로 방향을 튼 마부는 그때부터 인정사정없는 채찍질을 말들에게 가하는 것이었다. 마차는 대형 원형광장과 식물원까지 이르는 인적 드물고 어두컴컴한 가로수길을 따라 맹렬하게 달렸는데, 이토록 빠른 속도로 굴러가는 마차에서 여자가 뛰어내린다는 것은 불가능해 보였다.

아무튼 그 길도 그리 길지만은 않았다. 결국 원형광장에 당도한 마차가 급격하게 정지했다. 마부는 좌석에서 훌쩍 뛰어내리자마자 마차 문을 열고 안으로 사라졌다.

잠시 후, 여자 비명 소리가 밖으로 새어나왔지만 라울은 전혀 서두르지 않았다. 보나마나 기욤이 저지르는 일일 거라 생각했기에, 일단은 귀부터 기울여보고 나서 어떤 성격의 다툼인지 파악할 작정이었다. 하지만 아무래도 분위기가 심상치 않게 험악해진다는 느낌이 들자, 개입할 결심을 굳혔다.

안에서 남자의 고함 소리가 새어나왔다.

"말하란 말이야! 나를 내팽개치고 훌훌 도망칠 수 있을 거라 생각했나? 그래, 좋아. 나도 당신을 골탕 먹일 생각을 하긴 했었지. 하지만 이젠 당신이 그걸 알았다는 것만으로도 절대 놔줄 수 없다고. 자, 어서 말해. 다 털어놓으란 말이야. 그렇지 않으면……."

라울은 더럭 걱정이 되었다. 갑자기 미스 베이크필드가 신음하던 일이 머릿속에 떠올랐다. 손가락에 조금만 힘이 들어가도 희생자는 죽음의 나락으로 떨어질 수 있는 상황이다. 마침내 라울은 문짝을 활짝 열고 남자의 다리를 우악스레 낚아채 밖으로 동댕이친 다음, 이만치 질질 끌고 왔다.

약간의 저항이 있었으나 라울은 간단한 동작으로 상대의 팔을 부러뜨렸다.

"전치 6주일세. 다시 또 아가씨를 귀찮게 했다간 다음 차례는 척추가 될 거야. 순순히 따르는 게 좋을걸."

일단 그렇게 제압한 뒤 다시 마차로 돌아와보았다. 여자는 이미 저만치 어둠 속으로 자취를 감춘 뒤였다.

"그래, 요 아가씨야! 뺀질나게 도망쳐봐라! 그래봤자 어디 가는지 다 알아. 결코 내게서 벗어날 수 없다고. 나도 이제는 사탕 한 덩어리 얻어 먹어 보지도 못하고 계속해서 그대의 충견 노릇만 하는 데엔 질렸단 말이거든. 자고로 뤼팽이 한번 나서면 끝장을 보고야 마는 법. 목표를 달성하지 못한다는 건 있을 수 없는 일이지. 한데 이번에 그의 목표는 바로 당신이거든. 당신의 그 초록빛 눈동자와 따사로운 입술 말이야."

그렇게 한 번 대차게 내지른 뒤, 라울은 기욤과 마차를 팽개쳐두고 곧장 역 쪽으로 걸음을 재촉했다. 마침 열차가 도착하고 있었고, 그는 혹시 여자 쪽에 들킬까 봐 잽싸게 올라탔다. 초록 눈동자의 아가씨가 자리 잡은 객실과는 사람들로 그득한 두 칸의 또 다른 객실이 가로막고 있었다.

곧이어 루르드행 노선이 출발했고, 한 시간 후에는 종착역인 피에르피트네스탈라스 역이 내다보였다.

여자가 내리자마자, 밤색 복장에다 가장자리에 푸른색 넓은 띠를 두른 망토 차림의 소녀들이 우르르 몰려왔다. 뒤에는 수녀 한 명이 큼직한 흰색 수녀모를 쓰고 허겁지겁 따라붙었다.

"오렐리! 오렐리! 드디어 와주었군요!"

여자애들은 일제히 소리치며 난리였다.

초록 눈동자의 아가씨는 일일이 아이들을 품으면서 수녀가 있는 곳까지 파고들었고, 수녀는 그런 그녀를 열렬히 포옹하며 맞이했다.

"우리 오렐리, 이렇게 만나서 얼마나 기쁜지 몰라요! 그래, 우리와 함께 한 달 정도 푹 지내다 갈 거죠?"

피에르피트에서 뤼즈까지 여행객들을 실어나르는 대형 사륜마차 한 대가 역 앞에 대기하고 있었다. 초록 눈동자의 아가씨가 일행과 더불어 오르자, 마차는 곧장 출발했다.

물론 조심스레 거리를 유지하던 라울도 뤼즈로 가는 무개 사륜마차 한 대를 얼른 잡아탔다.

6
재회

'옳거니, 요 초록 눈동자의 아가씨야.'

슬슬 비탈진 언덕길이 시작되면서 마차를 끄는 세 마리 암노새가 방울을 쩔렁거릴 즈음, 라울은 혼자의 생각에 잠겨 있었다.

'예쁘장한 그대는 이제부터 이 손안에 있는 거나 같아. 살인자이자 절도사기꾼의 절친한 공범이며, 그대 자신도 매정한 살인마인 데다, 화류계의 아가씨이자 오페레타 가수이며, 수녀원 식구이기도 하다는 거지. 좋아, 그대의 정체가 무엇이든 간에 이제는 절대로 못 빠져나갈걸. 소위 신뢰라는 것은 한번 마음속에 둥지를 틀면 좀처럼 헤어날 수 없는 감옥과도 같은 법! 지금 그대가 입술을 한 번 빼앗긴 걸로 제아무리 내게 앙심을 품었다 해도, 마음 깊숙한 속에서는 끊임없이 자신을 따라다니며 구해주고, 항상 위험 직전에 짠 하고 나타나주는 이 듬직한 사나이에게 신뢰감을 품지 않을 수 없을 거야. 어쩌다 물렸기로서니 충견을 내치는 경우란 없으니까. 오, 세상 모든 귀찮은 것들을 피해 수녀원에

528   결정판 아르센 뤼팽 전집

피신한 초록 눈동자의 아가씨여! 새로운 상황 변화가 오기 전까지는 그대는 내게 살인범도 무지막지한 여걸도 아니고, 그렇다고 화려한 오페레타 가수도 아니라오. 나는 그대를 결코 레오니드 발리로는 부르지 않을 테야. 대신 오렐리라 부르도록 하지. 왠지 난 그 이름이 마음에 들거든. 고풍스럽고도 단정하고, 또 가난한 사람들의 자매이니까 말이야(오렐리(Aurélie), 즉 아우렐리아는 성녀의 이름이기도 하다—옮긴이). 아, 초록 눈동자의 아가씨여, 그대가 옛 패거리들과는 별개의 비밀을 간직하고 있었다는 걸 이제야 알겠소. 그들은 아마 당신에게서 그 소중한 비밀을 앗아가려고 했겠지. 물론 당신은 고집스레 그것을 지켜왔을 테고. 하지만 이제 그 비밀은 조만간 내 손안에 들어올 거요. 왜냐하면 비밀하면 곧 나거든! 현재 당신이 숨어 있는 어둠의 베일을 걷어내는 날, 그 비밀 역시 낱낱이 밝혀낼 것이오. 신비스럽고도 열정적인 오렐리여!'

이런 생각 속에 기분이 좋아진 라울은 초록 눈동자의 아가씨로 비롯된 골치 아픈 수수께끼로부터 잠시 벗어나기 위해 눈을 붙였다.

뤼즈라는 작은 도시와 그에 이웃하는 생소뵈르라는 도시는 일종의 온천단지를 이루는 곳이었는데, 지금과 같은 계절에는 손님이 별로 없었다. 라울은 거의 비다시피 한 호텔에 여장을 풀고 나서 생물학 및 광물학 아마추어 학자 행세를 하기 시작했고, 그날 오후가 저물 무렵부터 지역 탐사활동에 들어갔다.

무척 비좁고 험한 비탈길을 한 20여 분 걸어 올라간 자리에 기숙학교로 꾸며진 옛 수녀원 건물이 있었다. 이름하여 생트마리 수녀들의 보금자리. 아주 척박하고 황량한 지역 한복판, 막강한 축대가 지탱하는 성토충들을 토대로 해서 아담한 호수 쪽으로 불쑥 튀어나온 지대에 건물들과 정원이 흩어져 있었다. 원래 그곳은 생트마리의 급류가 부글거리던 곳으로, 지금은 그 부분이 축대 밑으로 흘러들고 있었다(무대가 되고 있는 피레네 산맥에는 다양한 규모의 폭포를 동반한 급류가 곳곳에 존재한다―옮긴이). 한편 호수의 이쪽 기슭에는 소나무숲이 촘촘한데, 서로 교차하는 두 갈래 길이 나무꾼들을 위해 가로질러 있었다. 동굴들과 이상야릇한 기암괴석이 즐비한 그곳은 일요일만 되면 사람들이 소풍을 오곤 했다.

라울이 잠복한 곳이 바로 거기였다. 워낙에 한적한 지역이라 나무꾼의 도끼질 소리가 먼 데까지 울려 퍼졌다. 라울이 있는 위치에서는, 저 너머 정원의 잔잔한 잔디와 정성스레 다듬어 산책로 역할을 해주도록 마주 보고 늘어선 참피나무들이 훤히 내다보였다. 불과 며칠 만에 라울은 수녀원의 휴식 시간과 그 밖의 생활 습관들을 파악했다. 그 결과, 정오의 점심이 끝난 뒤 낭떠러지를 굽어보는 길이 '상급생'들의 전용 산책로가 된다는 사실 또한 알아냈다.

그동안 피로가 겹쳐 그랬는지 건물 안에서 두문불출하던 초록 눈동자의 아가씨는, 나흘째 되는 날 비로소 그 산책로에 모습을 드러냈다. 그때부터 산책로의 상급생들은 너도나도 질세라 그녀에게 달라붙는 바람에 실랑이까지 불사했다.

산꼭대기의 신선한 공기와 화창한 햇살 덕분에 흡사 병상에서 갓 회복되어 활짝 피어난 아이처럼 그녀의 모습이 달라져 있는 걸 라울은 실감했다. 아이들과 똑같이 쾌활하고 신선한 색깔의 옷을 입은 그녀는 그들 속으로 섞여 들어가 함께 뛰어노느라 자기도 모르게 깔깔거리며 웃어댔고, 그 청명한 웃음소리는 저 멀리 지평선까지 맑고 아름답게 울려 퍼졌다.

라울은 휘둥그레 바라보며 속으로 중얼거렸다.

'웃고 있어! 연기를 할 때 억지로 짜내는 웃음이 아니라, 저건 본성에

결정판 아르센 뤼팽 전집

서 우러나는 무사태평한 웃음이라고! 아, 그녀가 웃고 있어! 이런 기적이 있나!'

잠시 후, 소녀들이 우르르 수업을 들으러 들어가자, 산책로엔 오렐리 혼자 남게 되었다. 하지만 그렇다고 해서 이전보다 우울해 보이는 건 아니었다. 좀 전의 쾌활하던 모습은 조금도 가시지 않았다. 그저 아무렇지도 않은 듯 소박한 일에 매달려서, 솔방울들을 집어 들어 버들광주리에 넣는다든지, 꽃을 꺾어 옆의 예배당 계단 위를 장식한다든지 하는 것이었다.

하나하나 움직이는 자태가 그렇게 우아할 수가 없었다. 여자는 졸졸 따라다니는 강아지나 근처에 와서 발목에 몸을 부벼대는 고양이와 나지막한 목소리로 얘기를 나누기도 했다. 한번은 장미넝쿨로 작은 화환을 꼬아 만들어 걸고는, 손거울을 꺼내 화사한 미소와 함께 자기 모습을 비춰보기도 했다. 몰래 볼에다가 분을 바르다가 후닥닥 닦아내기도 했는데, 아마도 화장이 이곳에선 금지사항인 모양이었다.

8일째 되던 날, 여느 때와 같이 산책을 하던 그녀는 야트막한 정원 난간을 살짝 넘어 끄트머리가 관목 울타리로 가려진 가장 높은 성토층으로 나왔다.

그리고 다음 날인 9일째도 책을 들고 다시 같은 장소로 나왔다. 마침내 10일째 되는 날, 라울은 휴식 시간 직전 결단을 내렸다.

일단 숲 가장자리의 빽빽한 덤불 가운데로 잠입해 들어가야 했다. 그런 다음 호수를 건너는 것이 문제였는데, 생트마리 급류는 마치 거대한 저수지 같은 그곳으로 흘러들었다가 지하로 빠졌다. 때마침 벌레 먹어 낡아빠진 배 한 척이 말뚝에 매여 있었다. 라울은 소용돌이치는 물살이 심한데도 불구하고, 그 보트를 이용해 마치 성곽의 요새처럼 당당한 축대 밑자락까지 도달하는 데 성공했다.

가까이서 보니 축대라고 해봐야 그저 평평한 돌들을 차곡차곡 쌓은 것에 불과했고, 그나마 사이사이마다 야생풀들이 무성히 돋아나 있었다. 오랜 세월을 거쳐 내린 빗줄기가 이곳저곳에 도랑 같은 홈을 파놓아, 그렇지 않아도 인근 개구쟁이들이 틈만 나면 기어오르며 장난을 치는 곳이었다. 라울은 아무 어려움 없이 축대를 거슬러 올랐다. 막상 다 올라가보니 성토층 전체가 근사한 식나무와 헐거운 격자 패널, 길쭉한 돌의자들로 에워싸인 데다, 한가운데는 아름다운 토기 화병으로 장식되어 있어 하나의 그럴듯한 여름용 발코니처럼 차려져 있었다.

문득 휴식 시간 특유의 웅성대는 소리가 귓가에 밀려왔다. 그러고 나서 또다시 적막. 잠시 후, 가벼운 발소리가 이쪽으로 접근해오는가 싶더니 상큼한 목소리가 연가의 한 곡조를 흥얼거렸다. 라울은 가슴이 다 조여드는 느낌이었다. 만약 나를 보면 그녀가 뭐라고 말할까?

나무의 잔가지들이 부대끼는 소리가 소란한 가운데, 마치 문짝을 가린 휘장을 거두듯 나뭇잎들을 살그머니 젖히며 마침내 오렐리가 모습을 드러냈다.

그녀는 흥얼거리던 노래도 뚝 멈춘 채 깜짝 놀란 표정으로 서 있었다. 손에 들고 있던 책도, 꽃을 잔뜩 채워 팔에 끼고 있던 밀짚 모자도 맥없이 땅에 떨어졌다. 밤색 모직으로 재단한 단순한 복장 속으로 지극히 섬세하고 우아한 자태를 감춘 그녀는 꼼짝도 하지 않았다.

아마도 약간의 시간이 흐른 뒤에야 눈앞의 사내가 라울임을 알아본 모양이었다. 이윽고 얼굴 가득 홍조가 피어나면서 뒷걸음질과 함께 이렇게 더듬대는 것이었다.

"어서 가세요, 가란 말이에요……."

사실 그런 요청에 응할 마음이라곤 눈곱만큼도 없는 라울이지만, 누가 보면 여자의 말소리조차 전혀 듣지 못한 것처럼 보였을지도 모른다.

그는 여태껏 어떤 여자 앞에서도 느껴보지 못한 환희의 감정을 품고 눈앞의 여자를 바라보고 있을 뿐이었다.

초록 눈동자의 아가씨는 좀 더 강력한 의지가 밴 어조로 말했다.

"가세요!"

"싫소."

마침내 라울도 대꾸를 했다.

"그럼 내가 가겠어요."

"당신이 가면 나는 따라갈 것입니다. 아예 우리 함께 손 붙잡고 수녀원 건물 안으로 들어가지요."

여자는 자리를 피하려는 듯 홱 돌아섰고, 라울은 부리나케 달려들어 팔을 붙들었다.

"손대지 말아요!"

여자는 몸을 빼면서 울컥 내뱉었다.

"내 근처에 오지 말란 말입니다!"

남자는 여자의 너무나도 격한 태도에 깜짝 놀라며 말했다.

"대체 왜 이러시는 겁니까?"

여자는 아주 나지막이 대답했다.

"난 당신이 끔찍해요."

생각지도 못한 엉뚱한 대답이었기에 라울은 슬그머니 웃을 수밖에 없었다.

"그 정도로 나를 싫어하십니까?"

"네."

"마레스칼보다 더요?"

"그래요."

"기욤보다, 파라도니 별장에서의 그 친구보다 더 말입니까?"

"네! 네! 네!"

"하지만 그들이 당신한테 얼마나 잘못을 저질렀는지, 또 내가 그때마다 당신을 보호하지 않았더라면 어떻게 됐을지."

여자는 옹골차게 입을 다물고 있었다. 그러더니 갑자기 모자를 집어들어 상대가 입술을 훔쳐보지 못하도록 얼굴 아랫부분을 가렸다. 사실 그 행동 하나로 모든 게 설명이 되는 것과 마찬가지였다. 라울은 이제 의심의 여지가 없노라 확신했다. 여자가 라울을 꺼리는 것은 지금까지 그녀의 모든 범행과 치부를 그 앞에서 적나라하게 들켰기 때문이 아니라, 그녀의 몸을 보듬어 안고 입술을 가져간 게 그였기 때문이었다. 솔직히 그녀답지 않은 의외의 수줍음이었다. 어쩌면 저리도 순진하며, 자기 영혼의 내밀한 부분까지 저토록 솔직하게 내비칠 수가 있을까……. 라울은 자기도 모르게 중얼거렸다.

"부탁인데, 그건 잊어버리십시오."

여자가 마음대로 자리를 벗어나도 괜찮다는 뜻으로 그는 두어 걸음 뒤로 물러났다. 그러고는 저절로 튀어나오는 정중한 말투로 얘기했다.

"그날 밤은 당신이나 나나 기억에 담아둘 필요가 없는 탈선의 밤이었습니다. 내 행동을 잊어주십시오. 내가 지금 이렇게 여길 찾아온 것은 당신에게 그런 기억을 되살리기 위한 게 아니라, 단지 당신을 향한 내 의무를 계속하기 위함일 뿐입니다. 애당초 우연이 나를 당신과 마주치게 했고, 우연이 작용해서 나로 하여금 당신을 돕도록 만들었습니다. 그러니 부디 내 도움을 거부하지 마십시오. 위험의 가능성은 멀어지기는커녕 오히려 점차 증가하고 있는 실정입니다. 당신의 적들은 지금 광분한 상태예요. 그런 마당에 나라도 곁에 없다면 당신이 무얼 어쩌겠습니까?"

하지만 여자는 고집을 꺾지 않았다.

"그만 가세요."

여자는 마치 활짝 열린 문 앞에 서 있듯 처음 발을 들여놓았던 길목에 버티고 섰다. 그러면서 시선은 어떻게든 라울의 눈길을 피했고, 입술도 여전히 가린 채였다. 자기 쪽에서 자리를 피할 생각은 없는 듯 보였다. 역시 예상했던 대로 사람이란 끊임없이 자신을 돕고 구해주는 자로부터 쉽게 벗어날 수는 없는 모양이다. 여자의 눈빛에 아직은 께름칙한 심정이 배어 있었지만, 도둑키스를 당했던 기억은 그보다 훨씬 더 끔찍한 시련들의 기억 앞에서 슬금슬금 꼬리를 감추었다.

"그만 가세요. 이곳에선 평화롭게 지내고 있답니다. 당신은 이 모든 일에 공연히 휘말린 거예요. 이 모든 지긋지긋한 일에 말입니다."

"그러니 얼마나 다행입니까! 게다가 앞으로 벌어질 일들에도 나는 적극 개입해야만 합니다. 저들이 당신을 찾고 있지 않다고 생각하는 겁니까? 마레스칼이 당신을 단념했다고 보는 거예요? 지금도 그는 당신의 발자취를 추적하고 있는 중입니다. 그리고 결국에는 이곳 생트마리 수녀원까지 들이닥치고 말 거예요. 내가 보기에 당신이 이곳에서 수년간 행복한 유년시절을 보낸 게 사실이라면, 그가 이곳을 파악하고 쳐들어오는 건 시간 문제나 다름없습니다."

라울은 이런 얘기를 여자가 강한 인상을 받을 정도의 확신을 가지면서도 부드럽게 차근차근 풀어냈다. 여자는 여전히 중얼거렸지만 거의 들릴락 말락 한 소리였다.

"가세요."

"일단 알겠소. 하지만 내일 같은 시각에 다시 이곳에 올 겁니다. 그리고 하루 종일 당신을 기다리겠소. 할 얘기가 있습니다. 오! 그렇다고 저 끔찍했던 밤의 악몽을 되살려서 당신을 곤혹스럽게 만든다는 뜻은 결코 아니오. 그 일에 관해서는 오로지 침묵을 지킬 따름입니다. 나로선 뭘 캐 들어가 알아낼 필요도 없고, 진실은 어디까지나 저절로 어둠 속에서 드러나기 마련이니까요. 다만 내가 문제 삼고 싶은 건 또 다른 일 때문입니다. 질문할 게 몇 가지 있는데, 꼭 당신 대답이 필요해요. 오늘 당신한테 하고 싶었던 얘기는 이상이 전부입니다. 자, 이제 가봐도 됩니다. 내가 한 얘기, 생각 좀 해주시겠죠? 그렇다고 초조해할 건 없습니다. 항상 내가 곁에 있다는 생각에 익숙해져야 할 겁니다. 위험한 순간에는 언제나 저 남자가 곁에 있다고 생각하고, 절대 좌절해선 안 돼요."

여자는 고갯짓, 말 한마디 없이 훌쩍 자리를 벗어났다. 성토층을 층층이 내려가서 참피나무 오솔길로 접어드는 여자의 뒷모습을 라울은 한참이나 바라보았다. 그렇게 더는 모습이 보이지 않게 되자 비로소 여자가 떨어뜨리고 간 꽃들을 집어 들었는데, 무의식중에 취한 자신의 동작을 깨닫고는 푸념 비슷한 농담을 흘렸다.

"제기랄, 이거 점점 심각해지는걸! 이러다가 정말…… 젠장! 자자, 뤼팽 이 친구야, 그만 떨쳐버리라고!"

그는 또다시 축대의 균열을 타고 내려가 물을 건넜고, 숲을 가로질러 거닐면서 마치 더 이상 집착하지 않는다는 듯 가져온 꽃들을 하나둘 떨구어버렸다. 하지만 아무리 그래도 초록 눈동자의 아가씨는 그의 눈앞에서 지워지지가 않았다.

다음 날에도 그는 성토층 꼭대기까지 올라갔다. 오렐리는 나타나지 않았고, 연속해서 이틀 동안 마찬가지였다. 그러던 나흘째 되는 날, 라울이 미처 발소리를 듣지 못한 가운데 그녀가 느닷없이 나뭇잎들을 헤치며 모습을 드러냈다.

"오, 당신이로군요! 당신이에요!"

다소 호들갑을 떨긴 했지만, 여자의 태도를 차근차근 살피면서 만에 하나 마음을 위축시킬지도 모를 동작이나 말은 진작부터 자제하는 게 낫다는 판단이 퍼뜩 들었다. 여자는 첫날과 마찬가지로 경직된 모습이었는데, 마치 적이 베푼 호의 자체가 껄끄러워 결코 휘말리진 않겠다는 듯 긴장하는 태도였다.

그러면서도 고개를 반쯤 돌리며 막상 입을 열자, 조금은 누그러진 목소리였다.

"오지 말았어야 하는 건데…… 이건 생트마리의 수녀님들을 비롯해 여러 고마우신 후원자들을 생각하면 옳지 못한 짓입니다. 그럼에도 불구하고 당신한테 감사하다는 말은 해야겠다고 생각했어요. 그리고 당신을 도와야 한다고도요."

여자는 잠시 뜸을 들이더니 덧붙였다.

"그래요, 난 두려워요. 당신이 내게 한 얘기 모두 솔직히 나도 두렵답니다. 자, 뭐든 물어보세요. 대답해드릴게요."

"무엇이든 상관없단 말입니까?"

남자가 떠보자, 여자는 초조한 표정으로 얼른 대답했다.

"아뇨. 보쿠르에서의 그날 밤에 관해서만 빼고요. 그 밖에 다른 것에 관해서는 얼마든지요. 간단하게 해주실 거죠? 그래, 뭘 알고 싶으세요?"

라울은 한동안 생각에 잠겼다. 질문을 하기가 그리 쉽지 않았던 것이다. 뭘 묻든 모든 사안이 여자가 거론하기 싫어하는 요점으로 집중될 수밖에 없었다.

마침내 라울이 입을 열었다.

"우선 당신 이름은요?"

"오렐리…… 오렐리 다스퇴라고 합니다."

"그럼 레오니드 발리라는 이름은 뭡니까? 단순한 가명인가요?"

"레오니드 발리는 실재하는 사람입니다. 지금은 니스에서 투병 중에 있지요. 니스에서 마르세유로 여행을 하던 중에 그분 극단에 소속된 배우들과 합석을 하게 되었는데, 글쎄 그중 한 명이 지난겨울 내가 어느 동호인 모임에서 베로니크 역을 한 걸 보았다는 거예요. 그러자 모두들 나더러 하루 저녁만 레오니드 발리를 대신해 무대에 서달라고 조르지 뭡니까. 당시 그 여배우가 병이 나서 모두 잔뜩 의기소침하고 당황해하던 터라, 나라도 뭔가 도와야 할 상황이었답니다. 우린 미리 툴르즈의 극장 지배인한테 상황을 알렸고, 결국 지배인은 이런 사실을 공표하지 않은 상태로 나를 레오니드 발리인 것처럼 무대에 세우기로 결정을 했던 겁니다."

잠자코 듣던 라울이 정리했다.

"그러니까 당신은 정식 여배우가 아닌 거로군요. 그게 차라리 낫습니다. 당신이 그냥 지금처럼 생트마리 수녀원의 어여쁜 일원인 게 더 마음에 들어요."

"어서 질문이나 계속하시죠."

여자는 눈썹을 찌푸리며 말했고, 남자는 얼른 다음 질문으로 넘어갔다.

"예전에 오스만 대로의 제과점 앞에서 마레스칼에게 지팡이를 휘두른 신사 말입니다. 당신 부친 되시는 분 맞죠?"

"정확히는 의붓아버지죠."

"이름은요?"

"브레작입니다."

"브레작이라면?"

"그래요. 내무부 법무담당 국장이시죠."

"그럼 결국 마레스칼의 직속 상관?"

"네. 둘은 서로에 대해 늘 팽팽한 반감을 가지고 있죠. 장관이 뒤를 봐주는 마레스칼은 늘 의붓아버지 자리를 빼앗으려고 안간힘을 쓰고, 아버지는 언제든 그를 자리에서 내치려고 안달이랍니다."

"그리고 마레스칼은 당신을 사랑하고요?"

"청혼을 한 적이 있지요. 물론 난 거부했습니다. 의붓아버지는 그에게 아예 집안 출입을 금지시켰답니다. 이에 분노한 그는 우리 둘 다 증오하기 시작했고, 복수를 하겠다며 다짐까지 했어요."

라울은 어조를 바꾸며 말했다.

"이제 다른 질문으로 넘어가겠습니다. 파라도니 별장에 불쑥 나타났던 그 사내 이름은 무엇입니까?"

"조도라고 해요."

"하는 일은요?"

"그건 몰라요. 가끔 의붓아버지를 보러 집으로 오곤 했어요."

"나머지 또 한 명은요?"

"기욤 앙시벨이라고, 그 역시 집에 자주 드나들던 사람이에요. 증권 및 사업 계통 일을 한다더군요."

"물론 뭔가 뒤가 구린 일이겠죠?"

"글쎄요, 그건 나도 모르고요."

마침내 라울은 질문을 간추렸다.

"그러니까 결국 당신의 적은 모두 합해 셋이라는 얘기죠? 다른 사람은 없습니까?"

"있어요. 바로 내 의붓아버지요."

"네? 하지만 당신 모친과 결혼한 분 아니십니까?"

"가엾은 우리 엄마는 돌아가셨답니다."

"그럼 그 모든 사람들이 똑같은 이유로 당신을 괴롭힌다는 말인가요? 그들 몰래 당신이 간직하고 있는 그 비밀이라는 것 때문에?"

"그렇답니다. 단 마레스칼만은 예외이지요. 그는 비밀에 관해선 아무 것도 모르고, 단지 앙갚음을 하려는 목적밖에는 없거든요."

"음, 그렇다면 혹시 비밀 자체는 덮어두더라도 그것을 둘러싼 정황이나, 뭐 관련 상황에 관해 내게도 얼마간 귀띔을 해주실 순 없을까요?"

여자는 잠시 생각에 잠기더니 시원스레 말했다.

"그러죠. 얼마든지 가능해요. 어차피 다른 사람들도 다 알고 있는 부분이니까요. 그들이 왜 그토록 집착하는지 이유를 말씀드리죠."

그때까지만 해도 그저 짧고 쌀쌀맞게 대답을 던지던 오렐리는 이제 슬슬 자신이 하는 얘기에 스스로 흥미를 보이기 시작하는 것 같았다.

"간단히 얘기하자면 이렇습니다. 엄마의 사촌이기도 한 우리 아버지는 내가 태어나기 전에 돌아가셨습니다. 아버지는 약간의 금리수익을 남기셨고, 거기다 외할아버지 쪽에서 우리 앞으로 배당해주신 연금이 조금 있었습니다. 외할아버지는 예술가이자 발명가로 아주 멋진 분이 셨죠. 평생을 엄청난 보물 같은 걸 발굴하러, 소위 기발한 건수가 있는 곳이라면 가리지 않고 찾아다니셨답니다. 외할아버지와 나는 무척 살갑게 지낸 편이지요. 지금도 그분 무릎 위에 앉아서 놀던 때가 눈에 선합니다. 늘 이러셨어요. '우리 귀여운 오렐리는 나중에 부자가 될 거야. 이 할아비가 우리 손녀를 위해 이렇게 열심히 일하니까 말이야.' 그러던 어느 해였어요. 그때 내 나이 여섯 살이었는데, 어느 날 외할아버지에게서 편지가 한 장 날아들었답니다. 엄마와 나더러 아무도 모르게 모처로 와달라는 거였어요. 그래서 하루 저녁을 골라 우리 모녀는 기차를 탔지요. 이틀 동안을 외할아버지 곁에 머물렀답니다. 그런데 막상 떠나던 날 외할아버지가 보는 앞에서 엄마가 이러시는 거예요. '오렐리, 앞으로 그 누구에게도 지난 이틀간 네가 어디 있었는지, 무얼 했으며, 무얼 보았는지 얘기해선 안 된다. 이건 앞으로 너와 우리 모두에게 속할

결정판 아르센 뤼팽 전집

비밀인데, 네 나이 스무 살이 되면 엄청난 부를 가져다줄 얘기야.' 그러자 외할아버지도 얼른 거드셨지요. '정말 엄청난 부라고 할 수 있지. 무슨 일이 있더라도 비밀을 지키겠다고 우리한테 약속해야만 한다.' 그 말에 엄마는 또 '그래, 아무한테도 얘기해선 안 돼. 단 네가 나중에 사랑하고, 너 자신을 믿듯 믿고 의지할 만한 남자가 나타나거든 그에겐 얘기해도 된단다.' 이러시는 거예요. 나는 시키는 대로 단단히 약속을 했죠. 그때 어찌나 흥분하고 겁을 집어먹었는지 막 눈물이 나더라고요. 그로부터 몇 달 뒤 엄마는 브레작과 재혼을 하셨지요. 결국 그리 행복하지도, 오래가지도 않는 결혼이었답니다. 이듬해 가엾은 엄마는 늑막염으로 돌아가셨고요. 근데 돌아가시기 직전, 엄마가 방문했던 지방에 대한 상세한 정보와 내가 스무 살이 될 때 해야 할 일에 관한 지침을 종이쪽지에 담아 은밀히 남기셨어요. 엄마가 죽자, 외할아버지도 금세 돌아가셨지요. 결국 나 혼자 달랑 남겨졌고, 얼마 지나지 않아 의붓아버지는 나를 이곳 생트마리 수녀원으로 치우듯 보내버렸답니다. 그 당시 너무도 서글프고 무기력했던 나는 그나마 비밀을 간직하고 있다는 사실로 인해 나 자신이 중요한 사람이라며 위안을 삼을 수 있었습니다. 그러던 어느 일요일이었어요. 뭔가 동떨어진 장소를 찾던 나는 바로 이곳으로 발길을 들여놓게 되었지요. 내 어린 시절 머릿속에서 움텄던 계획을 실행에 옮기기 위해서였습니다. 그때까지만 해도 엄마가 지시해준 내용을 고스란히 외우고 있었거든요. 이미 종잇장 따윈 보관하고 있을 필요가 없었지요. 내가 그걸 가지고 있는 한, 언젠가는 세상 모든 사람들도 알게 될 거 아니겠어요? 그래서 나는 엄마가 남겨준 종이를 바로 이 흙으로 구워 만든 화병 안에서 태워버렸답니다."

라울은 고개를 설레설레 저으며 말했다.

"그럼 지금은 지시사항을 죄다 잊어버린 겁니까?"

"네. 이곳에서 공부도 하고 놀기도 하면서 하루하루 따뜻한 애정 속에 푹 파묻혀 지내다 보니까 나도 모르게 그 모든 것이 기억 속에서 가물가물 지워져갔어요. 지방 이름도 잊어버렸고, 그 위치나 기차편도 깡그리 잊었어요. 내가 하기로 한 일도 완전히 캄캄하답니다."

"전혀 기억이 안 납니까?"

"전혀요. 다만 다른 것들보다 좀 더 내 눈이나 귀에 인상 깊었던 경치들이나 어떤 느낌만큼은…… 지금까지 한 번도 뇌리를 떠나본 적이 없는 이미지들이 있긴 해요. 예컨대 이런저런 소음들, 성당 종소리 같은 것은 아직까지 생생하게 종이 울리고 있는 것처럼 귀에 선하답니다."

"그러니까 바로 그 이미지와 느낌을 당신 적들이 노리고 있는 거로군요? 당신 얘기를 듣다 보면 뭔가를 알아낼 수 있을 것이라서 말입니다."

"그런 셈이죠."

"그나저나 그들은 비밀의 존재에 대해 어떻게 알아냈을까요?"

"외할아버지가 비밀에 관해 언급한 편지들이 몇 장 있었는데, 그걸 엄마가 폐기처분하지 않고 지니고 계셨던 거예요. 훗날 편지들을 손에 넣은 브레작은 내 생애 더없이 좋았던 생트마리에서의 10년 세월 동안, 나한테는 그 일에 관해 일절 함구해왔답니다. 그러다가 지금으로부터 2년 전, 내가 파리로 돌아가던 날 처음으로 그에 관한 질문을 해대는 것이었어요. 나는 방금 당신한테 털어놓았던 만큼의 얘기를 해주었지요. 어차피 그 정도야 내 재량껏 할 수 있는 얘기이니까요. 하지만 그를 본격적인 도정에 올려놓을 위험을 무릅쓰면서까지 아주 어렴풋한 기억을 되살려가며 공개하고 싶지는 않았답니다. 아니나 다를까, 그때부터 온갖 박해와 비난과 다툼의 연속인 거예요. 급기야는 집에서 도망쳐 나올 결심을 하게 될 지경까지 말입니다."

"그래, 혼자서 그런 결심을 하게 된 겁니까?"

결정판 아르센 뤼팽 전집

라울의 날카로운 질문에 여자는 얼굴이 빨개졌다.

"그건 아니에요. 그렇다고 당신이 상상할지도 모를 그렇고 그런 이야기는 아니랍니다. 당시 기욤 앙시벨은 분수를 철저히 지켜가면서 내게 정중히 대해주었어요. 어디까지나 보상을 바라지 않으면서 그저 내게 도움이 되는 사람이고자 했으니까요. 그러니 내 애정은 아니더라도 최소한 신뢰는 받을 만했던 겁니다. 물론 그렇다고 해서 도주 계획을 그에게 몽땅 털어놓은 건 내 큰 실수였지만 말이에요."

"당신 결정을 아무 이의 없이 지지하던가요?"

"그야말로 쌍수를 들고 밀어주다시피 했어요. 도망칠 채비도 거들어주고, 엄마한테서 물려받은 장신구와 유가증권들도 경비를 대기 위해 대신 처분해주기까지 했답니다. 그렇게 해서 도주 전날이 되자, 아직도 어디로 피신해야 할지 마땅한 곳을 정하지 못하던 내게 기욤이 이러는 거였어요. '나는 니스에서 오는 길입니다만, 내일 다시 그리로 돌아갈 예정입니다. 내가 그리로 모셔도 괜찮을까요? 아마 요즘 들어 리비에라 해안만큼 조용한 은신처를 발견하기도 쉽진 않을 겁니다.' 그런 제안에 당시로서 거부할 이유가 어디 있겠어요? 그를 결코 사랑한다고는 할 수 없었지만, 그래도 성실하고 매우 헌신적인 남자로 본 건 사실입니다. 결국 난 제안을 받아들이기로 했지요."

"저런, 신중치 못한 결정이었소!"

라울이 한마디 하자, 여자도 곧 수긍했다.

"맞아요. 더구나 그때까지 우리 사이에 그런 행동의 핑계가 될 만한 각별한 친분이 있었던 것도 아니었거든요. 하지만 어쩌겠어요! 혼자 아무 의지할 곳 없이 불행하게 시달리며 살아가던 처지였으니…… 그런데 뜻밖의 도움의 손길이 뻗쳐와서 '그래 기껏해야 몇 시간이다!'라고 생각해버린 거죠. 우린 함께 떠났답니다."

약간 주저하던 기색의 여자가 단호하게 얘기를 이어갔다.

"참으로 끔찍한 여정이었어요. 물론 그 이유는 당신도 알 만한 것이죠. 기욤이 의사에게서 탈취한 마차 안에 나를 동댕이쳤을 때, 나는 완전 기진맥진한 상태였답니다. 그는 나를 제멋대로 다른 역으로 끌고 갔다가, 거기서 어차피 소지한 차표 행선지인 니스로 가서 짐들을 찾았지요. 그때 나는 온몸에 신열이 나고, 발작 증세까지 일으키고 있었답니다. 그는 그런 내 상태를 이용해 다음 날 강제로 나를 끌고 어느 사유지 별장으로 침범해 들어가더군요. 주인이 없는 틈을 타서 그들한테 도둑맞았던 물건을 되찾아와야겠다면서 말입니다. 그러지 않아도 어디든 가자는 대로 가는 상황이었기에 그곳도 순순히 따라갔지요. 정말이지 아무 생각도 없었고, 완전히 수동적으로 따라다닌 것입니다. 바로 그 별장에서 조도의 습격을 받고 납치당했던 거고요."

"그래서 두 번째로 내가 당신을 구하게 된 거고, 역시 두 번째로 당신은 나를 따돌림으로써 그에 대한 보상을 한 것이군요. 아무튼 그건 그렇고. 조도, 그자 역시 비밀을 캐내고 싶어 했겠죠?"

"그렇죠."

"그 후에는 어떻게 됐습니까?"

"호텔로 돌아오니 기욤이 함께 몬테카를로까지 가자고 졸라대더군요."

"맙소사! 그땐 이미 당신도 그의 됨됨이에 대해 훤히 꿰뚫은 처지가 아닙니까?"

라울이 펄쩍 뛰었다.

"무슨 수로 말인가요? 사람이 우선 제 눈부터 똑바로 뜨고 있어야 뭔가가 보이기 마련이죠. 하지만 이틀 전부터 나는 정신 상태가 전혀 온전치 못했어요. 게다가 조도의 행패 때문에 더욱 악화된 상태였지요.

결국 나는 여행의 목적이 무엇인지 물어볼 생각도 못하고 기욤을 따라 나섰답니다. 당시 갈수록 낯설어만 가는 그 남자의 존재에 철저하게 잠식되어가는 나 자신의 비굴한 모습에 수치를 느끼면서도 달리 저항할 엄두를 내지 못하는 상황이었어요. 도대체 몬테카를로에 가서 날더러 뭘 어떡하라는 것인지? 오리무중일 수밖에 없었습니다. 아무튼 기욤이 일전에 내게 맡겼던 편지들을 호텔 복도에서 그에게 도로 건네주는 게 나의 임무였습니다. 자기가 직접 누군가한테 돌려줄 편지라고 했어요. 무슨 편지들이었을까요? 또 그걸 최종적으로 돌려받을 사람은 누구고요? 왜 마레스칼이 그곳에 나타난 걸까요? 당신은 또 어떻게 그의 손아귀에서 나를 구출한 거죠? 그 모든 것이 모호하기만 합니다. 하지만 그 와중에도 불현듯 내 안의 본능이 눈을 뜨는 것이었어요. 기욤을 향한 적의가 무섭게 고개를 들기 시작하는 것이었습니다. 너무도 미웠죠. 나는 그와 나 사이에 맺어진 계약 아닌 계약을 과감히 던져버리기로 결심하고, 몬테카를로를 떠나 바로 이곳에 와 은신하기로 했답니다. 그는 툴루즈까지 내 뒤를 쫓아왔지요. 나는 오후 일찍 그를 떠나기로 한 내 마음을 전달했고, 그는 더 이상 아무것도 내 마음을 돌이킬 수 없다는 걸 깨달아야 했지요. 울화통이 치미는 얼굴로 냅다 내뱉더군요. '좋아! 정 그렇다면 갈라섭시다! 그래봤자 나에겐 달라질 것도 없어! 단, 한 가지 조건을 걸지.' 그리고 언젠가 내 의붓아버지가 내가 가지고 있는 비밀 얘기를 자기한테 비친 적이 있다면서, 그걸 얘기하면 순순히 놔주겠다고 하더군요. 그제야 나는 모든 걸 깨닫게 되었답니다. 그가 내뱉은 온갖 헌신의 맹세들…… 몽땅 거짓이라는 게 드러난 거죠. 오로지 유일한 관심사는 살살 구슬리든 위협으로 윽박지르든 간에 언젠가는 내 입에서 비밀을 빼내고야 말겠다는 바로 그것이었습니다. 내가 그동안 의붓아버지한테도 허락하지 않았고, 조도 역시 악착같이 물고 늘어졌을 뿐 어림없었던 그 비밀을 말이죠."

여자는 입을 다물었다. 이로써 여자는 그간의 진실을 있는 대로 털어놓은 셈이고, 그 모습을 지켜보던 라울은 깊은 인상을 받았다. 그는 진지한 목소리로 입을 열었다.

"그자의 정체가 어떤 것인지 알고 싶습니까?"

여자는 고개를 가로저으며 말했다.

"이제 그럴 필요가 있을까요?"

"알아두는 게 나을 겁니다. 자, 한번 들어보십시오. 니스의 파라도니 별장에서 그가 찾았던 유가증권들은 사실 그의 것이 아니었습니다. 그저 도둑질을 하러 그곳을 파고든 것이지요. 몬테카를로에서는 문제가 될 만한 편지를 돌려주는 조건으로 10만 프랑을 요구했습니다. 요컨대 구제불능의 도둑이자 사기꾼…… 이것이 바로 그자의 정체였던 겁니다."

오렐리는 아무런 이의를 달지 않았다. 이미 어느 정도까지는 가늠하던 터라 느닷없이 진실을 까발렸다 해도 큰 충격은 아닌 모양이었다.

오히려 차분한 어조로 말했다.

"당신이 나를 구해주셨습니다. 그 점 감사해요."

"내 참! 진작에 도망치지나 말고 내게 모든 걸 맡겼어야죠! 그동안 낭비한 시간이 대체 얼마입니까!"

여자는 자리를 피하려다 말고 불쑥 반문했다.

"내가 왜 당신한테 모든 걸 맡겨야 하는 거죠? 당신은 누구신데요? 난 당신을 알지도 못해요. 당신한테 나쁜 소리만 하는 마레스칼도 당신 이름조차 모르고 있다더군요. 위험이 있을 때마다 당신이 나서서 나를 구해준 건 사실이에요. 하지만 그 이유는 대체 무엇일까요? 무슨 의도로 그런 거냐고요?"

남자는 실소 비슷한 미소를 띤 채 대꾸했다.

"역시 당신 비밀이 탐나서 이러고 있을 것이라는 겁니까?"

갑자기 풀이 죽은 태도로 여자가 중얼거렸다.

"아무 말 안 할래요. 아무것도 모르겠어요. 도무지 뭐가 뭔지 모르겠다고요. 지난 2~3주 전부터 어디서 무얼 하든 줄곧 캄캄한 장벽에 부닥치기만 해왔어요. 더 이상 내 능력을 벗어나는 신뢰니 뭐니 하는 것, 요구하지 않으셨으면 하네요. 이 세상 모든 게 의심스럽고 수상하기만 합니다."

라울은 그렇게 말하는 여자의 처지가 안쓰러울 따름이었고, 그대로 자리를 피하는 걸 지켜볼 수밖에 없었다.

그 역시 그곳을 벗어나면서(사실 그동안 끝에서 두 번째 성토층 바로 아래에 일종의 비밀문이 매몰되어 있는 걸 발견했고, 그걸 다시 복구해놓은 상태였다), 라울은 속으로 중얼거렸다.

'역시 그 끔찍했던 밤 얘기는 한마디도 안 비치는군. 미스 베이크필드가 처참하게 죽고, 두 명의 남자가 살해당했는데도 말이야. 그때 내가 본 건 분명 복면까지 철저히 한 그녀의 모습이었어.'

솔직히 그의 입장에서도 모든 게 아리송하고 답답하긴 매한가지였다. 어둠의 장벽은 그의 주위로도 군데군데 희끄무레한 빛줄기만을 허용한 채 완강히 에워싸고 있는 것이었다. 더욱이 애당초 이번 모험에 뛰어들 때부터 미스 베이크필드의 시신 앞에서 다짐했던 증오와 복수의 맹세를 저 여자 앞에서는 단 한순간도 떠올리지 않았고, 초록 눈동자의 기막힌 매력을 조금이라도 훼손하는 생각은 해본 적이 없었으니.

이틀 동안 라울은 그녀의 모습을 보지 못했다. 그러더니 이후 사흘 연속으로는 아무 설명 없이 눈앞에 나타났다. 마치 이제는 없으면 견딜 수 없는 보호의 손길을 찾아 같은 장소를 찾아드는 것만 같았다.

처음에는 10분을 머물더니 그다음에는 15분, 나중에는 30분을 라울과 함께 머물렀다. 그렇다고 그만큼 서로가 말이 많아지는 것은 아니었지만, 자신이 원했든 원하지 않았든 그녀의 내부에 신뢰의 씨앗이 싹을 틔우고 있는 건 분명했다. 여자는 틈새가 벌어진 흉벽 난간 쪽으로 다가가서 저 아래 잔물결이 이는 호수를 내려다보았다. 라울은 몇 차례 질문을 시도할까 주춤거렸다. 그럴 때마다 여자는 보쿠르에서의 지긋지긋했던 시간을 떠올릴 만한 모든 것에 끔찍한 거부감을 내비치면서 부르르 몸을 사렸다. 그러면서 비교적 아득한 과거의 얘기, 예컨대 옛날 이곳 생트마리에서 지내던 생활과 지금 또다시 이 평온하고 다정다감한 환경 속에서 누리는 평화로움을 주제로 적잖은 수다를 떨기도 했다.

한번은 여자가 흙으로 구워 만든 화병 앞에 허리를 숙인 채 손등으로 그 받침대 위를 닿을락 말락 스치고 있었는데, 한참 동안 그녀의 손금을 감상하던 라울이 말했다.

"첫날부터 예상했던 대로군요. 하나는 어둡고 비극적이며, 다른 하나는 행복하고 단순하게 살아갈 운명. 두 가지가 서로 부닥치고, 얽히고 설키면서 뒤섞이는 바람에 어느 것이 우세한지 아직도 말할 수가 없는 실정입니다. 도대체 어느 것이 진실입니까? 어떤 것이 당신의 본성에 해당할까요?"

"그야 행복한 운명이어야죠. 내 안에는 밖으로 쉽게쉽게 표출되는 부분들이 있답니다. 그거야말로 이곳에서처럼 어떤 위협이 닥치더라도 모든 걸 망각하고 흥겹게 지낼 수 있도록 해주는 부분이죠."

라울은 계속해서 손금을 살피다 히죽 웃으며 얘기를 이어갔다.

"그래도 물은 조심하세요. 치명적일 수도 있습니다. 빠져서 익사할 수도 있고, 물이 넘쳐 고생할 수도 있고…… 여간 험하지 않은 게 또 물이에요! 하지만 모든 사물은 물로 인해 멀리멀리 떠내려가 버리기 마련이지요. 그래요, 마찬가지로 당신의 삶도 흐르는 세월과 더불어 그럭저럭 풀려나갈 것입니다. 이미 선량한 수호천사가 사악한 악령을 이기고 있어요."

사실 라울은 여자를 안심시키려고 거짓말을 늘어놓고 있었다. 아울러 이젠 감히 똑바로 쳐다보지도 못하는 그녀의 아리따운 입술에 살며시 미소가 그려지기를 줄기차게 바랄 뿐이었다. 할 수만 있다면 그 자신도 모든 걸 잊고 스스로를 행복한 사람으로 기만하고 싶었다.

그렇게 2주 동안의 즐거움 속에 파묻히다시피 지내면서도 라울은 겉으로는 그런 내색을 하지 않으려고 무진 애를 썼다. 이를테면 사랑의 취기에 함몰되어 그저 연인의 모습을 바라보거나 목소리를 듣는 것 이외의 모든 것에 완전히 무감각해지고 마는 일종의 현기증을 체험하는 중이었다. 마레스칼이나 기욤, 조도와 같은 존재들의 위협적인 이미지들은 머릿속에 떠올릴 생각조차 하지 않았다. 그 셋 중 어느 한 놈도 나타나지 않는 걸 보면, 아마도 먹잇감의 발자취를 도중에서 놓쳤기 때문이리라. 사정이 그러하거늘, 아리따운 아가씨와 더불어 지내는 이 감미롭다 못해 몽롱하기까지 한 열락의 도가니에 내 모든 걸 어찌 내던지지 않을 수 있으랴!

하지만 각성의 순간은 갑작스럽게 찾아왔다. 어느 오후, 라울은 낭떠러지를 굽어보는 나뭇잎들 사이로 고개를 내민 채 저 아래 거울 같은 호수의 수면을 한가로이 내려다보았다. 개천물이 흘러드는 좁다란 여울목 쪽으로만 자잘한 잔물결들이 살랑거리고 있었다. 문득 정원 쪽으로부터 아득한 외침이 들려왔다.

"오렐리! 오렐리! 아니, 어디 있는 거지, 오렐리?"

여자는 당혹한 표정을 감추지 않고 호들갑을 떨었다.

"어머나! 왜 나를 부르는 거지?"

그녀는 성토층의 높다란 지점까지 달음박질쳐 올라갔다. 참피나무 가로수길에서 어떤 수녀 한 명이 소리쳐 부르고 있었다.

"저, 여기 있어요! 여기예요! 무슨 일인가요, 수녀님?"

"전보가 왔답니다, 오렐리!"

"전보요? 그냥 거기 계세요, 수녀님! 제가 내려갈게요."

잠시 후, 다시금 그녀가 여름 발코니 같은 이곳으로 돌아왔을 때는 손에 전보용지 한 장을 움켜쥔 채 몹시 흥분한 기색이었다.

"의붓아버지한테서 온 거예요."

"브레작 말인가요?"

"네."

"당신을 다시 불러들인단 말이오?"

"조만간 이곳에 들르겠다는군요!"

"아니, 왜?"

"나를 데리러요."

"말도 안 돼!"

"이것 보세요"

라울은 보르도에서 발송한 짤막한 전보를 단숨에 읽었다.

오후 4시에 도착할 것임.

곧장 출발할 수 있도록.

브레작.

라울은 생각에 잠기면서 물었다.

"당신, 혹시 여기 있는 걸 의붓아버지에게 알린 적 있나요?"

"아뇨. 단지 예전 휴가 기간 동안 그가 이곳에 들른 적이 있었지요."

"그래, 어쩔 셈이오?"

"글쎄요, 내가 어떻게 해야 하겠어요?"

"단호히 거부하십시오."

"하지만 원장수녀님이 그렇게까지 나를 거두려고는 하지 않을 거예요."

라울은 넌지시 떠보았다.

"그럼 지금 당장 떠나시죠!"

"어떻게요?"

라울은 성토층 한쪽 구석의 우거진 숲 쪽을 손가락으로 가리켰고, 여자는 곧장 발끈했다.

"나더러 마치 죄인처럼 슬그머니 수녀원을 떠나라고요? 뺑소니치듯이? 천만에요! 그럴 수는 없어요. 그건 이곳에서 나를 친딸처럼 아끼고 믿어주신 모든 분들에게 엄청난 충격과 고통을 안겨주는 행위예요. 절대로 그럴 순 없지요!"

여자는 맥이 축 빠지는 모양인지 그만 흉벽(胸壁) 맞은편 돌로 된 벤치에 털썩 주저앉았다. 라울은 천천히 다가가 진지하게 말했다.

"난 당신에 대한 내 감정이 어떤지, 또 내가 왜 이렇게 행동하는 건지 굳이 얘기하지는 않겠습니다. 다만 나는 지금 인생 모든 걸 걸어도 좋을 한 여인을 위한 사나이의 심정으로, 당신에게 헌신을 하고 있다는 것만은 알아주셔야 합니다. 나의 그런 헌신이라면 당신이 나를 절대적으로 신뢰해주는 게 당연하며, 맹목적으로 내 말에 따를 마음의 준비를 갖춰야만 하는 겁니다. 그것이 바로 당신이 구원받을 수 있느냐 없느냐를 결정할 거예요. 어떻습니까, 내 말 알아듣겠소?"

여자는 완전히 기가 꺾인 태도로 조용히 말했다.

"알았어요."

"좋습니다. 그럼 이제부터 내가 방법을 일러드리리다. 아니, 아예 명령을 하는 거니 잘 들어요. 우선 다소곳이 의붓아버지를 맞이하세요. 절대로 싸우거나 해서는 안 됩니다. 대화도 마찬가지예요. 입 밖으로 단 한 마디도 내뱉어선 안 돼요. 그냥 그를 따라가십시오. 파리로 돌아가요. 그래서 도착하는 날 저녁, 무슨 핑계라도 좋으니 구실을 만들어서 밖으로 나오십시오. 문에서 스무 보쯤 떨어진 곳에 자동차가 하나 있을 텐데, 그 안에 백발의 나이 든 부인이 당신을 기다리고 있을 겁니다. 그 길로 나는 두 사람을 태운 채 아무도 당신을 찾아내지 못할 시골 은신처로 직행할 겁니다. 아울러 명예를 걸고 맹세컨대 나는 곧장 그곳을 벗어날 겁니다. 차후에도 당신이 불러줄 때를 제하고는 그곳에 얼씬도 하지 않을 거예요. 자, 어떻습니까? 그렇게 하겠습니까?"

"네."

여자는 고개를 끄덕이며 중얼거렸다.

"그렇다면 내일 저녁에 보도록 합시다. 그리고 내 말 명심하세요. 무슨 일이 있어도 당신을 보호하겠다는 내 의지를 꺾지는 못할 겁니다. 그리고 이 몸이 계획하는 일을 그르칠 거라곤 세상에 아무것도 없어요. 설사 이 세상 모든 것이 당신한테 등을 돌리는 듯 느껴진다 해도 결코 용기를 잃어선 안 됩니다. 걱정할 필요가 없어요. 제아무리 혹독한 위험 속에서도 당신을 위협할 만한 것은 아무것도 없다는 사실을 악착같이 명심해야만 합니다. 필요한 바로 그 순간에 내가 당신 곁에 있을 테니 말입니다. 항상 지키고 있을 거예요. 내가 당신을 구원해줄 겁니다, 마드무아젤!"

당차게 내뱉은 라울은 깍듯하게 허리를 숙여 여자 망토 끝자락의 띠 위에 가볍게 입을 갖다 댔다. 그런 다음 낡은 격자 패널 한쪽을 젖혀 열고, 덤불숲 속으로 뛰어들어 옛 비밀문 쪽 어렴풋이 뻗은 샛길로 잽싸게 접어들었다.

오렐리는 돌의자에 앉아 꼼짝하지 않았다.

한 30초가 흘렀다.

바로 그때였다. 흙벽 틈새 쪽에서 뭔가 부스럭대는 소리가 들려 화들짝 고개를 쳐드는데, 관목들이 심상치 않게 흔들리고 있었다. 누군가 있는 게 틀림없었다. 분명 누군가 그곳에 숨어서 여길 지켜보고 있었던 것이다.

여자는 다짜고짜 소리를 쳐서 도움을 요청하고 싶었다. 하지만 그럴 수가 없었다. 하필 이때 목이 메어 목소리가 잘 나오지 않는 것이었다.

잎사귀가 더욱 부산하게 흔들렸다. 대체 누가 나타나려는 걸까? 여자는 차라리 기욤이나 조도이기를 간절히 바랐다. 그 두 강도들이 마레스칼보다는 덜 두려운 존재였다.

마침내 사람 머리가 튀어나오는가 싶더니 불쑥 모습을 드러낸 건 다름 아닌 마레스칼이었다.

한편 저 아래, 오른쪽 방향에선 묵직한 비밀문이 철커덕 닫히는 소리가 안타깝게 들려왔다.

결정판 아르센 뤼팽 전집

7
지옥의 아가리

지난 수 주 동안 라울과 오렐리가 아무 방해 없이 밀회를 나누는 게 가능했던 건, 따지고 보면 정원의 제일 높은 지대, 지나다니는 사람 하나 없고 주변의 빽빽한 관목들로 시선마저 차단된 이곳 성토층의 고립된 분위기 덕분이었다고 할 수 있다. 마찬가지로 마레스칼 역시 바로 그런 분위기를 노리고 아무도 오렐리의 다급한 처지에 손 내밀어 줄 수 없는 상황을 악용하려는 속셈 아니겠는가. 이제 사태는 어쩔 수 없이 적이 원하는 방향대로, 그의 완강한 의지에 따라 파국을 향해 치달을 가능성이 농후했다.

그 점을 너무도 실감하는지 마레스칼은 별로 서두르는 기색도 없었다. 그는 천천히 다가와서 척 멈춰 섰다. 확실히 다가선 승리 앞에서 온통 들뜨다 못해 평상시 균형 잡힌 그의 얼굴이 언뜻 흔들리는가 싶더니, 뻣뻣하기만 하던 표정이 일순 뒤틀렸다. 입술 왼쪽 구석이 약간 치켜 올라가면서 네모진 턱수염 반쪽도 따라 일그러지는가 하면, 그 사이로 새하얀 치아가 소름 끼치게 번쩍거렸다. 두 눈동자는 완강하고 잔혹한 빛을 발하고 있었다.

마침내 그가 빈정거렸다.

"보아하니 이번에는 사태가 내게 그다지 나쁘게 돌아가지는 않는 것 같군요! 최소한 보쿠르 역에서처럼 당신이 내 손아귀를 빠져나갈 방도는 없는 것 같소. 물론 파리에서처럼 날 내칠 수도 없을 테고 말이오. 어험, 이제는 보다 강한 자의 법을 따라야만 할 것 같소만!"

오렐리는 상체를 곧추세우고 뻣뻣하게 긴장한 두 팔, 불끈 움켜쥔 두 주먹으로 돌의자를 짚은 채, 미칠 듯한 불안감을 가득 담은 표정으로 상대를 노려보았다. 신음 소리 하나 내지 않고 여자는 사내의 다음 말을 기다렸다.

"아무튼 이렇게 예뻐진 모습을 보게 되다니 기분 참 좋소! 솔직히 나처럼 다소 과격한 방식으로 누군가를 사랑할 때는, 설사 상대가 자기에 대한 두려움과 반항심으로 치를 떤다 해도 그다지 기분 나쁘지만은 않는 법이라오. 오히려 그럴수록 먹잇감을 정복하려는 욕구에 몸부림을 치게 되지."

그러면서 한층 목소리를 낮춰 말했다.

"더군다나 기가 막힌 먹잇감일 경우엔 더더욱 말이야. 정말이지 당신, 지독히 아름다운 건 사실이거든!"

한편 마레스칼은 구겨진 전보용지를 슬쩍 펴보더니 노골적으로 비아냥댔다.

"오호라, 우리의 훌륭하신 브레작 나리 아니신가? 조만간 납셔서 당신을 데리고 가시겠다? 그 정도야 나도 알지. 암, 알고말고! 하긴 지난 보름 동안 나는 존경하는 우리 국장님 뒤를 밟아왔으니, 그의 가장 은밀한 계획까지 샅샅이 꿰차고 있을 수밖에! 그 인간 주변에 충성스러운

　결정판 아르센 뤼팽 전집

내 사람들을 쫙 뿌려놓았거든. 그렇게 해서 당신이 숨어든 곳도 알아낸 거고, 존경하는 상관보다 몇 시간 앞질러 선수 칠 수도 있었던 거라고. 우선 주변의 숲과 계곡 등을 탐사했고, 당신을 멀리서 관찰하다가 이곳 성토층으로 쫄랑쫄랑 뛰어나오는 것을 확인한 다음엔 곧장 이리로 기어올랐지. 중간에 느닷없이 빠져나가는 웬 녀석도 보이더군. 아마도 애인이겠지?"

그러면서 마레스칼은 몇 걸음 다가섰다. 여자는 소스라치며 움찔했고 그 바람에 의자 주위로 설치된 격자 패널에 상체가 닿았다.

사내는 짜증 섞인 목소리로 내뱉었다.

"저런, 이것 봐요, 이쁜이. 아까 애인께서 몸을 더듬으려고 했을 땐 그런 식으로 질색하진 않았을 텐데? 대체 그 행운의 사나이는 누굴까? 약혼자? 아니, 단순한 애인이겠지. 그러고 보니 내 물건을 지키기 위해 제때에 들이닥친 셈이로군! 생트마리의 청순한 기숙생이 어리석은 짓을 하는 걸 아주 제때에 차단하러 왔어! 아, 난 또 차마 그런 장난질을 하리라곤 생각지도 못했잖아!"

사내는 울컥 치미는 화를 가까스로 자제하더니 여자한테 잔뜩 몸을 기울이며 말했다.

"어쨌든 잘된 일이지! 모든 게 단순하게 되었으니까 말이야. 하긴 이러지 않아도 내가 뛰어든 판은 기막히게 풀려가고 있었어. 왜냐하면 상수패란 상수패는 몽땅 이 손안에 쥐어져 있으니까! 근데 생각지도 못한 행운이 겹치고 만 거야! 오렐리가 그저 수줍기만 한 요조숙녀가 더는 아니더라 이거지! 알고 보니 구렁마다 용케 피해가면서 도둑질도 하고 사람까지 죽이는 여걸 중의 여걸 아니었겠어? 웬만한 장애물은 거들떠도 안 보고 훌쩍 뛰어넘을 만반의 태세가 되어 있는 거지. 그러니 나하고 손 붙잡으면 안 될 이유도 없는 셈이지. 안 그래, 오렐리? 다른 남자도 상관없다면 나라고 안 될 이유가 없잖아? 그에게 장점이 있다면 나 역시 결코 녹록지 않게 내세울 만한 장점들을 가지고 있다고. 자, 어떻게 생각하오, 오렐리?"

여자는 완강하게 입을 다물고 있었다. 상대는 공포에 질린 이런 침묵에 대해 부글부글 속을 끓이면서 또박또박 끊어 말했다.

"이것 봐요, 오렐리. 우린 지금 근사한 말재간이나 부리고, 그저 수박 겉핥기식으로 이 얘기, 저 얘기 집적댈 여유는 없는 것 아닐까? 서로 오해가 없기 위해서라도 말을 겁내지 않고 똑 부러지게 얘기하는 게 좋지. 그러니 단도직입적으로 갑시다. 내가 당했던 온갖 수모를 포함해 과거의 모든 일은 그냥 덮어두자고요. 더 이상 그런 게 중요한 건 아니니까. 중요한 건 오직 현재이려니…… 이상, 끝! 그런데 바로 그 '현재'라는 것을 들춰보면 특급열차 살인사건, 숲 속으로의 도주, 헌병대에 의한 체포와 무수히 쏟아지는 범행증거들뿐이거든. 또 드디어 오늘 당신을 독 안에 든 쥐마냥 붙잡아서, 뒷덜미를 움켜잡고 당신 의붓아버지한테 끌고 가는 일밖에 남지 않았다는 사실도 엄연한 '현재'에 속하는 일이야. 끌고 가서는 수많은 증인들 앞에서 이렇게 소리치는 거지. '사람을 죽이고 모두에게 쫓기고 있는 여자를 여기 대령했나이다. 아울러 체포영장은 지금 제 호주머니 속에 얌전히 있지요. 자, 어서 헌병대에 신고를 하십시오'라고 말이야."

마레스칼은 마치 진짜 죄인을 움켜잡으려는 듯 팔을 번쩍 치켜들었다. 하지만 이내 위세를 누그러뜨리며 좀 더 차분한 어조로 돌아왔다.

"요컨대 한편으로는 자칫 그런 식으로 진행될지도 모른다는 거지. 즉, 공개적인 고발조치가 이루어지고 중죄재판소로 넘어가서 마침내 끔찍한 형벌을 감수하는 길이 있겠고. 다른 한편으론 또 이런 방법도 있다는 얘기야. 다시 말해 내가 당신한테 부여하는 선택권 중 두 번째

대안인 셈인데, 지금 이 자리에서 당신과 나 둘이 화해를 하는 거지. 물론 그에 대한 조건은 당신도 충분히 짐작하는 것일 테고. 내가 요구하는 건 단순한 약속이 아니라, 그야말로 무릎을 꿇고 하는 맹세 정도는 되어야 해. 즉, 파리로 돌아가는 즉시 혼자서 나를 보러 내 집에 찾아오겠노라는 맹세 말이야. 더구나 그 화해가 진심에서 우러나온다는 증거를 지금 이 자리에서 당장 보여야 하고. 내 입술에 당신 입술 도장을 찍음으로써 말이지. 증오와 역겨움이 배어 있는 억지 키스가 아니라, 자진해서 가장 예쁘게 공을 들인 입맞춤…… 글자 그대로 연인의 입맞춤이어야 한다고."

그는 마침내 울컥 성을 내며 다그쳤다.

"제기랄, 뭘 뚱하니 그러고 있어! 어서 대답을 하란 말이야! 어서 받아들인다고 대답해! 그런 비련의 여주인공 같은 태도는 질색이라고! 대답을 하든지 아니면 내 손에 끌려가든지 하는 거야. 하긴 그래도 키스는 할 거니까. 심지어 감옥에 갇힌다 해도 마찬가지지."

이번에는 말로만 그치는 게 아니었다. 한 손은 여자의 어깨를 거칠게 부여잡고 다른 손은 목을 붙들어 격자 패널에 바짝 밀어붙이는가 싶더니 입술을 천천히 들이미는 것이 아닌가! 하지만 마지막 단계에서 사내는 웬일인지 동작을 멈추었다. 여자가 허물어지는 듯하더니 그대로 기절을 해버렸기 때문이었다.

마레스칼에게는 엄청 당혹스러운 상황이었다. 사실 이곳에 당도하면서도 이렇다 할 구체적 계획이 있었던 건 아니었다. 그나마 작심했던 거라곤 브레작이 나타나기 전 약 한 시간에 걸쳐서 진지한 약속을 받아내고, 자신의 능력을 똑똑히 인정하도록 만들겠다는 것뿐이었다. 그런데 여자가 대책 없이 눈앞에서 기절해버린 것이다.

그는 잠시 탐욕스러운 눈길로 먹잇감을 굽어보더니 나뭇잎 병풍으

로 아늑하고 소박하게 둘러쳐진 이 발코니 같은 장소를 황망하게 두리
번거렸다. 당연히 아무도 보는 사람이 없었고, 중간에라도 누가 개입할
것 같지는 않았다.

문득 어떤 생각에 이끌려 그는 낭떠러지 쪽 흉벽 가까이 다가갔다.
관목들이 우거진 틈새로 저 아래 황량한 골짜기와 신비스러우리만치
시커멓게 들어찬 삼림이 눈에 들어왔다. 그러고 보니 그곳을 지나치면
서 유심히 보아둔 동굴 하나가 퍼뜩 떠올랐다. 그곳에다 오렐리를 던져
넣고 헌병대의 무시무시한 위협 속에 가둬둔다면…… 그렇게 이틀, 사
흘, 필요하다면 일주일이라도 옴짝달싹 못하도록 묶어놓는다면, 그 또
한 예상 밖의 시원스러운 결말을 기대할 수 있지 않겠는가?

그는 가볍게 호각을 불었다. 맞은편 기슭, 숲 언저리의 키 작은 덤불
위로 두 개의 팔이 흔들리는 게 보였다. 미리 약속된 신호였다. 그가 사
전에 배치시킨 두 명의 부하들이었다. 아니나 다를까, 그쪽 기슭에 보
트가 한 대 두둥실 떠 있었다.

마레스칼은 더 이상 주저하지 않았다. 기회가 언제 달아날지 모른다
는 걸 잘 아는 그로서는 대번에 움켜잡지 않을 수 없었다. 그렇지 않으
면 눈 깜짝할 사이에 흔적도 없이 사라지고 마는 게 또한 기회의 속성
인 법이다. 다시 원래의 자리로 돌아온 그는 여자가 조만간 정신이 돌
아올 거라는 걸 확인했다.

"자자, 어서 움직여야지. 그렇지 않으면……."

징글맞게 중얼거리며 그는 우선 여자의 얼굴을 머플러로 뒤집어씌우
고, 그 양쪽 끄트머리를 매듭지어 재갈처럼 입에 물렸다. 그런 다음 번
쩍 안아 들고는 걸음을 옮겼다.

가녀린 여체는 거의 무게를 느끼지 못할 정도였다. 반면 마레스칼은
자타가 공인하는 단단한 체격이니 짐이 무거울 리는 없었다. 하지만 막

상 난간까지 다 와서 폭풍우가 암반을 깎아 이루어진 거의 수직의 낭떠러지를 내려다보자, 잠시 머리를 굴리며 조심을 기해야겠다는 생각을 하지 않을 수 없었다. 그는 일단 오렐리를 흙벽 가장자리에 내려놓았다.

혹시 그와 같은 실수를 여자가 은근히 기다리고 있었던 건 아닐까? 아니면 예기치 않은 상황을 맞아 갑작스러운 기지라도 떠오른 것일까? 어쨌든 마레스칼의 경솔함은 곧장 상대의 반응을 불러오고야 말았다. 지극히 당돌하고도 갑작스러운 동작으로 여자는 뒤집어쓴 머플러를 후딱 벗어던졌고, 결과야 어찌 되든 상관없다는 듯 마치 돌무더기 꼭대기에서 먼지를 일으키며 굴러떨어지는 자갈처럼 흙벽을 훌쩍 넘어 저 아래 낭떠러지로 내달리는 것이 아닌가!

혼비백산한 마레스칼은 겨우 정신을 가다듬고 역시 위험을 무릅쓴 채 몸을 날렸다. 가파른 벼랑 사이사이를 오도 가도 못하는 짐승처럼 지그재그로 헤매며 길을 찾는 여자의 안쓰러운 모습은 이미 그의 사정권 내로 들어오고 있었다.

"가련한 아가씨야, 자넨 이미 틀렸어. 그저 무릎 꿇고 용서를 빌 일만 남았어."

그렇게 내뱉으면서 마레스칼은 마침내 오렐리를 붙잡았다. 오렐리는 극도의 공포에 사로잡혀 정신없이 휘청거렸다. 바로 그때였다. 저 축대 꼭대기로부터 마레스칼의 바로 옆으로, 마치 부러진 나뭇가지가 떨구어지듯 뭔가가 추락하는 느낌이 옆구리를 엄습했다. 사내는 후닥닥 돌아보았고, 얼굴 아래쪽 반을 손수건으로 가린 채 떡하니 버티고 서 있는 한 남자와 맞닥뜨렸다. 오렐리의 애인 아니냐고 아까 실컷 다그쳤던 바로 그 작자라는 판단이 들자마자, 마레스칼은 부리나케 권총을 빼 들었다. 하지만 그걸 온전히 사용할 여유까지는 없었다. 제대로 숙련된 사바트(19세기 중반 창시된 프랑스 고유의 상류계층 무술. 현란한 발차기가 주무기이며, 뤼팽이 아버지로부터 정식으로 물려받은 무술이기도 하다—옮긴이) 발차기가 전광석화처럼 그의 가슴팍을 파고들었고, 그 즉시 저만치 나뒹굴어 호숫가 늪지대 속에 다리가 반쯤 잠길 정도까지 첨벙거리는 처지가 되고 말았다. 마레스칼은 분통이 터지는지 길길이 날뛰었고, 약 20여 보 거리를 두고 여자를 배에 조심스레 누이고 있는 상대를 향해 결연히 총구를 겨누었다.

"멈춰라! 아니면 쏜다!"

버럭 소리를 쳤지만 라울은 묵묵부답이었다. 다만 반쯤 썩어 나뒹굴던 판자 하나를 집어 들고 마치 방패처럼 지탱하는 것이 전부였다. 잠시 후, 그가 떠다민 보트는 호수 한복판을 향해 잔물결을 가르며 서서히 나아갔다.

마레스칼은 방아쇠를 당겼다. 그것도 다섯 차례 연속으로 미친 듯이 쏘아댔다. 하지만 보나마나 물에 젖었을 게 뻔한 다섯 개 총탄은 도무지 약실을 박차고 떠날 마음이 없는 듯했다. 그제야 그는 아까처럼, 그러나 훨씬 더 강하게 호각을 불어댔다. 역시 두 명의 사내가 상자 속의 도깨비 인형들처럼 각각의 덤불로부터 불쑥 고개를 내밀었다.

이미 호수 한복판까지 나온 라울은 그 맞은편 기슭으로부터 약 30미터 정도 떨어져 있었다.

마레스칼이 버럭 소리를 지른 건 그때였다.

"쏘지 마라!"

하긴 지금 총을 쏴댈 필요가 무어란 말인가? 지하로 흘러드는 급류의 물살에 휩쓸리지 않기 위해서라도 배의 진로는 단 하나, 곧장 직선 코스로 나아가 두 명의 사내가 권총을 들고 기다리는 기슭에 배를 대는 방법밖에는 없었다.

그런 상황 판단쯤 못할 리가 없는 라울인지라 갑자기 뱃머리를 돌리더니 무장하지 않은 단 한 명만 상대하면 되는 원래의 기슭으로 다가들었다.

그제야 사태를 파악한 마레스칼은 길길이 날뛰기 시작했다.

"쏴라! 쏘란 말이다! 지금 쏘지 않으면 다시 이곳으로 돌아온단 말이야! 이런 빌어먹을! 당장 쏘라니까 뭐해?"

반대편에서 한 발의 총성이 울렸다.

그와 동시에 배 안에서도 비명 소리가 솟구쳤다. 노를 떨어뜨린 라울의 몸뚱어리가 벌렁 나뒹굴자, 여자가 기겁을 하며 달려드는 게 보였다. 노는 제멋대로 떠내려가 버렸고, 잠시 어중간하게 떠 있던 배는 약간 방향을 트는가 싶더니 뱃머리를 아예 생트마리 급류와 나란히 한 채처음에는 천천히, 나중에는 점점 빠르게 물살에 휩쓸려 떠내려갔다.

"저런, 맙소사! 저러다 골로 가게 생겼어."

마레스칼은 넋 놓고 바라보며 더듬거렸다.

하긴 무얼 어떻게 한단 말인가? 이제 파국이 어떨지에 대해선 더 이상 의심할 여지도 없었다. 용골을 휘어 감으며 거칠게 지나는 급류의 위력에 영락없이 붙들린 배는 한 차례 더 제자리에서 빙글 돌더니 뱃머리를 아예 물 흐르는 방향으로 고정한 채, 바닥에 반듯하게 누운 두 남녀를 싣고 무시무시하게 벌어진 지반의 틈새 속으로 쏜살같이 쇄도했다!

두 사람이 이쪽 기슭을 벗어난 지 미처 2분도 지나지 않은 짧은 시간에 벌어진 일이었다.

마레스칼은 제자리에서 꼼짝도 하지 않았다. 두 다리는 물속에 그대로 담근 채 공포심으로 잔뜩 일그러진 얼굴이었다. 그의 시선은 배가 빨려 들어간 저주받은 지점을 마치 지옥의 쩍 벌어진 아가리나 되듯 뚫어져라 바라보고 있었다. 그의 모자는 물 위에 둥둥, 수염과 머리카락은 물에 젖어 엉망으로 뒤엉켰다.

"이, 이럴 수가! 이럴 수가 있나! 오렐리…… 오렐리……."

더듬거리던 마레스칼은 부하들이 소리쳐 부르는 소리를 듣고 겨우 정신을 가다듬었고, 그들이 기슭을 빙 돌아서 이쪽으로 다가왔을 땐 이미 젖은 몸을 말리고 있었다.

"정말 일이 그렇게 된 건가?"

"뭐 말이에요?"

"배 말이네. 배가 빨려 들어가지 않았느냐고?"

거기까지가 다였다. 자고로 악몽 속의 끔찍한 광경이란, 무시무시한 현실의 일부였을 것 같은 막연한 인상을 남기고는 사라져버리는 법이다.

세 사람은 평평한 바위와 주변에 돋아난 갈대들, 그리고 돌에 달라붙어 자라는 식물들로 다른 곳과 표가 나는 구멍 위로 올라가보았다. 반들반들 윤이 날 정도로 닦인 큼직한 바윗덩어리들이 등짝을 드러내며 에워싼 한가운데로 급물살을 이루는 격랑이 일종의 폭포를 이루며 떨어지고 있었다. 세 사람은 몸을 숙여 귀를 기울여보았다. 사람의 목소리라고는 전혀 들리지 않았다. 그저 미친 듯이 쇄도해 곤두박질치는 물소리가 전부였다. 아울러 새하얀 물거품과 함께 솟구치는 을씨년스러운 기운이 등골을 오싹하게만 할 뿐.

"지옥이 따로 없군. 여기가 바로 지옥의 아가리야."

마레스칼은 조심스레 중얼거리다가 어느 한순간 이렇게 더듬대기 시작했다.

"그녀는 죽었어! 물에 빠져 죽었다고…… 바보 같으니! 이 어인 끔찍한 죽음이란 말인가! 그놈의 등신 같은 녀석이 여자를 그냥 놔주었다면…… 내가…… 내가……."

결정판 아르센 뤼팽 전집

이제 세 명은 숲을 건너고 있었다. 마레스칼은 마치 장례행렬을 뒤따르기라도 하듯 무거운 발걸음을 내디뎠다. 수차례에 걸쳐 부하들이 이런저런 질문들을 늘어놓았다. 사실 이들은 별로 똑똑하지 못한 부하들로서, 정식 근무를 떠나 이번 여정에 대해 지극히 간략한 정보만 공개한 채 단순 조력으로 삼는 셈 치고 불러 모은 치들이었다. 마레스칼은 두 사람의 질문을 완전히 무시로 일관하면서 오로지 머릿속에는 오렐리 생각뿐이었다. 그토록 아름답고 생기 발랄하던 그녀를 얼마나 간절히 사랑해왔는데…… 두려움과 후회로 갈가리 찢겨진 추억들이 그의 가슴을 아리게 하고 있었다.

게다가 현실적으로도 그는 지금 그리 편한 입장이 될 수 없었다. 이제 곧 이번 사태에 대한 조사가 진행될 것이며, 조만간 자신이 표적으로 지목되어 이 비극적인 사건에서의 역할이 얼마간 추궁당하게 될 게 뻔했다. 그럴 경우, 일대 추문에 휘말려 직책상 나락으로 곤두박질치는 건 시간 문제였다. 브레작은 한 치의 양보도 없이 몰아붙일 것이요, 쌓였던 복수의 한을 끝까지 풀려고 할 터였다.

거기까지 생각이 미치자, 그의 머리는 곧바로 이 지방을 가능한 한 잡음 없이 떠나버릴 궁리로 옮겨갔다. 그는 일단 두 명의 부하들한테 잔뜩 겁을 주었다. 지금 세 사람 모두가 위험에 몰려 있다는 둥, 안전을 기하기 위해서는 지역 전체에 경계태세가 내려 존재가 노출되기 전에 당장 흩어져 각자 살길을 모색하는 게 최선이라는 둥, 온갖 호들갑을 떨었다. 그는 부하들에게 약속한 보수를 두 배씩 쳐준 다음, 혈혈단신 뤼즈의 가옥들을 피해 피에르피트네스탈라스행 도로를 타고 걷기 시작했다. 혹시라도 저녁 7시발 기차가 있는 역까지 데려다줄 마차라도 지나가지 않을까 간절히 바라면서 말이다.

그렇게 뤼즈를 약 3킬로미터 지나 걷던 중이었다. 풍성한 망토를 걸치고 바스크 지방(피레네 산맥 인근 지역—옮긴이) 특유의 베레모를 착용한 어느 농부의 이륜 짐수레가 방수포를 덮은 채 그를 앞질러 지나쳤다.

마레스칼은 거만한 태도로 수레에 뛰어 올라탄 뒤 목에 잔뜩 힘준 소리로 말했다.

"기차 타는 데까지 데려다주면 5프랑 드리지!"

농부는 조금도 당황하지 않는 기색이었고, 너무 헐렁한 마구 사이에서 몸 전체가 흔들거리는 빈약하고 앙상한 말한테 채찍질 한 대 가하지 않았다.

덕분에 가도 가도 끝이 없는 여정일 수밖에 없었다. 마치 제자리걸음을 하는 것과 별 다를 바 없을 정도였다. 심지어 농부 스스로 말의 보조를 억제하는 느낌마저 들었다.

마레스칼이 슬슬 성질을 부리는 건 당연했다. 오래지 않아 완전히 자제력을 상실한 그는 울상이 되어 투덜댔다.

"이러다간 끝도 없겠소. 정말이지 당신 말 심술 한번 대단하구려. 좋소, 10프랑을 드리지. 어떻소, 괜찮지?"

이놈의 지방은 유령들이 득실거리는 끔찍한 곳으로, 경찰들이 잔뜩 흩어져서 같은 식구나 다름없는 이 마레스칼만을 죽어라 쫓아다니고 있을 거라는 생각이 들었다. 그만큼 자기가 방금 죽음으로 내몬 여인의 시체가 누워 있는 땅에서 하룻밤을 이대로 지체한다는 건 아무래도 그의 한계를 벗어나는 일이었다.

"20프랑 주리다!"

마레스칼은 곧바로 미친 듯이 소리쳤다.

"좋소, 50프랑으로 합시다! 그래, 좋다고, 50프랑으로 해! 이제 2킬로미터도 안 남았소. 2킬로미터는 7분이면 되는 거리야. 이런 제기랄, 그거면 된다고! 우라질, 당신의 그 빌어먹을 말에 채찍질 좀 하시오!

50프랑 준다잖아!"

그제야 농부는 기력이 발작적으로 치솟는 듯했고, 그런 근사한 제안을 왜 이제야 내놓느냐는 듯 맹렬한 채찍질을 해댔다. '빌어먹을' 말은 드디어 경쾌한 말발굽 소리를 내기 시작했다.

"어어, 조, 조심해요! 이러다 도랑에 처박히기라도 하면 어쩌려고."

하지만 농부는 그 정도쯤이야 우습다는 분위기였다. 무려 50프랑을 준다지 않은가! 심지어 끄트머리가 구리뭉치로 된 곤봉을 양손으로 번갈아 휘두르기까지 하는 것이었다. 기겁을 한 짐승이 속력을 배가시키는 건 물론이었다. 수레는 노면 여기저기 정신없이 덜컹거리며 무섭게 질주했다. 마레스칼은 점점 더 불안해졌다.

"이, 이런 어리석은 자가 있나! 이러다 몽땅 뒤집힌단 말이오! 에잇, 우라질, 멈추란 말이야! 이봐요, 이봐, 당신 돌았어? 됐어, 됐다고! 이제 다 왔단 말이야!"

실제로 다 와가고 있었다. 그때 마부가 갑작스레 고삐를 확 끌어당기자, 수레 전체에 심한 반동이 가해지면서 모든 게 도랑으로 곤두박질치는 게 아닌가! 순식간에 수레가 납죽 엎드린 두 남자 위로 벌러덩 뒤집혔고, '빌어먹을' 말까지 마구 안에 갇혀 벌렁 나자빠진 채 말발굽을 허우적거리며 헛발질을 해대고 있었다.

마레스칼이 언뜻 느끼기에 어디 다친 데는 없는 것 같았다. 다만 농부의 몸뚱어리에 완전히 깔려 대단히 답답할 뿐이었다. 몸을 틀어 벗어나보려 했지만 왠지 그럴 수가 없었다. 아니나 다를까, 느닷없이 귓가를 간질이는 곰살맞은 속삭임이 있었으니.

"불 좀 있는가, 로돌프?"

마레스칼은 머리끝에서 발끝까지 얼음장처럼 싸늘해지는 기분이었다. 아마도 이처럼 사지를 차갑게 얼려서 그 무엇으로도 다시 되살아날 수 없을 것 같은 끔찍한 느낌을 주는 건 죽음 이외엔 존재하지 않을 것 같았다. 그는 자기도 모르게 더듬거렸다.

"특급열차의 그 사람……."

"옳거니, 특급열차의 사나이지."

속삭임이 돌아오자, 마레스칼은 신음처럼 내뱉었다.

"축대 위에서 본 그 남자……."

"정답 되겠습니다. 특급열차의 사나이이고, 축대 위에서 본 그 남자이지. 그뿐만 아니라, 몬테카를로의 사나이면서 오스망 대로의 남자이고, 루보 형제 살해사건의 용의자이자 오렐리의 공범이며, 또 노 젓는 사람이고 수레를 모는 농부인 셈이지. 어떤가, 마레스칼? 그만하면 자네한테도 한번 큰 마음먹고 겨뤄볼 만한 싸움 상대가 될 듯도 싶은데?"

그즈음 헛발질을 그만둔 암말은 땅을 박차고 벌떡 일어났다. 라울은 걸치고 있던 풍성한 망토를 벗어서 밑에 깔린 마레스칼의 몸뚱어리를 꼼꼼하게 둘둘 말아 팔다리를 꼼짝 못하게 만들었다. 그리고 수레를 밀쳐내 마구에서 뱃대끈과 고삐를 떼어낸 뒤 그걸로 마레스칼을 꽁꽁 결박해 도랑에서 끄집어낸 다음, 비탈을 질질 끌고 올라가 우거진 덤불 속에 던져놓았다. 그러고도 남은 두 줄의 가죽끈으로는 아예 상대의 상체와 목까지 올가미처럼 묶어서 자작나무 둥치에 단단히 비끄러매 두었다.

"로돌프, 이 친구야! 아무래도 자넨 나한테 운이 없나 봐. 그렇게 파라오의 미라처럼 둘둘 말린 게 벌써 두 번째라고. 아차, 이거 재갈을 잊을 뻔했군! 오렐리의 머플러가 제격이겠어! 소리 질러서도 안 되고 눈에 띄어서도 안 되는 게 바로 완벽한 포로가 준수해야 할 철칙이거든! 아, 물론 눈으로 보고 귀로 듣는 거야 완전 자유지. 어때, 기차 소리가 들리는가? 칙칙폭폭 칙칙폭폭…… 기차는 떠나가고 그와 더불어 오렐리와 의붓아버지도 멀리멀리 가버리누나. 그래, 그 점만큼은 자네를 안심시켜줘도 되겠지. 오렐리는 자네나 나처럼 멀쩡하게 살아 있다네. 워낙 심한 요동을 겪은 터라 좀 피곤한 상태이지만 말이야. 하지만 하룻밤만 푹 쉬고 나면 피로도 말끔히 가실 것이네."

라울은 말을 매놓고 수레의 자질구레한 장비들을 정돈했다. 그런 다음 다시 돌아와 마레스칼의 곁에 털썩 주저앉았다.

"정말 기가 막힌 익사사고 아니었나? 하지만 자네가 생각하듯 기적은 아니었네. 물론 요행도 아니지. 참고 삼아 말해두지만 나라는 사람은 요행이나 기적 따위에 의존하지 않고, 오로지 나 자신만을 신뢰하는 타입이라네. 따라서…… 오호라, 그러고 보니 내가 주절거리는 게 좀 듣기 거북한 모양이지? 차라리 눈이나 좀 붙이는 게 낫지 않겠어? 아니라고? 정 그렇다면 계속하지 뭐. 따라서 말일세, 오렐리와 막 헤어져 성토층에서 기어 내려오던 중에 문득 불안한 마음이 일더라니까. 그녀를 그렇게 내버려두는 게 과연 신중한 행동일까 하는 의문이 든 거지. 혹시라도 어느 못된 놈이 주변을 어슬렁거린다면? 이를테면 그 포마드 바른 빼질이가 이곳저곳 쑤시고 다니는 건 아닐까? 바로 그 같은 직관력이야말로 내 골수 깊숙이 뿌리박힌 장기 중의 장기란 말이야. 항상 난 그걸 따르는 편이지. 그래서 발길을 돌린 거야. 근데 뭐가 내 눈에 보였는지 알아? 바로 로돌프! 드디어 먹잇감을 찾아내 계곡으로 뛰어든 천하의 파렴치한 껄떡쇠이자, 부패한 수사관이 보이더라고! 나 역시 저 하늘에서 쏜살같이 내려와 자네에게 모처럼 시원한 목욕 기회를 부여해주었지. 난 곧장 오렐리를 데리고, 있는 힘껏 배를 저어갔어. 그 상황에선 호수이든 숲이든 동굴 속이든 그 어디든 자유를 의미하는 것과 같았지! 그런데 와장창, 환상이 깨지더군! 자네가 그 몹쓸 호각을 불어대자, 난데없이 어병한 키다리 두 명이 고개를 불쑥 내밀더라고. 이크, 이

거 어떡하지? 방도가 없는 문제 아닌가 말이야. 오, 천만에! 기막힌 아이디어가 하나 있지롱! 나 자신을 저 끔찍한 구멍 속으로 몰아넣는다면? 아니나 다를까, 브라우닝 권총들이 지랄같이 불을 뿜어대더군. 난 그럴듯한 자세로 노를 내던졌지. 그뿐만 아니라, 배 바닥에 죽은 듯 나자빠졌어. 그러고는 오렐리에게 상황을 설명해주었지. 우린 곧장 그 하수구 같은 구멍 속으로 곤두박질치기 시작했어."

라울은 마레스칼의 허벅지를 토닥이며 말을 이었다.

"허어, 이 친구야. 제발 부탁인데 그렇다고 너무 상심은 말게나. 전혀 위험한 일은 아니었으니까. 그 단단한 석회암 지반을 파 들어간 터널로 접어들다 보면, 한 200여 미터 진득하게 내려가서 아주 고운 모래톱에 안착하게 되고, 거기서부터는 다시 편안한 계단을 통해 지상으로 올라올 수 있다는 건 이 지방 사람이면 다 아는 상식이거든. 일요일이면 꼬마들이 한 열 명씩 짝을 지어 그런 식으로 멋진 물장난을 하고는, 돌아올 땐 깡깡대며 머리 위에 쪽배를 이고 나타난다니까! 몸 어디 하나 긁힐 걱정도 없는 아주 재미난 놀이지. 결국 우리는 혼비백산한 자네의 모습을 멀찌감치 기분 좋게 구경할 수 있었다네. 참 딱하게도 고개를 푹 수그리고 회한에 젖어 자리를 뜨더군. 반면 나는 나대로 오렐리를 수녀원 정원까지 안전하게 모셨지. 의붓아버지가 마차를 타고 와 기다리고 있었어. 따님을 기차로 데려가려고 말이야. 거기까지 확인하고는 난 얼른 가방을 가지러 돌아와서 이런저런 필요한 소품들과 농부 옷가지를 구하고는 그럭저럭 길을 떠났다네. 물론 오렐리의 안전한 퇴로를 엄호하려는 목적에서였지."

라울은 아예 고개를 마레스칼의 어깨에 편하게 기대고는 눈까지 지그시 감았다.

"자, 이젠 그만한 일을 치르느라 이 몸이 조금은 고단할 거라는 점,

말 안 해도 이해할 수 있겠지? 무엇보다 먼저 잠깐 눈을 붙여야 되겠다는 것 말이야. 그러니 여보게, 로돌프…… 이 몸이 잠든 사이에 망 좀 봐주게나. 오, 너무 걱정할 건 없고. 세상은 그러지 않아도 잘만 돌아가고 있으니 말일세. 이것 보게, 우리도 각자 맡은 바 위치에서 최선을 다하고 있지 않은가? 나 같은 약삭빠른 친구가 편안하게 꿀잠을 즐기는 동안, 어떤 멍청이는 편안한 베개 역할이나 해주고 말이야."

결국 그는 곤하게 잠이 들었다.

저녁이 내리면서 사방이 어둑어둑해졌다. 가끔씩 라울은 잠에서 깨어나 반짝이는 별들, 혹은 푸르스름한 달빛을 향해 뭔가 알 수 없는 말들을 뱉어내곤 했다. 그러고는 영락없이 다시 잠에 빠져들었다.

자정이 다가오자 허기가 느껴졌다. 가방 속에는 마침 먹을 것이 좀 들어 있었다. 그는 마레스칼의 재갈을 벗겨주면서 그중 약간을 권했다.

"친구, 좀 들게나."

라울이 마레스칼의 입에 치즈를 갖다 대며 말했다.

마레스칼은 버럭 화를 내며 입에 물린 치즈를 내뱉었다.

"빌어먹을! 멍청한 놈은 내가 아니고 바로 너다! 네가 지금 무슨 짓을 한 건지 알기나 해?"

"맙소사! 그야 오렐리를 구해드렸지. 의붓아버지가 그녀를 파리로 데려갔고, 나도 조만간 그리로 갈 테고 말이야."

"의붓아버지라? 염병할, 의붓아버지라고? 그럼 정말 모르고 있단 말인가?"

"뭘?"

"그 의붓아버지라는 녀석이 그 여자를 사랑하고 있다는 것 말이야!"

라울은 상대의 목을 덥석 조르며 길길이 날뛰었다.

"이런 망할 놈이 있나! 그럼 내가 멍청하게 떠들어대는 동안 그 말을 안 하고 뭐하고 있었던 거야? 그자가 그런 흑심을 품고 있다고? 아, 지저분한 놈! 이거야 원, 그 아가씨는 어째 안 좋아하는 인간이 없군! 같잖은 놈들이 너무도 많아! 어떻게 그놈들은 거울도 안 보며 사나? 그중에서도 특히 너 말이야, 너! 포마드 바른 뺀질한 상판대기하며!"

그는 상대의 코앞에 얼굴을 바짝 들이대며 으르렁거렸다.

"내 말 잘 듣고 명심해라, 마레스칼. 그 가련한 아가씨는 내가 반드시 의붓아버지 손에서 빼낸다. 그러니 너도 얼씬거릴 생각 마라. 우리한테서 영영 관심 끊으라는 얘기야."

"그럴 수는 없다."

수사과장은 나지막한 목소리로 대꾸했다.

"이유는?"

"그녀는 사람을 죽였으니까."

"그렇다면 자네 계획은 뭔가?"

"여자를 사법당국에 넘기는 것이다. 반드시 그렇게 하고야 말 거야. 난 그녀를 증오해."

워낙에 혹독한 앙심이 배어 있는 말투라서, 라울은 이제부터 마레스칼의 마음속에는 여자에 대한 사랑보다 증오의 감정이 득세하기 시작했다는 걸 충분히 느낄 수 있었다.

"할 수 없군, 로돌프. 실은 자네한테 파리 경시청장 같은 수준의 승진 제의를 하려던 참이었는데…… 그보다는 현장에서 고생하며 싸우는 쪽이 더 좋은가 보이. 뭐, 좋으실 대로! 정 그렇다면 일단 별 밝은 밤을 지새는 것부터 시작해보라고. 건강에 더없이 좋을 테니까. 난 이 길로 곧장 말을 타고 간선철도를 따라 루르드까지 가 닿을 생각이네. 한 20킬로미터는 되겠지. 우리 순해빠진 암말의 알량한 주력이라면 족히 네 시간은 걸릴 거야. 그리고 오늘 저녁에는 파리에 떨어져서 곧장 오렐리부터 안전하게 대피시킬 거라네. 잘 있게, 로돌프."

가방을 적당하게 고정시킨 그는 안장도 등자도 갖추지 않은 말에 훌쩍 올라타고는, 사냥할 때 부르는 노래 한 소절을 휘파람으로 읊조리며 어둠 속으로 사라져갔다.

그날 저녁 파리. 브레작이 사는 쿠르셀 가 어느 개인 호텔 쪽문 앞에 정차한 자동차 안에서, 옛날 라울의 유모였던 빅투아르라는 노부인이 누군가를 기다리고 있었다. 라울은 운전대를 잡고 있었다.

하지만 오렐리는 오지 않았다.

어느새 동이 터오고, 라울은 다시 시작한다는 기분으로 눈을 부라렸다. 길가에는 넝마주이 한 명이 꼬챙이로 쓰레기통 속을 이리저리 헤집고는 저만치 멀어져 갔다. 문득 다른 특징보다 유독 걸음걸이로 사람을 알아보는 특유의 감각 덕분에 라울은 누더기와 더러운 챙 모자를 쓴 넝마주이가 누군지 알아차렸다. 비록 파라도니 정원과 니스행 도로변에서 제대로 똑똑히 바라본 적은 없지만, 그자는 분명 살인자 조도였다.

'빌어먹을! 저놈이 벌써 작업에 들어갔다는 말인가?'

아침 8시가 되자, 하녀가 호텔에서 나와 근처 약국으로 달음박질하는 게 눈에 띄었다. 라울이 지폐 한 장을 쥐여주고 나서 그 여자한테 알아낸 사실은, 전날 브레작의 손에 이끌려 집으로 돌아온 오렐리가 그만 신열과 경기를 일으키며 자리에 누웠다는 것이다.

그리고 정오, 드디어 마레스칼까지 건물 근처를 어슬렁거리고 있었다.

8
전투 준비

일이 꼬이다 보니 마레스칼에게는 뜻밖의 기회가 다시 찾아온 셈이었다. 오렐리가 현재 방 안에 갇혀 있다는 사실은 곧 라울이 꾸민 계략이 실패했음을 의미했고, 도주가 봉쇄당한 채 사법당국에 고발될 날만을 끔찍하게 기다릴 수밖에 없음을 뜻했다. 마레스칼은 즉시 조치에 들어갔다. 지금 오렐리를 보살피도록 집 안에서 배정한 간호사는 보나마나 마레스칼 쪽 사람일 터, 매일같이 그에게 환자의 동태를 보고하리라는 것은 라울이 보기에 뻔한 흐름이었다. 이제 동태가 점점 나아진다는 보고만 들어가면 마레스칼은 즉시 행동에 나설 것이다.

라울은 속으로 중얼거렸다.

'옳거니. 하지만 아직도 움직이질 않는 걸 보면 공개적으로 오렐리를 고발하지 못할 어떤 이유가 있는 모양인데. 병이 완전히 낫기를 기다리는 게 유리하다는 판단인가? 아무튼 놈이 잔뜩 준비를 하고 있을 테니 우리도 나름대로 대비를 해야겠지.'

결정판 아르센 뤼팽 전집

실제 사실과는 별로 맞아떨어지지 않는 지나치게 논리적인 가설은 애당초 고려하지 않고서, 라울은 일련의 상황들로부터 약간은 즉흥적인 결론들을 도출해냈다. 여태껏 세상 그 누구도 짐작조차 못했지만 실은 무척이나 간단한 현실을 그는 얼추 엿보았는데, 그것도 무슨 특별한 정신력을 동원했다기보단 그저 상황 돌아가는 대로 흐르다 보니 전격적으로 달려들어야 할 때가 왔다는 걸 감지한 것이다.

그렇지 않아도 그가 종종 하는 말이 있다.

"일을 처리하는 데 있어서 가장 어려운 것이 바로 첫발을 어떻게 내딛느냐이지."

어떤 행동들이 개시되었다는 것은 간파했지만 그 동기만큼은 아직 오리무중인 상태였다. 그가 보기에 이 드라마의 등장인물들은 어딘지 폭풍의 소용돌이 속에서 멋모르고 날뛰는 꼭두각시들처럼 보일 뿐이었다. 승리를 원한다면 단지 매일같이 오렐리를 곁에서 지켜내는 걸로는 부족했다. 저 과거의 시간대로 거슬러 올라가 애당초 어떤 심오한 동기들이 이 사람들을 조종했으며, 그 비극적인 밤 동안 이들의 심신을 지배했었는지를 적나라하게 파헤쳐야만 할 것 같았다.

라울은 생각했다.

'우선 나를 제외하면, 전면에 나서서 오렐리를 괴롭히는 놈들은 모두 네 명이렷다. 기욤과 조도, 마레스칼과 브레작, 이렇게 넷. 이들 중에는 사랑 때문에 몸 달아 하는 놈이 있는가 하면, 여자의 비밀을 빼앗기 위해 설쳐대는 놈도 있지. 결국 사랑과 탐욕이라는 두 가지 요인이 이렇게 저렇게 결합해가면서 이번 모험의 전모를 결정짓고 있다 보아도 되겠어. 일단 기욤은 논외로 치고. 브레작과 조도도 오렐리가 몸져누워 있는 동안은 별로 우려할 대상이 아니야. 그럼 마레스칼만 남는데······ 당장은 그놈만 예의 주시하면 된다는 거지!'

브레작의 호텔 맞은편에는 거의 텅 비다시피 한 숙소가 있었다. 라울은 그곳에 둥지를 틀었다. 한편 마레스칼이 간호사를 고용한 마당에 그라고 가만있을 수는 없었다. 라울은 하녀한테 접근해 돈으로 매수하는 데 성공했고, 간호사가 자리를 비운 틈을 이용해 세 번에 걸쳐서 그녀의 도움으로 오렐리 곁에 다가갈 수 있었다.

처음에는 여자가 그를 알아보는 것 같지 않았다. 남자의 얼굴을 쳐다보긴 했지만, 아직도 신열에 시달리는 터라 몇 마디 횡설수설 헛소리처럼 흘리고는 그만 다시 눈을 감는 것이었다. 그러나 라울은 여자가 목소리만은 듣고 있다는 걸 의심치 않았고, 마치 최면술사의 손놀림처럼 자신을 편안하게 만들어주는 지금의 이 목소리가 누구의 것인지 분명 알고 있을 거라고 믿었다.

"나요, 오렐리. 보시다시피 나는 약속을 철저히 지키는 사람이니 신뢰를 가져도 좋을 것이오. 내 장담하건대 당신의 적들은 나한텐 상대도 안 됩니다. 반드시 이 손으로 당신을 구해낼 것이오. 다른 가능성이란 전혀 없습니다. 요즘 내 머릿속은 오로지 당신에 대한 생각뿐이오. 요즘 당신의 생애를 재구성하고 있는데, 단순하고 솔직한 그 면모가 조금씩, 조금씩 감이 잡히는 것 같아요. 당신이 결백하다는 사실, 나는 알고 있소. 심지어 당신을 공박했을 때조차 그 점에 대한 생각은 한결같았지. 제아무리 당신의 죄목을 입증할 증거가 나돌아다닌다 해도 내가 보기엔 다 가짜 같더군. 초록 눈동자의 아가씨는 결코 범죄자가 될 수 없다는 사실만이 확고부동한 진리인 듯하오."

그는 여자가 듣고 있을 수밖에 없는 상황 속에서 보다 더 노골적인 고백, 보다 진한 애정표현을 주저하지 않았고, 거기에 적절한 충고를 뒤섞는 것도 잊지 않았다.

"당신은 나의 삶 자체라오. 지금껏 그 어떤 여성에게서도 이보다 더

결정판 아르센 뤼팽 전집

한 매력과 아름다움을 느껴보지 못했소. 오렐리, 당신을 나에게 맡겨주시오. 혹시라도 누가 떠보거든 절대로 대응하지 말아요. 누가 편지를 써도 절대 답장해선 안 됩니다. 누가 당신더러 여길 떠나라고 종용하면 싫다고 거절하시오. 가장 처참한 순간이 오더라도 끝까지 자신감을 버려선 안 돼요. 내가 곁에 있소. 앞으로도 항상 그럴 것이오. 왜냐하면 나는 당신을 위해, 당신에 의해서만 살아 있기 때문이오."

여자의 얼굴 위로 평안한 표정이 퍼져나갔다. 마치 행복한 꿈에 잠겨들듯 곤한 잠 속으로 빠져들고 있었다.

그제야 라울은 브레작이 머무는 방들로 하나하나 잠입해 들어갔고, 뭔가 지침이 될 만한 서류나 단서를 찾아 헤맸다.

하지만 아무 소득이 없자, 이번엔 리볼리 가에 위치한 마레스칼의 아파트를 파고들어 최대한 꼼꼼하게 가택수색을 실시했다.

마지막으로 그는 두 사람이 근무하는 내무부의 사무실들을 샅샅이 뒤지고 다녔다. 두 사람 간의 치열한 경쟁과 증오는 부서 내에서도 모르는 사람이 없을 정도였다. 그리고 둘 다 보다 윗선에서 뒤를 봐주고 있는 터라, 내각에서건 경시청 내부에서건 그들의 머리 꼭대기에 앉은 고위층 간의 알력에 휘말려 더더욱 서로를 물고 뜯는 상황이었다. 그 바람에 난항을 겪는 것은 그들이 맡은 공적인 업무 자체였다. 때문에 두 사람은 또한 공공연하게 서로에게 책임을 미루는 형국이었다. 항간에는 이를 두고 누군가 퇴진을 해야 하는 게 아닌가라는 말도 떠돌고 있었다. 하지만 누가 희생을 한단 말인가?

하루는 라울이 벽걸이용 휘장 뒤에 숨은 상태에서, 브레작이 오렐리의 침대 머리맡에 와 있는 자리에 입회한 적이 있었다. 다소 침울해 뵈는 분위기에 누렇게 뜬, 야위면서도 골격이 큰 얼굴이었는데, 그런대로 품위가 느껴져서 최소한 천박 그 자체인 마레스칼보다는 그럴싸한 풍채의 신사였다. 잠에서 깨어난 여자는 자기 위로 몸을 기울이고 있는 남자의 얼굴을 보자마자 굳은 목소리로 내뱉었다.

"날 내버려둬요. 혼자 있게 해달란 말이에요."

사내는 곧장 중얼거렸다.

"날 무던히도 싫어하는군. 나한테 해코지라도 하라면 떨 듯이 좋아하게 생겼어."

"나의 어머니와 결혼한 사람한테 해코지할 생각은 없습니다."

사내는 눈에 띄게 괴로워하는 표정으로 여자를 물끄러미 내려다보았다.

"넌 정말이지 참 예쁘다. 그런데 도대체 왜 항상 나의 애정을 마다하는지 모르겠어. 그래, 이젠 나도 안다. 내 착각이었지. 오랫동안 나는 네가 이유 없이 숨기고 있는 그 비밀 때문에만 너에게 관심을 두어왔다. 네가 그토록 고집스럽게 입을 다물지 않았다면, 나 역시 그 외에 다른 생각들로 골치를 썩이진 않았을 거야. 넌 앞으로도 날 좋아할 리가 없을 테고. 좋아한다는 건 영영 불가능한 일이니까 말이다."

여자는 얘기를 듣고 싶지 않은지 매몰차게 고개를 돌려버렸다. 하지만 사내의 얘기는 계속 이어졌다.

"발작이 일어나는 동안, 평소 나한테 하고 싶었던 말인지 곧잘 뭐라고 뭐라고 내뱉더구나. 그게 그 얘기였니? 아니면 기욤과 함께 도망쳤던 정신 나간 짓에 관한 얘기야? 그 파렴치한 녀석이 너를 어디로 데려가더냐? 수녀원으로 피신하기 전에 둘이 어떻게 된 거야?"

여자는 기운이 없어서인지, 아니면 순전히 무시하는 뜻에서인지 입 한 번 열지 않았다.

브레작 역시 입을 다물기는 마찬가지였다. 마침내 사내가 자리를 뜨자 라울도 스르륵 물러났는데, 여자의 뺨에 흐르는 눈물을 언뜻 본 것 같았다.

한편 2주에 걸친 조사활동의 결과에 라울은 전혀 실망하지 않았다. 그 자신이 나름대로 해석하고 넘어가야 할 일부 상황들만 제외한다면, 전반적으로 중요한 문제들은 여전히 미궁 그대로이거나 당장의 해결책은 없는 듯 보였지만 말이다.

그는 속으로 중얼거렸다.

'그래도 시간 낭비한 건 아니야. 그게 중요한 거지. 흔히 정중동이라는 말도 있잖아? 그나마 분위기가 좀 더 투명해졌고, 사정이 돌아가는 데 대한 내 안목도 좀 더 정확해지고 탄탄해졌어. 이대로 새로운 변수만 돌출하지 않는다면 지금 내가 도달한 이 지점이 사건의 핵심이라고 봐도 될 거야. 이제 격렬한 전투를 앞두고 서로에게 치명적인 적들이 각자 좀 더 효율적인 무기와 유리한 고지를 선취하려다 보면, 어디선가 예기치 않은 불똥이 튀기 마련이지.'

아니나 다를까, 라울이 보기에 중요한 상황이 발생하리라고는 전혀 상상도 못한 어둠침침한 구석에서, 그것도 예상보다 무척 일찍 불똥이 튀었다. 어느 날 아침, 이마를 유리창에 바짝 갖다 댄 채 시선을 브레작이 머무는 방 창문에 고정시키고 있는데, 또다시 그 넝마주이 옷차림으로 어슬렁거리는 조도의 모습이 눈에 띈 것이다. 조도는 이번에도 어깨에 짊어진 헝겊 자루 속에 쓰레기통에서 수거한 전리품들을 연신 던져 담았다. 잠시 후, 그는 건물 벽에 헝겊 자루를 기대놓더니 보도에 걸터앉아 음식을 먹기 시작했는데, 그러면서도 가장 가까운 쓰레기통에서 수거한 잡동사니들을 이리저리 헤쳐보는 것이었다. 무척이나 기계적인 동작으로 보였지만 한동안 숨죽이고 지켜본 결과, 라울은 그자가 자기쪽으로 끌어모으는 것들이 구겨진 봉투나 찢다 만 편지들뿐임을 눈치챘다. 그것들을 힐끗힐끗 훑어보면서 조도는 계속 분류작업을 이어갔는데, 보나마나 브레작의 편지에 관심을 두고 있는 게 뻔했다.

한 15분쯤 지나자, 그는 다시금 헝겊 자루에 쓰레기들을 쓸어 담고는 자리에서 일어났다. 라울은 그가 고물상을 운영하고 있는 몽마르트르까지 뒤를 밟아보았다.

그 후로도 사흘 연속해서 모습을 나타낸 조도는 매번 똑같이 그 같은 애매한 행태를 되풀이했다. 그리고 바로 그 사흘째 되는 날인 일요일에는, 창가에 몰래 숨어서 바깥쪽을 염탐하는 브레작의 모습이 라울의 시야에 포착되었다. 그런데 조도가 자리를 뜨자, 이번에는 브레작이 지극히 조심을 기하며 뒤를 밟는 것이었다. 라울은 멀찌감치 거리를 둔 상태에서 그 둘을 미행했다. 잘하면 브레작과 조도 사이에 맺어져 있을 모종의 관계를 파헤칠 수 있을지도 모를 일이 아닌가.

세 사람은 일정한 거리를 두고서 나란히 몽소 구역을 가로질렀고, 옛 성벽의 잔해를 넘어 센 강변에 위치한 비노 대로 끄트머리까지 도달했다. 몇몇 소박한 별장들이 공터를 사이에 두고 띄엄띄엄 늘어서 있었다. 그중 한 곳에 이르자 조도는 다시금 건물 벽에 헝겊 자루를 기대 세운 채 앉아서 음식을 먹기 시작했다.

그곳에서 조도는 네댓 시간가량을 꼼짝 않고 머물렀고, 그런 그를 브레작은 한 30여 미터 떨어진 자그마한 식당 정자에 앉아 점심을 들며 감시하는가 하면, 라울은 제방 위에 길게 드러누운 채 담배를 피워대며 둘 다를 눈여겨 살피고 있었다.

급기야 조도가 자리를 뜨자, 더 이상 흥미를 잃은 듯 브레작도 제 갈 길로 멀어져 갔고, 라울은 라울대로 그 자그마한 식당으로 들어가 주인과 얘기를 나누어보았다. 그 결과 조도가 기대앉아 있던 별장은 몇 주 전만 해도 마르세유행 특급열차 안에서 세 명의 괴한한테 살해당한 루보 형제들 소유였다는 사실을 알게 되었다. 사건이 일어난 뒤 사법당국

결정판 아르센 뤼팽 전집

에서 아예 봉인을 해둔 상태인데, 그곳 경비를 위임받은 이웃 주민 한
명이 매주 일요일만 되면 근처를 지나다닌다는 것이었다.

라울은 루보 형제 얘기가 튀어나오자 으스스 몸서리를 쳤다. 조도의
꿍꿍이속이 서서히 그 마각을 드러내기 시작한다는 느낌이 왔다.

그는 내친김에 작정하고 질문공세를 폈고, 두 형제가 죽음을 맞이하
기 직전에는 별장에 거의 거주한다고 말할 수 없을 정도로 가끔씩 들르
는 편이었다는 사실도 알아냈다. 그 건물은 그저 샴페인 장사를 위한
창고 구실이나 하던 곳이라는 것이다. 결국 동업자와 결별한 형제는 그
길로 여행길에 올랐다는 얘기였다.

"동업자라고 했습니까?"

라울이 얼른 되물었다.

"그렇소. 저 집 문 옆에 매달린 구리 명패를 보면 아직도 그 이름이

초록 눈동자의 아가씨

새겨져 있을 겁니다. 이렇게 되어 있지, 아마. **루보 형제와 조도.**"

라울은 터져나오는 신음을 간신히 자제했다.

"음, 조도라고 했소?"

"그렇다니까요. 불그스레한 혈색에 골격이 큼직큼직한 게, 장터 같은 데서 힘깨나 자랑하게 생긴 거한이었죠. 근데 한 1년 전부터는 이 근처에 통 얼씬하지도 않아요."

라울은 속으로 중얼거렸다.

'이거야말로 보통 중대한 정보가 아니로군. 그러니까 왕년에 두 형제의 동업자였던 조도가 무슨 연유에선지 그 둘을 살해했어야만 했다는 얘긴데…… 그러고 보니 사법당국의 행보에 왜 조도 저자가 눈 하나 끔빡하지 않는지 알겠어. 일단 사법당국이 이 사건 속에 조도라는 인물이 존재한다는 사실조차 깨닫지 못할 뿐 아니라, 마레스칼 같은 이도 제3의 범인으로 나를 지목하고 있으니 말이야. 그나저나 살인범 조도가 왜 자기 손에 죽어간 희생자들이 잠시라도 머물렀던 장소를 이제 와서 어슬렁거리고 있는 걸까? 브레작은 또 왜 저자의 행보에 눈독을 들이는 거고?'

그 한 주는 아무 일 없이 흘러갔다. 조도는 더 이상 브레작의 호텔 앞에 나타나지 않았다. 하지만 라울은 토요일 밤이 되자 그자가 일요일 아침에는 반드시 별장으로 돌아올 것 같다는 예감에 사로잡혀, 인근 공터에 둘러쳐진 담벼락을 훌쩍 뛰어넘은 뒤 별장 2층 창문을 통해 안으로 잠입했다.

그 층에는 아직 가구가 그대로인 방이 두 개였다. 일부 흔적만으로도 누군가 와서 실컷 뒤지다 갔음을 알 수 있었다. 누구 짓일까? 검찰청 요원들일까? 아니면 브레작이? 조도가? 뭘 찾았던 걸까?

하지만 라울은 그들이 성공을 했건 못했건, 이곳에 무얼 찾으러 온 건지에 대해 굳이 골몰할 생각은 없었다. 안락의자에 털썩 주저앉은 그는 아예 그곳에서 밤을 보내기로 했다. 탁자 위의 책 한 권을 집어 들고 자그마한 손전등에 의존해 읽기 시작한 지 얼마 안 돼서 라울은 곤한 잠에 빠져들었다.

보통 진실이란 그것을 어둠 속으로부터 끄집어내려고 애를 써온 자들에게 언젠가 자신을 드러내는 법이다. 아직은 아득하다고 여기면서도 열심히 준비해온 자리에 참으로 우연찮게 진실이 제 발로 찾아와서 차분하게 안착을 해주는 것이다. 물론 누가 얼마나 꼼꼼하게 대비를 해왔는지가 관건이다. 문득 잠에서 깨어난 라울은 읽고 있던 책에 무심코 눈길을 던졌다. 표지 장정이 사진사들이 카메라를 덮을 때 사용하는 검은 무명천 같은 헝겊으로 싸여 있었다.

그는 덮어놓고 종이와 천 조각들로 뒤죽박죽인 벽장 안을 뒤졌다. 결국 책의 표지를 싼 것과 같은 종류의 헝겊을 찾아냈다. 딱 접시 크기만하게 동그라미 모양으로 오려낸 흔적이 세 부분에 걸쳐 선명하게 남아 있었다.

잔뜩 흥분한 라울은 속으로 중얼거렸다.

'내 그럴 줄 알았어! 내가 제대로 핵심을 짚은 거야. 특급열차 강도들의 복면이 바로 이곳에서 만들어진 거라고. 이 천 조각이야말로 움직일 수 없는 증거이지. 무슨 일이 벌어진 건지는 바로 이 증거물이 죄다 설명을 해주는 셈이야.'

이제 진실은 너무도 자연스러울 뿐만 아니라, 지금껏 표현은 하지 않았지만 마음속에 품고 있었던 직관에도 정확히 부합하는 것으로 보였다. 아울러 그 단순함이 어찌나 재미있게 느껴지는지 라울은 그만 적막하기만 한 집 안이 온통 울릴 정도로 너털웃음을 터뜨렸다.

"우하하하. 좋았어! 정말이지 완벽해! 아무래도 운명이 알아서 내게 부족한 요점들을 채워주려나 봐. 이제부터는 아예 운명이 내 편이니, 이번 모험의 온갖 세세한 사항들까지 내 요구대로 밝은 빛 속에 촤르륵 정렬하렸다!"

아침 8시가 되자, 별장지기 일을 맡은 이웃 주민이 일요 순찰에 나서서 1층을 돌아보고 문단속을 하는 게 느껴졌다. 라울은 9시에 맞춰서 아래층 식당으로 내려가 닫힌 덧문은 모두 그대로 두고, 조도가 와서 기대앉았던 자리 바로 위 창문 하나만을 살그머니 열어보았다.

역시 정확했다. 조도가 이전처럼 자루를 건물 벽에 기대놓은 채, 똑같은 지점에 와서 앉은 다음 음식을 꺼내 우물거리고 있는 것이었다. 그러면서 뭔가 나지막한 목소리로 중얼거렸는데, 라울이 있는 곳까지 들리지는 않았다. 돼지고기와 치즈로 이루어진 요깃거리를 대충 때운 조도는 마지막으로 파이프 담배로 입가심을 했는데, 그 연기가 라울이 있는 곳까지 스멀스멀 기어 올라왔다.

두 차례, 세 차례 그는 파이프를 갈아 피워댔다. 도대체 왜 이자가 우두커니 한 장소에서 시간을 죽이는 건지 알 수 없는 가운데 두 시간이 고스란히 흘러갔다. 덧문 틈새로 살펴보니 다 해진 군화 차림에 넝마로 둘둘 싸맨 두 다리가 보였다. 저 너머로는 강물이 흘렀고, 산책하는 사람들이 한가로이 오갔다. 브레작은 필시 저기 저 식당의 정자들 중 한 곳에 자리를 꿰찬 채 이쪽만을 주시하고 있을 터였다.

급기야 정오를 몇 분 앞두고, 조도의 입에서 이런 말이 튀어나왔다.

"뭐야? 또 아무것도 없어? 그것참, 정말이지 너무하구먼!"

혼잣말을 하는 것 같지는 않고, 누군가 가까이 있는 사람에게 내뱉는 말 같았다. 하지만 정작 아무도 다가온 사람은 없었고, 함께 자리한 사람 또한 없었다.

그는 연신 투덜거렸다.

"이런 빌어먹을! 분명히 있다는데도! 이 손으로 만지고 눈으로 본 게 한두 번이 아니란 말이야. 내가 시키는 대로 하긴 한 거야? 지하실 우측을 죄다 훑은 거냐고? 지난번 좌측처럼 말이야. 그렇다면…… 찾아냈어야 할 텐데……."

그는 한참 동안 뜸을 들이더니 다시 말을 이었다.

"아니야. 다른 쪽을 시도해볼 수도 있겠어. 그대로 건물 뒤 공터까지 나아가는 방법 말이야. 급행열차 습격 이전에 병을 그리로 던져버렸을 수도 있잖아? 따지고 보면 활짝 트인 은닉처가 더 그럴듯할 수도 있는 법이니까. 지하를 파고든 브레작도 감히 바깥쪽으로 눈을 돌릴 엄두는 내지 못했을 거야. 자, 그리로 가서 한번 찾아보지. 기다리고 있을게."

라울은 더 이상 듣고 있지 않았다. 이제는 머리를 집중해서 굴릴 단계였다. 이미 지하실 얘기가 튀어나왔을 때부터 사정을 파악하기 시작했다. 그 지하실은 보나마나 건물의 이쪽 끝에서 저쪽 끝까지 관통해 있을 테고, 거리 쪽으로 채광 환기창이 하나 나 있으며, 나머지는 건물 반대편을 향해 뚫려 있을 것이다. 그거라면 더없이 훌륭한 통로가 되어줄 것은 불 보듯 뻔한 이치가 아니겠는가!

라울은 부리나케 2층으로 올라가 공터로 향한 방으로 들이닥쳤고, 그의 추측이 정확히 맞아떨어졌음을 확인했다. '팝니다'라는 글자가 적힌 팻말만 우뚝 솟아 있는 희멀건 공터 한가운데 고철 더미들과 온갖 폐품들, 깨진 병 조각들이 수북히 쌓여 있는 곳을, 앙상한 체구의 일고여덟 살쯤 되는 소년이 몸에 짝 달라붙는 회색빛 속옷 차림으로 다람쥐처럼 부지런히 쑤시고 다니는 것이었다.

이것저것 짚어보는 동작으로 보아, 어떤 병 하나를 찾으려는 목적 하나로 진행되는 듯한 녀석의 조사활동 범위는 무척이나 제한되어 있었다. 만약 그것이 조도의 구체적인 지시에 의한 행동이라면 작업은 꽤 간단하게 끝이 날 터였다. 사실이 그랬다. 10분이 채 지나지 않아 낡은 궤짝 몇 개를 치우다 만 아이가 후닥닥 자리를 털고 일어서더니 조금도 지체하지 않고 건물 쪽으로 달음질쳤다. 녀석은 손에 약간 깨지긴 했지만 과연 먼지 속에 뒹굴던 목이 긴 병을 들고 있었다.

라울은 구르듯 1층으로 내려갔고, 지하실로 내리 덮쳐 지나가는 아이의 전리품을 중간에서 탈취할 작정이었다. 하지만 미리 현관 어귀쯤에서 보아둔 지하로 내려가는 문이 갑자기 말을 듣지 않는 상태였고, 하는 수 없이 이전처럼 창가의 파수꾼 입장으로 돌아갈 수밖에 없었다.

이미 조도가 중얼거리는 소리부터 들리고 있었다.

"어땠어? 찾았니? 아하, 그러면 그렇지! 이제 난 '준비 완료'야! 브레작, 그 친구가 더 이상 나를 골치 아프게 만들 수는 없다고! 자자, 너는 어서 '들어가야지.'"

꼬마가 '들어간다'는 건 간단했다. 우선 몸을 반듯하게 펴서 채광 환기창의 엉성한 창살 사이로 빠져나온 뒤, 그대로 족제비마냥 자루 깊숙이 파고드는 걸로 마무리되는 것이었다. 얼마나 잽싼지 자루 속을 통과한다는 느낌도 없이 후닥닥 들어가버렸다.

곧이어 조도는 자리를 털고 일어나 자루를 어깨 뒤로 짊어지고는 멀어져 갔다.

라울은 조금도 지체하지 않고 집의 봉인을 뜯어버리는 건 물론, 자물쇠까지 망가뜨리면서 밖으로 뛰쳐나왔다.

저만치 한 300여 미터 전방에 조도가 걸어가고 있었다. 물론 등짐 속에는 처음엔 브레작의 호텔 지하를, 그다음엔 루보 형제의 별장 지하실을 제멋대로 넘나들던 공범이 얌전히 숨죽이고 있을 터!

한편 그 뒤로 100미터쯤 뒤에 처져서 브레작이 나무들 사이를 요리조리 헤치며 따라붙고 있었다.

언뜻 눈을 돌려 센 강 쪽을 살펴보니, 거긴 또 줄 낚시를 즐기는 남자 하나가 같은 방향으로 제방을 따라 노를 젓는 게 눈에 들어왔다. 바로 마레스칼이었다.

결국 조도는 브레작이 쫓고 있고, 브레작과 조도 모두는 마레스칼한테 미행당하고 있는 셈이었다. 물론 그 셋 모두는 라울이 추적하는 상황이었고.

이 쫓고 쫓기는 게임에서 내걸린 판돈은 유리병 하나!

라울은 속으로 중얼거렸다.

'이거 가슴이 다 두근거리는군! 병은 지금 조도의 수중에 있으렷다. 하지만 누군가 그것을 역시 노리고 있다는 건 까마득히 모르지. 나머지 세 명의 도둑놈 중 누가 과연 가장 약을까? 글쎄, 뤼팽만 없다면 당연히 마레스칼한테 걸겠지만, 미안하게도 여기 뤼팽이 계시단 말이야!'

조도가 갑자기 걸음을 멈췄다. 브레작도 따라서 멈춰 섰고, 마레스칼도 노질을 중단했다. 물론 라울 역시 걸음을 멈췄다.

조도는 일단 아이가 편하도록 자루를 뉘어놓은 다음, 벤치에 털썩 걸터앉아 병을 요리조리 흔들어보기도 하고 햇살에 한 번 비쳐보기도 하면서 꼼꼼히 살펴보았다.

지금이야말로 브레작이 행동에 나설 때였다. 그 역시 그런 생각이었고, 아주 점잖게 접근해갔다.

그는 양산을 활짝 펼쳐서 마치 방패처럼 얼굴을 가리고 있었고, 배에 탄 마레스칼은 큼직한 밀짚 모자로 역시 얼굴 전체를 가린 상태였다.

브레작은 벤치에서 세 발짝 정도 떨어진 지점까지 그 상태로 접근했다가, 지나가는 행인들 시선도 아랑곳 않고 후닥닥 달려들어 병을 낚아챘다. 그러고는 성벽 방향으로 뻗은 가도를 타고 부리나케 줄행랑을 쳤다.

그야말로 대단히 민첩한 동작으로 깔끔하게 처리된 작전이었다. 난데없는 상황에 어안이 벙벙해진 조도는 당황하면서 비명을 질렀고, 자루를 집어 들었다가 다시 놓는 등 안절부절못하는 형편이었다. 아마도 짐을 들고 뛰어서는 만족스러운 속도를 낼 수 없을 거라 판단한 모양이었다.

반면 공세가 있을 것을 미리 예측했던 마레스칼은 서둘러 배부터 댄 뒤 후닥닥 내달렸다. 라울도 마찬가지였다. 이제는 삼자 경쟁구도로 축소된 셈이었다.

잘난 챔피언 브레작은 오로지 앞만 보고 달릴 뿐 뒤돌아볼 생각은 전혀 못하는 상태였다. 마레스칼 또한 오로지 브레작만 생각할 뿐 그 역시 뒤돌아볼 엄두를 내지 못하는 형편이었다. 결과적으로 맨 뒤에 따라가는 라울로서는 그 어떤 조심도 할 필요가 없는 상황이었다.

그렇게 죽어라 달린 지 10여 분, 테른 문(門. 구역 경계를 표시함—옮긴이) 어귀에 도달한 일등 주자 브레작은 하도 더워 외투를 벗어부쳤다. 브레작이 입시세관(入市稅關)에 거의 다 오자, 전차가 정차해 있었다. 파리로 진입하려는 수많은 인파가 열차에 몸을 싣기 위해 한꺼번에 역으로 몰려드는 상황에서, 브레작은 슬그머니 그 속으로 휩쓸려 들어갔고 뒤따라온 마레스칼도 마찬가지였다.

세관원이 하나하나 번호를 챙겼지만 워낙에 이리 밀리고 저리 부대끼는 형편이라 마레스칼은 힘 하나 들이지 않고, 브레작 몰래 그의 호주머니 속에 있는 병을 슬쩍 빼냈다. 어영부영 입시세관을 통과한 마레스칼은 열차에 타는 대신 그대로 줄행랑을 쳤다.

그걸 보며 라울은 중얼거렸다.

"둘이 잘들 알아서 머릿수를 줄여주는군. 나야 그저 고마울 따름이지."

초록 눈동자의 아가씨

라울 역시 세관을 무사 통과한 다음 슬쩍 브레작 쪽으로 시선을 돌려 보니, 그제야 인파를 헤치고 전철에서 악착같이 빠져나와 도둑의 뒤를 쫓으려고 기를 쓰는 모습이 눈에 들어왔다.

병을 날치기해간 임자는 테른 가도와 나란히 뻗은, 보다 비좁고도 꼬불꼬불 뒤엉킨 길들로 도망치고 있었다. 그는 마치 미친 사람처럼 달리고 또 달렸다. 결국 바그람 가도에 이르러 멈췄을 때는 숨이 턱까지 차 있었다. 얼굴은 땀으로 뒤범벅이고, 두 눈은 뻘겋게 충혈된 데다, 핏줄이 부풀대로 부푼 몰골로 그는 잠시나마 숨을 돌리면서 땀을 훔쳤다. 더는 버틸 수가 없을 정도였다.

그는 일단 신문을 한 장 산 다음, 병을 한 번 힐끗 훑어본 뒤 정성스레 신문지로 쌌다. 그걸 겨드랑이에 단단히 끼우고 나서 그는 마치 쓰러지지 않는 게 기적인 사람처럼 비틀비틀 걸음을 옮기기 시작했다. 정말이지 그 잘난 마레스칼은 어디로 내뺐나 싶을 정도로 형편없는 상태였다. 부착식 칼라는 땀에 절어 제멋대로 뒤틀려 있었고, 깔끔하던 수염도 두 갈래로 갈라져 끝에선 땀방울이 수시로 듣고 있었다.

그럭저럭 걸음을 떼다 보니 저만치 에트왈 광장이 보였다. 바로 그때였다. 두터운 검은색 안경을 착용한 한 신사가 불붙인 담배 한 대를 입술에 꼬나물고는 맞은편 방향에서 천천히 다가오더니 앞을 척 가로막는 게 아닌가! 물론 이미 담배엔 불이 붙은 관계로 담뱃불을 꿔달라는 얘기는 아니었고, 대신 한마디 말도 없이 다짜고짜 날카로운 송곳니가 드러나도록 히죽 웃으면서 담배 연기를 상대의 얼굴에다 훅 불어대는 것이었다.

마레스칼은 두 눈이 휘둥그레져 더듬거렸다.

"다, 당신은 누구시오? 내게서 뭘 원하는 거요?"

물어 무엇하랴? 이 낯선 존재가 여태껏 자신을 지긋지긋하게 골려먹은 바로 그 작자라는 사실을 정녕 몰라서 묻는단 말인가? 소위 제3의 공범이자, 오렐리의 애인이며, 마레스칼 자신이 영원한 적수로 지목해 온 바로 그 남자 말이다!

마레스칼에게는 악마 그 자체로만 보이는 이 남자는 병 쪽으로 은근히 손을 내밀면서 애교가 듬뿍 담긴 농담조로 중얼거렸다.

"자, 이리 내놔. 아저씨한테 착하게 굴어야지. 얼른 달라니까. 자네 정도 직급의 수사관이 술병이나 꿰차고 거리를 어슬렁거려서야 쓰나! 자자, 로돌프, 어서 그거 내놔."

마레스칼은 즉시 기가 꺾인 듯했다. 냅다 비명을 지른다거나, 단순히 도움을 요청한다거나, 여기 살인자가 있다며 행인들을 선동하는 그 어느 것도 그로선 감행할 수가 없었다. 한마디로 지금 그는 완전히 홀린 상태였다. 이 악마 같은 존재가 일거에 모든 체력을 빼앗아가 버린 느낌이었고, 멍청하게도 단 한순간조차 저항할 생각을 하지 못했다. 마치 훔친 물건이니 당연히 돌려줘야 한다고 생각하는 도둑처럼, 마레스칼은 더 이상 몸에 지니고 있을 기력조차 없는 문제의 병을 겨드랑이에서 빼 상대에게 순순히 넘겨주었다.

바로 그 순간, 브레작도 숨이 턱까지 차서 현장에 당도했다. 하지만 그 역시 기력이 다했는지 이 새롭게 등장한 도둑에게 대들지도 못하고, 그렇다고 마레스칼한테 말 한 번 걸지도 못한 채 어중간히 주춤거릴 뿐이었다. 한마디로 둘 다 똑같이 넋을 잃은 상태라고나 할까. 둥근 색안경의 신사가 소리쳐 자동차를 부르고는, 떡하니 올라타 모자챙에 손날을 세워 창문 밖으로 본때 있게 인사 날리는 모습을 두 사람은 우두커니 바라만 보았다.

집에 돌아오자마자, 라울은 병을 싸고 있는 신문지부터 부랴부랴 벗겨냈다. 보통 광천수를 담는 데 사용하는 1리터 용량으로, 마개는 없고 불투명한 검은색 유리로 만든 낡은 병이었다. 병과 마찬가지로 먼지와 때로 얼룩졌으면서도 악천후를 피해 보관되어온 게 분명한 상표가 아직도 붙어 있었는데, 굵은 철자로 또렷하게 인쇄된 글씨가 비교적 쉽게 읽혔다.

청춘의 물

그 아래에는 잘 판독이 안 되는 글자들이 여러 줄 연달아 박혀 있는데, 아마도 이 **청춘의 물**을 구성하는 성분 표시 같았다.

중탄산소다 1.349 그램

— 가성칼륨 0.435 —

— 칼슘 1.000 —

밀리퀴리(퀴리는 방사능 또는 방사성 물질의 방사량을 표시하는 단위—옮긴이)

etc.

그런데 병이 아주 텅 빈 것은 아니었다. 안에 뭔가 가벼운 것이 흔들리는 듯했고, 언뜻 종이 소리가 나는 것 같기도 했다. 라울은 얼른 병을 거꾸로 해서 마구 흔들어보았다. 하지만 아무것도 나오는 것은 없었다.

이번에는 끄트머리에 느슨한 매듭을 지은 가느다란 끈을 집어넣고 끈기 있게 애를 써보았다. 한참을 진땀 뺀 끝에 마침내 빨간 끈나풀로 동여맨 가느다란 종이 두루마리 하나가 간들간들 빠져나왔다. 내용을 펼쳐보자, 보통 종이의 아래쪽 반이 거칠게 찢겨나가고 남은 반쪽이라는 사실이 드러났다. 잉크로 쓰여진 글자들 중 많은 부분들이 누락되었지만, 대충 다음과 같은 문장을 추정해볼 수는 있을 정도였다.

결정판 아르센 뤼팽 전집

고발 내용은 사실이며 나의 자백은 단호하다.

그 범행의 유일한 책임은 나에게 있으며,

조도나 루보 형제를 비난해서는 안 된다.

브레작

라울은 첫눈에 브레작 본인의 필체라는 걸 알아챘다. 다만 잉크 빛깔이 희끄무레하게 바랜 정도나 종이의 상태로 보아 문서가 작성된 시기는 대략 15~20년은 거슬러 올라갈 수도 있을 것 같았다. 대체 무슨 범행을 두고 하는 얘기일까? 누굴 대상으로 해서 저지른 범행이란 말인가?

라울은 오랫동안 깊은 생각에 잠겨들었다. 잠시 후, 그는 나지막한 목소리로 결론을 내렸다.

"이번 사건이 이토록 수수께끼에 휩싸인 원인은 원래부터 이중으로 겹친 사건이기 때문일 거야. 즉, 사실은 두 개의 별도사건들이 뒤섞여서 그 첫 번째가 두 번째를 초래한 것이지. 일단 특급열차 살인사건이 루보 형제와 기욤, 조도, 그리고 오렐리가 등장인물이었다면, 그보다 훨씬 전에 발생했던 첫 번째 사건의 등장인물은 아마도 오늘날 서로 부닥치고 있는 브레작과 조도가 아닐까 싶군. 자물쇠의 암호를 모르는 사람한테는 상황이 점점 더 꼬이는 것 같겠지만, 오히려 나에게는 갈수록 명료해지기만 하는걸. 드디어 격전의 순간이 다가오고 있어. 오렐리를 두고 벌이는 전쟁이지. 물론 그 아름다운 초록 눈동자 깊숙이 숨 쉬고 있을 비밀을 누가 쟁취하느냐의 싸움이기도 할 테고. 강제로건 술수를 쓰건, 아니면 진정한 사랑을 통해서건 그녀의 시선과 사고를 잠시라도 점령할 수 있는 자만이 지금까지의 숱한 희생자를 제치고 문제의 비밀을 차지하는 자가 될 것이야. 게다가 가뜩이나 복수와 탐욕 어린 증오로 어지러운 이 소용돌이 판에다가 야심과 양심과 과도한 열정에 복받친 마레스칼이 사법부라는 막강한 전투기계를 끌어들였거든! 자, 그렇다면 이제 내가 해야 할 일은…….

그는 매우 섬세한 태도로 전투 준비에 나섰고, 각각의 상대들이 저마다 조심성을 발휘하는 만큼 더더욱 강력한 의지로 전의를 돋우었다. 그도 그럴 것이 브레작은 마레스칼과 내통했다는 확증도 없으면서 간호사를 밖으로 내쳤고, 라울이 매수했다는 물증이 없으면서도 하녀를 해고해버릴 만큼 민감하게 대처했다. 건물 앞쪽을 향한 창문마다 예외 없이 덧문이 채워지는 건 물론이었다. 한편 마레스칼이 풀어놓은 수사요원들도 슬슬 거리 이곳저곳에 모습을 드러냈다. 오로지 조도만이 종적이 모호한 상태였다. 하긴 브레작의 공식화된 자백문서를 잃음으로써 완전히 무장해제 되었다고 생각한 그로서는 어딘가 안전한 피난처로 기어 들어가 납작 엎드려 있는 게 상책인지도 몰랐다.

어쨌든 이와 같은 상황이 무려 보름 가까이 이어졌다. 그동안 라울은 가명을 두른 채 마레스칼을 공공연히 두둔한다는 장관 부인을 찾아갔다. 남편을 속속들이 파악하지 않으면 견디질 못하는 이 질투심 많고 다소 노회한 부인을 라울은 용케 구워삶았다. 근사한 낯선 남자가 잔뜩 관심을 보이자, 부인은 그만 날아가기라도 할 듯한 모양이었다. 자신이 어떤 역할을 맡고 있는지, 오렐리를 향한 마레스칼의 열정이 어떤 것인지 전혀 의식하지 못한 채, 그녀는 수사과장의 의중과 오렐리를 잡아넣으려는 그의 음모, 그리고 장관의 후원하에 브레작을 낙마시키려고 모색하는 방법과 그를 지원하는 세력에 관해 기회 있을 때마다 라울에게 미주알고주알 일러바쳤다.

라울은 가슴이 철렁하는 기분이었다. 마레스칼 쪽에서의 전략이 어찌나 치밀하게 짜여 있는지, 차라리 이쪽에서 먼저 선수를 쳐서 오렐리

결정판 아르센 뤼팽 전집

를 안전한 곳으로 납치해서라도 상대의 계획을 무너뜨려야 하는 게 아닌가 걱정될 정도였다.

'하지만 그러고 나서는 어떡하지? 그런 식으로 도망친다고 나아질 게 뭐란 말인가? 여전히 싸움은 남는 거고, 처음부터 모든 걸 다시 시작할 수밖에 없을 텐데.'

그런 생각을 하며 유혹을 견뎌낼 수밖에 없었다.

그러던 어느 오후 저물 무렵, 집에 돌아와보니 기송(氣送) 속달 우편물이 와 있었다. 장관 부인이 최근 결정된 사항들을 전하는 내용이었는데, 그중에서도 바로 다음 날인 7월 12일 오후 3시로 예정되어 있는 오렐리 체포작전이 눈길을 잡아끌었다.

'아, 초록 눈동자의 아가씨가 딱하게 되었군! 과연 내가 타이른 대로 어떤 사태 속에서도 나만을 신뢰할 수 있을까? 그녀가 감당해야 할 눈물과 불안이 앞으로 얼마나 더 있어야 한단 말인가?'

괴로운 생각에 한동안 뒤척이면서도 라울은 마치 결전을 앞둔 명장처럼 깊은 잠을 잤다. 아침 8시, 눈을 번쩍 뜬 라울은 드디어 결전의 하루가 시작되었음을 직감했다.

그런데 정오쯤, 시중을 들고 있는 하녀 겸 예전의 유모 빅투아르가 장바구니를 들고 뒷문으로 들어오려는 찰나, 계단을 지키고 있던 여섯 명의 괴한이 강제로 부엌까지 밀고 들어오는 것이 아닌가!

그중 한 명이 거칠게 다그쳤다.

"당신 주인 집에 있지? 자자, 거짓말해도 소용없소. 나는 수사과장 마레스칼이오. 영장도 가지고 왔어."

빅투아르는 얼굴이 창백하게 질리면서 중얼거렸다.

"서, 서재에 있을 겁니다."

"어서 안내하시오."

그는 혹시라도 소리쳐 알릴까 봐 노파의 입을 막은 채 기나긴 복도를 따라 걷게 했고, 그 끄트머리쯤에 이르자 노파가 손가락으로 가리킨 방으로 다짜고짜 들이닥쳤다.

상대는 이렇다 하게 방비를 할 틈이 전혀 없었다. 그대로 쓰러져 꽁꽁 결박당한 처지에서 마치 소포 꾸러미처럼 끌려갈 뿐이었다. 마레스칼이 툭 내뱉었다.

"당신은 특급열차 강도단의 두목이오. 이름은 라울 드 리메지."

그러고는 부하들에게 소리쳤다.

"유치장으로 직행! 영장은 여기 있다. 보안 철저 알지? '손님'의 정체에 관해선 아예 입을 닫는 거다! 토니, 자네가 그를 확실히 책임지기로 했지? 라봉스, 자네도! 자자, 데려가도록! 그리고 이따 3시에는 모두 다 브레작의 집 앞에 집결하도록 하고! 그땐 아가씨하고 그 의붓애비를 처치할 차례이니까."

'손님'한테는 네 명이 달라붙었다. 다섯 번째로 따라붙으려는 소비누는 마레스칼이 따로 붙들었다.

그 후, 마레스칼은 즉시 서재 이곳저곳을 뒤져 몇 가지 서류들과 별것 아닌 물건들을 거둬들였다. 하지만 소비누와 더불어 정작 찾고 있던 것, 즉 보름 전 길가에서 그 자신도 **청춘의 물**이라고 표기된 상표를 얼추 본 문제의 병은 도무지 눈에 띄지 않았다.

둘은 그 길로 근처 레스토랑에 점심을 들러갔다. 그리고 식사를 마치자마자 다시 돌아와 악착같이 물고 늘어졌다.

결국에는 오후 2시 15분, 소비누가 대리석 벽난로 아래에서 그 유명한 병을 끄집어내는 데 성공했다. 이번에는 병마개가 갖추어져 있는 데다, 붉은 밀랍으로 단단히 봉인까지 되어 있었다.

마레스칼은 병을 마구 흔들어보더니 전구 불빛 앞에 가만히 놓았다.

과연 가느다란 종이 두루마리가 눈에 보였다.

그는 잠시 망설였다. 과연 저걸 꺼내 읽을 것인가?

"아니야, 아직은 아니야! 브레작이 보는 앞에서 개봉해야 해! 브라보, 소비누! 자네 정말 대단한 일을 했어, 이 친구야!"

그는 정말로 기뻐서 어쩔 줄을 몰랐으며 이내 자리를 뜨면서 이렇게 중얼거렸다.

"이번에야말로 고지가 바로 눈앞이다. 이제 브레작은 독 안에 든 쥐야. 이렇게 꽉 움켜잡기만 하면 된다고. 고 앙증맞은 아가씨도 더 이상 풍파를 막아줄 사람이 없어진 셈이지. 잘난 애인께서 감옥 신세를 지게 되었으니까 말이야. 오, 귀여운 것, 이제 우리 둘만 남은 거라고!"

9
간절한 기다림

한편 오후 2시경, 마레스칼이 '앙증맞은 아가씨'라고 중얼거리던 여자는 옷을 차려입었다. 집 안의 모든 인력을 총괄하고 있는 발랑탱이라는 늙은 하인이 침실로 먹을 것을 받쳐 들고 와서는 브레작이 얘기를 나누고 싶어 한다며 기별을 한 것이다.

여자는 갓 병상에서 일어난 상태였다. 몹시 창백한 안색에 허약한 몸이었지만 어떻게든 그 사람 앞에 혐오하는 감정을 한껏 드러내기 위해 허리를 곧추세우고 고개를 뻣뻣하게 들었다. 입술에는 빨간 루즈, 볼에는 발그레한 분까지 칠한 뒤 그녀는 계단을 내려갔다.

브레작은 2층에 위치한 자기 서재에서 기다리고 있었다. 모든 창문이 덧문으로 가려졌고, 커다란 전등이 밝은 빛을 쏟아내는 널찍한 방이었다.

"거기 앉아라."

"싫어요."

"앉으라니까! 피곤한 몸 생각을 해야지."

"어서 할 얘기나 하세요. 빨리 올라가 쉴 수 있게요."

브레작은 잠시 방 안을 이리저리 서성였다. 그의 얼굴에는 약간의 흥분과 근심의 빛이 어른거렸다. 그러면서 몰래몰래 오렐리의 얼굴을 훔쳐보았는데, 그 시선에는 도무지 굽힐 줄 모르는 상대의 고집에 질린 나머지 짜증 섞인 적의와 집요한 정염이 한데 버무려져 있었다.

그는 천천히 여자한테 다가가 어깨 위에 손을 얹은 다음 강제적으로 자리에 앉히며 내뱉었다.

"네 말이 옳구나. 그리 오래 걸리지는 않을 거다. 너한테 전해줄 얘기는 몇 마디 말만으로도 충분히 가능할 거야. 다만 듣고 난 뒤 결정이나 신속히 내려주었으면 한다."

둘은 지금 서로 나란히 앉아 있었지만, 그 어느 원수보다도 멀리 떨어져 있다는 걸 브레작은 느꼈다. 앞으로 그의 입에서 무슨 얘기가 나오든 두 사람 사이의 골은 그로 인해 더더욱 깊어만 갈 것이었다. 마침내 그는 두 주먹을 불끈 쥐며 또박또박 말했다.

"그나저나 너는 우리 주위로 온갖 적들이 에워싸고 있다는 걸 아직도 모르겠니? 이런 상황을 오래는 버틸 수 없다는 것을 말이다."

여자는 잇새로 웅얼거리듯 대꾸했다.

"적이라뇨?"

"어허, 모르고 있지는 않을 텐데. 우선 마레스칼이 있지. 너를 증오하고 너에게 앙갚음을 하려는 그놈의 마레스칼 말이다."

그는 한층 목소리를 낮춰 얘기를 풀어나갔다.

"잘 들어봐라, 오렐리. 얼마 전부터 우리는 감시당하고 있단다. 내무부 청사에 있는 내 책상 서랍을 최근 누군가 뒤졌어. 이제는 상관이든 부하든 모두 작당해서 나를 노리고 있다. 도대체 이유가 뭘까? 그야 하나같이 마레스칼한테 매수당한 데다, 장관이 뒤를 봐주는 그를 막강한 실세로 믿고 있기 때문이지. 그런가 하면 너와 나는, 비록 증오로 얼룩져 있다 해도 서로 연결되어 있는 입장이야. 네가 원하든 원치 않든 우리는 같은 과거를 공유하며 결합되어 있다고. 나는 너를 키운 사람이야. 너의 후견인이란 말이다. 고로 내가 망하는 것은 곧 네가 망하는 것이 돼. 심지어는 나를 망하게 하려는 저들의 속셈은 바로 너를 해치려는 것이 아닌가도 싶단다. 물론 그 이유야 나도 모르지. 그래, 몇 가지 징후들로 미루어볼 때, 저들은 부득이 나를 가만히 내버려두어야 할 경우라 해도 너만은 반드시 직접 손을 보려 할 것 같은 느낌이란다."

여자는 대번에 기세가 허물어지면서 물었다.

"징후라니, 어떤 징후인데요?"

"솔직히 징후 이상이지. 장관 결재서류에 관한 익명의 편지를 받았는데 말이다. 나를 상대로 기소 움직임이 진행되고 있다는 둥, 그야말로 엉뚱한 소리를 지껄이고 있더구나."

여자는 기운을 내어 발끈했다.

"기소 움직임이라뇨? 지금 제정신이세요? 그까짓 익명의 편지 한 장 가지고서."

"그래, 알아. 그저 무책임하게 떠다니는 바보 같은 소문을 어느 하급 직원이 주워들어 제보를 해온 거겠지. 하지만 말이다, 마레스칼이란 놈은 무슨 짓이든 할 수 있는 작자야."

"정 그렇게 두려우시면 자리를 박차고 떠나세요."

"내가 두려운 건 바로 너 때문이다, 오렐리."

"난 하나도 겁나지 않아요."

"아닐걸. 이미 그자가 널 파멸시키겠다고 공언했지 않니?"

"그럼 내가 떠날 수 있게 해주세요."

결정판 아르센 뤼팽 전집

"그럴 힘이라도 있는 거니?"

"당신한테 감금되어 있다시피 하는 이 감옥에서 나가는 일이라면야 얼마든지 기운이 샘솟죠. 당신을 더 이상 보지 않을 수만 있다면."

남자는 실망스럽다는 동작을 취하며 말을 가로막았다.

"닥쳐라! 만약 그래야 한다면 나는 더 이상 살 수 없을지 모른다. 네가 없는 동안 내가 얼마나 괴로워했는지 모를 거야. 너와 헤어지지만 않는다면 이 세상 그 무엇도 달갑게 받아들일 자신이 있어. 너의 눈빛, 네 삶에 나의 온 생애가 달려 있단 말이다."

여자는 자리에서 벌떡 일어나 온몸을 부들부들 떨면서 일갈했다.

"그런 식으로 말하지 말아요! 그따위 가증스러운 말은 내 앞에서 하지 않겠노라고 약속한 지 얼마나 됐다고."

하지만 여자는 이내 탈진한 듯 제자리에 풀썩 주저앉았고, 남자는 저만치 물러나 자기도 안락의자에 쓰러지듯 앉았다. 그뿐만 아니라, 그는 얼굴을 두 손에 파묻고 어깨가 들썩일 정도로 흐느끼기 시작했는데, 마치 삶 그 자체가 하나의 견딜 수 없는 짐이 된 패배자 같은 꼴이었다.

남자는 한참을 그렇게 있더니 먹먹한 음성으로 입을 열었다.

"네가 여행을 떠나기 전보다 우리 사이가 더 원수지간처럼 된 것 같구나. 넌 아주 달라져서 돌아왔어. 도대체 무슨 짓을 하고 다닌 거니, 오렐리? 생트마리에서의 일을 묻는 게 아니다. 거긴 생각지도 못하고서 내가 미친 듯이 찾아 헤매던 처음 3주간의 행적을 묻는 거야? 네가 그 비겁한 기욤 같은 녀석을 조금도 사랑하지 않는다는 건 내가 잘 알지. 그러면서도 넌 그를 따라나섰어. 도대체 왜지? 둘한테 무슨 일이 일어난 거야? 그자한테 무슨 일이 일어난 거냐고? 나도 무슨 심각한 일이 벌어졌는지 직관적으로 감은 잡고 있다. 네가 평소와는 달리 불안해하는 모습을 보면 알아. 발작을 일으킬 때는 마치 끝없이 도망치는 사람처럼 헛소리를 늘어놓더구나. 무슨 피가 보이고 시체들이 눈앞에 어른거린다며."

"아니에요! 그게 아니에요! 잘못 들은 거예요!"

여자가 몸서리를 치며 말을 막자, 남자는 고개를 가로저었다.

"잘못 듣지 않았다. 저것 좀 봐, 지금도 눈이 휘둥그레지면서 벌벌 떨고 있질 않니? 누가 보면 악몽이라도 계속 꾸고 있다고 하겠어."

브레작은 천천히 다가오며 말을 이었다.

"그러니 가엾은 내 아이한테 푸근한 휴식이 무엇보다 필요하단 얘기다. 내가 제의하려는 게 바로 그거야. 오늘 아침에 그렇지 않아도 휴가를 요청해놓은 상태란다. 우리 둘이서 함께 어디든 떠나자꾸나. 앞으로 네 기분 상할 말은 절대로 하지 않겠다고 맹세하지. 게다가 네가 벌써 나한테 맡겼어야 할 그 비밀 얘기도 절대 네 앞에서 꺼내지 않으마. 사실 그건 너뿐만 아니라 나한테도 권리가 있는 것 아니니? 아무튼 지금까지는 유감스럽게 강제로 그 완강한 비밀을 캐내려고 시도한 바가 여러 번 있다만, 앞으로는 네 눈동자를 들여다보면서 그런 데 대한 관심은 아예 끊을게. 네 그 초록빛 눈동자를 편안하게 내버려두마, 오렐리. 아니, 심지어 너를 똑바로 바라보는 일도 없을 것이다. 이건 엄연한 약속이야. 그러니 이리 와다오, 내 아이야. 넌 날 가엾게 여기고 있어. 그래서 괴로워하고 있다고. 내가 모르는 뭔가를 기다리고 있지만, 그에 응할 것은 오로지 불행밖에는 없을 거야. 그러니 내게로 와."

여자는 혹독한 마음을 고집스레 틀어쥐며 침묵을 지켰다. 두 사람 사이에는 도저히 치유할 수 없는 반목이 팽배했고, 서로에게 상처와 모욕이 아닌 그 어떤 말도 내뱉을 수 없는 상황이 뿌리박고 있었다. 특히 의붓딸에 대해 품고 있는 브레작의 역겨운 욕정이야말로, 여태껏 두 사람을 항상 부딪치게만 해왔던 과거 어떤 악연의 고리들보다 더욱더 서로를 갈라놓는 구실을 하고 있었다.

"자, 대답해보아라."

남자의 말에 여자는 단호한 음성으로 내질렀다.

"무조건 싫어요. 당신이 눈앞에 있다는 것 자체도 더 이상 참을 수가 없습니다. 이제 당신과 같은 집에서는 더 이상 살 수조차 없을 것 같아요. 기회가 닿는 대로 난 떠나겠어요."

남자는 곧장 빈정대는 투로 말을 받았다.

"홍, 그야 물론 혼자서는 아니겠지? 첫 번째 경우와 마찬가지로 혼자 떠나겠다는 건 아닐 거야. 또 기욤이냐?"

"기욤은 이미 차버린 지 오래예요."

"그럼 또 다른 놈이 있는 게로구나. 그래, 틀림없이 또 다른 놈을 기다리고 있어. 네 눈동자가 그래서 끊임없이 두리번거리고 있는 거라고. 귀도 쫑긋이 기울이는 눈치고. 그렇다면 지금쯤……."

바로 그때였다. 현관문이 활짝 열렸다 닫히는 소리가 들려왔다.

브레작은 심술 사나운 웃음을 지으며 외쳤다.

"헤헤. 내가 무슨 소릴 지껄이는 거야? 정말로 네가 뭘 기대하면 누가 와줄 줄 알았겠지? 천만의 말씀, 오렐리! 아무도 오지 않아. 기욤도, 또 다른 그 누구도 말이야. 방금 문소리는 내 우편물을 수거하러 내무부 청사로 보낸 발랑탱이 돌아오는 소리라고. 오늘 오후부터 나가지 않을 작정이거든."

과연 2층 계단을 오르는 하인의 발소리가 들리는가 싶더니 곧장 건넌 방을 가로질러 다가오고 있었다. 발랑탱이 문을 열고 들어섰다.

"심부름은 잘 마무리했겠지?"

"네."

"뭐 편지라든가 서명해야 할 서류 같은 게 있던가?"

"없었습니다."

"그래? 거참 이상하군. 아니, 우편물이 하나도 없어?"

"있긴 했는데, 몽땅 므슈 마레스칼에게 맡겨졌답니다."

"아니, 마레스칼이 무슨 권리로 남의 우편물에 손을 대? 그자가 줄곧 거기 있었나?"

"아닙니다. 왔었다가 금세 다시 퇴청하던데요."

"퇴청하다니? 오후 2시 반에 말인가? 무슨 공무 때문이라던가?"

"네."

"한 번 알아는 본 건가?"

"네. 그런데 사무실에 아는 사람이 하나도 없었습니다."

"혼자 나가던가?"

"아뇨. 라봉스, 토니, 그리고 소비누 이렇게 셋을 대동하고 나갔습니다."

브레작의 입에서 탄식이 새어나왔다.

"아뿔싸, 라봉스하고 토니라면! 분명 누군가를 체포하러 가는 건데, 어떻게 나는 까마득히 모르고 있는 거지? 대체 무슨 일이 벌어지고 있는 거야?"

발랑탱이 물러나자, 브레작은 다시 방 안을 이리저리 어슬렁대면서 심각한 표정으로 연신 중얼거렸다.

"토니라면 마레스칼의 지독한 하수인 같은 인물이고, 라봉스도 그가 총애하는 친구인데…… 모든 게 나를 제쳐놓고 돌아가고 있어."

어느덧 5분이 흘러갔다. 오렐리는 걱정스러운 눈빛으로 의붓아버지를 바라보고 있었다. 갑자기 창가로 다가간 그는 덧문 중 하나를 살그머니 열어보았다. 순간 브레작은 느닷없는 비명을 지르며 더듬더듬 뒷걸음질을 쳤다.

결정판 아르센 뤼팽 전집

"저, 저들이 와 있어. 거리 끄트머리까지 다 와 있다고. 여길 감시하고 있단 말이야."

"누가 말이에요?"

"두 놈 다 와 있네. 마레스칼의 똘마니들 말이야. 토니와 라봉스."

"그런데요?"

여자가 얼떨결에 중얼거리듯 물었다.

"저 두 놈은 항상 심각한 문제가 발생했을 때만 써먹는 놈들이지. 오늘 정오쯤에도 분명 저들과 함께 이 동네에서 뭔가 사달을 냈던 거야."

"정말 그들이 다 여기 와 있는 거예요?"

"그렇다니까! 내 눈으로 똑똑히 보았다잖니."

"마레스칼도 오는 걸까요?"

"그야 당연하지. 아까 발랑탱이 하는 얘기 못 들었어?"

"아, 그가 오다니, 그가 오다니!"

여자가 어쩔 줄 몰라 하며 더듬거리자, 브레작이 깜짝 놀란 표정으로 다그쳐 물었다.

"왜 그러니? 무슨 일이야?"

하지만 여자는 간신히 흥분을 가라앉히며 대답했다.

"아무것도 아니에요. 그냥 나도 모르게 가슴이 뛰어서…… 공연히 그런 거니 신경 쓰지 마세요."

그러나 브레작은 금세 깊은 생각에 잠기는 눈치였고, 그 역시 날뛰는 신경을 진정시키려고 애를 쓰면서 말을 받았다.

"그래, 공연히 그런 거겠지. 종종 누구나 별것 아닌 일 가지고 광분하곤 하니까. 이러고 있을 게 아니라 내가 직접 내려가 무슨 일인지 물어보는 게 낫겠다. 그러면 모든 게 밝혀지겠지. 아무렴, 그렇고말고! 하긴 상황 돌아가는 걸 보니 정작 저들이 감시하는 게 우리가 아니라, 저쪽

맞은편 건물 쪽일 가능성도 있어 보이는구나."

오렐리는 고개를 반짝 쳐들고 물었다.

"어떤 건물요?"

"왜 내가 말했지 않니, 저들이 오늘 정오쯤 체포했을 거라는 사람 말이다. 아, 네가 그때 11시쯤 사무실을 나서는 마레스칼의 얼굴을 한 번봤어야 하는 건데! 우연히 그와 마주쳤었지. 표정에 지독한 증오심과더불어 말할 수 없는 만족감이 내비치더구나. 그래서 내 기분이 계속뒤죽박죽이었던 거고. 그 정도 증오심의 대상이 될 만한 인물은 현재그에게 딱 한 명밖에 없거든. 바로 나이지. 어쩌면 우리 둘 다일 수도있고 말이야. 그래서 놈의 위협이 우리를 겨냥하고 있는 걸로 생각했었단다."

오렐리는 더욱 창백해진 얼굴로 상체를 곧추세우며 외쳤다.

"지금 무슨 말을 하는 거예요? 맞은편 건물에서 누가 체포당했다고요?"

"스스로 탐험가라고 소개하며 다니는, 무슨 리메지인가 뭔가 하는 자라던데. 아참, 리메지 남작이라고 하지, 아마. 아까 오후 1시에 내무부청사에서 소식을 들었지. 곧바로 파리 경시청 유치장에 처넣었다고 하더라."

라울이라는 이름까지는 여자도 몰랐지만 그 사람이 바로 그 사람이라는 사실을 조금도 의심치 않았고, 곧이어 떨리는 목소리로 이렇게 물었다.

"그가 무슨 짓을 한 거죠? 그 리메지라는 자가 어떤 사람이라는데요?"

"마레스칼 얘기로는 특급열차 살인사건의 진범이라더구나. 그토록찾아 헤매던 제3의 공범 말이다."

오렐리는 그만 쓰러질 뻔했다. 별안간 정신착란을 일으키는 것처럼 어찔한 현기증에 휩싸이더니 짚을 곳을 찾으려는 듯 두 손으로 허공을 더듬었다.

"왜 그러는 거니, 오렐리? 이 일이 너와 무슨 상관이기에?"

"우린 망했어요."

여자는 맥없이 신음을 흘렸다.

"그게 무슨 말이야?"

"오, 당신은 이해 못해요."

"그러니 설명을 해보아라. 그 사람, 아는 사람이냐?"

"네, 알아요. 그가 날 구해줬어요. 마레스칼로부터도 구해줬고, 기욤으로부터도 구해줬어요. 당신이 집 안에 들인 그 조도라는 작자한테서도 구해줬다고요. 오늘도 그가 우리를 구해줄 수 있었을 텐데."

남자는 어이없다는 표정으로 여자를 물끄러미 바라보았다.

"그럼 네가 기다리는 사람이 바로 그 남자였니?"

여자는 덤덤한 어조로 대답했다.

"네, 반드시 나타나겠다고 약속했었거든요. 그래서 실은 안심하고 있었어요. 그 남자가 숱한 어려운 일들도 척척 해내는 걸 보아왔어요. 마레스칼은 거의 가지고 노는 수준이었죠."

"그럼 이제 어쩌니?"

브레작이 묻자, 여자는 무심코 내뱉는 듯한 어조로 말했다.

"아마 우리도 어서 몸을 피하는 게 좋을 것 같아요. 나뿐만 아니라 당신도 마찬가지예요. 당신한테도 문제가 될 만한 사연이 있잖아요, 옛날 사연 말이에요."

순간 브레작은 펄쩍 뛰었다.

"정신 나간 소리! 사연은 무슨 사연이 있었다고…… 나로 말할 것 같으면 겁나는 거 하나 없는 사람이다."

그렇게 부정하면서도 그는 의붓딸의 손을 붙잡고 부랴부랴 방을 가로질러 층계참으로 뛰쳐나갔다.

하지만 마지막 순간에 오히려 거부를 한 건 여자 쪽이었다.

"아, 아니에요. 이럴 필요까진 없겠어요. 우린 무사할 겁니다. 그가 올 거예요. 어떻게든 도망쳐 나올 거예요. 이대로 그를 기다리지 않을 이유가 없어요."

"파리 경시청 유치장을 빠져나오는 사람은 이 세상에 없단다."

"어머나, 그 정도예요? 세상에, 그럼 이를 어쩐다."

여자는 어찌 결정을 내려야 할지 갈피를 못 잡는 눈치였다. 회복기의 그녀 머릿속이 온갖 끔찍한 생각들로 또다시 엉망진창 소용돌이쳤다. 마레스칼에 대한 두려움…… 임박한 검거…… 금방이라도 경찰이 들이닥쳐 손목을 낚아챌 것만 같은 초조감…….

마침내 의붓아버지의 겁에 질린 모습이 그녀의 마음을 결정해버렸다. 갑작스러운 돌풍에 휩쓸리듯 그녀는 후닥닥 자기 방으로 달려 올라가더니 금세 여행용 손가방 하나를 챙겨 다시 나타났다. 물론 브레작도 준비를 끝낸 상태였다. 두 사람은 당장이라도 맹렬히 도망치는 것 말고는 더 이상 기대할 것이 없는 두 범죄자의 몰골이었다. 둘은 계단을 빠른 걸음으로 내려가 현관으로 나섰다.

초인종이 요란하게 울린 것은 바로 그때였다.

"너무 늦었어."

브레작이 다급하게 속삭이자, 여자는 아직도 희망을 버리지 않았는지 이렇게 대꾸했다.

"천만에요. 아마도 그 남자일 거예요."

수녀원의 성토층에서 조우한 그 든든한 남자를 생각하고 있는 게 분명했다. 결코 위험에 휘둘리도록 방치하지 않을 것이며, 끝내는 구해줄 것이라고 약속하지 않았는가! 그동안 그에게 과연 넘지 못할 장애가 있었던가! 어떤 상황, 어떤 상대도 제멋대로 요리하는 정말이지 대단한 인물이 아니었던가!

또다시 초인종 소리가 울렸다.

늙은 하인이 헐레벌떡 식당에서 튀어나왔다.

"문을 열게."

브레작이 나지막한 소리로 지시했다.

문 저쪽에서 수군대는 소리와 구두 축 달그락거리는 소리가 이쪽까지 넘어왔다.

이번에는 아예 주먹으로 문을 두드려댔다.

"열라니까!"

브레작이 다시 한번 내뱉고 나서야 하인은 문을 열었다.

밖에는 마레스칼이 세 명의 사내와 더불어 떡하니 버티고 서 있었다. 오렐리는 셋 모두에게서 풍기는 독특한 풍채를 익히 알았다. 졸지에 계단 난간에 등을 기대면서 신음처럼 나직이 내뱉는 말을 알아들은 건 브레작 한 명뿐이었다.

"아, 맙소사! 그 사람이 아니야!"

어쨌든 부하직원 앞이라서 브레작은 당당히 고개를 쳐들고 말했다.

"이게 웬일인가? 분명 다시는 돌아오지 말라고 일렀을 텐데?"

마레스칼은 지그시 미소를 띠며 대꾸했다.

"공무 중입니다, 국장님. 장관님의 지시가 있어서요."

"나와 관련한 지시인가?"

"그렇습니다. 아울러 마드무아젤과도 관련이 있지요."

"이 세 사람들한테 지원 요청을 한 건 누구 때문이고?"

마레스칼은 결국 웃음을 터뜨렸다.

"크허허허허. 맙소사, 그게 아니고요. 그저 우연히 이렇게 된 거죠. 이 사람들이 근처를 어슬렁대기에 그냥…… 아무 생각 없이 얘기나 몇 마디 나누다가…… 정 그렇게 신경이 쓰이신다면…….

그러면서 마레스칼은 성큼 안으로 들어섰다. 그러다 문득 두 사람의 손에 든 여행가방에 눈길이 가 닿았다.

"어허, 이런! 어디 바람이라도 쐬시게? 조금이라도 지체했더라면 내 임무가 깨끗이 날아가버릴 뻔했네."

안 되겠다 싶었는지 브레작이 단호한 어조로 말했다.

"이봐, 므슈 마레스칼. 나와 관련한 임무가 있든 무슨 전할 말이 있든, 지금 당장 신속하게 끝내주게나. 바로 여기서."

수사과장은 별안간 얼굴을 바짝 갖다 대더니 험상궂은 목소리로 으르렁댔다.

"소란 떨지 맙시다, 브레작! 어리석은 짓일랑 꿈도 꾸지 말고. 아직은 아무도 아는 사람이 없소. 심지어 여기 데려온 내 부하들조차도 말이오. 자자, 당신 서재에 들어가서 마저 얘기 나누도록 하지."

"아무도 모른다니, 대체 뭘 말인가?"

"현재 벌어지고 있는 다분히 심각한 사태에 관해서 말이오. 아마도 당신 의붓따님이 아직 털어놓지 않은 것 같은데, 아마 그녀도 증인이 없는 곳에서 얘기 나누는 게 더 낫다고 할걸! 어때요, 아가씨 의견도 그런 거 맞죠?"

완전히 시체처럼 창백한 몰골로 오렐리는 계단 난간에 꼭 달라붙은 채 금방이라도 실신할 것 같은 분위기였다.

브레작은 얼른 여자를 부축하며 내뱉었다.

"올라가자꾸나."

여자는 의붓아버지가 이끄는 대로 끌려갔고, 그동안 마레스칼은 부하들을 안으로 들이며 지시했다.

"셋 모두 현관에서 한 발짝도 움직이면 안 된다. 아무도 들락날락하게 해선 안 돼, 알겠지? 그리고 당신(발랑탱을 가리키며), 부엌에 들어가서 꼼짝도 하지 마시오! 그리고 소비누, 저 위에서 만약 싸움이 일어나면 내가 호각을 불 테니 즉각 달려 올라와 지원하도록, 알겠지?"

"알겠습니다."

"실수는 없겠지?"

"전혀요, 과장님. 우리가 무슨 풋내기들입니까? 모두가 일사불란하게 과장님 명만을 따를 겁니다."

"브레작을 치라고 해도?"

"물론이죠!"

"아참, 그 병! 그것 이리 내게, 토니!"

병을, 아니 병을 담은 판지 꾸러미를 거머쥔 마레스칼은 부하들로 하여금 만반의 준비태세를 갖춰놓게 한 다음, 계단을 성큼성큼 뛰어 올라가 굴욕적으로 쫓겨나다시피 한 지 6개월도 채 안 된 서재 문턱을 보무도 당당히 밟고 넘어섰다. 그로서는 얼마나 통쾌한 일이겠는가! 바닥에 구둣발 소리를 요란하게 울리면서 벽에 걸린 오렐리의 각 연령별 초상화를 여유 있게 감상하던 그는 아주 노골적으로 티를 부려가며 뿌듯한 쾌감을 만끽했다.

보다 못한 브레작이 막고 나설 기미를 보이자, 마레스칼은 즉시 그를 제지하며 말했다.

"소용없소, 브레작. 당신이 현재 왜 약한가 하면, 내가 마드무아젤을 향해, 그러니까 결국 당신을 향해 어떤 무기를 겨누고 있는지 당신이 전혀 모르고 있기 때문이오. 물론 그걸 깨닫게 되어도 당신이 할 수 있는 거라곤 굴복하는 길밖엔 없을 테지만 말이야."

두 사람 모두 한 치의 양보도 없이 맞선 채 이글거리는 시선을 부딪쳤다. 서로에 대한 막상막하의 증오심, 상극을 이루는 본능, 질세라 으르렁대는 야심, 어쩔 수 없이 악화되기만 한 정염의 경쟁관계가 두 사람의 주고받는 눈빛 속에서 고스란히 불꽃을 튀겼다. 오렐리는 그 옆 의자에 꼿꼿이 앉아 묵묵히 기다리고 있었다.

이상한 건 아까만 해도 금세 실신해 쓰러질 것 같던 여자가 점차 정신을 추슬러가고 있다는 사실이었다. 특히 마레스칼은 그런 그녀의 모습에 적잖이 놀랐다. 여전히 피로에 찌들고 경직된 인상이었지만, 그래도 처음 사내들이 집 안에 들이닥쳤을 때처럼 무기력하게 덫에 걸린 먹잇감 같은 분위기가 더는 아니었다. 예컨대 생트마리의 벤치에서 목격했던 그 강직할 정도의 꼿꼿한 자세가 또다시 재현되고 있었다. 비록 창백한 볼 위로 눈물은 흐르지만, 그 눈물에 흠뻑 젖은 채 한껏 부라린 두 눈동자는 하나의 초점을 확고부동하게 응시했다. 대체 무슨 생각을 하고 있는 걸까? 하늘이 무너져도 솟아날 구멍은 있다고 했던가! 혹시 저 마레스칼이라는 인간이 일말의 동정심이라도 가질 수 있는 위인이라 생각하는 걸까? 아니면 사법당국의 칼날을 피할 수 있을 어떤 복안이라도 고안하고 있는 것일까?

마레스칼은 느닷없이 책상을 주먹으로 쾅 내리치며 외쳤다.

"어디 계속 그렇게 당당할 수 있나 두고 봅시다!"

그는 여자를 제쳐두고 브레작의 코앞까지 바짝 다가들었고, 그 바람에 상대는 움찔 뒷걸음질을 쳐야만 했다. 마레스칼은 거칠게 몰아붙이기 시작했다.

"아주 간단한 얘기요. 오로지 사실만을 거론하겠지만, 그중 몇몇은 당신을 비롯한 모든 사람들도 알고 있을 것이오. 하지만 그 나머지 대부분은 나 이외엔 증언할 사람도 없을뿐더러, 실제로 직접 확인한 사람도 오로지 나뿐인 얘기들이지. 그러니 부정하려는 생각은 애초에 때려 치우는 편이 좋을 거요. 있는 그대로 간단하게 얘기할 테니까. 공식조서라 생각하고 들으시오. 지난 4월 26일."

브레작은 몸서리를 쳤다.

"4월 26일이라면 오스망 대로에서 우리가 마주쳤던 바로 그날인데."

"그렇소. 당신의 의붓딸이 당신 집에서 뛰쳐나온 날이기도 하지."

마레스칼은 얼른 덧붙였다.

"마르세유행 특급열차에서 세 명이 살해당한 날이기도 하고 말이야."

"뭐라고? 그건 또 무슨 상관인가?"

브레작은 어리둥절한 표정으로 물었다.

수사과장은 참으라는 표시로 손짓을 했다. 앞으로는 모든 사실들이 시간 순서대로 제때제때 폭로될 거라는 투였다.

"그러니까 4월 26일, 그 특급열차의 5번 차량에는 모두 합해 네 명의 승객밖에는 타고 있지 않았습니다. 첫째 칸에는 미스 베이크필드라는 어느 영국 여자 도둑과 자칭 탐험가라고 하는 리메지 남작이 있었고, 맨 끄트머리 칸에는 뇌일리쉬르센에 거주하는 두 명의 루보 형제가 탑승하고 있었습니다. 그다음 4번 차량에는 대부분 이 사건에 직접 관련도 없고, 무슨 일이 벌어지는지도 전혀 모르는 몇몇 승객들 외에, 국제정보수사과장이라는 사람과 젊은 남녀 한 쌍이 따로 하나의 객실 안에 탑승하고 있었지요. 그들은 잠을 청하는 여행객들이 보통 그렇듯, 안의 조명을 끄고 창문 블라인드도 내려 서로 간 아무것도 식별하지 못하는 상태였습니다. 물론 그 수사과장이라는 사람은 바로 나인데, 미스 베이크필드를 추적하는 중이었죠. 젊은 남자는 기욤 앙시벨이라는 자로 떠돌이 증권 브로커이자 도둑이며, 바로 이 집에 뻔질나게 드나들다가 결국 동반자를 구해 몰래 도망친 작자입니다."

"거짓말! 거짓말이야! 오렐리를 의심하다니, 터무니없는 망발이야!"

브레작이 별안간 펄펄 뛰자, 마레스칼은 아무렇지도 않게 툭 대꾸했다.

"그 동반자가 아가씨라는 얘기는 하지 않았습니다."

그는 차가운 어조로 계속 얘기를 진행했다.

"라로슈까지 가는 길엔 아무 일도 일어나지 않았습니다. 그러고도 30여 분이 더 흐르는 동안 역시 잠잠했지요. 그러다 어느 한순간, 격렬한 드라마가 갑작스레 터지고 맙니다! 예의 그 젊은 남녀가 느닷없이 어둠을 벗고 나서더니 4번 차량에서 5번 차량으로 건너간 겁니다. 두 사람은 철저히 변장을 한 상태였죠. 길다란 회색빛 작업복과 챙 모자, 복면까지 갖추고 말입니다. 그와 더불어 5번 차량 후미에는 미리 나와서 대기하고 있던 리메지 남작이 그들과 합류해, 모두 셋이서 미스 베이크필드를 살해하고 소지품을 텁니다. 그런 다음 남작은 천연덕스럽게 공범들로 하여금 자신도 피해자인양 결박하게 했고, 남녀 두 명은 계속해서 끄트머리 객실로 달려가 두 명의 형제를 상대로 살인절도 행각을 자행합니다. 그러고 나서 돌아오는 길에 검표원과 마주치게 되자, 일대 격투가 벌어졌지요. 두 남녀는 재빨리 도망쳤고, 검표원은 자신도 피해자라며 나자빠져 있는 리메지 남작을 발견합니다. 자, 여기까지가 1막이라 할 수 있습니다. 2막은 숲으로의 도주로 시작되지요. 당연히 열차 안에는 경보벨이 울렸고, 내 귀에까지 상황이 흘러들었습니다. 즉시 나는 필요한 조치들에 착수했고, 그 결과 두 명의 도주자에 대해 조직적인 포위망이 구축되었습니다. 하지만 그중 한 명은 가까스로 도망쳤고, 다른 한 명은 붙잡혀 감금되는 신세가 됩니다. 보고를 받고 감금 장소로 달려간 나는 그가 내팽개쳐져 있는 어둠 속으로 비집고 들어갔지요. 그런데 그가 남자가 아니라 여자였지 뭡니까!"

브레작은 마치 술 취한 사람처럼 점점 휘청휘청 뒷걸음질을 쳤다. 그러다가 안락의자 등받이에 막히자, 이렇게 더듬거렸다.

"다, 당신 돌았군! 도무지 말도 안 되는 횡설수설이야! 당신 미쳤어!"

마레스칼은 전혀 개의치 않고 계속했다.

"그건 그렇고. 그놈의 가짜 남작의 정체에 대해 그만 내가 방심하는 바람에 포로는 무사히 빠져나갔고, 기욤 앙시벨과 재회하게 됩니다. 나는 곧 그들의 종적을 몬테카를로에서 다시 발견하게 되지요. 그때부터 당분간 시간 낭비의 연속일 뿐이었습니다. 문득 파리로 돌아와야겠다는 생각이 들기까지 헛되이 이리저리 찾아 헤맸던 것이죠. 파리로 돌아와서 브레작, 당신이 진행하는 조사 활동은 좀 어떤지, 의붓딸이 도피해 숨어든 곳은 밝혀냈는지 알아봐야겠다는 생각을 하게 되었죠. 그렇게 해서 나는 당신보다 몇 시간 앞당겨 아가씨가 어느 놈팡이와 달콤한 밀어를 속닥이고 있는 생트마리 수녀원을 찾아갈 수 있었던 겁니다. 근데 한 가지 달라진 게 있더군요. 연인이 바뀐 겁니다. 기욤 앙시벨은 어디 가고, 그 자리에 리메지 남작이 떡하니 버티고 있더라 이거예요. 바로 제3의 공범 말입니다!"

브레작은 이 끔찍한 고발 내용을 기겁하며 들었다. 그러면서도 전혀 반박할 엄두를 내지 못하는 걸 보면, 아마도 이 모든 얘기가 그가 보기에도 나무랄 데 없는 진실로 받아들여지는 모양이었다. 그렇지 않아도 어렴풋하게 감을 잡고 있던 바를 또박또박 논리적으로 해명하는 데다, 미지의 구원자라며 오렐리가 횡설수설하던 얘기와도 정확히 부응하는 얘기가 아닌가! 여전히 침묵 속에서 꼿꼿한 자세를 유지하고 있는 여자를 브레작은 이따금 뚫어져라 바라보았다. 흡사 지금 흘러나오는 모든 얘기들이 전혀 그녀의 귀에까지 이르지도 못하는 것 같았다. 이런 얘기들보다는 오히려 바깥으로부터 흘러드는 미세한 소음에 잔뜩 주의를 기울이는 눈치였다. 아직도 무슨 기적 같은 구원의 손길을 기다리기라도 한단 말인가?

"그래서, 그래서 어떻게 됐단 말인가?"

브레작이 다그쳐 묻자, 수사과장은 얘기를 마저 이었다.

"그 덕분에 여자는 다시 한번 무사히 빠져나갈 수가 있었죠. 그런데 솔직히 말해 오늘에 와서는 그 모든 걸 실컷 웃어넘길 수가 있게 되었소. 왜냐하면……."

마레스칼은 그쯤에서 한층 목소리를 낮추며 말했다.

"내가 마침내 복수를 했으니까 말입니다. 아, 정말이지 멋진 복수를 했지, 브레작! 어때, 기억나시오? 벌써 여섯 달 전이지? 마치 날 하인 다루듯이 내쫓았었지. 말하자면 엉덩이에 발길질을 해서 내동댕이쳤다고나 할까? 그런데, 그런데 말이야. 결국 그 여식이 내 손아귀에 휘어잡혔단 말이거든. 일이 그렇게 된 거지!"

그러면서 주먹을 이렇게 틀어 마치 감방 자물쇠를 채우는 시늉을 했는데, 그 깔끔한 동작 하나만으로도 오렐리를 향한 그의 의도가 얼마나 혹독한지 여실히 알 수 있었다. 브레작이 버럭 소리쳤다.

"안 돼! 안 된다고! 그거 사실 아니지, 마레스칼? 설마 이 어린 것을 그런 곳에 처넣을 생각은 아니겠지?"

마레스칼은 단호하게 대답했다.

"이미 생트마리에서 화평을 제안했지만 한마디로 거절하더군요. 뭐 어쩔 수 없게 된 거지! 이제는 너무 늦어버렸소."

브레작은 심지어 사정을 비는 듯 두 손을 앞으로 쭉 내밀며 가까이 다가들었으나, 마레스칼은 처음부터 틈을 허용하지 않았다.

"소용없습니다! 이 여자는 할 수 없어요! 당신도 어쩔 수 없단 말이오! 자기 쪽에서 날 내친걸. 그러니 누굴 붙잡고 하소연할 수 있겠어?

또 이것이 정의이기도 해. 자신이 저지른 범죄행위에 대한 응분의 보상을 치름으로써 나한테 막 대한 과오도 갚는 셈이지. 그러니 이 여자는 벌을 받아야 하고, 나는 또 그렇게 벌함으로써 복수를 해야 하는 거야. 어쩔 수 없는 일이지!"

그는 발을 구르고 주먹으로 책상을 내리치면서 입에서 튀어나오는 역겨운 저주를 갈수록 신나게 토해냈다. 자신의 험상궂은 본성을 있는 그대로 노출시키면서 오렐리를 향한 갖은 욕설을 뱉어내는 것이었다.

"저 꼴을 좀 보시오, 브레작! 나한테 어디 눈곱만치도 용서를 구하려는 것처럼 보이오? 누가 그 앞에 머리라도 조아린들 과연 고분고분해질 것 같소? 도대체 저렇게 입을 꼭 닫고 완고한 기세를 고집하는 저의가 무엇인지 혹시 알겠소? 그건 말이오, 브레작. 아직도 뭔가 희망을 품고 있어서 그런 거요! 그래, 분명히 뭔가 기대하는 바가 있어서 저렇다니까! 내 손아귀에서 세 차례나 자신을 구출해준 존재가 네 번째로 솜씨를 발휘해줄 거라고 믿는 거야."

오렐리는 여전히 꿈쩍도 않고 있었다.

마레스칼은 갑자기 전화기를 번쩍 집어 들더니 파리 경시청사로 연결 요청을 했다.

"여보세요, 경시청사죠? 므슈 필립한테 므슈 마레스칼의 전화라고 좀 전해주십시오."

그는 여자 쪽으로 휙 돌아서더니 남아 있는 다른 수화기를 그녀의 귀에다 거칠게 갖다 붙였다.

역시 오렐리는 미동도 하지 않았다.

그때 전화선 저쪽으로부터 응답하는 소리가 흘러나왔다. 대화는 간단했다.

"필립, 자넨가?"

"마레스칼?"

"그렇다네. 내 말 잘 듣게. 지금 내 바로 옆에 누가 있는데, 그 사람한 테 확인시켜줄 일이 하나 있어. 그러니 내 질문에 있는 그대로 대답해 주게."

"말해보게."

"오늘 정오에 자네 어디 있었나?"

"자네가 부탁한 대로 경시청 유치장에 있었지. 라봉스와 토니가 자네 가 보냈다며 데리고 온 사람을 인계받느라고 말일세."

"그자를 우리가 어디서 잡아들인 거지?"

"그야 쿠르셀 가 브레작의 집 바로 맞은편에 있는 그자의 아파트에서 잡아들인 걸로 되어 있네."

"죄수명부에 기입은 했겠지?"

"내가 보는 앞에서 했지."

"어떤 이름으로 등록된 거지?"

"리메지 남작이라고 되어 있네."

"죄목은 뭘로 되어 있나?"

"특급열차 사건의 강도단 우두머리라고 되어 있었네."

"그래, 오늘 오전에는 그자 좀 들여다보았나?"

"그럼. 인체측정 절차를 밟느라 얼굴을 봤지. 실은 지금도 그걸 하는 중이네."

"고마우이, 필립. 그만하면 궁금했던 점들이 모두 해소되었네, 잘 있게."

그는 전화기를 철커덕 내려놓자마자 외쳤다.

"그것 봐, 오렐리. 당신의 구원자께서 어떤 꼴이 되어 있는지 이제는 알았겠지? 감옥에 갇혀서 꼼짝달싹 못하는 신세란 말이야!"

하지만 여자는 당당히 말했다.

"나도 알고 있어요."

남자는 거세게 너털웃음을 터뜨렸다.

"푸하하하. 알고 있다네! 그런데도 기다리겠다? 그것참 재미있군! 모든 경찰력과 사법당국의 힘에 완전히 깔아 뭉개져버린 상태인데. 허섭스레기, 걸레 같은 처지에다 지푸라기나 비누 거품만도 못한 신세가 되어버렸는데도 여전히 기다리시겠다! 이거야 경시청 유치장 벽들이 그만 폭삭 무너져버릴 소리로군! 간수들이 알아서 자동차라도 대령하겠어! 개봉박두, 기대하시라 이건가? 잠시 후, 저 천장 굴뚝을 통해 짠 하고 나타나시기라도 하려나?"

그는 이제 완전히 흥분한 상태에서 반대로 태연하기 그지없는 여자의 어깨를 붙잡고 마구 흔들어대기 시작했다.

"이봐, 오렐리. 아무 일도 일어나지 않아! 희망이 없다고! 구원자께서는 완전히 망했어! 남작께서 꼼짝없이 갇힌 신세란 말이야! 그리고 앞으로 한 시간 후에는 우리 귀여운 당신마저 같은 신세가 될 거라고! 머리부터 자르겠지, 아마? 그러곤 생라자르 교도소로 보내질 거야. 곧이어 중죄재판소에 대령하겠지. 아, 요 맹랑한 아가씨야. 그동안 당신의 그 아름다운 초록빛 눈동자를 위해 나 참 많이도 울었지. 이젠 그 눈동자들이 울 차례가 온 거…… 억!"

마레스칼의 말은 중간에 거칠게 끊겼다. 그의 바로 뒤에 브레작이 버티고 서서 그 빈약한 손힘으로나마 상대의 목을 와락 움켜잡은 것이다. 자기도 모르게 불쑥 감행한 행동이었다. 마레스칼이 여자의 어깨를 거칠게 잡아챘을 때부터, 그는 발끈하는 심정으로 그에게 다가갔던 것이다. 마레스칼의 몸이 휘청 기울어지는가 싶더니 두 사람 모두 바닥에 동댕이쳐져 옥신각신 뒹굴기 시작했다.

악착같은 몸싸움이었다. 둘 다 상대를 향한 증오심 때문에 한 치의 양보도 없는 기세였는데, 마레스칼이 좀 더 강력한 힘을 발휘하는 반면, 분노로 들끓는 브레작의 정신력도 만만치 않아 한동안은 싸움의 승패조차 점치기 어려울 정도였다.

오렐리는 눈앞의 광경을 두려움에 떨며 바라보고 있을 뿐 손 하나 까딱하지는 않았다. 사실 싸우는 양쪽 다 그녀에게는 없어져준다면 반가울 적이었기 때문이다.

급기야 마레스칼은 뒤에서 목을 조르는 팔을 뒤흔들어 뿌리친 다음, 브라우닝 권총이 들어있는 호주머니로 손을 뻗었다. 하지만 상대가 우악스럽게 팔을 비트는 바람에 그나마 여의치 않자, 이번엔 시계 사슬에 매달린 호각을 후딱 움켜쥐었다. 바로 다음 순간 요란한 호각 소리가 진동한 건 당연했다. 브레작은 또다시 상대의 목을 휘감기 위해 악착같이 매달렸다. 바로 그때 문이 활짝 열렸고, 누군가 불쑥 달려드는가 싶더니 곧장 싸우고 있는 두 사람을 덮쳤다. 그와 거의 동시에 마레스칼은 자유의 몸이 되었고, 브레작은 자기 눈 바로 앞 10센티미터에 시커먼 총구가 다가와 있다는 것을 깨달아야 했다.

마침내 마레스칼이 통쾌하다는 듯 외쳤다.

"브라보, 소비누! 이번 일은 자네 경력에 정말 큰 보탬으로 작용할 걸세, 친구."

그러면서도 어찌나 부아가 났는지 비겁하게도 꼼짝 못하는 브레작의 얼굴에 냅다 침을 뱉는 것이었다.

"가련한 녀석 같으니! 에잇, 퉤! 불한당 같은 놈아! 감히 얼렁뚱땅 상황을 모면할 수 있을 거라고 생각하는가? 우선 당장 네놈의 그 알량한 직위부터 박탈할 것이야. 장관께서도 강력하게 요청하셨지. 이미 내 손안에 자네의 사직서가 있어. 자넨 서명만 하면 된다고."

정말로 그의 손이 쫙 펼쳐 보인 건 브레작의 사표였다.

마레스칼의 폭언이 계속 이어졌다.

"자네의 사직서뿐만 아니라 오렐리의 자백 진술서도 내가 미리 작성을 다 해놨다네. 오렐리, 당신도 이곳에다 서명만 하면 돼. 자, 한 번 읽어보라고. '본인은 지난 4월 26일 특급열차 살인사건에 가담했던 자로서 루보 형제를 향해 방아쇠를 당겼음을 시인합니다.' 이상이 당신이 마땅히 진술해야 할 이야기를 간추린 거야. 뭐 사실 읽어볼 필요도 없지. 서명만 해! 더 이상 시간 낭비하지 말자고!"

그는 휴대용 펜대를 잉크에 담근 다음 억지로 여자 손가락 사이에 끼우려고 애를 썼다.

여자는 천천히 수사과장의 손을 치우고 나서 자진해 펜대를 받아 들더니 서류의 문구에는 눈길 한 번 주지 않은 채, 마레스칼이 의도하는 대로 서명을 해나갔다. 필체는 무척 안정되어 있었고, 손은 전혀 떨지 않았다.

그제야 마레스칼은 쾌재의 한숨을 후련히 내쉬며 말했다.

"휴, 드디어 해냈어! 그래도 이렇게 신속하게 처리될 줄은 생각 못했는데 말이야. 아주 괜찮았어, 오렐리. 역시 상황 판단이 빠르구먼. 자, 이젠 브레작 자네도 서명해야지?"

하지만 노신사는 악착같이 고개를 저으며 거부 의사를 분명히 했다.

"뭐야? 이 양반 봐라, 거부를 해? 자기 자리를 계속 꿰찰 수 있다고 생각하나 봐! 혹시 승진까지도 바라보고 있는지 몰라! 살인범의 의붓아비로서 승진을 바라? 거참, 재미있는 현상이야! 앞으로도 여전히 이 마레스칼을 대상으로 지시를 내려보시겠다? 맙소사, 자네 정말이지 웃기는 친구로군! 이 정도의 추문만으로는 자넬 지금 그 자리에서 몰아내기에 불충분하다는 건가? 내일이면 따님의 체포 소식이 신문마다 떠들썩하게 나 있을 텐데도 자네는 기어코 그 자리를."

결국 브레작은 자기도 모르는 사이에 휴대용 펜대를 손가락 사이에 꼈다. 그는 사직서를 꼼꼼히 읽어보더니 금세 머뭇거렸다.

"서명하세요."

오렐리가 그에게 조용히 말하자, 노신사는 마지못해 서명을 했다.

마레스칼은 두 장의 서류를 즉각 호주머니에 챙기며 외쳤다.

"됐어! 자백서도, 사직서도 모두 받아냈다고! 내 직속 상관이 거꾸러졌으니 이제 그 공석은 내 것이나 마찬가지야! 아가씨도 감옥에서 썩을 테니 내 가슴을 갉아먹던 실연의 상처도 조금씩 치유될 수 있을 테고."

그는 자신의 남루한 영혼을 밑바닥까지 드러내며 지극히 냉소적인 말투로 떠들어댔고, 마지막으로 잔인한 웃음을 흘려가며 덧붙였다.

"후후. 하지만 이게 다가 아니지, 브레작. 아직은 판을 놓은 게 아니란 말이야. 난 어디까지나 끝장을 보는 성격이거든!"

이에 맞서 브레작도 쓴웃음을 지으며 이죽거렸다.

"더 이상 해댈 게 남았단 말인가? 그래봤자 이젠 긁을 만한 것도 없을 텐데?"

"이봐, 브레작. 딸년의 범죄 사실은 그것만으로도 완벽하지. 하지만 굳이 그것에만 집착할 필요가 있을까?"

마레스칼은 상대의 두 눈을 뚫어져라 바라보았고, 브레작은 자기도 모르게 중얼거렸다.

"무슨 뜻이지?"

"내가 무슨 뜻으로 이러는지 잘 알고 있을 텐데? 만약 자네가 진정으로 영문을 모르고 있다거나 내가 말하려는 게 사실이 아니라면, 아마도 자넨 절대로 서명을 하진 않았을 거야. 내가 이런 투로 얘기하는 것에 콧방귀도 안 뀌었을 거라고. 자네가 꼬리를 내렸다는 건 자백을 한 거나 다름없다는 말씀이야. 지금도 봐, 내가 이렇게 마음놓고 반말해도 괜찮은 건 브레작, 자네가 잔뜩 겁을 먹고 있기 때문이 아니겠냐고?"

그러자 상대는 발끈했다.

"난 아무것도 겁 안 나! 난 그저 이 불쌍한 여자가 잠시 미쳐서 저지른 죗값을 짊어지려 하는 것뿐이라고!"

"아울러 자네 자신의 죗값이기도 하겠지, 브레작."

"다시 말하지만 여자가 저지른 것 외에는 하나도 문제 될 것 없어."

하지만 마레스칼은 목소리를 잔뜩 깔면서 집요하게 물고 늘어졌다.

"오호, 그것 외에도 과거가 더 있지. 오늘에 와서 저지른 범죄는 더 이상 왈가왈부하지 말자고. 그것 말고 옛날 거 있잖아, 옛날 거, 브레작."

"옛날 거라니? 무슨 범죄행위가 있었다고 이래? 대체 무슨 소리야?"

마레스칼은 주먹으로 또다시 책상을 쿵 하고 두드렸다. 그런 행동이야말로 그에게는 최고조의 언변인 셈이며, 드디어 울화통이 폭발했음을 드러내는 것이나 다름없었다.

"날더러 일일이 설명을 하라고? 지금 누가 할 소리를 하는 거야! 최근 들어 일요일 아침에 센 강변을 뻔질나게 나다닌 것이 과연 무슨 의미일까? 버려진 별장 앞에서 하루 종일 망을 본 건 또 무슨 연유이고? 부대 자루를 짊어진 사내는 왜 미행한 거지? 응, 내가 굳이 기억을 환기시켜야만 하겠어? 그 별장이 자네 의붓딸이 살해한 형제 소유이고, 그 부대 자루의 사내는 현재 내가 수배 중에 있는 조도라는 사실을 꼭 내 입으로 되새겨줘야 하겠난 말이야! 살해당한 형제와 동업관계였던 조도라는 자이지. 바로 이 집에서 나와 마주친 적도 있는 작자야. 어쩐지 모든 요소들이 줄줄이 이어지는 것 같지 않아? 모든 음모와 사연이 얽히고설킨 채 죄다 연관이 있는 것 같지 않냐고!"

브레작은 그저 어깨를 으쓱하며 이렇게 중얼거릴 뿐이었다.

"무슨 헛소리야! 하나같이 한심한 추측들뿐이면서……."

"그래, 추측…… 맞는 말이야. 옛날에 내가 이 집을 줄기차게 드나들었을 때는 별로 주의를 기울이지 않았던 막연한 느낌들이 꽤 있었지. 그런데 언제부터인가 자네의 평상시 언행에 묻어나는 온갖 초조와 불안, 뭔가 숨기는 듯한 태도, 뜬금없이 당혹해하는 모습 등 아무래도 이상하다 싶은 냄새를 명민한 사냥개처럼 맡으면서 그 막연한 느낌들이 점점 구체성을 띠어가는 것이 아니겠나. 바로 그걸 이제부터 자네와 내가 확실한 무언가로 바꿔나가자는 것일세. 자넨 이미 빠져나갈 수가 없게 되어 있거든. 돌이킬 수 없는 증거, 일종의 자백을 받아내자, 브레작. 머지않아 자네도 모르는 사이에 자백이 술술 나오게 될 거라고."

마레스칼은 가져온 판지 꾸러미를 벽난로 위에 놓고 끈을 풀었다. 안에는 병 같은 것을 보호하는 데 흔히 사용하는 밀짚상자가 있었고, 그 안에 든 병을 마레스칼은 서슴없이 꺼내 브레작이 보는 앞에 떡하니 내놓았다.

"바로 이것이네, 친구. 어때, 이만하면 알아보겠지? 바로 자네가 그 조도 선생한테서 빼앗은 것을 내가 다시 가로챘고, 그걸 또 다른 녀석이 낚아챘었지. '또 다른 녀석'이 누구냐고? 그야 두말할 것도 없이 리메지 남작님이시지! 놈의 숙소에서 좀 전에 되찾아온 거라네. 이걸 다시 손에 넣었을 때 내 기분이 얼마나 신났는지 아마 상상도 못할 거야! 이 병이야말로 진짜 보물 중에 보물이 아니겠나! 잘 보라고, 브레작. 상표하고 성분 표시까지 그대로야. 자, 보라니까! 여기 이 병마개하고 붉은 밀랍 봉인은 리메지의 작품이라네. 이 안을 잘 들여다봐. 가느다란 종이 두루마리가 보일 거야. 아마도 조도에게서 자네가 빼앗으려 했던 게 바로 이것이겠지. 분명히 뭔가 중요한 고백을 적어 넣은 거겠지. 자네 손으로 직접 쓴 결정적인 증거물 말이야. 허허, 자네 참 딱하게 생겼어!"

압도적인 승리였다. 밀랍 봉인을 뜯어내고 병마개도 벗겨내면서 그는 저 혼자 기분이 들떠 별의별 탄성을 제멋대로 내질렀다.

"이 세상에서 마레스칼이 제일 유명한 사람이야! 특급열차 살인범들도 일망타진했지! 브레작의 어두운 과거도 가차 없이 파헤쳤어! 수사과정이나 재판 과정에서 얼마나 다들 놀랄까! 이봐, 소비누, 여기 이 어여쁜 아가씨를 위해 수갑은 가져왔겠지? 라봉스하고 토니도 불러들이게. 아, 이겼어! 완벽한 승리라고."

병을 뒤집자, 안에서 종이 두루마리가 흘러나왔다. 지체 없이 종이를 펼친 마레스칼은 마치 결승선을 초과해 달려가는 달리기선수라도 되듯 한껏 도취된 기분으로, 무슨 말인지 미처 생각할 겨를도 없이 눈에 밟히는 대로 소리쳐 읽어버렸다. 바로 이렇게······.

마레스칼은 얼간이래요.

10
화려한 등장

순간적으로 멍한 침묵이 자리 잡은 가운데 기상천외한 글귀의 여운이 이어졌다. 마레스칼은 마치 복부에 강타를 한 대 얻어맞아 이제 곧 무너질 위기에 처한 권투선수처럼 정신이 아득하기만 했다. 소비누가 겨눈 총구 앞에 꼼짝 못하고 서 있던 브레작도 어리둥절하기는 마찬가지였다.

그러고는 갑자기…… 어쩔 수 없이 터져나오는 신경질적인 폭소가 무겁게 가라앉았던 방 안의 분위기를 온통 뒤흔들었다. 수사과장의 얼빠진 표정 때문에 그만 오렐리가 난데없는 웃음을 터뜨린 것이다. 참으로 우스꽝스러운 글귀가 바로 그 대상이 되고 있는 장본인의 입을 통해, 그것도 아주 대찬 목소리로 낭독되었으니 어찌 눈물을 쏙 뺄 정도의 폭소가 따르지 않을 수 있겠는가. 세상에, '마레스칼은 얼간이래요!'라니!

당연히 마레스칼은 언짢은 기분을 숨기지 않고 여자를 쏘아보았다.

적의 마수에 사로잡혀 가련하게 헐떡거리는 처절한 상황 속에서 어떻게 통쾌한 폭소를 터뜨리는 일이 가능하단 말인가?

그는 속으로 되뇌지 않을 수 없었다.

'이거 왜 이래? 상황이 변했다는 거야? 대체 뭐가 어떻게 된 거지?'

처음 맞부딪쳤을 때부터 줄곧 덤덤하기만 했던 여자의 묘한 태도와 지금의 이 엉뚱한 웃음을 서로 견주어가며 그는 내심 저울질을 했다. 대체 무얼 믿고 저러는 것일까?

하긴 이 모든 사정이 다소 기분 나쁜 방향으로 흐르는 것만은 사실이었고, 뭔가 정교하게 미리 짜놓은 함정이라도 있는 건 아닐까 하는 생각마저 불러일으켰다. 이 거처 안에 어떤 위험이 도사리고 있는 건 아닌지, 있다면 과연 어느 구석으로부터 불쑥 튀어나올 것인지? 그토록 만전을 기했건만 도대체 어떤 반격이 있을 수 있단 말인가?

마레스칼은 소비누를 향해 지시했다.

"만약 브레작이 꼼짝이라도 하면, 하는 수 없어. 가차 없이 머리통에 총알을 쑤셔박도록!"

그리고 얼른 달려가 문을 활짝 열고는 소리쳤다.

"그 아래 별일 없는가?"

"뭐라고요, 과장님?"

마레스칼은 계단 난간 위로 몸을 쓱 내밀며 다시 외쳤다.

"토니? 라봉스? 누구 집 안으로 들어온 사람 없냐고?"

"아무도 없습니다. 그 위에서는 무슨 일 일어났습니까?"

"아니, 아닐세."

점점 더 안절부절못하는 심정으로 그는 허겁지겁 서재로 돌아왔다. 브레작과 소비누, 젊은 여자는 아까 그 위치에서 한 발짝도 움직이지 않았다. 다만 도저히 상상할 수도, 믿을 수도 없는 현상 하나가 마레스칼의 전신에 순간적으로 기운을 쏙 빠지게 만들면서 그만 문턱에 우뚝 멈춰 서지 않을 수 없게끔 했다. 소비누가 입가에 불붙지 않은 담배 한 개비를 꼬나문 채, 마치 불 좀 빌려는 사람 같은 표정으로 자신을 물끄러미 바라보고 있는 게 아닌가!

악몽과도 같은 광경이었다. 무엇보다 현재 상황과 너무나도 동떨어진 현상이었기에 마레스칼은 애써 무시하고 넘어가려 했을 정도였다. 이건 그저 소비누가 뭔가 잘못 생각해 건방지게 지금 이 자리에서 담배 피울 생각을 한 거고, 감히 불을 빌리고자 한 것에 불과할 터였다. 뭐하러 그 이상을 넘겨짚겠는가? 하지만 갈수록 소비누의 얼굴엔 터무니없는 장난기가 배어나면서 슬금슬금 웃는 표정이 번졌고, 이제는 아무리 생각을 다잡아도 뭔가 이상하게 돌아간다는 걸 인정하지 않을 도리가 없었다. 잠시 전까지만 해도 영락없이 말 잘 듣는 부하직원이었던 소비누가 이제 더 이상 경찰이 아닌 전혀 다른 누군가로 변해가는 느낌이었다. 이를테면 그 정반대 진영의 어떤 존재, 그러니까…….

보통 직업상 부닥치는 상황으로 보자면, 마레스칼은 이처럼 기괴한 현상 앞에서 어떻게든 발버둥치며 저항했을 것이다. 하지만 유독 그 자신이 '특급열차의 사나이'라고 부르던 자와 관련해서는 제아무리 황당무계한 사태조차 왠지 자연스레 받아들여졌다. 정녕 끔찍한 현실을 인정하고 싶지 않다 해도, 눈에 뚜렷이 드러나는 증거를 어찌 외면만 할 수 있겠는가? 일주일 전에 장관이 직접 믿을 만하다고 추천한 민완형사 소비누가, 다름 아닌 그 자신이 당일 오전 직접 검거해서 **지금은 경시청 유치장 인체측정실을 드나들고 있을 악마 같은 그 작자**라는 사실을 어찌 인정하지 않을 수 있겠는가?

마레스칼은 다시 후닥닥 달려나가며 소리쳤다.

"토니! 라봉스! 당장 올라와!"

그는 마치 유리창에 제 몸을 부딪치는 한 마리 벌처럼 계단 난간을 두드리고 들이받으면서 고래고래 악을 썼다.

얼마 있지 않아 부하들이 헐레벌떡 달려 올라왔고, 마레스칼은 정신 없이 허둥댔다.

"소비누, 소비누 말이야. 자네들 소비누가 누군지 아나? 바로 오늘 아침 그놈이야. 놈이 변장을 하고 도망쳐 나왔다고."

토니와 라봉스는 그저 어안이 벙벙한 얼굴들이었다.

하지만 길길이 날뛰는 상관은 부하들을 억지로 방 안에 떠다밀다시피 했고, 권총을 부여잡으며 악을 썼다.

"손 들어, 이놈! 손 들란 말이다! 라봉스, 어서 자네도 저놈을 겨누라고!"

한편 소비누 선생께서는 아무런 말도 없이 책상 위에 작은 손거울을 하나 덩그러니 올려놓더니 침착하게 얼굴을 매만지기 시작했다. 심지어 불과 몇 분 전만 해도 브레작한테 들이대던 브라우닝 권총마저 얌전하게 내려놓은 상태였다.

마레스칼은 후닥닥 내달아 무기를 냉큼 낚아채고는 두 손 다 권총을 내뻗은 채 슬금슬금 뒷걸음질을 치며 다시 소리쳤다.

"손 들지 않으면 쏜다! 내 말 들리나, 이 불한당 같은 놈?"

하지만 그 '불한당'은 조금이나마 움찔하는 기색조차 없었다. 기껏해야 3미터 정도 떨어져 있을까, 서슬이 시퍼런 총구들을 코앞에 둔 처지에서 그는 양 볼까지 덮을 만큼 풍성한 구레나룻과 터무니없이 짙은 눈썹의 둘쭉날쭉한 털들을 세심하게 떼어내고 있었다.

"당장 쏜다! 쏜단 말이다! 내 말 들리나, 이 뚱딴지 같은 자식? 앞으로 셋까지만 세고, 그대로 갈겨버릴 거야! 하나, 둘, 셋!"

바로 그때였다.

"그래봤자 어리석은 짓일세, 로돌프."

소비누의 느긋한 목소리가 들려왔다.

맞는 얘기였다. 하지만 로돌프는 거의 제정신이 아니었고, 결국 바보 같은 짓을 저질렀다. 마치 이미 숨이 넘어가는 몸뚱어리에다 수없이 칼침을 놓아대는 피 냄새에 취한 살인마처럼, 그는 벽난로이건 액자들이건 정신없이 쌍권총을 휘둘렀다. 그러고는 가쁜 숨을 헐떡이며 곤죽이 된 몸을 축 늘어뜨렸다. 한편 그 와중에도 오렐리는 미동도 없이 가만히 있었다. 무엇보다 자신의 구원자가 전혀 보호할 기미도 보이지 않고, 하나도 걱정할 일 없다는 듯 사태를 방조하고 있었던 것이다. 그런 구원자를 향한 신뢰의 마음이 워낙에 든든했던지라 여자는 거의 미소까지 짓고 있었다. 소비누는 기름에 적신 손수건으로 얼굴의 붉은 화장을 닦아냈고, 그에 따라 라울의 모습이 서서히 드러났다.

모두 여섯 발의 격발이 이루어졌다. 자욱한 포연, 깨진 거울 조각들과 부서진 대리석 파편들, 구멍투성이 그림들. 방 전체가 일거에 쑥대밭이 된 느낌이었다. 그제야 자신이 너무 날뛴 것에 약간 머쓱해진 마레스칼은 스스로 마음을 다독이면서 두 명의 부하들에게 말했다.

"자네들은 층계참에 나가 기다리게. 나중에 부르는 즉시 달려오도록."

그러자 라봉스가 은근한 어조로 대꾸했다.

"저기요, 과장님. 보아하니 소비누의 진짜 정체가 드러난 것 같은데, 어떻게든 잡아넣는 게 좋을 것 같습니다. 어쩐지 지난주부터 과장님이 그 친구 쓸 때부터 전 마음에 안 들었어요. 어떻습니까? 우리 셋이 한꺼번에 달려들면 문제없을 것 같은데."

"자넨 시키는 대로만 해!"

솔직히 셋이 달라붙어도 충분치 않다고 본 마레스칼이 귀찮다는 듯 툭 내뱉었다.

그는 부랴부랴 부하들을 밖으로 떠다밀고는 문을 닫아버렸다.

그쯤 되어서 소비누의 변신작업도 마무리되었고, 넥타이와 웃옷을 바로 갖춰 입은 채 천천히 몸을 가다듬어 일어섰다. 물론 완전히 다른 사람이었다. 조금 전까지 허약하고 처량해 보일 뿐이었던 자그마한 경찰관이 지금은 말쑥한 복장에 젊고 당당한 사나이가 되어 있었다. 마레스칼의 입장에서는 그토록 끈질기게 따라붙으며 못살게 굴어온 바로 그 친구 말이다!

라울의 입에서 낭랑한 목소리가 튀어나왔다.

"안녕하십니까, 마드무아젤. 정식으로 인사드려도 될까요? 탐험가 리메지 남작으로서…… 일주일 전부터는 경찰로도 활약한 바 있습니다. 물론 당신은 나를 척 보자마자 알아보았겠죠? 그래요, 현관에서부터 그럴 거라고 나도 짐작은 하고 있었답니다. 오, 아무 말 마십시오.

그냥 그대로 웃고만 있어요. 아, 정말이지 당신 아까 웃을 때 그 소리 얼마나 듣기가 좋았던지! 지난 노고가 한순간에 보상받는 느낌이었습니다!"

그리고 브레작을 향해서도 얘기했다.

"뭐든 불편하신 점 있으면 말씀하십시오, 므슈."

라울은 마침내 마레스칼을 향해 돌아서더니 유쾌한 어조로 말했다.

"어이, 안녕하신가, 친구? 그나저나 자넨 감쪽같이 날 못 알아보더군! 아마 지금도 내가 어떻게 소비누의 자리를 차지할 수 있었는지 의아한 모양이야? 엄청 믿었던 부하였을 텐데 말이지. 오, 하느님 맙소사! 소위 이 바닥 거물급에 속한다는 인사가 한낱 소비누라는 인물을 철석같이 믿고 지내오다니. 이보게, 로돌프 군. 소비누는 전혀 존재한 적이 없는 사람일세. 한낱 허깨비였을 뿐이야. 그저 자네 상관인 장관에게 괜찮은 인재라며 잔뜩 띄워놓고 나서, 그 마누라를 대신 나서게 해서 함께 일해보라며 자네한테 떠다민 가공의 인물이지. 그렇게 해서 결국 한 열흘 전부터 내가 자네 밑에 들어가 일을 하게 된 것이라네. 즉, 자네를 올바른 길로 인도한 셈이고, 리메지 남작의 거처로 안내했으며, 급기야 오늘은 내 손으로 나 자신을 잡아들이는 촌극까지 연출했던 것이지. 아울러 가장 압권이었던 건, 물론 내가 숨겨둔 곳에서 발견한 척한 데 불과했지만, 정말 놀라운 병 안의 너무나도 중요한 진실을 자네 앞에 짠 하고 공개한 것이라네. '마레스칼은 얼간이래요!'라고 말이야."

수사과장이 당장이라도 달려들어 라울의 목을 틀어쥘 분위기였다. 그러나 마레스칼은 꾹 참고 있었다. 반면 라울은 여전히 희롱하는 듯한 말투로 오렐리를 안전하게 감싸고, 마레스칼한테는 채찍처럼 혹독하기만 한 얘기를 늘어놓는 것이었다.

"어째 심기가 편치 않은 것 같아 보이네, 로돌프? 뭐가 많이 거슬리나 봐? 내가 감옥에 있지 않고 여기 이렇게 멀쩡히 있는 게 속이 뒤틀리나? 동시에 어떻게 리메지로서 감옥에도 있고, 소비누로서 자네를 수행할 수도 있었는지가 궁금한 거야? 저런, 어린애 같기는! 그러고도 탐정 노릇을 하다니! 이것 보게, 로돌프. 이보다 간단한 일은 없어. 일단 내 집에 내가 자청해서 쳐들어가도록 유도했다는 점을 잊지 말라고. 당연히 리메지 남작과 엇비슷하게 닮은 누군가를 비싸게 매수해서 바꿔치기를 한 거지. 물론 오늘 하루 그가 겪어야 할 온갖 고충에 대해 아무 불만 없이 감내할 수 있도록 사전에 지침을 내려놓았고. 자넨 내 늙은 하녀가 이끄는 대로 마치 황소처럼 그를 덮쳤고, 소비누로 분장한 나는 그 즉시 가짜 친구의 얼굴부터 머플러로 감쌌던 거지. 그리고 다짜고짜 경시청 유치장으로 직행했던 거야. 이제 그 결과를 따져보지. 실은 너무나도 멀쩡한 상태이지만, 어쨌든 그 무서웠던 리메지를 완전히 옭아맸다고 생각한 자네는 득달같이 이리로 달려와 아가씨를 체포하려고 했지. 내가 자유롭다면 꿈도 못 꿨을 일을 해치우려고 말이야. 하긴 어차피 일이 이렇게 되긴 됐어야 했어. 알겠나, 로돌프? 기필코 거쳐야 할 일이었다고! 우리 네 사람 사이에 이 회동이 반드시 필요하긴 했었다는 말일세. 다시는 되풀이하지 않기 위해서라도 모든 점들이 한 번은 이런 식으로 정리되어야 하는 거야. 그리고 실제로 이젠 정리되었고 말이야, 안 그런가? 얼마나 속이 후련해! 그토록 지긋지긋하던 악몽에서 이제 얼마나 홀가분하냔 말이야! 심지어 자네가 생각하기에도 이제 10분만 지나면 아가씨와 내가 깨끗하게 인사를 하고 영영 사라져준다는 게 얼마나 다행스러운 일이겠느냔 말일세."

이처럼 대차게 쏟아내는 신랄한 빈정거림에도 불구하고, 마레스칼은 어느덧 냉정을 되찾아가고 있었다. 그는 상대만큼이나 침착한 태도로 아무렇지도 않게 전화기를 집어 들었다.

"여보세요. 경시청사 좀 부탁합니다. 여보세요, 경시청입니까? 므슈 필립을 대주십시오. 여보세요. 아, 자넨가, 필립? 어, 그래? 아, 벌써? 실수가 발견됐다고? 그래, 나도 알고 있네. 자네가 생각하는 것보다 훨씬 자세히 알고 있지. 내 말 잘 듣게. 자전거팀 수사관 두 명을 대동하고 빨리 이리로 와주게나. 제기랄! 어쨌든 빨리, 여기 브레작의 집으로 오라고. 와서 벨을 눌러, 알겠지? 조금도 지체해선 안 되네."

그는 전화기를 내려놓더니 라울을 노려보며 이번엔 자기 쪽에서 빈정대는 투로 말했다.

"아무래도 자네 너무 일찍 정체를 드러낸 것 같아, 애송이."

새롭게 전열을 가다듬은 자신의 태도에 한껏 만족한 모습이었다.

"물론 처음 공세는 실패했지. 아마 자네도 나름대로 반격을 염두에 두고 있을 거야. 자, 층계참에는 라봉스와 토니가 있고, 여기엔 마레스칼과 브레작이 있지. 물론 그 양반이야 자네하고 붙어봤자 득 될 것도 없지만 말이야. 자네가 기어코 오렐리를 구해내겠다는 망상을 품고 있다면 일단 이상이 자네가 일차적으로 밟고 넘어야 할 대상인 셈이지. 그리고 나서는 약 20분 후, 경시청의 전문인력 세 명이 가세할 테고 말이야. 어때, 이 정도면 충분한가?"

라울은 제법 진지한 태도로 책상의 가느다란 홈에 성냥개비를 세우는 일에 몰두했다. 먼저 일곱 개의 성냥개비를 일렬로 세우더니 하나는 따로 떨어뜨려 별도로 세우는 것이었다.

"허어, 그것참! 7 대 1이라…… 너무 빈약한걸. 이래 가지고서야 자네들 모두 어찌 될지 장담 못하지."

너스레를 떤 라울이 조심스레 전화기에 손을 뻗었다.

"괜찮겠지?"

마레스칼은 시선은 떼지 않으면서 전화를 쓰도록 놔뒀고, 라울은 얼른 송화기를 들었다.

"여보세요. 엘리제 2223번 좀 부탁합니다, 마드무아젤…… 여보세요…… 아, 대통령 각하이십니까? 아, 각하, 지금 속히 므슈 마레스칼에게 일개 엽보병(獵步兵) 대대를 급파해주시기 부탁드립니다."

마레스칼은 버럭 화를 내며 송화기를 빼앗았다.

"허튼수작은 그만둘 수 없겠나? 설마 이곳에 시시한 농담 따먹기나 하려고 온 건 아닐 텐데? 대체 이러는 저의가 뭔가? 뭘 원해?"

라울은 유감이라는 듯한 동작을 취하며 말했다.

"저런, 농담도 이해 못하는군. 지금 말고 또 언제 이렇게 노닥거릴 기회가 있다고."

"어서 대답이나 하란 말이야!"

수사과장의 언성이 높아졌고, 오렐리도 애원했다.

"제발요."

라울은 빙그레 웃으며 대답했다.

"이봐요, 마드무아젤. 보아하니 경시청 '패거리'를 꽤나 두려워하시는 모양이군요. 그들에게 인사할 것까진 없이 그냥 여길 뜨자는 얘기인 것 같은데…… 옳은 말씀입니다. 좋아요, 지금부터 슬슬 털어놓죠."

라울의 목소리는 한층 진지해졌다.

"마레스칼, 자네가 그리도 고집을 부리니 속 시원하게 털어놓아보자고. 하긴 말한다는 것 자체가 곧 행동하는 것과 같을 수도 있지. 정확한 말로 표현된 확고부동한 현실은 다른 무엇보다 가치가 있는 법이니까. 슬쩍 연막을 쳐놓으면 상황을 장악할 수는 있어도, 승리를 확실한 토대 위에 자리 잡게 하려면 그 연막을 언젠가는 깨끗이 거둘 필요가 있어. 자넬 설득하기 위해서도 말이야."

"무얼 설득한다는 말인가?"

"바로 숙녀분의 결백에 관해서이지."

라울의 대답은 간단명료했다.

"어허허, 그러니까 결국 여자가 살인을 저지르지 않았다?"

수사과장은 한껏 비아냥대는 투였다.

"물론이지."

"당연히 자네 소행도 아니라 이거지?"

"나도 물론 아니지."

"그럼 대체 누가 죽였단 말인가?"

"우리 말고 다른 사람."

"거짓말!"

"진실이네. 마레스칼, 자네는 이 사건의 처음부터 끝까지 착각을 하고 있었던 거야. 몬테카를로에서 이미 귀띔해준 바 있지만 이제 와 다시 얘기하지. 나는 그 아가씨를 거의 알지 못해. 보쿠르 역에서 그녀를 구해냈을 때만 해도 그 전 어느 오후에 오스망 대로의 제과점에서 딱한 번 봤을 뿐이었네. 둘이 이렇다 하게 얼굴을 마주하고 얘기다운 얘기를 나눈 건 생트마리에서가 유일한 경우였어. 그때도 특급열차 사건에 관해선 왠지 피하는 기색이기에 나도 별 질문을 하지 않았어. 결국 진실은 그녀와는 전혀 상관없이 제 모습을 드러냈던 것이네. 물론 나스스로 악착같이 노력도 했지만, 무엇보다 저런 얼굴을 가진 여자는 결코 흉악한 살인범일 수 없다는 내 본능적이면서도 이지적인 확신의 수확이었지."

마레스칼은 시큰둥하게 어깨를 으쓱했을 뿐 적극적으로 부인하지는 않았다. 그러면서도 이 낯선 남자가 사건을 어떤 식으로 해명해낼지 자못 궁금한 모양이었다.

그는 시계를 흘끔 들여다보고는 지그시 미소를 지었다. 필립과 경시청 '패거리'가 오고 있다는 사실이 뿌듯한 기색이었다.

한편 브레작은 영문을 모르는 표정으로 그저 라울만 물끄러미 바라보았고, 갑자기 불안해진 오렐리도 그로부터 시선을 떼지 않았다.

라울은 자기도 모르게 마레스칼이 사용하던 말투를 흉내 내며 마침내 얘기를 풀어나가기 시작했다.

"그러니까 4월 26일, 마르세유행 특급열차의 5번 차량에는 모두 합해 네 명의 승객밖에 타고 있지 않았지. 미스 베이크필드라는 영국 여자 한 명과……."

문득 거기서 말을 멈추더니 잠시 생각을 가다듬고는 단호한 어조로 말했다.

"아니, 이런 식으로 할 게 아니지. 좀 더 시간을 거슬러 올라가서 제반 사실들의 근원으로부터 모든 얘기를 풀어나가야 할 거야. 이를테면 두 시대에 걸친 이야기를 말이지. 물론 일부 세세한 부분들은 나도 잘 몰라. 하지만 내가 아는 부분과 어느 정도 추정할 수 있는 부분들만 가지고도 전체가 명확하게 이어지는 데엔 문제가 없다네."

그는 천천히 차분한 어조로 되돌아가 얘기를 풀어나갔다.

"지금으로부터 어언 18년 전, ―마레스칼, 다시 한번 숫자를 강조하겠네. 무려 18년 전이라고. 그러니까 첫 번째 시대의 얘기인 셈이지 ― 장소는 셰르부르. 네 명의 젊은이가 거의 정기적으로 카페에서 회동을 갖곤 했었지. 한 사람은 해군성 서기관으로 있는 브레작이라는 친구였고, 또 한 명은 자크 앙시벨, 그리고 루보라는 친구와 조도 선생, 이렇게 넷이었어. 하지만 워낙 표피적인 만남인 데다, 뒤의 세 명이 사법당국에 대해 껄끄러운 처지에 놓이자, 브레작의 공무원 신분이 더 이상의 주기적인 만남을 어렵게 만들었지. 더군다나 브레작이 결혼하면서 파리로 이주해 살게 되어 만남은 끝이 날 수밖에 없었어. 그가 결혼한 상대는 오렐리 다스퇴라는 어린 딸을 둔 과부였지. 장인어른 되는 양반인 에티엔 다스퇴는 시골 출신 발명가이자, 늘 무언가를 찾아 헤매는 탐험가로 수차례에 걸쳐 막대한 부를 손에 넣을 뻔하거나, 그걸 가능케 해줄 엄청난 비밀에 접근해본 경력이 있는 노인이었다네. 근데 자기 딸이 브레작과 재혼하기 얼마 전, 바로 그와 같은 신기한 비밀들 중 하나를 발견한 모양이었어. 그는 이러한 사정을 브레작 몰래 자기 딸에게 편지로 알렸고, 그 사실을 증명하기 위해 하루 날을 잡아 손녀인 오렐리를 동반하고 함께 오라는 기별을 하기에 이르지. 원래는 비밀리에 진행된 여행이었지만, 불행하게도 브레작은 이 모든 사실을, 그 여자의 생각과는 달리 한참 뒤가 아닌 바로 그 당시에 즉각 간파하고 말았다네. 결국 브레작은 아내를 추궁하게 되었지. 물론 그녀는 아버지에게 한 약속대로 핵심적인 사항들, 즉 방문했던 장소 같은 문제는 일절 언급을 거부했는데, 그 와중에 몇 마디 흘린 것이 그만 브레작으로 하여금 에티엔 다스퇴가 보물을 어딘가로 빼돌린 것으로 믿게끔 만들었던 거야. 그게 과연 어디일까? 도대체 왜 당장 보물을 향유하지 않았던 걸까? 엎친 데 덮친 격으로 살림은 갈수록 어려워지기만 하는데 말이야. 점점 초조해진 브레작은 그럴수록 에티엔 다스퇴를 귀찮게 졸랐는가 하면, 대답하지 않는 의붓딸을 다그쳤고, 아내를 박해했으며, 온갖 협박을 일삼았다네. 한마디로 극을 향해 치닫는 긴장 속에서 간신히 삶을 이어가는 상황이었지. 그러던 중, 두 가지 사태가 연거푸 이러한 긴장 상태를 악화시키게 되네. 우선 아내가 늑막염으로 세상을 뜨게 되지. 또한 장인어른인 다스퇴 역시 중병에 걸려 곧 죽을 운명임을 알게 된다네. 브레작으로서는 가슴이 철렁할 만한 상황인 것이지. 이제 에티엔 다스퇴가 끝내 입을 열지 않으면 비밀은 영영 어찌 되는 것일까? 에티엔 다스퇴가 만약 손녀인 오렐리에게 '성년이 되는 기념 선물'(편지에 그런 표현이 있었거든)로 보물을 넘겨주려 한다면 과연 어찌 되는 것인가? 그렇다면 결국 브레작 자신의 몫은 하나도 안 남는다는 얘기가 아닌가? 짐작건대어마어마하리라 예상하는 재화가 빤히 보는 앞에서 흘러가버리고 마는 것이 아닌가? 뭐 그런 생각들이 머리를 스쳤겠지. 어떤 희생을 치르고라도 수단과 방법을 가리지 않고 진실을 알아내야만 했어. 그런데 그수단과 방법이란 게 참으로 얄궂은 우연을 통해 그의 손에 쥐어지게 되네. 일련의 도난사건 용의자를 추적하던 중에 셰르부르 시절 옛 친구들이기도 한 삼총사, 즉 조도와 루보, 그리고 앙시벨을 우연히 잡아들이게 된 거야. 브레작으로서는 너무도 막강한 유혹이 코앞에 다가온 셈이지. 그는 결국 그 유혹에 굴복했고, 입을 놀리기 시작했어. 거래는 즉시타결되었고, 세 명의 건달한테는 즉각적인 석방조치가 내려졌다네. 그들은 노인이 시름시름 앓고 있는 시골 마을로 즉시 잠입해서 회유로든강제로든 필요한 정보를 그에게서 끄집어내기로 되어 있었네. 하지만음모는 어처구니없게 실패하고 말았지. 한밤에 난데없는 삼인조로부터습격을 당해 밑도 끝도 없이 추궁을 당하는 과정에서 뭔가 거친 대우를받았는지, 노인은 그만 아무 말 없이 세상을 하직하고 만 거야. 물론 삼인조는 곧바로 현장을 이탈했지. 결국 브레작은 아무 소득도 없이 마음속에 범죄의 짐만 떠안게 된 것이라네."

라울은 그쯤에서 잠시 숨을 돌리며 브레작을 쏘아보았다. 아무 반응이 없었다. 너무도 황당무계한 고발이라 부인하는 것마저 거부한다는뜻일까? 아니면 침묵으로써 자백한다는 얘기일까? 흡사 지금까지의 모든 얘기들에 전적으로 무관심할 뿐이며, 과거에 어떤 끔찍한 일이 어떻게 일어났다고 해도 그건 지금의 불안과 낭패감과는 하등의 관련이 없다고 여기는 것 같았다.

오렐리는 얼굴을 손에 파묻고 전혀 표정을 노출시키지 않은 채 잠자코 듣고만 있었다. 하지만 점점 평정을 되찾는 마레스칼은 하필 리메지가 그처럼 중대한 사실들을 낱낱이 공개하면서, 앙숙이었던 브레작을 저리도 꼼짝 못하도록 자기 앞에 내주는 것에 적잖이 놀라는 눈치였다. 다시금 그는 시계를 흘낏 보았다.

라울은 얘기를 계속했다.

"요컨대 아무 쓸모없이 저질러진 범행이면서, 사법당국조차 까마득히 모르는 가운데 공연히 한 사람의 양심만 병들게 만든 셈이지. 먼저 공범들 중 한 명인 자크 앙시벨이 기겁을 하고는 미대륙으로 도피했다네. 문제는 떠나기 직전에 모든 사실을 자기 아내에게 털어놓았다는 것이지. 여자는 브레작을 찾아가서 여의치 않으면 당장 모든 사실을 까발리겠다는 엄포와 함께, 에티엔 다스퇴에 대한 범행의 모든 책임은 자신에게 있으며, 세 명의 사내에게는 전혀 잘못이 없음을 확인하는 내용의 문서에 서명을 강요했다네. 당장 겁부터 난 브레작은 어리석게도 거기에 서명을 하고 말지. 이어서 조도의 수중에 들어온 그 문서는, 조도는 물론 루보의 동의하에 에티엔 다스퇴의 긴 베개 밑에서 발견한 병 속에 잘 넣어져 밀봉된 상태로 영구보존의 길을 걷게 되지. 아울러 바로 그때부터 그들은 브레작을 완전히 자기들 밥처럼 유린하면서 마음대로 쥐고 흔들 수 있는 입장에 올라선 셈이야. 하지만 기본적으로 머리가 좀 돌아가는 친구들이었는지, 그들은 사소한 공갈협박 따위로 자잘한 이득을 챙기느라 기운 빼느니 차라리 브레작이 고위 공무원으로 발돋움할 수 있도록 자유롭게 놔주었다네. 요컨대 오로지 한 가지 생각, 즉 브레작이 칠칠치 못하게 입을 놀려 알게 된 바로 그 보물을 발견하는 일에만 관심을 두었던 것이지. 하지만 브레작은 아직도 그에 관해선 캄캄한 처지였어. 그뿐만 아니라, 세상 그 누구도 확실히 아는 사람이 없었네. 다만 이 여리디 여린 아가씨만이 그 주변 풍광을 본 적이 있고, 비밀스러운 영혼 한 구석으로부터 침묵의 서약을 고집스레 지켜내고 있을 따름이었네. 그러니 방법은 그저 기다리고 감시하다가, 브레작이 가두다시피 한 수녀원으로부터 여자가 나오는 날, 바야흐로 행동에 들어가는 것뿐이지. 마침내 여자가 수녀원에서 나와 집에 돌아온 바로 다음 날, 그때가 벌써 2년 전인데, 브레작에게 조도와 루보가 보낸 짤막한 전갈이 당도했다네. 자기들은 이제 보물을 찾는 데 전적으로 매진할 채비가 되어 있다는 내용이었지. 그러니 어서 딸의 입을 연 다음, 곧장 자기들에게 전갈을 달라는 얘기였어. 만약 그렇지 않으면…… 따지고 보면 브레작에게 이보다 더 청천벽력이 없었겠지. 이미 12년이나 지난 일이니만큼 보물에 관한 모든 얘기가 완전히 기억 저 너머로 파묻혔으리라 기대했던 것이지. 솔직히 이제 그조차 슬슬 그 일에 흥미를 잃어가던 중이었네. 그 일을 생각하다 보면 끔찍했던 범행의 기억까지 떠오르고, 고통 속에서만 더듬을 수 있는 지난 시절이 통째로 되살아나는 듯했기 때문이지. 바야흐로 자신의 온갖 부끄러운 치부가 어둠으로부터 불쑥 고개를 내미는 형국이었어! 옛날에 어울리던 숨기고 싶은 친구들이 난데없이 모습을 드러내겠다는 것 아니겠나! 조도가 다시금 그를 귀찮게 따라붙기 시작한 거야. 악착같은 고문이 재개된 것이지. 자, 이를 어찌해야 한다? 아무튼 이리저리 머리나 굴릴 차원의 문제가 이미 아니었어. 원하든 원치 않든, 복종하는 수밖에. 다시 말해, 의붓딸을 다그쳐서 자백을 얻어내는 방법밖에 달리 어쩔 도리가 없는 것이지. 결국 브레작은 결단을 내리게 되네. 그러다 보니 마음속으로부터 비밀에 대한 호기심과 부를 손에 거머쥐고자 하는 욕망이 다시 인 것 또한 사실이었어. 그때부터 단 하루도 지긋지긋한 추궁과 논쟁, 협박 없이 지나간 날이 없을 정도였지. 가엾은 여자는 생각 하나하나, 기억 하나하나까지 철두철미 추적을 받는 고통을 감내해야만 했어. 아주 어렸을 적에 그녀 스스로 이런저런 이미지와 인상들을 한데 모아 소중하게 갈무리해두었는데, 그렇게 걸어 잠가둔 기억의 문을 난데없는 폭군이 당장 열어젖히라며 사정없이 두드려대는 꼴이었다네. 단지 평범한 삶을 영위하고 싶었지만 주변에서 그것을 용인하지 않았던 거지. 인생을 즐기고 싶어 했던 그녀는 이따금 친구들과 연극도 하고 노래도 부르며, 그런대로 자유로운 삶을 향유하는가도 싶었어. 하지만 집으로 돌아오기만 하면 매 순간이 고통과 순교의 연속이었네. 문제는 그러한 고통에 더해서 정말 입에 담기조차 거북스럽고, 가증스러운 무언가가 더해졌다는 점이야. 즉, 브레작이 의붓딸인 자신에게 연정을 품기 시작했다는 사실이지. 아, 그 얘긴 그만두지. 그 점에 관해서는 마레스칼, 자네도 나만큼 인식하고 있을 테니까. 자네가 오렐리 다스퇴를 처음 본 그 순간부터 아마도 브레작과 자네 사이에 연적에게서나 있을 법한 치열한 증오심이 일었다는 건 누구보다 자네 자신이 더 잘 알고 있을 테니까. 사정이 그런고로 여자는 점점 유일한 해결책으로 도주를 생각하게 되었던 거야. 더욱이 브레작이 어쩔 수 없이 후원을 해주고 있던 기욤, 그러니까 셰르부르 시절 친구의 아들이 그녀의 마음을 살살 부추기기까지 했다네. 알고 보니 앙시벨 미망인은 여태껏 자신의 아들을 별도로 부리고 있었는데, 그는 아무런 의심도 불러일으키지 않고 맡은 바 책무를 다하고 있었던 거지. 엄마의 지도를 받은 그는 오렐리 다스퇴라는 처녀가 사랑에 눈을 뜨게 되는 날, 선택된 배우자에게 그녀의 비밀을 고백해줄 걸로 알고는 언제나 그녀 곁에 머물면서 마음을 얻으려고 애를 쓰게 되지. 그러던 차에 여자의 도피 욕구를 알게 되었고, 도와주겠노라고 제안한 거야. 그는 여자를 자동차에 태우고는 일거리 때문에 간다면서 남프랑스 지방 쪽으로 향했다네. 그렇게 해서 날은 어느새 4월 26일로 접

결정판 아르센 뤼팽 전집

어들지. 이보게, 마레스칼. 이쯤에서 그날의 참극에 참가한 배우들의 상황 하나하나, 그리고 정작 사건의 전모가 어떤 식이었는지 좀 주의해 되짚어볼 필요가 있네. 자, 맨 먼저 일어난 일은 여자가 감옥 같은 집을 도망치는 것이었네. 그런데 곧이어 닥칠 자유에 마냥 좋았던지 그녀는 마지막 날 그만 오스망 대로의 제과점에서 의붓아버지와 차 한 잔을 마시기로 약속하고 말았지. 바로 거기서 우연히 자네와 마주치게 된 거야. 정말이지 난처한 상황이었어. 브레작은 얼른 여자를 집으로 데리고 들어갔다네. 하지만 다시 빠져나온 여자는 역에서 기다리던 기욤 앙시벨과 재회하게 되었다네. 그 당시 기욤이 추구하는 일은 두 가지였지. 일단 오렐리를 유혹하는 것 말고도, 자신이 일원으로 있는 범죄집단의 우두머리인 저 유명한 미스베이크필드의 지휘하에 니스에서 물건을 한 차례 터는 것이었어. 결국 그렇게 해서 운 없는 영국 여자는 아무 인연도 아닌 참극에 저도 모르게 휩쓸리게 됐지만 말이야. 그리고 또 조도와 루보 형제 얘기를 안 할 수 없지. 이들 셋은 어쩌나 약삭빠르게 행동에 나섰는지 기욤과 그 어미는 그들이 다시 나타났는지조차 알지 못했고, 서로 경쟁해야 할 처지라는 것 역시 당연히 깨닫지 못하고 있었다네. 반면 세 명의 불한당들은 기욤의 행적 모두를 꿰뚫고 있었고, 집 안에서 계획되고 벌어지는 전체사항들을 죄다 저울질하고 있었다네. 그랬기에 4월 26일에 맞춰 정확히 나타날 수 있었던 거지. 계획은 이미 마련된 상태였네. 오렐리를 납치한 뒤 **어떻게 해서라도 입을 열게 만드는 것 말이네!** 이만하면 훤히 보이는 것 아닌가? 이젠 각자 문제의 열차 안에서 차지한 자리 배치를 살펴볼 차례네. 5번 차량의 후미에는 미스베이크필드와 리메지 남작이 있었지. 반대로 선두 쪽에는 오렐리와 기욤 앙시벨이 있었어. 내 말 알겠는가, 마레스칼? **차량 앞부분에 오렐리와 기욤이 있었단 말일세.** 지금까지 믿어온 것처럼 루보 형제가 있었던 게 아니고. 그 두 형제와 조도는 다른 곳에 있었어. 즉, 마레스칼 자네와 같은 차량인 4호 차에 있었던 말일세. 램프를 가려놓아서 잘 안 보였던 거지. 알겠나?"

"알겠네."

마레스칼은 착 가라앉은 목소리로 대꾸했다.

"저런, 그리 멍청한 친구는 아니로군! 어쨌든 열차는 달리고 있었지. 두 시간을 내처 달렸어. 라로슈 역에 일단 기착했고, 다시 출발했지. 바로 그때였어. 4호 차량에 있던 세 남자, 즉 조도와 루보 형제가 어둠침침한 객실에서 기어나왔지. 모두 복면을 하고 회색 작업복 차림에 챙모자를 착용하고 있었어. 그들은 다짜고짜 5번 차량으로 달려 들어갔네. 곧바로 왼쪽 객실에 어느 신사와 귀부인의 잠든 실루엣이 엿보였지. 그중 여자 쪽은 금발이라는 게 어렴풋이 드러나 보였어. 조도와 형이 안으로 들이닥쳤고, 나머지 동생은 밖에서 망을 보았지. 남작은 일거에 제압당했고 온몸이 묶였어. 영국 여자는 격렬하게 저항했지. 조도가 사정없이 목을 졸랐는데, 그제야 뭔가 착오가 있었음을 깨닫게 된 거야. 여자가 오렐리가 아니라 똑같은 금발 머리를 한 엉뚱한 여자라는 걸 깨닫게 된 거지. 바로 그때 망을 보던 동생이 들어와 일행을 데리고 복도 끝에 진짜 오렐리와 기욤이 있는 객실로 향했던 것이네. 그러나 이미 그때는 모든 상황이 달라져 있었어. 기욤이 사전에 소란을 눈치챈 거야. 미리 권총을 뽑은 채 경계태세를 갖추고 있던 기욤과 세 강도들 간의 싸움은 금세 결론이 나버렸지. 두 발의 총성과 함께 두 명의 형제가 그 자리에서 쓰러졌고, 조도는 쏜살같이 달아났던 거야. 어때, 여기까지 내 말에 동의하지, 마레스칼? 자네나 나나, 다른 모든 사법관들이나, 그 밖의 대중들 모두가 똑같은 착각을 일으켰던 것이야. 다시 말해, 사실들을 그저 외양만 보고서 판단한 것이지. 언뜻 보기엔 강력한 논리

성을 갖춘 법칙 같지만, 어떤 살인사건이 일어났을 경우 사망자는 원래부터 피해자이고, 도망친 자는 가해자인 범죄자일 수밖에 없다는 다소 일방적인 법칙에 의해서만 현상을 보려 했던 것이지. 이를테면 그 반대, 즉 가해자가 대신 죽고, 피해자가 오히려 안전하게 상황을 벗어날 수도 있다는 점을 완전히 간과한 거야. 생각해봐, 기욤이 어떻게 도망칠 생각을 안 할 수가 있었겠는가! 그가 그대로 현장에 머물러 있었다면 자기가 계획한 모든 일 역시 엉망으로 뒤틀려버리는 것이 아니겠나? 전문털이범으로서 기욤은 자기의 사업에 사법당국이 코를 들이미는 걸 결코 용인할 수 없었던 것이지. 그도 그럴 것이 약간만 수사의 잣대를 들이대도 그의 수상쩍은 존재의 근저(根柢)가 적나라하게 까발려질 테니까. 그런데도 그가 과연 그 같은 상황을 감수할까? 아마도 그건 너무 무모한 짓일 테지. 더구나 적절한 구제책이 바로 손 닿는 곳에 있는데. 역시나 그는 조금도 망설이지 않았어. 동행한 여자의 옆구리를 찔러대면서 그녀 자신에게, 또 브레작에게 이번 사건이 얼마나 심각한 파장을 몰고 올지를 끊임없이 환기시켰다네. 방금 목격한 사태와 두 구의 피비린내 나는 시체로 인해 기겁을 하고 머리가 어지러워져 있던 여자는 그때부터 남자가 하자는 대로 정신없이 따르게 되었지. 덕분에 기욤은 여자에게 죽은 형제의 몸에서 벗겨낸 복면과 작업복을 강제로 입힐 수가 있었던 것이네. 물론 그 자신도 변장을 하고 아무 흔적도 남기지 않으려고 가방과 여자를 질질 끌다시피 하며 도망쳐버렸지. 둘은 부랴부랴 복도를 달려가다가 검표원과 한 차례 충돌한 뒤 열차에서 훌쩍 뛰어내렸다네. 그리고 한 시간 후, 숲 전체를 샅샅이 뒤지는 수색작전을 통해 오렐리는 마침내 붙잡혀서 갇히게 되었고, 가혹한 적인 마레스칼 앞에 내동댕이쳐지는 신세가 되고 말았지. 단, 결정적인 파멸 직전에 짠 하고 나타난 이가 있었으니, 바로 이 몸이시라는 말씀!"

아무리 지금 상황이 진지하고, 저주받은 밤의 기억에 고통스러운 눈물을 흘리고 있는 여자의 태도가 처량하다 해도, 라울은 전혀 아랑곳하지 않고 무대 위로 등장하는 신사의 그럴싸한 동작을 척 하고 선보였다. 즉, 자리에서 벌떡 일어서더니 문 앞까지 쭉 나갔다가, 마치 장내에 엄청난 호응을 불러일으키리라 확신하고 모습을 드러낸 자신만만한 배우 같은 분위기로 제자리에 돌아와 멋들어지게 착석하는 것이었다.

그리고 이렇게 떠벌리는 그의 얼굴에는 뿌듯한 미소가 가득 담겨 있었다.

"그렇게 내가 등장한 것이라네! 때가 된 것이지. 모르긴 몰라도, 지금까지 멍청한 불량배들만 보다가 모처럼 점잖은 신사가 당당하게 나타나주어서 마레스칼, 자네도 참으로 반가울 것이네. 심지어 아무것도 모르는 상황인데도 단지 여자의 아름다운 초록 눈동자 때문에 고통받는 무고한 여인의 수호자로서 이렇게 나타나주었으니 말이야. 바야흐로 불굴의 의지, 명쾌한 안목, 든든한 사지와 넉넉한 심성을 두루 갖춘 명실상부한 구원자의 등장이 아닌가! 이름하여 리메지 남작! 그가 나타나자마자 모든 게 바로잡아졌지. 온갖 복잡한 사태들이 마치 말 잘 듣는 아이처럼 나란히 정렬하고, 악취 나는 참극은 웃음 가득한 기분 좋은 결말로 접어드는 것이라네."

말이 끝나기가 무섭게 또다시 요란하게 방 안을 휘젓고 다니던 라울은 여자에게 다가와 허리를 숙이고 말했다.

"오렐리, 왜 우는 겁니까? 이 모든 사악한 짓거리들이 끝장을 본 데다, 마레스칼마저 당신의 결백을 인정할 수밖에 없는 상황이 됐는데 말입니다. 울지 마세요, 오렐리. 나는 항상 결정적인 순간에 등장한답니다. 거의 버릇이에요. 단 한 번도 내가 등장할 때를 놓친 적이 없지요. 그날도 직접 경험했잖습니까? 마레스칼이 당신을 가두었을 때 내가 나타나서 구해주었죠. 또 이틀 뒤 니스에서는 조도로부터 구해주었고요. 몬테카를로와 생트마리에서는 마레스칼의 손아귀에서 당신을 구해주었죠. 지금도 보세요, 제때에 짠 하고 나타나지 않았습니까? 그러니 뭘 걱정하세요? 다 끝났습니다. 이젠 경시청 '패거리'가 들이닥치든지 엽보병 부대가 이 건물 전체를 포위하든지, 아무튼 그 이전에 조용히 이곳을 벗어나기만 하면 되는 거예요. 그렇지 않은가, 로돌프? 설마 걸리적거릴 생각은 아니겠지? 숙녀분은 자유의 몸인 것 맞지? 자네도 사건의 결말이 이처럼 자네의 정의감과 예법에 하나도 저촉되지 않는 방향으로 맺어져서 기분 좋은 거지? 자, 어서 가십시다, 오렐리."

그제야 여자는 전투가 완전히 승리를 거둔 게 아니라고 느끼면서도 주춤주춤 발걸음을 떼기 시작했다. 아니나 다를까, 마레스칼이 문 앞에 떡하니 버티고 섰고, 브레작도 슬그머니 그의 곁에 가서 멈춰 섰다. 두 남자는 의기양양해하는 한 명의 연적을 향해 그렇게 공동의 진영을 갖추었다.

11
결정타

　라울은 천천히 다가가 브레작에겐 눈길조차 주지 않고 수사과장을
향해 지극히 평온한 어조로 말했다.
　"삶이 복잡하게 느껴지는 건, 우리가 오직 예기치 않은 섬광 속에서
그 편린들만을 보기 때문일세. 이번 특급열차 사건도 마찬가지야. 마치
신문 연재소설이나 되듯 온통 뒤죽박죽처럼 보이지. 제반 사실들이 흡
사 잘못 설치된 폭죽들이 제멋대로 터지듯 영 엉망으로 여기저기서 터
지는 것 같을 거야. 하지만 명징한 정신만 갖추면 모든 것을 제자리에
가지런히 배열할 수가 있고, 그러다 보면 전체가 꼭 한 쪽짜리 이야기
처럼 수미일관하고 자연스럽게 정리되는 것이라네. 방금 내가 얘기해
준 것 역시 그처럼 간단한 거야, 마레스칼. 자넨 이제 이번 사건의 전모
를 파악했어. 오렐리 다스퇴가 결백하다는 것도 깨달았고. 그러니 여자
를 내버려둬."
　마레스칼은 어깨를 으쓱하며 대꾸했다.

"안 돼."

"고집부리지 말라니까, 마레스칼. 보다시피 난 지금 놀리는 것도, 장난하는 것도 아니야. 자네의 실수를 인정하라고 요구하는 것뿐이라고."

"나의 실수?"

"그래. 여자가 살인한 게 아닐뿐더러, 오히려 이번 사건의 피해자였다는 사실을 인정해."

수사과장은 비아냥대는 투로 말했다.

"살인을 한 게 아니라면 왜 굳이 도망친 거지? 기욤이야 도망치는 게 당연하겠지만, 여자는 왜 그래야 했냐고? 그래서 뭐가 이로운데? 또 그 다음에도 얼마든지 얘기를 할 수 있었을 텐데, 왜 가만있었지? 기껏 내 뱉은 얘기라곤 처음 헌병대에 붙들렸을 때 애걸복걸한 게 전부란 말이야! 수사판사 앞에 가서 모든 걸 털어놓겠다고 했지. 그것 말고는 입 한 번 뻥끗 안 했어."

라울은 선뜻 고개를 끄덕이며 말을 받았다.

"옳은 지적이네, 마레스칼. 충분히 고려할 만한 반론이야. 나 역시 여자의 그 침묵만큼은 좀 어리둥절하긴 했어. 심지어 자기를 도와주는 나한테도 고집스럽게 입을 다물고 있었지. 조금만 아까 같은 내용을 자백해주었다면 훨씬 일이 수월했을 텐데 말이야. 그런데 저 여자 입은 굳게 다물어만 있더군. 덕분에 결국 이 건물 안에 와서야 겨우 문제의 실마리를 풀어낼 수가 있었다네. 그런 뜻에서 여자가 몸져누워 있을 때 서랍을 좀 뒤진 것쯤 용서되리라 믿어. 그렇게라도 해야 했거든. 마레스칼, 이걸 좀 읽어보게나. 브레작에 관해 일말의 환상도 없었던 여자의 모친이 돌아가시면서 남긴 일종의 지침서 중 일부이네."

오렐리

무슨 일이 닥치든지, 또 네 의붓아버지가 무슨 행동을 하든지 결코 고발하지는 마라. 네가 설사 그 때문에 고통을 당하거나, 심지어 그가 무슨 죄를 지었다 해도 어떻게든 그를 변호해줘야 해. 그는 이 어미와 결혼한 사람임을 잊지 마라.

마레스칼은 대번에 발끈했다.

"하지만 저 여자는 브레작의 범행에 대해서 전혀 모르고 있었잖은가! 설사 알고 있었다 해도 그건 이번 특급열차 사건과는 전혀 무관한 것이고 말이야. 브레작은 이 일에 연루될 수가 없었을 텐데."

"그게 아닐세."

"아니, 그럼?"

"바로 조도가 입을 놀린 거야."

"그걸 어떻게 증명하나?"

"기욤의 모친이 내게 증언을 해주었네. 앙시벨 미망인은 지금 파리에 머물고 있는데, 내가 일전에 만나 과거와 현재를 통틀어 그녀가 알고 있는 모든 내용을 문서화해주는 대가로 두둑이 보상을 해준 바 있지. 그녀의 아들이 글쎄, 자기한테 와서 그랬다는군. 특급열차 객실에서 격돌이 벌어졌을 때, 이미 저세상으로 간 두 형제 말고 또 다른 한 명의 복면을 벗기자 다름 아닌 조도였다는 거야. 그자가 대뜸 아가씨 앞에서 주먹을 을러대며 이랬다는 것이네. '이봐, 오렐리. 어디 이 사건에 대해 한마디라도 입 밖에 낸다거나, 나를 봤다는 얘길 지껄이기만 해봐! 그러다 내가 체포되기라도 하면 옛날에 있었던 범죄를 몽땅 까발려버릴 거야. 즉, 네 외할아버지를 살해한 장본인이 바로 브레작이라는 사실을 말이야.' 그러니까 니스에서부터 이 협박이 오렐리 다스퇴의 마음을 온통 휘젓고 있었던 셈이지. 그러니 아예 입을 다물 수밖에. 어때요, 내가 정확하게 진실을 짚었죠, 마드무아젤?"

여자는 힘없이 중얼거렸다.

"네, 정확한 진실이에요."

"그것 보라고, 마레스칼. 이제 자네의 반론은 철회해야겠어. 자네의 의심을 불러일으켰던 피해자의 침묵은 오히려 그 피해자의 결백을 대변하는 증거나 마찬가지야. 그러니 다시 한번 요구하겠네. 여자를 보내줘."

"안 돼!"

마레스칼은 이번엔 아예 발까지 쿵 하고 구르며 내뱉었다.

"이유가 뭔가?"

라울의 추궁에 마레스칼은 치미는 울화통을 거침없이 토해냈다.

"이유는 내가 앙갚음을 해야겠기 때문이야! 간단히 말해 이 일로 야단법석을 좀 떨어야겠다고! 기욤과 함께 도망친 일이나 그로 인해 체포당한 것, 그리고 이젠 브레작의 옛날 범죄사실까지 온통 세상에 공개해야겠단 말이야. 저 여자가 불명예스러운 꼴로 온갖 수치를 느끼도록 해주고 싶어. 나를 거부한 대가로 말이야. 그에 대해 응분의 값을 치러야지! 브레작도 마찬가지야! 자넨 어리석게도 내게 모자랐던 정확한 세부 지식을 고스란히 제공해주었네. 덕분에 처음 기대했던 것보다 훨씬 더 강력하게 브레작과 그 딸내미를 휘어잡을 수 있게 되었다고. 게다가 조도와 앙시벨 등 불한당 같은 놈들을 떼거리로 일망타진하게 생겼어! 이젠 한 놈도 무사하지 못할 거야!"

그는 고래고래 악을 써가면서 그 당당한 덩치로 문 앞을 막아섰다. 층계참에서는 이미 라봉스와 토니의 부산해진 움직임이 느껴졌다.

라울은 '마레스칼은 얼간이래요'라고 적힌 종이 두루마리를 책상에서 조용히 집어 들었다.

"자, 이거나 받게. 액자로 잘 만들어서 침대 발치에 걸어놔."

라울이 얌전히 종이를 펴서 수사과장한테 내밀자, 상대도 지지 않고 응수했다.

"그래, 오냐. 맘대로 지껄여봐라. 원하는 만큼 실컷 빈정대봐! 그래 봤자 네놈 역시 내 손아귀를 벗어나지 못해! 아하, 그러고 보니 처음부터 네놈 때문에 여간 골탕을 먹은 게 아니지! 왜 그거 있지 않나, 담뱃불 작전 말이야. 미안하지만 불 좀 있소? 이거 말이야. 그래 이제부터 얼마든지 불 빌려주지! 감방 안에서 어디 평생 동안 피워보라고. 그래, 감옥에서 온 자는 감옥으로 돌아가야지. 감옥이야! 감옥이라고! 내가 자네와 실랑이를 벌이느라 정신이 없어서 자네의 그 숨겨진 정체를 간파하지 못했으리라 생각한다면 큰 오산이야! 자네가 누구인지 모른다고 생각한다면, 그 정체를 까발릴 수 있는 충분한 증거들을 갖추지 못했을 거라 생각한다면 아주 대착각이란 말이야. 자, 오렐리, 당신의 저 멀쑥한 애인을 좀 자세히 보라고. 그가 정녕 누구인지 알고 싶다면, 이렇게 한번 생각해보는 것도 도움이 될걸! 사기꾼의 왕이자, 도둑 중의 신사이며, 왕초 중의 왕초가 과연 누구일까? 요컨대 리메지 남작이라는 가짜 귀족이자, 가짜 탐험가는 다름 아닌……."

마레스칼은 문득 말을 멈추었다. 아래층에서 초인종이 울린 것이다. 필립과 두 명의 수사관들임이 분명했다.

마레스칼은 손바닥을 비벼대면서 길게 심호흡을 했다.

"아무래도 이번엔 완전히 망한 것 같아, 뤼팽. 그래, 소감이 어때?"

라울은 오렐리를 슬쩍 바라보았다. 어쩐지 '뤼팽'이라는 이름에도 별로 놀라지 않는 것 같았다. 그저 근심 어린 표정으로 바깥에서 들리는 소리에만 잔뜩 귀를 기울였다.

"오, 초록 눈동자의 딱한 아가씨여! 아직도 믿음이 완벽하지가 않군

결정판 아르센 뤼팽 전집

요. 그놈의 빌어먹을 필립이라는 작자가 대체 무슨 수로 당신을 괴롭힐 것 같습니까?"

그렇게 내뱉은 그는 창문을 반쯤 열고, 저 아래 보도 위를 어슬렁대는 치들 중 한 명을 향해 소리쳤다.

"거기, 경시청 소속의 필립이라는 사람이오? 아, 이보시오! 거기 세 명 말고 따로 얘기 좀 합시다(제기랄, 세 명이나 데리고 왔잖아!). 날 못 알아보시겠소? 리메지 남작이오. 어서요, 마레스칼이 기다리고 있소!"

그러고는 다시 창문을 닫더니 이쪽을 보며 말했다.

"마레스칼, 계산이 맞는군. 한쪽은 네 명이고, 또 다른 쪽은 세 명이야. 브레작은 이런 일엔 별로 관심이 없는 것 같으니 빼기로 하고 말이야. 모두 합해 일곱인데 나한텐 한 입 거리도 안 되겠어. 그래도 왠지 이거 오싹해지는걸! 그러고 보니 초록 눈동자의 아가씨도 마찬가지인가 봐."

오렐리는 억지 웃음을 지으려 했지만, 그저 알아들을 수 없는 말 몇 마디를 웅얼거리는 게 고작이었다.

마레스칼은 아예 층계참으로 나가 사람들이 올라오기를 기다렸다. 잠시 후 현관문이 열렸고, 발소리가 다급하게 울려왔다. 곧이어 그는 마치 줄만 풀어주면 사냥감을 향해 일제히 덤벼들 지랄 같은 사냥개 무리 여섯을 마음대로 부리는 처지가 되었다. 일단 나지막한 목소리로 몇 가지 주의사항을 하달한 뒤 얼굴을 활짝 펴고 안으로 들어서며 외쳤다.

"싸워봤자 쓸데없을 텐데, 남작?"

"그야 물론이지. 마치 「푸른 수염」에 나오는 일곱 아낙네들처럼 당신들 일곱을 모조리 해치운다는 생각을 하니 정말 끔찍해(「푸른 수염」은 샤를 페로(1628~1703)의 동화. 아내를 맞는 즉시 목 졸라 죽이는 푸른 수염의 사내를 다룬 이야기—옮긴이)."

"그럼 순순히 따르겠다는 건가?"

"세상 끝까지라도!"

"물론 조건은 따로 없겠지?"

"웬걸, 딱 하나 있지. 먹을 것은 좀 주기야."

"그 정도쯤이야 해줄 수 있지. 마른 빵하고 개들 사료용으로 주는 비스킷하고 물이면 되겠지?"

마레스칼이 얄밉게 농을 부리자, 라울이 툭 내뱉었다.

"천만에."

"그럼 뭘 원하는데?"

"자네하고 같은 걸로, 로돌프. 샹티이 메렝그(설탕과 계란 흰자위로 만든 생크림과자의 일종—옮긴이)와 럼주에 적신 바바(건포도를 넣은 카스텔라—옮긴이), 그리고 알리칸테(스페인의 도시—옮긴이)산 포도주면 되겠어."

마레스칼은 불안해진 목소리로 물었다.

"지금 무슨 말을 하는 거야?"

"오, 아주 간단한데. 나한테도 차 한잔하자고 초대했으니 허심탄회하게 응하겠다는 거야. 자네 5시경에 모임 약속이 있지 않은가?"

"모임 약속이라니?"

마레스칼은 점점 더 초조한 기색이 되어갔다.

"그렇고말고, 기억하지? 자네 집에서 말이야. 아차, 그게 아니라 자네의 그 말괄량이네 집이었던가? 뒤플랑 가의 그…… 길가에 면한 아담한 숙소에서 말이야. 매일 오후에 그곳으로 가서 알리칸테산 포도주에 적신 메렝그를 배가 터지도록 먹여주지 않았던가? 자네의 그 여자."

"닥쳐!"

별안간 얼굴이 창백해진 마레스칼이 다급하게 속삭였다.

아울러 방금 전까지 여유만만하던 모습은 온데간데없이 사라졌다.

더 이상 농을 던질 마음은 없는 듯했다.

라울은 멀뚱한 표정으로 물었다.

"왜 나더러 닥치라는 거지? 그럼 나를 초대한다는 게 아니었나? 나를 소개하고 싶지 않다는 거야? 그분⋯⋯."

"조용히 하란 말이야, 우라질!"

다시금 소리를 죽이며 내뱉은 그는 부하들에게로 가서 필립을 따로 불러 말했다.

"잠깐만, 필립. 끝장을 보기 전에 아무래도 몇 가지 정리를 좀 해야 하겠네. 일단 자네가 데리고 온 부하들부터 좀 떼어놔 주게. 아무 소리도 들리지 않도록 말일세."

그러고 나서야 문을 닫고 돌아온 마레스칼은 라울한테 바짝 다가선 채, 브레작과 오렐리 쪽을 잔뜩 경계하면서 나지막이 속삭였다.

"대체 어쩌자는 뜻이지? 이러는 저의가 뭐냐고?"

"저의는 무슨 저의."

"왜 자꾸 그런 암시를 하는 거냔 말이야? 대체 그건 또 어떻게 알았어?"

"자네 여자친구들 이름과 주소 말인가? 맙소사, 그야 브레작이나 조도와 그 일당에 관해 한 조사 정도면 충분히 알 수 있는 거지. 자네의 내밀한 생활에 관해 비밀조사를 조금 진행해보았더니 그동안 아늑하게 단장해놓고 아리따운 여인들을 수없이 들이던 수상쩍은 장소가 고스란히 드러나던걸! 어둠침침한 분위기에 향수 냄새와 꽃향기, 달짝지근한 포도주와 무덤처럼 푹신한 디방들이며, 마레스칼식 아방궁이 따로 없던데!"

수사과장은 허둥지둥 더듬거렸다.

"그, 그래서? 그 정도는 내 권리 아냐? 그거하고 자네를 체포하는 것

하고 무, 무슨 상관이지?"

"오호, 유감스럽게도 자네가 그 앙증맞은 에로스의 신전에다 여인들로부터 쇄도한 편지를 숨겨두는 '얼간이' 같은 짓만 안 했어도 아무런 상관이 없을 뻔했지 뭔가!"

"거짓말, 거짓말이야!"

"내가 지금 거짓말을 하는 거라면 자네는 천재다, 천재!"

"어디 정확히 말해봐!"

"벽장 안에 비밀상자가 하나 있지. 그 상자 안에 또 작은 함이 하나 있고. 바로 그 안에 색깔 띠로 동여맨 예쁘장한 여자들 편지가 모아져 있더군. 우리의 미남 마레스칼 군을 향한 스무 명도 넘는 사교계의 부인네들이나 여배우들의 열정이 노골적으로 담겨진, 정말로 큰일 낼 편지들이더라고. 한 번 명단을 읊어볼까? 모 검사의 마누라, 코메디 프랑세즈의 여배우인 마드무아젤 아무개, 그리고 무엇보다도 약간 나이는 들었지만 여전히 그럴듯한 매력을 갖춘 저 고결하신 ○○○의 사모님."

"닥쳐, 이 비열한 놈!"

라울은 아무렇지도 않은 듯 되받았다.

"저런, '비열한 놈'은 자신의 신체적 장점을 발판 삼아 온갖 특혜와 승진을 구걸하는 놈한테나 쓰는 표현 아닌가?"

마레스칼은 고개를 잔뜩 숙이고 음흉한 걸음걸이로 방을 두세 바퀴 어슬렁거리더니 다시 라울한테 다가와 말했다.

"얼마면 되겠나?"

"'얼마'라니? 뭘 말인가?"

"그 편지들 얼마면 돌려주겠냐고?"

"오, 그거…… 유다처럼 30데나리우스 정도 받아보면 어떨까(「마태복음」 26장 16절—옮긴이)?"

"싱거운 소리 그만해. 자, 얼마면 돼?"

"3000만 프랑!"

마레스칼은 분통이 치밀고 안달이 나서 온몸을 부르르 떨었다. 라울은 그 모습을 바라보며 천연덕스레 미소를 지었다.

"허어, 너무 열받지는 말게나, 로돌프. 난 착한 사나이야. 자네를 좋아하기도 하고. 자네의 그 조잡한 서한체 애정문학 작품들에 대해서는 단 한 푼도 요구하지 않을 생각이야. 사실 그간 너무 그걸 붙들고 있었어. 최소한 몇 달 동안은 원 없이 즐길 만한 거리는 되거든. 하지만 내가 원하는 건 말이야……."

"뭐지?"

"자네가 완전히 무기를 내려놓는 거야, 마레스칼. 오렐리와 브레작, 심지어 조도와 앙시벨 모자에 대해서도 내가 알아서 할 테니 철저하게 손 떼라는 거지. 경찰 쪽 입장에서는 이번 사건 전부가 자네 소관이나 마찬가지이니, 그렇게만 되면 아무런 실재증거나 진지한 단서 하나 없는 셈이지. 사건에서 손을 떼라고. 그럼 저절로 마무리된 걸로 넘어갈 테니까."

"그럼 편지들을 돌려주겠다는 건가?"

"그건 아니야. 담보물이나 마찬가지니 내가 간직하고 있어야지. 만약 자네 행보가 똑바르지 않으면 그중 몇 개를 골라 깔끔하게 발표해버리겠어. 그러면 자네나 아리따운 여인네들이 골탕깨나 먹겠지."

수사과장의 이마에는 어느새 진땀이 흐르고 있었다. 한참 만에 그가 말했다.

"내가 뒤통수를 맞은 거로군."

"아마도."

"그래, 맞아. 그 여자한테 당한 거야. 언제부터인가 그 여자가 날 감시한다는 느낌이 들었지. 바로 그 여자를 통해 자네는 마음먹은 대로 이 사건을 여기까지 끌고 올 수 있었던 거야. 자네가 내 수하로 천거된 것도 물론 그 여자를 부추겨서 남편을 움직인 덕일 테고."

라울은 유쾌한 얼굴로 대꾸했다.

"뭐 어쩌겠나? 전쟁은 전쟁인걸. 자네가 떳떳하지 못한 수단들을 동원해서 싸우려 드는 마당에, 자네의 그 혐오스러운 증오심으로부터 오렐리를 보호해야 할 나라고 달리 어쩔 도리가 있겠느냔 말일세. 게다가 자넨 너무 순진했어, 로돌프. 나 정도 되는 인물이 지난 한 달 동안 잠이나 자면서 사태가 덮치기만을, 그래서 자네만 기분 좋아지기를 멍하니 기다릴 줄 알았는가? 보쿠르와 몬테카를로, 생트마리 등지에서의 나의 활약상을 죄다 본 데다, 병과 문서를 내가 어떻게 빼돌리는지도 목격해놓고, 대체 왜 마땅히 조심해야 할 일도 방치했는지 모르겠어."

라울은 상대의 어깨를 툭 건드리며 내처 말했다.

"자자, 마레스칼. 그렇다고 너무 의기소침하진 말게. 물론 자넨 게임에 졌어. 그건 인정하자고. 하지만 자네 호주머니 속엔 브레작의 사직서가 들어 있네. 거기다 윗사람들의 총애를 받는 몸이니 그 자리는 이미 약속된 거나 다름없을 거야. 그만하면 장족의 발전 아니겠는가? 좋은 날은 언제고 또 찾아오기 마련이라 생각하게, 마레스칼. 단, 그러려면 조건이 하나 있지. 여자를 조심할 것! 직업상 성공에 이르기 위해 여자들을 이용하지도 말 것이며, 또 직업 자체를 발판으로 여자들에게 추근거리지도 말아야 하네. 마음이 내키면 연애를 할 것이요, 관심이 있으면 경찰 노릇을 하면 되는 거야. 다만 연애질을 하는 경찰이나, 경찰 노릇을 하는 바람둥이가 되어서는 곤란해. 결론 삼아 좋은 충고 한마디 하자면, 혹시라도 자네 앞길에 아르센 뤼팽과 마주칠 일이 생기거든 쥐도 새도 모르게 줄행랑부터 치라고. 특히 경찰의 길을 제대로 걷기 위해서는 기본수칙이라 할 수 있지. 자, 이상일세. 그럼 계속 일 보시고, 난 이만 실례하겠네."

마레스칼은 어찌할 바를 모르고 있었다. 어중간하게 몸을 돌린 그는 연신 수염 끄트머리를 손으로 비틀었다. 이대로 굴복해야 하나? 아니면 당장 상대에게 달려들면서 부하들을 불러들여야 하나? 한편 라울은 그런 모습을 바라보며 이렇게 생각했다.

'머릿속이 꽤나 어지럽겠지. 가엾은 로돌프, 그렇게 끙끙 속앓이해봐야 별수 있겠어?'

로돌프의 고민은 그리 오래가지 않았다. 지금으로선 어떤 저항도 사태를 악화시킬 뿐이라는 점을 깨달을 만큼의 눈치는 충분했던 것이다. 도저히 물러서지 않으면 안 되는 입장임을 똑똑히 간파하자마자 그는 깍듯하게 물러섰다. 일단 필립을 불러들이고 나서 뭔가 얘기를 건네자, 필립은 라봉스와 토니까지 포함한 일행 모두를 데리고 철수했다. 잠시 후, 현관문이 열렸다가 닫히는 소리가 들렸다. 결국 마레스칼은 그렇게 전투의 패배를 시인했다.

라울은 오렐리에게 다가가 말했다.

"다 정리되었습니다, 마드무아젤. 이제 이곳을 떠나기만 하면 됩니다. 당신 가방은 아래층에 있지요?"

여자는 방금 악몽에서 깨어난 사람처럼 중얼거렸다.

"아, 이럴 수가! 그럼 이제 감옥에 가지 않아도 되는 건가요? 대체 당신이 어떻게 했기에?"

"그야 부드럽게 차근차근 타이르자, 마레스칼이 모든 걸 수긍하더군요. 아주 착한 아이예요, 알고 보니까. 한번 악수라도 나눠보세요."

하지만 오렐리는 악수는커녕 눈길 한 번 주지 않고 지나쳤다. 사실 마레스칼도 이쪽으로는 완전히 등을 돌린 채 벽난로 위에 팔꿈치를 괴

초록 눈동자의 아가씨

659

고 두 손에 얼굴을 파묻은 상태였다.

브레작 앞을 지나가면서는 여자도 약간 주춤거렸다. 하지만 남자는 전혀 아랑곳하지 않는 눈치였고, 나중에야 머릿속에 떠오른 거지만 뭔가 이상한 분위기를 느끼게 했다.

라울은 문턱을 넘어 밖으로 나서면서 말했다.

"아차, 한마디만 짚고 넘어가지요. 나는 마레스칼과 당신의 의붓아버지 앞에서 약속을 한 바 있습니다. 지극히 편안하고 조용한 은신처로 당신을 안내할 것이며, 앞으로 한 달 동안 나는 그곳에 발길을 들여놓지 않을 거라고 말입니다. 그리고 한 달이 지난 다음에야 당신 인생을 앞으로 어떻게 꾸려나갈 생각인지를 타진하는 차원에서 그곳을 찾을 겁니다. 어때요, 동의하시죠?"

"네."

여자의 대답이었다.

"자, 그럼 가십시다."

두 사람은 방을 빠져나왔다. 계단을 내려가는 도중에 라울은 휘청대는 여자를 부축해야만 했다.

"내 자동차가 가까운 곳에 있습니다. 밤새도록 차로 여행할 수 있겠소?"

대답은 확고했다.

"그럼요. 자유의 몸인 것만 해도 기뻐 날뛸 지경인걸요. 그만큼 불안도 크고요."

여자는 나지막이 말꼬리를 흐렸다.

두 사람이 집을 나서는 바로 그 순간, 저 위 3층에서 느닷없이 총소리가 들려 라울은 소스라치게 놀랐다. 마침 오렐리가 정확히 들은 것 같지 않아 그녀의 귀에다 대고 말했다.

"자동차는 우측에 있습니다. 저기요, 여기서도 보일 거예요. 안에는 일전에도 얘기한 적이 있는 노파가 한 명 타고 있을 겁니다. 옛날에 내 유모였죠. 일단 먼저 가 있겠습니까? 난 다시 한번 올라가봐야 할 것 같아요. 몇 마디 얘기만 던지고 곧 합류하겠습니다."

여자가 걸음을 떼는 걸 보고 라울은 부리나케 계단을 달려 올라갔다.

방 안에는 소파에 덩그러니 나자빠진 브레작이 손에는 권총을 쥔 채 단말마의 숨을 몰아쉬고 있었고, 하인과 수사과장이 옆에서 돌보고 있었다. 입에서 피가 왈칵 넘치는가 싶더니 마지막 발작과 함께 더 이상 움직이지 않았다.

"제기랄, 미리 예상했어야 하는 건데. 완전히 파멸이나 다름없는 상황인 데다, 오렐리마저 떠나버렸으니…… 가련한 인간 같으니! 기어코 빚을 치르고 가는군."

라울은 혼잣말처럼 웅얼대다가, 문득 마레스칼을 돌아보며 내뱉었다.

"자네가 당장 하인과 함께 알아서 조치를 취해주게. 우선 전화부터 해서 의사를 불러야겠지. 그냥 피를 흘리고 있었다고 하면 될까? 무엇보다 자살이라고 해선 안 돼, 절대로! 당분간 오렐리에게도 알려선 안 되고. 그녀는 지금 시골 친구 집에 요양 중이라고만 하는 거야."

마레스칼은 난데없이 라울의 손목을 덥석 붙들고 외쳤다.

"당장 대답해, 넌 누구냐? 뤼팽 아니야?"

"정말 잘났구먼! 이 마당에도 역시 직업적인 궁금증이 더 먼저라는 건가?"

라울은 똑바로 서서 상대의 면전에 얼굴을 바짝 들이대고는, 옆모습과 비스듬한 모습을 차례차례 보여주며 빈정댔다.

"말씀하신 그대로일세!"

그는 쏜살같이 계단을 구르듯 내려와, 노파에 의해 듬직한 리무진 뒷

좌석에 편안히 자리 잡은 오렐리에게 돌아왔다. 라울은 몸에 밴 조심성을 발휘해 거리를 한 번 휘 둘러보더니 노파를 향해 물었다.

"혹시 자동차 주변에 어슬렁대는 자는 없었나요?"

"아무도 없었는데."

노파의 대답이었다.

"정말이죠? 약간 살집이 통통한 친구하고, 한쪽 팔을 붕대로 감싼 놈 못 봤어요?"

"아, 맞아! 그러고 보니 본 것 같네! 그 사람들 아까 저만치 보도 위를 왔다 갔다 하던데."

그 말을 듣자마자 라울은 득달같이 움직였고, 생필리프뒤룰 성당(파리 포부르 생토노레 가 근처에 있는 18세기 성당과 그 광장 이름. 이곳 근방에는 뤼팽의 비밀 숙소가 있기도 하다. 『수정마개』 35~36쪽 참조—옮긴이)을 에두르는 골목길에서 한쪽 팔을 삼각건으로 감싼 놈을 포함한 두 명을 발견했다.

그는 두 사람을 바짝 따라잡고는 어깨를 툭툭 치며 쾌활한 어조로 말했다.

"여어, 이보게들, 둘이 서로 아는 사이였던가? 어때, 잘 있었나, 조도? 그리고 자네도, 기욤 앙시벨?"

두 사람은 얼른 뒤를 돌아보았다. 떡 벌어진 상체에 불도그 같은 얼굴을 한 조도는 전혀 놀라는 눈치가 아니었다.

"아, 니스에서 본 그 사나이로군! 아까 계집을 데리고 나온 작자가 그렇지 않아도 당신 아닌가 했소."

라울은 직답을 하는 대신 곧장 기욤을 돌아보며 내뱉었다.

"니스뿐만 아니라, 툴르즈에서도 본 적이 있지, 아마?"

그리고 얼른 덧붙였다.

"그래, 뭘 그리 기웃거리고 있었나, 친구들? 브레작의 집을 감시하고 있었던 거야?"

조도가 불쑥 나서며 퉁명스레 대꾸했다.

"두 시간 전부터 줄곧 감시하고 있었소. 마레스칼이 당도하고, 경찰들이 쫙 깔리는가 싶더니 오렐리가 멀쩡하게 밖으로 나오더군. 하나도 빠뜨리지 않고 죄다 지켜봤지."

"그래서?"

"이젠 당신도 사건의 전모를 훤히 파악하고 있다 생각하오. 그 와중에 물론 챙긴 것도 좀 있겠지. 브레작이 마레스칼과 실랑이를 벌이는 동안 오렐리는 당신과 함께 줄행랑을 친 것일 테고 말이야. 당연히 그는 자리에서 물러날 것이고. 검거가 잇따르겠지."

"브레작은 방금 자살했네."

라울이 뚝 끊고 말했다.

조도는 펄쩍 뛰다시피 했다.

"뭐! 브, 브레작이 죽어?"

라울은 두 사람을 성당 담벼락까지 이끌고 가서 진지한 목소리로 말했다.

"두 사람 다 내 말 잘 듣게. 일단 내가 두 사람이 이 사건에 연루되는 것만은 차단해둔 상태일세. 그렇다 해도 조도, 자네는 다스퇴 영감과 미스 베이크필드를 살해했고, 친구이자 동업자였던 루보 형제마저 죽음으로 내몬 장본인이야. 그런 자네를 기어코 내가 마레스칼한테 넘겨야겠나? 그리고 기욤, 자네 모친이 상당한 금액을 받고 내게 모든 비밀을 팔아넘겼다는 것 알고 있겠지? 그때 조건으로 내건 게 바로 자네 신상에 불미스러운 일이 벌어지지 않게 한다는 거였어. 일단 지금까지로 보자면 난 약속을 지킨 셈이야. 하지만 자네가 다시 모든 걸 시작하겠다면 내 약속도 더는 의미가 없어져. 과연 내가 자네의 나머지 팔마저

부러뜨리고, 마레스칼한테 넘겨야 하겠어?"

기겁을 한 기욤은 오던 길을 되돌아가려 했고, 조도는 발끈했다.

"흥! 그러니까 보물은 몽땅 당신 차지가 된다는 건가? 분명 그렇게 되는 것 맞아?"

라울은 어깨를 으쓱하며 대꾸했다.

"그럼 정말 보물의 존재를 믿고 있다는 건가, 친구?"

"당신과 마찬가지로 철석같이 믿지. 거의 20여 년에 걸쳐 나는 오로지 그 일에만 매달려 왔어. 그러니 내게서 그걸 가로채려는 술책일랑은 아예 포기하라고!"

"자네한테서 가로챘다고? 그렇다면 그게 어디 있는지, 그게 무엇인지 이미 자넨 알고 있어야 얘기가 될 텐데?"

"내가 아는 건 아무것도 없어. 그건 당신도, 또 브레작도 마찬가지일 거요. 단지 고 맹랑한 계집만 알고 있지. 바로 그렇기 때문에……."

"굳이 끼겠다 이건가?"

라울이 빙그레 웃으며 말했다.

"그럴 필요조차 없소. 나 혼자 힘으로도 내 몫만큼은 톡톡히 챙길 수 있으니까. 그걸 막는다면 누구든 성치 않을 거요. 사실 당신이 생각하는 것 이상으로 내겐 수단이 풍부하거든. 자, 이 정도면 웬만큼 알아들었을 테니 난 이만 실례하겠소."

둘이 내빼듯 멀어져 가는 모습을 라울은 가만히 바라보았다. 아무래도 찝찝한 일이었다. 대체 저 불길한 야수가 또 무슨 짓을 벌이려고 나타난 것일까?

잠시 후, 라울은 혼잣말을 툭 내뱉었다.

"쳇, 어디 할 테면 해보라지! 정 그렇게 악착같이 따라붙을 생각이라면, 나도 차근차근 적절하게 조치를 취하면 그뿐이니."

다음 날 정오, 오렐리는 정원과 과수원 너머로 음침하면서도 웅장하기 그지없는 클레르몽페랑 대성당 건물이 내다보이는 어느 화사한 방에서 눈을 떴다. 옛날에는 기숙학교였다가 지금은 요양소로 개조된 건물은 언덕 꼭대기에 위치해 건강을 제대로 회복시키기에 더없이 좋은, 아늑하고 깔끔한 은신처였다.

그녀는 참으로 평화로운 몇 주간을 라울의 늙은 유모와만 얘기를 나누며 지냈고, 한참 동안 몽상에 젖은 채 정원을 거닐면서 저만치 도시 전경이나 루아야 구릉지대가 시선을 차단하는 퓌드돔 산등성이를 물끄러미 바라보았다.

정말 단 한 번도 라울은 여자를 보러 오지 않았다. 방에는 항상 유모가 구비해놓은 꽃과 과일들과 함께 이런저런 책자와 잡지들이 갖춰져 있었다. 사실 라울은 가까운 포도밭지대를 굽이굽이 돌아가는 좁은 길목에 몸을 숨긴 채 여자의 모습을 멀찌감치 바라보곤 했다. 그러면서 하루가 다르게 복받쳐 오르는 열정을 두서없는 혼잣말에 실어 여자를 향해 띄워보내는 것이었다.

여자의 한결 유연해진 걸음걸이와 동작들을 보건대, 마치 거의 고갈되었던 샘물이 다시 솟구치는 것처럼 생명의 기운이 그녀의 심신을 새롭게 소생시키고 있는 게 틀림없었다. 범죄행각들과 시체들, 끔찍한 얼굴들과 진저리 나는 시간들에 드리워진 그림자 위로 너른 망각의 기운이 뒤덮으면서, 그야말로 과거는 물론 미래로부터도 안전한 가운데 그윽하고 고요한 행복감이 만연하고 있었다.

라울은 혼자서 중얼거렸다.

"초록 눈동자의 아가씨, 이제 당신은 행복하군. 사실 영혼의 상태가 행복해야만 몸과 마음이 진정으로 현재를 살아갈 수가 있는 법이지. 자고로 고통이라는 것은 과거의 좋지 못한 기억이나 미래를 향한 거짓 희망을 먹고 자라나는 데 반해, 행복이란 항상 일상생활의 온갖 잡다한 일들에 뒤섞여 그 안에서 기쁨과 편안함을 길어 올리기 마련이거든. 그래, 오렐리 당신은 지금 그런 행복을 맛보고 있는 것이야. 그러니까 꽃을 꺾거나 긴 의자에 느긋하게 몸을 기대면서 저렇게 뿌듯한 표정을 짓고 있지."

시간이 흘러 스무 날째가 되던 날, 돌아오는 주 하루 아침을 잡아 자동차 드라이브를 하러 가자는 라울의 편지가 당도했다. 뭔가 중요한 얘기가 있다는 것이다.

여자는 조금도 주저하지 않고 즉시 그러겠다는 답장을 했다.

지정된 아침, 여자는 울퉁불퉁한 돌투성이 좁은 길을 따라 라울이 기다리고 있는 널찍한 길까지 다다랐다. 저만치 남자의 모습이 눈에 들어오자, 그녀는 문득 걸음을 멈추었다. 지금 나아가고 있는 길이 과연 어디로 자신을 데려갈 것이며, 어떤 상황 속으로 또다시 곤두박질치게 만들지 곰곰이 생각하면서 불현듯 불안하고 혼란스러운 마음이 일었던 것이다. 그런데 라울이 선뜻 다가와 아무 말도 하지 말라는 손짓을 취했다. 이런 진지한 순간에 얘기를 이끌어가야 할 사람은 정작 자기라는 투였다.

"오실 줄 알고 있었습니다. 당신도 알다시피 비극적인 사건이 아직 끝난 게 아니고, 일부 해결책도 미진한 상태이기에 우린 어차피 다시 마주해야 할 처지였습니다. 일일이 그게 어떤 것들인지는 당신이 굳이 신경 쓸 필요 없을 겁니다. 내게 사건을 해결하고 마무리할 전권을 이미 부여한 상태이니까요. 그러니 잠자코 내 말에 따르기만 하면 되는 겁니다. 그저 내가 내미는 손만 붙잡고 따라오세요. 무슨 일이 있더라도 두려워할 필요 없습니다. 공연히 사람 마음을 뒤집어엎고, 끔찍한 망상만 움트게 하는 두려움과는 이번 기회에 아주 결별하세요. 내 말

알겠죠? 이제부터는 매사를 친숙하게 받아들이고, 활짝 웃는 낯으로 만사에 임하는 겁니다."

라울은 부드럽게 손을 내밀었다. 여자는 말없이 자기 손을 지그시 쥐도록 놔두었다. 생각 같아서는 뭔가 마음을 표현하고 싶었다. 지극히 감사하며, 든든하게 믿고 있노라 말하고도 싶었다. 하지만 끝내 아무 말 하지 않는 걸로 봐서 그런 말조차 공허할 뿐이라는 걸 잘 이해하는 눈치였다. 두 사람은 길을 떠났고, 온천장을 가로질러 루아야라는 옛 마을을 두루 누비고 다녔다.

성당 시계 종소리가 8시 반을 알렸다. 때는 8월 15일 토요일. 눈부신 하늘 아래 산봉우리들이 겹겹이 치솟아 있었다.

둘 사이에는 한마디도 오고 가지 않았다. 하지만 라울은 연신 속으로 여자에게 그윽한 말을 건네고 있었다.

'그럼 결국 나를 더 이상 싫어하는 건 아니지요, 초록 눈동자의 아가 씨? 처음 보았을 때의 무례를 이제는 잊은 거죠? 나 역시 지금은 당신을 대단히 존중하는 입장이라 이렇게 곁에 있으면 그때 일 같은 건 더는 기억도 나지 않을 정도랍니다. 자, 그러니 좀 웃어보세요. 당신도 이제는 나를 마치 수호천사처럼 생각하는 게 보통 일이 되지 않았습니까? 수호천사한테는 맑게 웃어주어야죠.'

여자는 웃고 있지 않았다. 그럼에도 불구하고 남자는 곁에 있는 여자가 지극히 친숙하고 가깝게만 느껴졌다.

자동차가 한 시간도 미처 달리지 않았는데, 두 사람은 이미 퓌드돔 산자락을 따라 한 바퀴 돌았고, 남쪽으로 향한 매우 좁다란 길로 접어들어 구불구불한 오르막길과 어둡고 푸른 숲 속 계곡의 내리막길을 이리저리 헤집고 다녔다.

잠시 후, 다시금 길이 잔뜩 좁아지는가 싶더니 꽤 황량하고 메마른 지역 한복판으로 접어들어 가파른 오르막길이 나타났다. 큼직큼직한 용암 판석들로 얼기설기 포장이 된 도로였다.

"고대 로마의 포도(鋪道)입니다. 사실 프랑스의 어느 구석을 돌아보아도 카이사르가 한 번쯤 밟았음 직한 이런 옛 자취를 발견하는 일은 그리 어렵지 않지요."

라울의 설명에 여자는 여전히 무반응이었다. 그러나 이번에는 어딘지 넋 놓고 몽상에 잠긴 기색이었다.

고대 로마의 포도라고는 했지만, 실은 염소나 지나다녔을 법한 보잘것없는 오솔길이었다. 힘겨운 비탈을 다 거슬러 올라가자, 협소한 평지가 나오면서 거의 버려진 것과 다름없는 마을의 모습이 나타났다. 표지판에 붙은 '쥐뱅'이라는 명칭이 오렐리의 눈길을 붙잡았다. 그런 다음 숲이 이어지는가 싶더니 느닷없이 쾌적한 평야지대가 펼쳐졌다. 그러고는 또다시 로마시대의 포도. 이번에는 빽빽하게 잡초가 우거진 경사지를 양쪽에 거느린 채 똑바른 오르막길을 형성하고 있었다. 그 어귀에서 라울은 자동차를 멈춰 세웠다. 오렐리는 갈수록 깊은 생각에 잠긴 눈치였고, 라울도 그녀에게서 눈을 떼지 못했다.

둘은 계단처럼 포개진 포석들을 밟고 올랐고, 마침내 세월의 풍파를 넘어 거의 상하지 않은 석벽이 좌우로 아득히 둘러쳐진 어느 둥그스름한 녹지에 이르렀는데, 잔디와 나무들이 상큼하게 어우러진 게 여간 매혹적인 곳이 아니었다. 큼직한 대문이 하나 있었고, 라울은 가지고 있던 열쇠로 지체 없이 그것을 열었다. 안쪽으로도 역시 오르막이 형성되어 있었다. 얼마간 걸어 정상에 이르자, 저 앞에 암벽이 둥글게 둘러쳐진 한가운데 마치 거울처럼 맑고 잔잔한 호수가 내다보였다.

그제야 오렐리는 처음으로 입을 열어, 그동안 머릿속에서 곱씹어온 깊은 생각들이 고스란히 느껴지는 질문을 내밀기 시작했다.

"한 가지 묻고 싶은 게 있는데요. 지금까지 이곳으로 나를 데려온 게 무슨 특별한 동기가 있어서인가요, 아니면 그저 우연히 오다 보니 예까지 이른 건가요?"

라울은 은근히 말을 돌렸다.

"경관이 약간 음산하지요? 하지만 험하면서도 어딘가 음울한 구석구석이 왠지 독특한 매력을 풍기고 있어요. 들리는 얘기로는 어느 관광객도 여기까지 다녀가지는 않는다고 하더군요. 그래도 보다시피 배도 탈수 있게 되어 있답니다."

라울은 쇠사슬 하나로 말뚝에 매여 있는 낡은 보트로 여자를 데려갔다. 여자는 손길이 이끄는 대로 아무 말 없이 배에 올랐고, 남자는 노를 잡았다. 배는 천천히 기슭을 떠났다.

수면의 청회색 빛깔은 저 푸른 창공보다는, 그 안의 쉬이 보이지 않는 어둑한 구름층을 담고 있는 듯했다. 노를 저을 때마다 그 끝에서는 마치 수은처럼 무거운 물방울들이 뒤채며 일었고, 그런 금속 같은 느낌의 물결 속을 미끄러지듯 나아가는 보트의 움직임이 놀라울 정도였다. 오렐리는 무심코 물속에 손끝을 담갔다가 소스라치며 뺐다. 그만큼 차갑고 기분 나쁜 느낌이었다.

갑자기 여자 입에서 한숨이 새어나왔다.

"아⋯⋯."

"네? 무슨 일입니까?"

라울이 묻자, 여자는 더듬대기만 했다.

"아, 아무것도⋯⋯ 글쎄요⋯⋯ 모를 일이네요⋯⋯."

"불안해 보입니다. 흥분한 것도 같고."

"네, 흥분한 거 맞아요. 뭔가 느낌이 오는데⋯⋯ 그게 참 놀라워요. 당혹스럽기도 하고. 마치⋯⋯."

"마치, 뭡니까?"

"뭐라고 말해야 할지⋯⋯ 마치 내가 전혀 다른 사람 같다는 생각이 들어요. 지금 내 앞에 있는 사람도 당신이 아닌 다른 사람 같고요. 내 말 이해하시겠어요?"

"네, 이해합니다."

라울의 입가에 은은한 미소가 번졌고, 여자는 얼른 중얼거렸다.

"아무 말하지 말아요. 왠지 괴로운 느낌인데, 결코 음미하고 싶지는 않은 기분이에요."

반경 500~600미터에 걸쳐 아스라이 펼쳐지는 암벽 깊숙이, 서늘한 그늘에 가려진 어느 좁다란 수로의 입구가 보였다. 둘은 그곳으로 배를 몰아갔고, 점점 더 검어지고 음산해지는 바위들 사이를 파고들었다. 오렐리는 웅크린 사자의 형상이라든가, 밀집 대형을 이룬 굴뚝들, 거대한 조각상과 기괴한 이무기돌 같은 괴상한 형상들로 굽어보는 기암괴석들을 겁먹은 눈초리로 올려다보았다.

그토록 기상천외한 수로의 중간쯤 이르렀을 때였다. 문득 약 한 시간 전쯤에 떠나왔던 바로 그 지역으로부터 어렴풋하게 들려오는 소음이 훅 불어닥치는 느낌이 들었다.

자세히 들어보니 성당의 종소리와 그보다 좀 더 가벼운 종소리들, 대성당의 파이프오르간에서 웅웅거리는 신성한 음악과 경쾌하고 흥겨운 곡조가 한데 뒤엉킨 채 어지러이 들려오고 있었다.

여자는 그 자리에서 휘청했다. 왜 그토록 불안하고 혼란스러웠는지 이제야 깨달은 모양이었다. 이른바 과거의 음성, 절대로 잊지 않기 위해 무슨 짓이든 가리지 않았던 저 수수께끼 같은 과거의 목소리가 지금 그녀 주위로 일제히 몰려드는 것이었다. 그 소리는 옛 화산의 용암과 뒤엉킨 화강암 암벽에 정신없이 부딪치며 묘한 반향음을 만들어냈다. 그것은 이 바위에서 저 바위로, 조각상과 이무기돌 모양의 기암괴석에 부닥치며 퍼져갔고, 단단한 수면 위를 미끄러지다가는 푸른 하늘로 솟구쳤다가 다시 포말처럼 심연으로 곤두박질쳤다. 그렇게 메아리는 저만치 환한 햇살이 반짝거리고 있는 협로의 맞은편 출구 쪽으로 도약에 재도약을 거듭하며 빠져나가고 있었다.

지난 기억으로 잔뜩 흥분한 오렐리는, 복받치는 감정의 소용돌이에 함몰되지 않으려고 긴장하며 애를 쓰고 있었다. 하지만 이미 기력은 바닥이 난 상태였다. 압도적인 과거의 잔영들이 그녀의 몸을 마치 휘어진 가지처럼 허물어지게 했고, 마침내 처량한 흐느낌 속에서 이런 중얼거림이 입가로 새어나왔다.

"오, 맙소사! 대체 당신은 누구신가요?"

이제 여자는 이 상상을 초월할 만큼 비범한 존재 앞에서 넋이 나갈 것 같은 기분이었다. 어린 시절부터 기억 속에 소중히 간직해오면서 어머니의 당부대로 사랑하게 될 그 누군가를 만나기 전까지 세상 어디에도 공개한 적이 없는 비밀. 그 영혼 속의 가장 은밀한 구석을 속속들이 읽고 있는 이 당혹스러울 정도로 놀라운 사나이 앞에서 오렐리는 더없이 약해지는 느낌이었다.

그렇게 허물어지며 자신을 내맡기는 듯한 여자의 태도에 무한한 매혹과 감동을 느끼면서 라울은 이렇게 말했다.

"그럼 정녕 내 생각이 틀리진 않은 건가요? 바로 이곳 맞아요?"

오렐리는 자그마한 소리로 속삭였다.

"네, 바로 이곳이에요. 이곳까지 오는 내내 이미 여러 가지 광경이 예전에 경험했던 것 같은 일들을 상기시켜주었어요. 길이며, 나무들이며, 경사지 사이로 뻗은 오르막길…… 그리고 이 호수, 암벽들, 이 차가운 물빛! 아, 무엇보다도 저 종소리들! 어쩜 그리도 옛날 그대로인지! 옛날에 어머니와 외할아버지, 그리고 어린 소녀에 불과했던 나를 맞이하며 흘러나왔던 바로 그 장소로 지금도 흘러나오고 있는 거예요. 지금처럼 그때도 우리 셋은 어둠침침한 그늘 속을 헤집으면서 나아가 저기 저 햇살 가득한 다른 쪽 출구로 다가가고 있었어요."

여자는 고개를 들어 저 앞을 바라보았다. 처음 배를 띄웠던 호수보다는 조금 작지만, 한층 더 깎아지른 암벽들에 에워싸여 더욱 때묻지 않고 고적한 분위기를 두른, 또 다른 호수가 처연히 펼쳐졌다.

지나간 기억이 하나하나 되살아나고 있었다. 여자는 어느새 그 기억의 편린들을 마치 친한 친구라도 되듯 라울한테 기대어 소곤소곤 속삭이고 있었다. 그러는 동안, 지금은 눈물이 그렁그렁한 눈으로 바라보고 있지만, 그 옛날에는 이 모든 색채와 형상 앞에서 그저 행복에 겨워 이리저리 두리번거리던 한 귀여운 소녀의 모습이 새록새록 환기되는 것이었다.

감정에 복받친 라울이 말했다.

"오, 마치 당신을 따라 당신의 삶 속으로 여행이라도 하는 기분이군요! 지금의 당신 기분 못지않게 나 역시 가슴이 두근거린답니다!"

여자는 계속해서 속삭였다.

"어머니는 지금 당신 자리에 앉아 있었고, 외할아버지는 맞은편 이 자리에 계셨어요. 난 엄마 손을 꼭 부둥켜안고 있었죠. 저길 봐요, 저기 바위틈에 혼자 서 있는 저 나무! 그때도 저러고 있었어요. 그리고 저 바위 위를 흐르는 풍성한 햇살! 이제 아까처럼 통로가 확 좁아질 거예요. 더 이상 통로가 이어지는 대신 호수 끄트머리가 보이는 거죠. 그러니까 애당초 호수 모양이 마치 크루아상 빵처럼 배배 꼬이면서 길쭉하게 늘어져 있는 셈이에요. 조만간 작은 모래톱이 나타날 거예요. 저기 보이네요. 좌측으로 암벽을 타고 내려오는 폭포가 있죠. 우측에 또 다른 폭포도 곧 나타날 거예요. 모래를 잘 좀 보세요. 마치 운모(雲母)처럼 반짝거리죠. 그다음 곧장 동굴이 하나 드러날 거예요. 네, 확실해요. 그 동굴 입구에는……."

"동굴 입구에는, 뭐죠?"

"어떤 남자가 우릴 기다리고 있었어요. 밤색 모직 작업복 차림에 잿빛 턱수염을 길게 기른 묘한 분위기의 남자였어요. 매우 덩치가 커서 여기서도 잘 보였지요. 이번에도 볼 수 있을지 모르겠네요."

"분명 그러리라고는 생각했지만……."

라울이 확고한 말투로 대꾸했다.

"참 놀라운 일이네요. 어쨌든 이제 거의 정오가 가까워옵니다. 우리 약속이 정오에 잡혀 있거든요."

12
불어나는 물

두 사람은 햇빛을 받아 운모처럼 반짝거리는 고운 모래사장에 배를 댔다. 좌우로 펼쳐진 암벽이 한가운데로 모이면서 아랫부분에 깊숙한 공동(空洞)이 자리했고, 그 위로 너른 판암이 지붕처럼 그늘을 드리웠다.

바로 그 지붕 아래에 소담한 탁자가 마련되어 있었고, 식탁보와 접시들, 우유와 과일류가 차려져 있었다.

접시들 중 하나에는 다음과 같은 글귀가 적힌 쪽지가 얹혀 있었다.

다스퇴 영감의 친구인 탈랑세 후작이 오렐리, 그대에게 인사합니다.

이제 곧 그가 나타날 것이며, 낮 동안밖에는 경의를 표하지 못하는 데 대해 양해를 구할 겁니다.

"나를 기다리고 있다는 거예요?"

오렐리가 눈을 휘둥그레 뜨고 묻자, 라울이 대답했다.

결정판 아르센 뤼팽 전집

"그렇소. 나흘 전에 그와 나는 이 일로 오랫동안 얘기를 나눈 바 있죠. 그래서 오늘 정오까지 이렇게 부랴부랴 당신을 데려온 겁니다."

여자는 주위를 두리번거렸다. 동굴 내벽에 이젤이 기대어 있고, 넉넉한 선반 위에는 데생용 도화지철과 각종 주형들 및 화구들, 그리고 낡은 옷가지들이 뒤죽박죽 쌓여 있었다. 저 안쪽 구석에 가로질러 매달려 있는 그물침대도 눈에 띄었다. 두 개의 큼직한 돌이 엇비스듬하게 가로놓여 있었는데, 부근이 까맣게 그을린 걸로 봐서 불 피우는 장소가 분명했다. 그 바로 위 암벽 틈새가 빠끔히 열린 게 굴뚝 구실을 하고 있는 게 틀림없었다.

"이곳에서 산다는 얘긴가요?"

오렐리는 의아한 듯 물었다.

"종종 그렇다는군요. 특히 이런 계절에는 더 그렇다죠. 다른 때는 쥐뱅 마을에 거주하는데, 내가 그를 찾아낸 곳도 바로 거기랍니다. 하지만 거기 살면서도 매일같이 이곳에 들르지요. 돌아가신 당신 외할아버지와 마찬가지로 그도 꽤나 괴이한 노인이랍니다. 대단한 학식도 갖춘데다, 비록 그림들은 형편없지만 다분히 예술가적인 기질을 갖추었죠. 마치 수도승처럼 혼자 살면서 사냥을 하고 나무를 하는가 하면, 가축을 치면서 사방 8킬로미터에 달하는 영지의 가난한 민중을 보살피고 있답니다. 그렇게 15년 동안을 오렐리, 당신만 기다리면서 말이죠."

"내가 성인이 되기를 기다린 거죠?"

"그렇습니다. 물론 친구인 다스퇴와의 의논을 거친 얘기지요. 그 점에 관해 실은 내가 많은 질문을 해보았습니다. 하지만 오로지 당신한테만 대답을 하겠다더군요. 하는 수 없이 당신이 살아온 생애와 특히 지난 몇 달간의 체험들을 얘기해주었죠. 그제야 그는 내가 반드시 당신을 데려온다는 약속하에 이곳 영지의 출입 열쇠를 건네준 겁니다. 당신을 다시 만난다는 생각에 뛸 듯이 기뻐하면서 말이죠."

"근데 왜 안 계신 거예요?"

탈랑세 후작이 당장 나타나지 않는다 해서 크게 걱정할 일도 아니었지만, 왠지 시간이 흐를수록 라울 역시 불안한 마음을 떨칠 수 없었다. 아무튼 그는 이처럼 묘한 상황과 특별한 장소에서 둘이 처음으로 함께하게 된 식사 내내, 여자의 마음을 안심시키기 위해 온갖 기지와 유머를 발휘하며 백방으로 애를 써야만 했다.

혹시 지나친 감정 표현으로 여자의 마음을 부담스럽게 하지 않을까 주의하면서도, 라울은 그녀가 매우 편안한 마음으로 자기와 함께 있다는 걸 피부로 느꼈다. 이 남자가 처음처럼 매몰차게 뿌리쳐야 할 상대는 결코 아니며, 그저 좋은 일만 있기를 바라주는 정다운 친구와도 같다는 걸 서서히 깨달아가는 모양이었다. 하긴 그동안 어디 한두 번 곤경에서 구해주었던가! 돌이켜보건대 오로지 이 남자에게만 희망을 걸었고, 이 미지의 남자한테 자신의 생명을 의존했으며, 이 사나이의 의지에 따라 행복이 구체화되는 경험을 어디 한두 번 했는가!

여자는 중얼거렸다.

"감사드리고 싶어요. 하지만 그 방법을 모르겠네요. 너무 신세를 많이 져서 도저히 갚을 수 있을 것 같지 않아요."

라울은 이렇게 대꾸했다.

"초록 눈동자의 아가씨, 그냥 웃으세요. 그리고 나를 바라보세요."

여자는 말 그대로 빙그레 웃으며 남자를 쳐다보았다.

"이젠 갚으셨습니다."

라울의 말이었다.

오후 2시 45분이 되자 성당 종소리와 대성당 파이프오르간 소리가 다시 들려왔고, 웅얼대는 메아리가 암벽 여기저기 부닥쳤다.

라울이 입을 열었다.

"이 지역에서는 누구나 잘 알고 있는 지극히 당연한 현상이랍니다. 북동풍, 그러니까 클레르몽페랑 쪽으로부터 바람이 불어올 때면, 지형적인 조건상 그쪽 방면에서 생성된 모든 소리들이 하나의 거대한 공기 흐름을 타고 산악 암벽들 사이사이의 길목을 따라 자연스레 호수까지 이르는 것이죠. 달리 어쩔 수 없는 겁니다. 거의 수학적인 원리에 입각한 현상이지요. 클레르몽페랑의 모든 성당 종소리와 대성당의 오르간 소리는, 마치 지금 이 순간 일제히 울어대는 것처럼 공기의 흐름에 실려 이곳에다 저들의 노랫소리를 풀어내는 겁니다."

여자가 고개를 가로저으며 말했다.

"아니에요. 그렇진 않을 거예요. 왠지 흡족한 설명이라고 할 순 없군요."

"그럼 달리 설명할 방법이라도 있다는 겁니까?

"진실을 그대로 보면 되죠."

"어떻게 말입니까?"

"내게 어린 시절의 기억을 떠올리게 하려고 당신이 일부러 종소리를 동원해온 거라는 얘기예요."

"내가 그렇게까지 할 수 있다고 생각하나요?"

"당신은 뭐든 할 수 있는 분이에요."

여자는 확신에 찬 목소리로 말했고, 라울은 내친김에 우스갯소리 비슷하게 슬쩍 흘렸다.

"하긴 모르는 것도 없는 편이죠. 지금으로부터 15년 전, 바로 이 시각에 당신은 이곳에서 잠을 자고 있었습니다."

"무슨 뜻이죠?"

"지금 보니 당신 눈꺼풀이 몰려오는 잠기운에 꽤 무거워 보이는데, 이 또한 15년 전의 경험이 이 자리에서 재현되기 때문이라는 얘깁니다."

여자는 굳이 남자의 생각을 거스르고 싶지 않아서인지 그물침대 위에 다소곳이 몸을 뉘었다.

라울은 잠시 동굴 입구 쪽으로 나가 두리번거렸다. 그는 시계를 한번 쓱 보더니 짜증스러운 몸짓을 취했다. 벌써 오후 3시 15분이 됐는데, 탈랑세 후작은 나타날 기미조차 보이지 않는 것이었다.

그는 속을 끓이면서도 이렇게 중얼거렸다.

"그래서? 그래서 뭐가 어쨌다는 거지? 이게 뭐 그리 중요한 사태인가?"

하지만 정말 중요한 사태이긴 했다. 그걸 라울은 잘 알고 있었다. 단한순간마저도 중요한 경우가 있는 법이다.

그는 동굴 안으로 돌아와 자신의 보호하에 곤히 잠들어 있는 여자를 물끄러미 내려다보았다. 다시금 말을 붙이고 싶었고, 이렇게까지 믿어줘서 오히려 감사하다는 말을 전하고 싶었다. 하지만 그럴 수가 없었다. 점점 불어가는 고민이 한계를 넘고 있었던 것이다.

라울은 한걸음에 모래사장을 가로질러 달려나갔다. 뱃머리가 기슭에 닿도록 정박시켜놓은 보트가 지금은 뭍에서 2~3미터 떨어져 두둥실 떠가고 있었다. 장대를 사용해 배를 도로 끌어온 다음 살펴보니, 호수를 건너 이리로 오는 동안에는 고작 몇 센티미터밖에 물이 고여 있지 않던 바닥에 지금은 30~40센티미터의 물이 고여 있었다.

'빌어먹을! 아까 배가 가라앉지 않은 게 기적이었군!'

어디가 문제인지 꼼꼼히 조사한 결과, 간단히 막아버리면 수리가 되는 보통의 물 스며드는 경로에는 아무 이상이 없는 반면, 판자 하나가 전체적으로 썩어 있었다. 그 판자는 최근 바로 그곳에 불과 못 네 개로 부착해놓은 자국을 선명하게 담고 있었다!

대체 누가 이래놨단 말인가? 맨 먼저 라울의 머릿속에 떠오른 사람은 탈랑세 후작이었다. 하지만 그 노인이 무슨 목적으로 이와 같은 일을 저질렀겠는가? 다스퇴의 절친한 친구로서 그 외손녀와의 기다리던 상봉을 앞두고 이런 불상사를 저지를 이유가 무엇이 있겠는가.

그럼에도 불구하고 한 가지 의문은 남았다. 도대체 배가 없는 상황에서 탈랑세 후작은 어떻게 이곳에 당도하겠다는 것인가? 어디를 통해서 오겠다는 건가? 이중으로 암벽이 돌출해서 주변 지역과 격리된 이곳 모래사장으로 달리 통하는 육로라도 있다는 얘긴가?

라울은 여기저기 조사를 시작했다. 왼쪽으로는 화강암 장벽에 두 개의 샘물까지 넘쳐흘러 어떤 출입구도 존재할 여지가 없었다. 반면 오른쪽, 호수에 거의 다다른 암벽 자락에는 모래사장이 끝날 즈음부터 한스무 개에 달하는 계단이 바위 틈새로 마련되어 있는 게 눈에 띄었다. 그로부터 시작된 일종의 자연적인 벼랑길이 암벽을 타고 이어져 있었는데, 워낙에 좁아서 이따금 옆면의 깎아지른 바위들에 매달리다시피 해야 지나갈 수 있을 정도였다.

라울은 그쪽을 한번 들러보기로 했다. 아래로 떨어지지 않기 위해서는 군데군데 박혀 있는 꺾쇠의 도움으로 몸을 지탱해야만 했다. 그럭저럭 도착한 위쪽 평지에서 보니, 호수를 빙 둘러서 오솔길이 이어지고 협곡 방향으로 빠지도록 되어 있었다. 주변에는 군데군데 바윗덩어리들이 자리를 잡은 푸른 경관이 널리 퍼져나갔다. 목동 둘이 저만치 가축들을 몰아 드넓은 영지를 에워싼 높다란 암벽지대를 향해 오르고 있었다. 하지만 탈랑세 후작의 훤칠한 모습은 그 어디에도 보이지 않았다.

라울은 한 시간 정도를 더 여기저기 쑤시다가 원위치로 돌아왔다. 그런데 막상 벼랑 아래에 거의 다 내려왔을 즈음, 가슴이 철렁하며 깨달은 건 그 한 시간 동안 호수의 수위가 점점 올라와 첫 계단을 완전히 삼킨 상태라는 사실이었다.

"거참 이상한 일이로군."

걱정스러운 목소리로 중얼거린 것을 오렐리가 듣고 달려나왔다. 그런데 어찌나 놀란 표정인지 라울은 다짜고짜 물었다.

"무슨 일이 있었어요?"

"무, 물요……."

여자는 제대로 말을 잇지 못해 더듬거렸다.

"물이 차오르잖아요! 아까는 저만치 물러나 있지 않았나요? 아무래도……."

"그러게 말입니다."

"왜 이런 일이 생긴 걸까요?"

"내 생각에는 종소리와 마찬가지로 지극히 자연적인 현상일 따름입니다."

그러고는 농담조로 내뱉었다.

"그러니까 이 호수에는 조수의 법칙이 실현되고 있다는 얘기지요. 보시다시피 간만의 변화가 번갈아 일어나고 있는 겁니다."

"그나저나 물이 불어나는 건 언제야 그치는 거죠?"

"한두 시간 안에 끝날 겁니다."

"그럼 동굴 절반 정도가 물에 잠길 거라는 말인가요?"

"그렇소. 혹시 저기 화강암 암벽에 검은색 자국이 최고 수위의 흔적을 표시하는 거라면, 아마도 이따금 동굴 전체가 침수되는 경우도 있나 봅니다."

라울의 목소리가 맥없이 잦아들었다. 방금 언급한 수위의 흔적 위로 거의 천장을 초과할 정도 높이에 또 다른 흔적이 눈에 띄었던 것이다.

그렇다면 과연 저건 무엇을 의미하는 흔적이란 말인가? 어느 시기에는 물이 저 천장까지 완전히 삼키기도 했다는 얘기인가? 어떤 예외적인 현상들이 벌어지고, 어떤 가공할 대변란이 일어나기에 이런 일이 가능하단 말인가?

라울은 즉시 몸가짐을 가다듬으며 생각했다.

'아니야! 말도 안 되는 얘기지. 이런 가정을 한다는 것 자체가 말이 안 돼. 대홍수라도 일어난다는 거야, 뭐야? 대체 그게 언제 적 일인데! 간만의 변화가 불어닥친다고? 나 스스로도 믿어지지 않는 망상일 뿐이지. 그저 우연히 벌어지다 말 일시적 이변일 수밖에 없어.'

글쎄, 뭐 그렇다고 치자. 하지만 그 일시적 현상이 대체 왜 일어난다는 말인가?

라울의 머릿속에선 이런저런 추론들이 자기도 모르는 사이에 꼬리를 물었다. 일단 탈랑세 후작이 아무 해명 없이 나타나지 않는 것에 대해 곰곰이 생각을 해보았다. 그러다 보니 혹시 그가 나타나지 않는 것과 지금처럼 뭔지 모를 위험이 있을 거라는 조짐 사이에 모종의 관계가 있는 건 아닐까 하는 생각이 들었다. 그러자 생각이 곧장 부서진 보트에 가 닿았다.

"왜 그러세요? 뭘 그리 생각하느냐고요?"

갑자기 오렐리가 물어와 정신이 번쩍 깬 듯 라울이 허겁지겁 말했다.

"맙소사! 아무래도 우리가 지금 이곳에서 시간만 낭비하고 있다는 생각이 들기 시작했어요. 당신 외할아버지의 친구분이 안 나타나니 우리가 그에게로 가는 게 낫겠습니다. 쥐뱅에 있는 그의 거처에서도 얼마든지 만남이 가능할 테니까요."

"하지만 여기서 어떻게 벗어나죠? 배가 못 쓰게 되어버린 것 같은데."

"저쪽 우측으로 길이 하나 있습니다. 여자에게는 좀 힘들지 모르지만 그래도 한번 시도해볼 만은 합니다. 일단 나한테 안겨서 완전히 몸을 맡기세요."

"왜요? 나도 그냥 걸으면 안 되나요?"

"나 혼자만 물에 들어가면 됩니다. 당신까지 몸을 적실 필요는 없어요."

사실 별 생각 없이 제안한 거였는데, 언뜻 보니 여자의 얼굴이 홍당무처럼 달아올랐다. 보쿠르에서 빠져나올 때처럼 이 남자의 품에 안긴다는 생각이 여간 난처한 게 아닌 모양이었다.

두 사람 다 머쓱한 나머지 아무 말도 하지 못했다.

그런데 호숫가에 서 있던 여자가 갑자기 물속에 손을 담그며 중얼거렸다.

"아, 안 되겠어요. 도저히…… 이 차가운 물은 견딜 수 없을 것 같군요. 도저히 못하겠어요."

여자는 다시 동굴 속으로 달려 들어갔고, 라울은 허겁지겁 그 뒤를 따라 들어갔다. 약 15분의 시간이 거저 흘러갔는데, 라울에게는 너무도 오랜 시간처럼 느껴졌다.

"제발 부탁입니다! 여기서 빠져나갑시다! 점점 상황이 악화되고 있단 말이에요!"

결국 라울이 간청하는 바람에 여자는 용기를 내 함께 동굴을 나왔다. 그런데 여자가 남자의 목에 팔을 감고 매달리려는 찰나, 뭔가가 피웅하며 바로 옆을 스치는가 싶더니 돌멩이 파편이 거칠게 튕겨 오르는 것이었다. 그러고 보니 멀리 어디선가 총소리가 들린 듯했다.

라울은 잽싸게 오렐리를 넘어뜨렸다. 곧이어 두 번째 총알이 날아왔고, 바위 조각이 또 튀었다. 단 한 번의 동작으로 라울은 여자를 휘감아 동굴 안쪽으로 밀어붙였고, 마치 당장이라도 총알이 날아온 방향으로 돌진하려는 것처럼 과감하게 뛰쳐나갔다.

"라울, 라울! 그러지 말아요! 당신을 죽일지도 몰라요!"

소리치면서 득달같이 따라나오는 여자를 라울은 다시 안전한 구석에 밀어 넣었다. 하지만 이번엔 여자도 쉽게 떨어지려 하지 않았다. 마냥 매달리고 막아섰다.

"제발 나가지 말아요."

"안 됩니다. 이러면 안 돼요. 뭔가 행동에 나서야 합니다."

"싫어요! 싫다고요!"

여자는 덜덜 떨리는 손으로 남자를 붙들었고, 불과 얼마 전까지만 해도 그에게 안기는 데 그토록 거부감을 표했던 것과는 판이하게, 도저히 뿌리치기 어려운 힘으로 남자의 목을 와락 끌어안았다.

"두려워하지 말아요."

마침내 라울이 부드럽게 타이르자, 여자는 나지막이 대꾸했다.

"두려운 건 없어요. 하지만 우린 같이 있어야만 해요. 우리 둘 다 똑같은 위험에 처해 있는 만큼 절대로 떨어져선 안 된단 말이에요."

"당신을 떠나지 않겠소. 당신 말이 옳아요."

그렇게 약속을 한 뒤, 라울은 그저 고개만 쭉 빼고 바깥을 내다보았다. 세 번째 총알이 매섭게 날아와 지붕 역할을 하는 판암에 구멍을 뚫었다.

두 사람은 꼼짝달싹 못하게 갇힌 꼴이 되고 말았다. 가만히 보니 두 명의 괴한이 사거리가 긴 장총을 휴대한 채 밖으로 나오려는 어떤 시도도 막고 있었다. 라울은 멀리 몽실몽실 피어오르는 연기를 통해 두 명의 저격수 위치를 가늠했다. 둘 사이의 거리는 그리 떨어지지 않았고, 모두 오른쪽 기슭의 협곡 위로 대략 250여 미터 거리에 자리를 잡고 있었다. 그곳은 정면으로 호수 전체의 규모를 시원하게 조망할 수 있는 위치였으며, 모래사장의 어느 구석이라도 마음만 먹으면 들쑤실 수 있고, 동굴 저 깊숙한 곳까지 총을 겨눌 수가 있었다. 말하자면 동굴은 완전히 저들의 시야에 개방된 꼴이었다. 다만 그중에서도 우측 후미진 구석에 틀어박혀 몸을 잔뜩 구부리고 있거나, 저 안쪽의 두 개의 돌덩어리로 이루어진 아궁이 바로 위, 지붕 끝자락으로 살짝 가려진 구석에 숨는다면 날아드는 총알을 겨우 피할 수 있을 것 같았다.

라울은 억지로 웃음을 터뜨렸다.

"하하. 거참 재미있게 되었어!"

난데없이 비어져 나오는 억지웃음에 오렐리는 오히려 흥분을 자제하고 마음을 가다듬었다. 잠시 후, 라울이 말을 이었다.

"우린 완전히 갇힌 꼴입니다. 조금이라도 꿈쩍하다가는 조준선에 걸리고 말 테니, 그야말로 독 안에 든 쥐라고나 할까요? 아무래도 철저한 계략에 걸린 것 같습니다."

"누구의 계략 말인가요?"

"실은 방금 전에는 그 늙은 후작을 생각했답니다. 하지만 아니에요. 이건 그의 소행일 가능성이 없습니다."

"그럼 대체 그는 어떻게 된 거죠?"

"물론 어딘가에 갇혀 있겠죠. 지금 우리를 이 지경으로 몰아넣은 놈들이 파놓은 함정에 고스란히 걸려들었을 겁니다."

"그렇다면?"

"요컨대 지금 우리는 피도 눈물도 기대하기 어려운 놈들을 상대하고 있다는 얘기지요. 즉, 조도와 기욤 앙시벨 말입니다."

라울의 입장에서는 사실 툭 털어놓는다는 기분으로 내뱉듯 말한 것이었다. 그렇게 하는 게 실제로 처한 위험의 정도에 대해 오렐리가 느낄 두려움을 오히려 덜어주는 길이라 생각했기 때문이다. 솔직히 조도

나 기욤 앙시벨이라는 이름이든 마구 날아오는 총탄세례든, 저들이 강력한 원군으로 삼고 있을 게 뻔한 이 슬금슬금 차오르는 물의 위협에 비하면 아무것도 아니었다.

"하지만 대체 왜들 저러는 거죠?"

"모든 게 다 보물 때문입니다."

확실히 못을 박은 라울은 오렐리를 상대로 하기보단 자기 자신한테 가장 그럴듯한 해명을 짚어본다는 심정으로 얘기를 풀어나갔다.

"내가 마레스칼을 무력화시키기는 했지만, 언젠가는 조도와 기욤도 직접 처치를 해야 할 거라고 생각은 하고 있었습니다. 그러던 중에 놈들이 먼저 선수를 치고 나온 셈이죠. 도대체 무슨 수를 썼는지는 몰라도 어쨌든 놈들은 내 계획을 훤히 꿰뚫고 있었고, 당신 외할아버지의 친구를 기습해서 가둔 다음, 그가 당신한테 전하려던 서류들을 강탈한 겁니다. 그래서 오늘 아침에는 완전히 준비가 끝난 것이죠. 아마 우리가 협곡을 배를 타고 빠져나가는 사이에 미리 처치하지 못한 이유는 주위 평야에 목동들이 돌아다니고 있었기 때문일 겁니다. 하긴 굳이 서두를 이유도 없었겠지요. 그 알량한 식탁 위의 쪽지에다 두 놈 중 하나가 제멋대로 끄적여놓은 글귀만 철석같이 믿은 우리가 덮어놓고 탈랑세 후작을 기다릴 게 뻔할 테니까 말입니다. 결국 이곳을 제2의 함정으로 삼은 것이죠. 우리가 수로를 다 빠져나오자마자 묵직한 수문이 닫혔을 테고, 그때부터 양쪽 폭포에서 물을 공급받는 호수의 수위가 차츰 높아지기 시작한 겁니다. 그래도 우리가 그 사실을 깨닫는 건 오후 4~5시 이전엔 불가능했죠. 그때쯤에는 목동들도 다들 마을로 돌아갈 때이고, 그러면 호숫가는 더없이 고즈넉한 장소가 되어 인간 사냥질을 하기에는 지극히 안성맞춤이 되는 셈입니다. 배는 가라앉고 총알세례가 모든 탈출 가능성을 차단한 상태라…… 드디어 이 라울 드 리메지 남작께서 저 천박한 마레스칼과 마찬가지로 처량한 꼴이 되고 말았다는 것 아닙니까!"

라울은 마치 자신에게 가해진 적의 술수를 그 누구보다 즐기는 사람처럼 이 모든 얘기를 무덤덤한 농담조에 담아 뱉어냈다. 오렐리는 하마터면 이 엉뚱한 넉살에 맞장구치며 웃고 싶은 마음이 들 뻔했다.

라울은 담배에 불을 붙인 뒤 불꽃이 타고 있는 성냥개비를 손가락 끝에 들고 쭉 내뻗었다.

아니나 다를까, 저 위 평지 쪽에서 두 발의 총성이 터져나왔다. 연이어 세 번째, 네 번째 총성이 들렸지만 그 어느 것도 명중된 것은 없었다.

그러는 사이, 물은 계속해서 빠른 속도로 불어났다. 모래사장의 가장자리까지 물이 잠식했고, 잔잔한 결을 이루면서 야금야금 평지를 삼키며 들어왔다. 조만간 동굴 입구가 물에 젖을 참이었다.

"아궁이를 겸한 두 개의 바위 위가 아무래도 더 안전하겠습니다."

라울과 오렐리는 얼른 그 위로 훌쩍 뛰어 올라갔다. 라울은 구석의 그물침대에 일단 여자부터 누인 뒤, 식탁 쪽으로 잽싸게 달려가 남은 음식물 일체를 식탁보로 쓸어 담고는 후닥닥 돌아와 화판 위에 올려놓았다. 순간 총알이 또 한 차례 날아들었다.

"한 발 늦었네! 자, 이제 더 이상 걱정할 게 없어졌습니다. 조금만 참고 기다리면 곧 나갈 수 있을 거예요. 무슨 계획이라도 있냐고요? 그야 일단 푹 쉬고 기운을 북돋는 게 우선이죠. 그러는 동안 밤이 찾아들 테고, 그러면 즉시 나는 당신을 어깨에 짊어진 채 암벽의 벼랑길로 향할 것입니다. 놈들이 기대는 힘은 바로 대낮의 이 밝은 빛이에요. 이 때문에 놈들이 우리 앞길을 막아설 수가 있는 거죠. 바꿔 말해, 어둠은 곧 우리에게 구원을 의미합니다."

"그건 그래요. 하지만 기다리는 사이에 물이 차오를 거예요. 주위가 충분히 어두워지려면 앞으로 한 시간은 족히 있어야 한다고요."

오렐리가 안달을 하며 말했다.

"그래봤자입니다. 고작해야 발만 적시는 대신 허리 정도 물에 잠기 겠죠."

사실 간단한 문제였다. 하지만 라울은 자신의 계획에 어떤 맹점들이 있는지 환히 알았다. 먼저 태양이 이제야 막 산등성이 너머로 모습을 감추었기 때문에 아직은 한 시간 반 내지 두 시간가량 더 어중간하게 밝은 분위기가 지속된다는 점이었다. 다른 하나는 벌써부터 놈들이 조금씩, 조금씩 접근해와서 벼랑길 쪽으로 위치를 잡아가고 있는 판국인데, 어떻게 여자를 들쳐 업고 거기까지 다가가서 활로를 뚫을 수 있을까 하는 것이었다.

오렐리는 무엇을 믿어야 할지 몰라 안절부절못했다. 자기도 모르는 사이에 그녀의 불안한 시선은 자꾸만 불어나는 물의 수위에만 고정된 채 수시로 으스스 몸서리를 치고 있었다. 반면 라울은 감탄스러울 만큼 침착한 태도였다.

"당신은 꼭 해내리라고 믿어요."

마침내 여자가 중얼거리자, 라울은 여전히 쾌활한 태도를 앞세우면서 말했다.

"잘 생각하신 겁니다! 신념을 가지세요."

"네, 그럴게요. 언젠가 당신이 그러셨죠, 기억하세요? 내 손금을 읽어주면서 앞으로 물을 무서워할 일이 있을 거라고 했었죠. 당신의 그 예언이 현실로 입증된 거예요. 하지만 이제 아무것도 두렵지 않아요. 그만큼 당신은 모든 걸 꿰뚫고, 무엇이든 해낼 수가 있으니까요. 당신은 기적을 행하는 사람이에요."

초록 눈동자의 아가씨

무조건 시원시원한 얘기를 통해서 어떻게든 여자의 마음을 안심시키려는 게 목적인 라울은 이렇게 화답했다.

"기적요? 천만에요. 기적은 아니죠. 난 그저 상황에 따라 사고하고 행동할 따름입니다. 아마도 당신의 어린 시절에 관해 일절 질문도 하지 않은 상태에서, 옛날 눈에 익은 이곳까지 데려왔다고 해서 나를 무슨 마법사쯤으로 보는 모양인데, 천만의 말씀입니다. 이 모든 건 그저 추론과 사색의 결실일 뿐이에요. 그렇다고 다른 사람들에 비해 당신에 대한 좀 더 정확한 정보를 가지고 있는 것도 아닙니다. 조도와 그 일당도 병에 관해서 알고 있고, 나와 똑같이 **청춘의 물**이라는 이름 아래 딸린 글귀를 읽은 입장입니다. 과연 그들은 거기서 어떤 단서를 얻어냈을까요? 아무것도 없습니다. 나로 말하자면 온갖 조사를 하고 다닌 결과, 그 글귀들이 단 한 줄만 빼놓고 모두가 오베르뉴의 주요 온천장 중 한 곳인 루아야의 수질 분석을 나타내고 있다는 걸 알아냈지요. 그래서 곧장 오베르뉴의 지도를 샅샅이 뒤졌고, 마침내 그 마을과 쥐뱅이라는 호수를 찾아낸 겁니다('쥐뱅(juvains)'은 '청춘(Jouvence)'을 의미하는 라틴어 '유벤티아(Juventia)'를 축약한 것이 분명하지요). 나는 계속해서 조사를 진행했습니다. 쥐뱅에서 한 시간가량 쏘다니며 이리저리 수소문을 했더니 바로 이 지방을 통틀어 카라바스 후작으로 통하는(카라바스(Carabas) 후작은 샤를 페로의 「장화 신은 고양이」에 등장하는 가난한 소년의 허울 좋은 호칭. 누구나 다 아는 유명인사이면서 사실은 보잘것없는 존재를 암시─옮긴이), 므슈 드 탈랑세라는 노인이 이 사건의 핵심과 무관하지 않다는 사실이 확인되더군요. 나는 곧장 그를 찾아가 당신이 보낸 사람이라며 나를 소개했답니다. 그가 얘기하더군요. 옛날에 당신이 한 번 이곳에 와서 머문 적이 있는데, 그때가 성모승천축일, 그러니까 8월 14일 일요일에서 15일 월요일에 걸쳐서였다는 겁니다. 결국 나 역시 그날에 맞춰 우리의 이 소풍 계획을 마련했던 것이죠. 풍향마저 때마침 옛날 그대로 북풍이니까 종소리가 실려오는 거야 당연한 거고요. 이상이 바로 당신이 기적이라 말하는 모든 상황의 전말이랍니다. 초록 눈동자의 아가씨."

하지만 이런 모든 얘기들도 불어가는 수위에만 쏠려 있는 여자의 정신을 흩뜨리기엔 역부족이었다. 잠시 후, 오렐리가 속삭였다.

"물이 불어나고 있어요. 자꾸 불어난다고요. 이미 아궁이도 삼키고, 당신 신발도 완전히 젖었어요."

라울은 두 개의 돌 중 하나를 들어 올려 다른 것 위에 포개어놓고, 그위로 올라서서 팔꿈치를 그물침대의 줄에 괸 채 여전히 무사태평한 태도를 견지했다. 아울러 여자한테 불안감을 줄 수 있는 침묵을 몰아내려는 듯 아무 얘기든 지껄여대기 시작했다. 물론 입으로는 안전하다는 얘기 일색이었지만, 저 깊은 마음속에서는 끔찍한 양상으로 옥죄어오는 위험한 현실에 대해 온갖 추론과 대책 마련에 몰두하는 것이었다.

대체 어떤 사태가 벌어진 것인가? 이 상황을 어떻게 대처해야만 하는가? 조도와 기욤이 벌인 일련의 공작 이후에 물이 불어나고 있는 것까지는 그렇다고 치자. 다만 두 악당놈들은 어디까지나 한참 옛 시절까지 거슬러 오르는 기존의 장치들을 활용한 것에 지나지 않는다. 그렇다면 어떤 비밀스러운 목적으로(사람의 갈 길을 막고 수장이나 시키려는 것과는 다른 목적이었겠지만), 수위를 높이는 방법을 개발한 사람들이 마찬가지로 수위를 낮추는 방법 또한 마련해두었을 것이 아니겠는가? 수문을 폐쇄해서 수위를 높이는 작업은 당연히 어떤 배수관을 통해 다시 물이 빠져나가게 해서, 상황에 따라 호수를 비우는 작업을 더불어 상정한 것이 아니겠는가! 그럼 그 배수관은 어디에 있을까? 어디에서 그 장치를 찾아내야 할까?

라울은 결코 가만히 앉아서 죽음을 기다리는 타입은 아니었다. 온갖 난관을 무릅쓰고 이대로 놈들에게 달려들 것인가도 생각해보았고, 아예 수문까지 헤엄이라도 쳐서 가볼까 하는 마음도 없진 않았다. 하지만 그러다가 만약 총이라도 한 방 맞거나, 물의 얼음장 같은 온도 때문에 사지가 마비된다면 오렐리는 어떻게 될 것인가?

이처럼 불안한 마음을 내비치지 않으려고 라울이 아무리 긴장을 해도, 오렐리는 상대의 미묘한 억양이나 말 중간중간의 어색한 침묵을 통해 심상치 않은 기운을 느낄 수밖에 없었다. 그녀는 마치 그런 기운을 참다 못해 울컥 터져나오는 것처럼 느닷없이 말했다.

"제발 솔직하게 대답해주세요! 차라리 속 시원하게 진실을 알고 싶단 말이에요! 더 이상 희망이 없는 거죠?"

"무슨 소리! 날이 저물기만 하면……."

"어느 세월에요. 게다가 밤이 온다 해도 우린 여길 벗어날 수가 없을 거예요."

"그건 또 왜죠?"

"모르겠어요. 왠지 그런 예감이 들어요. 당신도 이미 그걸 알고 있는 것 같고요."

라울은 단호한 어조로 대꾸했다.

"아니요. 그건 아닙니다. 물론 위협은 심각하지만 아직은 여유가 있어요. 우리가 단 한순간도 침착을 잃지만 않는다면 반드시 헤쳐나갈 수 있을 겁니다. 핵심은 거기 있어요. 생각에 생각을 거듭하고 끝까지 정신을 놓지 않는 겁니다. 그렇게 해서 모든 상황이 머릿속에 정리가 된다면 그때 행동에 나서도 늦지는 않는다는 거예요. 다만……."

"다만…… 이라뇨?"

"당신이 나를 좀 도와주어야 합니다. 모든 사정을 파악하기 위해서는 당신의 지난 기억이 통째로 필요해요."

라울의 목소리엔 잔뜩 힘이 들어가 있었다. 그는 들끓는 정열을 안으로 갈무리하며 얘기를 계속했다.

"네, 압니다. 당신이 사랑하게 될 사람 이외엔 어느 누구한테도 얘기를 하지 않으리라 어머니께 약속했다는 것, 다 알아요. 하지만 죽음이란 사랑보다도 더 말이 필요한 강력한 이유가 될 것입니다. 당신이 설사 나를 사랑하지 않는다 해도, 나는 아마 어머니께서 살아 계셨다면 딸을 위해 바라셨을 만큼 당신을 열렬히 사랑하고 있습니다. 당신한테 맹세를 하고서도 이런 얘기를 또 내뱉는 걸 용서하십시오. 하지만 더이상 입만 다물고 있다고 능사가 아닌 시기도 있는 겁니다. 당신을 사랑하오. 이런 데도 당신이 침묵으로 일관하는 건 곧 당신 자신의 파멸을 의미하기 때문에 나로선 용납할 수가 없습니다. 자, 어서 뭐라고 말 좀 해보세요. 불과 몇 마디 말을 가지고도 내 앞이 환하게 밝혀질 수 있을 겁니다!"

여자는 조심스레 중얼거렸다.

"그럼 먼저 물어보세요."

라울은 즉시 시작했다.

"당신 어머니와 이곳에 당도한 다음 어떤 일이 일어났습니까? 그때 어떤 광경들을 목격했나요? 사람들이 당신을 어디로 데려가던가요?"

여자는 확신에 찬 어조로 대답했다.

"아무 데도 데려가지 않았어요. 바로 여기, 이 그물침대에서 잠을 자고 있었어요. 네, 틀림없어요. 바로 오늘처럼 사람들이 내 주위에서 얘기를 나누고 있었죠. 남자 둘이 담배를 피워댔어요. 사실은 잊고 있던 일인데, 다시 생각난 거예요. 그때 그 담배 냄새와 병마개 따는 소리가 기억나요. 그리고…… 그리고…… 나는 잠이 깼고…… 뭘 먹으라고 했죠. 밖에는 햇살이 화창했어요."

"햇살이 말입니까?"

"네. 아마 도착한 다음 날이었을 거예요."

"지금 다음 날이라고 했나요? 확실해요? 바로 거기에 모든 문제가 들어 있습니다!"

"맞아요, 확실해요. 다음 날이 되어서야 잠에서 깼고, 밖에는 화창한 햇살이 내리쬐고 있었어요. 그런데 지금은…… 지금은 모든 게 달라진 것 같아요. 장소는 여기가 맞는데, 어딘지 다른 곳이라는 느낌이에요. 바위들은 알아보겠지만 그때와는 다른 위치에 있는 것 같아요."

"아니, 어떻게 말입니까? 바위들이 같은 장소에 있지 않다니?"

"네. 일단 지금처럼 물이 닿지 않았어요."

"물이 닿지 않았다면, 당신은 동굴 밖으로 나와 있었나요?"

"네, 이 동굴 밖으로 걸어나갔어요. 맞아요, 외할아버지는 우리를 앞서 저만치 걷고 계셨어요. 어머니는 내 손을 꼭 쥔 채 걸으셨고요. 발 아래가 미끄러웠어요. 주위는 가지각색의 건물들이 늘어서고…… 무슨 폐허 같은 건물들 말이에요. 그리고 또다시 종소리예요. 항상 귀에 아른거리는 똑같은 종소리 말이에요."

"바로 그겁니다. 바로 그거라고요."

라울은 갑자기 이를 악문 채 중얼거렸다.

"내가 예상했던 것과 모든 게 일치합니다. 더 이상 긴가민가할 필요 없겠어요."

문득 무거운 침묵이 두 사람을 내리덮었다. 철썩이는 물소리가 을씨 년스럽게 들렸다. 이제는 탁자와 이젤, 책과 걸상들까지 물에 둥둥 떠 있었다.

라울은 그물침대의 끄트머리에 앉은 채 화강암 지붕 아래로 몸을 웅 크리고 있어야 했다.

밖에는 어둠의 그림자가 희미해지는 여명 속으로 스며들었다. 하지만 제아무리 컴컴한 어둠이라 해도 무슨 소용이 있겠는가? 어느 쪽으로 행동에 나서야 할지가 오리무중인걸.

라울은 악착같이 생각을 쥐어짜면서 해결책을 찾아보려고 발버둥쳤다. 한편 오렐리는 반쯤 몸을 일으킨 채 그윽하고 애정 어린 눈빛으로 상대를 바라보고 있었다. 그뿐만 아니라, 남자의 손을 살며시 붙잡고 고개를 숙여 그 위에 입을 맞추는 것이었다.

"세, 세상에! 지, 지금 뭐하는 겁니까?"

라울이 혼비백산하여 외치자, 여자가 가만히 중얼거렸다.

"당신을 사랑해요."

초록빛 눈동자가 사방의 어스름 속에서 반짝거렸다. 여자의 심장박동 소리가 들리는 가운데, 라울은 세상 더없는 환희에 사로잡혔다.

초록 눈동자의 아가씨

여자는 남자의 목에 팔을 두르면서 다시금 부드럽게 입을 열었다.

"당신을 사랑합니다. 아시겠어요, 라울? 바로 그것이야말로 나의 가장 중대하고 유일한 비밀이랍니다. 다른 나머지 것엔 관심 없어요. 하지만 이건 내 전 인생이나 마찬가지예요! 영혼 그 자체이지요! 실은 당신을 알기 이전부터 사랑했답니다. 심지어 전혀 본 적도 없는데 말이에요. 당신을 사랑하게 된 게 어둠 속에서였기 때문에 아마도 당신을 혐오하기도 했던 것 같아요. 그래요, 내가 부끄러웠던 겁니다. 보쿠르 도로 중간에서 당신이 내 입술을 훔쳤죠. 그때 낯설고 두려우면서 뭔가 강렬한 게 느껴졌어요. 그 혹독한 밤중에 전혀 알지도 못하는 사람으로 인해 그토록 강렬한 희열과 행복감을 느낄 수 있다니! 이미 내가 당신 여자가 되어버렸다는 사실에 대해 존재의 깊숙한 곳에까지 감미로우면서도 거북스러운 기분이 느껴지는 것이었어요. 당신이 맘만 먹으면 얼마든지 나를 노예처럼 만들어버릴 수 있다는 사실에 대해서 말이에요. 그때 내가 당신에게서 도망친 것은 미워서가 아니라 바로 그런 이유에서였어요, 라울. 너무도 사랑했기에 오히려 두려웠던 것이죠. 나는 그런 나의 상태가 여간 혼란스러운 게 아니었답니다. 결코 당신을 다시 보고 싶지 않았으면서도, 또한 언제나 당신과 다시 만나는 생각만 하는 거예요. 그 끔찍한 밤과 이후의 혹독한 시련을 끝끝내 참아낼 수 있었던 건 오로지 당신 덕분이었어요. 항상 나한테 외면당하면서도 위험의 순간이면 어김없이 나타나주는 당신 말이에요. 때로는 온 힘을 다해 원망하기도 했어요. 특히 내가 당신한테 속해 있다는 걸 느낄 때마다요. 아, 라울…… 라울…… 나를 꼭 안아줘요. 라울…… 당신을 사랑해요."

라울은 가슴 저린 열정을 다해 여자를 부둥켜안았다. 사실 그는 첫 키스의 열정이 타올랐을 때부터 이미 이 사랑을 한순간도 의심해본 적이 없었다. 매번 자기와 재회할 때마다 질겁을 하는 여자의 모습을 바라보면서도 그는 그 이면에 존재하는 진짜 이유를 훤히 들여다보고 있었던 것이다. 하지만 지금 스스로가 느끼는 행복감은 다소 걱정이었다. 여자의 감미로운 밀어와 신선한 숨결의 애무가 사내의 정신을 몽롱하게 하고 있었다. 싸움을 앞둔 불굴의 의지가 자기도 모르는 사이에 맥없이 빠져나가는 느낌마저 들었다. 여자는 라울의 변화를 직감적으로 깨닫고는, 더더욱 자기 쪽으로 바싹 끌어당기며 말했다.

"그만 포기해요, 라울. 어쩔 수 없는 일은 그대로 받아들이자고요. 당신과 함께 맞이하는 죽음이라면 하나도 두렵지 않아요. 다만 당신 품에 안긴 채 죽음을 맞이하고 싶어요. 서로 입술을 포갠 채 말이에요. 라울…… 더 이상 삶은 우리에게 행복을 가져다주지 못할 거예요."

여자의 두 팔이 마치 한번 걸면 떼어낼 수 없는 목걸이처럼 감겨왔다. 그리고 점점 가까이 여자의 얼굴이 다가들었다.

하지만 라울은 분명 버티고 있었다. 이렇게 모든 걸 맡기는 입술에 키스를 한다는 것은 곧 패배를 인정한다는 것이요, 방금 말한 것처럼 '어쩔 수 없는 일' 앞에 무릎을 꿇는 걸 의미했다. 라울은 그러고 싶지 않았다. 천성적으로, 기질적으로 그는 그러한 나약함과는 상극이었다. 그러나 오렐리는 라울의 맥을 풀리게 하고 허약한 생각을 품게 만드는 말들을 여전히 애원조로 속삭였다.

"당신을 사랑해요. 불가피한 일을 거스르지 말아요. 당신을 사랑해, 사랑해요……."

마침내 둘의 입술이 서로 포개어졌다. 삶의 모든 열기와 죽음의 지독한 희열이 한꺼번에 느껴지는 입맞춤을 라울은 흠뻑 맛보았다. 두 사람이 그렇게 멍멍한 애무 속에 나른하게 퍼져 있는 동안, 밤은 훨씬 빠른 속도로 사위를 휘감았고 물은 여전히 불어만 갔다.

마침내 라울은 일시적인 혼미를 거칠게 떨쳐버렸다. 이 매력적인 존재, 수차례에 걸쳐 자신이 손수 구해준 이 소중한 여인이 차가운 물에 잠겨, 숨이 막히고, 결국 죽어갈 거라는 생각이 온몸을 소스라치게 만들면서 정신을 후닥닥 일깨운 것이었다.

"아니야, 이건 아니야! 결코 그렇게 되어서는 안 돼! 당신이 죽는다고? 절대 안 될 말이야, 그런 불상사는 어떻게든 막아야지!"

여자는 막 떨치고 일어서려는 남자를 붙잡고 싶었다. 그녀는 처량한 목소리로 애원하기 시작했다.

"제발요! 제발…… 대체 무슨 짓을 하려는 거예요?"

"당신을 구하려는 거야. 나도 마찬가지고."

"너무 늦었어요!"

"너무 늦었다고? 하지만 이렇게 밤이 왔잖아! 당신의 그 아름다운 눈망울도 더는 보이지가 않아. 입술도 마찬가지고. 드디어 행동에 나서야 할 때가 된 거야!"

"하지만 어떻게요?"

"난들 어찌 알겠소. 좌우간 뭔가 행동에 나선다는 것뿐! 게다가 몇 가지 확신 가는 점도 있으니까. 닫힌 수문 때문에 벌어지는 결과를 적절한 때에 얼마간 조절할 수 있는 방법이 반드시 있을 거요. 수량의 유출을 빠르게 하는 방수판(放水板)이라도 어딘가에 반드시 있을 거라고. 그걸 찾아내야 하는데……."

오렐리는 전혀 듣지도 않고 한숨부터 내쉬었다.

"오, 제발…… 이렇게 무서운 밤에 나만 혼자 남겨놓겠다고요? 아, 무서워요, 라울!"

"그러지 말아요. 죽는 게 두렵지 않으니 사는 것 역시 무서워할 것 없어요. 그것도 길어야 두어 시간뿐이오. 두 시간 안에 물이 당신 몸에 닿는 일은 없을 것이오. 그때면 이미 내가 와 있을 테니까. 약속하오, 오렐리. 무슨 일이 있어도 나는 다시 당신 곁으로 돌아와. 이제는 살았다는 얘기를 해주든지…… 아니면 당신과 함께 죽기 위해서라도 반드시 돌아올 것이오."

라울은 야무진 손길로 여자의 간절한 포옹을 조금씩 떼어냈다. 그는 여자를 내려다보면서 열정적으로 말했다.

"아, 내 사랑. 믿음을 가져요! 내가 한번 나서면 결코 실패란 없다는 것 당신도 잘 알잖아. 성과가 얻어지는 즉시 신호를 해서 당신한테 알려주겠어. 휘파람을 두 번 불거나 총을 두 차례 쏘거나 말이야. 아무튼 차가운 물에 몸이 얼어버리는 한이 있더라도 무조건 내가 돌아와 구해줄 거라 믿어야 해요."

여자는 허물어지듯 그 자리에 쓰러졌다.

"정 그렇게 원하면 가세요."

"그럼 더는 무서워하지 않는 거지?"

"네, 당신이 그러지 않기를 원하니까요."

라울은 재킷과 조끼, 그리고 신발까지 벗어던졌다. 마지막으로 시계를 한 차례 째려본 뒤 목에다가 단단히 붙들어 매고는 어둠 속으로 훌쩍 뛰어들었다.

바깥은 캄캄한 암흑 천지였고, 라울에게는 어떤 무기도 단서도 없는 상태였다.

저녁 8시였다.

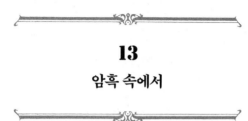

13
암흑 속에서

첫 느낌은 정말 끔찍하다는 것이었다. 별 하나 없고, 두터운 안개층에 휩싸인 무거운 밤공기가 눈에 보이지도 않는 호수의 수면과 윤곽을 알아볼 수 없는 벼랑을 요지부동으로 내리누르고 있었다. 눈을 부라리며 둘러보아도 장님이나 다를 바 없었다. 귀에 들려오는 것도 막막한 적막뿐이었다. 이제는 폭포 소리마저 들리지 않았다. 호수 안으로 이미 잠식되어버린 것이었다. 그저 깊이를 알 수 없는 심연을 헤쳐가면서 목표를 향해 나아가야만 하는 상황이었다.

방수판이라고? 사실은 단 한순간도 그런 건 생각해본 적도 없었다. 그런 것을 찾아 나서느라 이런 죽음의 게임에 뛰어든다는 발상 자체가 미친 짓이나 다름없었다. 그렇다, 라울이 동굴 밖으로 나선 건 방수판을 찾기 위해서가 아니라 두 명의 악당과 조우해보겠다는 뜻이었다. 그러나 한 치의 빈틈없이 꼭꼭 숨어 있는 저들은 라울과 같은 강적을 상대로 노골적인 공세에 나서기가 버거웠던지, 총과 초긴장의 정신 상태

결정판 아르센 뤼팽 전집

로 무장한 채 어둠 속에서 단 한 발짝도 벗어나지 않고 있었다. 그러니 저놈들을 어디 가서 어떻게 찾는단 말인가?

모래톱의 상층부에서부터 얼음장 같은 물이 이미 가슴까지 차올라 고통스러운 냉기로 휩싸는 바람에 도저히 수문이 있는 곳까지 헤엄쳐 갈 엄두가 나지 않았다. 장치가 어디 붙어 있는지도 모르는 상황에서 무슨 수로 수문을 작동시킬지 아득하기만 했다.

라울은 우선 벼랑 옆구리를 더듬어갔고, 물에 잠긴 계단에 이르렀다. 거기서부터는 암벽에 붙은 벼랑길을 타고 어렵게, 어렵게 오르기 시작 했다. 그러다가 어느 한순간 문득 걸음을 멈추었다. 안개를 뚫고 멀리 서 웬 불빛 하나가 희미하게 보이는 것이 아닌가!

대체 저기가 어디쯤일까? 정확히 가늠하기는 불가능했다. 호수 위일 까? 아니면 벼랑 꼭대기? 어쨌든 불빛은 정면으로 내다보였고, 결국 협 곡 어귀, 즉 악당놈들이 숨어서 총을 쏴대던 바로 그 언저리에서 빛을 발하고 있는 게 틀림없어 보였다. 가만히 보니 그 불빛의 위치는 동굴 로부터는 보이지 않았다. 그건 곧 놈들의 조심성이 어느 정도인지, 놈 들이 얼마나 집요하게 도사리고 있는지를 말해주는 증거였다.

라울은 잠시 망설였다. 과연 계속해서 육로를 고집해야 할 것인가? 저 소중한 불빛을 시야에서 놓칠 걸 각오하면서까지 바위 위로 기어올 랐다가 움푹한 고개로 파고들어 벼랑의 굽이굽이를 일일이 거쳐야 할 것인가? 라울은 화강암으로 된 무덤 같은 무시무시한 동굴 속에 갇혀 있다시피 한 오렐리만을 생각하면서 결단을 내렸다. 그는 벼랑길을 후 닥닥 돌아내려 오다가 순간적으로 날렵하게 도약을 해서 차가운 수면 위로 뛰어들었다.

숨이 막히는 것 같았다. 엄청난 냉기가 한꺼번에 몰아오는 고통이 도 저히 오래 견딜 수 있을 것 같지 않았다. 헤엄쳐 나아가야 할 거리가 모두 200~250여 미터 남짓이지만, 지금 당장이라도 포기해야만 할 것 같았다. 그만큼 이곳에서 수영을 한다는 것은 인간의 한계를 넘는 일처럼 느껴졌다. 하지만 오렐리에 대한 생각은 그의 뇌리를 떠나지 않았다. 저만치 냉혹한 동굴의 아치 아래 그녀의 모습이 끊임없이 어른거리는 듯했다. 불어나는 물의 가혹한 움직임은 멈추거나 늦춰질 기미가 전혀 아니었다. 오렐리는 악마 같은 물의 철썩임과 그 차가운 냉기를 지금 이 순간도 고스란히 느끼고 있을 것이다. 아, 얼마나 끔찍한 기분일까?

라울은 안간힘을 썼다. 멀리 보이는 어렴풋한 불빛이 그에게는 행운의 별빛처럼 여겨졌다. 온갖 어둠의 사악한 정령들한테 공격을 받아 그마저 훅 하고 꺼질까 봐 전전긍긍하는 것처럼, 라울은 눈을 부릅뜨고 그 불빛만을 바라보았다. 그러나 따지고 보면 저 불빛은, 또한 조도와 기욤이 매복한 채 이쪽 호수로부터 있을지도 모를 반격의 통로를 바짝 긴장한 눈길로 샅샅이 훑고 있다는 의미도 되는 것이 아닐까?

어쨌든 서서히 다가가면서부터는 근육의 활동 때문인지 몸 상태가 괜찮게 느껴지는 부분도 없지 않았다. 라울은 조용하고 시원시원하게 평영으로 헤엄쳐 나아갔다. 거울 같은 수면 위에 비친 별빛은 평소보다 두 배는 되어 보였다.

그는 빛을 받아 환한 수면을 얼른 벗어나 옆으로 나아갔다. 언뜻 판단하기로는 놈들이 둥지를 튼 위치가 협곡 어귀에 불쑥 돌출한 바위 어딘가쯤으로 보였다. 마침내 협곡의 암벽에 다다랐고, 곧이어 자잘한 자갈들로 이루어진 기슭에 올라설 수 있었다.

그 순간, 머리 위 좌측 방향으로부터 사람 목소리가 중얼거리는 게 귓가에 흘러 들어왔다.

도대체 조도와 기욤이 있는 곳으로부터 어느 정도 거리가 떨어져 있는 걸까? 과연 뛰어넘어야 할 장애들은 어떤 모습들로 도사리고 있는

결정판 아르센 뤼팽 전집

걸까? 깎아지른 장벽이 나타날까, 아니면 웬만큼 기어오를 수 있는 비탈이 기다리고 있을까? 아무런 단서도 없었다. 일단은 되는대로 전진하는 수밖에.

라울은 손에 한 아름 마른 자갈들을 쥐고, 얼얼한 몸과 다리를 마사지하기 시작했다. 그러고 나서 젖은 옷을 힘껏 짠 다음 다시 걸쳤다. 금세 원기를 되찾은 기분으로 그는 걸음을 내디뎠다.

알고 보니 앞을 가로막는 건 급격한 장벽도, 기어오를 비탈도 아니었다. 거대한 건축물의 토대처럼 겹겹이 포개진 암반층이었다. 가까스로 기어오를 수는 있었지만, 얼마나 고난도의 기계체조 실력과 근력, 과감성이 필요했던지! 악착같이 손가락으로 그러쥔 돌 틈마다 자갈들이 빠져나와 쏟아져 내렸고, 식물 뿌리들이 뽑혀나오는 가운데, 저 위쪽에서 들려오는 사람 목소리는 점점 선명해져가고 있었다.

만약 사방이 환했다면 결코 이런 무모한 시도를 하지는 못했을 것이다. 오로지 시계의 똑딱거리는 초침 소리만이 거부할 수 없는 위력으로 그를 몰아세울 따름이었다. 귓가를 두드리는 째깍대는 기계음이야말로 매 순간 오렐리의 목숨이 잦아들고 있다는 신호나 다름없었다. 그러니 반드시 성공해야만 했고, 결국에는 성공했다. 갑자기 앞길을 어렵게 하던 장애가 사라진 것이었다. 마지막 층은 부드러운 잔디가 차지하고 있었다. 어둠 속에서 희미한 불빛이 마치 희부연 구름 한 점처럼 떠 있었다.

눈앞에는 약간 움푹 들어간 지반 한가운데 반쯤 허물어진 오두막 한 채가 자리 잡았고, 나무줄기에 부연 등불이 매달려 있었다.

맞은편 둔덕 끄트머리쯤에는 두 남자가 그에게 등을 돌린 채 호수를 향해 장총과 권총을 들이대고 엎드려 있었다. 그 옆에는 또 다른 전등이 설치되어 있었는데, 라울을 예까지 인도해준 바로 그 불빛이었다.

초록 눈동자의 아가씨

언뜻 시계를 본 그는 부르르 몸서리를 쳤다. 헤엄쳐서 여기까지 오는 데 무려 50분이라는 시간이 소요된 것이었다. 생각보다 훨씬 오래 걸린 셈이다.

라울은 속으로 중얼거렸다.

'물이 불어나는 걸 중단시킬 시간은 앞으로 많아야 30여 분이야. 그 시간 안에 조도에게서 방수판의 요령을 확보하지 못한다면, 약속한 대로 오렐리한테 돌아가 함께 죽는 거야.'

그는 키 큰 잡초들 속에 숨어서 오두막 쪽으로 기어갔다. 이제 약 10여 미터 전방에 조도와 기욤이, 목소리는 훤히 들리지만 무슨 말인지는 한마디도 알아들을 수 없는 정도로 얘기를 나누고 있었다. 이제 어떻게 해야 하나?

사실 라울은 이곳까지 오면서 무슨 구체적인 계획이 있었던 건 아니었다. 그저 상황에 따라 적절하게 움직일 심산이었다. 무기를 가진 것도 아니었기에 굳이 먼저 싸움을 벌이는 건 그만큼 위험했다. 아울러 설사 싸움을 벌여 이긴다 해도, 강압과 협박이라는 수단을 통해 조도 같은 상대의 입을 순순히 열게 해서 패배를 시인하게 하고, 힘겹게 터득한 수량 조절의 요령을 털어놓게 할 수 있을지는 의문이었다.

따라서 극도의 조심성을 기하며 그는 한마디 단서라도 얻어들을 수 있지 않을까 하는 희망을 갖고 계속해서 기어갔다. 2미터 다가갔다가, 그다음 3미터로…… 그 자신조차 기어가면서 땅을 스치는 소리마저 미처 깨닫지 못하는 와중에 드디어 대화 내용이 어느 정도 감을 잡을 수 있는 지점까지 당도했다.

조도는 이렇게 말하고 있었다.

"어허, 그만 안달하라니까! 우리가 수문에 내려갔을 때 이미 수위가 다섯 단계까지 올라가 있었네. 그 정도면 동굴의 천장과 맞먹는 높이

결정판 아르센 뤼팽 전집

야. 도저히 빠져나올 방법이 없었을 테니 저들은 이미 깨끗하게 처리된 거나 다름없어. 2 더하기 2가 4인 것처럼 당연하고 확실한 얘기지."

"그래도 동굴에 좀 더 가까이 자리를 잡고 보다 샅샅이 살펴야 했어요!"

기욤이 발끈하자, 조도가 퉁명스레 반문했다.

"그렇게 잘 알면 자네가 나서서 하지 그랬나?"

"나야 아직 한쪽 팔이 뻣뻣하지 않소! 이렇게 사격을 하는 것도 나한테는 버거운 일이란 말이오!"

"그게 아니라 바로 그놈을 두려워하기 때문이겠지."

"그건 당신도 마찬가지야, 조도."

"쳇, 아니라고는 말 안 하겠어. 나 역시 가만히 앉아 총이나 쏘는 게 더 나아. 물을 이용한 공략도 탈랑세 노인한테서 낡은 노트를 챙겼기 때문에 가능했던 것이지."

"오, 조도! 제발 그 이름만큼은 입에 담지 말아요."

기욤의 목소리가 갑자기 잦아들었고, 조도는 끝내 빈정거렸다.

"저런 겁쟁이 봤나!"

"생각해보시오, 조도. 내가 병원에 돌아왔을 때 우릴 찾아온 당신한테 어머니가 한 말이 있어요. '당신이 정말 그놈의 빌어먹을 리메지가 오렐리를 어디다 숨겨놓았는지 알고 있고, 그를 감시하기만 하는 걸로도 보물이 있는 곳을 찾게 될 거라 주장한다면, 좋소이다. 내 아들이 당신을 돕는 것도 괜찮겠죠. 하지만 살인은 안 됩니다! 알겠죠? 절대로 피를 보아서는 안 돼요.'"

"아직 한 방울도 흘린 적은 없어."

조도는 무척이나 비아냥대는 투로 말했다.

"그거야 그렇죠. 그만하면 내가 뭘 말하려고 하는지 알 거요. 그 딱한 친구한테 무슨 일이 벌어졌는지도 잘 알 테고 말이오. 어쨌든 사람이 죽어 나간다면 살인사건으로 또 시끄러워질 테고. 과연 리메지와 오렐리의 신상에 살인이 일어나지 않을 거라고 장담할 수 있겠소?"

"도대체가…… 그럼 이 모든 일을 내팽개쳤어야 옳았단 말인가? 리메지 같은 인물이 정녕 자네한테 순순히 양보를 할 거라 생각하는 건가? 자네의 그 아름다운 눈빛 하나 때문에? 그렇지 않아도 얼마나 지독한 녀석인지는 자네도 잘 알고 있을 거야. 팔 하나를 분질러놓았으니까. 그러니 앞으로 머리까지 부숴놓지 말라는 법이 없지 않은가? 그자인지 우리인지 선택을 할 수밖에 없는 상황이라고."

"하지만 오렐리는?"

"이미 두 사람은 같은 배를 탄 처지야. 한 명을 건드리면 다른 한 명도 다치게 되어 있지."

"가엾은 여자."

"그게 뭐가 어때서? 도대체 보물을 원하는 거야, 아니야? 그저 우두커니 앉아 파이프만 피운다고 그 정도 물건이 굴러 들어오지는 않아."

"하지만……."

"후작의 유언장을 보지 못했는가? 오렐리가 쥐뱅의 영지 전체를 상속받기로 되어 있잖은가. 그래, 자네라면 어찌할 것 같은가? 그녀와 결혼한다? 한데 결혼이 성립하려면 어디까지나 남녀 둘부터 죽이 맞아야 할 텐데, 내 생각에 우리 기욤 선생께서는……."

"그럼 대체 어쩌자는 겁니까?"

"이보게, 애송이. 앞으로 일은 이렇게 진행될 것이야. 내일이면 쥐뱅의 호수는 더도 덜도 말고 이전과 똑같은 상태로 돌아갈 것이네. 그리고 모레가 되어서야 목동들은 다시 벼랑 위 목초지로 돌아올 것이야. 후작이 그 전에는 출입을 금지했거든. 그리고는 협곡의 맨 아래에 후작이 추락사한 모습을 발견하게 될 거야. 물론 누군가의 손이 돕는답시고 그를 살짝 밀어 떨어뜨렸다는 건 그 누구도 눈치채지 못할 테고. 그렇게 되면 상속재산이 공중에 붕 뜨는 셈이지. 유인장은 내 수중에 있으니 없는 거나 다름없고, 상속자 역시 전혀 가족이 없으니 존재하지 않는 셈이지. 결국에는 국가가 나서서 영지를 법적으로 접수하게 되는 거야. 그리고 6개월 후에는 경매에 부쳐질 것이고, 그때 우리가 사들이는 거라네."

"돈이 있어야죠?"

기욤의 질문에 조도는 음흉한 어조로 대답했다.

"6개월이라는 여유면 충분히 구할 수 있어. 더군다나 잘 모르는 사람한테 이 영지가 얼마나 값어치가 나가겠는가?"

"하지만 추적은 어떻게 따돌리려고요?"

"추적이라니, 누굴 추적한단 말인가?"

"그야 우리죠."

"무슨 이유로?"

"리메지와 오렐리 때문이죠."

"리메지와 오렐리라고? 물에 빠져 죽고 어디론가 사라져 흔적도 찾을 수 없을 텐데?"

"찾을 수가 없다뇨? 동굴 속에 고스란히 있을 텐데."

"천만에! 왜냐하면 내일 아침에 우리가 그리로 가서 각각 다리에 큼직한 돌을 두어 개씩 매달아 호수 밑바닥으로 가라앉혀버릴 테니까. 쥐도 새도 모르게 사라지는 거지."

"리메지가 타고 온 자동차는요?"

"오후에는 그걸 타고 내뺄 거야. 그들이 이쪽에 왔다는 걸 아무도 모르도록 말이야. 사람들은 또다시 고 맹랑한 계집이 애인의 손에 이끌려 요양소마저도 훌쩍 떠나 어디론가 정처 없는 여행길에 올랐다고 생각할 거야. 이상이 바로 내가 마련한 계획이지. 자, 어떻게 생각하나?"

그때였다. 웬 목소리 하나가 근처에서 불쑥 튀어나왔다.

"거참, 훌륭합니다요, 이 불한당 같은 놈아! 다만 딱 하나 흠이 있어."

둘은 일제히 혼비백산해서 뒤를 돌아보았다. 한 남자가 웅크리고 앉아 거듭 내뱉고 있었다.

"아주 중대한 흠이 하나 있어. 지금의 그 알량한 계획은 모든 걸 기정사실화하고 나서 마련된 거란 말이지. 하지만 동굴 속의 신사숙녀께서 만약 도망쳐버렸다면 이제 어떻게 되는 거지?"

두 사내의 손은 더듬더듬 장총과 브라우닝 권총을 찾아 헤매고 있었지만, 어찌 된 일인지 도무지 손에 잡히지가 않았다.

그걸 보고 한껏 빈정거리는 목소리가 또 말했다.

"무기를 찾는 건가? 뭐하게? 내가 어디 그런 거 가지고 있나? 그저 쫄딱 젖은 바지에 물이 흥건한 셔츠가 고작인걸. 무기 같은 것, 우리처럼 선량한 사람한텐 아무 소용이 없어!"

조도와 기욤은 완전히 넋을 잃은 얼굴로 꼼짝도 못했다. 조도에게는 니스의 사나이가, 기욤에게는 툴르즈의 사나이가 난데없이 나타난 셈이며, 결국에는 이미 제거했다고 생각하고 이제는 시체 치울 궁리나 하던 무시무시한 적이 건재한 것이었다.

사내는 일부러 태평한 표정으로 빙그레 웃으며 말했다.

"아무렴, 이렇게 멀쩡히 살아 있지. 그리고 5단계 수위는 동굴 천장 높이가 아닐세. 더군다나 그따위 조잡한 술수 가지고 나를 혼낼 수 있다고 생각하다니! 이것 봐, 조도. 나 이렇게 살아 있어! 물론 오렐리도 그렇고. 그녀는 동굴에서 한참 떨어진 안전한 곳에, 물 한 방울 묻히지 않고 살아 있지. 그러니 이젠 우리끼리 얘기 좀 해야겠어. 아, 뭐 그리 길

결정판 아르센 뤼팽 전집

게 걸리지는 않을 거야. 더도 말고 딱 5분이면 된다고. 어때, 괜찮겠지?"

아연실색한 조도는 멍한 상태로 입 한 번 뻥긋하지 못했다. 시계를 슬쩍 보고 나서 라울은 말할 수 없는 초조감으로 가슴이 찢어지는 것을 전혀 내색하지 않고, 더더욱 무덤덤하게 아무렇지도 않은 듯 얘기를 풀어나갔다.

"자, 이제 자네 계획은 무용지물이나 다름없어. 오렐리가 죽지 않은 이상 원래대로 상속이 이루어질 것이고, 경매 같은 건 있을 수 없지. 설사 자네 손에 여자가 죽고 나서 경매가 이루어진다 해도 내가 나타나 몽땅 사버리고 말 거야. 그러니 나마저 죽여야 일이 될 거라고. 하지만 그건 불가능하지. 불사신을 죽인다는 것 말이야. 결국 자네는 이러지도 저러지도 못하는 처지가 된 거야. 물론 거기에도 해결책이 딱 하나 있지."

라울은 잠시 뜸을 들였고, 조도는 잔뜩 몸을 숙이며 귀를 기울였다. 해결책이라고 했겠다?

"그래, 딱 하나 있어. 나하고 타협하는 것이네. 어때, 생각 있는가?"

조도는 아무 대답도 하지 않았다. 그저 두어 발짝 떨어진 곳에 쭈그리고 앉아 이글거리는 눈빛으로 상대를 노려볼 뿐이었다.

"대답은 없고, 눈빛만 부라리고 있군! 마치 야수의 눈동자처럼 번득여. 그나마 내가 제안한 이유가 자네를 필요로 하기 때문이라고 생각하나? 천만의 말씀이야. 난 아무도 필요치 않은 사람이야. 다만 자네는 지난 15년 내지 18년 동안 한 가지 목표만을 바라보고 매진해왔지. 지금은 그걸 거의 손에 넣을 단계에 와 있고. 자넨 그런 기득권을 수단과 방법을 가리지 않고 수호하려고 해왔네. 심지어 살인이라는 극단적인 방법을 동원해서라도 말이야. 바로 그 기득권을 내가 사겠다는 말일세. 왜냐하면 나는 좀 조용하게 살고 싶고, 그건 오렐리도 마찬가지이거든. 그런데 이대로 놔두면 언젠가는 자네가 우리에게 크게 한 방 먹일 수단을 찾아내게 될 거란 말이야. 난 그게 마음에 안 든단 말일세. 그러니 얼마면 되겠어?"

조도는 다소 진정이 되는 눈치로 툭 내뱉었다.

"먼저 제의해보시지."

"좋아, 이렇게 하지. 자네도 알다시피 어차피 보물 자체를 각자 나누어 가질 수는 없는 것이고, 대신 그걸 발굴하기 위한 사업 차원이라면 얘기가 다르지. 그 이윤만 해도…….'"

"어마어마하겠지."

조도가 끼어들었다.

"바로 그걸 자네한테 넘기겠다는 것이네. 한 달에 5000프랑씩."

엄청난 숫자에 조도는 펄쩍 뛰었다.

"우리 둘 다한테 말이오?"

"자네한테는 5000프랑, 기욤에게는 2000프랑으로 하지."

그 말을 듣자, 비로소 기욤도 툭 대꾸했다.

"난 받아들이겠소!"

"조도, 자네는 어떤가?"

"글쎄, 하지만 뭔가 담보가 있어야 할 텐데. 선급금이랄지…….'"

"4분기 금액이면 될까? 내일 오후 3시, 클레르몽페랑의 조드 광장에서 회동을 갖도록 하지. 거기서 수표를 건네받는 거야."

조도는 여전히 의심의 눈초리를 풀지 않고 대꾸했다.

"좋아요, 좋아. 하지만 내일 리메지 남작이 나를 옭아맬 궁리를 하지 않고 있다는 실질적인 증거가 아직은 하나도 없는걸."

"천만에. 만약 내일 당신이 경찰에 체포되면 나라고 무사할 리가 없다는 걸 알아야지."

"당신도?"

"당연하지! 오히려 자네보다 나를 붙잡는 게 그들로서는 훨씬 값진 개가일 테니까!"

"대체 당신이 누군데?"

"아르센 뤼팽!"

그 이름은 조도에게 엄청난 충격으로 다가왔다. 그 이름 하나만으로도 왜 지금까지 자신의 계획이 모조리 실패로 돌아갔으며, 항상 이 남자가 우위를 점했는지가 단번에 해명되었다.

라울은 내처 말을 이었다.

"이 세상 모든 경찰이 찾고 있는 아르센 뤼팽이라네! 500여 건이 넘는 가중절도죄에다 유죄판결만도 100여 회 이상을 기록하는 대도이시지. 자, 이만하면 자네가 왜 고분고분 말을 들어야 하는지 알 것이야. 자넨 바로 이 손안에 있다고. 다만 어쩌다 보니 자네 역시 날 쥐고 흔들게 되어 있으니, 확신컨대 우리 사이 계약은 성립된 거나 다름없어. 실은 아까만 해도 자네 대가리를 그대로 박살 낼 수도 있었지. 하지만 아니야. 그보다는 타협과 거래를 택하겠어. 그리고 또 필요한 경우엔 자넬 언제든지 고용해서 써먹을 생각이네. 물론 자넨 결함이 많은 사내이지만, 제법 야무진 자질도 갖추고 있거든. 나를 미행해서 클레르몽페랑까지 온 것만 해도 아주 빼어난 솜씨였어. 아직까지도 내가 어리둥절할 정도이니까 말이야. 자, 이것으로 자넨 내 다짐을 받은 거야. 이 뤼팽의 다짐을 말이야. 그거야말로 황금 같은 가치를 지닌 약속이지. 어때, 얘기 끝난 거지?"

조도는 나지막한 목소리로 기욤과 의논을 하더니 이렇게 대답했다.

"좋아요. 합의합니다. 뭘 도와드릴까요?"

라울은 여전히 무심한 표정으로 말했다.

"나한테 말인가? 전혀 그럴 필요 없다네. 나는 어디까지나 평화를 추구하는 신사야. 뭐든 얻고자 하면 그에 합당한 대가를 반드시 치르지. 그냥 동업자가 되어주면 돼. 그게 바른 말이지. 오늘부터 자네 나름대로 뭔가를 기여하고 싶다면 마음에 내키는 대로 하면 그만일세. 그나저나 서류들은 가지고 있나?"

"대단한 서류들입니다. 호수의 관리에 관련한 후작의 지침 내용이 기록되어 있지요."

"어련하겠나, 그러니까 수문을 닫을 수 있었겠지. 그래, 상세한 내용까지 적혀 있는가?"

"네, 깨알 같은 글씨로 무려 다섯 권의 공책에 적어 내려갔더군요."

"지금 가지고 있나?"

"네, 유언장도 가지고 있습니다. 오렐리한테 다분히 유리한 내용이죠."

"이리 내놓게."

"내일 수표와 교환하겠습니다."

조도의 단호한 대답이었다.

"좋아. 내일 수표와 바꾸도록 하자고. 자, 악수나 하지. 협정체결의 서명이나 다름없는 악수라 생각하게. 그러고 나서 찢어지는 거야."

서로 간에 가벼운 악수가 오고 가자, 라울은 호기 있게 외쳤다.

"잘 가게!"

그걸로 담판은 끝난 것과 같았다. 다만 진짜 전투는 이제 막 몇 마디 말과 더불어 시작되려 하고 있었다. 지금까지 튀어나온 모든 말들, 모든 약속과 허튼소리들은 죄다 조도를 헷갈리게 하기 위한 술책이었다. 중요한 건 방수판의 위치를 알아내는 일이었다! 과연 조도의 입 밖으로 그 결정적인 단서가 튀어나올까? 혹시 이자가 라울의 진짜 작전과 실제 상황의 전모를 어렴풋이 눈치채고 있는 건 아닐까?

결정판 아르센 뤼팽 전집

라울은 지금 이 정도까지 불안하고 초조했던 적이 없는 것 같았다. 하지만 언제나처럼 태연하게 말했다.

"아참, 헤어지기 전에 그걸 좀 구경했으면 하는데. 내가 보는 앞에서 그 방수판을 좀 열어줄 수 없겠는가?"

조도는 당장 난색을 표했다.

"후작의 공책에 의하면 방수판이 끝까지 작동하는 데 7~8시간 정도는 족히 소요된다고 합니다."

"그럼 지금 당장 열어보게. 내일 아침이면 자네는 이곳에서, 나와 오렐리는 저쪽에서 그걸 바라볼 수 있을 거야. 바로 보물을 말이지. 어떤가, 여기서 아주 가까운 곳에 방수판이 설치되어 있지? 우리 바로 아래쯤인가? 수문 가까이?"

"그렇습니다."

"직접 통하는 길은 있겠지?"

"네."

"조종할 줄은 알지?"

"쉽습니다. 공책에 다 나와 있어요."

"자, 같이 내려가 봄세. 나도 좀 도와주지."

조도는 자리에서 일어나 전등을 들었다. 함정을 아직은 냄새 맡지 못한 게 분명했다. 기욤 역시 아무 생각 없이 뒤를 따르는 듯했다. 그들의 눈길은 처음에 라울이 자기 쪽으로 슬그머니 끌어다 놓고 내팽개친 장총에 가 닿았다. 조도가 먼저 그중 하나를 집어 들어 멜빵에 멨고, 기욤도 마찬가지였다.

라울 역시 등불 하나를 들고 두 악당들의 뒤를 바짝 따라붙었다.

그는 유쾌한 표정을 내비치면서 속으로는 이렇게 중얼거렸다.

'이번에는 제대로 걸려들었다. 물론 아직은 약간의 발작이 따르겠지

만 큰 싸움은 이긴 거나 다름없어.'

셋은 천천히 벼랑을 타고 내려왔다. 마침내 호숫가에 다다르자, 조도는 암벽 발치를 따라 죽 이어지는, 모래와 자갈로 버무린 제방을 향해 걸어가다가 보트가 매여 있는 후미진 기슭에 이르러 그 앞을 가린 바위 뒤로 돌아들었다. 거기서 갑자기 털썩 무릎을 꿇고 앉은 사내가 몇 개의 큼직한 돌멩이를 거두어내자, 몇 개의 도관(導管)들을 관통하는 쇠사슬과 연결된 네 개의 손잡이가 열을 지어 나타났다.

"여기가 수문 크랭크 바로 옆입니다. 여기 이 쇠사슬들이 저 바닥에 위치한 주철판들에 작용하는 거죠."

그렇게 말한 뒤 조도는 손잡이 하나를 잡아당겼다. 라울도 거들었는데, 아닌 게 아니라 쇠사슬의 반대편 끄트머리로 동력이 즉각 전달되어, 주철판이 움직이는 느낌이 손아귀에 전달되어왔다. 나머지 두 개의 손잡이도 같은 방식으로 작동되었다. 아울러 호수면 저쪽에서 약간의 미세한 부글거림이 이는 게 목격되었다.

시계는 밤 9시 25분을 가리키고 있었다. 오렐리는 살아난 셈이었다.

라울이 나직이 말했다.

"자네 장총을 좀 빌려주게나. 싫으면 자네 손수 발사해주게. 딱 두 방만."

"그건 또 왜죠?"

"신호일세."

"신호라뇨?"

"그래. 실은 오렐리를 거의 물에 잠긴 동굴 안에 남겨두고 왔거든. 얼마나 기겁을 하고 있을지 자네도 충분히 짐작할 걸세. 혼자 놔두고 오면서 더 이상 두려워할 일이 없어지면 내가 신호를 해주겠노라고 약속을 했다네."

조도는 그만 아연실색한 표정이었다. 라울의 대범한 태도, 아직도 오렐리가 위험 중에 신음하고 있다는 스스럼없는 고백은 그의 정신을 순식간에 혼란으로 몰아넣었고, 동시에 조금 전까지만 해도 지긋지긋한 적이었던 이 인간의 마력적인 위력이 점점 더 크게만 보였다. 그 와중에 단 한순간도 이 상황을 자기 쪽에 유리하도록 반전시킬 생각은 전혀 하지 못했다. 그가 쏜 두 발의 총성은 암벽과 바위들을 타고 널리 울려 퍼졌다. 조도는 이렇게 덧붙였다.

"당신이 대장이오. 더는 주저할 이유가 내게 없습니다. 오로지 당신한테 복종하는 수밖에. 여기 공책들하고 후작의 유언장이 있습니다."

라울은 서류들을 호주머니에 받아 챙기면서 호쾌하게 외쳤다.

"잘 생각했네! 내 자네를 괜찮은 재목으로 다듬어주지. 결코 정직하다고는 말 못해도 봐줄 만한 건달로 말이야. 자네 이 배는 필요 없는 건가?"

"그럼요, 필요 없습니다."

"오렐리한테 돌아가는 데 편리하게 쓰일 것 같군. 아차, 그리고 한 가지 더. 이 지역에서 더는 어슬렁거리지 않도록 하게. 내가 자네라면 오늘 밤 안으로 곧장 클레르몽페랑까지 도망칠 거야. 자, 그럼 내일 보세나, 친구들."

라울은 배에 올라탄 뒤에도 그들에게 몇 마디 더 충고를 늘어놓았다. 조도가 닻줄을 풀었고, 라울이 탄 배는 호수 한가운데로 나아갔다.

열심히 노를 저으며 그는 생각했다.

'정말 수더분한 친구들이야! 천성적으로 너그러운 마음씨와 선량한 가슴에다 대고 직접 얘기를 하니까 일거에 모든 걸 받아들이네. 좋아, 친구들. 자네 둘 다 약속된 수표는 분명 손에 넣을 걸세. 비록 리메지라는 이름의 구좌에 예치금이 있다는 보장은 한 적이 없지만, 그래도 수

표를 받기는 할 거야. 내가 엄숙하게 약속을 했으니까 말이야.'

풍부한 수확을 거두고 나서 기운이 펄펄한 노질로 저어오는 250여 미터의 귀환길은 전혀 힘들지 않았다. 불과 몇 분 만에 동굴 입구에 다다른 뱃머리를 그대로 들이밀면서 라울은 등불을 높이 치켜들고 소리 높이 외쳤다.

"이겼어요! 오렐리, 내 신호를 들었죠? 이겼단 말입니다!"

두 남녀가 하마터면 함께 죽음을 맞을 뻔했던 을씨년스럽고 비좁은 구석을 이제는 신나는 불빛이 가득 채웠다. 이쪽 벽에서 저쪽 벽까지 걸쳐 있던 그물침대도 그대로였고, 그 위로 곤히 잠든 오렐리의 모습도 여전했다. 친구의 약속을 철석같이 믿었고, 그에게는 불가능이란 없다고 굳게 확신한 나머지, 위험에 대한 불안과 차라리 갈망하던 죽음의 고통으로부터 완전히 벗어날 수 있었던 오렐리는 한꺼번에 몰려든 나른한 피로감에 쓰러져 잠이 든 모양이었다. 아마도 총소리를 어렴풋이 듣기는 했을지도 모르지만, 어쨌든 그 무슨 소리에도 쉬이 깨어나지 않을 아늑한 숙면을 취하고 있는 중이었다.

다음 날 눈을 떴을 때, 여자는 밝은 햇살과 등불의 빛이 서로 어우러진 동굴 내부의 이런저런 모습들에 깜짝 놀랐다. 물론 물은 말끔히 빠져나간 상태였다. 동굴 내벽에 기대여 있는 보트 안에는 노후작의 의복들 중에서 고른 게 틀림없는 목동용 망토와 무명 바지를 걸친 라울이 깊은 잠에 곯아떨어져 있었다.

오랜 시간, 여자는 애정이 듬뿍 담긴 데다 억제된 호기심이 아슬아슬한 눈빛으로 남자를 물끄러미 들여다보았다. 언제나 운명의 딴지걸기에 결연히 맞서는 불굴의 의지와 한번 행동에 나섰다 하면 항상 기적의 후광을 두르고야 마는 이 비범한 존재는 과연 누구란 말인가? 일전에 마레스칼이 공박을 하느라 거칠게 내뱉은 아르센 뤼팽이라는 이름을 들었을 때, 사실 그녀는 아무 혼란도 느끼지 않았다(하긴 무언들 당시 그녀에게 중요하게 와 닿았겠는가). 하지만 정녕 라울이 아르센 뤼팽에 다름 아니라는 사실을 믿어야만 하는 건까?

오렐리는 속으로 중얼거렸다.

'내 삶보다 더 사랑하는 당신은 누구신가요? 마치 유일한 자신의 임무인 것처럼 끊임없이 나를 구해주는 당신, 대체 누구신가요? 도대체 누구예요?'

"파랑새지."

느닷없이 눈을 뜬 라울은 오렐리의 소리 없는 질문을 꿰뚫어 보기라도 한 것처럼 불쑥 대답을 던졌다.

"착하고 신뢰심이 깊은 소녀들에게 행복을 선사하고, 사악한 요정과 악귀들로부터 그들을 보호하며, 결국에는 그들의 왕국으로 이끌어갈 임무를 띤 파랑새랍니다."

"그럼 내게도 어떤 왕국이 마련되어 있다는 얘긴가요, 라울?"

"그렇소. 당신 나이 여섯 살 때, 이미 당신은 그곳을 거닌 바가 있습니다. 그곳이 바로 오늘 노후작의 의도대로 당신에게 되돌려질 겁니다."

"오, 라울, 어서 빨리 보고 싶군요. 아니, 다시금 보고 싶다고 해야겠죠."

"일단 요기부터 합시다. 배가 고파 죽을 지경이오. 구경이 그리 오래 허용되지는 않을 겁니다. 그래서도 안 되고요. 수 세기에 걸쳐 감춰져 온 것인 만큼 당신 스스로가 당신 왕국의 참다운 주인이 될 때만이 백일하에 그 전모가 드러나야 마땅할 겁니다."

늘 그렇듯이 여자는 라울이 행동하는 방식에 이런저런 질문을 달지 않았다. 예컨대 조도와 기욤은 어떻게 된 것인지? 탈랑세 후작에 관한 소식은 있는지? 그런 것들을 일일이 물어 알기보다는 차라리 모든 걸 맡긴 채 따르는 게 상책이라고 생각하는 것이었다.

　잠시 후, 두 사람은 함께 동굴을 벗어났다. 다시 한번 오렐리는 복받치는 감정을 주체 못해 라울의 어깨에 살포시 머리를 기대며 중얼거렸다.

　"오, 라울…… 바로 이거예요. 옛날, 둘째 날에 내가 어머니와 함께 본 것이 바로 이거였어요."

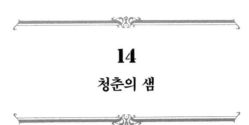

14
청춘의 샘

희한한 장관이 펼쳐져 있었다! 저 아래, 암벽들로 에워싸인 채 물이 빠져나가 둥그렇게 파인 공간 안에 잘려나간 기둥들, 허물어진 계단들, 그리고 지붕도 없고, 박공도 쇠시리 장식도 날아간 주랑들이 한데 어우러지면서 폐허가 되어버린 신전과 기념비들의 장엄한 자태를 드러내고 있는 게 아닌가! 또한 벼락을 맞은 듯 파헤쳐진 숲 속에 고상했던 기품과 열정적이었던 생명의 아름다움을 고스란히 간직하고 있는 고목들이 삐죽삐죽 솟아 있었다. 바로 그곳으로부터 로마식 도로, 개선의 길이 부서진 조각상들과 대칭형으로 늘어선 신전들 사이로 허물어진 아치의 기둥들을 거느린 채, 소위 신성한 제의가 행해졌을 이 동굴 입구까지 곧게 뻗어 있는 것이었다.

전체적으로 번들번들 축축한 가운데, 여기저기 개흙이 뒤덮여 있거나 일부 석화된 찌꺼기와 종유석 덩어리가 덕지덕지 끼어 있었고, 대리석과 황금 조각들이 햇살 아래 반짝였다. 그 모든 것의 좌우측으로는

모처럼 정상적인 흐름을 되찾은 폭포수가 은빛의 기다란 띠 모양을 굽이굽이 형성했다.

약간 창백해진 안색에 흥분을 감추지 못한 음성으로 라울이 더듬거렸다.

"포럼(고대 로마 도시 중앙의 대광장—옮긴이)이오! 규모나 구조가 로마의 그것과 거의 비슷해. 노후작의 서류들에는 바로 이곳 도면과 간밤에 내가 골몰한 설명들이 죄다 수록되어 있소. 진짜 쥐뱅의 도시란 바로 이 거대한 호수의 바닥에 존재하고 있었던 겁니다. 자, 보세요. 건강과 힘의 제신들에게 바쳐진 공동목욕탕과 신전들이, 저기 지금 보이는 원형 열주를 갖춘 청춘의 신전을 중심으로 장엄하게 늘어서 있는 광경을 말입니다!"

그는 오렐리의 허리를 감싸듯 안고 부축했다. 둘은 그렇게 붙어서 신성한 길을 밟아 내려갔다. 큼직큼직한 포석들이 발 아래에서 무척이나 미끌거렸다. 이끼와 수생식물들이 군데군데 조약돌들과 더불어 깔려 있었고, 가끔가다 옛날 동전들이 눈에 띄기도 했다. 라울이 두어 개를 집어 들었다. 콘스탄티누스 대제의 초상이 새겨진 동전이었다.

이윽고 청춘의 여신(그리스 신화에서 영원한 청춘을 상징하는 헤바(Heba). 제우스와 헤라의 딸이며, 천상의 신들을 모시는 시녀로서 신들에게 감로주를 따라주는 역할을 맡았다―옮긴이)에 바쳐진 한 자그마한 건조물 앞에 당도했다. 일부가 허물어지고 남아 있는 잔재만 해도 대단히 매혹적이었고, 상상력만으로도 몇 개의 우아한 계단 위에 오동통하고 야무지게 생긴 네 명의 동자상들이 수반을 떠받친 분수대와 그것을 굽어보고 있었을 청춘의 여신상, 그 전체를 조화롭게 아우르는 원형건축물을 온전히 떠올릴 만했다. 옛날에는 네 명의 동자들이 시원한 물줄기를 쏟아붓고 있었을 분수대 안에 비록 지금은 단 두 명만 그 앙증맞은 발끝을 살짝 담그고 있었지만 말이다.

처음에는 어떤 식으로든 가려져 있었을 납 도관들이, 분명 샘이 자리 잡고 있을 벼랑 쪽 어딘가로부터 뻗어나와 분수대 안으로 연결되어 있었다. 그중 하나의 끄트머리에는 최근에 용접된 듯 보이는 수도꼭지가 달려 있었다. 라울이 그것을 틀자, 미적지근한 물이 다량의 수증기를 동반하고 쏟아져 나왔다.

라울은 흥분한 어조로 말했다.

"이게 바로 청춘의 물입니다. 당신 외할아버지 침대 머리맡에서 딱지까지 붙은 채 발견된 병 속에 담겨 있던 물이 이거예요."

둘은 두어 시간 동안 이 놀랄 만한 도시 여기저기를 거닐었다. 오렐리는 옛날 그대로의 감격이 존재 깊숙한 곳에 꺼져 있다가 갑자기 되살아나는 걸 느꼈다. 여러 개의 유골 단지들, 수족이 훼손된 여신상, 불규칙한 포석이 깔린 도로와 잡초들이 뒤얽힌 회랑들, 그 밖에 각양각색의 옛 잔해들이 그녀의 가슴을 우수 어린 회열로 두근거리게 만들었다.

"오, 내 사랑, 라울! 내가 지금 느끼는 이 행복은 모두가 당신 덕분이에요. 당신이 아니었다면 나는 오로지 절망 속에서 허덕였을 거예요. 당신과 함께 있으니 모든 것이 아름답고 매혹적이랍니다. 아, 라울, 당신을 사랑해요."

오전 10시, 클레르몽페랑의 성당 종소리가 대미사의 집전을 알려왔다. 오렐리와 라울은 협곡의 입구에 도달했다. 개선의 길을 따라 좌우로 흐르던 두 줄기 폭포수가 빠끔히 개방된 네 개의 방수판 너머로 빠져나가고 있었다.

눈이 휘둥그레질 만한 구경은 거기서 마감했다. 라울이 얘기했다시피 수 세기에 걸쳐 감춰져온 것은 아직 백일하에 그 모습을 드러내어선 안 된다. 아가씨가 진정한 주인으로 인정을 받기 전까지는 그 누구도 함부로 이곳을 들여다보아선 안 되는 것이다.

라울은 물의 유출을 관장하는 방수판들을 닫았고, 크랭크를 천천히 돌려 바깥 협로와 통하는 수문이 점진적으로 열리도록 했다. 어차피 제한된 공간 안에 물이 차오르는 것은 잠깐이었다. 거대한 호수의 면적에 드넓은 수면이 형성되기 시작했고, 두 개의 폭포에서 떨어지는 물줄기는 그 돌로 된 수로를 금세 채우고 넘쳤다. 두 사람은 전날 밤 라울이 불한당 두 명과 내려가 보았던 벼랑길로 접어들었고, 중간쯤에 이르러 한 차례 걸음을 멈추었다. 불어나는 물결이 신전들로 에워싸인 원형의 공간을 빠르게 잠식해 들어갔고, 마침내 그 마법의 샘을 향해 쇄도해 들어가는 광경이 펼쳐졌다.

라울이 나직이 중얼거렸다.

"그래요. 노후작도 마법이라는 표현을 썼답니다. 루아야 지역의 보편

결정판 아르센 뤼팽 전집

적 수질을 이루는 요소들 외에도, 여기엔 진정 청춘의 샘이라는 이름에 부합할 만큼 원기를 북돋는 성분들이 들어 있어요. 전문용어로는 밀리퀴리로 그 수치가 표시되는, 놀랄 만한 방사능 물질에서 유래하는 요소이죠. 3~4세기 로마의 부유층들이 기운을 회복하기 위해 죄다 이곳에 들렀고, 골 지방 최후의 총독은 테오도시우스 황제의 죽음과 로마 제국의 붕괴 직후, 야만족의 침략으로부터 이 쥐뱅의 보배를 감추고 보존하려고 했었지요. 여러 단서들이 있지만, 그중에서도 이런 수수께끼 같은 비문이 그 사실을 뒷받침하고 있답니다.

> 스키티아인과 보루스인의 침략을 대비하려는
> 총독 파비우스 아랄라의 의지에 따라,
> 신들은 물론 내가 그들께 경배를 올리던 이 모든 신전들이
> 호수의 물속으로 잠기도다.

그 이후로 무려 15세기가 흘러간 겁니다! 15세기라는 시간 동안 이곳의 대리석을 비롯한 온갖 석재 걸작 건축물들이 서서히 허물어지고 있었던 거죠. 만약에 당신 외할아버지께서 친구인 탈랑세 후작의 버려진 영지를 산책하다가 우연히 수문 작동장치를 발견하지 못했더라면, 그 15세기라는 세월 이후에 또 얼마나 많은 세월 동안 저 장엄한 과거의 유산이 말살되어 갔을지 정말 아찔합니다. 이상한 조짐을 발견한 두 양반은 꼼꼼하게 탐색하고 더듬으면서 이 지역 비밀의 실체를 발굴하려고 매진했을 겁니다. 결국에는 장치를 수선했고, 옛날에는 수위를 적절히 유지해 소규모 호수면 위로 구조물의 상층부가 드러나 있었을 이곳의 묵직한 목재 수문들을 작동시켰을 거고요. 오렐리, 이상이 바로 당신이 여섯 살 때 직접 목격했던 모든 것의 내력이랍니다. 당신 외할

아버지가 돌아가신 후, 후작은 이곳 쥐뱅의 영지를 한 발짝도 벗어나지 않고, 보이지 않는 이 도시의 복원에 혼신의 노력을 기울인 것이죠. 두 명의 목동들을 조수로 부리면서 그는 파헤치고 다듬고, 깎고 털어내면서 과거의 부활을 준비했고, 그것이 바로 당신에게 선사할 이처럼 엄청난 선물로 모습을 갖추게 된 것입니다. 발굴할 온천만 해도 수질이 비시와 루아야 등지의 것과는 비교도 안 되니 그로 인해 거둬들일 재화는 말할 것도 없고, 사상 유례가 없을 것 같은 세기의 걸작 기념물들이 고스란히 당신의 소유로 들어오는 셈이니 가히 경이로운 선물이라 할 수 있을 겁니다."

라울은 그야말로 열광하는 분위기였다. 과거 속에 삼켜진 도시를 둘러싼 신나는 모험이 그에게 불러일으킨 열광을 거침없이 토해내는 데만 벌써 한 시간 이상이 소요되었다. 두 사람은 서로 손을 맞잡고 점점 불어나는 물과 그에 따라 차츰 잠겨가는 기둥들, 조각상들을 조용히 지켜보았다.

어쩐 일인지 오렐리는 침묵만을 고수하고 있었다. 자신과의 공감대를 벗어난 듯한 여자의 멀뚱한 분위기에 다소 놀란 라울은 그 이유를 물어보았다. 여자는 처음엔 아무 대답도 하지 않다가, 잠시 후 이렇게 중얼거렸다.

"탈랑세 후작이 어찌 되었는지는 아직 모르시나요?"

여자의 마음을 어둡게 만들지 않으려는 심산으로 라울이 대답했다.

"아직 모릅니다. 아마도 마을 자기 집으로 돌아가 병석에 누운 걸로 판단됩니다만. 아예 약속한 걸 잊었을지도 모르죠."

물론 허술한 대답이었다. 오렐리도 당연히 만족스럽지 않은 표정이었다. 벅찬 흥분과 극심했던 불안이 가라앉고 나자, 그때까지 그늘 속에 파묻혔던 문제들에 관심이 간 것이고, 그것들을 알고자 하는 호기심

결정판 아르센 뤼팽 전집

이 유발되는 건 어쩌면 당연한 현상이었다.

"어서 여기서 나가요."

여자의 말에 둘은 두 불한당이 밤새 둥지를 틀었던 무너진 오두막까지 걸어 올라갔다. 내친김에 라울은 높은 암벽 끝까지 올라가 목동들이 영지에서 빠져나가는 출구에 다가가려 했다.

그런데 근처 커다란 바위를 돌아드는 순간, 여자가 문득 라울을 붙잡아 세우며 어딘가를 가리켰다. 웬 헝겊 자루가 벼랑 끄트머리에 덩그러니 놓여 있었다.

"저게 움직이는 것 같아요."

여자가 중얼거렸다.

라울은 그것에서 눈길을 떼지 않은 채, 오렐리에게는 꼼짝 말고 기다리라 한 뒤 냅다 그쪽으로 달려갔다. 어떤 생각 하나가 그의 뇌리를 치고 지나간 것이다.

벼랑 끝에 도달하자마자 그는 자루를 움켜잡고 속으로 손을 쑥 집어넣었다. 잠시 후, 자루 속에서 그의 손에 붙들려 나온 건 부스스한 모습의 어린아이였다. 라울은 조도의 깜찍하고 어린 공범의 모습을 즉각 알아보았다. 악당이 항상 어깨에 짊어지고 다니며, 방책과 쇠창살을 자유로이 넘나들게 하면서 지하저장고 둥지를 뒤지고 다니게 한 그 앙증맞은 족제비 녀석 말이다.

아이는 반쯤 졸고 있는 상태였다. 라울은 그렇지 않아도 지금껏 애를 먹여오던 수수께끼의 해답이 한순간 어이없게 풀리자, 잔뜩 약이 오른 심정으로 아이를 마구 흔들어대며 소리쳤다.

"요런 맹랑한 녀석! 쿠르셀 가에서 우리를 계속 미행해오던 게 바로 너였지? 조도가 용케 내 차 뒤 트렁크에 널 밀어 넣고 나서 클레르몽페랑까지 그 상태로 뒤따르게 한 것 아니냐고? 거기서 넌 즉시 그자에게 우편엽서라도 보냈을 테고 말이다. 어서 말해! 그렇지 않으면 따귀를 때려줄 테야!"

아이는 난데없이 자신에게 닥친 이 상황이 아직은 어리둥절한지 불량청소년 특유의 창백한 얼굴 가득 당혹한 표정이 흐트러져 있었다. 아이가 어정쩡하게 더듬댔다.

"네, 마, 맞아요. 아저씨가 시켰어요."

"아저씨라고 했니?"

"네, 조도 아저씨 말이에요."

"그래, 지금 네 아저씨는 어디 있니?"

"간밤에 우리 셋 모두 다 떠났다가 곧장 돌아왔어요."

"그런 다음엔?"

"오늘 아침, 물이 빠지고 나자 두 사람만 저 아래로 내려가서 사방을 파헤치고는 무언가를 잔뜩 쓸어 담았어요."

"나보다 먼저?"

"네. 당신하고 저 아가씨가 나오기 전에요. 당신들이 동굴에서 나오자 두 사람은 저기, 저 아래 담벼락 뒤에 숨었어요. 난 아저씨가 여기서 기다리라고 해서 있었는데, 훤히 다 내려다보였어요."

"지금은 그 두 사람이 어디로 가 있지?"

"그건 몰라요. 날씨가 더워서 그만 잠이 들었나 봐요. 한 번 깼었는데 둘이 서로 싸우고 있었어요."

"싸우고 있었다?"

"네. 무슨 물건 하나를 두고 싸웠는데, 금처럼 반짝거렸어요. 근데 어느 한순간 물건을 떨어뜨리고 나서 아저씨가 갑자기 단도를 빼 들고…… 그러고는…… 그러고는 모르겠어요. 아마 또 잠이 들었던 게죠. 갑자기 담벼락이 무너지고, 그 밑에 둘 다 깔리는 걸 본 것 같긴 한데……."

"뭐라고? 지금 뭐라고 말했냐?"

라울은 기겁을 하며 다그쳤다.

"어서 대답해! 대체 어디서, 언제 그랬다는 거야?"

"성당 종소리가 울렸을 때였어요. 그래서 결국에는…… 저기……."

아이는 벼랑 아래를 휘딱 굽어보더니 갑자기 깜짝 놀란 얼굴로 말했다.

"어, 저기 물이 다시 찼네!"

아이는 잠시 생각하는 듯하다가 덮어놓고 엉엉 울음을 터뜨렸다.

"저렇게…… 저렇게 물이 들어차면…… 두 사람 다 빠져나올 수도 없을 텐데…… 저 바닥에서…… 아저씨……."

라울은 얼른 아이의 입을 막았다.

"닥쳐라, 꼬마야."

어느새 오렐리는 일그러진 표정으로 코앞에 다가와 있었다. 모두 다 들은 뒤였다. 조도와 기욤은 상처를 입고 기절해서 움직이지도, 도움을 요청하지도 못하는 상황에서 그대로 밀려드는 물살에 잠기고 만 것이었다. 무너진 담벼락의 돌더미가 그들의 사체를 자연스레 매장한 셈이었다.

아연실색한 오렐리의 입에서 중얼거림이 새어나왔다.

"아, 끔찍해라. 두 사람 다 얼마나 고통스러웠을까."

그러자 아이의 울부짖음이 더더욱 거세졌다. 라울은 아이에게 돈과 명함 한 장을 쥐여주며 말했다.

"자, 여기 100프랑 받아라. 이 길로 기차를 타고 파리로 가서 여기 이 주소를 찾아가라. 널 잘 돌봐줄 거야."

돌아오는 길은 두 사람 다 조용했다. 여자가 요양소 건물로 들어가기 직전, 엄숙한 분위기의 작별 시간을 가졌다. 운명은 두 연인의 앞길을 어둡게 만들고 있었다.

"며칠간 우리 헤어져 있기로 해요. 편지 쓸게요."

오렐리의 말에 라울은 발끈했다.

"헤어져 있자고요? 서로 사랑하는 사람은 결코 떨어지지 않는 법입니다."

"서로 사랑한다면 헤어져 있다고 해서 두려워할 게 없을 거예요. 삶이 언젠가는 두 사람을 다시 결합시킬 테니까요."

서글펐지만 하는 수 없었다. 여자는 지금 완전히 기진맥진하고 막막한 상태였다. 그로부터 일주일 후, 라울은 이런 짧은 편지를 받았다.

친구에게

모든 게 혼란스럽습니다. 내 의붓아버지 브레작이 죽었다는 소식을 우연히 전해 들었어요. 아마 자살이었겠죠? 탈랑세 후작도 골짜기 아래 떨어져 죽어 있는 게 발견되었다고 하네요. 아마 사고사일 거라고 합니다. 하지만 누군가 일부러 살해한 것은 아닐까요? 거기다 조도와 기욤이 끔찍하게 죽은 것까지 합하면…… 너무도 많은 사람들이 죽어갔어요! 미스 베이크필드도 그렇고…… 그 두 형제들도 마찬가지고…… 더 옛날에는 우리 다스퇴 할아버지께서도…….

난 아무래도 떠나야겠어요, 라울. 내가 어디 있는지 찾을 생각은 아예 마세요. 나도 아직 그건 모르니까요. 일단 내 인생을 살펴보고, 생각을 좀 해볼 필요가 있겠어요. 그리고 결정을 내려야죠.

당신을 여전히 사랑해요. 나를 기다려주세요. 용서하시고요.

하지만 라울은 조금도 멍청히 앉아 기다릴 생각이 없었다. 편지에서 느껴지는 혼란스러움, 오렐리가 써 내려간 글자 하나하나에서 느껴지는 고통과 절망, 그로 인해 자신의 가슴을 옥죄는 마찬가지의 고통과 불안. 이 모든 것 때문에 그는 도저히 행동에 나서서 여자를 찾아 헤매지 않을 수가 없었던 것이다.

물론 쉽사리 성과를 얻을 수 있는 문제는 아니었다. 생트마리로 피했다고 생각하고, 거기부터 쑤셨지만 여자는 없었다. 그 외에도 사방을 수소문하고 다녔다. 친구들까지 모조리 동원해보았다. 그러나 늘 헛고생만 할 뿐이었다. 혹시 새로운 적이 나타나 여자를 괴롭히는 건 아닐까 전전긍긍하면서 라울은 정말 지옥 같은 두 달 동안을 절망감 속에서 보내야만 했다. 그러던 어느 날, 한 장의 전보가 날아왔다. 다음 날 브뤼셀로 와달라면서 캉브르 숲에서 만날 약속을 하자는 내용이었다.

마침내 여자와 재회하는 라울의 마음은 터질 듯한 기쁨으로 가득 찼다. 그도 그럴 것이 저만치 다가오는 여자의 얼굴이 그토록 환할 수 없었으며, 화사한 미소와 안정된 표정에, 그 모든 지난 악몽에서 말끔하게 해방된 애정 넘치는 자태로 사뿐사뿐 다가오는 것이 아닌가!

여자가 먼저 손을 내밀었다.

"날 용서해주시는 거죠, 라울?"

마치 서로 떨어져본 적이 없었던 사람처럼 둘은 바짝 달라붙어 잠시 숲길을 거닐었다. 이윽고 여자가 입을 열었다.

"라울, 당신이 언젠가 말했죠. 내 안에 두 개의 상충하는 운명이 서로 부딪치는 바람에 내가 힘들어한다고요. 하나는 행복과 쾌활함을 향하는 운명이고, 그것이 나의 본성과 일치하는 거라고 했죠. 나머지 하나는 죽음과 폭력, 우수와 재앙에 경도된 운명인데 어린 시절부터 끊임없이 나를 괴롭혀오고 심연으로 끌어당기고 있다고 했어요. 만약 당신이 구해주지 않는다면, 열이면 열 번 다 나는 그 어두컴컴한 나락으로 곤두박질치고야 말 것이라고요. 쥐빵에서 이틀을 보내고 난 다음, 우리의 사랑을 확인했음에도 불구하고 나는 사는 게 너무 끔찍해 거의 탈진한 상태였어요. 당신이 환상적이고 경이롭다고 한 그 신비스러운 내력이 왠지 내게는 음산한 지옥처럼 여겨지는 것이었어요. 어쩜 그게 당연한 일 아닐까요, 라울? 내가 그동안 치러야 했던 모든 일들을 한 번 생각해 보세요! 내가 참고 견뎌야만 했던 모든 일들을 말이에요! 당신은 '이것이 당신의 왕국이오!'라고 말했죠. 하지만 난 그런 거 원치 않아요, 라울. 과거와 나 사이에 단 하나의 정해진 연결 고리만 있는 건 바라지 않는다고요. 지난 몇 주간 내가 세상과 동떨어져 지낸 이유는, 나 혼자만이 마지막 생존자로 살아남은 그 혹독한 역사의 압박감에서 좀 벗어나야겠다는 생각이 들었기 때문이에요. 수년이 흐르고, 수 세기가 지난 다음 시간의 끄나풀이 결국 나에게까지 이르렀고, 그동안 어둠 속에 파묻혀 있던 것을 밝혀야 할 무거운 책무가 덜컹 내 손에 떨어지게 된 거예요. 물론 그 속에 담긴 굉장한 이권이 내 독차지가 되는 일이긴 하죠. 하지만 난 사양하겠어요. 그러지 않고 내가 만약 그 모든 부와 영광의 상속자가 된다면, 도저히 견딜 수 없는 범죄와 악행 역시 내가 고스란히 상속해야만 할 거예요."

라울은 호주머니 속에서 종이 한 장을 꺼내 건네며 반문했다.

"그렇다면 후작의 유언장은?"

오렐리는 아무 말 없이 그것을 받아 쥐고는 조각조각 찢어서 바람에 날려버렸다.

"다시 분명히 말하겠어요, 라울. 모든 건 끝났어요. 이미 꼬일 대로 꼬인 과거의 사연이 나로 인해 다시 매듭을 만들어가는 일은 결코 일어나지 않을 거예요. 이젠 너무도 질려서 다시는 그로 인해 또 다른 범죄

나 악행이 일어나는 일은 없게 할 거예요. 나는 그런 비극의 여주인공
에는 어울리지가 않는답니다."

"그럼 어떤 모습이 어울리는데요?"

"사랑에 빠진 한 여인요, 라울. 다시 인생을 시작한 연인 말이에요.
사랑을 위해서, 오로지 사랑만을 바라보고 새로 인생을 시작한 여인
이죠."

"오, 초록 눈동자의 아가씨! 지금 그런 얘기를 장담한다는 건 대단히
중대한 문제입니다!"

"나한테는 중대할지 몰라도 당신한테는 아니에요. 분명히 말하지만
내가 당신한테 내 인생을 바친다고 해서 당신한테서도 같은 걸 구하는
건 아니에요. 단지 당신이 줄 수 있는 만큼이면 나는 만족해요. 당신 주
위로 얼마든지 신비감을 두르고 있어도 괜찮아요. 그 점에서는 특별히
나를 경계할 필요도 없고요. 나는 당신을 있는 그대로 인정해요. 당신
은 내가 지금까지 만난 이들 중 가장 고결하고 매력적인 존재예요. 당
신한테 바라는 것은 단 하나, 즉 할 수 있는 한 오랫동안 나를 사랑해달
라는 것뿐입니다."

"오, 언제까지나 그럴 거요, 오렐리."

"아니에요, 라울. 당신은 언제까지나 사랑을 하고 있을 그런 남자는
아니에요. 슬프지만 그리 오랜 시간 사랑에 몰두할 사람도 아닌 것 같
고요. 하지만 아무리 그 기간이 짧다 해도 나는 더없는 행복을 느낄 거
고, 그래서 아무 불평할 권리가 없을 거예요. 실제로 불평하고 싶은 마
음도 없을 것이고요. 오늘 밤에 우리 다시 만나요. 테아트르루아얄(브뤼
셀에 소재한 극장—옮긴이)로 오세요. 거기 1층 칸막이 관람석을 예약해놓
을게요."

둘은 일단 그렇게 헤어졌다.

그날 밤, 라울은 약속대로 테아트르루아얄로 갔다. 거기선 새롭게 선보이는 젊은 여가수 뤼시 고티에가 열연하는 「라보엠」이 공연 중이었다.

물론 뤼시 고티에는 오렐리였다.

그제야 라울은 여자의 말을 이해했다. 자고로 예술가의 독립적인 삶이란 이런저런 일반 통념을 훌쩍 뛰어넘는 걸 가능하게 해주기 마련이다. 지금 오렐리는 그처럼 자유로운 것이었다.

공연이 끝나자마자—물론 우레와 같은 박수갈채가 이루어지는 중간에—라울은 위풍당당한 여장부의 의상실로 발길을 서둘렀다. 이윽고 금발의 어여쁜 얼굴이 살짝 그에게 기울어졌고, 두 사람의 입술이 포개어졌다.

무려 15년 동안 숱한 범죄와 절망의 씨앗을 뿌려오던 쥐뱅을 둘러싼 기이하고도 끔찍한 사건은 이렇게 해서 그 막을 내렸다. 이후, 라울은 조도의 어린 공범을 악의 구렁텅이에서 빼내주기 위해 무진 애를 썼다. 우선 그 아이를 앙시벨 미망인의 집에 들였다. 하지만 기욤의 어머니이기도 한 그 여자는 아들이 죽었다는 소식을 접하자, 그날부터 대책 없이 술을 퍼마셨다. 너무 일찍부터 타락의 덫에 빠져 있던 아이는 저 혼자 일어설 힘이 없었다. 결국 아이는 정신병원에 수감되기에 이르렀다. 하지만 얼마 안 있어 그곳을 도망쳐 나온 아이는 다시 미망인을 찾았고, 둘이서 미국으로 떠나버렸다.

마레스칼의 경우는, 이전보다 현명해졌지만 여자 탐하는 버릇은 여전했다. 승승장구 출세가도를 달리던 어느 날, 그는 저 유명한 치안국장 르노르망 씨에게 면담을 요청했다. 대화가 끝나자마자 르노르망 씨는 부하에게 다가가 이렇게 말했다고 한다. 입에는 담배를 한 개비 꼬나문 채로 말이다.

"실례지만, 불 좀 빌립시다!"

물론 그 말투는 마레스칼의 오금을 한순간에 저리게 만들고도 남음이 있었다. 단번에 이 유명인사가 뤼팽과 동일인임을 알아본 것이다.

사실 마레스칼은 그 외에도 여러 다른 얼굴들 너머 그의 존재를 알아보았는데, 언제나 빈정대는 말투와 윙크하는 눈이 결정적인 단서가 되어주었다. 아울러 매번 빠짐없이 자기 면전에다 대고 그 지긋지긋하고, 신랄하면서도, 얄밉고, 갑작스러운 말 한마디를 뱉어내는 걸 꼼짝없이 당하고만 있어야 했다.

바로 이 말.

"실례지만, 불 좀 빌립시다!"

라울은 결국 쥐뱅의 영지를 사들였다. 하지만 초록 눈동자의 아가씨에 대한 경의의 뜻으로 그는 결코 그곳에 깃든 엄청난 비밀을 세상에 공개하지 않았다. 그리하여 쥐뱅의 호수와 청춘의 샘은, 프랑스가 아르센 뤼팽으로부터 상속받게 되는 여러 보물들과 신비의 목록에 당당히 오르게 된 것이다.

결정판
아르센 뤼팽
전집
7

1판 1쇄 발행 2018년 7월 2일
1판 3쇄 발행 2021년 4월 20일

지은이 모리스 르블랑 옮긴이 성귀수
펴낸이 김영곤   펴낸곳 (주)북이십일 아르테
키즈융합부문 이사 신정숙
융합사업2본부 본부장 이득재
문학팀 김유진 김연수 원보람 디자인 김형균
영업마케팅 본부장 김창훈
영업팀 허소윤 윤송 이광호
마케팅팀 정유진 김현아 진승빈
제작팀 이영민 권경민

출판등록 2000년 5월 6일 제406-2003-061호
주소 (우 10881) 경기도 파주시 회동길 201(문발동)
대표전화 031-955-2100 팩스 031-955-2151

ISBN 978-89-509-7567-8 04860
     978-89-509-7560-9 (세트)

아르테는 (주)북이십일의 문학 브랜드입니다.

(주)북이십일 경계를 허무는 콘텐츠 리더

아르테 채널에서 도서 정보와 다양한 영상자료, 이벤트를 만나세요!
인스타그램 instagram.com/21_arte   페이스북 facebook.com/21arte
포스트 post.naver.com/staubin   홈페이지 arte.book21.com